CW01497240

Volker Klüpfel / Michael Kobr

Affenhitze

Volker Klüpfel / Michael Kobr

AFFENHITZE

Kluftingers neuer Fall

Ullstein

Besuchen Sie uns im Internet:
www.ullstein.de

Wir verpflichten uns zu Nachhaltigkeit
- Klimaneutrales Produkt
- Papiere aus nachhaltiger
  Waldwirtschaft
- ullstein.de/nachhaltigkeit

MIX
Papier
FSC FSC® C083411

ISBN: 978-3-550-20146-2

© 2022 by Ullstein Buchverlage GmbH, Berlin
Alle Rechte vorbehalten
Gesetzt aus der Quadraat und der XBones
Satz: Pinkuin Satz und Datentechnik, Berlin
Druck und Bindearbeiten: CPI books GmbH, Leck

1

Die Klinge des Messers spiegelte das gleißende Sonnenlicht. Er betrachtete sie ein paar Sekunden. Noch war sie blank, makellos. Doch das würde nicht lange so bleiben, wenn er sein Werk erst einmal begonnen hatte. Bestimmt setzte er sie an. Mühelos glitt sie durch die verschiedenen Schichten, bahnte sich ihren Weg fast von allein. Bis sie auf etwas Hartes traf, einen undurchdringlichen Widerstand: Knochen. Er zog das Messer heraus. Nun war es nicht mehr sauber, zeigte keine Lichtreflexe mehr. Es war zwar klein, aber unheimlich scharf und wendig, lag gut in der Hand. Das war wichtig. Metzger benutzten es gerne, sie nannten es Ausbeinmesser und trennten damit den Knochen vom umliegenden Gewebe. Auch er beherrschte sein Handwerk. Kein Zittern, kein Zögern. Nun war bereits das Gelenk am Ende des langen knöchernen Gebildes zu erkennen.

»Kommst du zurecht?«

Der Mann zuckte zusammen. Er hatte die Frau nicht kommen gehört.

Sie beugte sich über ihn, kniff die Augen zusammen und erschrak. »Oh, ziemlich großes Teil, soll ich dir helfen?«

Der Mann schüttelte den Kopf. Er wollte sein Werk allein vollenden. »Ich muss nur noch hier hinten ... ich krieg das schon hin«, versicherte er, wobei man seine Schweizer Herkunft deutlich heraushören konnte.

Die Frau blieb trotzdem stehen, verfolgte jede Bewegung des Mannes argwöhnisch. Er schien sich dessen bewusst, ruckte unruhig hin und her. Nach ein paar Minuten lehnte er sich zurück und hauchte ein »geschafft«. »Könnte was sein, oder, Hildegard?«

Die Frau beugte sich so weit vor, dass ihr die grauen Locken in die Stirn fielen. »Meinst du, Eberhard?«

Sie schien skeptisch, doch der Mann war sich sicher. »Bringen wir's zu ihr«, sagte er und erhob sich.

Er rieb sich die Knie, die vom langen Sitzen ganz steif waren, und atmete tief ein. Die Luft war schwül. Innerlich verfluchte er diese drückende Hitze, die ihm seine Arbeit unnötig schwer machte. Dann griff er sich den Knochen und stapfte neben Hildegard durch den Matsch, bis er das Zelt fast erreicht hatte, das mitten in dieser Schlammlandschaft aufgebaut worden war. »Frau Doktor Lanz, würden Sie mal schauen?«, rief Eberhard schon von Weitem. »Ich hab hier was ziemlich Großes.« Stolz übergab er der Frau den Knochen.

Die blickte erst das Fundstück, dann den Mann an, mit dem sie gerade noch gesprochen hatte. »Entschuldigen Sie, Herr Kommissar, die Arbeit ruft.«

»Freilich, machen Sie nur«, erwiderte der und blickte ebenfalls gespannt auf den Fund.

Nun wurde offenbar auch Eberhard bewusst, dass er die beiden gerade unterbrochen hatte. »Verzeihung, Herr Kommissär«, sagte er schnell, »ich hoffe, ich hab Sie nicht bei etwas Wichtigem gestört. Aber möglicherweise haben wir es hier wieder mit dem Knochen eines Menschenaffen zu tun.«

Doktor Theresa Lanz, die Paläontologin der Universität Tübingen, mit der sich Kluftinger eben noch unterhalten hatte, schob sich die Lesebrille auf die Nase, die an einer Kette um ihren Hals baumelte. Sie betrachtete das verdreckte Stück in ihren Händen genau, bevor sie sagte: »Sorry, Eberhard, aber da muss ich dich enttäuschen. Ein Hominide ist das nicht. Aber immerhin ist dir ein fast vollständiger Oberschenkelknochen einer

Säbelzahnkatze, genauer *Pseudaelurus quadridentatus*, ins Netz gegangen. Ein Jungtier, kurz vor der Geschlechtsreife. Hier, nimm dir eine Nummer mit. Toller Fund, wirklich. Bleib neugierig.«

Mit stolzgeschwellter Brust ging der Mann zu einem der Tapeziertische im Inneren des Zelts und griff sich einen Plastikbeutel, in den er sorgfältig seinen Knochen gleiten ließ. Dann nahm er sich ein Plastikkärtchen mit einer Nummer darauf und ging.

»Respekt, Frau Doktor«, kommentierte Kommissar Kluftinger, der die Szene interessiert verfolgt hatte. Er deutete auf die Tüte, die ihn an die Asservatenbeutel seines Kollegen Willi Renn von der Spurensicherung erinnerte. »Dass Sie nicht auch noch Geschlecht und Fellfarbe von dem Säbeldings bestimmt haben, ist alles.«

»Wer sagt Ihnen, dass ich das nicht auch könnte, Herr Kluftinger?«, erwiderte die Wissenschaftlerin grinsend und ging zu dem Tisch, wo sie den Beutel in einer der Metzgerkisten aus rotem Plastik verstaute. »Und wenn ich auch noch die Augenfarbe angeben würde, woher wollen Sie wissen, dass das überhaupt stimmt?«

Er verstand nicht, was sie meinte.

Mit versonnenem Blick schaute sie über die Ausgrabungsstätte. »Wissen Sie, viele der Leute, die uns helfen, die versteinerten Knochen auszugraben, sind Laien. Die machen das aus Spaß an der Freud. Verstehen Sie mich nicht falsch, ich bin sehr dankbar, dass es diese Bürgergrabungen hier gibt. Eine tolle Idee von meinem Chef, Professor Brunner.«

Kluftinger war gespannt auf das *Aber*, das nun kommen würde.

»Aber man muss die Leute eben auch bei Laune halten. Was sie da genau ausgegraben haben, sehen wir sowieso erst im Winter, wenn wir die Sachen im Institut untersuchen. Wir haben das Glück, dass die Grube viele Funde birgt, das ist sehr motivierend.«

Der Kommissar nickte. Nun ließ auch er den Blick über das weitläufige Gelände schweifen. *Hammerschmiede* hieß es, es gehörte zum Ort Pforzen. Von beidem hatte er vor einigen Monaten zum ersten Mal gehört. Dabei musste er schon oft hier vorbeigefahren sein, denn Kaufbeuren, die Stadt, in der sein Sohn mit Frau und Enkelin lebte, war gleich um die Ecke. Kluftinger atmete tief ein und lächelte. Nach einer Regenperiode, die eine gefühlte Ewigkeit gedauert und im ganzen Allgäu die Pegel der Bäche und Flüsse bedenklich hatte steigen lassen, schien jetzt endlich wieder die Sonne aus einem makellos blauen Himmel. Mehr noch: Mit einem Schlag war es brütend heiß geworden. So heiß, dass die Ersten schon wieder über die hohen Temperaturen schimpften – dieselben, die sich noch vor wenigen Tagen über das Sauwetter beschwert hatten, vermutete der Kommissar. Aber der heutige Sonntag war der erste schöne Tag seit Langem, und den wollte er genießen, zumal es ein ganz besonderer war: Ein großes Ereignis stand auf dem Programm. Deswegen war er hier. Und er bereute es nicht, am Wochenende Dienst zu haben, auch wenn das bedeutete, dass seine Frau währenddessen allein zu Markus und Yumiko gefahren war.

Die Zeitungsartikel der letzten Wochen über die Grube hatte er regelrecht verschlungen: Forscher aus Tübingen hatten hier tief in der Erde eine urzeitliche Sensation entdeckt – siebenunddreißig Knochen, die von dem weltweit ältesten aufrecht gehenden Menschenaffen stammen sollen, einer neu entdeckten Art. Das eigentlich Besondere daran aber war, dass der Affe hier, mitten im Allgäu, vor elf Millionen Jahren gelebt haben soll. Damit wären die Fundstücke doppelt so alt wie der bis dahin älteste Nachweis für den aufrechten Gang bei menschenähnlichen Affen. Kluftinger verspürte einen gewissen Stolz bei dem Gedanken, dass die Urahnen des Menschen ausgerechnet hier im Allgäu das Gehen gelernt hatten. So war es in der Zeitung – sicher ein wenig vereinfacht – gefeiert worden. Udo, so der volkstümliche Name für das Tier, dessen Überreste sie geborgen hatten, war in kürzester Zeit zum Lokalhelden avanciert. Und sein Namensgeber, Professor Udo Brunner, mit ihm.

Kluftingers Anwesenheit hatte allerdings weniger mit seinem neu geweckten Interesse für die Urzeit zu tun, sondern dienstliche Gründe, auch wenn hier das Angenehme mit dem Nützlichen zusammentraf: Anlässlich eines Festakts vor Ort sollten im Beisein des bayerischen Ministerpräsidenten höchstpersönlich einige Schaukästen auf dem Gelände enthüllt werden, um der wissenschaftlichen Bedeutung der Knochenfunde Rechnung zu tragen. Ein Besuch des Landesvaters bedeutete natürlich höchste Sicherheitsstufe. Kluftingers Abteilung hatte der Staatskanzlei ein eigens ausgearbeitetes Sicherheitskonzept vorlegen müssen, das er nun persönlich überwachte. Denn ein solch hoher Besuch erforderte auch die Anwesenheit hoher Amtsträger der Polizei. Und da Kluftinger nach dem Weggang von Birte Dombrowski noch immer Interims-Polizeipräsident war, war er heute sozusagen in doppelter Funktion gefragt.

Auf einer Ebene etwas über den Arbeitern stand ein Bagger mit dem Werbetransparent der örtlichen Ziegelei, die in der Grube Ton abbaute. »Swoboda – aufrechte Qualität, affenstarker Preis«, las der Kommissar halblaut.

Zum Eingang der Grube fiel das Gelände steil ab. Ganz unten war noch ein weiterer, viel größerer Bagger. In diesem Bereich wurde der Ton abgebaut, wie Kluftinger heute Morgen erfahren hatte. Daneben sah er Richard Maier und die neue Kollegin Luzia Beer, die ihm zuwinkten. Er bedeutete ihnen, zu ihm nach oben zu kommen.

Er selbst stand vor einem gut zehn Meter langen Pavillon aus

Zeltplanen, der als Kommandozentrale der Wissenschaftler diente. Hier, auf einem kleinen Plateau oberhalb der restlichen Grube, in der der Ton abgebaut wurde, lagerten sie ihre Gerätschaften, kartierten, präparierten und konservierten ihre Funde. Obwohl Frau Lanz ihm eben noch versichert hatte, sie habe für den Besuch extra aufgeräumt, wirkte alles darin auf sympathische Weise chaotisch.

»Man macht in dieser Erdschicht hier circa ein halbes bis ein Dutzend Funde pro Tag. Das hält unsere Helferinnen bei der Stange.« Kluftinger bemerkte, dass Doktor Lanz zwischen *Helfer* und *innen* eine kurze Pause gemacht hatte, eine Sprechweise, die, wie er gelernt hatte, *genderkorrekt* hieß, für ihn aber wie ein Schluckauf klang. Die Wissenschaftlerin, die er auf Ende vierzig schätzte, wirkte bodenständig: Sie trug eine grobe Latzhose und eine Funktionsjacke, ihre Füße steckten in schlammigen Gummistiefeln, obwohl es heute trocken und sehr warm war. Doch der Boden war von den Regenfällen der vergangenen Tage noch stark aufgeweicht. Die aschblonden Haare der Frau waren zu einem Pferdeschwanz zusammengebunden, das Gesicht war ungeschminkt. Auf den ersten Blick hätte man sie auch für die Fahrerin des Baggers halten können. Selbst ihr Zigarettenkonsum, der ihre Stimme rau und ein wenig kratzig klingen ließ, passte zu diesem Bild.

»Ah ja, ein Dutzend also? Das ist viel, oder?«

»Das hat Rekordniveau. Weltweit.«

»Frau Doktor Lanz, wo können wir denn unseren Sektempfang aufbauen?«

Der Kommissar drehte sich um. Eine Mitarbeiterin der Gemeinde stand mit dem Bürgermeister von Pforzen, einem Mittfünfziger mit Schnurrbart und dem unvermeidlichen Trachtensakko, hinter ihnen.

Frau Lanz seufzte genervt. »Von mir aus bei Ihren verhüllten

Schaukästen drüben. Aber das ist jetzt wirklich nicht meine Sache.«

Die zwei standen etwas ratlos herum, und Kluftinger überlegte schon, ob er ihnen ein bisschen unter die Arme greifen sollte, denn sie wirkten mit der Situation reichlich überfordert. Doch inzwischen hatten ihn seine Kollegen Luzia Beer und Richard Maier erreicht. Maier machte ebenfalls einen ziemlich aufgeregten Eindruck.

»Chef, nur auf ein Wort.« Wie immer, wenn er nervös war, klang seine Stimme hoch und blechern, und er bemühte sich angesichts des offiziellen Umfelds statt seines württembergischen Singsangs zwanghaft um etwas mehr Hochdeutsch.

Der Kommissar ließ ihn und Luzia Beer kurz verschnaufen, dann sagte er grinsend: »Wollt ihr auch einen Sektempfang geben?«

Maier ging gar nicht auf seine Bemerkung ein. »Es geht um die Kommunikation im Funkverkehr, nachher, wenn der MP anwesend sein wird.«

»Der wer?«, fragte Kluftinger.

»Der Herr Ministerpräsident.«

»Aha. Und wie möchtet ihr da gern *kommunizieren*?«

»Also, um's kurz zu machen«, schaltete sich nun Lucy ein, »der Richie will, dass wir einen Code verwenden, nach dem Motto *die Kuh ist gelandet* oder so.«

»Der Adler! Ich hab gesagt *der Adler*.«

Lucy schlug sich gegen die Stirn. »Stimmt. Adler, das war's. Und dass wir alle diese verspiegelten Sonnenbrillen aufsetzen sollen ...«

»... ist aus psychologischer Sicht völlig gerechtfertigt. Eine Studie besagt, dass Personenschützer, denen man ihre Gefühlsregungen nicht an den Augen ansehen kann, weitaus effektiver sind. Also: Sonnenbrillen, falls uns jemand mit Ferngläsern beobachtet. Und natürlich machen uns die Brillen viel unauffälliger.«

Maier zog eine Plastiksonnenbrille mit verspiegelten Gläsern – dem Aufdruck nach das Werbegeschenk eines lokalen Reifenhändlers – aus der Hosentasche und setzte sie sich auf die Nase.

Kluftinger hatte alle Mühe, ein Lachen zu unterdrücken. Gerade bei solchen Anlässen ging mit dem Kollegen gerne mal der Gaul durch. Ein Blick auf Luzia Beer zeigte ihm, dass auch sie die Diskrepanz zwischen Maiers Erscheinung und seinem Geheimdienst-Gehabe erheiternd fand. Überhaupt hatte sich die Kollegin nach einigen Monaten trotz ihrer forschen Art gut in sein Team eingefügt. Da verzieh er es ihr auch, dass sie wie immer, wenn sie nicht gerade eine Zigarette rauchte, schmatzend einen ihrer Nikotinkaugummis kaute.

»Jedenfalls hat der Roland Hefele gemeint, dass ... na ja ...« Sie stockte.

»Dass was?«, bohrte Kluftinger nach.

»Dass wir hier nicht bei den Dreharbeiten zu einer James-Bond-Parodie sind«, fuhr die Polizistin schulterzuckend fort. »Und jetzt ist der Richie sauer auf den Roland.«

Der Kommissar zuckte mit den Achseln. »Und? Gibt es sonst noch wichtige Nachrichten aus eurer Kindergartengruppe?«

Maier protestierte: »Ich muss doch sehr bitten ... Also verwenden wir jetzt einen Code oder nicht? Als Interims-Präsident ist es an dir, ein salomonisches Urteil zu fällen.«

Kluftinger hatte keine Lust, vor der Wissenschaftlerin weitere Abteilungsquerelen auszutragen. »Genau, und deshalb redet an den Funkgeräten einfach jeder so, wie er will. Wie immer. Krieg ich eigentlich auch noch eins?«

Maier reichte ihm kommentarlos ein Walkie-Talkie und ein Kabel mit Headset.

Lucy erklärte grinsend: »Dann willst du dem Chef das mit der kugelsicheren Weste wahrscheinlich nicht mehr sagen, oder?«

»Ich hab doch gar nichts von einer Weste ...«

»Ich zieh nicht auch noch eine Weste an, bei der Hitze, bei euch hakt's doch!« Roland Hefele war hinter ihnen aufgetaucht. Der kleine, etwas untersetzte Kollege trug wie fast immer, wenn er im Dienst war, seine abgewetzte Wildlederjacke.

»Aber von einer Weste war ja nie die Rede«, rechtfertigte sich Maier. »Obwohl das sicher nicht ganz ...«

»Gibt's schon eine Entscheidung im Funksprachen-Streit?«, unterbrach Hefele seinen Kollegen.

»Ja, das Urteil lautet Eigenverantwortung. Und jetzt hört auf zu streiten, Kinder, gell?«

Maier guckte sauertöpfisch drein, Hefele hingegen schien die Sache deutlich besser wegzustecken: »Danke, Papa. Wobei ich immer noch nicht ganz verstehe, warum ausgerechnet wir, die für Tötungsdelikte und Brände zuständig sind, das Empfangs-komitee für den MP spielen dürfen. Noch dazu am heiligen Sonntag.«

»Wolltest du etwa in den Gottesdienst? Oder eine Pfingstwall-fahrt antreten?«

Hefele zuckte mit den Schultern. »Das ist trotzdem nicht un-sere Aufgabe, streng genommen.«

»Aber meine, als Interims-Präsident«, erklärte Kluftinger. »Und da hab ich euch als mein Team eben gerne um mich. In-zwischen weiß ich allerdings auch nicht mehr, warum eigent-lich. Nachher gibt's als Entschädigung jedenfalls Häppchen und Schlückchen vom Bürgermeister.« Er deutete mit dem Kinn auf die Mitglieder des Organisationskomitees.

Während Kluftinger sich sein Headset ins Ohr fummelte, trudelten unten nach und nach die Mitglieder der Musikkapelle in schmucker Trachtenuniform ein. Sie balancierten auf den

Brettern, die man als provisorischen Steg über den schlammigen Untergrund gelegt hatte, was vor allem den Frauen mit ihren Ballerinas einige Verrenkungen abverlangte. Dabei hielten sie sich aneinander fest, um nicht auszurutschen.

Kluftinger fragte sich, ob es die Ehrengäste unbeschadet nach oben schaffen würden.

»Sagen Sie mal, Lucy, könnten Sie vielleicht den Bürgermeister da drüben fragen, ob er eine Idee hätte, wie man hier sauber raufkommt? Wenn uns der Ministerpräsident da abschmiert ... Am End' bricht er sich noch was!«

Lucy nickte und ging.

»Herr Präsident Kluftinger, bitte kommen!«, quäkte es mit einem Mal in seinem Ohr.

»Ja, hier Präsi... also Kluftinger!«

»Du musst den Knopf hier am Kabel drücken«, zischte Maier ihm zu.

»Ah, freilich. Also, noch mal: Ja, hier meldet sich der Kluftinger?«

Richard Maier verdrehte die Augen.

»Und hier Polizeimeister Uygur. Sorry, Herr Präsident, wir haben hier massive Probleme am Einlass. Ein Teilnehmer der Bürgergrabung weigert sich strikt, ein ganzes Set von Skalpellen abzugeben. Sagt, er könne uns mit seinen exzellenten Beziehungen ziemlich Ärger machen. Unangenehmer Typ.«

Kluftinger stieß die Luft aus. »Schmeißt's ihn raus, zefix.«

»Das wollten wir. Er besteht darauf, mit Ihnen zu sprechen. Ist angeblich Ihr Freund.«

Er hatte die provisorische Absperrung am Eingang zur Tongrube noch nicht erreicht, da hörte Kluftinger bereits das Gezeter. Obwohl ihm ein Polizei-Kleinbus die Sicht versperrte, wusste er, was ihm gleich blühen würde.

»Ich werde das nicht akzeptieren. Ich bin sogar mit einem Staatssekretär persönlich bekannt. Machen Sie sich auf was gefasst, junger Mann!«, hörte er.

Der Kommissar holte noch einmal tief Luft, dann trat er hinter der Ecke des VW-Busses hervor und ging entschlossen auf den Mann zu, der da so lautstark Widerstand leistete.

»Kluftinger, endlich! Ich musste richtiggehend betteln, dass man Sie holt! Da scheint in Ihrer Kommunikationskette was im Argen zu liegen. Stellen Sie sich vor, man will mich hier an der Ausübung meines Dienstes an der Wissenschaft hindern.«

Noch bevor er etwas sagen konnte, wandte sich einer der Polizeibeamten, die den Mann flankierten, an den Kommissar. »Herr Präsident, sorry. Ich hab Sie angefunkt. Und dieser Mann ist laut seinem Ausweis ...«

»Wir kennen uns, Kollege, vielen Dank.«

»Au Mann, das tut mir leid. Ich hab das nicht geglaubt, und deshalb ...«, stammelte der Beamte.

»Sie haben vorbildlich gehandelt. Keine Ausnahmen bei den Sicherheitsvorschriften«, gab Kluftinger zurück. Erst dann sagte er mit dem breitesten Lächeln, das er sich abringen konnte: »Herr Doktor Langhammer, was führt Sie denn her?« Natürlich konnte er sich denken, warum der Altusrieder Gemeindearzt ausgerechnet heute hier aufschlug.

»Ich möchte mich eben nicht nur auf meine eigene wissenschaftliche Disziplin versteifen, sondern mal wieder den Blick über den akademischen Tellerrand wagen.«

»Ach, Sie sind Wissenschaftler?«

»Als Mediziner bin ich selbstredend auch an anderen tiefgreifenden Fragestellungen interessiert: Woher kommen wir? Wohin steuern wir? Daher bin ich schon lange im Team der Bürgergrabungen engagiert – mit einigem Erfolg, darf ich wohl sagen, aber das wissen Sie sicher.«

Kluftinger hatte keine Ahnung, was er meinte, schließlich prahlte der Doktor ständig mit irgendetwas, und er hörte schon seit Langem nicht mehr hin.

»Neuer Input schadet nie, Sie verstehen? So, könnte ich nun mein Operationsbesteck haben?«

»Nein, das geht leider nicht. Regeln befolgen schadet nie, Sie verstehen.« Damit nahm Kluftinger das lederne Etui, das ihm der uniformierte Kollege gegeben hatte, noch einmal zur Hand und besah sich den Inhalt aus verschiedenen Pinzetten und einem halben Dutzend höllisch scharf wirkender Skalpelle.

Mit offenem Mund stand Martin Langhammer da.

»Sie können es sich natürlich sofort abholen, wenn der Ministerpräsident wieder weg ist.«

»Das ist jetzt aber nicht Ihr Ernst! Ich meine, wie lange kennen wir uns jetzt? Wie oft habe ich Ihnen schon bei Ihrer Aufklärungsarbeit beigestanden? Ich müsste eigentlich zum Kommissar *honoris causa* ernannt werden.«

»Humoris?«

»Honoris. Ehrenhalber! Und nun geben Sie mir mein Handwerkszeug zurück. Möglicherweise gelingt mir heute ein weiterer Fund, der zur wissenschaftlichen Sensation taugt.«

Kluftinger zuckte mit den Achseln. »Herr Langhammer, schauen Sie: Wenn ich bei Ihnen eine Ausnahme mache, bringt der Nächste Motorsäge und Machete mit.«

»Ich kann schweigen wie ein Grab. Im Dienste der Wissenschaft …«

»Messer, Gabel, Schere, Licht … Heut sind die ganzen Politiker da, Langhammer. Da geht's um alles Mögliche, nur nicht um die Wissenschaft.«

»Na, vernehme ich da etwa unreflektierte Kritik an der politischen Führungselite unseres Landes?«, tönte eine Stimme neben ihnen. Kluftinger sah auf und erkannte in dem hochgewachsenen Mann im dunkelblauen Zweireiher den FDP-Mann, der für den Wahlkreis Ostallgäu im Bundestag saß.

»Homann, MdB.«

»Kluftinger, KPI. Wir kennen uns eigentlich, Herr Homann ...«

»Richtig, jetzt erinnere ich mich«, erwiderte der Abgeordnete, stockte dann aber. »Sie sind ...«

Der Kommissar ließ ihn noch ein paar Sekunden zappeln, dann antwortete er: »Genau der, ja. Herzlich willkommen.«

»Nun ja, ich ... geh dann mal weiter, nicht wahr?«, erklärte der Politiker ein wenig irritiert.

»Das war doch der Homann«, jubilierte Langhammer. »Möglicherweise ergibt sich später noch die Gelegenheit zu einem kurzen persönlichen Austausch mit ihm. Sie können uns ja miteinander bekannt machen. Den Herrn Abgeordneten dürfte meine Ansicht zur schwierigen Situation der Landarztpraxen bestimmt interessieren. Nun bräuchte ich aber endlich mein Besteck ...«

Kluftinger schüttelte den Kopf. »Das Zeug kommt nicht aufs Gelände. Aber warten Sie, ich hab da was.«

Er kramte in seiner Tasche und holte ein rosafarbenes Schweizer Taschenmesser hervor, das ungefähr die Größe einer Packung Kaugummis hatte. Es hatte mal einer Tüte dieser österreichischen Schoko-Nuss-Waffeln beigelegen und leistete ihm seither gute Dienste als Nagelfeile oder um Briefe zu öffnen. Die Klinge hatte die Länge einer Stecknadel und war völlig stumpf.

Empört riss Langhammer die Augen auf.

»Entweder das oder nix, Herr Doktor. Ich muss jetzt auch wirklich wieder. Habe die Ehre.«

Etwa eine halbe Stunde später hatten sich alle lokalen Honoratioren eingefunden und warteten ungeduldig auf das Eintreffen des Ehrengastes, dabei stets bemüht, interessiert zu wirken und der Presse vorab schon mal ein paar Bilder zu liefern.

Kluftinger fand sich in einer für ihn ungewohnten Lage wieder: Die Politiker defilierten förmlich bei ihm vorbei, schüttelten dem »Herrn Polizeipräsidenten« die Hand, erkundigten sich nach der aktuellen Sicherheitslage und stellten ungefragt ihre Unterstützung in allerlei polizeidienstlichen Belangen in Aussicht. Die Ostallgäuer Landrätin versprach sogar, ihm den Ministerpräsidenten persönlich vorzustellen, sobald dieser einträfe. Kluftingers immer wieder vorgetragene Beteuerungen, dass das weder nötig sei noch er den Landesvater aufhalten wolle, wurden strikt ignoriert.

Der Kommissar nutzte die erstbeste Gelegenheit, sich von der Allgäuer Politkaste zu entfernen, und stellte sich zu Lucy Beer und Roland Hefele, der durch ein Fernglas das Gelände im Blick behielt. Da die Kollegen ihren Vorgesetzten nicht weiter beachteten, ließ er einen tiefen Seufzer vernehmen.

»Alles klar, Chef? Sind Sie angespannt?«

»Schon, Fräulein Beer.«

»Wir waren doch bei Lucy, Chef. Keine Sorge, da passiert nichts heute. Wir haben das im Griff.«

Kluftinger fand es rührend, dass sie ihn beruhigen wollte. Dabei ging es ihm gar nicht um die Sicherheitsfrage, sondern darum, dass er womöglich Small Talk mit dem obersten Landesherrn halten musste. Er war sich nicht einmal sicher, wie der korrekt anzusprechen war. Reichte *Ministerpräsident*? Oder brauchte es den Namen dazu? Mit *Doktor*? Und wie würde er sich selbst vorstellen? *Interims-Polizeipräsident, der wo das aber nur so lange macht, bis man wieder einen richtigen gefunden hat?* »Ich soll ein paar persönliche Worte mit unserem Landesherrn wechseln.«

Sie winkte ab und kaute gelangweilt auf ihrem Kaugummi herum. »Ist doch cool!«

»Mei ...«

Die Beamtin betrachtete ihn von der Seite. »Nee, oder?«

»Was denn?«

»Sie sind doch nicht etwa aufgeregt wegen so nem Wichtigtuer?«

»Was heißt da *aufgeregt*? Ich mein, man hat ja auch nicht jeden Tag ... und ich als Interims...« Er seufzte wieder.

»Also kurz gesagt: doch.« Sie grinste breit. Dann senkte sie ihre Stimme. »Ich hab da nen todsicheren Trick: Ich stell mir die Leute, vor denen ich Bammel hab, immer splitterfasernackt vor. Hab ich bei Ihnen damals auch gemacht, als ich zum ersten Mal in der Abteilung war.« Sie zwinkerte ihm verschwörerisch zu.

Kluftinger stockte der Atem. Dann hüstelte er verlegen.

»Echt jetzt, bei mir klappt das immer. Muss bloß aufpassen, dass ich nicht loslache, vor allem bei den Herren der Schöpfung.«

Priml. Jetzt schwirrte dem Kommissar nicht mehr nur das Problem im Kopf herum, wie man mit einem Landesvater umzugehen hatte, sondern ihn beschäftigte auch noch die Frage, wie er in Luzia Beers Fantasie wohl als Nackedei aussah.

»Wo ist denn jetzt der Brunner, Leute?«, hörte er plötzlich Doktor Lanz rufen, die ihr kleines Team aus zwei Doktoranden und ein paar studentischen Hilfskräften gleich neben ihnen um sich geschart hatte. »Weiß von euch irgendjemand was?« Die Anwesenden schüttelten die Köpfe. »Hm, man ist ja durchaus gewohnt, dass er die Sache mit dem akademischen Viertel ziemlich großzügig auslegt, aber ausgerechnet heute? Ihm haben wir die ganze Show doch zu verdanken ... na ja, wird schon noch eintrudeln. Also, ihr wisst, was zu tun ist, ja? Ihr führt die Leute rum, zeigt unsere schönsten Stücke und gebt einfach Auskunft.« Alle nickten. Obwohl es lauter junge Erwachsene waren, wirkten sie wie Erstklässler vor dem Schulratsbesuch. »Gut, dann fangen wir jetzt alle an zu graben, meine Damen und Herren, ja?«

Als Kluftinger an der bunt gemischten Helfertruppe vorbeikam, nahm der Doktor gerade stolz auf einer umgedrehten Bierkiste Platz, als handle es sich dabei um einen Lehrstuhl für Paläontologie. Dann begann er mit beflissener Miene, den Lehm zu durchwühlen.

Der Kommissar suchte noch nach einem passenden Kommentar, da hörte er, wie einer der Studenten mit Blick auf den Doktor einer Kommilitonin zuflüsterte: »Hast du gesehen? Doktor Superschlau ist auch wieder da. Wie er damals beinahe den Oberschenkelknochen vom Udo zertreten hat, weil er draufgelatscht ist ... Was für ne Type!«

Kluftinger schloss die Augen und genoss den Moment.

»Na, wollen Sie auch mal ran an die Urzeitfunde?«, riss ihn Langhammers Stimme aus seinen Tagträumen. Er hielt dem Kommissar das Taschenmesserchen hin.

»Danke, aber jeder soll das machen, womit er sich auskennt.«

»Werden Sie denn Gelegenheit haben, ein paar Worte an den MP zu richten?«

Offenbar benutzten alle außer ihm diese Abkürzung. »Mei, könnt schon sein, dass sich das ergibt ...«

»Ach ja? Na, da bin ich ja gespannt! Wirklich ein aufregender Tag heute, was?«

Der Kommissar kniff die Augen zusammen. »Sagen Sie mal, Doktor, Sie sind aber nicht wegen ihm da, oder?«

»Aber ich bitte Sie, wo denken Sie hin! Ich bin nicht ganz unwichtig für die Bürgergrabung, darf ich sagen. Man schätzt hier meine wissenschaftlich-akademische Herangehensweise.«

»Ja, hab ich grad auch schon gehört.«

»Sehen Sie? Ich habe maßgeblich mitgewirkt, am Sensationsfund.«

Der Kommissar unterdrückte ein Grinsen. »Auch das ist mir zu Ohren gekommen.«

»Ja?«

»Ihre … Forscherkollegen von der Uni haben so was gesagt.«

Langhammer tat empört: »Dabei hatte ich drum gebeten, es nicht an die große Glocke zu hängen.«

»Ach was, Ehre, wem Ehre gebührt, gell?«, gab der Kommissar zurück und lächelte in sich hinein. »Au, ich hör grad über Funk, dass der Adler in Kürze landet.«

»Ich verstehe nicht, wer …?«

»Jetzt graben Sie mal weiter, dass es ein schönes Bild gibt.« Dann hörte Kluftinger, wie Maier seinen Funkspruch mit den Worten beendete: »Die Kuh muss jetzt vom Eis.«

Darüber würden sie noch zu reden haben.

Zehn Minuten später war Kluftingers anfängliche Aufregung vorbei. Nicht zuletzt, weil er und seine Mitarbeiter gar nicht allein für die Sicherheit des Ministerpräsidenten verantwortlich waren: Der hatte nämlich noch ein Auto voller Personenschützer und einen persönlichen Referenten mitgebracht. Die Organisatoren hatten zudem einen Waldweg im oberen Bereich der Grube ausfindig gemacht, der dem Politiker und seiner Entourage den schlammigen Weg durch die Grube ersparte.

Der Landesvater bedankte sich mit professioneller Freundlichkeit bei der Blaskapelle für ihr Ständchen und nahm die Präsente der Pforzener entgegen, ohne ihnen groß Beachtung zu schenken. Anschließend wurde in sämtlichen Kombinationen für Fotos posiert, wobei der Ministerpräsident nie sein aus dem Fernsehen bekanntes Lächeln verlor. Der Referent flüsterte seinem Chef beim Abschreiten der Lokalgrößen deren Namen und Funktion zu.

»Herr Polizeipräsident, kommen Sie!«, hörte Kluftinger in diesem Moment die Landrätin rufen. »Sie müssen unseren Landesvater begrüßen.«

Bevor er reagieren konnte, streckte der Ministerpräsident ihm seine Hand entgegen. »So, der Polizeipräsident, sehr schön. Eine der wichtigsten Positionen unseres Staatswesens«, sagte er in weichem fränkischen Singsang. »Was wär unsere Exekutive ohne ihre bedeutendste Säule, die Polizei?« Dann hörte der Kommissar Fotoapparate klicken und ging wie ferngesteuert auf den Mann zu, den er nur aus den Nachrichten kannte. »Kluftinger, grüß Gott, Herr Doktor Ministerialpräsident, also ... ich mein, ich bin nur der Interims-, nicht der richtige ... quasi bloß ... Zwischenrein-Präsident.«

»Ach so? Was ist denn mit dem richtigen passiert?«, fragte der Politiker, der in natura viel größer war, als Kluftinger gedacht hätte. Besonders beeindruckend fand er seine Adlernase.

»Wie ... also ... wer?«

»Der vorherige Polizeipräsident ...«

»Das war doch eine Frau.«

»Ja, dann, prima. Bayern braucht weibliche Führungskräfte.«

»Unbedingt«, stammelte der Kommissar.

»Aber auch männliche. So, dann, Herr ... schön, dass wir uns austauschen konnten.«

»Kluftinger.«

»Ganz genau. Hab schon viel Gutes gehört von Ihnen.«

Kluftinger stutzte. Tatsächlich? Hatte sich sein Wirken bis in die Bayerische Staatskanzlei herumgesprochen? Auf einmal durchflutete ihn eine warme Welle des Stolzes. »Von mir? Also, das kann doch nicht ...«

»Na ja, also, von Ihrer Behörde eben. Ihrem ... Präsidium.«

»*Er meint uns alle, bedank dich*«, quäkte plötzlich Maiers Stimme aus dem Knopf in seinem Ohr.

»Halt du dich da raus«, zischte Kluftinger zurück.

»Wie bitte?« Die lächelnde Miene des Ministerpräsidenten zeigte zum ersten Mal Risse.

Der Kommissar atmete tief ein. Er fühlte sich wie ein Firmling vor dem Weihbischof. Dabei war er selbst immerhin der Leiter einer Landespolizeibehörde. Da fiel ihm wieder ein, was Lucy Beer ihm geraten hatte. Er sah an der imposanten Erscheinung seines Gegenübers hinab und versuchte es einfach. Und tatsächlich: Es half, er fühlte sich deutlich weniger befangen. »Das ehrt mich, Herr Ministerpräsident, aber wissen S', da ist ja auch meine Mannschaft im Untergrund ... Hintergrund, mein ich, zurzeit haben wir sogar sechs, also nicht Sex, mein ich, nicht, was Sie denken, sondern bloß ... Abteilungen. Sie haben ja auch einen ziemlich langen ... Dings, was wollt ich jetzt sagen, zefix ...«

Der Ministerpräsident zog die Brauen zusammen. Er schien ein wenig irritiert, ebenso wie der Referent.

Hektisch versuchte der Kommissar, die Kurve zu kriegen: »Einen langen ... Anfahrtsweg gehabt. Genau. Toll, dass Sie mal im Allgäu sind.« Die Sache mit der imaginierten Nacktheit barg auch ihre Tücken.

Doch der Ministerpräsident hatte längst wieder sein professionelles Dauerlächeln aufgesetzt und spulte ein paar Allgemeinplätze ab. »Immer gern. Eine wunderbare Region. Was ganz Besonderes.«

»Herr Ministerpräsident, wir müssten dann«, drängte der Referent, während Kluftinger auf einmal ein penetrantes Klopfen auf seiner Schulter bemerkte. Er wandte den Kopf. Langhammer stand direkt neben ihm.

»Ah, Herr Ministerpräsident, welch eine Freude«, trällerte der Doktor.

Nervös blätterte der Referent in seinen Unterlagen. »Tut mir leid, den Mann habe ich nicht auf der Liste«, zischte er seinem Vorgesetzten zu.

»Kluftinger, jetzt! Stellen Sie mich vor!«, flüsterte Langhammer.

»Herrgott, Doktor, was soll denn das?«

Da wandte sich jedoch der Ministerpräsident von sich aus an den Arzt. »Ach, der Herr Doktor! Der große Finder. Herzlichen Glückwunsch. Wir werden uns gleich noch ein wenig unterhalten, aber nun gibt's erst einmal ein Foto, gell?«

Langhammer stellte sich strahlend neben den Ministerpräsidenten, und schon klickten die Auslöser. Ein schwitzender Referent schob schließlich noch den Kommissar dazu.

Während die Fotos gemacht wurden, forderte der Ministerpräsident den Doktor auf: »Erzählen Sie doch mal von diesem interessantesten Tag in Ihrer Karriere. Haben Sie gleich gewusst, dass Sie da an was Großem dran sind?«

Langhammer, der den Irrtum entweder nicht bemerkte oder einfach ignorierte, antwortete stolz: »Nun, obzwar ich öfters das Gefühl habe, an etwas Großem dran zu sein: Der interessanteste Tag in meiner Laufbahn war wohl, als es mir gelang, einem Zimmermann, der bei einem Sturz in einen zwanzig Zentimeter langen Stahlnagel gefallen war, diesen Fremdkörper nicht nur flugs aus dem Schädel zu entfernen, aus dem er seitlich herausragte, sondern die Wunde auch noch so exzellent zu versorgen, dass der Mann bereits sechs Monate später zu einer Expedition in den Himalaja aufbrechen konnte.«

Der Politiker sah ihn verständnislos an, dann riet ihm der Referent, einfach weiterzugehen. Langhammer, der sicher gern noch weitere Episoden aus seinem Berufsalltag zum Besten gegeben hätte, schaute ihm enttäuscht hinterher.

Der Tross näherte sich nun den Schaukästen, in denen ein Menschenaffen-Skelett zu sehen war. Die in der Grube gefundenen Knochen waren farblich markiert, die Lücken mit Nachbildungen gefüllt worden. Als Frau Doktor Lanz vom Pforzener Bürgermeister erwartungsvoll nach ihrer Meinung dazu befragt wurde, erklärte sie brummend: »Na ja, an sich ganz nett gemacht, allerdings fachlich falsch, das ist ja ein Bonobo, nicht der Udo.«

Einen Moment war es still. Der Bürgermeister blickte sich peinlich berührt um, offenbar auf der Suche nach jemandem, dem er die Schuld für den Lapsus zuschieben konnte.

Doch der Ministerpräsident wischte die Bemerkung beiseite, indem er anmerkte, der durchschnittliche Besucher werde das überhaupt nicht merken. Schließlich handle es sich um wunderschöne Knochen. Und man müsse auch nicht päpstlicher sein als der Papst, das halte er bei seiner politischen Arbeit ebenso.

Erleichtert applaudierten die Umstehenden, dann wurden weitere Fotos geschossen: im Grabungszelt, bei den freiwilligen Helfern und obendrein im Führerhaus des kleinen Baggers der Firma Swoboda. Der Inhaber, Martin Swoboda, ein weißhaariger, quirliger Herr im Trachtenanzug, wurde nicht müde, sich in einer kleinen Ansprache selbst dafür zu loben, dass er den Forschern seinen Bagger zur Verfügung stelle, damit die schneller vorankämen. Er sei stolz, Teil dieses einmaligen Projektes für das Allgäu, Bayern und die gesamte Menschheit zu sein. Danach versicherte er sich bei jedem einzelnen Fotografen, dass das am Bagger angebrachte Werbebanner der Firma auf den Bildern auch gut zu lesen war.

Während sich die angemeldeten Teilnehmer der Bürgergrabung – und damit auch Langhammer – an die ihnen zugewiesenen Plätze begaben, um weiterzubuddeln, hob der Ministerpräsident, dem von seinem Referenten ein Sonnenschirm über den Kopf gehalten wurde, zu seiner von den Anwesenden mit Spannung erwarteten Rede an. Kluftinger schielte dabei von hinten verstohlen auf das Manuskript: Immer, wenn ein Wort fett gedruckt war, betonte es der Politiker besonders, und wenn auf dem Papier ein Pfeil kam, der nach unten zeigte, sprach er auf

Punkt. Das Manuskript kam dem Kommissar vor wie die Notenblätter in der Musikkapelle. Die Guten unter ihnen, also die, die regelmäßig zur Probe kamen oder – für Kluftinger völlig unverständlich – gar zu Hause übten, konnten die Melodien mithilfe dieser Noten vom Blatt spielen. Und genau das tat der Ministerpräsident gerade: Er *sprach* vom Blatt. Alles hörte sich flüssig an, aber die Worte waren nicht die seinen, und die Satzmelodie war vorgegeben. Bestimmt hatte er das Manuskript noch nie vorher gelesen. Kluftinger war nicht etwa enttäuscht über diese Entdeckung, ganz im Gegenteil: Er fand es fantastisch, dass es Leute gab, die den schlimmsten Teil repräsentativer Aufgaben für andere übernahmen – das Redenschreiben. Und das auch noch so, dass es niemand merkte. Wenn er nur so jemanden hätte ...

Eine Bewegung im Augenwinkel lenkte ihn ab. Langsam wandte er seinen Kopf in die Richtung, aus der die Störung kam – und sah Langhammer! *Was zum* ... er schien ihm zu winken, aber im Gegensatz zu seinen sonst so ausladenden Gesten war seine Handbewegung verhalten, fast ... heimlich.

»Fest steht natürlich, dass wir mit diesem einzigartigen Fund auch eine besondere Verantwortung übernehmen«, tönte der Ministerpräsident gerade.

Kluftinger bekam das jedoch nur am Rande mit. Er starrte den Doktor an, der die Aufmerksamkeit des Kommissars nun offenbar auf die Fundstelle vor sich lenken wollte, denn er deutete mit dem Kopf immer wieder auf den Haufen Erde, vor dem er saß.

Dieser Mann gierte derart nach Beachtung, dass es wehtat, seufzte Kluftinger innerlich. Da hatte sich der Doktor schon auf das Foto mit dem Landesvater geschmuggelt und gab trotzdem keine Ruhe. Was wollte er denn noch? Einen neuen Namen für den Urmenschen? *Martin der Aufrechte* vielleicht? Oder die Umbenennung der Tongrube in *Langhammers Loch*? Der Kommissar musste über seine eigenen Wortschöpfungen grinsen. Schade, dass er sie niemandem je würde erzählen können. Langhammer allerdings erwiderte sein Lächeln nicht. Stattdessen lief sein Kopf rot an.

»... nur gemeinsam können wir diese Aufgabe bewältigen, also Gemeinde, Landkreis und Freistaat zusammen«, hallte die Stimme des Ministerpräsidenten durch die Grube. »Deswegen sichere ich bereits hier und heute großzügige Unterstützung für eine museumspädagogische Auswertung der bedeutendsten Funde auf Allgäuer Boden zu.« Applaus brandete auf, der Bürgermeister wirkte erleichtert, einzelne Bravorufe erschollen, Blitzlichter zuckten, und die anwesenden Pressevertreter notierten das Gesagte eifrig in ihre Blöcke.

Langhammer rief nun etwas, aber Kluftinger konnte ihn nicht verstehen, weil der Beifall der Umstehenden die Stimme des Doktors übertönte. Der fuhr sich fahrig über den kahlen Schädel und holte tief Luft. Da hob der Ministerpräsident die Arme wie ein Dirigent, und der Applaus verstummte augenblicklich. In diesem Augenblick brüllte Langhammer in die Stille: »Ich habe einen Menschen gefunden!«

Alle Köpfe ruckten herum und starrten den Doktor an, der in Matschhose und Gummistiefeln dastand und auf die Erde zeigte. Ein paar Sekunden war es still, keiner wagte, etwas zu sagen. Die Lokalpolitiker sahen peinlich berührt zwischen ihrem Landesherrn und dem Störer hin und her, als befürchteten sie, er könne seine finanzielle Zusage gleich wieder zurückziehen. Doch der Ministerpräsident setzte ein joviales Lächeln auf und antwortete in Langhammers Richtung: »Sehr gut, Herr Doktor. Es freut mich außerordentlich, dass Sie diesen besonderen Tag nutzen, um uns noch eine weitere wissenschaftliche Sensation zu bescheren. Hoffentlich darf ich bei der Namensgebung Pate stehen. Ich denke da an etwas wie *Homo Ministerpräsidentialis*. Aber vergessen Sie mir nicht das *sapiens*.«

Die Unsicherheit löste sich nun in erleichtertem Gelächter auf. Der Politiker, offenbar überzeugt davon, das Ganze sei ihm zu Ehren inszeniert worden, schritt vom Podium, forderte die Fotografen winkend auf, ihm zu folgen, und ging auf Langhammer zu, der weiter verzweifelt zu Kluftinger blickte.

Irgendetwas stimmte nicht, aber der Kommissar verstand noch immer nicht, was. Der Arzt stand wie versteinert da, als sich der Ministerpräsident vor ihm aufbaute und ihm anerkennend auf die Schulter klopfte. »So, dann zeigen Sie uns doch mal Ihr Prachtexemplar«, forderte er ihn auf. Wie in Trance wich der Doktor zur Seite und gab den Blick auf seine Fundstelle frei.

»Der ist aber noch gut erhalten«, polterte der Politiker, dann verstummte er, und seine Augen weiteten sich.

Aus dem Dreck am Boden ragte ein Arm etwa bis zum Ellenbogen heraus. Allerdings war der nicht skelettiert und versteinert wie die anderen Fundstücke. Es war ein Arm aus Fleisch und Blut, an einem der Finger prangte ein Siegelring, und sogar die Farbe der Jacke, in der der Arm steckte, ein dunkles Grün, war unter dem Matsch gut zu erkennen.

Schockiert blickten alle auf den grausigen Fund, den Arm, der aus der Erde herauszuwachsen schien. Erst das Klicken einer Fotokamera löste die Erstarrung der Anwesenden, dann ging alles ganz schnell: Der Ministerpräsident machte auf dem Absatz kehrt und lief zu seiner Limousine, die eine Hälfte der Journalisten folgte ihm, die andere blieb stehen und richtete ihre Objektive auf das Körperteil im Dreck. Kluftinger hörte, wie der Politiker seinen Verfolgern zuzischte, sie sollten aufhören, ihn zu fotografieren, um dann seinem Referenten mit drohend erhobenem Zeigefinger klarzumachen, dass nicht ein einziges Foto an die Öffentlichkeit gelangen dürfe, auf dem er mit einer Leiche zu sehen sei. Dann sprang er förmlich auf den Rücksitz des schwarzen BMWs, der sofort mit dreckspritzenden Reifen losraste.

Der Dirigent der Kapelle, der nicht mitbekommen hatte, was weiter oben passiert war, rannte panisch zum Tor, wobei er seinen Musikanten mit rudernden Armen bedeutete, sich zu sammeln, um dem hohen Besuch das vereinbarte Abschiedsständchen darzubringen. Einige begannen umgehend zu spielen, immer mehr stimmten ein, bis die Limousine an ihnen vorbeirauschte, wobei sie eine Pfütze durchfuhr und sich ein Schwall schlammigen Wassers auf die Trachtengewänder ergoss.

Auch Richard Maier, der hilflos dreinblickend neben ihnen stand, bekam etwas ab. Dieser Anblick löste nun endlich Kluftingers Erstarrung. Er nahm sein Funkgerät, bellte ein »Alles absperren, sofort!« hinein und wandte sich dann den Fotografen zu, die wie besessen Fotos machten. »Aufhören, keine Bilder mehr, weg da!«, schrie er. Nur am Rande nahm er wahr, wie der Bürgermeister immer wieder »Ein Desaster! Eine Katastrophe!« rief.

Ja, das war es, da musste Kluftinger ihm beipflichten. Doch nun war etwas anderes wichtiger: Sie mussten die Lage unter Kontrolle bekommen, sonst hatten sie in kürzester Zeit einen völlig kontaminierten Tatort ohne verwertbare Spuren. Denn dass es sich um einen Tatort handelte, daran hatte er keinen Zweifel. An dem Arm würde mit Sicherheit ein ganzer Körper hängen, der sich kaum selbst im Dreck verbuddelt haben dürfte.

Jetzt hörte der Kommissar die Rufe seiner Kollegen, sah, wie die uniformierten Beamten unten die Leute daran hinderten, unkoordiniert aus der Grube zu flüchten. *Wo ist eigentlich der Doktor?*, schoss es ihm plötzlich durch den Kopf, dann entdeckte er ihn, wie er wieder vor dem freigelegten Arm kniete und offenbar drauf und dran war, sich weiter daran zu schaffen zu machen. »Finger weg«, schrie er ihm zu, worauf der Arzt zusammenzuckte und die Plastikplane fallen ließ, die er in der Hand gehalten hatte. Anscheinend hatte er seinen Fund nur abdecken wollen, weswegen Kluftinger sein harscher Ton gleich wieder leidtat.

Inzwischen war es den Kollegen gelungen, die Leute etwas von dem Fundort abzudrängen. Endlich konnte er kurz durchatmen – und blickte sich um: Die Grube war zwar riesig, dennoch hatten es die paar Dutzend Menschen, die sich darin befanden, geschafft, ein veritables Chaos anzurichten. Wenigstens war niemand abgehauen, bis auf den Ministerpräsidenten, und sie würden die Zeugen in aller Ruhe befragen, wenn erst die anderen eingetroffen waren. *Die anderen!* Rasch griff Kluftinger erneut nach dem Funkgerät. »Hat schon jemand die anderen verständigt?«, fragte er hinein.

»Ja, hab ich gemacht. Die Karawane rollt an, *over*«, schepperte Maiers Stimme zurück.

Gut, immerhin einer, der die Übersicht behalten hatte, dachte der Kommissar selbstkritisch. Und wenn er noch so einen Schmarrn daherredete.

»Das ist der Professor«, hörte er plötzlich eine Stimme neben sich. Sie gehörte Theresa Lanz.

Er hatte sie in dem Tumult aus den Augen verloren, jetzt stand sie auf einmal neben ihm. »Was ist?«, fragte er.

»Professor Brunner.«

Kluftinger blickte sich auf dem Gelände um, sah aber niemanden kommen. »Wo denn?«

»Da.« Sie streckte die Hand aus und zeigte auf den Arm, der aus dem Dreck herausragte.

»Und der Ministerpräsident hat wirklich gedacht, dass da ein toter Aff' liegt?« Willi Renn nahm seine dicke Brille ab und rieb sich über die feuchten Augen.

»Na ja, die Versteinerung eines Menschenaffen halt. Aber das hab ich dir doch jetzt schon drei Mal erzählt«, seufzte Kluftinger. Er konnte ja verstehen, dass die Kollegen diese Geschichte erheiternd fanden, aber momentan gab es Wichtigeres zu tun.

»Ist aber immer wieder schön«, gluckste Renn. Der Erkennungsdienstler steckte in einem seiner Ganzkörperanzüge, der nur bis zur Hüfte noch seine ursprüngliche weiße Farbe erkennen ließ, von da abwärts wurden die Dreck- und Matschspritzer immer dichter und färbten das Kleidungsstück dunkelbraun. Der klein gewachsene Renn wirkte wie ein Erdmännchen, das zu lange im Schlamm gewühlt hatte. Wie den restlichen Mitarbeitern seiner Abteilung sah man ihm an, wie stark er unter seinem luftdichten Overall schwitzte.

Nun zwang sich der Kommissar dazu, endlich einen genaueren Blick auf den Toten zu werfen. Willis Leute hatten ihn mittlerweile ganz ausgegraben. Seine Kleidung – Jeans, T-Shirt und eine Windjacke – war über und über mit Schlamm bedeckt, wie auch das zur Seite gedrehte Gesicht und der Rest des Kopfes. Kluftinger war eigentlich ganz froh darum. Zu sehr brannten sich die starren Züge, die kalten Augen der Toten jedes Mal in sein Gedächtnis ein und verfolgten ihn nicht selten bis in die Nacht.

Dieser hier sah ihn nicht an, doch der Anblick reichte auch so. Es musste ein schrecklicher Tod gewesen sein, auch wenn nur wenig Blut zu sehen war. Die verrenkten Gliedmaßen reichten aus, um dem Kommissar trotz der hohen Temperaturen einen Schauer über den Rücken zu jagen. Dennoch versuchte er, genau hinzuschauen. Und sofort fiel ihm etwas auf: Der Tote trug keine Schuhe. Der rechte Fuß war nackt, den anderen bedeckte eine weiße Sportsocke.

»Habt ihr seine Schuhe gefunden?«, wollte er wissen.

»Bis jetzt nicht. Aber wenn du willst: Spaten und Hacken sind genügend da, darfst also gern suchen.«

»Danke, Willi. Jeder soll das machen, was er am besten kann.«

»Auweh, was war das noch mal bei dir, Klufti?«

»Jedenfalls nicht im Schlamm wühlen ...«

Renn grinste ihn an, dann bückte er sich wieder zum Opfer und drehte es aus der Seitenlage auf den Rücken. Der Mund des Mannes war zu einem stummen Schrei aufgerissen, erstickt von dem Dreck, der ihn ausfüllte. Ein schrecklicher Anblick. »Der ist nicht nur eingebuddelt worden, nach meinem Dafürhalten ist man auch ein paar Mal schön über ihn drübergefahren. Wahrscheinlich mit dem Bagger da drüben.« Willi zeigte auf die Baumaschine, die ein wenig abseits stand.

Kluftinger schluckte den aufkommenden Ekel hinunter.

Dann durchsuchte Renn die Hosentaschen des Opfers. Ohne aufzusehen, ächzte er: »Ehrlich, Klufti, hätt ich gleich wissen können, dass dein Spezialeinsatz als Personenschützer wieder in einer Katastrophe endet.«

Der Kommissar winkte genervt ab.

»Eine Katastrophe würde ich es nun nicht gerade nennen, was mein Fund da ausgelöst hat«, tönte es hinter dem Kommissar. »Was ans Licht muss, muss ans Licht.«

»Sind Sie immer noch da, Doktor?«, bemerkte Kluftinger, schnitt eine Grimasse in Richtung Renn und drehte sich erst dann zu Langhammer um.

»Natürlich, in der Paläontologie hat man eine gewisse Verantwortung für seinen Fund. Den überlässt man nicht einfach irgendwem anders.«

»In der ...« Kluftinger fehlten die Worte. Sein Blick ging zur Wissenschaftlerin Theresa Lanz, die neben ihnen stand und nervös an einer Zigarette zog. Sie zuckte nur mit den Schultern. Dann fuhr er fort: »Mag schon sein, Herr Doktor, dass das bei den Palädingsbums so ist, aber Sie haben keine Weltsensation entdeckt, sondern eine Leiche.«

»Wollen wir mal nicht beckmesserisch sein. Die meisten Dinge, die Paläontologen finden, sind tot.«

»Ja, aber an denen ist nicht mehr so viel dran wie am Professor«, erwiderte Kluftinger, doch als er seinen Worten nachhörte, fand er, dass sie etwas pietätlos klangen. Er wechselte das Thema: »Und Sie haben den Professor heute noch nicht gesehen oder gesprochen, Frau Lanz?«

»Nein. Wir alle haben uns gewundert, dass er nicht gekommen ist. Wo ihm Öffentlichkeit doch so ... wichtig war.«

»Das wär auch schlecht gegangen«, erklärte Willi Renn. »Wenn ihr mich fragt, hat der Herr Professor mit ziemlicher Sicherheit das heutige Morgengrauen nicht mehr erlebt.«

Kluftinger nickte. Dann wandte er sich wieder an die Paläontologin. »Ihm war die Presse also wichtig?«

Theresa Lanz blickte ihn prüfend an. »War nicht als Kritik gedacht. Ich meine nur, es war eben ungewöhnlich, dass er bei so was zu spät kam.« Sie blickte auf die Fundstelle. »Dabei war er die ganze Zeit schon hier ...«

Diese Bemerkung der Wissenschaftlerin fand Kluftinger noch unpassender als seine.

»Hatten Sie Streit mit dem Professor?«

Der Kommissar fuhr herum. Auch wenn das eine berechtigte Frage war, hätte er sie doch lieber selbst gestellt, statt sie Martin Langhammer zu überlassen. »Herr Doktor, das ist eine polizeiliche Ermittlung, kein Kinder-Detektivspiel.«

Der Arzt spitzte die Lippen. »Na, es wäre nicht der erste Fall, den wir zusammen aufklären, wie? Aber ich verstehe schon, ich werde mich mehr im Hintergrund halten und nur dann eingreifen, wenn ...«

»Lucy!« Kluftinger brüllte den Namen derart gellend in die Tongrube, dass alle um ihn herum zusammenfuhren. Als die junge Kollegin bei ihm war, nahm er sie beiseite. »Lucy, können Sie mal den Langhammer übernehmen? Das ist ein schwieriger Fall, wie soll ich sagen ...«

»Kein Thema, den Knaller kenn ich doch noch vom Tierfriedhof.«

Jetzt erinnerte sich Kluftinger wieder, dass ihm die Kollegin den Doktor schon einmal vom Hals geschafft hatte. Damals, am Grab seines ehemaligen Hundes Wittgenstein, hatte der Doktor auch das getan, was er am besten konnte: allen den Nerv geraubt.

Luzia Beer ging auf den Arzt zu, setzte ein interessiertes Gesicht auf und fragte ihn: »Herr Doktor, sagen Sie, wie war das, als Ihnen klar wurde, auf was Sie da mit Ihrer Spürnase gestoßen sind?«

Der Kommissar sah den beiden lächelnd hinterher, als sie sich, ins Gespräch vertieft, entfernten. Lucy wusste den Wichtigtuer zu nehmen. Maier hätte ihm nur wieder etwas von Kompetenzen und Dienstpflichten erzählt, was wahrscheinlich zur Eskalation geführt hätte. Er atmete tief durch und wandte sich dann wieder der Paläontologin zu, die etwas in ihr Handy tippte. »Wichtige Nachrichten?«, fragte er.

»Na ja, ich werde jetzt vieles organisieren müssen, damit es hier weitergehen kann.«

»Sie meinen die Grabungen?«

»Natürlich. Ich bin mir noch nicht sicher, was das alles für uns bedeuten wird, aber leichter macht es uns die Arbeit nicht gerade.«

Die Frau schien sich vor allem Sorgen um das Projekt zu machen. »Standen Sie sich nahe?«, fragte Kluftinger, auch wenn bereits ziemlich offensichtlich war, dass dem nicht so war.

»Professor Brunner und ich? Wie ... also, nein, ich meine ... schon, irgendwie.«

Er hatte sie verunsichert. Gut so. »Was denn nun?«

»Wir haben eng zusammengearbeitet. Aber ich hatte trotzdem meinen Bereich und er seinen.«

»Aha.«

»Ja, das ist allerdings völlig normal in der Wissenschaft.«

»Soso.«

»Brauchen Sie noch was von mir?«

Sie schien das Gespräch möglichst schnell beenden zu wollen. »Nein, im Moment nicht, aber ich habe sicher noch viele Fragen in nächster Zeit.«

»Also, ich werde natürlich sehr viel zu tun haben die kommenden Tage ...«, begann sie, aber als sie sah, wie er die Brauen zusammenzog, fügte sie an: »Aber wenn Sie was brauchen, melden Sie sich natürlich jederzeit.«

Der Kommissar blickte ihr nach. Ihm kamen jetzt schon einige Fragen in den Sinn, doch das hatte noch Zeit.

»Klufti!« Willi Renn winkte ihm. Er stand neben dem Kleinbagger. »Wir müssen den sicherstellen.«

Der Kommissar nickte. »Ich sag's dem Dings. Also, dem Inhaber.«

Martin Swoboda stand bei Richard Maier und rauchte. Kluftinger begab sich zu den beiden hinüber. »Herr Swoboda, wir müssen den Betrieb hier bis auf Weiteres ruhen lassen. Und natürlich Ihren Bagger sicherstellen«, erklärte er.

Der Angesprochene schaute ihn ungläubig an, dann pfefferte er seine Zigarette in den Schlamm. »So ein Scheiß! Ich brauch das Ding. Der eine da unten reicht mir nicht. Ist es nicht genug, dass ich wegen dem ganzen Kasperltheater sowieso schon nicht vernünftig abbauen kann? In meiner eigenen Grube? Muss man mir jetzt auch noch das Arbeitsgerät unterm Arsch wegpfänden?«

Konsterniert blickte Kluftinger den Mann an. Das klang so gar nicht nach dem Förderer von Wissenschaft und Forschung, den er gerade noch im Beisein des Ministerpräsidenten kennengelernt hatte.

Bevor Kluftinger jedoch darauf reagieren konnte, ergriff Maier das Wort: »Das bringt Ihnen gar nichts, wenn Sie hier unflätig rumschimpfen. Wir tun unsere Pflicht, und es ist Ihre als Bürger, uns dabei zu unterstützen.«

Der Kommissar wusste, dass Maier mit dieser Äußerung nur Öl ins Feuer goss, aber das war ihm in diesem Fall ganz recht, ja, er hoffte sogar, dass sein Kollege den Unternehmer damit noch mehr aus der Reserve lockte.

»Pflicht, Pflicht, ich hör immer nur Pflicht. Ich muss den Wissenschaftlern helfen, dass sie da diesen depperten Affen ausgraben können, ich muss einen Teil meiner Grube zur Verfügung stellen, damit die Menschheit mehr über ihre Scheißvergangenheit erfährt, ichmussichmussichmuss ... Wissen Sie, was ich muss? Geld verdienen muss ich. Meine Leute bezahlen muss ich. Meine Familie ernähren. Das muss ich, sonst muss ich einen Scheißdreck!«

Kluftinger hatte dem imposanten Ausbruch interessiert gelauscht. Der Mann hatte seine Maske nicht sehr lange aufbehalten, schon jetzt war deutlich zu sehen, was er von den Ausgrabungen auf seinem Grundstück wirklich hielt. Er wollte gerade nachsetzen, da zupfte ihn jemand am Ärmel. Langhammer stand wieder bei ihm. Suchend blickte sich Kluftinger um. Als er Lucy Beer erblickte, hatte sie eine Zigarette in der Hand und hob entschuldigend die Arme.

»Ich wäre jetzt bereit, meine Aussage zu machen«, erklärte der Doktor feierlich.

»Aha. Wären Sie.«

»Ja. Ich werde alles in meiner Macht Stehende tun, um der Gerechtigkeit auch diesmal zum Durchbruch zu verhelfen.«

Die Äderchen auf Kluftingers Wangen füllten sich mit Blut. Dennoch schaffte er es, seinen aufkeimenden Zorn zu unterdrücken. Stattdessen winkte er einen der Uniformierten zu sich. »Dem Kollegen hier können Sie Ihre Aussage diktieren«, sagte er zum Doktor. Er selbst musste nun wirklich los. Bevor er ging, nahm er den Polizisten beiseite und flüsterte ihm zu: »Nehmen Sie ihn bitte ordentlich in die Mangel, der wollte vorhin ein Skalpell aufs Gelände schmuggeln.«

Seufzend parkte Kluftinger seinen Passat vor dem Mehrfamilienhaus am Rande der Kaufbeurer Innenstadt. Er stieg aus und blickte zu den Fenstern im zweiten Stock, hinter denen er seine Familie vermutete. Die Jahre zuvor war er nur selten in der Ostallgäuer Stadt gewesen, auch hatte er nur mit mäßigem Interesse verfolgt, was in ihr so passierte. Dass sich sein Sohn mit seiner kleinen Familie einmal ausgerechnet hier ansiedeln würde, hatte er nie auf dem Zettel gehabt. Aber Markus hatte im Rahmen seiner Diplomarbeit eine Weile am Kaufbeurer Bezirkskrankenhaus gearbeitet und war hängen geblieben. Seit ein paar Wochen pendelte er nun ins Landeskriminalamt nach München. Kluftinger blähte stolz die Brust. Sein Sohn beim LKA – wer hätte das gedacht. Es freute ihn sogar mehr als seine eigene Ernennung zum Interims-Präsidenten.

Er schloss den Wagen ab und überquerte die kleine Rasenfläche vor der Wohnanlage, wobei er den Hinweis »Grünfläche betreten verboten« geflissentlich ignorierte. Dass es solche Verbote heutzutage noch gab, wunderte ihn – auch wenn, dem Trampelpfad nach zu urteilen, der vom kleinen Parkplatz zum Haus ging, nicht nur er sich darüber hinwegsetzte. Zweimal drückte er auf den Klingelknopf und trat sich die trotz seiner vorherigen Reinigungsaktion noch immer schlammigen Schuhe ab. Oben müsste er sie sowieso ausziehen – Yumiko und Markus wollten das so. Vielleicht wegen der japanischen Herkunft seiner Schwiegertochter? Jedenfalls kam er sich reichlich dämlich vor mit diesen labbrigen Filzpantoffeln, die er dann immer aufgenötigt bekam. Fast wie im Museum oder in einem Schloss, wo man Überschuhe tragen musste, um den wertvollen Boden nicht zu beschädigen. Dabei war der überwiegende Teil der Wohnung gefliest. Und er würde wie immer versuchen, nicht daran zu denken, wer vor ihm alles seine Füße in die Schlappen hineingesteckt hatte.

Die Schuhfrage war freilich nicht der einzige Grund, warum es ihm lieber war, wenn die Kinder nach Altusried kamen. Dort war er Herr im Haus. Hatte sich alles eingerichtet, wie es ihm behagte. Konnte vom Esstisch in seinen Sessel wechseln, wann er es für richtig hielt, das Fernsehprogramm bestimmen, sich auch mal zurückziehen. Hier war alles anders, denn hier war er das, was er eigentlich gerne anderen überließ: Gast.

Der Summer ertönte. Kluftinger betrat das Treppenhaus, das mit seinem mintfarbenen Metallgeländer den Charme der Neunziger versprühte und in seinen Augen damit ziemlich modern wirkte. Oben angekommen, zog er seine Haferlschuhe aus, da öffnete sich die Tür, und Markus streckte ihm die unvermeidlichen Pantoffeln entgegen.

»Servus, Vatter! Na, hast dich mit dem Ministerpräsidenten verquatscht, hm?«

»Servus, Markus«, erwiderte der Kommissar, und sie klopften sich wie immer zur Begrüßung ungelenk gegenseitig auf die Schulter. Eine bessere Variante, einander ihre Zuneigung zu demonstrieren, hatten sie bisher nicht gefunden.

Achselzuckend sah der Kommissar auf die Uhr. »Bissle spät, ich weiß. Aber stell dir vor, was in der Tongrube …«

»Du, kein Problem, Vatter, bloß den Erdbeerkuchen, den die Mama mitgebracht hat, haben wir komplett aufgegessen. Aber wenn du willst, mach ich dir noch schnell einen Kaffee. Espresso? Oder lieber nen Cappuccino?«

»Danke, Bub, lass lieber, sonst steh ich heut Nacht wieder im

Bett«, winkte Kluftinger ab. Eigentlich hätte er gegen ein Tässchen Kaffee nichts einzuwenden gehabt, wenn es nicht ausgerechnet ein Espresso aus Markus' Wundermaschine gewesen wäre. Von seinem ersten Gehalt beim LKA hatte er sich eines dieser chromglänzenden italienischen Ungetüme nebst Mühle gekauft und experimentierte seitdem mit Mahlgrad, Wasserhärte und Röstung herum. Dadurch schmeckte der Kaffee nicht nur immer anders, sondern leider auch oft ziemlich bitter.

Der mit Kinderwagen und Babytrage vollgestellte Hausgang führte in die Küche, von der aus man zu einem kleinen Essbereich und weiter ins Wohnzimmer gelangte. Oder das, was die beiden Wohnzimmer nannten: Statt einer gemütlichen Couchgarnitur über Eck hatten sie dort nur ihre unbequemen Schlafsofas aus Studentenzeiten hingestellt, als Sofatisch dienten ein paar alte Obstkisten, über die eine Glasplatte gelegt war. Eine Schrankwand fehlte gänzlich, dafür hatte sich Markus in einer Ecke mit dem alten Gartentisch seiner Oma und einem Klappstuhl eine Arbeitsecke eingerichtet. Nicht einmal einen Fernseher hatten sie. Kluftinger hatte sich schon oft gefragt, was Markus und Yumiko wohl den ganzen Abend lang machten.

Die Wohnung an sich war hell und nett geschnitten, wenn man von dem winzigen Balkon absah, der erstens auf die Bahnlinie ging und zweitens so klein war, dass darauf nur einer dieser winzigen Bistrotische und zwei Stühle passten. Weil es an Durchzug fehlte, staute sich die Hitze des Tages in den Zimmern wie in einem Gewächshaus. Es war eben »nur« eine Wohnung, die jeden Monat Miete kostete. Höchste Zeit, dass sich die Kinder etwas Eigenes suchten. Vielleicht in Altusried ...

»Schau, Vatter, was ich mir gestern auf dem Wertstoffhof geschossen hab«, sagte Markus und deutete den Hausgang entlang auf ein hölzernes Nachtkästchen, das nicht nur völlig zerschrammt, sondern auch noch über und über mit Aufklebern zugepflastert war.

»Für den Keller?«

»Schmarrn, das kriegt die Maxima in ihr Zimmer, ich muss nur ein bisschen drüberschleifen und -streichen.«

Kluftinger sah seinen Sohn stirnrunzelnd an. »Aber wenn ihr bald anfangt zu bauen, dann ...«

»Wir bauen?«

Das Thema hatten Kluftinger und Erika schon ein paarmal angeschnitten und waren immer auf vehemente Ablehnung gestoßen. Aber wie war das doch mit dem steten Tropfen? »Ja, dann habt ihr Platz, einen Garten, eine Garage, ein oder zwei schöne Kinderzimmer ...«, fabulierte er.

»Herrgott! Ich hab's euch schon hundertmal gesagt, ich hab nicht vor, mir eines dieser ewig gleichen Einfamilienhäuschen mit Handtuchgarten und Fertigcarport in einer aufstrebenden Stadtrandgemeinde hinzustellen, okay? Ist halt einfach nicht unser Lebenstraum.«

»Könnt ja auch was renovieren. Ist doch viel sinnvoller, was Eigenes abzubezahlen, als das Geld dem Vermieter in den Rachen zu werfen.«

»Vatter, hör auf! Wir wohnen hier in unserer Wohnung. Und das bleibt auch so. Basta.«

Kluftinger hob beschwichtigend die Hände. »Soll ich mich mal umhören? Kostet ja nix.«

»Übertreib's nicht, Vatter! Außerdem erben wir ja eh mal euer Haus«, schob sein Sohn grinsend nach. »Beziehungsweise übernehmen es, wenn ihr ins betreute Wohnen geht nach deiner Pensionierung. Ist ja nicht mehr soo lang hin.«

Kluftinger kniff die Augen zusammen. Markus hatte das in letzter Zeit schon ein paarmal gesagt. Scheinbar im Spaß, aber spekulierte er tatsächlich bereits auf sein Elternhaus? Wartete sein Sohn, sein eigen Fleisch und Blut, nur darauf, dass er in einem Seniorenheim versauerte, damit …

»Butzele, kommst du endlich mal rein zu uns? Die Maxima kann's gar nimmer erwarten«, tönte Erika aus dem Wohnzimmer.

»Wir sprechen uns noch, Erbschleicher!«, brummte der Kommissar, eilte ins Wohnzimmer, begrüßte kurz Yumiko und seine Frau, dann gehörte seine ganze Aufmerksamkeit seiner Enkeltochter, die bereits glucksend die Arme nach ihm ausstreckte. »Ja wo ist denn mein kleines Engele, hm? Hast schon auf den Opa gewartet, gell?«

»Nicht nur das kleine Engele, auch das große!« Erika sah demonstrativ auf die Uhr.

»Das große Engele? Wer soll denn das sein, bitte?«, erwiderte ihr Mann augenzwinkernd.

»Hättest ja wirklich mal anrufen können. Hab gedacht, du hast mich vergessen und bist allein heim.«

»Schmarrn! Ich fahr doch nicht aus Kaufbeuren heim, ohne mein kleines Engele besucht zu haben!«

Erika stand auf, als habe sie nur darauf gewartet, endlich gehen zu können. Doch Kluftinger zog sich vom Esstisch einen Stuhl heran und nahm Platz. Schließlich hatte er sich seinen gemütlichen Familienabend redlich verdient. »Ich wär natürlich viel früher da gewesen, aber jetzt stellt euch vor, was in der Tongrube …«

»Kömmer jetzt?«, drängte seine Frau. »Ich bin lange genug im Weg umgegangen. Die beiden haben zu tun.«

»Ach so? Was denn?« Er ließ den Blick durch den Raum wandern. »Klar, man müsst vielleicht ein bissle aufräumen, aber das könnt ihr doch heute Abend noch.«

»Nein, für die Doktorarbeit, gell, Yumiko? Und der Bub muss auch noch was lesen fürs G'schäft.«

Jetzt erhob sich auch Yumiko und deutete ein Nicken an.

Der Kommissar blieb demonstrativ sitzen. »Heut ist Sonntag, da kann die Arbeit auch mal ruhen.«

»Sagt der, der den ganzen Tag im Einsatz war«, merkte Erika an.

»Das ist was anderes bei mir. Die Kinder wollen doch auch was von mir haben, oder, Yumiko?«

Seine Schwiegertochter lächelte ihn unsicher an, dann ließ sie sich neben Markus zurück aufs Sofa sinken.

»Kaffee habt ihr ja schon getrunken, hab ich gehört«, sagte Kluftinger, während er seine Enkelin auf dem Arm hin und her wippte, was die mit hellem Gelächter quittierte.

»Dreimal, ja«, erklärte Erika kurz, die noch immer neben ihm stand.

»Aber wie wär's denn, wenn wir noch zusammen essen, heut Abend? Hunger hätt ich. Wir sind nämlich gar nicht zum Essen gekommen, weil wir in der Tongrube ...«

»Also, wir haben leider gar nichts im Haus, was wir euch anbieten könnten«, sagte Yumiko schnell.

»Ach was, es braucht doch auch gar nix Besonderes sein. Einfach, was ihr auch essen würdet. Eine kleine Brotzeit mit ein bissle Käse und einem Salat tut's völlig.«

Erika schüttelte den Kopf. »Wir können uns doch nicht einfach einladen.«

»Was die Yumiko meint, ist, dass wir nix im Haus haben«, präzisierte Markus. »Also quasi buchstäblich: nix.«

»Siehst du, Butzele? Wir fahren jetzt!«

»Bub, ein Stückle Käs, ein paar Landjäger, ein Schnittlauchbrot, das reicht. Ist doch gemütlich.«

»Wir haben nix davon im Kühlschrank.«

Ungläubig schaute der Kommissar zu Erika, die nur mit den Achseln zuckte.

»Verstehe. Und was habt ihr dann so zum Abendessen geplant?«

»Mei, eigentlich gar nix, oder, Miki?«

»Und die Maxima?«, warf Erika besorgt ein.

»Kriegt ein Babyglas, keine Angst, Oma, das Kind verhungert schon nicht.«

Plötzlich hellte sich Erikas Miene auf. »Wisst ihr was? Dann fahren wir jetzt einfach alle zu uns, wir haben schließlich immer was in der Speis und im Kühlschrank.«

»Du, wir holen uns nachher einen Döner oder lassen uns ne Pizza kommen«, sagte Markus.

»Was von beiden denn?«, fragte der Kommissar.

»Mal schauen, Vatter, pressiert ja nicht.«

»Na ja, ich hätt schon ziemlich Hunger, wie gesagt.«

»Ach so, ihr wollt auch ...« Markus klang verwundert, doch seine Mutter fiel ihm mit einem »Nein, wir fahren heim!« ins Wort.

»Freilich essen wir mit euch Pizza«, beharrte ihr Mann dagegen. »Ich zahl auch.« Dann schob er nach. »Also für mich. Und die Mama.« Als seine Frau ihn entsetzt anblickte, schloss er: »Und für euch.«

Die Kinder tauschten einen kurzen Blick. »Klar, Papa!«, versetzte Yumiko müde.

Kein Wunder bei ihrer Doppelbelastung, dachte Kluftinger. »Also, wo bestellen wir?« Er nahm wieder Platz und rieb sich die Hände. Erika hatte ihren Widerstand aufgegeben und setzte sich ganz vorn auf die Sitzfläche, wie jemand, der auf dem Sprung war.

»Im *Felice* vielleicht? Da geht es wenigstens schnell«, schlug Yumiko vor und ergänzte: »Also, weil du doch so Hunger hast, Papa.«

Kluftinger lächelte. Seine Schwiegertochter verstand ihn einfach.

»Also gut. Und was?« Markus hielt bereits sein Handy in der Hand.

»Ich nehm eine kleine Tomate-Käse«, sagte Erika.

»Miki, du wie immer?«

Die Japanerin nickte.

»Okay, also eine *Margherita* klein, eine kleine mit Kapern und Zwiebeln, für mich eine große *Quattro Formaggi*, und du, Vatter?«

Kluftinger überlegte. »Gibt's keine Speisekarte?«

»Ich glaub, die haben nicht mal eine Website, ehrlich gesagt. Aber ich denk, die haben die gängigen Zutaten alle da.«

»Dann nehm ich auch eine *Vier Jahreszeiten*.«

Markus runzelte die Stirn. »Wieso auch?«

»Wie du.«

»Ich nehm aber *Vier Käse*.«

»Au, nein, das ist mir zu fett.«

»Okay, also *Vier Jahreszeiten*.«

»Nein, lieber doch nicht.«

»Aber Vatter, gerade wolltest du noch eine.«

»Ich hätt die nur genommen, wenn du sie auch gewollt hättest.«

»Aber ich will sie ja gar nicht.«

»Eben. Drum nehm ich sie jetzt auch nicht mehr.«

Markus sog die Luft tief in seine Lungen. »Okay. Was dann? *Capricciosa?*«

»Wie kommst du denn darauf?«, fragte Kluftinger erstaunt.

»Weil du die früher immer genommen hast.«

»Ich? Wo?«

»Im *Roma*, in Altusried.«

»Im *Roma?* Schmarrn. Da hab ich eine mit allem genommen.«

»Und die hieß *Capricciosa*, gell, Mama?«

Erika zog die Schultern hoch.

»Also, mit allem, Vatter?«

»Nein, ich weiß ja gar nicht, was alles bedeutet, in diesem *Felipe*. Wird mir vielleicht zu viel dann.«

»*Felice.*«

»Genau. Am End tun sie noch Fisch drauf. Oder Eier! Hat man alles schon erlebt. Nein, ich nehm eine große Pizza *Felipe*, ohne Fisch. Und ohne Ei. Und ohne … Muscheln. Dafür mit viel Zwiebeln, wenn sie nicht eh schon drauf sind.«

»Wo drauf?«

»Na, auf der Pizza *Felipe*.«

»*Felice.*«

»Dann halt auf der.«

»Woher weißt du denn, dass es die überhaupt gibt?«

Kluftinger hob die Brauen. »*Eine* Pizza auf der Karte heißt immer wie das Lokal. *San Remo* oder *Vesuvio* oder sonst wie. Wird es auch dort geben.«

»Wo?«

»In deinem *Felipe*, zefix!«

Markus drückte ohne weiteren Kommentar auf sein Display und hielt sich das Telefon ans Ohr.

»Schau, Schätzle, jetzt bestellt dein Papa Pizza. Bald isst du auch mit, dann brauchen wir fünf«, säuselte Kluftinger seinem Enkelkind ins Ohr. »Ach, Markus, lieber auch ohne Peperoni und Paprika, die vertrag ich nicht mehr so. Und keinen Mais.«

Markus hielt seinem Vater das Telefon hin. »Bestell grad selber, ich blick da nicht mehr durch.«

Damit ließ er sich ins Sofa fallen und legte resigniert seinen Arm um seine Frau.

»Pizzeria Felice, hallo?«, hörte der Kommissar da bereits.

»Ja, grüß Gott, hier ist Kluftinger, Altusried. Ich hätte gern Pizza bestellt. Vier, um genau zu sein.«

»Tut mir leid, liefern wir nur Kaufbeuren, Pforzen und Irsee.«

»Ja, wir sind ja in Kaufbeuren.«

»Nix Altenried?«

»Doch, schon. Aber Altusried. Wir wohnen in Altusried.«

»Ich sage ja, wir liefern nix außerhalb.«

»Nein, das Essen soll ja nach Kaufbeuren, wissen S', da wohnt unser Sohn mit seiner Frau, und unsere ...«

»Welche Nummer, Signore?«

Kluftinger hielt eine Hand vor das Handy und flüsterte: »Wie heißt noch mal eure Hausnummer, Markus?«

»72a.«

Kluftinger gab die Straße und die Zahl durch.

»Nummer gehe nur bis fumfundraisig.«

»Aber der Markus wohnt in der ...«

»Brauche Nummer von Pizza.«

»Die Nummern weiß ich nicht. Wir wollen eine *Margherita*, das ist wahrscheinlich die Eins. Dann eine *Quattro Statione* und eine *Knoblauch-Sardellen*.« Er sah Yumiko prüfend an. Die schüttelte den Kopf und flüsterte: »*Zwiebeln-Kapern*. Klein.« Markus grinste still vor sich hin. Kluftinger wandte sich wieder dem Pizzamann zu. »Entschuldigung. Die mit den Sardellen geht raus, dafür eine mit Zwiebeln und Kapern. Klein. Wie die *Margherita*. Und die mit dem Käse groß.«

»Welche Käse?«

»Moment, da muss ich nachfragen, welche Käsesorten mein Sohn will.«

»Warum Käsesorte, Signore? Wir nehmen Gouda und Mozzarella. Immer.«

»Soso. Und welche noch?«, fragte Kluftinger misstrauisch.

»Wie: noch, Signore?«

»Für die Vier-Käse-Pizza.«

»Ah, Sie wolle *Quattro Formaggi*?«

»Genau. Eine *Vier Käse*. Und für mich noch eine ... lassen Sie mich überlegen.«

»Also funf.«

»Nein, vier. Vier Käse.«

»Signore ...«

»Für mich eine *Felice*, bitte. Aber ohne Fisch, Muscheln, Peperoni ...«

»Was bitte isse das?«

»Pizza *Felice*, nach Art des Hauses.«

»Gibt nix. Art des Hauses bei uns heißt *Pizza della Casa*. Wie uberall.«

Kluftinger überlegte, ob er den Mann über die Gepflogenheiten der internationalen Pizza-Benennung aufklären sollte, entschied sich jedoch wegen seines knurrenden Magens dagegen. »Hm, dann würd ich mir die *Felice* selber zusammenstellen. Aber Sie können sie danach gern auch so nennen. Haben Sie Tomatensoße?«

Am anderen Ende blieb es still.

»Hallo?«

»Sì?«

»Ob Sie Tomatensoße haben?«

»Ich frage nach, un momento.« Dann schloss er ohne Pause an. »Ja, isse zum Gluck noch eine Glas da.«

»Also, dann mal auf jeden Fall Tomate und Käse, gern diesen Mozzarella. Und dann bitte Oliven. Haben Sie grüne?«

»Habe wir, sì.«

»Ich mag allerdings lieber schwarze.«

»Habe wir auch.«

»Gut, dann bitte Käse, Tomate, schwarze Oliven ohne Stein, Hinterschinken ...«

»Habe wir nur Vorderschinken.«

»Dann eine schöne Salami.«

»Pizza Salami?«

»Nein, also, zusätzlich Salami.«

»Bene, facciamo sei pizze. Altro?«

»Und dann Zwiebeln. Rote, wenn's gehen tät. Ja, und vielleicht noch ein paar Pilze. Welche hätten Sie denn? Steinpilze?«

»Habe Champignons. Frisch.«

»Hm, ich mag ja auf der Pizza lieber die aus der Dose, aber von mir aus.«

»Signore ...«

»Ja, also, was haben wir denn jetzt alles schon drauf auf meiner Pizza?«

»Hallo? Hallo? Signore? Kann ich Sie nix mehr hore!«

Kluftinger runzelte die Stirn, übergab Erika flugs das Kind und brüllte nun ins Handy: »Hören Sie mich jetzt? Können Sie noch mal meinen Belag wiederholen, bitte?«

»Signore, tut mir sehr leid, isse gaaaanze schlechte Verbindung jetze. Wir bringe die Pizze so schnell wie moglich zu Ihre Adresse. Wie gewunschen. Dreiviertelstunde. Arrivederci.«

»Ja, alle wie ... derci. Genau.«

Er drückte auf den roten Knopf und blickte in die Runde. Yumiko und Markus grinsten, während Erika ihn entgeistert ansah.

Markus reckte den Daumen nach oben. »Ich bin so gespannt, was wir kriegen, ehrlich.«

»Klar, danach kann man sich immer drüber erheben, was der alte Vatter wieder falsch gemacht hat, aber vorher hat man nicht den Mumm, selber anzurufen.«

»Soll ich den Tisch decken?«, bot Erika an.

Ihr Sohn winkte ab: »Schmarrn. Können wir doch gleich aus dem Karton essen.«

Man sah Erika an, dass sie mit dieser Lösung nicht gerade glücklich war, sie sagte aber nur: »Ich hoff, dass euch das nicht zu lange dauert, wegen eurer Arbeit.«

Kluftinger holte tief Luft, endlich konnte er von seinem Tag erzählen.

»Also, was ich sagen wollt«, setzte er an, »heute in der Tongrube, da war doch der MP da.« Er wartete, bis sie nachfragen würden, was die Abkürzung denn bedeutete, um ihnen dann zu erklären ...

»Ist der Ministerpräsident eigentlich wirklich so groß, wie er im Fernsehen wirkt?«, wollte Erika wissen.

»Der Minister... ja, mei, schon, aber was ich sagen wollt ...«

»Hast mit ihm geredet?«, hakte sie nach. »So richtig?«

»Ja, das hab ich. Aber jetzt pass auf ...«

»Und, ist er nett?«

»Mei, was weiß ich?«

»Magst ein Bier zur Pizza, Vatter?«, fragte Markus unvermittelt. »Ich hab ein ganz cooles neues Craftbeer, aus dem Irseer Kloster.«

Ein Kraftbier war Kluftinger eigentlich zu stark, außerdem fürchtete er, dass es schmeckte wie das unsägliche Nährbier, das seine Mutter ihm immer eingeflößt hatte, damit er »ein bissle zu Kräften« kam. »Gern, Bub«, sagte er dennoch. Irgendetwas musste er ja trinken.

Sein Sohn verschwand in der Küche, und eine unangenehme Stille breitete sich aus. Niemand sagte etwas, alle starrten die kleine Maxima an, als erwarteten sie, dass sie irgendetwas tun würde, um die Situation aufzulockern. Doch das Kind schaute die Erwachsenen nur gespannt an. So saßen sie minutenlang einfach nur da und schwiegen. Normalerweise kam es fast nie zu solchen ruhigen Momenten zwischen ihnen. Aber Yumiko wirkte abwesend, und auch Erika schien sich unbehaglich zu fühlen. Man merkte ihr an, dass sie krampfhaft nach einem Thema suchte. Sicher, er könnte vom Leichenfund erzählen, aber wenn Markus dann später dazukäme, hätte er das Wichtigste verpasst, und Kluftinger würde wieder von vorn anfangen müssen. Also blieb er still sitzen und pfiff ganz leise die

Melodie der *Bergvagabunden* vor sich hin. Dabei blickte er sich im Raum um. Über dem Esstisch hing eine blanke Lampenfassung. »Ich glaub, wir haben noch unsere alte Wohnzimmerlampe auf dem Dachboden, Yumiko«, erklärte er und zeigte auf die nackte Glühbirne. »Die ist zwar nicht mehr ganz frisch, aber wenn ihr wollt ...«

»Lieb von euch, aber wir haben schon ne Lampe im Auge. Können wir uns noch nicht ganz leisten ...«

»Aha, ja, dann ...«

Erneute Stille.

»Unsere kleine Maxima hat jetzt übrigens eine Nanny gekriegt«, platzte Erika heraus. Kluftinger hob den Kopf. *Nanny*, war das nicht dieses Plüschspielzeug, das wiehern und laufen konnte? Er hatte neulich ein paar dieser quietschbunten Dinger in einem Drogeriemarkt gesehen. »So? Das ist ja ... nett. Welche Farbe hat sie denn?«

»Wer?«

»Die ... Nanny.«

»Welche Farbe?«, wiederholte Yumiko irritiert. »Sie ist Deutsche, Papa, wenn du das meinst.«

»Ah, *Made in Germany*, Respekt! Selten heute. Die meisten von denen kommen doch aus Fernost.«

Yumikos Miene verfinsterte sich.

»Aus ... China. Magst sie mir mal zeigen, Maxima?«

Erika schüttelte den Kopf. »Butzele, kann's sein, dass du gar nicht weißt, was eine Nanny ist?«

»Ich? Doch klar, das sind so ... Pferde. Oder waren es Einhörner?«

Er erntete lautstarkes Gelächter der beiden Frauen. Markus kam mit Bier und Spezi zurück und fragte nach dem Grund der allgemeinen Heiterkeit.

»Der Vatter hat gedacht, eine Nanny wär ein Stoff-Einhorn«,

erklärte seine Mutter. Wieder begannen die Frauen zu lachen. Markus schüttelte grinsend den Kopf.

»Könnt ich netterweise mal erfahren, wovon ihr redet, zefix?«

»Miki und Markus haben jetzt ein Kindermädle.«

»Ein was?«

»Tagesmutter trifft es vielleicht eher«, präzisierte Markus.

»Soso, und wofür?«, fragte der Kommissar.

»Na, damit sich jemand um dein Engele kümmert.«

Kluftinger wägte kurz ab, was er sagen konnte, ohne allzu konfrontativ zu klingen. »Aber das Engele hat doch Eltern und Großeltern.«

»Die Frau Wohlrat kümmert sich vor allem dann, wenn wir keine Zeit haben«, erklärte Yumiko. »Wenn Markus unterwegs ist und ich an meiner Dissertation sitze.«

»Die Frau Wohlrat, soso. Aber die wird das wahrscheinlich nicht umsonst machen, oder?« Der Gedanke nach der Finanzierung war Kluftinger als Erstes durch den Kopf geschossen.

»Zur Hälfte übernehmen das meine Eltern«, sagte Yumiko lächelnd. »Ich wurde auch von einer Tagesmutter betreut, bei uns in Japan hat das durchaus Tradition in gewissen Kreisen.«

»Tradition. In gewissen Kreisen, aha.«

»Und ich hab gesagt, dass wir die zweite Hälfte zahlen. Ist doch blöd, wenn wir zwei immer nur sparen und die Kinder müssen jeden Pfennig umdrehen«, sagte Erika unvermittelt. »Oder, Butzele?«

Kluftingers Mund wurde trocken. »Findest du?«

Der Kommissar sah seine Frau zweifelnd an. Er war sich ziemlich sicher, dass auch sie von dieser Entwicklung nicht begeistert war. Warum aber hatte sie dann angeboten, dafür zu bezahlen, noch dazu, ohne sich mit ihm abzustimmen?

»Du, Vatter, wenn dir das zu viel ist, lassen wir's. Muss echt nicht sein, wir kriegen das auch so hin.«

»Das können wir uns schon leisten«, insistierte Erika. »Stimmt doch, oder?«

»Ich ... ja, glaub schon. Und was macht die dann so? Putzen? Kochen?«

Yumiko zog die Brauen hoch. »Also, nein. Findest du denn, wir brauchen eine Zugehfrau?«

Markus sprang ihr zur Seite. »Unsinn. Putzen kann ich doch wirklich selber.«

»Du?«, hakte der Kommissar ein. Er blickte zu seiner Frau, die nur kurz mit den Achseln zuckte.

»Ja, ich. Für mich ist es Erholung, wenn ich aus München komm. Und kochen tun wir eh meistens zusammen.«

Kluftinger nickte. Er wusste, dass Familien inzwischen anders funktionierten als früher. Und er gab sich auch wirklich alle Mühe, das normal zu finden. Meistens jedenfalls.

Wieder war es eine Weile still. Irgendwann schaute Erika auf die Uhr. »Die Pizza müsst doch allmählich mal kommen, oder?«

»Könnte vielleicht am komplizierten Bestellvorgang liegen, Mama«, versetzte ihr Sohn grinsend.

Für Kluftinger jedoch war das Thema Kinderbetreuung noch nicht beendet. »Man weiß halt nie, wie das für ein Kind ist, wenn sich jemand Fremdes drum kümmert. Die Eltern und die eigene Familie sind doch das Beste, oder, Erika?«

»Ja, mei, so sehen wir das halt. Für mich wäre es nicht infrage gekommen, aber das war eine andere Zeit, und ich war Hausfrau. Da gibt es heut ganz andere Ansichten.«

Der Kommissar traute seinen Ohren nicht.

»Ist doch nur tagsüber für ein paar Stunden«, beruhigte ihn seine Schwiegertochter. »Ein wenig Input von außen kann sicher nicht schaden. Es ist wichtig, dass ein Kind über die Eltern hinaus Bezugspersonen hat, an denen es sich orientieren kann. Die Frau Wohlrat ist übrigens vom Fach, sie hat Pädagogik studiert.«

Auch das noch, schoss es Kluftinger durch den Kopf. Wer wusste schon, welche Erziehungsformen die an seiner kleinen Enkeltochter ausprobieren würde. »Wieso bringt ihr die Maxi nicht einfach zu uns? Dann hat sie auch einen Haufen von dem ... Input. Und wir freuen uns.«

»Mensch, dass wir da nicht selber drauf gekommen sind!« Markus klatschte die Hand gegen die Stirn, bevor er weitersprach: »Da fahr ich einfach jeden Morgen um fünf hier los, liefere meine Tochter bei euch ab und fahr von da aus weiter nach München.«

»Klar, das ist doch nett. Kannst immer mit uns frühstücken, wenn du magst.«

»Logisch. Und am Abend alles wieder retour. Die vierhundert Kilometer am Tag sind doch ein Klacks.«

»Es muss ja nicht jeden Tag sein. Und abends, nach dem Geschäft, kann ich die Kleine ja auch mal bringen. Oder die Mama. Die freut sich, wenn sie rauskommt. Und vor allem, wenn sie ihr kleines Engele um sich hat, gell?«

Erika nickte zögerlich. »Klar freu ich mich. Und wie. Bloß Montagnachmittag ist schwierig, und Mittwoch und Freitag, da helf ich in der Flüchtlingsunterkunft.«

»Sorry, Leute, war ein Witz«, hakte Markus ein. »Kommt doch gar nicht infrage!«

»Jetzt wart doch mal, Bub.« Kluftinger gab sich noch nicht geschlagen und wandte sich an seine Frau. »Schau, Schätzle, es ist doch so: Wenn du dich regelmäßig um die Maxima kümmern darfst, dann hast du eine Aufgabe und brauchst das Flüchtlingsheim gar nimmer.«

»Die brauchen aber mich«, zischte seine Frau zurück. »Noch dazu jetzt, wo wir den großen Flohmarkt planen.«

»Ja, weiß ich doch, das hast du jetzt bloß in den falschen Hals ... Wann kommt denn eigentlich diese Dreckspizza, zefix?«

»Ich glaub, das wird nix mehr«, seufzte Erika und erhob sich.

»Soll ich noch mal anrufen und fragen?«, bot der Kommissar an, doch alle schüttelten die Köpfe.

Widerwillig stand Kluftinger auf. »Was ich noch erzählen wollt, heut in der Tongrube ...«

Erika zog ihn am Arm. »Ein andermal.«

Yumiko und Markus erhoben sich und begleiteten sie hinaus. Als der Kommissar die Wohnungstür aufzog, stand er jedoch direkt dem Pizzaboten gegenüber, der eben auf den Klingelknopf drücken wollte.

»Hallo, die Pizzen für Klunzinger, ist das hier?«

Kluftinger bekam sieben Pappkartons überreicht.

»Macht achtundsechzig Euro zehn, die meisten geben siebzig. Und der Wein geht aufs Haus.«

Der Bote hielt Kluftinger eine Zweiliterflasche hin.

»Augenblick, wir hatten aber nur vier bestellt.«

Der junge Mann mit Basecap sah ihn prüfend an und kontrollierte dann seinen Bestellzettel.

»Nö, also bei mir stehen sieben drauf: eine *Margherita*, eine *Salami*, eine mit Kapern und Zwiebeln, dann ne *Vier Käse*, eine *Quattro Stagioni*, eine *Knoblauch-Sardellen* und eine *Felice*.«

»Das kann nicht sein, wir sind ja nur zu viert. Und eine *Felice* gibt's gar nicht.«

»Doch, soll ich Ihnen ausrichten: Seit heute steht die auf der Karte. Mit Austernpilzen und Shrimps.«

»Mit was?«, fragte der Kommissar ungläubig.

»Wer zahlt? Ich müsst dann mal wieder«, drängte der Pizzabote. Erika hielt dem Mann mehrere Geldscheine hin. »Stimmt so«, sagte sie, der Pizzamann bedankte sich und spurtete die Treppe hinunter.

»Also so was, Erika! Gibst dem noch Trinkgeld, obwohl wir das gar nicht so bestellt haben.«

»Dafür haben wir den Wein«, rechtfertigte sie sich.

»Dann können wir ja doch noch zusammen essen«, fand Kluftinger.

Doch der Blick in die entsetzten Gesichter der anderen zeigte ihm, dass er der Einzige war, der das wollte.

Fünf Minuten später saßen Kluftinger und Erika im Passat und fuhren nach Hause. Ein verführerischer Duft durchzog den Wagen. Sie hatten zwei der Pizzas fürs Abendessen zu Hause mitgenommen.

»Auweh, der Martin hat mir ja ganz viele Nachrichten geschrieben«, durchbrach Erika seine Gedanken an die bevorstehende Schlemmerei. »Den ganzen Nachmittag schon. Ich hab gar nicht aufs Telefon geschaut vor lauter Kind ... Wird doch nix passiert sein?«

»Was schreibt er denn?«

»Wart mal, Butzele, lass mich lesen ... Jessas!«, kreischte sie. »Ihr habt einen Leichenfund gehabt? In der Tongrube, während der Feierstunde? Wieso in aller Welt hast du denn nix erzählt?«

»Ich wollt ja, bloß ging es immer um was anderes, um die Kinderfrau und ... pass auf, es war so ...«

»Ach ja, was die Tagesmutter angeht: Wenn du jetzt wegen dem Fall öfters in die Gegend musst, dann fahr doch mal bei den Kindern vorbei und schau dir das Kindermädle genauer an. Man weiß ja nie ...«

Kluftinger nickte und schaltete das Radio ein.

4

Alle Kollegen waren bereits da, als Kluftinger an diesem Morgen in die Dienststelle kam. Das war selten der Fall, aber es kam vor. Ungewöhnlicher allerdings war, dass alle im Gang standen und ihn erwartungsvoll anblickten. Er grüßte zaghaft und ging in sein Büro. Sie folgten ihm und blieben im Türrahmen stehen.

»Ist was?«, fragte er verwirrt, doch sie zuckten nur mit den Schultern und warteten, bis er hinter seinem Schreibtisch stand. Dort lag, aufgeschlagen, der Bayernteil der *Allgäuer Zeitung*. *Leiche statt Urmensch* lautete die Überschrift. In der Unterzeile stand: *Im Beisein des bayerischen Ministerpräsidenten wurde gestern am Fundort des Pforzener Menschenaffen ein Toter entdeckt – Polizei ermittelt auf Hochtouren.*

»Sieht nicht so aus«, brummte der Kommissar.

»Was 'n, Chef?«, fragte Lucy Beer und kaute auf ihrem Kaugummi.

»Dass ihr mit Hochdruck ermittelt. Ihr steht doch da wie die Ölgötzen.«

Die Kollegen sahen sich an und grinsten. Langsam nervte ihn ihr kindisches Verhalten. Was wollten sie denn von ihm? Da fiel sein Blick auf eines der Fotos, die zu dem Artikel gehörten. Es waren mehrere Bilder abgedruckt, eines von der Fundstelle des toten Professors, eine Übersichtsaufnahme der Tongrube, eine Zeichnung von Udo, dem Menschenaffen. Aber den Kollegen ging es offensichtlich um die Aufnahme unten auf der Seite. Sie hatten sie extra mit rotem Filzstift eingekreist. Darauf waren er und die Honoratioren zu sehen. Und Doktor Langhammer. Der

Kommissar hatte heute Morgen die Zeitung noch nicht gelesen, deswegen war ihm das Bild entgangen. Er las die Bildunterschrift: *Wurden bei der feierlichen Präsentation des Urzeitmenschen durch einen grausamen Fund gestört (von links): Ministerpräsident, Landrätin, Bürgermeister, Polizeipräsident und einer der verantwortlichen Wissenschaftler des Sensationsfunds, der auch die Leiche des Tübinger Professors entdeckte.*

Kluftinger ließ sich in seinen Schreibtischstuhl fallen. »Spinnen die eigentlich?«, entfuhr es ihm. »Wissenschaftler? Sensationsfund? Man müsst grad auf eine Gegendarstellung bestehen.«

Jetzt lachten seine Kollegen lauthals. Offenbar war das genau die Reaktion gewesen, die sie erhofft hatten. »Wir können froh sein, dass sie ihn nicht auch noch zum Leiter der Kripo gemacht haben«, feixte Hefele.

»Auch wieder wahr«, stimmte Kluftinger zu und legte die Zeitung weg. Er vermied es, aktuelle Berichterstattungen über seine Fälle zu lesen, meistens ärgerte er sich nur darüber. Und sollte doch einmal etwas Wichtiges drinstehen, würden es ihm die Kollegen oder seine Frau schon mitteilen.

Sandy Henske erschien im Türrahmen. »Darf ich mal?«, sagte sie und zwängte sich hindurch. Sie legte ihrem Vorgesetzten einen stattlichen Stapel Unterlagen auf den Schreibtisch. »Präsidiale Pflichten«, raunte sie vielsagend.

Lucy Beer musterte die Sekretärin von oben bis unten. »Is heut noch ne Office-Party?«, fragte sie.

Sandy schien nicht zu verstehen, doch Kluftinger wusste sofort, worauf sie anspielte. Sie alle hatten in der letzten Zeit nur Schwarz oder gedeckte Farben getragen. Der Tod ihres Kollegen Strobl war ihnen sehr nahegegangen, und sie hätten es unpassend gefunden, in fröhlichen Outfits ins Büro zu kommen. Nun jedoch kehrte langsam wieder Farbe ein – beim einen mehr, beim anderen weniger. Und Sandy Henske war schon vor dem Vorfall eher eine Vertreterin der Lieber-ein-bisschen-zu-bunt-als-zu-trist-Fraktion gewesen. Damals war allerdings Luzia Beer noch nicht Teil ihres Teams gewesen, die sich nun über die knalligen Farben ihrer Kollegin zu wundern schien.

Die aus Sachsen stammende Sekretärin musterte sie, als wäre sie sich nicht sicher, ob ihre Bemerkung als Scherz gemeint war, und falls ja, ob er auf ihre Kosten ging. Doch sie erwiderte nichts, schnaufte nur hörbar aus und verließ das Büro wieder. Auch die anderen schienen Lucys Bemerkung nicht kommentieren zu wollen und verschwanden an ihre Arbeitsplätze.

Als Kluftinger endlich allein war, blickte er auf den Stapel Papiere, den Sandy hereingebracht hatte: Wie sollte er das alles bewältigen? Sein neuer Fall würde seine volle Aufmerksamkeit erfordern. Ihn seinen Mitarbeitern zu überlassen, war keine Option. Natürlich wusste er, was er an ihnen hatte, aber wenn es um das letzte Quäntchen Ermittlergespür ging, das manchmal den Ausschlag dafür gab, ob man einen Fall aufklären konnte, vertraute er am meisten auf sich selbst.

Aber wie würde er das schaffen, mit all diesen zusätzlichen Aufgaben? Er blätterte den Stapel durch: Grußworte, die er sprechen sollte, Interviews, die angefragt wurden, Stellungnahmen zu Fragen der inneren Sicherheit, Kongresse, zu denen er eingeladen war. Kluftinger seufzte. Wenn er doch jemanden hätte wie der Ministerpräsident gestern. Oder die Landrätin. Einen Referenten, eine persönliche Assistentin, die ihm das alles vom Leib hielten und ihm Texte und Reden formulierten, Mails aufsetzten, unter die er nur noch seine Unterschrift setzen musste. Schließlich war auch er ein Präsident, wenn auch nur interimsmäßig. Mit einer solchen Hilfskraft würden Kapazitäten frei werden, von denen er im Moment nicht einmal zu träumen wagte. Was könnte er alles leisten ohne diese lästigen Pflichten.

Wenn er frei wäre wie ... na ja, wie früher eben, wobei er da schon oft gedacht hatte, es sei alles zu viel. Aber jetzt? Wenn er nur ... Seine Miene hellte sich plötzlich auf, er hob den Hörer des Telefons ab und drückte eine der Kurzwahltasten.

»Ja, bitte?«, erklang Sandys fröhliche Stimme am anderen Ende.

»Ich ... also ... können Sie mal kommen?«

»Na klar doch, ich fliege.«

Als die Sekretärin bei ihm im Büro stand, zeigte er auf die Papiere vor sich. »Das haben Sie ... ich mein, das hast du mir doch grad gebracht.« Er war seit ein paar Monaten mit ihr per Du, doch immer wieder entwischte ihm zwischendurch ein *Sie*. Die Macht der Gewohnheit.

»Ja, hab ich.«

»Meinst du, also, das wär natürlich eine große Verantwortung für dich ...« Seine Strategie bestand darin, sie bei ihrem Ehrgeiz zu packen. »... also, dass du dir das vorher schon mal sehr genau alles anschaust? Wär das möglich?«

Sie schien ihn nicht zu verstehen.

»Dass du das halt alles durchgehst und mit deiner Erfahrung und ... und Kompetenz die Sachen, die du sowieso schon aus dem routinemäßigen Ablauf kennst, dass du die, quasi vorab schon selber ...«

Jetzt hellte sich ihre Miene auf. »Verstehe, Chef«, erwiderte Sandy.

Kluftinger grinste. *Na also ...*

»Nee.«

»Hm?« Nun war er es, der nicht verstand.

»Nee. Mach ich nicht. Sorry.«

»Wie jetzt?« Wollte sie ihm diesen Wunsch ernsthaft abschlagen und ihm sagen, dass er die ganzen Präsidialsachen nicht auf sie würde abwälzen können?

»Du kannst nicht die ganzen Präsidialsachen auf mich abwälzen«, antwortete sie.

»Das wollte ich doch gar nicht.«

»Klang aber ganz danach.«

»Nein, ich hab ja bloß gedacht ...«

»Das ist zeitlich nicht drin und außerdem nicht meine Aufgabe. Ich will doch meine Arbeit für die Abteilung nicht vernachlässigen. Und wenn ich ganz offen sein darf, hab ich dafür nicht die richtige Gehaltsklasse.«

Darüber hatte sich der Kommissar noch gar keine Gedanken gemacht. Tatsächlich bekam er selbst eine ordentliche Zulage für die präsidialen Pflichten, die ihm aufgebrummt worden waren. Was er auch angemessen fand, schließlich hatte er sich nicht darum gerissen. Ob er Sandy anbieten sollte, die Zulage mit ihr zu teilen? Nein, das würde wohl allgemein als unangemessener Kuhhandel angesehen. »Ja, nein, das versteh ich schon. Also das mit dem Geld. Das andere natürlich auch. Ich hab nur gedacht ...« Er verstummte. Was er wirklich gedacht hatte, konnte er ihr kaum sagen: dass er ihr gern einen guten Teil seiner Mehrarbeit aufs Auge gedrückt hätte.

Sandy sah ihn erwartungsvoll an.

»Danke, das wär's«, sagte er lediglich, und sie verließ ohne weiteren Kommentar sein Büro.

Wieder blickte er auf den Stapel. Er war nicht kleiner geworden. Ob er Hefele bitten könnte ...? Er schüttelte den Kopf. Der Kollege freute sich noch mehr auf Feierabende und Wochenenden als er selbst. Sein Phlegma würde ihm beim Erledigen von Zusatzaufgaben keine Hilfe sein.

Lucy? Zu neu. Zu jung.

Maier? Er dachte nach. Von all seinen Mitarbeitern wäre Maier die plausibelste Wahl. Aber dass der Kommissar ihn als Letztes in Erwägung zog, sagte eigentlich schon alles. Maier neigte zur

Wichtigtuerei, und mit seinem Ansinnen würde er nur Öl in dieses Feuer gießen. Das könnte den übrigen Kollegen das Leben unnötig schwer machen. Andererseits ... er griff nickend zum Telefon und wählte Maiers Nummer. »Kommst du mal bitte?«

Wenige Sekunden später stand der Kollege in seinem Büro. Der Kommissar brauchte sich seine Taktik nicht lange zu überlegen. Es war völlig klar, welche Knöpfe er bei Maier zu drücken hatte: »Richie, du weißt ja, dass ich im Moment mit meiner Interimsaufgabe ziemlich viel zusätzlich zu tun hab.«

Sein Kollege nickte. *Gut.*

»Eine Aufgabe, die du nicht machen müsstest, wenn unsere geschätzte Ex-Präsidentin Frau Dombrowski noch hier wäre.«

Nicht so gut.

»Hättest du dich mehr für sie eingesetzt, wäre uns das erspart geblieben.«

Was meinte Maier denn mit *uns?* Kluftinger überlegte schon, ob er nachfragen wollte, entschied sich dann aber im Sinne seines Anliegens dagegen. »Ja, die Dombrowski, das ist schon ... blöd, aber nun mal nicht mehr zu ändern. Und auf mich hätt da sowieso niemand gehört. Jetzt hab jedenfalls ich den ganzen Schmarrn am Hals. Also, ich mein natürlich, ich darf diese Sachen jetzt machen, was wirklich sehr ehrenvoll ist. Aber es ist viel für eine Schulter, also ... zwei Schultern allein, und wenn ich mir da andere Präsidenten anschau ...« Er tat, als würde er überlegen, dann fuhr er fort: »Den Ministerpräsidenten zum Beispiel. Der hat hoch qualifizierte Referenten oder Assistenten oder wie die sich nennen, die ihm viele Dinge abnehmen, ohne die er gar nicht zu seinen eigentlichen Aufgaben kommen tät, also zum ... Regieren und so.«

Maier schaute ihn skeptisch an.

»Jetzt hab ich überlegt: Haben wir jemand in der Abteilung, der besonders kompetent und ... halt leistungsfähig ist.« Es kostete Kluftinger große Mühe, diese Worte auszusprechen, aber der Zweck heiligte in diesem Fall die Mittel. »Und natürlich bist mir sofort du eingefallen«, schloss er.

Dann beobachtete er seinen Mitarbeiter genau. Maier schwieg eine Weile, die Rührung hatte ihm offensichtlich die Sprache verschlagen. Dann erklärte er: »Nein, das musst du schon selber machen.« Damit drehte er sich um und verließ das Zimmer.

Verdutzt blickte Kluftinger auf die geschlossene Tür. Was war denn nur los? Nicht einmal Maier ließ sich mehr mit ein paar erlogenen Komplimenten überzeugen. Frustriert brütete er vor sich hin, dann griff er entschlossen noch einmal zum Telefon und wählte eine Münchner Nummer.

»Kluftinga? Was is 'n do los g'wesen, in dera Grube?«, fragte Lodenbacher aufgeregt in den Hörer, noch bevor der Kommissar sich überhaupt melden konnte.

»Herr Lodenbacher, grüß Gott, ja, das war …«

»Der Ministerpräsident ist ganz aufg'löst deswegen.«

»Das kann ich mir vorstellen. Haben Sie denn mit ihm gesprochen?«

»Ich? Nicht direkt, aber ich hab meine Quellen, ned? Also?«

»Also was?«

»Was tumer denn jetzt da? Also … Sie?«

»Mei, den Fall lösen halt. Deswegen ruf ich ja an, in gewisser Weise. Der Ministerpräsident …«

»Aha.«

»Wie bitte?«

»Wollen S' sich entschuldigen bei ihm, für die Aufregung? Nur schriftlich möglich, allerdings.«

»Entschuldigen? Aber ich kann doch gar nix dafür. Schuld ist ja der Tote. Nein, ich will mich nicht entschuldigen, sondern eher … eine Forderung vorbringen.« Das Wort *Forderung* war dem Kommissar herausgerutscht, es klang härter als beabsichtigt.

Aber vielleicht war das genau der Ton, den man bei Lodenbacher anschlagen musste.

»Forderung, sauba!«, brummte der.

»Ja«, antwortete Kluftinger kampfeslustig.

»Und bei wem wollen S' die anbringen? Beim MP?«

»Nein, bei irgendjemand halt. Also, ich mein, bei Ihnen.«

»Soso. Und was woll'n S' fordern?«

»Alle haben so Assistenten und Referenten. Zum Beispiel der Ministerpräsident. So einen brauch ich auch.«

Am anderen Ende der Leitung blieb es still. Kluftinger bereitete sich darauf vor, argumentativ dagegenzuhalten, wenn Lodenbacher ihm gleich eine Abfuhr erteilen würde. Dann sagte der: »Wie ich noch Präsident war, hob ich natürlich alles selbst erledigt, aber genau genommen steht Eahna so wos natürlich zu, ned? Wissen S' was? Ich hab da auch schon so eine Idee. Ich meld mich, Kluftinga.« Dann hängte er ein. Der Kommissar starrte den Telefonhörer an. Verhielt sich heute absichtlich jeder entgegen seinen Erwartungen? Als Kind hatte er mit seinen Eltern manchmal so ein Spiel gespielt: Sie erklärten einen Tag zum *Gegenteil-Tag*, und jeder musste immer genau das Umgekehrte von dem sagen, was er dachte. Seinen Vater hatte das immer überfordert, weswegen er meist nicht lange mitgespielt hatte, aber seine Mutter und er hatten ewig durchgehalten. War heute ein solcher Tag, und niemand hatte ihn eingeweiht?

Die Tür ging auf, und Sandy kam herein. Erwartungsvoll blickte der Kommissar sie an. Offenbar hatte sie es sich anders überlegt. »Dein Telefon ist dauernd belegt. Hast du jemand dran?«, fragte sie mit Blick auf den Hörer.

Verwirrt legte er auf. »Ich? Nein.«

»Der Georg hat angerufen, er kann euch die ersten Ergebnisse durchgeben. Die anderen sind schon im Besprechungsraum.«

»Ach so, ich hab schon gedacht ...«

»Was denn?«

»Ach, nix. Passt schon.«

Im Besprechungszimmer saßen alle um den Tisch und blickten auf einen kleinen Lautsprecher in der Mitte, aus dem die Stimme von Gerichtsmediziner Georg Böhm tönte. Es wirkte auf Kluftinger wie die bürokratische Variante einer Séance, wobei Böhm der Geist war, zu dem sie Kontakt aufnahmen. Die Gerichtsmedizin hatte ihren Sitz in Memmingen, weswegen sie hin und wieder auf diese – von Kluftinger ungeliebte – Form der Kommunikation zurückgreifen mussten, um sich den Weg zu sparen.

»Demnach wäre er also erstickt?«, fasste Lucy zusammen, nachdem Böhm seine Erkenntnisse vorgetragen hatte.

»Genau, Frau Kollegin. Glückwunsch übrigens.«

Das Team schaute sich fragend an. »Wozu denn?«, wollte die Beamtin wissen.

»Zum Hoch.«

»Zum Hoch?«, wiederholte Maier.

»Habt ihr bei euch im Oberallgäu noch kein Radio oder Fernsehen? Ihr habt eine Prominente unter euch sitzen. Nach ihr ist das Hoch benannt, das momentan alle zum Schwitzen bringt. Lucy.«

Der Kommissar runzelte die Stirn. »Und das ist wirklich nach Ihnen benannt?«, fragte er schließlich. Er hatte gehört, dass man sich gegen eine Zahlung das Recht sichern konnte, Hoch- oder Tiefdruckgebiete zu benennen. Aber er kannte niemanden, der für so etwas wirklich Geld ausgegeben hätte.

»Vielleicht hab ich ja einen heimlichen Verehrer beim Deutschen Wetterdienst oder so.«

Sie grinsten.

»Also, ein Hoch auf Lucy«, tönte Böhm aus dem Lautsprecher.

»Jetzt noch mal: Die Leiche ist im Matsch erstickt?«, fragte Hefele.

»Wer spricht?«, wollte Böhm wissen.

»Ich bin's«, antwortete Hefele grinsend.

»Schönen Dank. Übrigens: Eine Leiche kann nicht mehr ersticken, weil sie nicht mehr lebt. Wir sprechen also besser vom Opfer.«

»Danke für die Belehrung.«

»Wer war denn das jetzt? Sag mal, könnt ihr nicht auch endlich eine Webcam anschaffen wie die anderen Abteilungen?«

»Lieber nicht«, erwiderte Kluftinger wie aus der Pistole geschossen. Er fürchtete, dass das eine komplizierte technische Einweisung erfordern würde, bei der er sich nur blamieren konnte. »Das ist sicher ganz furchtbar schwierig. Also, rein ... datenschutzmäßig.«

»Das warst du, Klufti, stimmt's?«

»Jaja, schon recht, Schorsch.« Kluftinger wusste, dass Georg Böhm es hasste, wenn man ihn so nannte. »Jetzt mach mal lieber weiter.«

»Genau, wo war ich? Ach ja, erstickt. Der Mann hat heftige Frakturen und Quetschungen erlitten, von dem Bagger, der über ihn drübergefahren ist, aber die waren nicht letal. Ich sag euch, das hat ganz schön gedauert, bis wir bei dem aus allen Körperöffnungen Sand und Lehm raushatten. Ohren, Nase, Mund, und dann auch im ...«

»Wir können's uns denken, Georg, danke«, brummte der Kommissar angewidert.

Böhm fuhr fort: »Wir haben mit Zahnbürsten, Zahnstochern und sogar einer Mundusche gearbeitet. Hab ich von daheim mitgebracht, die nehm ich eh nie. Bin mir vorgekommen wie im Dentallabor. Aber jetzt ist er sauber wie am ersten Tag.«

Kluftinger zwang sich, die allzu anschaulichen Details des Rechtsmediziners auszublenden, die der vermutlich nur so wortreich schilderte, um ihn zu ärgern.

»Eigentlich erstaunlich, wie viel so ein menschlicher Schädel-knochen aushält. Da würde man doch meinen, den zerdrückt's wie eine Kokosnuss, aber nein, das Cranium war noch voll-umfänglich intakt.«

»Geht's auch weniger lateinisch?«, fragte Lucy, worauf Kluf-tinger ihr dankbar zunickte.

»Schädel, sorry«, erläuterte Böhm. »Die Rippen sind ihm al-lerdings gebrochen wie ein paar morsche Weidenzweige, als das Gerät über ihn drübergerattert ist. Und in der Haut konnte man die Abdrücke der Baggerkette deutlich erkennen.«

Der Kommissar versuchte sich die Tat vorzustellen, was ihm bei der Brutalität, mit der das Ganze abgelaufen war, schwerfiel. Einen lebendigen Menschen mit einem Bagger zu überfahren ... Vor seinem geistigen Auge sah er die nächtliche Tongrube, die Knochen längst verstorbener Lebewesen, Brunner im Todes-kampf ... Das Bild des aufgerissenen Mundes mit dem Lehm darin drängte sich in sein Bewusstsein. Er schüttelte sich, um es wieder loszuwerden.

»Gesundheit«, sagte Maier.

»Hm?«

»Gesundheit. Du hast doch grad geniest, oder?«

»Bei uns in Bayern heißt das immer noch *genossen*«, warf He-fele ein.

Doch Kluftinger war nicht nach Geplänkel. Etwas von dem Bild war hängen geblieben. Eine Frage: Wenn Brunner noch am Leben gewesen war, bevor man ihn mit dem Bagger eingegraben hatte, wieso war er nicht einfach weggerannt? »Kopfverletzun-gen?«, rief er in Richtung des Lautsprechers.

»Schon. Aber nix Tödliches, wie gesagt.«

»War er bewusstlos, als er eingegraben worden ist?«

»Hm, wenn du meinst, dass man ihm irgendwas verabreicht hat, also das kann ich dir noch nicht sagen. Labor dauert. Aber für eine Bewusstlosigkeit durch einen Schlag oder so spricht mal nix. Wie gesagt, der Schädel ...«

»War noch ganz, wissen wir, Georg«, unterbrach ihn Kluftinger, der keine weiteren grausigen Details hören wollte.

»Genau. Aber letztlich ist es auch nicht mein Job, Hypothesen aufzustellen, sondern eurer, vielleicht auch Willis. Irgendwie hab ich jedenfalls den Eindruck, der Brunner wär fixiert gewesen, als man ihn eingebuddelt hat.«

»Fixiert?«, hakte Lucy Beer ein. »Aber wir haben keine Fesseln, Schnüre oder so gefunden.«

Die Kollegen nickten.

»Ich weiß«, seufzte Böhm.

Ein Klingeln in dem kleinen Gerät verriet, dass ein weiterer Teilnehmer ins Gespräch kommen wollte. Maier drückte auf einen Knopf, und die Stimme von Willi Renn quäkte noch blecherner als in natura aus dem Lautsprecher.

»Servus Willi, du hättest auch zu uns hochkommen können«, brummte Kluftinger, der nicht verstand, warum man nicht die direkte Form der Kommunikation wählte, wenn man es konnte.

»Oder ihr runter«, erwiderte der Erkennungsdienstler.

»Das wär eine schöne Völkerwanderung geworden. Was hast du zu berichten?«

»Also, wir haben Spuren am Bagger gefunden. Eindeutig von Martin Swoboda.«

Lucy Beer pfiff durch die Zähne und blickte die Kollegen an, die vielsagend nickten.

»Außerdem weitere Spuren, die wir bisher nicht zuordnen konnten.«

Kluftinger setzte sich auf. »Was heißt das?«

»Dass sie nicht von den Personen stammen, von denen wir gestern Vergleichsproben genommen haben.«

»Verstehe. Was denn für Spuren?«

»Fingerabdrücke. Auf den Steuerelementen, Hebeln und so.«

»Sag Bescheid, wenn ihr mehr wisst.«

»Mensch, gute Idee, Klufti. Dass ich da nicht selber drauf gekommen bin!«

»Depp. Noch was: Wir fragen uns grad, ob man den Brunner vielleicht irgendwie fixiert hat, bevor er überrollt worden ist, woran er letztlich ja gestorben ist, wie uns der Schorsch gerade erklärt hat. Habt ihr da Hinweise, wie das gegangen sein könnte?«

»Schon.« Renn lachte bitter.

»Wie, schon?«

»Wir haben seine Stiefel, die sind ein einziger Matschklumpen. Und nachdem ich gestern, als ihr schon weg wart, derart im Ton stecken geblieben bin, direkt am Fundort, dass mich zwei meiner Mitarbeiter aus den Gummistiefeln heben mussten: Ich könnt mir durchaus denken, wie das zugegangen ist. Immerhin hatte er Schnürstiefel an, da konnte er also nicht mal eben rausschlüpfen.«

Kluftinger schluckte. Er stellte sich vor, wie Professor Brunner, mit den Stiefeln im Matsch versunken und unfähig, sich zu bewegen, den Bagger auf sich zurollen sah, bis ...

»Krass!«, fasste Lucy seine Gedanken in Worte.

»Wie gesagt, nur so eine Überlegung«, schränkte der Spurensicherer ein.

Georg Böhm pflichtete ihm bei: »Klingt für mich durchaus plausibel, aus gerichtsmedizinischer Sicht. Spräche für meine These, dass er fixiert war und deshalb nicht wegrennen konnte.«

Renn fuhr fort: »Dann haben wir noch diese Mütze vom Matsch befreit, die wir beim Brunner gefunden haben. Sind zwar keine verwertbaren Spuren dran, aber immerhin steht was drauf.«

»Auf der Mütze?«

»Ja, ein Name.«

Kluftinger dachte an einen handgeschriebenen Namen im Saum, so wie er es früher auf Geheiß seiner Mutter bei all seinen Sachen machen musste, damit sie ihm niemand stehlen konnte.

»Wieder Swoboda. Allerdings nur so eine Werbe-Stickerei.«

»Ach so.« Nicht ganz das, was sich der Kommissar gewünscht hatte, aber immerhin. »Dann sollten wir wohl dringend mal mit dem Herrn Swoboda reden«, schlug er vor. Die anderen nickten.

»Hallo?«, meldete sich Böhm noch einmal.

»Ja, Schorsch? Was gibt's noch?«

»Schon gut, Adi. Ich wollt nur wissen, ob ich auflegen kann. Euer Pläuschchen ist zwar ganz amüsant, aber im Gegensatz zu euch hab ich zu arbeiten.«

Kluftinger grinste. »Nix, was dir weglaufen tät, oder? Aber passt schon, wir können die Konferenz auch beenden. Danke an alle, *over*, *out* und *roger* und so weiter.«

»Weißt du was, Roland? Zur Feier des Tages spendier ich heut die Brotzeit. Was magst du? Zwei Semmeln mit Pizzaleberkäs und ein Fanta?«

Kluftinger lenkte den Passat auf den großen Parkplatz eines Discounters im Kemptener Stadtteil Bühl, in dessen Eingangsbereich eine örtliche Metzgerei eine Filiale betrieb. Er fühlte sich wohl, die Sonne schien – und er freute sich auch auf die gemeinsame Fahrt zur Firma Swoboda in Irsee mit seinem Kollegen Roland Hefele. Auch wenn der heute aus unerfindlichen Gründen ziemlich mürrisch und kurz angebunden wirkte. Sicher würde ihn ein kleiner Imbiss aufheitern.

»Für mich nix. Ich hab mein Wasser dabei, das reicht mir«, sagte er aber, deutete auf die Edelstahlflasche neben sich und starrte zum Seitenfenster hinaus.

Kluftinger zog die Stirn in Falten. »Ist was mit dir, Roland, bist du krank?«

»Nein, passt schon. Hol du dir mal deine obligatorischen Salamisemmeln und deinen Kakao, wenn du schon so in Feierlaune bist.«

Halt die Klappe und lass mich in Ruhe, hatte Hefele wohl eigentlich sagen wollen, mutmaßte der Kommissar. So kannte er den Kollegen nicht – und das machte ihm Sorgen. Schon einmal hatte er monatelang nichts von der privaten Krise eines seiner engsten Mitarbeiter mitbekommen. Bis es schließlich zu spät war und sich Eugen Strobl bereits in einer Abwärtsspirale aus Schulden und kriminellen Machenschaften befand. Er hatte in den letzten Wochen seines Lebens keinen Menschen mehr gehabt, dem er sich anvertrauen konnte. So weit würde Kluftinger es bei Hefele garantiert nicht kommen lassen. »Ich will mich nicht aufdrängen, aber wir kennen uns jetzt schon so lange: Du hast doch irgendwas.«

»Ich? Und ob! Einen riesigen Ranzen hab ich.«

»Verstehe.« Kluftinger sah an sich herab. Er hatte mindestens ebenso viel Bauch wie der Kollege – wenn nicht sogar mehr. »Hast du gesundheitliche Probleme? Cholesterin und so?«

»Noch nicht. Aber schau doch mal, wie ich ausschau.«

Kluftinger seufzte. Irgendwie hatte er ein schlechtes Gewissen, sich jetzt zwei Wurstsemmeln einzuverleiben, schließlich würde es auch ihm nicht schaden, beim Essen etwas kürzerzutreten. Andererseits hatte er einen Riesen-Kohldampf. Das Frühstück war gut und gerne vier Stunden her. »Du kannst ja auch heut Mittag fasten und jetzt mit mir Brotzeit machen. Vormittags essen soll auch viel gesünder sein als mittags«, fabulierte er. »Und so ein frisch gebackener Leberkäs, also, der ist ja nicht ungesund, wenn man bedenkt, dass ...«

»Überlass das mal mir, okay? Als Diätratgeber würd ich mir im Zweifelsfall dann doch jemand anderes suchen.«

»Schon gut, musst ja nicht gleich so aufbrausend werden.«

Hefele seufzte. »Jaja, ist ja nicht bös gemeint, aber schließlich hab ich seit gestern Abend um sieben nix mehr zwischen die Kiemen gekriegt, da wird man halt ein bissle dünnhäutig, wenn dauernd von Essen geredet wird.«

Der Kommissar zog die Stirn in Falten. »Seit gestern Abend? Spinnst du? Ohne Frühstück aus dem Haus, das ist ... schädlich. Hat schon meine Oma gewusst.«

»Die hat wahrscheinlich noch nix von Intervallfasten gehört. Sechzehn zu acht, sag ich bloß.«

»Der Fernseher vom Langhammer hat sogar sechzehn zu neun.«

»Stell dich nicht extrablöd. Man fastet sechzehn Stunden und isst während der restlichen acht. Aber alles in Maßen. Das hilft. Könnt möglicherweise sogar bei dir gehen.«

Kluftinger entging nicht der prüfende Blick auf seinen Bauch. »Ich hol jetzt jedenfalls was, acht Stunden sind kurz«, erklärte er trotzig und stieg aus.

Auf der Fahrt nach Irsee wurde die Stimmung noch ein wenig frostiger. Hefele sagte von sich aus gar nichts mehr und gab höchstens einsilbige Antworten auf die Fragen, mit denen Kluftinger ein Gespräch in Gang bringen wollte. Ob das am Duft von Kluftingers dick belegten Salamisemmeln lag oder am gut gemeinten Angebot, sein Kollege könne jederzeit etwas abhaben, wenn er es sich anders überlege, wusste Kluftinger nicht.

Nach einer halben Stunde hatten sie endlich das weitläufige Gelände der Firma Swoboda erreicht. Neben einem Kies- und einem Betonwerk befanden sich darauf auch die lang gestreckten Fabrikgebäude der größten Ziegelei der Region, davor ein Lager aus unzähligen Paletten voller Ziegelsteine und Dachplatten. Kluftinger stoppte den Wagen und sah sich um. Mit seinem geradezu zierlichen Oldie kam er sich ein wenig verloren vor, denn überall fuhren Radlader, Gabelstapler und riesige Lkws herum.

»Was meinst, Roland, wohin?«

»Keine Ahnung, war ich schon mal da?«

»Ich frag ja bloß ...« Ein dröhnendes Hupen, das klang wie ein Ozeandampfer, ließ die Beamten zusammenzucken. Der Kommissar blickte in den Rückspiegel und sah eine riesige Baggerschaufel bedrohlich auf sich zukommen. »Scheiße, Roland, ich glaub, der Typ hinter uns kann nicht bremsen, der macht uns platt!«, schrie er schrill und versuchte einen Kavalierstart, was der eigenwillige alte Diesel jedoch nur mit einem unsanften Hopser und dem Abwürgen des Motors quittierte. Hektisch schaute Kluftinger wieder in den Rückspiegel, doch hinter ihm war nichts mehr. Stattdessen tauchte nun links von ihm ein Rad auf, das ungefähr die doppelte Höhe von Kluftingers ganzem Wagen hatte. Noch einmal ertönte die Hupe, dann entfernte sich das monströse Gefährt so schnell, wie es gekommen war.

Kluftinger startete zittrig den Motor und fuhr auf einen Lkw zu, dessen Plane ein stilisierter Urzeitaffe und der Werbeslogan *Swoboda Irsee – Ziegel mit Geschichte* zierten. Auf dem Anhänger war ebenfalls ein Bild des Affen zu sehen, unter dem der Spruch *Ziegel von Swoboda Irsee – eine aufrechte Sache* zu lesen war. Der Kommissar nickte anerkennend: Hier hatte man das Werbepotenzial der Urzeitfunde zu nutzen verstanden. Hinter dem Lastwagen kam ein kleines Gebäude zum Vorschein, auf dessen Dach *Empfang / Waage* stand. Die Gelegenheit wollte sich Kluftinger nicht entgehen lassen und hielt mit seinem Wagen auf dem gut fünfzehn Meter langen Messgerät. Interessiert nahm er zur Kenntnis, dass der Passat inklusive ihm, den Salamisemmeln und dem bislang in seinen Abnehm-Bemühungen nicht allzu erfolgreichen Hefele nur knapp 1300 Kilo wog. Da brachte heute jeder Polo mehr auf die Waage.

Im Pförtnerhäuschen hatte man Kluftinger gesagt, der Firmenchef erwarte ihn bereits in seinem Büro im Verwaltungsgebäude, das die beiden Polizisten erst nach einer kleinen Odyssee über das Gelände gefunden hatten. Sie verließen den Wagen und gingen auf den schmucklosen Flachdachbau aus den Siebzigerjahren zu, vor dessen Fassade ein großes Transparent mit derselben Werbung wie auf dem Lastwagen aufgespannt war. Drinnen nahmen sie den Lift in den vierten Stock. Eine ebenso alters- wie farblose Vorzimmerdame führte sie in das schlicht und mit seinen Eiche-Einbauschränken altmodisch wirkende Büro. Was Kluftinger zuerst auffiel, war die Temperatur. Im Gegensatz zu dem Treibhausklima draußen, bei ihm zu Hause, im Passat und im Büro, also praktisch überall, wo er sich aufhielt, war es hier traumhaft kühl.

Von der Fensterfront aus, die der Tür gegenüberlag, konnte man die gesamte Anlage überblicken. Martin Swoboda sah kurz auf, widmete sich dann noch demonstrativ einigen Schriftstücken auf seinem riesigen Schreibtisch, bevor er in gemessenem Tempo aufstand, sorgfältig einen Knopf seines dunkelblauen Jacketts schloss und schließlich auf die Beamten zukam. Er streckte ihnen die Hand entgegen. Kluftinger war gespannt, wie er sich ihnen heute präsentieren würde: als selbstloser Förderer der Wissenschaft oder als knallhart kalkulierender Geschäftsmann. Schließlich hatte er ihn gestern schon in beiden Rollen erlebt.

»Herr ... wie war doch gleich der Name?«, fragte der Firmenchef mit jovialem Lächeln.

»Kluftinger, mein Kollege Hefele.«

»Kluftinger, richtig. Man hat Sie angekündigt. Wobei es mich ein bisschen wundert, Sie so bald schon wiederzusehen.«

»Ja, das geht uns auch so«, versetzte der Kommissar und bemühte sich, dabei möglichst vieldeutig zu klingen. Schließlich waren sie hier, um mit Swoboda über die Spuren am Bagger und die Mütze im Ton zu sprechen – beides Dinge, die durchaus belastende Indizien darstellten.

»Na ja, reine Routine, nehm ich an, wie das in den Fernsehkrimis immer heißt. Kaffee?«

Die Beamten lehnten dankend ab, und nachdem sie in einer schwarzen Leder-Sitzecke Platz genommen hatten, präzisierte Kluftinger: »Nicht unbedingt nur Routine, Herr Swoboda. Aber dazu später.« Er bemerkte, dass sich Swobodas Stirn unter dem gänzlich weißen, vollen Haar in Falten legte. Der Unternehmer wirkte, wenn auch nicht alarmiert, durchaus ein wenig besorgt. *Gut so*, dachte der Kommissar. Er sollte ruhig noch ein wenig zappeln, bis er den eigentlichen Grund ihres Besuches erfahren würde.

»Später? Wissen Sie, ich habe noch Termine heute.«

»Davon bin ich überzeugt, Herr Swoboda«, erklärte Hefele ruhig. »Wir auch. Mehrere gleich. Drum sind wir jetzt auch hier bei Ihnen.«

»Soso. Na gut, eine halbe Stunde kann ich mich freimachen, danach müsste ich aber los zu einer Sitzung des schwäbischen IHK-Vorstands, nur so zur zeitlichen Orientierung.«

Kluftinger lächelte. Swoboda machte also jetzt wieder ganz auf distinguierter Mittelständler. Da hatte er sich gestern nach dem Leichenfund in der Tongrube weitaus weniger souverän und eloquent präsentiert. Ob er dabei nicht viel mehr von seinem wahren Gesicht gezeigt hatte als im Moment? »Als Erstes, Herr Swoboda«, begann der Kommissar, »würd ich gern von Ihnen wissen, wie das mit der Tongrube genau ausschaut: Sie haben gestern ja immer von Ihrer Grube geredet, dabei gehört sie Ihnen ja streng genommen gar nicht, wenn mich nicht alles täuscht, oder?«

Swoboda zuckte mit den Achseln. »Ich weiß jetzt nicht, worauf Sie hinauswollen. Sicher, ich bin nicht der Eigentümer. Aber wir, also die Firma, haben die Abbaurechte für die nächsten fünfundzwanzig Jahre vertraglich zugesichert bekommen. Unwiderruflich übrigens. Wir brauchen Planungssicherheit. Ist also nicht so verkehrt, wenn ich von meiner Grube spreche. Lassen wir uns durchaus was kosten, das Ganze.«

»Seit wann wird denn da Ton abgebaut?«, hakte Hefele nach.

»Schon seit gut hundertfünfzig Jahren. Damals gab es ja auch schon eine kleine Ziegelei. Wir sind jetzt im großen Stil seit fünf Jahren dort. Unsere eigenen Vorkommen in der Umgebung sind teilweise erschöpft, da mussten wir uns nach Alternativen umsehen. Und da die Eigentümer der Hammerschmiede nicht verkaufen wollten, haben wir eben gepachtet.«

»Wo befinden sich denn Ihre eigenen Tonvorkommen?«, wollte Kluftinger wissen.

»In der gesamten Region Ostallgäu, bis rüber nach Buchloe, haben wir verteilt ein paar kleinere Gruben. Mein Vater hat sie seinerzeit nach und nach zugekauft, als es noch einfacher war.«

»Einfacher?«

»Tja, sowohl was die Genehmigungen zum Neuabbau angeht, als auch die Bereitschaft der Besitzer, meist sind das Landwirte, zu verkaufen. Die sitzen heutzutage auf ihrem Grund und Boden und geben keinen Meter her. Wahrscheinlich, weil sie mit Preissteigerungen rechnen. Aber wie gesagt: Heute genehmigt Ihnen ja auch keiner mehr einen Abbau, wenn es nicht schon Bestandsrechte gibt. Vor allem die unteren Naturschutzbehörden in den Landratsämtern meinen, sie hätten die Weisheit mit Löffeln gefressen. Da kommt dann irgendein missratener Molch aus seinem Loch gekrochen, und schon weisen sie ein Habitat aus und stellen alles unter Schutz. Und wir, die Mittelständler, dürfen es ausbaden.«

»Heißt das, dass Ihnen allmählich der Rohstoff für Ihre Ziegelei ausgeht?« Das konnte Kluftinger sich kaum vorstellen.

Swoboda lächelte überlegen. »Nein, so weit ist es Gott sei Dank noch nicht. Wir haben genügend Material für die nächsten Jahre. Aber als Inhaber eines familiengeführten Betriebs muss man auch die nächste Generation im Blick haben. So wie das mein Großvater seit der Firmengründung 1946 und in seinem Sinne dann auch mein Vater getan hat. Schließlich sollen auch meine Kinder das Unternehmen an ihre Nachkommen weitergeben können. Unternehmergeist, falls Ihnen das was sagt.«

»Ihr Opa hat also das Unternehmen gegründet?«

»Richtig. Mit einem alten, zum Kipper umgebauten Armee-Laster von den Amis, den er sich zusammengeflickt hat. Er hat sich eine Abbau-Lizenz für Kies und eine Fuhrerlaubnis bei der Besatzungsmacht besorgt, als er und Großmutter hier gestrandet waren, nach der Flucht aus Böhmen. Und dann hat er einfach losgelegt, hat mit den Bauern Verträge gemacht und Kies ausgeliefert. Nach und nach ist dann alles gewachsen, bis er mit über neunzig über seinem Auftragsbuch gestorben ist. Bis zum letzten Tag war der im Büro. Jeden verdammten Tag in seinem Leben. An einem wie ihm sollten sich die Beamtenseelen beim Landratsamt und bei den sonstigen Behörden mal ein Beispiel nehmen.«

Kluftinger sah ihn mit hochgezogenen Brauen an.

»Nicht persönlich gemeint, meine Herren.«

Die Bürotür öffnete sich. Swobodas Sekretärin betrat den Raum und stellte auf dem Glastisch vor ihnen wortlos ein Tablett mit Mineralwasser, ein paar Gläsern, einer Keksschale und einer Tasse Espresso ab. Dann entfernte sie sich wieder.

»Wenn Sie schon beide keinen Kaffee mögen: Sie müssen unser Gebäck hier versuchen.« Damit nahm der Firmenchef die Schale und reichte sie Hefele, der rechts von ihm im Sessel saß. »Sehr lustig, haben wir zusammen mit unserer Werbeagentur entwickelt: die Udo-Knochen. Werden in einer örtlichen Bäckerei gemacht. Mal sehen, vielleicht steigen wir noch in den On-linehandel ein.« Hefele gab die Kekse mit einem bedauernden Blick an Kluftinger weiter.

»Na, also, den Gefallen müssen Sie mir schon tun, Herr He-berle.«

»Hefele. Danke, für mich nicht.«

»Na kommen Sie, zieren Sie sich nicht so, die sind wirklich lecker. Und niemand wird es Ihnen als Annahme von Bestechung auslegen«, beharrte Swoboda, sichtlich stolz auf seine Kreation und nicht gewillt, in seinem Büro Widerworte zu akzeptieren.

Doch da war er mit Hefele heute an den Falschen geraten: »Wenn ich sag, dass ich keine Kekse mag, dann ist das so. Und damit zum eigentlichen Grund unseres Besuches.«

Kluftinger funkelte ihn wenig erfreut an. Er hätte Swoboda gern noch von sich aus erzählen lassen. Wenn er erfahren wür-de, weshalb sie ihn besuchten, würde er vielleicht allzu schnell in die Defensive gehen. Kluftinger biss herzhaft in einen der Kekse. »Mmh, gar nicht schlecht«, sagte er, halb, weil es stimm-te, halb, weil er die Stimmung wieder etwas heben wollte.

Swoboda grinste zufrieden: »Nicht wahr? Und keine Sorge, Herr … hier wird niemand zum Essen gezwungen. Aber was ver-schafft mir denn die Ehre Ihres Besuchs?«

»Also«, nahm Hefele den Ball auf, »wir haben Fingerspuren im Bagger gefunden, die wir im Labor eindeutig Ihnen zuord-nen konnten.«

Swoboda sah ihn abwartend an. »Und? Kommt noch was?«, sagte er dann mit mitleidigem Lächeln.

Hefeles Blick ging zu seinem Vorgesetzten. Doch der schüttel-te den Kopf und sagte ruhig: »Wir haben uns schon gewundert über die Spuren. Ich meine, immerhin wurde Professor Brunner mutmaßlich mit diesem Bagger getötet.«

Swoboda schien ehrlich erstaunt. »Sagen Sie, meine Herren«,

begann er, trank seinen Espresso in einem Zug, stand auf, ging dann in Richtung der langen Fensterfront und sah hinaus, »Ihnen kann doch gestern nicht entgangen sein, dass es sich bei besagtem Bagger um mein Eigentum handelt, oder? Mein Eigentum, das ich selbstlos der Wissenschaft zur Verfügung gestellt habe.« Nun wandte er sich um. Sein Gesicht hatte merklich Farbe angenommen. »Nur weil die es mitbenutzen, gehört das Scheißding immer noch mir. Also sollte es Sie weder wundern, noch sollte es ein Verbrechen sein, wenn sich da meine Fingerabdrücke finden. Oder fassen Sie Ihr Auto nur mit Handschuhen an?«

Nun war es Kluftinger, der lächelte. »Ganz und gar nicht. Wir müssen das nur abklären, noch dazu, wo die Spuren ja sehr frisch waren. Nicht älter als einen Tag. Und während wir vor Ort waren, ist niemand im Bagger gewesen. Drum fragen wir Sie.«

»Auch wenn Sie vielleicht meinen, ich bin mir zu fein für so was: Ich bin gestern in der Früh mit dem Bagger gefahren, um ein Firmenbanner an den Containern anzubringen. Das jetzt auf den Fotos zu sehen ist, die überall in den Medien sind. Von nix kommt nämlich nix, meine Herren. Meine Definition von selbstständig: selbst und ständig. Ich überlasse bei der PR nichts dem Zufall. Und so bin ich, als ich mit dem Hund gegangen bin, kurz in der Grube vorbei und hab die Werbung platziert.«

»Aha, sehen Sie?« Kluftinger stand nun ebenfalls auf und ging auf Swoboda zu.

Der wich keinen Zentimeter zurück. »Was sehe ich?«

»Na ja, da können Sie uns unter Umständen sogar helfen. Vielleicht waren Sie der Erste am Tatort. Also ... nach dem Mörder.«

»Helfen? Ich? Ihnen?« Swoboda runzelte die Stirn.

»Falls Sie was Ungewöhnliches beobachtet haben. Apropos: Gibt es Zeugen für Ihre Geschichte mit dem Werbebanner?«

»Zeugen? Geschichte?«, wiederholte der Unternehmer ungläubig. »Ich hab keine Zeugen, und ich brauch auch keine. Ich erzähl nämlich keine Geschichten, sondern die Wahrheit. Als ich da war, wurde es gerade erst hell. Um diese Zeit bin ich nämlich schon auf und mit dem Hund draußen, während ...«

»... während die faulen Beamtenseelen noch im Bett liegen?«, vollendete Hefele.

»Legen Sie mir bitte nicht irgendwas in den Mund.«

»Das will hier niemand. Sagen Sie, wo steht der Bagger denn normalerweise?«

»Normalerweise? Der hat seinen festen Platz da oben. Ist ja fast ausschließlich für die Uni-Leute da. Mit dem Teil allein würden meine Arbeiter nicht weit kommen.«

Der Kommissar nickte. Das ergab Sinn. »War denn irgendetwas ungewöhnlich, als Sie morgens da waren?«

»Sie waren doch auch schon vormittags in der Grube. Ihnen ist ja auch nix aufgefallen, bis dann Ihr Freund, dieser Möchtegernarchäologe, den Brunner gefunden hat, oder etwa nicht?«

Kluftinger seufzte. Wo dieser Swoboda recht hatte, hatte er recht. Und dass Langhammer nicht sein Freund war, konnte der Firmenchef natürlich nicht wissen. »Noch was: Wir haben eine Mütze beim Toten im Lehm gefunden – mit Ihrem Firmenlogo drauf. Können Sie sich das erklären?«

»Nein, das kann ich nicht. Aber falls das Ihre nächste Frage sein sollte: Ich trage diese Mützen nicht und habe das auch nie getan. Wir haben sie vor Jahren bestellt für unsere Mitarbeiter, aber das Zeug kratzt wie Hölle. Niemand wollte die. Also haben wir sie an die Lehmkratzer verschenkt.«

»An wen?«

»An die ... Wissenschaftler eben. So nennen wir ... ich meine, so werden sie von einigen der Fahrer genannt. Die Leute von der Uni waren froh über die Mützen und ein paar warme Jacken mit unserem Logo. Die frieren ja teilweise wie die Hunde. Den ganzen Tag im Regen, bei ein paar Grad. Haben noch nicht mal einen vernünftigen Bauwagen zum Aufwärmen. Dabei hat heuer im Frühjahr noch Schnee gelegen, als die schon nach ihren Knochen gebuddelt haben.«

»Und Sie sagen, keiner von Ihren Leuten trägt eine solche Mütze?«

»Also garantieren kann ich das nicht – aber ganz ehrlich: Wieso sollten sie? Die Fahrer sitzen im strengsten Winter im T-Shirt in ihren Lkws. Alles vollklimatisiert. Das sind Hightech-Arbeitsplätze, von denen macht sich keiner mehr die Hände schmutzig.«

»Anders als die Wissenschaftler ...«

»Ganz genau. Da denken sich meine Leute schon ab und zu, dass sie es richtig gemacht haben. Die Forscher haben ihr halbes Leben lang studiert, damit sie sich beim Sauwetter ihr Rheuma holen.«

Kluftinger nickte. »Mal ehrlich, Herr Swoboda: Das nervt Ihre Angestellten schon, das mit den Forschern in der Tongrube, oder? Dass sie auf die Rücksicht nehmen müssen ...«

»Was heißt schon nerven? Unser Motto ist: Leben und leben lassen.«

»Gibt es denn nicht auch mal Streit?«, fragte Hefele.

»Streit? Nicht, dass ich wüsste. Die haben sich da unten ganz gut arrangiert. Wir lassen sie in Ruhe – und die uns. Aber eine große Freundschaft wird's wohl nicht werden. Dazu sind die Interessen zu unterschiedlich.«

Hefele hakte nach: »Gab es denn wirklich nie eine Auseinandersetzung? Mit dem Brunner vielleicht?«

Der Firmenchef zögerte kurz, bevor er erklärte: »Wie gesagt, wir lassen uns gegenseitig unsere Arbeit tun. Solange sich alle an die Regeln halten jedenfalls.«

»Wieso? Gab's da mal was?«

»Was wollen Sie denn hören? Wenn ich mit den Uni-Leuten

verfeindet wäre, hätte ich ihnen dann den Bagger zur Verfügung gestellt? Sie können das Ding immer nutzen. Und wenn ich sie partout loshaben wollte, glauben Sie, dass ich dann ausgerechnet auf die glorreiche Idee käme, den Boss von denen im Ton zu verbuddeln? Ich bitte Sie!«

»Sie bekommen ja auch Nutzungsausgleich und Entschädigungen für die Forschungstätigkeiten.«

Er lachte laut auf. »Längst nicht so viel, wie es mich kostet. Aber es ist nun mal so gekommen. Ich habe nix davon und sehe es als Wissenschaftsförderung an. Die haben ja nix. Da fehlt es an allen Ecken und Enden. Viel Geld macht der Staat nicht locker für die.«

»Inwiefern?«

»Na ja, die Frau Doktor Lanz hat sogar ihren eigenen VW-Bus dabei und ihren privaten kleinen Pkw-Anhänger. Erbärmlich. Und haben Sie mal diese selbst gebaute Maschine gesehen, mit der sie Steine sieben? Die *Rosie*, wie sie sie nennen? Ein Haufen Schrott, notdürftig zusammengeschweißt. Eine richtige Pfröpflerei. Keine Professionalität. Da geht doch nix vorwärts. Wenn da ein Profi mit Geld im Rücken mal loslegen würde ...«

»Immerhin nutzen Sie die Urzeitfunde für Ihre Werbung, oder?«

»Das ist doch wieder nur ein Gefallen, den ich den Forschern tue: macht deren Sache bekannter. Hungerleider sind das.«

»Ich glaub, denen geht's nicht in erster Linie ums Geld«, wandte Hefele ein.

»Ja?« Swoboda sah ihn an, als denke er angestrengt nach. »Würd ich auch sagen, wenn ich nix verdiene.« Er sah demonstrativ auf seine goldene Armbanduhr. »Um es zusammenzufassen: Meine Leute und die Forscher kommen klar. Wir haben uns damit abgefunden. Wobei man schon betonen sollte: Gäbe es meinen Tonabbau und damit die Grube nicht, hätten sie ihre

Affenknochen nie gefunden. So sieht's mal aus. Ich verteile keine Almosen, aber helfe, wenn ich kann. Mein Bagger hat denen Monate an Arbeit erspart. Was meinen Sie, wie lange die Uni bräuchte, bis denen so was genehmigt würde? Ich kann mir das selbst bewilligen. Gott sei Dank. Gäb's den Mittelstand nicht, wär's bei uns im Land zappenduster. So, ich müsste jetzt wirklich zu meiner IHK-Sitzung. Wir sind ja so weit durch, oder?«

Kluftinger überlegte kurz. »Ja, für heute reicht uns das. Wir melden uns dann einfach wieder bei Ihnen.«

»Sie melden sich wieder? Was gibt's denn noch?«

»Das kann ich Ihnen jetzt noch nicht sagen. Oft tauchen im Verlauf weitere Fragen auf. Eine Mordermittlung ist schwer planbar.«

Mit einem Seufzen ging Swoboda zu seinem Schreibtisch, zog eine Schublade auf und holte eine Handvoll kleiner Tütchen heraus. »Na gut, wenn es mein Terminkalender erlaubt, stehe ich Ihnen zur Verfügung. Ich helfe schließlich gern. Und Ihre Anwürfe sollten ja mit unserem heutigen Gespräch Geschichte sein, denke ich?« Er kam auf sie zu, und Kluftinger erkannte, dass sich in den Tütchen die Kekse von eben befanden. Swoboda hielt sie ihm hin. »Hier noch ein paar Affenknochen aus der Tongrube für Sie und Ihre Abteilung. Damit Sie was für die Kaffeepause haben. Und vielleicht bekommt der Kollege Heberle auf der Rückfahrt noch Appetit.«

Schweigend fuhren sie vom Hof der Ziegelei und nahmen den ihnen inzwischen bestens bekannten Weg zur Tongrube. Kluftinger grübelte über das Gespräch mit dem Unternehmer nach. Er fand es bedauerlich, dass Wissenschaft und Wirtschaft offenbar bis zu einem gewissen Grad unvereinbar waren. Wobei: Manche Sensationsfunde bedeuteten auch bares Geld. Der Kommissar dachte etwa an Ötzi, die im Gletschereis gefundene Steinzeitmumie, für die sie in Bozen ein ganzes Museum gebaut hatten. Bei einem seiner letzten Aufenthalte in Südtirol hatte er es einmal besuchen wollen. Als er jedoch gesehen hatte, dass die Schlange einmal um den gesamten Block ging, hatte er davon wieder Abstand genommen. Eine derartige Touristenattraktion war natürlich für die ganze Region von unschätzbarem Wert. Ob *Udo Guggenmosi* auch einmal ein solcher Besuchermagnet werden würde? Er bezweifelte es, und das nicht nur wegen des sperrigen Namens. Wenn er an die armseligen Exponate dachte, die dafür sorgen sollten, dass die Menschen hierherströmten – Exponate, die laut Aussage der Wissenschaftler noch nicht einmal korrekt den Fund abbildeten –, konnte er sich nicht vorstellen, wie daraus ein nennenswertes touristisches Ziel entstehen könnte. Eine komplette Gletschermumie samt Ausrüstung war eben doch attraktiver als ein paar uralte Knochen.

»So, da simmer mal wieder«, seufzte Kluftinger, als er den Passat neben den Containern mit der Aufschrift *Swoboda* abstellte.

Hefele stieg aus und langte nach einem seltsamen Gerät in seiner Jackentasche.

»Hoi, hast du ein neues Handy?«, kommentierte der Kommissar das Ding, ein schwarzes Kästchen mit metallischen Applikationen.

»Ja, genau«, brummte sein Kollege zurück. »Und schau mal, was das für tolle Sachen machen kann.« Er führte das Gerät zum Mund, sog daran und blies eine kapitale Qualmwolke in die Luft.

»Au, ist das so ein Zigarettendings?« Kluftinger hatte schon von diesen elektronischen Apparaten gehört, aber noch keinen in Aktion gesehen.

»Ja, das ist der Fachausdruck«, gab sein Kollege zurück. »Manche sagen aber auch Vaporizer.«

»Willst nicht mal was essen, damit dieser hartnäckige Grant weggeht, Roland?« Dann schnupperte der Kommissar in die Luft und verzog das Gesicht. Es roch süß und künstlich nach Erdbeeren oder etwas Ähnlichem. »Also der Rauch stinkt ja furchtbar!«

»Das ist kein Rauch, das ist Dampf«, knurrte Hefele.

»Ja dann.«

»Echt gesund. Leitet die Giftstoffe aus dem Körper.«

»Wirklich? Ich mach das anders.« Mit diesen Worten verzog sich Kluftinger hinter einen der Container und pinkelte in die Wiese. Als er fertig war, zog er den Reißverschluss seiner Hose wieder zu, wobei seine Hand gegen die Knochen-Kekse in der Jackentasche stieß. An die hatte er gar nicht mehr gedacht! Erfreut zog er einen heraus und biss hinein. Es schmeckte ihm jetzt noch besser als in Swobodas Büro. Er holte einen weiteren aus der Tasche und hielt ihn seinem Kollegen hin. »Jetzt nimm halt auch endlich eins.«

Der verzog das Gesicht. »Pfui Deifel, das ist ja eklig.«

»Nein, die sind saugut …«

»Ich mein nicht die Kekse, sondern dass du die mit den Bratzen anlangst, mit denen du grad noch deinen … du weißt schon, was, gehalten hast.«

Jetzt verstand der Kommissar. »Roland, jetzt stell dich nicht so an. Genau genommen hab ich gar nix angefasst. Ich hab nämlich eine Technik entwickelt, wie ich im Freien bieseln kann, ohne dass ich was berühren muss. Willst wissen, wie das geht?«

»Nein!«, rief Hefele so schrill, dass Kluftinger zusammenzuckte. Dann senkte der Kollege seinen Blick und fragte: »Gehören die Tropfen auf deinen Schuhen auch zu der Technik?«

Kluftinger winkte ab und zog seine Gummistiefel an.

Schweigend stapften sie los. Nur das satte Schmatzen ihrer Schritte, die tief in die lehmig-feuchte Erde einsanken, war zu hören. Sie passierten den Durchgang, der von zwei großen Erdhügeln markiert wurde, dann standen sie mitten in der mächtigen Grube. Schon von Weitem sahen sie oberhalb der Abbruchkante das Zelt, das den Wissenschaftlern als Büro, Aufenthaltsraum und Lager diente. Seine weiße Farbe hob sich von der schmutzig-braunen Umgebung deutlich ab. Es war ruhig, im Moment befand sich kein Lkw in der Grube, die Bagger standen still.

»Herr Kluftinger!« Theresa Lanz winkte ihnen vom Eingang des Zeltes aus zu.

Er winkte zurück, dann machten sie sich an den Aufstieg über den ausgetretenen Pfad, der so aufgeweicht war, dass ihre Stiefel an manchen Stellen zwei Handbreit einsanken. Als sie oben waren, schnaufte Kluftinger wie ein Walross.

»Hallo zusammen«, begrüßte sie die Wissenschaftlerin und drückte eine Zigarettenkippe mit ihrem Schuh in den Matsch. »Jetzt können Sie bald mitgraben, so gut, wie Sie sich mittlerweile bei uns auskennen.«

»Mhm«, presste Kluftinger hervor. Er beugte sich nach vorn, um leichter Luft zu bekommen. Vielleicht sollte er sich Hefeles Schlankheitskur doch anschließen.

»Was kann ich denn heute für Sie tun?«, fragte sie.

»Wir waren gerade bei dem Herrn Swoboda ...«, begann Kluftinger, da verdrehte sie schon die Augen. »Stimmt was nicht?«

»Wieso?«

»Weil Sie so geguckt haben.« Er blickte zu Hefele, der die Unterhaltung teilnahmslos verfolgte und dabei Dampfwolken in die Luft blies.

»Na ja, der Herr Swoboda eben«, antwortete sie vorsichtig.

»Der war doch am Sonntag noch voll des Lobes über Ihre Funde«, versuchte Kluftinger, sie ein bisschen aus der Reserve zu locken. »Am Anfang zumindest.«

Sie lachte auf. »Das hab ich auch eher überrascht zur Kenntnis genommen.«

»Überrascht?«

»Ja, der ist nicht gerade sehr erpicht auf das, was wir machen.«

Kluftinger wurde klar, dass er gar nicht so genau wusste, was das eigentlich war. »Meinen Sie, Sie könnten uns mal ein bissle erklären, was genau Ihre Aufgaben sind?« Er erwartete ein genervtes Seufzen, doch stattdessen leuchteten ihre Augen auf.

»Sehr gern sogar. Also, was Sie dort sehen, ist unsere Hauptbeschäftigung.« Sie zeigte auf die Handvoll Menschen, die etwas abseits auf dem Boden kauerten und wie gestern mit kleinen Werkzeugen und großer Sorgfalt im Dreck vor sich rumstocherten. »Wir graben. Ihr Freund hat Ihnen ja bestimmt davon erzählt.«

Sie spielte wohl auf Langhammer an. »Der ist nicht mein ... also, nein, wir reden nicht so viel.« Kluftinger verbiss sich ein *wenn es sich vermeiden lässt.*

»Verstehe«, gab sie zurück, und ihrem Gesichtsausdruck glaubte der Kommissar entnehmen zu können, dass sie das wirklich tat.

»Wie setzt sich das Team genau zusammen?«, fragte er mit Blick auf die teilweise recht betagt wirkenden Arbeiter.

»Also, wir haben hier vier Studierende, das sind Annika, Laurenz, Steffi und Pit, dann zwei aus der Bürgergrabung, der Eberhard aus der Schweiz und die Hildegard, die Sie ja gestern schon gesehen haben, und dann noch zwei, die uns immer mal wieder auf unseren Grabungsreisen begleiten, der Holger und der Konrad. Die beiden waren gestern noch nicht vor Ort. Sie kommen nur unter der Woche.«

Kluftinger runzelte die Stirn. »Die machen das beruflich?«

»Nein, das ist sozusagen ihr Hobby.«

»Aha.« Kluftinger verstand diese Art von Hobby nicht, bei der man tageweise im Matsch knien und im Schlamm wühlen musste. »Und die kriegen kein Geld?«

Frau Lanz schüttelte den Kopf. »Nur eine kleine Aufwandsentschädigung. Aber das deckt natürlich weder die Kosten für Unterkunft und Verpflegung noch die Reisekosten.«

In diesem Moment stand der auf, den sie gerade als Holger vorgestellt hatte, kam auf sie zu und hielt der Wissenschaftlerin ein schwarzes Stückchen Stein oder Holz hin. »Weißt du, was das ist?«

Kluftinger grinste. Das hätte er ihm auch sagen können: irgendein Dreck, den er …

»Das ist ein Teil vom Panzer einer Schnappschildkröte, Gattung *Chelydropsis*«, kam es wie aus der Pistole geschossen von ihr. »Bitte katalogisieren und verpacken. Super, Holger.«

Skeptisch blickte Kluftinger auf das kleine Ding. Das sollte ein tolles Fundstück sein? Der Knochen gestern, da konnte er das noch einigermaßen nachvollziehen, aber bei diesem Bruchstück?

»Sie schauen so kritisch«, bemerkte Doktor Lanz.

»Na ja, ich mein, das ist … das könnt ja wirklich vieles sein, oder?«, wand sich Kluftinger, der ihre Expertise nicht in Zweifel ziehen wollte, aber dennoch nicht überzeugt war.

»Ja, das stimmt schon. Aber so, wie Sie einen Verbrecher aus den normalen Menschen herausfiltern können, kann ich das hiermit. Sehen Sie: die Einkerbungen, die spezielle Zeichnung – eindeutig ein Schnappschildkrötenpanzer. Etwa elf Millionen Jahre alt.«

Kluftinger klappte der Kiefer herunter, und nun hatte die Wissenschaftlerin sogar Hefeles Aufmerksamkeit erregt, der sich auch über das Fundstück beugte. »Das … das ist ja der Hammer!«, entfuhr es dem Kommissar. »Das ist auch so alt wie der Affe?«

Theresa Lanz zuckte mit den Achseln. »Na ja, ehrlich gesagt haben wir von denen schon kistenweise Material.« Sie zeigte auf eine der Kunststoffboxen im Zelt, die voll von diesen Dingern war. Kluftinger nickte ehrfürchtig. »Was ist das eigentlich für eine Maschine da drüben?« Das ratternde Ding war ihm gestern schon aufgefallen, es sah eher aus wie ein Betonmischer als etwas, was man bei der kleinteiligen Arbeit hier brauchen konnte.

»Das? Das ist unsere Rosie.«

»Rosie?« Er erinnerte sich, dass Swoboda den Namen erwähnt hatte.

»Die Abkürzung für Rotationssieb. Die Erfindung eines unserer Kollegen. Damit waschen wir das Erdreich und schlämmen die kleinen Fundstücke aus. Haben wir uns von den Goldgräbern in Alaska abgeschaut.«

Kluftinger lachte.

»Nein, im Ernst. Funktioniert großartig. Ist geschweißt aus einem Heizkessel, einer Motorradkette und einem Scheibenwischermotor vom Schrott. Alles *handmade*, wenn Sie so wollen. Einer der Studenten hat vorn noch eine Waschrinne angebaut. Manchmal ist sogar ein winziges Goldkörnchen drin.«

Dem Kommissar schwirrte der Kopf: Gold, Millionen Jahre alte Funde – langsam verstand er, was Langhammer an dieser Grube so faszinierte.

Die Wissenschaftlerin führte sie weiter herum, erklärte ihnen, dass ihre Fundstelle das Sediment eines einstigen Flussbettes sei, weswegen sie hier besonders viel fänden, skizzierte ihnen den Verlauf des Gewässers in prähistorischer Zeit und ließ so vor den Augen der Beamten langsam ein Bild davon entstehen, wie das Allgäu damals ausgesehen hatte.

Je mehr sie erzählte, desto detaillierter wurde dieses Bild, und Kluftinger vergaß seinen eigentlichen Auftrag. Er erfuhr hier aus erster Hand etwas über die Entstehungsgeschichte des Menschen, da konnte der Arbeitsalltag auch mal ein paar Minuten warten. »Gab's damals auch schon Schnee im Allgäu?«, wollte er wissen.

Jetzt lachte die Wissenschaftlerin. »Nein, das Klima war warm und trocken. Etwa so heiß wie im Moment, nur eben nicht so feucht. Das können Sie schon an den Tierarten sehen, die wir hier gefunden haben. Nashörner, Waldpferde, Zitzenzahnelefanten, Hyänen, die Münchner Waldantilope ...«

Kluftinger und Hefele lachten kurz auf.

»Ja, so hat man die Art tatsächlich benannt, weil man sie vor allem im Münchner Umland gefunden hat. Hier allerdings, wo wir jetzt stehen, herrschte keine Trockenheit, eben wegen des erwähnten Flusslaufs.«

»Deshalb auch die Schildkröten?«, fragte Kluftinger nach.

»Ganz genau. Der Fluss entsprang irgendwo am jetzigen Alpenrand und zog sich wie eine grüne Lebensader durch die Steppen- und Waldlandschaft drum herum. Pandas, Flughörnchen, Hundebären oder die eindrucksvolle Säbelzahnkatze waren ebenfalls hier. Im Wasser dazu Massen von Welsen, Hechten, Schnappschildkröten oder Riesensalamandern, die eineinhalb

Meter groß werden konnten. Wir haben etwa hundertsiebzehn Arten katalogisiert. Bisher.«

»So viel?« Kluftinger stand der Mund offen. Dass das alles nach dieser Zeit noch rekonstruiert werden konnte, fand er unfassbar. Sie selbst scheiterten bisweilen schon daran, die Spuren eines Verbrechens sicherzustellen, das erst ein paar Tage her war.

»Zum Glück. Die Voraussetzungen für eine Versteinerung waren einfach günstig, hier in den Tonschichten. Wir haben bisher um die fünfzehntausend Funde gesichert.« Der Paläontologin schien zu gefallen, dass ihre Arbeit die Polizisten so faszinierte. Zumindest Kluftinger, denn Hefele hatte mehr Augen für die Brotzeit, die eine Frau gerade in einem Korb vorbeibrachte.

»Hallo, Frau Lanz! Ich hab ein paar Würste, Semmeln und Kuchen für euch. Ihr vertragt sicher ein bisschen Nervennahrung«, sagte sie und hielt ihre Mitbringsel lächelnd hoch.

»Vielen Dank, Frau Berger«, rief Theresa Lanz ihr zu. Kluftingers fragenden Blick beantwortete sie sofort: »Eine Nachbarin, denen gehört der Hof dort oben hinter den Bäumen. Ab und an bringt sie uns was. Sehr nett.«

»Die Nachbarn versorgen Sie mit Essen?«, fragte Hefele ungläubig.

»Ja, manche. Nicht alle sind so begeistert von dem, was wir machen ...«, antwortete sie vielsagend. »Der Herr Berger, ihr Mann, gräbt manchmal auch mit.«

Kluftinger nickte. »Ja, bei Ihnen darf ja jeder dabei sein, sogar der Langhammer.«

Die Wissenschaftlerin winkte der Frau zu und wandte sich wieder an den Kommissar. »Wo war ich? Ach ja: Seit wir hier im Frühjahr wieder angefangen haben zu graben, haben wir pro Tag so um die hundert Funde gesichert.«

Anerkennend pfiff der Kommissar durch die Zähne. »Und

der Affe?« Er wunderte sich, dass sie den Fund, für den die Grabungsstelle berühmt geworden war, noch gar nicht erwähnt hatte.

»*Danuvius guggenmosi?*«

»Ja, der Dings. War der dann auch am Fluss unterwegs?«

»Ganz richtig. Die Vegetation, der dichte Auwald mit Lianengewächsen war wahrscheinlich der Grund, warum er sich aufgerichtet hat. So war er schneller unterwegs. Man könnte seine Fortbewegungsart als eine Art Kraxeln bezeichnen, mit gestreckten Armen und Beinen. Kombiniert mit dem Schwinghangeln des heutigen Orang-Utans. Evolution wie aus dem Bilderbuch quasi.«

»Aha. Und was meinen Sie, wie hat der so ausgesehen?«

»Nun, mal nicht wie der Bonobo-Affe, den sie hier im Schaubild als Referenz bemüht haben.« Sie deutete auf die gestern enthüllten Kästen. »Er war ein eher langsamer, bedächtiger Baumkletterer und bestach sicher nicht durch seine Sprintkraft.«

Wie ich, dachte Kluftinger.

»Interessant war seine Großzehe«, fuhr Theresa Lanz fort. »Sie war ziemlich lang, kräftig und nach außen gedreht, was ihm Halt gab beim Klettern. Er war schätzungsweise nur einen Meter groß und wog um die dreißig Kilo. Die Weibchen übrigens nur gut die Hälfte.«

»Ha, wie bei uns manchmal, gell?«, sagte Kluftinger lachend und stieß Hefele in die Seite.

Frau Lanz nickte.

»So ein ... *Guggenmos...dings* ist halt auch bloß ein Mensch. Sagen Sie, warum heißt der eigentlich so?«

»Wenn man als Paläontologe eine neue Spezies entdeckt, darf man ihr auch einen Namen geben. Und Professor Brunner hat *Danuvius* gewählt, das ist der Flussgott der Kelten. Daher kommt auch der Name der Donau. Sigulf Guggenmos war ein Hobbypaläontologe aus Kaufbeuren. Der hat diese Grube überhaupt erst entdeckt, Anfang der Siebzigerjahre.«

»Ach, das war ja nett vom Professor, dass er dem Guggenmos so ein Denkmal gesetzt hat. Hätt ihn ja auch nach sich selber benennen können.«

»Hat er ja auch.«

Kluftinger verstand nicht.

»Na, Sie kennen vielleicht den populären Namen, unter dem unser Menschenaffe hier bekannt ist.«

»Sie meinen *Udo*?« Tatsächlich war dieser Name in den Medien viel geläufiger als die kompliziertere wissenschaftliche Bezeichnung.

»Genau. Professor Brunners Vorname. Gilt in der Wissenschaft allerdings als eher unfein, wenn man das macht. Und eitel.«

Der Kommissar wollte eben einhaken, da wechselte die Frau das Thema. »Weil Sie vorher wegen der vielen Fundstücke gefragt hatten, die wir sichern: Wir müssen schnell sein, wissen Sie? Das alles ist durch den Tonabbau bedroht, ein Wettlauf mit der Zeit.«

»Steht das denn nicht unter Naturschutz?«, fragte Kluftinger.

»Schon, aber leider nützt es uns nicht viel. Denkmalschutz wäre besser. Aber paläontologische Funde können eben nicht unter Denkmalschutz stehen. Wenn der *Udo*, also unser Affe, wenn der Werkzeuge benutzt hätte, dann wäre das was anderes. Dann wären die Kollegen von der Archäologie gefragt, und dann dürfte hier keiner mehr auch nur ein Kilo Ton abbauen, da können Sie sicher sein.«

Dem Kommissar kam das seltsam vor. Ihm schienen diese Funde aus der Urzeit mindestens genauso wichtig. »Und der Fund vom *Guggenmosi* hat da nix dran geändert?«

Die Wissenschaftlerin wiegte den Kopf hin und her. »Wie

man's nimmt. Ein bisschen schon. Professor Brunner hat ja dafür gesorgt, dass alles maximale Öffentlichkeit bekommen hat. Das hat uns natürlich schon geholfen.«

Erneut meinte Kluftinger, Kritik an Brunners Vorgehen aus ihren Worten herauszuhören. »Das fanden Sie nicht gut?«, wollte er deswegen wissen.

»Verstehen Sie mich nicht falsch, Herr Kommissar, natürlich ist der Fund des *Danuvius* eine Sensation. Aber, na ja, es gibt hier eben noch sehr viel mehr zu entdecken, wie ich Ihnen gerade dargelegt habe. Dass wir damit vielleicht bewiesen haben, dass die Zweibeinigkeit nicht *out of Africa* kam, wie gemeinhin angenommen, noch dazu Jahrmillionen früher, wäre wirklich eine Revolution.«

»Wäre?«

»Das Ganze muss schon noch sehr sorgfältig überprüft werden. Wir müssen mit unseren Ergebnissen in einen wissenschaftlichen Diskurs treten. Vielleicht hätte man warten sollen, bevor man an die Öffentlichkeit geht.«

Mit *man* meinte sie Brunner, da hatte Kluftinger keinen Zweifel. Dennoch unterbrach er sie nicht.

»Jedenfalls gibt es genug anderes hier, was ebenso faszinierend ist. Ich meine, wir sprechen von Funden von vor elf Millionen Jahren. Wir können ein komplettes Ökosystem rekonstruieren, allein aus den Funden in diesem winzigen Areal. Das ist der Traum eines jeden Forschers, glauben Sie mir. Das alles auf den aufrecht gehenden Affen zu reduzieren, würde viel zu kurz greifen. Das war und ist von Anfang an meine Meinung. Wohlgemerkt nur meine.«

Die angedeuteten Unstimmigkeiten zwischen ihr und Brunner lenkten die Aufmerksamkeit des Kommissars wieder auf den eigentlichen Grund seines Hierseins. »Warum hat der Professor das denn dann so in den Vordergrund gestellt?«

Das Lächeln aus dem Gesicht der Wissenschaftlerin verschwand und wich einer vorsichtigen Wachsamkeit. »Ich nehme an, er hat die öffentliche Unterstützung als wichtig empfunden«, formulierte sie mit Bedacht. »Die Aufmerksamkeit der Medien, die Schlagzeilen …«

»Und er hat das nicht mit Ihnen abgesprochen?«, fragte plötzlich Hefele. Kluftinger war regelrecht erschrocken, er hatte nicht erwartet, von dem missmutig-hungrigen, still vor sich hin dampfenden Kollegen heute noch etwas Brauchbares zu hören.

»Ich … nein, das musste er ja auch gar nicht.« Auf einmal wirkte Theresa Lanz unsicher, fahrig. »Er ist schließlich der Chef, ich nur die … Assistentin.«

»Sie meinen, er wollte das Rampenlicht für sich allein?« Sie hätte nicht antworten müssen, denn allein die Tatsache, dass Brunner dem Fund seinen Vornamen gegeben hatte, sagte alles, wie Kluftinger nun wusste. Dennoch interessierte ihn ihre Reaktion auf seine Frage.

Theresa Lanz schien das zu ahnen, denn sie wählte ihre Worte sorgsam: »Wissen Sie, Wissenschaft braucht Öffentlichkeit. Aber die liegt eben manchem mehr und manchem weniger.«

Das war salomonisch formuliert, fand der Kommissar. Er wollte es damit erst einmal bewenden lassen. Die Frau war inzwischen zu vorsichtig geworden, weswegen er das Gespräch auf ein anderes Thema lenkte. »Und der Herr Swoboda ist …«

»… nicht gerade begeistert von unserer Arbeit hier«, vollendete sie seinen Satz. »Ich habe in einem gewissen Maß auch Verständnis dafür, ich meine, je mehr Bereiche wir in Beschlag nehmen, desto weniger Ton kann er abbauen.« Sie seufzte, dann verdunkelte sich ihre Miene. »Aber lassen Sie uns Klartext reden: Wir forschen hier an der Wiege unserer Zivilisation, das kann man sich doch nicht von einem profitgierigen Unternehmer kaputt machen lassen. Was weggebaggert ist, ist für die Menschheit unwiederbringlich verloren. Dieser Herr Swoboda legt uns Steine in den Weg, wo er nur kann. Aber kaum kommt der Ministerpräsident vorbei, tut er, als sei er unser großer Förderer.«

»Er hat Ihnen doch immerhin seinen Bagger zur Verfügung gestellt.«

»Ha, das ist die reinste Schrottkiste. Jedes zweite Mal ist er nicht angesprungen. Und wehe, wir haben ihm nicht genügend Diesel nachgefüllt, wenn wir das Ding in Betrieb hatten. Aber wir müssen auch noch artig Danke sagen, damit unsere Forschung nicht gefährdet wird.« Sie hatte sich in Rage geredet, was ihr nun leidzutun schien. »Entschuldigung, ich ...«

Kluftinger blickte zu Hefele, der nur mit den Achseln zuckte. »Kein Problem, wir schätzen ehrliche Worte. War Herr Brunner der gleichen Meinung? Also, in Bezug auf Herrn Swoboda.«

»Ich glaube, in der Hinsicht waren wir uns einig.«

Kluftinger dachte einen Moment nach, dann fragte er: »Können Sie eigentlich den Bagger fahren?«

Entgeistert blickte sie ihn an. Dann verzog sie die Lippen zu einem Lächeln. »Natürlich kann ich das. Kann hier jeder. Ist ja auch nicht gerade Raketenwissenschaft, so eine Kiste zu steuern.«

»Was anderes: Bei der Leiche wurde eine Mütze im Matsch gefunden. So eine mit einer Werbeaufschrift. *Swoboda.* Wissen Sie, wer so eine hier getragen hat?«

»Also wir schon mal nicht«, antwortete sie wie aus der Pistole geschossen. »Das war minderwertiges Zeug, das er wieder mal als großzügige Spende an die Wissenschaft verkauft hat. Aber wir hatten keine Verwendung dafür. Reine Synthetik, hat höllisch gekratzt. Genau wie seine China-Westen. Ist alles in die Kleidersammlung gewandert.«

Nickend sah sich der Kommissar um. Er hatte fürs Erste genug gehört. Da fiel ihm etwas auf. Er zeigte auf zwei Männer, die etwas abseits, aber doch noch innerhalb der Grube standen. Sie schienen nichts zu tun zu haben. »Wer sind die da eigentlich?«, wollte er wissen.

»Das sind zwei von Swobodas Leuten.«

»Und warum arbeiten die nichts?«

»Tun sie doch. Sie passen auf uns auf.«

Kluftinger blickte sie fragend an.

»Das sind Wachhunde, die der großzügige Herr Swoboda hier während der Grabungszeiten abgestellt hat. Aber nicht etwa zu unserer Sicherheit, die ist ihm egal. Nein, es geht ihm darum, dass wir nirgends graben, wo wir nicht dürfen. Uns ist sogar verboten, uns außerhalb unseres Forschungsareals aufzuhalten. Er befürchtet, dass wir dort Bodenproben nehmen oder so.« Jetzt verzog sie ihre Mundwinkel zu einem Grinsen. »Wissen Sie, wenn wir irgendwo noch was finden sollten, was durchaus wahrscheinlich ist, dann wird das Gebiet erst mal genauer untersucht und vorübergehend für den Tonabbau gesperrt. Was natürlich schlecht für ihn wäre. Deshalb das Betretungsverbot für uns. Deswegen die Bodyguards. Aber soll er ruhig, der Herr Unternehmer.«

»Fänden Sie es denn nicht interessant zu erfahren, was woanders auf dem Gelände zu finden ist?«, wollte Kluftinger wissen.

»Doch, natürlich. Das werden wir uns sicher auch ansehen, früher oder später. Und mal ehrlich: Um hier irgendein Areal als Schutzgebiet ausweisen zu lassen, muss ich nicht heimlich nachts mit der Taschenlampe rumklettern. Da schreib ich schön eine Mail von meinem Schreibtisch im Institut aus. Aber soll er seine Gorillas hier parken. Passt ja zum Thema, irgendwie. Wir lassen uns davon sicher nicht einschüchtern.« Sie blickte nach unten, wo sich gerade ein mächtiger weißer Pick-up mit dem Firmenlogo der Ziegelei ins Blickfeld schob. »Oh, wenn man vom Teufel spricht ...«

»Na, ist die IHK-Sitzung schon vorbei, Herr Swoboda?«, fragte Kluftinger den Firmenchef, als der aus seinem riesigen Auto ausgestiegen war. Er hatte noch über die Freisprecheinrichtung telefoniert, während die Polizisten, die zu ihm hinuntergegangen waren, vor dem Auto gewartet hatten.

»Allerdings, interessanter Austausch mit den Kollegen aus Handwerk und Industrie gewesen. Aber dass ich hier schon wieder auf Sie treffe, ist ja ein Zufall.«

»Könnt vielleicht auch Absicht sein, Herr Swoboda«, brummte Hefele.

Der Unternehmer lächelte gekünstelt. »Darf ich Ihnen bei der Gelegenheit mal alles aus meiner Perspektive zeigen?« Er deutete auf den großen Bagger, der direkt vor den mächtigen Wänden aus grau-beigem Ton stand und eben einen großen Kipper mit dem schlammigen Material belud. »Was Sie hier sehen, ist einer der leistungsfähigsten Bagger, die Sie auf dem Markt kriegen können. Nagelneu. Und: bezahlt. Es braucht für dieses spezielle, schwere Material einfach entsprechende Maschinen, sonst frustriert das nur. Der Muldenkipper hat Allrad, damit er hier im Matsch nicht stecken bleibt. Der Fahrer bringt mir den Ton in die Fabrik, wo er direkt in die Aufbereitung und schließlich in die Produktion geht. Lückenlose Kette.«

»Soso. Wie viele Lkws fahren Sie denn hier am Tag so raus?«

»Nun, das kommt auf die Kapazitäten an, mit denen wir es in der Ziegelei zu tun haben. Aber da kommen schon einige zusammen.«

Kluftinger sah auf die steilen Wände der Grube: Durch den fortschreitenden Abbau hatte sich der Bagger schon weit in den Hügel hineingefressen. »Wie lange reicht Ihnen denn der Ton hier noch?«

Swoboda zuckte mit den Schultern. »Na ja, auf dieser Seite sind wir fast durch, die Tonschicht ist nicht so mächtig. Das heißt, wir fangen dann links davon zu graben an, da haben wir noch mal so viel. Und dann ... also ... falls die Forscher dann fertig sind, können wir auch den Rest der Grube angehen.«

Kluftinger merkte, dass sich Swoboda um einen möglichst neutralen Ton bemühte. »Dazu haben wir übrigens gerade eine interessante Unterhaltung mit der Frau Lanz gehabt, die uns erzählt hat, dass Sie es offenbar kaum erwarten können, bis sie und ihr Team endlich verschwinden.«

»So? Und woran macht sie das fest, bitte?«

»Na ja, sie hat zum Beispiel erzählt, Sie möchten verhindern, dass neue Schutzgebiete ausgewiesen werden«, erklärte Hefele.

»Und? Ist das denn nicht verständlich? Ich hab das hier alles gepachtet im guten Glauben, dass ich den Ton komplett abräumen kann. Dann kommen die und finden da ihre alten Knochen. Schön und gut. Allein, um die Schicht abzubauen, die ihnen jetzt zugesprochen ist, brauchen die eine halbe Ewigkeit. So, und wenn Sie es genau wissen wollen: Der Grund, dass die meinen kleinen Bagger nutzen dürfen, ist der, dass es dann wenigstens ein bisschen schneller geht.«

»Aha, jetzt wird ein Schuh draus«, versetzte der Kommissar.

»Genau, hilft also beiden Parteien. Aber danach ist auch mal gut. Solange die nicht fertig sind, komm ich da drüben nicht weiter. Klar?«

Die Polizisten nickten. »Sie sind also darauf angewiesen, dass die wissenschaftlichen Grabungen bald abgeschlossen sind«, präzisierte Hefele.

»Genau. Nur dann kann ich all das abgraben, wofür ich bezahlt habe.«

»Die Frau Lanz hat uns erzählt, dass Sie hier Aufpasser postieren, damit die Paläo... also die Wissenschaftler den ihnen zugewiesenen Bereich nicht verlassen. Stimmt das?« Kluftinger sah zu den beiden Männern hinüber, die vor einem Container standen und rauchten.

»Aufpasser? Ich bitte Sie! Was soll denn das heißen?«

»Was ich grad gesagt hab.«

»Schauen Sie, Herr Kommissar: Gibt man denen den kleinen Finger, na ja, Sie wissen schon. Kein Zuckerschlecken mit diesen Doktoren da oben. Die kriegen den Hals einfach nicht voll.«

Kluftinger runzelte die Stirn. »Jetzt würd mich aber schon interessieren, warum Sie diese Details heute früh ausgespart haben.«

Swobodas Gesicht rötete sich ein wenig. »Ausgespart ... nun, ich wollte das nicht gleich an die große Glocke hängen, weil ...« Er machte eine Pause.

»Ja?«, bohrte Kluftinger nach.

»Na ja, weil es ja nicht relevant ist für Sie. Und ja, weil ich nicht wollte, dass Sie denken ... also, ich wollte eben nicht, dass Sie was in den falschen Hals bekommen.«

Kluftinger lachte auf. »Jetzt noch mal zum Mitschreiben: Sie wollten heut früh nicht, dass ich denke, was ich jetzt denke. Herzlichen Glückwunsch, hat ja bestens geklappt.« Damit ließen sie den verdutzt dreinblickenden Weißhaarigen stehen.

Wieder oben beim Grabungsteam angekommen, gingen sie direkt auf die Studentinnen und Studenten zu, die ihnen Frau Lanz bereits kurz vorgestellt hatte. Es war Zeit, auch mal deren Sicht der Dinge zu erfahren, was die Stimmung zwischen den Parteien in der Tongrube anging.

»Grüß Gott, zusammen. Kommissar Kluftinger, aber Sie wissen wahrscheinlich eh schon, wer ich bin, gell?«, sagte er, als er auf die erste junge Frau zuging.

Die zog sich ein paar Ohrhörer heraus und lächelte ihn unsicher an. »Stimmt, das weiß ich. Kann ich Ihnen denn irgendwie helfen?«, fragte sie und strich sich durch ihre lockigen roten Haare.

»Ja, also, wir würden uns gern mal mit Ihnen allen unterhalten.«

»Mit uns allen?«

»Genau, also, mit Ihnen und den anderen ... Student... und -innen, quasi. Mit der Grit und dem Lorenz und ...«

Sie grinste und rief: »Laurenz, Annika, Pit, kommt ihr mal kurz zu mir? Und ich bin übrigens Steffi.« Die andere Studentin und ihre beiden Kommilitonen hoben die Köpfe. Langsam kamen sie zu ihnen und blickten ihn gespannt an.

»Wir würden gern wissen, wie die Stimmung in der Grube war«, begann Kluftinger.

»Unter uns Studierenden, meinen Sie?«, wollte Steffi wissen.

Der Kommissar schüttelte den Kopf. »Eher so ganz allgemein. Zwischen ... den Parteien. Hat es da öfter mal Konflikte oder Auseinandersetzungen gegeben?« Er blickte hinunter zu Swoboda, der eine Zigarette rauchte und seinerseits zu ihnen heraufblickte.

»Aber hallo«, meldete sich sofort die andere Studentin, der Kluftinger nach dem Ausschlussprinzip den Namen Annika zuordnete. »Da ging es manchmal ganz schön zur Sache!«

»Ach ja?« Kluftinger sah Hefele überrascht an. Dass er sofort so offen Auskunft bekommen würde, damit hatte er gar nicht gerechnet.

»Annika, ich mein, geht uns doch eigentlich nix an ...«, versuchte einer der beiden Studenten, ein groß gewachsener, schlaksiger Typ mit Baseballcap, sie zu bremsen.

Doch davon ließ sie sich nicht im Geringsten beirren. »Lass mich mal machen, Laurenz. Was wahr ist, darf man doch sagen, oder?«

Kluftinger nickte eifrig. »Auf jeden Fall, Frau ... Annika.« Er war gespannt, was er gleich Neues über Swoboda und dessen Auftreten erfahren würde. Annika sah sich verstohlen nach Frau Lanz um, die jedoch nirgends zu sehen war.

»Also, die sind immer wieder aneinandergeraten, auch wenn sie versucht haben, dass man es nicht allzu sehr merkt. Aber hinter den Kulissen ging's echt ab«, sagte sie mit geheimnisvoll gedämpfter Stimme.

Laurenz schüttelte entnervt den Kopf.

»Um was ging's denn da genau?«, wollte Hefele wissen.

»Na ja, also, meistens ums Hauptproblem: Während Frau Doktor Lanz immer dran gelegen ist, die Funde hier als Ganzes zu sichern und die Tongrube als eigenes Ökosystem zu sehen, aus dem wir wahnsinnig viel lernen können, war er halt vor allem an Udo interessiert.«

Kluftinger runzelte die Stirn. »Sie meinen, der Herr Swoboda hatte ein Auge auf den Professor Brunner geworfen?« Das wäre eine völlig neue Wendung, die er so gar nicht auf dem Schirm hatte.

»Hä? Warum denn das jetzt?«, fragte die Studentin perplex.

»Na ja, also, waren der Brunner ... also, es ist ja nix dabei ...«, stammelte der Kommissar.

»Keine Ahnung, wie Sie jetzt auf den Herrn Swoboda kommen, ich weiß auch nicht, welche sexuellen Vorlieben der hat, aber der Professor jedenfalls stand eindeutig auf Frauen. Stimmt's, Steffi?« Sie zwinkerte der Rothaarigen zu, die ihrem Blick jedoch auswich.

Jetzt verstand der Kommissar gar nichts mehr. »Sie haben doch grad gesagt, der Swoboda hätte sich für den Udo interessiert.«

Die junge Frau blickte amüsiert zu ihren Kommilitonen. »Ach so, nein, ich wollte sagen, dass sich der *Brunner* nur für den Affen interessiert hat, also für den Udo. Der Udo für den Udo, sozusagen. Während es der Frau Lanz um das große Ganze ging, um alle Arten und so. Und dem Prof vor allem um die Außenwirkung. War halt so. Und da hat es manchmal ziemlich geknallt. Die Frau Lanz hat kein Blatt vor den Mund genommen, das können Sie mir glauben!«

Erneut senkte Annika die Stimme und fuhr fort: »Frau Lanz ist halt eine Wissenschaftlerin. Ganz sachlich, bescheiden und so. Und der Prof, also, der war halt schon so … ein bisschen ein Poser, würd ich sagen. Also, nicht unsympathisch. Hat sich eben gern feiern lassen. Auch von den Studentinnen. Hatte ja auch genügend, die das taten. Jedenfalls hat das halt null gepasst, zwischen denen, so menschlich. Denke, das hat auch damit zu tun, dass sie gern den Lehrstuhl gehabt hätte, den er ihr dann weggeschnappt hat. Aber das war vor meiner Zeit. Ist nur, was man sich am Institut so erzählt.«

»Also, Annika, ohne Scheiß, das geht jetzt echt zu weit. Klingt ja, als wolltest du die Frau Doktor Lanz in irgendwas reinreiten«, mischte sich Laurenz wieder ein.

»Also, ich glaub, die … Frau Annika weiß schon, was sie erzählen kann und was nicht. Was spricht denn aus Ihrer Sicht dagegen, Herr Laurenz?«

Kleinlaut erklärte der Student: »Ich … nichts, also gar nichts. Ich mein bloß, also, ich find halt, dass wir es uns nicht versauen sollten mit der Frau Doktor, schließlich möchten wir alle mal unseren Master mit vernünftigen Noten ablegen, promovieren oder so. Geht uns einfach nix an. Deswegen hab ich gemeint.« Er senkte den Kopf, zog seine Mütze tiefer ins Gesicht und scharrte mit dem rechten Fuß ein wenig verlegen im Matsch. »Klar, passt schon, Annika«, schob er murmelnd nach.

Auch wenn Annika und die anderen danach nicht mehr viel Substanzielles erzählten, hatte Kluftinger doch mehr erfahren als erwartet. Schließlich hatte er nur wissen wollen, ob es Ärger zwischen Swobodas Leuten und dem Forscherteam gegeben hatte, und war nun auf einen schwelenden Konflikt innerhalb des Teams gestoßen. Dem wollte er sofort auf den Grund gehen. Während Hefele etwas abseits an seinem neuen Rauchutensil sog und die Gegend einnebelte, betrat er noch einmal das Zelt.

»Frau Lanz, ich noch mal kurz«, sagte der Kommissar.

Die Wissenschaftlerin tippte gerade etwas in ihren Laptop. Sie schob genervt ihre Lesebrille hoch, bemühte sich jedoch sichtlich um ein Lächeln. »Ja, was … gibt es denn noch?«

»Wir haben uns gerade ein bissle mit Ihren Studenten unterhalten.« Er machte bewusst eine Pause, um ihre Reaktion abzuwarten, doch ihre Miene blieb unverändert.

»Über Sie und Herrn Professor Brunner«, präzisierte er. Mit einem Schlag hatte er ihre gesamte Aufmerksamkeit. Mit weit geöffneten Augen sah sie ihn an. Er wartete ab.

»So? Und was haben die Guten zu berichten?«, fragte sie schmallippig in die Pause.

»Na ja, dass Sie und der Professor nicht gut miteinander ausgekommen sind und oft grundverschiedener Auffassung waren.«

Die Paläontologin schnaubte abfällig. »Was diese dummen Gänse und postpubertären Bübchen immer in alles hineininterpretieren! Es sind eben doch noch halbe Kinder, die mit Daily Soaps groß geworden sind und jetzt hinter allem das endgültige Zerwürfnis wittern. Herr Kluftinger, ich bitte Sie!«

»Aber Sie waren unterschiedlicher Meinung, was die wissenschaftliche Bedeutung der Funde hier angeht, oder?«

Jetzt erhob sie sich von ihrem Drehstuhl und ging an Kluftinger vorbei Richtung Zelteingang. Sie blickte einen Moment hinaus, bevor sie sagte: »Zeigen Sie mir ein Forscherteam, bei dem es nicht solche Konfliktlinien gibt. Das ist völlig normal, ja sogar gewünscht und nennt sich wissenschaftlicher Diskurs.

Aus Spannung entsteht oft die beste Energie, verstehen Sie das? Eine Harmoniesuppe sorgt nur für Stillstand. Aber davon haben meine jungen Damen und Herren einfach noch nicht die geringste Ahnung.«

»Und privat gab es keine Reibungspunkte mit Brunner?«

»Nein, nicht im Geringsten. Wir hatten privat nämlich nicht einmal Berührungspunkte. Da kann dann auch nichts reiben. So einfach ist das. Wir haben nur auf professioneller Ebene verkehrt.«

»Verstehe«, murmelte der Kommissar, auch wenn das nicht ganz zutraf. Für ihn, der in seiner Abteilung großen Wert auf Harmonie legte, war es undenkbar, sich nur auf berufliche Art zu begegnen.

»Ich hab da was für Sie. Passt ganz gut zum Thema«, riss ihn Theresa Lanz aus seinen Gedanken. Sie ging zurück zu ihrem Arbeitsplatz, kramte aus einem Stapel Zeitschriften ein Heft heraus, das sie ihm schließlich in die Hand drückte. Der Kommissar warf einen Blick darauf: *Natural* stand auf dem Cover, darunter fanden sich ein paar englische Schlagzeilen.

»Hier drin finden Sie einen hochinteressanten Artikel von Professor Jenkins aus den USA. Eine Koryphäe in unserer Disziplin. Auch er hat ziemlich konträre Auffassungen zu Brunners Thesen. Jenkins kämpft darin mit harten Bandagen. Aber deswegen haben sich nicht alle, die eine andere Position vertreten haben als mein Chef, nachts getroffen, um ihn meuchlerisch aus dem Leben zu befördern. Verstehen Sie, worauf ich hinauswill?«

Kluftinger rollte das Magazin zusammen. »Danke. Ich ... schau gern mal rein. Eine Frage noch: Stimmt es, dass Sie mit Brunners Berufung zum Professor nicht einverstanden waren? Haben Sie sich möglicherweise selbst Hoffnung auf den Posten gemacht?«

Theresa Lanz' Gesicht rötete sich. »Wer, bitte, sagt denn so was?«

»Die ... ich mein ... das hab ich mir halt so gedacht.«

»Diese kleinen Schlangen«, zischte sie. »Ganz und gar nicht. Sicher, ich räume ein, dass ich Brunners Ruf ans Institut zunächst kritisch gesehen habe. Nie allerdings ist es mir dabei um persönliche Interessen gegangen, sondern lediglich um den Umstand, dass wieder mal ein Mann das Rennen gemacht hat. Weiter war da nichts.«

»Ach, dann haben Sie sich gar nicht auf die Stelle beworben?«

Sie blickte zu Boden. »Beworben, ja, sicher. So viele freie Stellen in der Größenordnung gibt es nicht in unserer Disziplin. Und ich erfülle alle Kriterien für eine Professur, keine Frage. Aber eine Berufung aus der eigenen Universität, was es in meinem Fall ja gewesen wäre, ist in Deutschland äußerst unüblich. Der absolute Ausnahmefall. Schon allein deshalb habe ich die Entscheidung der Berufungskommission akzeptiert. Umso schlimmer und dümmer, was einem dann auf einmal nachgesagt wird.«

Kluftinger ließ die Sache fürs Erste auf sich beruhen, verabschiedete sich und machte sich zusammen mit Hefele auf den Weg zurück zum Auto. Er hatte Hunger – und sein Kollege war bestimmt schon völlig unterzuckert.

Als sie unten in der Grube angelangt waren, sah der Kommissar, dass Theresa Lanz inzwischen etwas abseits der Grabungsgruppe stand und heftig gestikulierend auf Annika, die auskunftsbereite Studentin, einredete. Ob Laurenz, ihr Kommilitone, sie verpetzt hatte? Kluftinger zuckte mit den Achseln und ging weiter.

Sie wollten eben starten, da fuhr auch einer der riesigen Lkws auf das Tor zu. Der Kommissar beschloss, den Koloss erst einmal vorbeizulassen. Doch zu seiner Verwunderung bog der

Lastwagen kurz vorher in einen Seitenweg, statt den direkten Weg aus der Grube durch das kleine Waldstück zu nehmen.

»Wo fährt denn der jetzt noch hin?«, fragte er stirnrunzelnd seinen Kollegen.

Hefele zog nur die Schultern hoch. »Würd mich auch interessieren.«

Sie sahen dem Laster nach. Er fuhr in einem weiten Bogen und einigen Kurven am Waldrand entlang, um dann zwischen den Bäumen zu verschwinden.

»Da kommt der Baggerfahrer«, deutete Hefele auf einen Mann, der zu Fuß auf den Container der Firma Swoboda zuging. »Ob der das weiß?«

Kluftinger drehte den Motor wieder ab und stieg aus. »Entschuldigen Sie, Kluftinger, Kripo Kempten, kann ich Sie was fragen?«

»Ich hab zwar jetzt Mittagspause, aber wenn's nicht ewig dauert ...«, sagte er und zündete sich eine Zigarette an.

»Ich wollt bloß wissen, wo Ihr Kollege mit dem Lkw grad hingefahren ist.«

Der Mann sah ihn verwundert an. »Na, ins Werk halt, warum?«

»In die Ziegelei, nach Irsee?«

»Schon. Wohin sonst?«

»Ich hab bloß gedacht ... weil er nicht einfach vorn raus ist, sondern dahinten entlang und von da aus wieder in den Wald. Nicht grad der direkte Weg, würd ich sagen.«

Der Baggerfahrer schnaubte. »Ach das meinen Sie! Ja, da haben Sie recht. Der direkte Weg ist das sicher nicht. Wir dürfen mit den Lkws aber nicht mehr vorne reinfahren. Hat man uns verboten. Ein Riesenscheiß, vor allem, weil ich alle zwei Tage mit dem Bagger wieder notdürftig den Weg richten muss. Hat aber kaum noch Sinn. Ist alles gar nicht auf dieses Gewicht ausgelegt. Vorn wär's das allerdings schon, da ist ja alles befestigt. Fragen Sie mich nicht!«

»Und wer hat das verboten? Ihr Chef?«

»Der Swoboda? Der kocht vor Wut, wenn's auf das Thema kommt. Nein, der Weg vorn geht ein paar Meter über Grund, der nicht direkt zur Grube gehört. Es gibt da zwar Überfahrtsrechte, aber die gelten nicht mehr für die Kipper. Das haben diese Spinner sich schön ausgedacht, um uns zu schikanieren.«

Kluftinger hatte keine Ahnung, von wem sein Gegenüber sprach. »Welche Spinner denn?«

»Na die von dieser Kommune. Die alle zusammen da drüben auf dem großen Hof wohnen. Lauter Freaks. Wir hätten angeblich den Weg kaputt gemacht, sagen die. Was weiß ich, um was es denen geht. Genaueres können Ihnen da der Chef oder auch die Fahrer sagen. Mich hat's ja nie wirklich betroffen.«

Kluftinger nickte.

»Kann ich jetzt Brotzeit machen?«

»Klar«, sagte der Kommissar. »Danke für die Auskunft. Ach, wie heißt denn diese ... Kommune?«

»Boah, keine Ahnung, irgendwas mit Töchtern und Frauen. Sind aber schon auch Typen dabei. Also, Mahlzeit!«

Kluftinger winkte ihm, ging zurück zum Wagen und stieg ein. »Ich glaub, wir schauen nachher mal kurz bei denen vorbei, oder, Roland?«

»Wie meinst du, nachher? Was spricht denn gegen *gleich*?«

Kluftinger sah ihn fragend an. »Es ist Mittag, falls dir und deinem ausgemergelten Körper das entgangen sein sollte. Hast du nicht auch Kohldampf?«

»Mithilfe von meinem Dampf hab ich den *Kohl*dampf ziemlich gut im Griff.« Grinsend klopfte Hefele auf die Brusttasche seines Hemdes, in die er seine E-Zigarette gesteckt hatte.

Kluftinger schüttelte den Kopf. »Ich weiß nicht, wo das enden soll mit dir. Wir fahren jetzt jedenfalls nach Kaufbeuren. Da kannst du dir was zum Essen kaufen oder einfach wieder rauchen, wie du willst.«

»Ja, schon gut, ich geh ja mit zum Essen. Muss mir ja nicht den Bauch vollhauen wie du. Wo willst du denn hin? Italiener?«

»Also, das war jetzt vielleicht ein kleines Missverständnis. Ich kann dich rauslassen, in der Stadt. Ich hol mir bloß schnell was zum Mitnehmen. Hab nämlich was vor.«

»So? Was denn?«

»Du, nicht so wichtig. Aber wenn du einen Tipp brauchst: Im Restaurant *Felipe* haben sie tolle Pizza. Vielleicht sogar Salat.«

»Soso. Sagst du mir jetzt auch noch, was du inzwischen machst?«

»Ich muss da noch … eine Person … quasi erkennungsdienstlich behandeln.«

»Ja, bitte?«

Die Frau im Türrahmen blickte so durchdringend und gleichzeitig abweisend auf Kluftinger, dass er sofort eingeschüchtert war. Von ihr ging eine natürliche Autorität aus, die selbst einen gestandenen Kriminaler wie ihn beeindruckte.

»Wir geben nichts«, sagte sie mit schneidend kalter Stimme.

Er schnappte nach Luft. »Ich will ja gar nichts«, brachte er lediglich heraus, worauf sich die Augen der Frau verengten. Er schätzte sie auf Ende vierzig, aber vielleicht täuschte er sich auch, und das metallene Brillengestell, das er seit den Achtzigern nicht mehr gesehen hatte und auch damals nur bei Männern, sowie die Frisur, eine Mischung aus asymmetrisch geschnittenem Pony und herausgewachsener Dauerwelle, ließen sie nur älter erscheinen. Ihre konservative Kleidung, ein halblanger, grauer Rock und ein hochgeschlossener Häkelpulli in grässlichem Altrosa, tat ein Übriges.

»Ach, wollen Sie etwa mit mir über die Bibel diskutieren? Na, da sind Sie aber an die Falsche geraten, das kann ich Ihnen sagen.«

Der Kommissar räusperte sich. Er würde sich nicht an der Tür seines Sohnes von einer fremden Person den Schneid abkaufen lassen. »Nein. Ich will zum Kind!«

»Bitte?« Sie zog eine Augenbraue nach oben.

»Das Kind. Holen Sie's doch mal. Ich will's sehen.«

Empört wich sie einen Schritt zurück. »Ich hol gleich die Polizei, wenn Sie nicht augenblicklich verschwinden.«

»Ich bin die Polizei«, blaffte er zurück und realisierte im gleichen Moment, wie seltsam das für sie klingen musste. »Also beruflich. Ansonsten bin ich der Opa.«

»Sicher doch.«

»Herrschaftszeiten, dann holen Sie doch mal die Mutter vom Kind, mir wird das langsam ...«

»Die möchte nicht gestört werden.«

»Aber dann könnten wir dieses ...« Er hielt inne, weil ihm in diesem Moment ein Gedanke durch den Kopf schoss. »Wer ist denn eigentlich grad beim Kind und passt auf, hm?«

Zum ersten Mal bröckelte die selbstsichere Fassade der Frau. Sie öffnete den Mund, holte tief Luft, besann sich dann aber und sagte: »Ich bin Ihnen keine Rechenschaft schuldig, Sie ...«

»Papa?« Yumikos glockenhelle Stimme tönte durch den Hausgang. Die fremde Frau drehte sich zu ihr um, dann wieder zum Kommissar, bis sie sich schließlich entspannte. »Na, wenn das so ist.« Sie wich einen kleinen Schritt zur Seite, um ihn hereinzulassen, allerdings nur so weit, dass sie ihr unangenehm nahe kommen musste, als er sich durch die geöffnete Tür schob. Er roch ihr herbes Parfüm, das eher an ein Rasierwasser erinnerte.

»Hallo Papa«, begrüßte Yumiko ihn freundlich und gab ihm ein Küsschen auf die Wange. »So eine Überraschung. Wusste gar nicht, dass du vorbeikommst.«

»Ja, das war ja auch mehr, also, spontan halt«, stammelte er unter dem strengen Blick der Frau.

»Na, umso besser, da habt ihr beiden euch schon mal kennengelernt. Darf ich vorstellen: Grete Wohlrat, unsere Tagesmutter für Maxima, und mein Schwiegervater, Kommissar Kluftinger.«

»Weißt du, Miki, ich war ...«

»’tschuldige, wenn ich dich unterbreche, aber ich hab grad meine Doktormutter am Telefon.«

Tagesmutter, Kindsmutter, Doktormutter – ganz schöne Mutterdichte hier, dachte der Kommissar, sagte aber: »Jaja, passt schon. Die Frau Wohlfahrt und ich kommen schon zurecht.«

»Wohlrat«, korrigierte die Frau.

»Freilich.«

»Gut, dann lass ich euch zwei Hübschen mal wieder allein«, flötete Yumiko und verschwand im Schlafzimmer.

Hübsch war die Übertreibung des Jahres, aber Kluftinger behielt diesen Gedanken natürlich für sich. »So, ja, dann ...«, sagte er unsicher. »Wo ist denn jetzt die Maxi?«

»Sie meinen Maxima?«

»Ja, sag ich doch.«

»Nein, Sie haben Maxi gesagt. Das Mädchen sollte doch erst einmal seinen richtigen Namen kennenlernen, bevor man es mit Verballhornungen und Verniedlichungen traktiert.«

»Ver... also, keine Ahnung, das ist doch völlig wurscht, tät ich sagen. Wissen Sie, zu mir hat man beispielsweise auch immer ... aber das führt jetzt vielleicht zu weit.«

Sie sahen sich eine Weile an, bis Kluftinger ihrem Blick nicht mehr standhielt. *Die wär gut für Verhöre*, dachte er bei sich.

Irgendwann sagte Frau Wohlrat: »Ich würde das Kind gerne ausgiebig vorbereiten, bevor jemand kommt. Von Überfällen halte ich nichts. Das fördert nur die Sprunghaftigkeit, eine Eigenschaft, die wir Maxima ja gerade nicht vermitteln wollen, oder?«

»Wollen wir nicht?«, fragte Kluftinger unsicher.

»Nein. Außerdem ist jetzt Zeit zum Spazierengehen. Wie immer um ...«, sie blickte auf ihre Armbanduhr, »halb zwei.«

»Aha, ich hab nicht gewusst, dass es da feste Termine gibt und man sich vorher anmelden muss«, knurrte er. So langsam fand er wieder zu alter Selbstsicherheit zurück.

»Kinder brauchen Rituale. Nur Rituale sorgen für emotionale Sicherheit.«

Oder vielleicht ein bissle Wärme und Sympathie, dachte der Kommissar, sagte aber: »Soso.«

»Exakt. Es gibt hochinteressante britische Studien zu diesem Thema. Wie dem auch sei, nun ist es Zeit für Maximas Rausgeh-Ritual. Nachdem wir das besprochen hätten: Ich gehe dann mal mit ihr, auf Wiedersehen.« Damit ließ sie ihn stehen.

Doch Kluftinger dachte gar nicht daran, die Segel zu streichen. Er wartete, bis Frau Wohlrat mit seiner Enkeltochter aus dem Kinderzimmer kam. »Oaoaoaoaoa«, plapperte die Kleine freudestrahlend, als sie ihn erblickte. Laute, die zumindest er ganz klar als »Opa« identifizierte, auch wenn alle anderen das immer anzweifelten. Schnell ging er in die Hocke und breitete die Arme aus. »Ja, wo ist denn meine kleine Maxi? Ja, Maxi, schau mal, der Opa ist da, Maaaaaxili!« Genüsslich wiederholte er immer wieder ihre Spitznamen.

Seine Enkelin wollte schon auf ihn zukrabbeln, da schnappte sie die Tagesmutter und hob sie auf den Arm. »Nein, Maxima, der Opa, der überraschenderweise immer noch da ist, muss sich erst ganz gründlich die Hände waschen, weil die sicher sehr, sehr schmutzig sind. Alles voller Keime und Erreger.«

»Aber ...« Kluftinger wusste nicht, was er erwidern sollte, und machte sich zähneknirschend auf ins Bad. Als er zurück-kam, stellte er sich vor die beiden, streckte erneut die Arme aus und sagte: »So, Maxi, der Opa hat jetzt ganz saubere Handi, gell, jetzt kann mein kleines Engele kommen und bussibussi machen.«

Ungerührt hob die Tagesmutter wieder eine Augenbraue und wandte sich an das Kind. »Wir wundern uns sehr, warum der Opa so komische Worte benutzt, nicht wahr, Maxima? Das muss er ja gar nicht, die deutsche Sprache reicht völlig aus, und die wollen wir ja lernen, nicht so ein Kauderwelsch. Aber vielleicht tut er sich ein bisschen schwer damit.« Sie sah dabei immer nur das Kind an, obwohl die Ansprache eindeutig Kluftinger galt. Langsam wurde er wütend. Doch zu einem Ausbruch seinerseits kam es nicht mehr, denn Frau Wohlrat sagte, wieder an Maxima gerichtet: »So, jetzt wink mal dem Opa und sag Tschüss. Er muss jetzt leider gehen.«

Das Kind blubberte etwas Unverständliches.

»Ich muss noch gar nicht weg, ich hab noch Zeit, gell, meine kleine Maxi«, stellte Kluftinger klar. Das stimmte zwar nur halb, immerhin wartete Hefele auf ihn, aber das war im Moment zweitrangig.

»Das ist ja schön für den Opa, aber wir haben keine Zeit mehr, Maxima, nicht wahr?«, erklärte die Tagesmutter. »Wir haben jetzt unser Ritual.«

Der Kommissar ließ die Schultern hängen. Gegen diese Frau war wohl erst mal nichts auszurichten. »Ja, dann, halt ein andermal«, sagte er und fügte in Gedanken hinzu: *wenn du alte Bissgurke nicht dabei bist.*

Als er aber sah, dass Maxima sich vehement gegen das Anziehen ihres Sonnenhütchens wehrte, wollte er sich doch noch ein bisschen an ihrem Widerstand gegen die Tagesmutter weiden. Allerdings sagte die nur: »Gut, kein Problem. Dann eben nicht.«

»Sie müssen dem Kind aber schon ein Mützle anziehen«, platzte es aus ihm heraus. »Sonst verbrennt es sich doch das Köpfle ...«

Die Frau würdigte ihn keines Blickes und streichelte dem Kind über den Kopf: »Wir arbeiten hier nicht mit Zwang, nicht wahr, Maxima? Du weißt doch am besten, was gut für dich ist. Musst ja schließlich eine starke Persönlichkeit entwickeln.«

»Aber doch nicht mit einem knappen Jahr«, protestierte Kluftinger.

»Solche Dinge liegen im Ermessensspielraum des Kindes. Es

darf bestimmte Erfahrungen selbst machen, dann sind sie besser verinnerlicht.«

Nun platzte dem Kommissar doch noch der Kragen: »So, und was ist dann mit der Herdplatte? Soll sie da auch drauflangen, damit sie sieht, dass es heiß ist, hm?«

Mit stoischer Ruhe erklärte Frau Wohlrat: »Nein. Aber man kann ein Kind auch nicht an die Leine nehmen, damit ihm nichts widerfährt.«

Kluftinger erinnerte sich, dass er Markus an einer Leine das Skifahren beigebracht hatte. Aber das war zugegebenermaßen lange her ...

»Das muss ich mit Ihnen nicht diskutieren. Auf Wiedersehen, Herr ...« Damit schob sie sich an ihm vorbei und ging mit dem Kind ins Treppenhaus.

Kluftinger eilte zu der Tür, in der Yumiko vorher verschwunden war. Die musste schließlich erfahren, was hier vor sich ging. Das war höchst fahrlässig, Gefährdung Schutzbefohlener und weiß Gott was sonst noch.

Er klopfte kurz und trat ein, doch seine Schwiegertochter gab ihm pantomimisch zu verstehen, dass sie noch immer in einem wichtigen Gespräch sei. Für seine Versuche, ihr wortlos zu bedeuten, dass die Kleine ohne entsprechenden Sonnenschutz nach draußen verfrachtet worden war, erntete er nur fragende Blicke. Hektisch winkte er ab, rannte zurück zur Wohnungstür, stürzte die Treppen hinab und riss unten die Haustür auf. Er musste doch sichergehen, dass das Kind wenigstens Socken und Schuhe anhatte. Darauf hatte er eben gar nicht geachtet. Womöglich hatte Frau Wohlrat sie im Buggy nicht einmal angeschnallt. Doch der Bürgersteig war leer. Er blickte nach links und rechts, konnte die beiden aber nirgends mehr entdecken.

»Kreizkruzi...«, begann er, biss sich dann aber auf die Lippen und verstummte mitten im Wort. Nicht, dass ihn die Kinderfrau noch fluchen hörte, das würde bestimmt ein weiteres Donnerwetter zur Folge haben. Mit hängenden Schultern nahm er sich vor, einen Plan auszuarbeiten, um seine Enkeltochter möglichst bald den Fängen dieses furchtbaren Drachen zu entreißen.

7

»*Gemeinschaft der Söhne und Töchter unserer lieben Frau.*« Kluftinger las die Aufschrift auf dem hölzernen Schild, das an der Abzweigung von der Hauptstraße angebracht war, laut vor. »Was das jetzt genau sein soll ...«

Hefele zog die Brauen nach oben. »Klingt doch nett. Aber mei, schaumer mal, dann sehmer's schon.« Offensichtlich hatte die Mittagspause seine Laune zumindest ein wenig verbessert. Vielleicht hatte er ja sogar etwas gegessen.

»Hört sich fast an wie ein Kinderheim«, fand der Kommissar.

»Wegen den Söhnen und Töchtern?«

»Genau. Oder ein Schullandheim.«

»Wer weiß, vielleicht ist es auch einfach eine riesengroße Familie, wie diese Grollmis oder wie die heißen, aus dem Fernsehen.«

Kluftinger runzelte die Stirn. »Was soll denn das sein?«

»So eine Großfamilie, über die sie eine Dokuserie machen. Auf Kabel oder so. Ich weiß das bloß, weil meine reizende Ex-Frau das immer angeschaut hat.«

»Verstehe. Kann natürlich auch sein.«

»Oder wie die Kellys, bloß ohne Musik und ohne Doppeldeckerbus.«

»Vielleicht haben ja auch Kinder ihrer Mami zum letzten Muttertag dieses Schild geschrieben. Drum die *liebe Frau.*«

Hefele schüttelte den Kopf. »Der Baggerfahrer hat doch gesagt, es wär eine Kommune oder so.«

»Dann halt eine ... Familienkommune.« Beide lachten. Was so ein paar Kalorien im Bauch doch ausmachten.

Sie nahmen die Abzweigung und steuerten auf das Waldstück zu, hinter dem rechts die Tongrube lag. Doch sie fuhren weiter geradeaus. Von hier aus war nicht das Geringste zu sehen, was auf eine wie auch immer geartete Gemeinschaft hingedeutet hätte: kein Haus, kein Anwesen, kein Hof. Die geteerte Fahrbahn ging in einen gut befestigten Kiesweg über, der in den Wald führte. Erst als sie diesen nach etwa hundert Metern durchquert hatten, gab eine Senke den Blick auf ein beeindruckendes Anwesen frei, das Kluftinger in diesen Ausmaßen nicht erwartet hatte: Vor ihnen lagen eingezäunt weit ausgedehnte Beete, fast in der Größe von Feldern, dazu mehrere gläserne Gewächshäuser. Dazwischen standen kleine Schuppen. Neben einem modernen, halbrunden Holzbau mit verglaster Front dominierte das Hauptgebäude die Anlage. Es wirkte wie das Herrenhaus eines ehemaligen Gutshofes, auch wenn es ein wenig in die Jahre gekommen war. In seinen Schatten duckten sich links und rechts der Zufahrt zwei niedrige, lang gezogene Gebäude.

Über das Areal verteilt arbeiteten mehrere Dutzend Menschen. Ganz anders, als man es von modernen Landwirtschaftsbetrieben gewohnt war, sah man hier fast keine Maschinen. Die Arbeiter fuhren Schubkarren herum, schleppten Gießkannen oder ernteten Salat. Als die Beamten ein schmiedeeisernes Tor passierten, kurbelte der Kommissar die Seitenscheibe seines Wagens herunter. Doch die heiße Luft, die in den Wagen strömte, brachte keinerlei Abkühlung. Er hörte eine Kreissäge sowie das monotone Surren einer Hobelmaschine. Anscheinend gab es auf dem Gelände auch eine Schreinerei.

Kluftinger steuerte den Passat auf das größte Gebäude zu. Als sie die Arbeitenden auf den Beeten und am Wegrand passierten, hoben die nach und nach ihre Köpfe, hielten inne und musterten argwöhnisch die Neuankömmlinge.

»Kriegen nicht so oft Gesellschaft, wie's scheint«, bemerkte Hefele.

Kluftinger nickte.

Sein Kollege rutschte unruhig auf seinem Sitz hin und her. Die versteinerten Mienen der Menschen, die sie beobachteten, schienen ihn nervös zu machen. Auch der Kommissar fand, dass von ihnen eine unheimliche Aura ausging. Wie sie da in ihren geflickten Leinenklamotten und den Strohhüten in den Feldern standen und zu ihnen herüberstarrten, wirkten sie wie lebende Vogelscheuchen.

»Vielleicht hätten wir uns doch ankündigen sollen?«, sagte Hefele.

»Oder eben grad nicht«, raunte der Kommissar, wandte den Blick wieder auf den Weg – und stieg mit voller Wucht auf die Bremse. Sie ruckten nach vorn, bis der Gurt sie bremste. Als sich der Staub legte, stand ein hagerer Mann vor dem Wagen. Unbewegt und mit großen Augen blickte er sie an.

»Himmelarsch, das war knapp«, keuchte Kluftinger.

Hefele stieß die Luft aus. Der schlaksige junge Mann vor dem Passat rührte sich nicht von der Stelle.

Der Kommissar streckte seinen Kopf aus dem Fenster. »Grüß Gott. Alles gut bei Ihnen?«

Mechanisch begann der andere zu nicken und kam zur Fahrerseite. Er musste Ende zwanzig sein, trug eine Leinenhose, altmodische Hosenträger, wie Kluftinger sie noch von seinem Opa kannte, und ein weites Leinenhemd. Er hatte lange, zu einem Pferdeschwanz gebundene Haare, eine einfache Drahtbrille auf der Nase, einen buschigen Vollbart und an den Füßen Sandalen, die in Kluftingers Familie *Jesuslatschen* genannt wurden. Er sah aus wie aus der Zeit gefallen. Fast wie ein Mitglied dieser Glaubensgemeinschaft in den USA, über die der Kommissar neulich eine Reportage gesehen hatte. Die lebten noch wie vor Jahrhunderten ohne Strom und fuhren mit Pferdegespannen durch die Gegend. Nur der Strohhut fehlte.

»Tag, die Herren«, sagte der Mann mit leiser Stimme. »Sie müssten das Gelände wieder verlassen. Heute ist kein Besuchstag.«

»Entschuldigung, aber das Tor war offen«, erklärte Kluftinger.

»Ich weiß. Der Antrieb ist kaputt. Das Seniorenseminar zur inneren Reinigung durch Kräutertees und Heilerde ist erst am Samstag. Wahrscheinlich haben Sie sich im Tag geirrt.«

Hefele beugte sich auf Kluftingers Seite und fragte aus dem Fenster: »Ist dieses Seminar zum Abnehmen gedacht?«

»Nein«, antwortete der Mann. »Es geht um deutlich mehr. Ziel ist eine innere Entschlackung, um den Geist aufnahmebereit zu machen«, referierte der Mann mit seltsam monotoner, blechern klingender Stimme. »Zum reinen Abnehmen empfehlen wir milchsauer vergorene Lebensmittel wie Kohl und verschiedene Rüben.«

Das glaub ich sofort, dass das durchputzt, dachte der Kommissar, sagte allerdings: »Wir wollten eigentlich gar nicht zu diesem Seminar. Also ich jedenfalls nicht. Wir sind ...«

»Sie sind nicht angemeldet, deshalb kann ich leider nichts für Sie tun. Unser Hofladen ist heute geschlossen, er macht erst am Mittwoch wieder auf. Dafür müssten Sie allerdings sowieso draußen parken. Wenn Sie jetzt bitte wenden und das Gelände verlassen.« Damit trat er einen Schritt vom Auto zurück und wies streng in die Richtung, aus der sie gekommen waren.

»So klepperdürr, wie der ist, scheint das mit der Entschlackung ganz gut gewirkt zu haben«, flüsterte Hefele.

Kluftinger ging nicht auf die Bemerkung ein. »Junger Mann, leider hab ich mich noch nicht vorstellen können: Kluftinger und Hefele, wir sind von der Polizei in Kempten.«

»Sind Sie an Teamseminaren interessiert? Da müssen Sie sich

an die Leitung des Schulungszentrums wenden. Aber auch da geht nichts ohne Termin.«

Allmählich wurde der Kommissar ungeduldig. »Uns geht es heute aber eher um die kriminalistische Erkenntniserlangung durch den Einsatz regional verorteter Polizeibeamter. Könnten wir bitte mal kurz mit Ihrer ... Chefin reden?«

Der Mann sah ihn stirnrunzelnd an.

»Ist vielleicht die *liebe Frau* selber da?«

Zum ersten Mal wurde eine Gefühlsregung auf dem Gesicht des Mannes sichtbar. Er schien wütend zu werden. »Wollen Sie Ärger machen?«

»Nicht im Geringsten. Ich will ein paar Auskünfte, das ist alles. Wir ermitteln in einem Mordfall, der sich ganz in Ihrer Nähe abgespielt hat, wie Sie vielleicht mitbekommen haben«, versetzte Kluftinger nun entschieden, zog seinen Ausweis aus der Tasche und hielt ihn dem Mann hin.

Der nahm ihn an sich und studierte ihn eingehend. »Ich fürchte, dazu bin ich nicht befugt. Darüber sollten Sie mit unserer Ältesten reden.«

»Ja, meinen Sie? Aber so alt müsst sie gar nicht sein. Wichtig wäre halt ...«

»Fahren Sie mir bitte nach, ich werde vorausgehen«, unterbrach ihn der Mann. Dann stellte er sich wieder vor den Passat, telefonierte kurz mit seinem Handy, wandte sich schließlich um und bedeutete den Beamten, ihm zu folgen. Anschließend setzte er sich gemächlich schlurfend in Bewegung.

»Zu wem bringt der uns jetzt?«, fragte Hefele.

»Zur Ältesten, hat er gesagt. Ist vielleicht die Oma hier.«

»Oder die liebe Frau«, mutmaßte Hefele.

»Oder halt die liebe ... alte Frau.«

Immer wieder musste der Kommissar die Kupplung schleifen lassen, denn selbst im Standgas war der Passat zu schnell für das

Schneckentempo ihres Führers. Sie mussten ein bizarres Bild abgeben: das betagte Auto, das dem schleichenden Mann hinterherkroch. Eigentlich hätten sie genauso gut aussteigen und zu Fuß gehen können. Da durch die geringe Geschwindigkeit kaum mehr Luft durch die offenen Fenster drang, drehte Kluftinger das Gebläse etwas höher. Offenbar aber nicht hoch genug für seinen Kollegen: »Jetzt mach halt wenigstens auf volle Stufe, sonst krieg ich einen Kreislaufzusammenbruch.« Der Kommissar zuckte mit den Achseln und drehte den Knopf bis zum Anschlag, was zwar für etwas stärkeren Luftstrom, aber auch für eine nicht unerhebliche Geräuschkulisse sorgte.

Immerhin konnten sie sich in diesem Tempo ein genaues Bild von der ungewöhnlichen Anlage machen. Sie passierten jetzt die niedrigen Bauten, die neben Werkstätten auch Verschläge mit landwirtschaftlichen Geräten und Maschinen, Hasen- und Hühnerställe und den besagten Hofladen beherbergten. Auch hier sahen die Leute, an denen sie vorbeifuhren, neugierig auf und beobachteten die Besucher. Die meisten trugen ähnliche Kleidung wie der Hagere, der mit stoischer Ruhe vor ihnen herlief und ihnen immer wieder mit der Hand bedeutete, ihm zu folgen. Hätte Kluftinger nicht eben sein Gesicht gesehen, er hätte ihn bei diesem schleppenden Gang und der leicht gebückten Haltung auch für einen Greis halten können. Jetzt blieb der Mann stehen, rief den Leuten in der Schreinerei etwas zu, was Kluftinger nicht verstand, wechselte ein paar Worte mit ihnen, um dann erst weiterzugehen.

Als sie das Haupthaus hinter sich gelassen hatten, sahen sie rechts davon in einer Art schmiedeeisernem, rostigem Pavillon eine Gruppe Kinder mit ein paar Jugendlichen im Stuhlkreis sitzen. Ein älterer Mann mit beeindruckendem weißen Bart und denselben Fellclogs, die Kluftinger so gern als Hausschuhe trug, hatte auf einen Tisch mehrere Pflanztöpfe mit unterschiedlichen Gewächsen gestellt und hielt offensichtlich einen Vortrag.

»Aha, schau, haben anscheinend sogar eine Schule«, sagte Kluftinger zu Hefele.

»Scheinen ja schon einige hier zu leben«, kommentierte der. »So fünfzig sind das locker, denk ich.«

Schließlich kamen sie vor dem Holzgebäude mit der Glasfassade an. Ihr Führer bedeutete ihnen, den Passat seitlich davon abzustellen.

»Warten Sie im Wagen. Ich muss erst sehen, ob die Älteste bereit ist.«

»Wenn sie noch einen Mittagsschlaf hält, können wir uns auch erst mal umschauen«, schlug der Kommissar vor, doch der Mann winkte nur ab und verschwand in dem Gebäude. Eine ganze Weile passierte nichts. Nur der Wagen heizte sich so schnell auf wie ein Kochtopf auf einer Herdplatte. Kluftinger schwitzte und begann, mit den Fingern den Rhythmus von *Tränen lügen nicht* auf dem Lenkrad zu trommeln. Seit er den Schlager heute Mittag im Radio gehört hatte, ging ihm der nicht mehr aus dem Kopf. »Ziemlich seltsam das alles, findest du nicht?«, fragte er seinen Kollegen.

»Was? Dass du so nervös bist? Dass du nervige Klopfgeräusche auf dem Lenkrad machst?« Offensichtlich sank Hefeles Blutzuckerspiegel bereits wieder rapide ab.

»Der Besuch der alten Dame«, versuchte der Kommissar sich an einem Bonmot, um die Stimmung zu lockern, was Hefele jedoch nur mit einem Nicken quittierte. Vielleicht hatte er die Anspielung auch nicht verstanden.

Schließlich erschien der junge Mann in der Tür und winkte ihnen. Sie folgten ihm durch einen Korridor in einen großen, lichtdurchfluteten Raum aus hellem Holz. Die Luft stand, keines der großen Fenster war geöffnet, die Sonne konnte ungehindert einfallen. Der Saal war nach oben offen zu einer mächtigen Dachkonstruktion, deren Balken an der schmalen Seite zusammenliefen. Er maß gut und gern hundert Quadratmeter, war aber fast leer. Lediglich am Rand standen ein paar Stühle gestapelt, dazu einige Türme mit Filzkissen und ein Berg Sitzsäcke. Direkt vor einer der Glastüren, die den Blick auf einen Teich und einen Obstgarten freigaben, stand ein einfacher Holzstuhl, auf dem sich gegen das Sonnenlicht die Silhouette einer schlanken Frau abzeichnete, die mit dem Rücken zu ihnen dasaß. Am Boden lag eine Matte, die vielleicht für Turn- oder Yogaübungen verwendet wurde. Kluftinger hielt die Hand schützend vor die Augen, um etwas mehr erkennen zu können. Die Unbekannte winkte sie zu sich.

»Die Älteste erwartet Sie. Sie haben fünfzehn Minuten«, erklärte der Hagere, machte aber keine Anstalten, den Raum zu verlassen.

Die Beamten gingen langsam auf die Frau zu. Je näher sie ihr kamen, desto mehr konnten sie erkennen: Nach wie vor wandte sie ihnen den Rücken zu, die langen, roten Haare waren zu einem strengen Zopf geflochten. Sie trug ein helles Kleid aus einfachem, grobem Stoff, die nackten Füße steckten in ledernen Sandalen. Das einzige Schmuckstück, das sie trug, war ein antik wirkender Armreif. Als sie vielleicht noch fünf Meter von ihr entfernt waren, erhob sie sich unvermittelt, drehte sich um und musterte sie aus wachen, grünen Augen, bevor sie sagte: »Da sind Sie ja endlich.«

Kluftinger wunderte sich. Sie waren spontan gekommen, aber sie klang, als hätte sie auf sie gewartet. Außerdem stellte er überrascht fest, dass die Frau höchstens Mitte fünfzig war. Das konnte nie und nimmer die Älteste von allen sein. Allein der Weißbärtige draußen hätte ihr Vater sein können. Sie war, wie all die anderen, die er bisher gesehen hatte, auffallend hager, ihr kantiges, mit Sommersprossen überzogenes Gesicht war schmal, die Wangen eingefallen. Sie wirkte irgendwie … ungesund. Kluftinger musste Hefele nachher unbedingt davor warnen, übertrieben abzuspecken, nicht dass auch er zu so einem Hungerhaken wurde. Mit einem Lächeln sagte er schließlich: »Ach, das ist ja schön, wenn Sie schon mit uns gerechnet haben. Ich und mein Kollege kommen von der Kripo Kempten. Und Sie sind …«

»Ich bin die Älteste hier.«

»Hoi, also doch.«

»Also doch … was?«

»Sie … wirken viel jünger als … ach wurscht.«

»Die Bezeichnung bezieht sich nicht auf mein Lebensalter«, sagte die Frau, die auffallend leise und langsam sprach. »Aber das führt zu weit, denke ich. Nennen Sie mich Frau Ruth, das tun alle außerhalb unserer Gemeinschaft.«

»So, ja dann, Frau … Ruth. Das ist der Herr Hefele, und ich bin der Herr Kluftinger. Leitender Kriminalhauptkommissar in Kempten.«

Er wartete eine Reaktion ab, die jedoch ausblieb. Schweiß sammelte sich in seinem Nacken, und er spürte, wie einzelne Tropfen seinen Rücken hinunterliefen. Die Frau jedoch schien gegen die Hitze immun, ihre Haut war grau und trocken. »Sie sind die … Geschäftsführerin hier?«

In diesem Moment hörte man von den Sitzsäcken her ein Rascheln. Ihr Führer von eben stand noch immer im Raum.

»Danke, Jakob«, sagte die Frau, worauf er widerwillig den Saal verließ.

Auf die Frage des Kommissars antwortete sie nicht. Das würde eine ganz schön zähe Unterredung werden, fürchtete er. »Sagen Sie, Frau Ruth: Um was für eine … Gruppe handelt es sich hier denn genau?«

»Wir sind eine Gemeinschaft von Menschen gleicher spiritueller Ausrichtung, die sich alle hier zusammengefunden haben, um nach bestimmten Prinzipien zu leben und einander zu helfen.«

Kluftingers Blick fiel auf den Armreif der Frau. In der Mitte prangte ein Tier, irgendein Vogel, aber er wusste nicht …

»Ein Kuckuck.«

»Bitte?«, fragte er irritiert.

»Das ist ein Kuckuck. Die Tiergestalt der Göttin Morena. Das wollten Sie doch wissen, oder?«

»Ich, also …«, stammelte der Kommissar, der sich seltsam ertappt fühlte und den Faden verlor.

»Und Sie betreiben zusammen eine Gärtnerei?«, sprang Hefele für ihn ein, erntete dafür aber heftiges Kopfschütteln von Frau Ruth.

»Wir sind kein Gewerbebetrieb. Alle Mitglieder verzichten zugunsten der Gemeinschaft auf persönlichen Besitz. Wir betreiben Land- und Felderwirtschaft im Einklang mit der Natur und versorgen uns so weit wie möglich selbst.«

»Aber Ihre Kommune verkauft schon auch was von den Sachen, oder?«, hakte der Kommissar nach.

»Wir bevorzugen den Begriff *Gemeinschaft*. Ja, wir betreiben hier auch einen Hofladen, gehen auf Märkte und bieten Seminare an. Jeder bei uns bringt sich mit dem ein, was er am besten kann.«

Die Frau sprach zwar keinen eindeutigen Dialekt, man hörte ihr aber an, dass sie aus einer anderen Region stammte. Vielleicht Berlin oder Brandenburg, mutmaßte Kluftinger. »In der Tongrube direkt hier drüben ist gestern ein Toter gefunden worden«, sagte er.

Sie nickte.

»Haben Sie davon gehört?«

»Natürlich.«

Sie ließ sich wirklich jedes Wort aus der Nase ziehen. »Ah, umso besser. Jetzt wollten wir eben mal fragen, ob jemand von Ihnen etwas Ungewöhnliches gehört oder gesehen hat.«

»Ja. Hektisches Treiben, seit Sonntagmorgen.«

»Uns geht es mehr um die Zeit davor, genauer gesagt um die Nacht von Samstag auf Sonntag«, präzisierte Hefele.

»Ich kann mich unter den Söhnen und Töchtern umhören, wenn Sie möchten.«

»Ja, und bei den Eltern vielleicht auch, wenn's möglich wär«, bat Kluftinger.

»Mir ist allerdings bisher noch nichts zu Ohren gekommen.«

»Wie viele Leute leben denn hier bei Ihnen?«, erkundigte sich Kluftinger.

»Sechsundvierzig, im Alter von drei bis einundachtzig Jahren«, kam es von Frau Ruth wie aus der Pistole geschossen.

»Wir haben gehört, dass Sie Swoboda verboten haben, mit seinen Lastwagen den kürzesten Weg zu nehmen.«

»Ja.«

Kluftinger wartete ab, aber es kam keine weitere Erklärung.

»Und warum?«

»Mit diesen Ungetümen bringen sie unsere Natur aus dem Gleichgewicht.«

»Aus dem Gleichgewicht, aha.« Der Kommissar warf seinem Kollegen einen Blick zu, den dieser mit einem Augenrollen beantwortete.

»Und was kommt da so alles ... aus dem Gleichgewicht?«, hakte Kluftinger nach.

»Unsere Wege werden verdichtet, die Borke unserer heilenden Birken beschädigt, Äste abgebrochen. Ein Massaker.«

Kluftinger fand das reichlich übertrieben.

»Dazu kamen Lärmbelästigung, die Abgase, und bisweilen spielen die Kinder dort im Wald.«

Das leuchtete dem Kommissar ein. »Sie haben aber nix gegen die Grube an sich, oder doch?«

Frau Ruth dachte lange nach. »Ich weiß nicht, ob Sie das verstehen. Aber es gibt eine erhebliche Beeinträchtigung unserer Felder durch Mikroerschütterungen. Erdströmungen werden umgeleitet oder behindert. Das kann ungeahnte Folgen haben.«

Sie hatte recht: Kluftinger verstand es nicht. Aber das war auch nebensächlich. Was Erdströme waren und weshalb der Tonabbau schlecht für Gemüsebeete sein sollte, waren nicht die Fragen, die ihn im Moment interessierten. »Und die Wissenschaftler? Die stören Sie nicht?«

Bevor die Frau antworten konnte, flog die Tür auf, und ihr hagerer Führer landete auf dem Fußboden des Saales. Er rappelte sich ungelenk auf, zuckte verlegen mit den Achseln und ging wieder hinaus. Die Beamten warfen sich einen vielsagenden Blick zu. Der Mann hatte dort draußen sicher nicht die Klinke geputzt. Als er die Tür wieder geschlossen hatte, hielt der Kommissar der Frau eine Visitenkarte hin, die diese eine Weile studierte und sie dann in der Hand behielt. »Jakob bringt Sie wieder nach draußen«, sagte sie nach einer langen Stille. Damit drehte sie sich um und verließ grußlos den Raum.

»Ich weiß nicht, aber besonders lieb hat die auf mich ja nicht gewirkt«, murmelte Kluftinger, als sie – wie bereits auf dem Hinweg – im Kriechgang hinter Jakob herzuckelten.

»Wie jetzt: lieb?«

»Na, weil sie doch offenbar die *liebe Frau* ist und das hier alles ihre *Söhne und Töchter*.« Er deutete vage hinaus auf die Leute, die noch immer unermüdlich in der Sonne vor sich hin werkelten. Ein friedliches Bild, fand Kluftinger, wenn auch auf seltsame Art aus der Zeit gefallen. Hefele nickte. »Jedenfalls nicht so lieb, dass man es gleich auf ein Schild schreiben muss.«

8

»Du warst bei der Yumiko und der Maxi? Davon hast du mir ja
gar nix erzählt.« Erika schaute ihren Mann verwundert an, und
er meinte, Kritik aus ihren Worten herauszuhören. Dabei hatte
er sich auf ein geruhsames Abendessen nach diesem anstrengenden Tag gefreut.

Kluftinger legte das Messer neben den Teller, blickte seine
Frau an und erwiderte ruhig: »Aber ich erzähl's dir doch grad.«

»Dass du hingehen willst, hast du mir nicht gesagt.«

»Aber du hast doch gesagt, dass ich hingehen *soll*.«

»Zur Yumiko?«

»Ja.«

»Heut?«

»Nein, allgemein halt. Dass ich mal nach dem Rechten schau-
en soll.«

»Ach das.«

»Ja, das.«

»Stimmt.«

»Hm?« Er hatte nicht damit gerechnet, so schnell recht zu bekommen.

»Wegen der Tagesmutter, gell? Hab ich ganz vergessen. Hast
du sie getroffen?«

»Das kannst du laut sagen.«

»Wie meinst du das?«

»Ach, hör mir auf ...« Er verstummte und blickte sie an. In
ihren Augen lag dieser sorgenvolle Ausdruck, den er nur zu gut
kannte. Wie immer, wenn es um Markus oder nun eben Markus'

Tochter und damit ihr Enkelkind ging. Immer hatte sie Angst, dass *was passiert sein könnte*. Er hatte sich über die Jahre eine Technik angeeignet und begann Gespräche, die sich um ihren Sohn drehten, sofort mit der Neuigkeit, niemals mit einem dramaturgisch die Spannung steigernden »Stell dir vor, was der Markus gemacht hat ...« oder Ähnlichem. Denn das hatte regelmäßig dazu geführt, dass sie Schnappatmung bekam, bis er endlich fortfuhr. Meist mit so belanglosen Informationen wie »... er hat sich eines von diesen neuen Handys gekauft«. Daraus hatte er gelernt. Deswegen war es wichtig, dass er auch nun sensibel vorging – allerdings ohne sie zu belügen, denn das würde irgendwann herauskommen.

»Also, ich meine«, setzte er seinen Bericht vorsichtig fort, »dass sie da war und ich sie nicht nur gesehen, sondern auch gesprochen habe. Und dann hat sie wegmüssen.«

»Und? Wie ist sie?«

»Mei, wie soll ich sagen, ich kenn ja sonst keine Tagesmutter, wahrscheinlich sind die halt so.«

»Wie, so?«

»So ...« Er dachte kurz nach. Wie war Grete Wohlrat eigentlich? »... so wie eine Lehrerin, vor der man Respekt hat.«

Seine Frau entspannte sich merklich.

»Ja, genau so.« Er war stolz auf seine Metapher, denn sie traf den Nagel auf den Kopf. In der Grundschule hatte seine ganze Klasse vor Frau Haselberg gezittert, die sie in Religion unterrichtete. So sehr, dass alle sonntags in die Kirche gingen, weil sie montags alle namentlich aufzählte, die nicht da gewesen waren. »Sie hat halt so eine Autorität.«

»Ist sie sehr streng?«, fragte seine Frau.

»Das weiß ich nicht. Noch nicht.« Zumindest, was das Kind anging, stimmte das sogar. Und um die Strenge, die sie ihm gegenüber an den Tag gelegt hatte, ging es im Moment ja nicht.

»Eins kann ich auf jeden Fall sagen: Sie sieht gar nicht gut aus.«

»Du meinst krank?«

»Nein, hässlich. Richtig *wiascht*. An der ist überhaupt nix, was irgendwie ... nett wär.« Er hatte die Frau nun wieder bildlich vor Augen und redete sich geradezu in Rage. »Man ist froh, wenn man die nicht allzu lange anschauen muss.«

Erika lehnte sich auf der Ofenbank zurück und zog die Brauen zusammen. »Was ist denn das jetzt für ein Kommentar?«

»Gar kein Kommentar. Die Wahrheit.«

»Aber das ist doch kein Kriterium für eine Tagesmutter.«

Kluftinger schüttelte den Kopf. »Also, ich hätt so eine nicht gewollt. Als Kind, mein ich.«

»Deine Mutter hätte auch jeder Frau, die sich in deine Erziehung einmischt, mit körperlicher Gewalt gedroht.«

»So ein Schmarrn.«

»Obwohl's vielleicht besser gewesen wäre, wenn da mal jemand von außen draufgeschaut hätte.«

Empört haute Kluftinger die flache Hand auf den Tisch. »Was soll das denn jetzt wieder heißen?«

»Gar nix soll das heißen, Butzele«, gab seine Frau in beschwichtigendem Tonfall zurück und legte eine Hand auf seinen Arm. »Ich hab dich doch lieb. So wie du bist.« Er grinste, da schob sie nach: »Trotz deiner verkorksten Erziehung.«

Als Kluftinger ein paar Stunden später erwachte, war er kurzzeitig orientierungslos. Verwirrt blickte er zum Fernsehschirm, auf dem eine Reportage auf seinem Lieblings-Einschlafsender DMAX lief, diesmal *Goldrausch in Alaska*. Dort wuschen ein paar bärtige Gesellen gerade Kiesel aus einem Fluss mittels einer Maschine, die genau aussah wie die, die die Wissenschaftler in Pforzen sich gebaut hatten. Jetzt war dem Kommissar klar, was

Theresa Lanz gemeint hatte, als sie von ihrer Inspirationsquelle für die Rosie gesprochen hatte.

»Lustig, so eine haben sie in der Grube auch«, sagte er, nur um sogleich festzustellen, dass Erika gar nicht mehr neben ihm saß. Er blickte auf die Uhr: kurz vor neun. Ob sie schon ins Bett gegangen war? Unwahrscheinlich, eigentlich wurde sie nie vor zehn müde.

Er sah auf seine Füße. Wie immer hatte er sich auf der Couch die Wollsocken ausgezogen, damit ihm nicht zu warm wurde. Noch nie in seinen fast sechs Lebensjahrzehnten war ihm aufgefallen, dass seine große Zehe weitaus länger war als alle anderen. Wenn er genau hinsah, erkannte er auch eine leichte Drehung nach außen. War das nicht auch eine Eigenart vom Uraffen gewesen? Vielleicht sollte er der Paläontologin seine Beobachtung mitteilen.

Langsam erhob er sich und schlurfte in den Hausgang. Aus dem Bügelzimmer drang Licht. Als er die Tür aufstieß, empfing ihn ein veritables Chaos: Im gesamten Raum standen Kartons herum, manche gefüllt, manche noch leer, dazwischen lagen kreuz und quer Kleidungsstücke, alte Spielsachen, Blumenvasen und Kerzenleuchter.

»Was machst du denn, Schätzle?« Er konnte sich keinen Reim darauf machen.

»Ich hab dir doch gesagt, dass wir einen Flohmarkt veranstalten. Vom Unterstützerkreis aus.«

Er erinnerte sich, verstand aber trotzdem nicht.

»Ich sortiere ein paar Sachen aus dafür.«

Endlich begriff er. »Ja wie, da willst du unsere Sachen ...? Ich mein, ist ja fast unser ganzer Hausstand. Das willst du alles verkaufen?«

Erika erwiderte nichts, hielt eine alte Cordhose von ihm hoch, begutachtete sie, packte sie dann in eine Kiste und notierte etwas auf einer Liste. Dieses Spielchen wiederholte sie mit weiteren Gegenständen, darunter seine giftgrünen Skihandschuhe und ein selbst gestrickter Schal. Der Kommissar schaute eine Weile zu, dann fragte er: »Was ist denn davon jetzt für den Flohmarkt, und was behalten wir?«

Sie schnaufte, setzte sich auf, zeigte vage auf einige Kartons und erklärte: »Wir behalten gar nix. Das da drüben wird verkauft, und das hier ...«, dabei deutete sie auf einen Stapel hinter sich, »kommt auf den Wertstoffhof. Das kann man niemandem mehr anbieten. Nicht mal geschenkt.«

Kluftinger spürte, wie ihm das Blut in den Kopf schoss. Es war eines, für einen guten Zweck ein paar Dinge auszurangieren. *Ein paar*. Aber es war etwas ganz anderes, praktisch alles, was er im Laufe der Jahre mühsam zusammengesammelt, was er mehr als einmal vor Erikas blindem Wegwerf-Aktionismus gerettet und in abgelegenen Ecken auf dem Dachboden oder im Keller in Sicherheit gebracht hatte, nun mit nur einem Handstreich zu entsorgen. »Moment mal«, sagte er also, kniete sich zu seiner Frau auf den Boden und nahm ihr das Teil ab, das sie gerade in der Hand hielt. »Das brauch ich noch.«

»Deine alte Tennishose?«

Erst jetzt sah Kluftinger, was er da eigentlich in der Hand hielt. »Ja, genau die«, antwortete er trotzig, obwohl das Teil nicht nur gut und gern dreißig Jahre alt, sondern auch so eng war, dass er kaum noch seinen Oberarm durchbekäme.

»Aha. Und wofür?«, bohrte Erika nach.

»Wofür, wofür!«

»Ja. Wofür?«

Er überlegte. Tennis würde er in seinem Leben nicht mehr spielen, die paar Versuche in der Vergangenheit waren wenig erfolgreich verlaufen. Trotzdem wollte er sein Hab und Gut nicht kampflos aufgeben. Vor allem nicht ungefragt. Schließlich

hatte das alles mal richtig Geld gekostet. »Der Roland. Der ...
will jetzt spielen. Und da ... hab ich ihm versprochen, er kriegt
meine Hose.«

Zweifelnd blickte sie ihn an. »Der passt da doch niemals rein.«

»Deswegen will er jetzt abnehmen.«

»Damit er in deine Hose passt?«

»Ja, genau. Also ... auch. Und ...«, er schaute sich um, dann
hellte sich seine Miene auf, »den Schläger will er noch dazu.«

»Der ist doch gar nicht mehr bespannt.«

Sicher, da hatte sie recht. Aber das konnte man ändern. Und
das Zeug für ein Butterbrot an irgendwelche dahergelaufenen
Flohmarktkunden zu verscherbeln, kam für ihn nicht infrage.
Dafür konnte er sicher noch gutes Geld bei ... einem dieser Ver-
steigerungshäuser im Internet erlösen. Er würde nur ein bisschen Zeit benötigen, um sich in deren Handhabung einzulesen.

Erika bedachte ihren Mann mit einem prüfenden Blick, dann
zuckte sie mit den Achseln und seufzte: »Von mir aus. Dann die
Tennissachen eben nicht.« Mit diesen Worten griff sie sich eins
der Stofftiere, die auf dem Boden lagen, einen Elefanten, dem
ein Auge fehlte.

»Nein, nicht der *Lelifant*«, protestierte Kluftinger. Er war empört, dass Erika auch nur daran denken konnte, diesen mit Erinnerungen an die Kindheit ihres Sohnes aufgeladenen Gegenstand weggeben zu wollen. »Du weißt doch, wie gern der Markus
ihn immer gehabt hat. *Mein Lelifant*, hat er immer gesagt.« Seine
Stimme bebte.

»Aber er ist ja schon ziemlich groß jetzt, der Markus, und weil
er doch die letzten zwanzig Jahre ohne ihn hat schlafen können,
dachte ich, es wäre Zeit, über eine endgültige Trennung nachzudenken«, erwiderte sie zuckersüß.

»Und die Maxi?«

»Was ist mit ihr?«

»Soll sie nicht die Möglichkeit bekommen, das Spielzeug, das ihr Papa so gerngehabt hat, auch kennenzulernen?«

Die Miene seiner Frau spiegelte eine Mischung aus Misstrauen und Fassungslosigkeit. »Weißt du was?«, sagte sie schließlich. »Ich mach morgen weiter. Wenn du im ... egal. Jedenfalls bin ich jetzt müde.« Zur Bestätigung ihrer Worte gähnte sie ausgiebig.

Als sie aufstand und hinausging, folgte er ihr. »Ich kann dir ja helfen, Sachen für den Flohmarkt zu besorgen«, sagte er in ihren Rücken. »Also, extern, quasi.«

Sie blieb abrupt stehen. »Aber wir haben doch genug.«

»Ach, das alte Glump. Ich besorg besseres Zeug. Das mehr Geld bringt. Für ... die gute Sache.«

Langsam drehte sie sich um. »Das würdest du machen, Butzele?« Ihre Stimme klang auf einmal sanft.

»Ja, freilich. Für die Dings, die ... gute Sache ist mir nichts zu viel.« Und für den Erhalt meiner lieb gewonnenen Besitztümer, fügte er in Gedanken hinzu.

Einen Moment schien sie noch mit sich zu ringen, dann gab sie ihm einen Kuss auf die Wange. »Das ist echt lieb von dir.«

Großzügig schüttelte er den Kopf. »Ach was, diese Menschen brauchen unsere Hilfe.«

»Allerdings«, sagte seine Frau mit ernster Miene. »Komm mal mit, ich muss dir was zeigen.« Sie ging in die Küche, setzte sich an den Tisch, drückte auf ihrem Smartphone herum und hielt es ihm hin. Zuerst sah er ein Miniaturfoto seiner Frau. Sie mochte es, weil sie darauf so jung aussah, wie sie immer sagte. Dass ausgerechnet Langhammer das Foto geschossen hatte, hatte Kluftinger zähneknirschend akzeptiert. Das Bild prangte über einer Seite, die ein Logo zierte – ein weißes f in einem blauen Kreis. Er kannte es, es war das Erkennungszeichen von diesem Facebuch. Und da machte Erika mit? Er hatte keine Ahnung davon gehabt. Er nahm das Mobiltelefon und wischte auf dem Display herum.

Bei dem Eintrag *Gruppen, denen du folgst*, stutzte er: *Kochen für komplizierte Ehemänner* stand da, und *Fett reduzieren, ohne dass man(n) es merkt*. Was hatte das zu bedeuten?

»Und, schlimm, oder?«, hauchte sie.

Er zuckte mit den Achseln. »Was heißt schlimm. Viele essen nicht so, wie es vielleicht gesund wär ...«

»Wovon redest denn du?«, fragte sie entgeistert und nahm das Handy wieder an sich. »Das da mein ich.« Sie zeigte auf einen Beitrag, in dem auf ihren Flohmarkt am Wochenende zugunsten des Flüchtlingsheimes hingewiesen wurde. Darunter standen Kommentare, offenbar von irgendwelchen Leuten, die ... Kluftingers Augen weiteten sich. Das war zum Teil harter Tobak, was er da las. Zwar freuten sich ein paar über die Aktion, wieder andere boten ihre Hilfe an, aber die Mehrheit schüttete ihren Geifer darüber aus, dass *denen alles in den Arsch geschoben* werde, dass *wir Deutsche doch erst mal an uns selber denken müssen*, dass *die uns doch auch nix schenken würden, wenn wir in Not wären*. Fragend blickte er sie an.

»Das ist schockierend, das kann ich dir sagen«, erklärte sie. »Da sind Leute dabei, die kennen wir seit Jahrzehnten, und plötzlich vertreten die so eine Meinung. Schau mal, was der Kirchstaller Klaus schreibt: *Haben die es schon mal mit ehrlicher Arbeit probiert oder nur mit Jammern?* Ich weiß gar nicht, wie ich da reagieren soll.«

Seufzend legte er ihr den Arm um die Schulter. »Schau, Erika: Deswegen sollt man gar nicht rein in dieses ... Facebuchzeug. Das ist doch ein Sammelbecken für so welche.«

»Ach, was weißt du denn schon davon. Und es heißt Facebook! Das war bisher immer hilfreich, wenn wir was organisiert haben. Aber in letzter Zeit ...«

Er hörte Erika nur mit einem Ohr zu. Natürlich wusste er aus den Medien und aus der Polizeiarbeit, dass die sozialen Plattformen Tummelplatz für alle möglichen Leute waren, die dort ungeniert ihre Meinung zum Besten geben konnten, wie extrem sie auch immer sein mochte. Aber was ihn momentan viel mehr interessierte, war, was Erika dort so trieb. Und warum. Und mit wem. Ob er sich selbst auch dort anmelden sollte, um ihr ein bisschen auf die Finger zu schauen? »Ich kümmere mich drum«, sagte er schließlich, auch wenn er damit nicht dasselbe meinte wie sie.

Als sie im Bett lagen, schlang Erika die Arme um ihn und gab ihm einen langen Kuss. »Danke, dass du mir hilfst, beim Flohmarkt, Butzele. Und bei … allem.«

»Ist doch selbstverständlich«, erwiderte er geschmeichelt. So viel Dankbarkeit hatte er gar nicht erwartet. Auch wenn er sie verdient hatte, wie er fand.

Dann knipste sie die Nachttischlampe aus und drehte sich zur Seite. Nach ein paar Minuten wandte sie sich wieder ihrem Mann zu: »Mach doch bitte das Licht aus, ich bin müde«, murmelte sie.

»Tut mir leid, ich muss noch was lesen. Dienstlich«, entschuldigte er sich und wies auf die Zeitschrift in seiner Hand.

»Was ist das denn?«, fragte sie und las den Titel halblaut. »*Natural?*« Sie sprach das Wort deutsch aus, worauf er sie milde lächelnd verbesserte.

»Und das verstehst du?«

Ein wenig gekränkt über ihr mangelndes Vertrauen in seine fremdsprachlichen Fähigkeiten gab er nur kurz zurück: »Ich schreib doch oft dem Joshi nach Japan, dadurch hab ich Übung in Englisch.«

»Aha. Und worum geht's da?«

»Mei, ich informier ihn halt, was mit seinem Enkelkind so ist und wie …«

»Ich mein in der Zeitung da.«

»Ach so, das.« Er hatte den Artikel noch nicht begonnen, aber laut Doktor Lanz war das Thema der Fund in Pforzen und die Auseinandersetzung in der Fachwelt darüber. »Also, um die Affen eben. Dass die ... schon laufen konnten. Im Allgäu. Früher halt ... das ist kompliziert.«

»Scheint mir auch so. Mach nicht mehr so lang, gell?« Damit drehte sie sich wieder um.

Nun konnte er sich endlich in aller Ruhe seiner Lektüre widmen. Er schlug die entsprechende Seite auf, auf der das inzwischen bekannte Bild des Affen prangte, dessen Knochen in der Tongrube ausgegraben worden waren. Darüber stand: *»Do we have to rethink the locomotion theory of our ancestors, the great apes?«*

Der Kommissar kratzte sich am Kopf. *Locomotion.* Was hatte denn die Eisenbahn mit dem Fund zu tun? Bei *ape* wusste er Bescheid, das waren diese Liefer-Dreiräder aus Italien, was ihn in diesem Kontext aber ebenfalls erstaunte. Beim Wort *ancestors* war er sich auch nicht ganz sicher, vermutete aber, dass es etwas mit *sister* zu tun hatte, was *Schwester* bedeutete, ein Wort, das er ständig in den Mails an Joshi benutzte, wenn er ihm mitteilte, dass noch kein *brother* und keine *sister* für Maxima unterwegs seien.

Er las weiter: *»For a long time, science has agreed about the origin of bipedalism; new traces are, despite other allegations, still lacking.«*

Lacking? Lackieren? War das eine spezielle Art, mit der die Fundstücke konserviert wurden? Und *bipedalism*. Das hatte sicher etwas mit Pedalen zu tun. Aber Fahrräder hatte es vor elf Millionen Jahren ja wohl noch keine gegeben, das wäre dann doch eine Sensation ganz anderen Ausmaßes. Er seufzte. Die Lektüre der Fachzeitschrift war mühsamer als gedacht. Ob er das Wörterbuch holen sollte? Irgendwo stand noch dieser alte Schinken aus Markus' Abiturzeit. Aber es würde ziemlich ungemütlich werden hier im Bett mit der Zeitschrift und dem Lexikon. Nein, es musste so gehen. Er mühte sich also weiter ab und freute sich, als einmal immerhin der Name *Danuvius guggenmosi* auftauchte. Kluftinger spürte, wie seine Lider schwerer wurden, wie die Worte – *thorax* und *forelimbs* – mehr und mehr vor seinen Augen verschwammen, wie sie sich mischten mit seinen eigenen Gedanken, wie die *primeval creatures* vor seinen Augen Gestalt annahmen, wie sie ihre *hips* und *knees* beugten, zu tanzen begannen, wie er selbst plötzlich neben ihnen stand und ihnen fasziniert zusah, wie er plötzlich ein Streichholz hervorzog, um ihnen auch noch das Feuer zu bringen, was sie erst panisch, dann wütend machte. Wie einer von ihnen, dessen behaarte, derbe Gesichtszüge ihn an die Tagesmutter erinnerten, auf ihn zustürmte, ihn zu Boden warf, sich plötzlich über ihn beugte, wie es immer mehr Affen wurden, wie er keine Luft mehr bekam, wie sie ihn riefen ...

»Butzele, jetzt wach doch auf!«

Die Stimme seiner Frau holte ihn aus seinen wirren Träumen in die Realität zurück.

»Du kriegst ja gar keine Luft unter dem Heft.« Mit diesen Worten hob sie die Zeitschrift an, die ihm beim Einschlafen auf sein Gesicht gesunken war.

»Hm, was?«, fragte er irritiert.

»Du hast so komische Geräusche gemacht«, sagte seine Frau.

»Hab ich?« Er versuchte, sich an seinen Traum zu erinnern, hatte aber nur noch ein verschwommenes Bild vor Augen. Mit einer schwungvollen Bewegung warf er die Zeitschrift auf den Sessel, auf dem sich seine Klamotten der letzten Tage türmten. »Ich glaub, ich schlaf jetzt«, seufzte er und nahm sich vor, den Artikel morgen entweder von einem Kollegen oder vom Internet übersetzen zu lassen.

Es war ein wundervoller Morgen mit makellos blauem Himmel, der einen perfekten Sommertag verhieß – wenn nur die Hitze nicht wäre, dachte der Kommissar. Sogar den Vögeln schien das Wetter zu schaffen zu machen, denn Kluftinger hörte kein Zwitschern, als er in seinen Passat stieg und den Motor startete. Er dachte noch darüber nach, ob diese Tiere überhaupt schwitzen konnten, als er das Gehöft kurz vor dem kleinen Weiler Rappenscheuchen passierte – und abrupt auf die Bremse stieg. So abrupt, dass er es nicht einmal geschafft hatte, vorher in den Rückspiegel zu schauen, was er nun erschrocken nachholte. Zum Glück war die Straße hinter ihm frei, und so setzte er zurück, bis er vor dem Bauernhaus stand. Tatsächlich, sein Unterbewusstsein hatte ihn nicht getäuscht: Dort lag ein Satz pfennigguter Alufelgen inklusive Reifen, deren Profil sicher noch für ein paar Tausend Kilometer reichte. Kluftinger schüttelte den Kopf: Die waren viel zu schade zum Wegwerfen. Sie einfach am Straßenrand zu stapeln, damit sie jemand mitnehmen konnte, war auch nicht gerade die korrekte Art der Entsorgung. Doch da er dieser Jemand war, sah er in diesem Fall darüber hinweg.

Begeistert über seinen Zufallsfund stellte er den Wagen ab, öffnete die Heckklappe, lud seine Neuerwerbung ein, ignorierte den Schweiß, der ihm sofort in Strömen übers Gesicht lief, und fuhr lächelnd weiter. Im Geiste rechnete er nach, wie viele Fliegen er da eben mit einer Klappe geschlagen hatte: Er tat Erika und ihrem Flohmarktprojekt einen Gefallen. Trug etwas zum guten Zweck bei. Ersparte dem Vorbesitzer Arbeit und Geld, da der die Räder nicht entsorgen musste. Zudem waren die auf dem Flohmarkt sicher viel besser zu verkaufen als seine alten Sachen, das musste doch selbst seine Frau einsehen. Und wenn sie wider Erwarten doch keinen Käufer finden würden: Vielleicht passten sie ja sogar auf den Passat.

Beschwingt nahm der Kommissar wenig später die Treppe zu seinem Büro. Der Tag hatte derart vielversprechend begonnen, wenn es so weiterging, hätten sie den Mord an Professor Brunner am Abend geklärt. Er grüßte kurz in Sandys Richtung, die eine quietschgelbe Bluse zu einer engen schwarzen Hose und einem Blazer trug, was ihn zwar ein wenig an Biene Maja erinnerte, aber auch sehr sommerlich aussah. Dann ging er auf direktem Weg in sein Büro und schaltete den Computer ein.

Bis zur Morgenlage würde er den englischen Text aus dieser Naturzeitschrift bestimmt bereits bezwungen haben, über dem er gestern eingenickt war. Er wusch sich noch schnell die von den Felgen schwarz verfärbten Hände und setzte sich. Der Rechner war schon hochgefahren. Mithilfe des Internets, das für ihn ganz und gar kein Neuland mehr war, würde er die ein, zwei englischen Fachbegriffe klären, die zum vollständigen Durchdringen des Textes noch fehlten.

Noch einmal las er den Artikel und blieb als Erstes beim Ausdruck *missing link* hängen. Er tippte die beiden Wörter umständlich in die Suchzeile ein, ergänzte sie um *englisch* und hatte einen Wimpernschlag später bereits das Ergebnis: *fehlendes Glied.* Er runzelte die Stirn. Was sollte denn das jetzt? Wieso hatte ein fehlendes Glied etwas mit der Frage der wissenschaftlichen Interpretation des Allgäuer Uraffen zu tun? Es war doch wirklich sehr unwahrscheinlich, dass man auch dessen Geschlechtsorgane finden würde, schließlich ging es vor allem um knöcherne Relikte, wenn er das richtig verstand.

Doch das Internet würde ihm auch da weiterhelfen. Er übernahm die deutschen Begriffe in die Suchmaske und war vom Ergebnis nicht minder überrascht. Denn dort stieß er unter anderem auf einen Artikel namens *Entmannter Gipfel: Verschwundener Holzpenis am Grünten sorgt für Aufsehen.* Er schüttelte den Kopf. Vor vielen Monaten hatte die Zeitung immer wieder über eine Phallusstatue berichtet, die von Unbekannten am Allgäuer Hausberg errichtet, dann zersägt, schließlich neu aufgebaut und letztendlich wieder zu Kleinholz gemacht worden war. Frauenrechtlerinnen hatten sogar für die Aufstellung des weiblichen Gegenstücks auf dem Berg votiert, eine Brauerei hatte ein Bier mit dem Namen *Grünten-Zipfel* gebraut und das Etikett mit eindeutigen Symbolen versehen. Die Sache war ziemlich aufgebauscht worden, fand Kluftinger, der froh war, dass inzwischen Gras darüber gewachsen war.

Er scrollte weiter und fand etwas, das besser passte. Halblaut las er den Eintrag aus dem Onlinelexikon *Wikipedia*, das ihm schon öfters gute Dienste geleistet hatte:

»*Ein Missing Link ist eine noch unentdeckte fossile Übergangsform zwischen entwicklungsgeschichtlichen Vor- und Nachfahren, die aufgrund evolutionstheoretischer Überlegungen vorhergesagt worden ist und die Überlieferungslücke im Fossilbericht schließen würde.*«

Er nickte. Das klang schon eher nach Paläontologie als der Grünten-Zipfel. Und weil das so gut geklappt hatte, beschloss er, nun einfach den ganzen englischen Text in eine dieser praktischen Übersetzungsmaschinen einzugeben. Das würde mit seinem Ein-Finger-Suchsystem zwar eine Weile brauchen, ging aber sicher deutlich schneller, als sich jedes Wort einzeln zusammenzupuzzeln. Die Zunge angestrengt in den rechten Mundwinkel geklemmt, konzentrierte er sich in den nächsten fünfzehn Minuten nur auf die Tastatur und seinen Finger, bis er einen gewaltigen Absatz geschafft hatte. Das musste fürs Erste reichen.

Wie durch ein Wunder stand der übersetzte deutsche Text bereits auf der rechten Seite des Bildschirmfensters. Da entdeckte er die Möglichkeit, sich diesen sogar vorlesen zu lassen. Er drückte auf das kleine Lautsprechersymbol, lehnte sich bequem in seinem Drehstuhl zurück, hörte zu seiner großen Enttäuschung jedoch gar nichts. Mit zusammengekniffenen Augen sah er auf den Bildschirm – und erschrak: Der Text war nicht mehr zu sehen. Kurzerhand ging er auf den Rückwärtspfeil oben links – und landete erneut beim *Allgäu-Zipfel*. Sooft er nun wieder auf den Vorwärtspfeil klickte: Sein mühsam eingetippter Text war unwiederbringlich verloren und er selbst so schlau wie vorher.

»Zefix, Sauglump, elendiges!«, schimpfte er und versetzte dem Bildschirm einen Schlag auf die Seite, was kurzzeitig Farbschlieren über das Display jagte.

Da klopfte es an seiner Tür.

»Ja, wer stört?«, rief der Kommissar mürrisch, woraufhin Maier seinen Kopf durch den Spalt steckte.

»Ich bin's. Guten Morgen, Chef. Ich wollt bloß fragen, was du so machst und ob wir vielleicht die Morgenlage vorziehen wollen, wir wären nämlich alle schon da. Ich hab übrigens meinen großen Standventilator von zu Hause mitgebracht und im Besprechungsraum aufgebaut. Damit du nicht so schwitzen musst.«

»Morgen, Richie. Jetzt mal keine übertriebene Eile. Und ich bin ja wohl nicht der Einzige, der bei den Temperaturen ins Schwitzen kommt, oder? Außerdem beschäftige ich mich grad eingehend mit diesem Artikel hier, in der ... Naturzeitung.« Er hielt die Zeitschrift hoch.

»Dem Beitrag von Professor Jenkins in der *Natural*?«

»Genau.«

»Hochinteressant, oder?«, erwiderte Maier, kam herein und setzte sich in Kluftingers Sitzgruppe.

»Wie jetzt: Hast du den denn ... auch gelesen, Richie?«

»Verschlungen, möchte ich eher sagen.«

Kluftinger runzelte die Stirn. »Aber die Lanz hat doch bloß mir dieses Heft gegeben. Wo hast du ihn denn hergehabt, bitt' schön?«

»Die Natural hat einen spitzenmäßigen Onlineauftritt. Ich kauf mir da immer wieder mal den einen oder anderen Artikel oder schau mir aktuelle Forschungspapers oder Preprints zu interessanten Topics an.«

Kluftinger verstand kein Wort. »Soso«, brummte er.

»Aber selten hat mich ein Thema so gefesselt wie das mit dem Udo. Ich konnte kaum aufhören zu lesen, gestern Abend.«

»Ja, ist mir auch so gegangen«, sagte Kluftinger und dachte peinlich berührt an den Moment, als er um ein Haar von der Zeitschrift erstickt worden wäre.

»Was hat dich denn am meisten fasziniert?« Maier hatte offenkundig ehrliches Interesse an seiner Meinung zu dem Thema.

»Du, ich find das mit dem Glied interessant«, erklärte er vorsichtig.

»Mit dem ... was?«

»Dem ... Glied. Das fehlt. Sehr interessant, oder? Und du so?«

»Ich so?«

»Was hat dich denn so ... gefesselt?

»Ich finde schon allein die Art und Weise, wie dieser Jenkins Brunners Hauptthese zerlegt, ziemlich spannend.«

»Die Haupt...dings. Stimmt. Schon interessant, das alles.«

»Hat dir dein Sohn den Text übersetzt?«, fragte Maier.

Mit gespielter Empörung antwortete der Kommissar: »Geht's noch? Ich hab doch Familie in Japan, mit denen reden wir nur englisch. Ständig. Und über alle möglichen Themen. Somit hab ich natürlich Übung. Da ist so ein kleiner Naturzeitschriftentext ja wirklich Pinaps.«

Maier runzelte die Stirn. »Pinaps?«

144

»Das sagen sie in England für Kleinigkeiten.«

»Du meinst Peanuts.«

»Schmarrn. Das ist eine Zeichentrickserie mit dem kleinen Hund. Wie heißt der gleich ...«

»Snoopy?«

»Genau.«

»Aber es heißt nicht ...«, insistierte Maier, doch Kluftinger fiel ihm sogleich ins Wort.

»Ihr wolltet doch die Morgenlage vorziehen. Also, auf geht's. Ach ja, vielleicht könntest du dann gleich noch ein bissle was über den Artikel vom Jenkins sagen, dann müssen es die anderen nicht alle selber lesen. Ist ja nicht jeder so gut in Englisch wie wir.«

Maier winkte ab. »Ach was. Mach lieber du. Sonst heißt es wieder, ich sei so ein *brain*.«

Der Kommissar schluckte. »Ich? Aber ... vielleicht bin ich ja zu arg gefesselt und deswegen viel zu wenig objektiv, und ... also, Objektivität ist schließlich dein zweiter Vorname, Richie, das weiß jeder.«

Zehn Minuten später beendete Maier im Beisein der anderen und zum monotonen Surren des Ventilators, der im Zusammenspiel mit den geöffneten Fenstern tatsächlich für angenehme Kühle sorgte, seine Inhaltsangabe des Artikels: »Zusammenfassend lässt sich sagen, dass Professor Jenkins in diesem Artikel Brunners Theorie, der Uraffe Udo stelle das fehlende Bindeglied zwischen den sich vierbeinig fortbewegenden Menschenaffen und den Frühmenschen dar, heftig in Zweifel zieht. Dazu muss man wissen: In den Siebzigerjahren wurde in Ostafrika der bis zum Fund von Udo älteste fossile Beweis für die Bipedie, also die Zweifüßigkeit von Menschenaffen, entdeckt. Und das ist die Lucy.«

Grinsend blickte ihn Lucy Beer an. »Da seht ihr mal, ich bin nicht nur für die Kriminalistik und das Wetter, sondern auch für die Wissenschaft unentbehrlich.«

Maier fuhr ernst fort: »Namensähnlichkeiten sind mit Sicherheit rein zufällig.«

»Weiß man's?«, antwortete die Kollegin und ließ eine Kaugummiblase platzen.

»Der Affe heißt deswegen so, weil am Tag des Fundes im Forschercamp gleich mehrmals der Beatles-Song *Lucy in the Sky with Diamonds* lief«, erklärte Maier. »Lucy ist jedenfalls viel jünger als Udo. Der ist ja über elf Millionen Jahre alt, Lucy nicht mal vier. Hab ich das richtig dargestellt, Chef?«

Kluftinger hatte nur mit einem Ohr zugehört. Er überlegte noch, ob er die junge Kollegin wegen des Kaugummis zurechtweisen sollte. Da es aber ansonsten niemanden zu stören schien, nickte er bedeutungsschwer. »Absolut, Richie. Ich hätt's nicht schöner sagen können.«

»Jetzt noch mal zum Mitschreiben: Was genau glaubt dieser Jenkins nicht? Dass der Udo aufrecht gegangen ist, oder wie?«, wollte Lucy Beer wissen.

Maier sah seinen Vorgesetzten an und fragte: »Möchtest du die Frage beantworten, Chef?«

Kluftingers Äderchen auf den Wangen füllten sich mit Blut. »Mach ruhig. Bist ja grad so richtig in Fahrt.«

»Gut«, fuhr Maier fort, »ich versuche, es noch einmal klarer zu fassen: Brunner widerspricht angesichts von Udo der herrschenden Lehre der Evolution in drei Punkten. Erstens: Der aufrechte Gang hat sich als Anpassung an das Leben in Bäumen entwickelt. Durch das sogenannte Kraxeln. Zweitens: Dieser Schritt ist viel früher passiert als bisher angenommen. Drittens: Er hat sich nicht in Afrika vollzogen, sondern im Allgäu.«

»Verstehe«, murmelte Lucy Beer. »Die Allgäuer Männer hätten

also das Gehen erfunden. Bei den ganzen Krummbeinigen hier schon ne gewagte These.«

»Und was heißt das mit dem fehlenden Bindeglied genau?«, hakte Hefele nach. Kluftinger war froh um diese Frage, so ganz hatte er die Sache selbst noch nicht durchdrungen.

»Also, Roland, pass auf«, dozierte Maier weiter, »bisher fehlte das Bindeglied zwischen frühen, nicht zweibeinig gehenden Menschenaffen und den aufrecht Gehenden, wie etwa den Frühmenschen. Und das ist für Professor Brunner eben der den Gorillas, Schimpansen und Menschen schon ziemlich nahestehende *Danuvius guggenmosi* mit seinem zweibeinigen *Kraxeln* mit *gestreckten Gliedmaßen*, wie er es nennt. Somit könnte Udo möglicherweise der letzte gemeinsame Vorfahre von Mensch und Schimpanse sein.«

Maier hatte sich weitaus mehr in die Sache eingelesen, als Kluftinger gedacht hätte.

»Sagt mal, können wir mal diese Höllenmaschine ausstellen? Mir zieht's gewaltig«, brummte Hefele und zeigte auf den Ventilator.

»Also, ich find's genau richtig so«, beharrte Maier.

»Ich hab aber jetzt schon einen steifen Hals. Bin einfach empfindlich bei Zug.«

Maier blickte zu Kluftinger. »Für dich okay, Chef?«

Kluftinger zuckte mit den Schultern.

Maier grinste. »Siehst du, Roland? Also lassen wir es so.«

»Moment mal. Ich hab keine Lust, mich zu erkälten, klar?« Hefele stand auf und schaltete das Gerät auf die kleinste Stufe.

»So ist es noch besser, Roland, ist ja auch weniger laut«, versuchte Kluftinger, den Zwist zu beenden. Bei Hefeles Laune, wahrscheinlich erneut ausgelöst von seinem leeren Magen, konnte die Situation jederzeit eskalieren.

Mürrisch brummend gab auch Maier klein bei.

»Und was sagt uns das jetzt alles? Also, so insgesamt?«, fragte Hefele in die Stille, die nach der kleinen Meinungsverschiedenheit entstanden war. Alle Blicke gingen zu Kluftinger.

Der räusperte sich. »Na ja, ich tät sagen, dass der Brunner in der Fachwelt nicht grad unumstritten war, oder, Richie?«

»Völlig richtig, Chef. Brunners und Jenkins' divergierende Ansichten, ihre über Artikel in Fachblättern ausgetragenen Diskussionen und Anwürfe sind in Wissenschaftskreisen nicht unbeachtet geblieben.«

»Aber meint ihr, dass sich die Wissenschaftler deswegen gegenseitig an die Gurgel gehen?«, fragte Lucy Beer, woraufhin eine Denkpause entstand.

»Apropos Anwürfe«, sagte Kluftinger, der beschloss, nun doch besser das Thema zu wechseln, bevor am Ende noch rauskam, dass er den Artikel nicht verstanden hatte. »Ich bin da gestern durch Zufall auf was gestoßen, was für unseren Fall interessant sein könnte.« Er machte eine dramaturgische Pause, um die Neugier ein wenig zu steigern. »Also, passt mal auf. Es gibt anscheinend Leute, die andere in diesen Medien, also, den sozialen Medien halt ... praktisch ... regelrecht bedrohen. Vielleicht sollten wir uns mal anschauen, wie der Brunner da so unterwegs war.«

»Wo unterwegs?«, hakte Maier ein.

»Na ja, also, auf dem Facebook und den ... Dings, also den anderen ... Sachen.« Die Kollegen sahen sich vielsagend an. Offensichtlich war er da tatsächlich auf etwas gestoßen. »Ich mein, wer weiß: Wenn er unter Wissenschaftlern schon so einen Wirbel gemacht hat mit seinen Ansichten, vielleicht ist der Brunner auch noch von ganz anderen Leuten angefeindet worden. Wär ja schon mal was, was man in Erwägung ziehen könnte.«

»Ganz tolle Idee, Klufti! Wie du da bloß drauf gekommen bist ...«, sagte Hefele überschwänglich.

Und Lucy Beer stimmte ein: »Muss Ihr sprichwörtlicher Kriminaler-Instinkt sein.«

Kluftinger winkte gönnerhaft ab. Klar, er hatte diesen Instinkt, aber so hoch mussten die Kollegen seine Idee nun auch nicht hängen, wer wusste schon, ob man damit wirklich weiterkam. »Ich hab diesen Einfall gehabt, weil meine Frau einen Flohmarkt plant, besser gesagt, die Flüchtlingshilfe in Altusried plant den, und die Erika hilft dabei mit und hat ab und zu was gepostet. Auf Facebook. Was die Leute da teilweise geschrieben haben, ich sag's euch ...«

»Cybermobbing«, warf Maier schmallippig ein.

»Hm?«

»Also, Chef, was der Kollege mit seiner gewohnt leutseligen Art sagen will«, erklärte Lucy Beer, »ist, dass das Phänomen Cybermobbing schon ein bisschen älter ist. Das mit der Überprüfung von Social-Media-Aktivitäten gehört zum Standardprogramm.«

Hefele grinste. »Wir machen das doch längst! Bei jeder größeren Ermittlung.«

Der Kommissar runzelte die Stirn. »So? Ich mein, klar, weiß ich ja. Also ... prinzipiell jedenfalls ...«

»Prinzipiell und tatsächlich«, gluckste Hefele.

Die Mitarbeiter seiner Abteilung schienen sich mal wieder königlich auf seine Kosten zu amüsieren. Da fasste Kluftinger einen Entschluss: Er würde sich nun auch endlich dem Unvermeidlichen stellen. Er würde es allen zeigen, die dachten, er sei zu alt und zu dumm für die Welt der sozialen Medien: Ja, er würde zu Facebook gehen. Und zwar heute noch. Zunächst aber wechselte er noch einmal das Thema: »Roland, hast du schon was über die *Jünger der lieben Frau* rausfinden können?«

Hefele erklärte: »Wenn du die *Söhne und Töchter* meinst: Ja, ich hab schon ein bissle recherchiert.«

»Und?«

Hefele nahm ein Blatt zur Hand, auf dem er sich Notizen gemacht hatte. »Wir haben es da tatsächlich nicht bloß mit einer Lebensgemeinschaft zu tun, sondern schon mit einer Art Sekte. Die Mitglieder leben alle auf dem Hof neben der Tongrube, wo sie sich so weit wie möglich selbst versorgen. Was sie darüber hinaus produzieren, verkaufen sie im Hofladen und auf dem Wochenmarkt in Kaufbeuren. Seit sieben Jahren sind sie übrigens offiziell ökozertifiziert. Beim Anbau achten sie auf extreme Nachhaltigkeit und die sogenannte Permakultur. Das hat irgendwas mit Naturkreisläufen und so weiter zu tun, ganz genau hab ich's aber auch nicht kapiert.«

»Wo ist denn da der Sektenaspekt?«, wollte Lucy Beer wissen.

»Abwarten, Lucy. Also, zum einen bieten sie ziemlich seltsame Gartenbau- und Naturseminare an ... Moment, ich zitiere ...« Er nahm sich einen Computerausdruck und las vor: »*Natürliche Fruchtfolge als Bodentherapeutikum, Einsäuern leicht gemacht, Nährstoffe bündeln durch Mulchen.* Dazu kommen dann aber auch so Lebenshilfesachen als Thema, wie *Konfliktbewältigung durch die Bienenkiste* oder *Entschleunigung beim Waldbaden* und *Konsumabkehr 2.0.*«

»Und wer ist diese *liebe Frau*? Etwa die Gottesmutter Maria?«, wollte Maier wissen.

»Nein, christlich sind die nicht. Sie berufen sich auf alte slawische Traditionen aus vorchristlicher Zeit. Es gibt da eine Frauengestalt namens Liuba.«

»Und an deren Lebensbeschreibung orientieren die sich?«, fragte Lucy nach.

»Sieht so aus.«

»Sag mal«, schaltete sich nun auch Kluftinger ein, »die sind jetzt nicht irgendwie ... schlimm, oder?«

»Wie, schlimm?«, fragte Hefele.

»Na ja, sind die so eine Psychosekte, die die Leute unter Druck setzt und Gehirnwäsche mit denen macht?«

»Also, ich hab ja nur mal kurz gegoogelt«, erklärte Hefele, »aber so wie ich das auf den ersten Blick seh, sind das tatsächlich vor allem Öko-Romantiker, die ein bisschen seltsame Vorstellungen haben.«

»Na immerhin. Kannst ja schauen, ob du noch Genaueres rausbringst über die liebe Frau und ihre Kinder.«

»Wird gemacht, Boss«, sagte Hefele.

»Richie, wir zwei fahren so in einer guten Stunde nach Pforzen und nehmen die Wohnung vom Brunner unter die Lupe. Ansonsten weiß ja jeder, was er zu tun hat«, beendete Kluftinger schließlich die Morgenlage und verließ als Erster den Besprechungsraum.

Missmutig schloss der Kommissar die Tür zu seinem Büro und setzte sich an den Schreibtisch. Sosehr er sich auch bemühte, er schaffte es einfach nicht, mit der rasenden technischen Entwicklung Schritt zu halten. Sogar bei Whatsapp war er schon, wenn auch scheinbar als letzter Mensch auf Erden, denn selbst seine Eltern waren schon drin gewesen, als er sich vor ein paar Monaten angemeldet hatte.

Er hatte es satt, vor allen anderen immer als Digitaldepp dazustehen. Also würde er sich weiter bemühen, die Lücken zu schließen, bevor sich neue auftaten, und sich nun eben auch noch bei Facebook anmelden. Gestern hatte er das sowieso schon in Erwägung gezogen, als er festgestellt hatte, dass seine Frau sich in diesem Netzwerk herumtrieb. Und seit der Morgenlage stand der Entschluss endgültig fest.

Beherzt zog er sich die Tastatur heran und rief die entsprechende Seite auf seinem Computerbildschirm auf. Die Anmeldung verlief relativ problemlos, wenn man davon absah, dass er als Profilbild nur ein Foto der Weihnachtsfeier vor zehn Jahren auf dem Computer fand. Er nahm sich vor, es bei nächster Gelegenheit zu ändern, denn auf dem Bild hatte er einen Adventskranz mit brennenden Kerzen auf dem Kopf. Nicht der Anblick, mit dem er sich dauerhaft im Netz präsentieren wollte. Um seine Anonymität zu wahren, wählte er als Anmeldename »Klufti«, um jegliche Rückschlüsse auf seine Person unmöglich zu machen.

Den Gedanken, bei der Auswahl des Geschlechts aus Spaß die neue Möglichkeit *Divers* anzuklicken, verwarf er aufgrund der zu erwartenden Verwicklungen gleich wieder. Als er zu den Privatsphäre-Einstellungen gelangte, klickte er bei sämtlichen Fragen auf *Nein* beziehungsweise *Für niemanden sichtbar* und gab außerdem ein falsches Geburtsdatum an, schließlich wusste jeder, dass man gut beraten war, im Netz so wenig wie möglich von sich preiszugeben. Aus demselben Grund entschied er sich beim Beziehungsstatus für *Single*.

Als er schließlich die Anmeldeprozedur gemeistert hatte, blickte er einigermaßen stolz auf das nun vor ihm erscheinende Profil: Schneller hätte auch Richard Maier das nicht geschafft. Nun galt es, nach Brunner zu suchen, schließlich wollte Kluftinger bei der nächsten Besprechung mit eigenen Recherchen glänzen. Die Kollegen würden Augen machen.

Doch noch bevor er den Namen des Professors eingeben konnte, stutzte er. Ein paar Zeilen weiter unten gab es ein Feld mit den Worten *Personen, die du kennen könntest*. Es erschienen die Namen und Fotos von seiner Frau, Markus und Yumiko, Annegret Langhammer und sogar von Yoshifumi Sazuka. Woher, zum Teufel, wusste diese Maschine, dass er all diese Leute kannte? Er hatte doch kaum Angaben zu seiner Person gemacht. Jedenfalls keine, aus denen sich ein derart zutreffendes Bild seines sozialen Umfelds konstruieren ließe. Der Kommissar war baff.

Wenn man die Möglichkeiten dieser Maschine noch besser für die Polizeiarbeit nutzen könnte ... Er wollte das bei Gelegenheit unbedingt einmal bei den entsprechenden Stellen anbringen. Schließlich war er eine Art Polizeipräsident, da hatte sein Wort durchaus Gewicht. Zumindest im Moment noch.

Fasziniert scrollte er weiter, bis ein Foto erschien, das ihm einen Stich versetzte: *Bini*. Sein alter Freund Korbinian Frey. Sein alter, von ihm sehr vernachlässigter Freund. Warum ließ er den Kontakt immer wieder einschlafen? Er mochte ihn, sie verstanden sich blind, immer, wenn sie zusammen waren, war es so vertraut und lustig, als sähen sie sich jeden Tag, doch dann entstand wieder eine oft monatelange Funkstille. Schuldbewusst tippte Kluftinger auch bei ihm auf die blau unterlegte Leiste *Freund hinzufügen*.

Da fiel sein Blick zufällig auf die Uhrzeit, die rechts oben am Bildschirm angezeigt wurde. »Jessesmaria«, entfuhr es ihm. Er hatte schon fast eine Stunde in dieser neuen Welt zugebracht, sich regelrecht darin verloren. An den vielen Warnungen vor genau dieser Gefahr schien also durchaus etwas dran zu sein.

Er wollte die Seite schon schließen, da siegte doch noch einmal seine Neugier, denn eine weitere Abbildung zeigte den Kollegen Maier. Natürlich hatte er in den gemeinsamen Jahren einiges über ihn erfahren, aber eigentlich kaum Privates. Nicht einmal seinen Umzug nach Kempten hatten sie mitbekommen, und seit der Trennung von seiner Frau hatte er noch keine neue Partnerin – jedenfalls keine, von der sie wussten. Kluftinger zuckte mit den Achseln. Auf die paar Minuten kam es nun auch nicht mehr an. Außerdem war es ja geradezu seine Pflicht, als Vorgesetzter über das Leben seiner Mitarbeiter Bescheid zu wissen, rechtfertigte er sich vor sich selbst. Gespannt schaute er also auf die Seite, die sich nun aufzubauen begann, doch er wurde enttäuscht: Maiers Profil war nur für Freunde einsehbar. *Da wird er nicht viele Klicks haben*, dachte Kluftinger sarkastisch und blickte auf das blaue Kästchen, das verlockend, fast herausfordernd unter dem Foto des Kollegen leuchtete. *Freund hinzufügen.* Sollte er es tun? Würde Maier das überhaupt mitbekommen? Nicht, dass er es noch falsch verstand. Egal, dieses Risiko musste Kluftinger eingehen. Er klickte also darauf, doch noch immer blieb die Seite für ihn verschlossen. *Freundschaftsanfrage gesendet* stand stattdessen auf dem Bildschirm. *Priml*, genau das hatte er vermeiden wollen. Aber nun war es zu spät.

Nervös blickte der Kommissar auf die Uhr: Jetzt war es wirklich höchste Zeit, Schluss zu machen, doch eins musste er unbedingt noch erledigen, also klickte er auf das Porträt seiner Frau. Fasziniert blickte er auf ihre Seite. Erika postete ab und zu Fotos aus ihrem Garten, von gemeinsamen Spaziergängen oder Ausflügen mit Annegret, aber immer wieder teilte sie auch Informationen über Aktionen der Flüchtlingshilfe, zu Umweltschutzprojekten und beteiligte sich an Diskussionen zur Lokalpolitik, etwa über die Frage, ob der neue Supermarkt nun an den Ortsrand oder ins Zentrum von Altusried gehörte. Staunend und ein bisschen beschämt las der Kommissar ihre Texte. Er hatte nicht gewusst, dass Erika so engagiert war. Was sie alles umtrieb, während er sich eigentlich nur für seinen Feierabend und seine Familie interessierte ... Er würde sich das in aller Ruhe noch einmal anschauen, dann die Gespräche mit ihr geschickt auf Themen lenken, die ihr am Herzen lagen, und ihre Standpunkte vertreten. So würde er Pluspunkte als verständnisvoller Ehemann sammeln – sogar noch mehr, als er ohnehin schon auf seinem reichlich gefüllten Konto hatte. Schließlich sah er, dass Erika Mitglied in der Gruppe *Altusrieder helfen Altusriedern* war und dort kürzlich eine Anzeige gepostet hatte. Wobei sie wohl Hilfe brauchte? Gespannt scrollte er nach unten und las halblaut ab: »Dringend! Wer repariert meinen Gartenzaun im Austausch gegen sechs Gläser hausgemachter Himbeer- und Erdbeermarmelade und einen Nusskuchen?« Kluftinger lief rot an. Seit Monaten lag Erika ihm damit bereits in den Ohren. Höchste Zeit, es endlich zu erledigen, auch wenn ihm selbst der Nusskuchen als Belohnung wohl verwehrt bleiben würde.

Die Tür öffnete sich, und Maier streckte seinen Kopf herein: »Wo bleibst du denn, ich dachte, wir wollten zum Brunner in die Wohnung fahren?«

Kluftinger blickte noch einmal auf die Uhr: Tatsächlich hätten sie schon längst unterwegs sein wollen. »Jaja, ich komm schon, hab nur noch was … recherchiert.«

Als er die Seite endgültig schloss, sah er im Augenwinkel, dass ihm unter der Rubrik *Gruppen, die dir gefallen könnten* unter anderen die *Allgäuer Kässpatzenjunkies* angeboten wurden, dazu die *Grantlers by Nature* sowie der Zusammenschluss der *Feierabendliebhaber*. Er fühlte sich ertappt und klickte schnell auf das X in der rechten oberen Ecke des Fensters.

Schon als sie losgefahren waren, hatte Kluftinger das unbestimmte Gefühl gehabt, dass Maier ihn permanent anstarrte. Nun, als sie auf die Bundesstraße Richtung München bogen, glaubte er im Augenwinkel sogar ein Lächeln bei seinem Kollegen zu erkennen. Er sah zu ihm hinüber. Sein Eindruck hatte nicht getrogen. Maier schaute ihn geradezu verträumt an. »Ist was?«

»Nein. Mir geht's einfach gut.«

»Hast du eine überraschende Erbschaft gemacht?«

Maier schüttelte den Kopf, ohne sein Grinsen zu verlieren.

»Im Lotto gewonnen?«

»Nicht im materiellen Sinn. Aber vielleicht emotional.«

»Bist du verliebt?«

Nun wich das Lächeln endlich und machte Verwunderung Platz. »Wie kommst du denn darauf?«

»Weil du so strahlst heut ...«

»Ich hätte das halt einfach nicht erwartet.«

»Was denn?« Langsam riss dem Kommissar der Geduldsfaden.

»Aber, danke, freut mich sehr. Und: ja.«

Kluftinger verstand kein Wort. »Herrschaft, jetzt red halt mal Klartext.«

»Danke, ich freue mich über deine Freundschaftsanfrage, und ja, ich will mit dir befreundet sein.«

Priml. Daher wehte also der Wind. Schon bereute Kluftinger, dass er vorhin leichtfertig diesen saudummen Freundschaftsknopf bei Maier gedrückt hatte. Dieses Facebook barg doch viele Fallstricke. Dabei war er nur neugierig gewesen. »Ach so, das meinst du ... ja – schön, Richie.«

»Ich habe, ehrlich gesagt, immer wieder überlegt, ob ich engere Beziehungen aus dem Kollegenkreis zulassen soll, da sie doch auch den Blick aufs Private, ja möglicherweise Intime freigeben. Aber dein Vorstoß hat mir gezeigt: Es ist an der Zeit, euch ohne falsche Hemmungen, ohne Wenn und Aber in mein Leben einzuladen. Alle Bedenken werden jetzt einfach mal über Bord geworfen. Die Zeit, sich zu öffnen, ist gekommen.«

Kluftinger seufzte. In was für ein Wespennest hatte er da gestochen? Weder hatte er mit seinem *Vorstoß*, wie Maier es nannte, eine Intensivierung der Beziehung zu seinem Kollegen beabsichtigt, noch wollte er, dass Maier dachte, er hätte daran auch nur das geringste Interesse. Andererseits: Was genau hatte der denn zu verbergen, dass er anscheinend so lange gezögert hatte, sich zu öffnen? Vielleicht müsste er bei Gelegenheit doch noch ein wenig tiefer in seinem Profil herumstöbern.

Als sie an Brunners Wohnadresse am Ortsrand der Gemeinde ankamen, hatte sich Kluftingers Puls wieder einigermaßen beruhigt. Sie standen vor einem gelb angestrichenen Zweckbau aus den Siebzigern, der wirkte wie eine wenig einladende Pension. Dahinter war ein niedrigeres Nebengebäude hinzugefügt worden, das weitaus moderner, wenn auch nicht gastfreundlicher aussah. An der Außenseite des riegelförmigen Flachdachhauses führten metallene Außentreppen zu mehreren einzelnen Eingangstüren. »Boardinghouse Pforzen«, las Kluftinger halblaut von der Fassade ab. »Ich hab gedacht, dieses Pforzen ist Sperrbezirk.«

»Sperrbezirk?«

»Weißt schon.« Kluftinger schnalzte mit der Zunge.

»Ach das!« Maier lachte laut los. »Der war gut.«

Kluftinger runzelte die Stirn. »Wer war gut?«

»Der Witz.«

»Wegen den Prostituierten?«

»Welche ...?«

»Steht doch an der Fassade.«

»Ja, Boardinghouse. Das, was man früher vielleicht mit Arbeiterunterkunft umschrieben hätte. Die meisten bieten mittlerweile aber nicht bloß möblierte Zimmer, sondern ganze Appartements.«

Peinlich berührt zuckte der Kommissar mit den Achseln. »Weiß ich schon. Aber die ... lassen ja oft, also, jemand aufs Zimmer kommen, wie man hört, die ... Geschäftsleute.«

»Ja, ist das so?«

»Auf jeden Fall.« Kluftinger rollte vielsagend mit den Augen.

»Mag sein. Jedenfalls scheint das ein ziemlich erfolgreiches Konzept zu sein, wenn die sogar in Pforzen so ein Haus haben. Meistens sind die Zimmer sogar serviced.«

»Hm?«

»Wäscheservice, Reinigungsdienst, oft auch mit Frühstück,

Roomservice oder komplettem Housekeeping. Aber klar, eigentlich findet man solche auf längeren Aufenthalt von Geschäftskunden ausgelegten Beherbergungsbetriebe dann doch eher im urbanen Umfeld.«

»Eine Vertreterpension quasi«, versuchte Kluftinger auf den Punkt zu bringen, was *Wikipedia Maier* da so weitschweifig ausgeführt hatte. Er stellte den Motor ab und schaute durch die Windschutzscheibe. Das Haus besaß eine metallene Außentreppe, die im ersten Stock an den Türen der einzelnen Appartements vorbeiführte. Im Hof standen ein Carport, ein paar große Mülltonnen und ein metallener Kubus mit abschließbaren Fächern.

»Ja, jedenfalls kein Bordell oder Laufhaus. Ein *Boardinghouse* hat definitiv nichts mit dem Rotlichtmilieu zu tun«, bekräftigte Maier noch einmal.

In diesem Moment öffnete sich eine der Türen, und eine Frau in schwarzer Lederjacke, Minirock und hohen Lederstiefeln trat heraus. Sie zog einen dieser kleinen Einkaufstrolleys hinter sich her, wie Kluftinger sie eher von alten Damen kannte. Die Frau war aber höchstens fünfzig. Erst jetzt sah er, dass aus dem Einkaufswägelchen ein kleiner Hund hervorlugte. »Ob die das auch weiß?«, sagte er grinsend zu seinem Kollegen.

Der zuckte nur mit den Achseln, und sie stiegen aus.

Kluftinger ging auf die schwarz gekleidete Frau zu, die ihm umgehend ein freundliches Lächeln schenkte. »Grüß Gott, ich hätt da eine Frage«, sagte er zögerlich.

»Guten Morgen, Jungs! Wollt ihr zu mir? Wär nämlich gerade schlecht, müsste kurz zum Einkaufen. Bei mir geht eh nix ohne Anmeldung, ich hab ab Mittag einen Kunden nach dem anderen. Wenn ihr wollt, geh ich halt noch mal rein und schau im Kalender, wann ich die nächste Lücke hab. Wollt ihr zusammen oder nacheinander?«

Perplex stammelte Kluftinger: »Ich … wir … wollten nur fragen, ob …

»Kein Problem, ich nehm auch Neukunden. Kriegen wir alles hin.« Wieder schenkte sie den beiden ein warmes Lächeln.

»Das ist nett von Ihnen, aber es handelt sich um einen Irrtum. Wir sind von der Kripo Kempten und wollten zum Betreiber dieser … Einrichtung hier. Also … von diesem Haus.«

»Kripo? Auweh, Sie kommen wahrscheinlich wegen dem Mord in der Tongrube, oder? Schlimme Sache, hab's in der Zeitung gelesen! Also, die Chefin hier, das ist die Marianne, ich mein, die Frau Scherer. Gleich hier die Tür, da können Sie klingeln. Ist fast immer daheim. Schönen Tag noch, zusammen!«, wünschte sie und stöckelte davon. Nach ein paar Metern drehte sie sich noch einmal um und rief: »Falls ihr es euch anders überlegt: Ich bin die Dominique.«

Die Beamten winkten ihr zu, dann gingen sie auf das Vorderhaus zu und klingelten an der Tür mit dem Namensschild *Scherer*. Innerhalb von Sekunden wurde ihnen geöffnet. Marianne Scherer war ein paar Jahre älter als ihre Mieterin und, was Kleidung und Auftreten anging, das komplette Gegenteil: Sie trug ein strenges Kostüm, hatte kurz geschnittene graue Haare und eine runde Brille auf der Nase, was sie ein wenig gouvernantenhaft wirken ließ. Auch sie lächelte freundlich.

»Kluftinger, Kripo Kempten. Die Frau … Dominique hat uns netterweise an Sie verwiesen. Sie seien die Betreiberin, hat sie uns gesagt.«

»Ja, das stimmt.«

»Haben Sie denn viele Mieterinnen wie … die Dominique?«, fragte Kluftinger aus ehrlichem Interesse und ein wenig auch, um Maier zu zeigen, dass er mit seiner Einschätzung des Begriffs *Boardinghouse* gar nicht so weit danebengelegen hatte.

»Bedauerlicherweise nicht«, sagte die Frau. »Leider sind nicht alle so wie sie. Immer pünktlich bei der Miete, sauber und ordentlich. Bei der Fanni herrscht Zucht und Ordnung!«

»Bei wem?«

»Ach so: Fanni. Dominique ist nur ihr Künstlername.«

»Zucht und Ordnung, den Eindruck hatten wir auch gleich!«, erwiderte Maier grinsend und versetzte seinem Chef einen Rempler mit dem Ellbogen.

»Gell«, bekräftigte Frau Scherer, »auch in ihrem Salon: immer alles akribisch gereinigt.«

»Ihrem ... Salon, soso«, wiederholte Kluftinger, der nun gern zum Thema gekommen wäre, doch Frau Scherer schob noch nach: »Ist ja beileibe nicht bei allen medizinischen Fußpflegerinnen so.«

»Fußpflegerin?«, entfuhr es Kluftinger. »Die Frau ... Dings ist Fußpflegerin?« Er sah entgeistert zu Maier.

»Dominique? Natürlich. Anerkannte Podologin sogar. Führt ihren Salon hier bei mir schon seit fünfundzwanzig Jahren.«

So falsch hatte Kluftinger schon lange niemanden mehr eingeschätzt. Und er sah Maier an, dass es ihm genauso erging. »Klar, ich ... wurscht«, stotterte er. »Weshalb wir eigentlich da sind: Wir kommen von der Kripo in Kempten und müssten mal in die Wohnung von Herrn Brunner.«

Die Frau setzte eine betroffene Miene auf. »Herr Professor Brunner, natürlich. Wir haben es schon gehört. Tragisch. Ihre Kollegen waren ja schon da.«

Kluftinger nickte. Das waren Willis Leute gewesen.

»Er hat ... hatte ein schönes Appartement im ersten Stock. Seine Funde, in unserer Grube in Pforzen – damit hätte er unsere Gemeinde sicher noch richtig berühmt gemacht! Pforzen, *die Wiege der Menschheit*! Ich habe ja schon überlegt, mein *Boardinghouse* umzubenennen. In irgendetwas, was mit Udo zu tun hat. Wie finden Sie die Idee?«

»Doch, auf jeden Fall. Mal was anderes.«

»Sehen Sie?«, triumphierte sie. »Mein Mann sagt immer: Mach das nicht, bleib beim Bewährten und so. Wenn's nach dem ginge, wären wir immer noch bei *Zimmervermietung Marianne*. Ist doch altmodisch, meinen Sie nicht auch?«

»Wenn Sie meine Meinung hören wollen: Ich würde es noch klarer machen. Etwa *Wohnen am Nabel der Menschheit: Boardinghouse Udo*«, schlug Maier vor.

»Wenn Sie jetzt vielleicht den Schlüssel zur Wohnung von Herrn Brunner hätten, das wär nett«, drängte Kluftinger.

»Sicher, ich bräuchte nur vorher noch Ihre Ausweise, die würd ich mir kurz abfotografieren. Man weiß ja nie ...«

Ein paar Minuten später waren sie die gesprächige Zimmerwirtin endlich los, entfernten die Dienstsiegel von der Wohnungstür und sperrten auf. Die Beamten durchquerten einen winzigen Korridor mit Garderobe, von dem rechts eine Tür in ein kleines, modern wirkendes Bad abging, und betraten schließlich einen überraschend großen Wohnraum. Es war kühl hier drin, fiel Kluftinger sofort auf. Ganz anders als draußen, wo sich bereits jetzt, am Vormittag, eine lähmende Hitze breitgemacht hatte. Offenbar verfügte dieser Bau über eine bessere Dämmung als sein eigenes Haus, auch wenn die Wände bei Weitem nicht so massiv wirkten. Auf der linken Seite war eine kleine Küchenzeile eingebaut, davor standen ein Bistrotisch mit zwei Stühlen und eine bequem aussehende Ledercouch. Die rechte Seite nahmen ein breites Bett und ein Kleiderschrank ein. Die Stirnseite des Zimmers war verglast, eine Tür führte auf eine kleine Loggia. Vor dem großen Fenster stand ein Schreibtisch.

»Kein Laptop«, sagte Kluftinger halblaut.

»Der Willi und seine Leute haben auch keinen gefunden«, kommentierte Maier.

»Schon seltsam, oder? Der muss doch irgendwo einen Computer gehabt haben.«

Der Kommissar blickte sich im Raum um. Es lag nichts herum, das Bett war gemacht, das Nachtkästchen ebenso aufgeräumt wie der gläserne Couchtisch. Auf der Arbeitsplatte der Küchenzeile stand gespültes Geschirr, das Brunner dort hatte abtropfen lassen. Kluftinger war überrascht, dass ein alleinstehender Mann eine derart aufgeräumte Unterkunft bewohnte. Und mindestens ebenso sehr davon, dass alles so modern und stilvoll eingerichtet war. Das hätte er Marianne Scherer nicht zugetraut.

»Irgendwie viel zu ordentlich für einen Junggesellen, oder, Richie?«, fasste Kluftinger seine Verwunderung in Worte.

»Wie meinst du das jetzt, Chef?«

»Na ja, nix liegt rum, keine dreckigen Klamotten, kein schmutziges Geschirr, keine Pizzaschachteln. Und wenn ich das richtig seh, hat er sogar irgendeinen Raumduft verwendet, oder?« Er hob den Kopf und schnupperte demonstrativ.

»Oh ja, wenn mich nicht alles täuscht, einen ziemlich hochwertigen. Das dürfte diese Mischung aus Sandel und Bitterorange von Ernestino Verduccia sein. Echt exklusive Marke.«

»Und die kennst du?«

»Die gönne ich mir sogar ab und zu. Warum fragst du?«

Kluftinger überlegte. »Ich mein ja bloß. Ist halt ziemlich ungewöhnlich. Bei mir würd's da schon anders aussehen.«

»Find ich gar nicht ungewöhnlich für einen gepflegten, modernen Mann. Das mit der stinkenden und versifften Junggesellenbude sind ja Klischees von vorvorgestern. Du solltest mal meine Wohnung sehen – und auch riechen. Ich hab mir für jedes Zimmer eine Duftwelt überlegt, die mit den Grundfarben der Wände und der Deko harmoniert. Apropos: Komm doch mal unter der Woche abends vorbei, jetzt, wo wir auch privat befreundet sind ...«

Kluftinger ging nicht darauf ein, sondern schritt auf den Schreibtisch zu. Auch der wirkte fast schon erschreckend aufgeräumt. Er setzte sich und zog die Schubladen eines Rollcontainers auf. Die erste barg bloß ein paar Schreibutensilien, mehrere Ladekabel und eine Spiegelreflexkamera. In der zweiten lagen einige Ausdrucke und Zeitschriften, in denen mit Klebezetteln diverse Stellen markiert waren. Nur den Inhalt des letzten Faches konnte der Kommissar zunächst nicht richtig einordnen. Es enthielt ganz unterschiedliche Gegenstände, die auf den ersten Blick nichts weiter verband, als dass sie so gar nicht in einen Männerhaushalt passen wollten: zwei Haargummis, eine Espressotasse mit Lippenstiftrand, eine rosa Wollmütze mit Fellbommel, einen bordeauxroten BH, ein ledergebundenes Notizbüchlein. »Was ist denn das für ein Sammelsurium?«

Maier warf einen schnellen Blick in die Schublade. »Brunners Resterampe, würd ich mal sagen«, erklärte er schließlich grinsend.

»Wie meinst du das?«

»Na ja, das ist sicher alles nach und nach liegen geblieben.«

»Du meinst, so was wie die Fundkiste in der Turnhalle?«

»Genau. Nur dass hier auf eine ganz bestimmte Art geturnt wurde.«

Kluftinger schüttelte den Kopf. »Das würde ja heißen, dass der Herr Professor hier ziemlich regen ... Publikumsverkehr hatte.«

»Im wahrsten Sinne des Wortes, ja«, gluckste Maier.

»Aber dass er so eine Art Trophäensammlung hat, ist schon ein bissle abgeschmackt ...«

»So schlimm find ich es auch wieder nicht. Kommt ja vor, dass morgens was liegen bleibt, was man nicht unbedingt zurückgeben muss. Oder was man behält, weil es eine Erinnerung an die gemeinsame Nacht ist. Bei mir hat sich da auch das eine oder andere angesammelt ...«

Sein Kollege lächelte versonnen, doch Kluftinger hatte nicht vor nachzufragen. Man zahlte einen hohen Preis dafür, wenn man in Maiers engeren Vertrauenskreis aufgenommen wurde. Ächzend zog der Kommissar eine weitere Schublade des Rollcontainers auf. Stifte, Radiergummi, ein Bund mit zwei kleinen Schlüsseln … Er hielt inne, nahm die Schlüssel heraus und hielt sie hoch. »Wissen wir, wofür die sind?«

Maier zuckte mit den Achseln.

Der Kommissar schaute sich die beiden Schlüssel genau an. Sie waren identisch, hatten außerdem jeweils zwei Buchstaben und eine Zahl eingeprägt: BP127.

»Für die Tankstelle?«, fragte Maier so nah an seinem Ohr, dass Kluftinger zusammenzuckte.

Er erhob sich, um wieder etwas mehr Distanz zwischen sich und seinen Kollegen zu bringen. »Tankstelle? Ach so, BP meinst du … glaub ich nicht. Wofür sollten die …« Er stockte. »Ich hab da eine andere Idee«, sagte er und verließ die Wohnung. Maier folgte ihm die Treppen hinab. Im Hof steuerte der Kommissar den Kubus mit den Schließfächern an. Tatsächlich gab es eines mit der Nummer 127. »BP«, sagte Kluftinger triumphierend. »Borddingshaus Pforzen.«

Maier nickte anerkennend und sah gespannt zu, wie sein Chef den Schlüssel ins Schloss steckte, ihn umdrehte – und schließlich das Türchen öffnete. »Na also.«

»Und, was ist drin?«, fragte Maier ungeduldig.

Kluftinger nahm den Gegenstand heraus, drehte sich um und hielt ihn Maier hin.

10

»Richie, wie sieht's denn mit dem Laptop aus? Kommen wir da rein?«, fragte der Kommissar, als sie mit ihrem Fundstück in das Appartement des Professors zurückgekehrt waren.

Maier schüttelte den Kopf. »Passwortgesichert.«

»Na ja, ich hab da neulich einen Artikel gelesen: Die meisten Passwörter sind einfacher als gedacht, gib mal her ...«

Kluftinger probierte die aus, die er selbst am liebsten benutzte. Doch nachdem 123456, *passwort* und *garkeins* ebenso wenig den Zugang zum Gerät freigaben wie das doch etwas elaboriertere *mirfaelltkeinsein* und sein Favorit, das kryptische *psswrt*, seufzte er resigniert. Maier schlug zwar noch *brunner*, *drbrunner* und *profdrbrunner* vor, aber auch damit kamen sie nicht weiter.

»Hilft nix«, schimpfte Kluftinger, während Maier sich die Zeitungsausschnitte ansah, die Brunner an einer Pinnwand aufgehängt hatte. »Da müssen wohl die Experten vom Cybercrime ran. Oder vielleicht die Lucy. Die ist viel näher dran an dem ganzen Digitalzeug als wir alte Dackel.«

»Was die Lucy angeht«, begann Maier, »geb ich dir recht. Aber zu den alten Dackeln zähl ich uns ... jedenfalls mich ... noch lange nicht.«

Kluftinger wollte den Laptop eben zuklappen und einpacken, da hob sein Kollege die Hand. »Moment, Chef, warte. Ich möchte noch was probieren.« Damit setzte er sich an den Schreibtisch, zog den Computer heran und tippte eine weitere Tastenkombination ein. Dann drehte er das Display in Kluftingers Richtung – das Gerät war entsperrt.

»Wie hast du denn das jetzt gemacht?«, wollte der ehrlich verblüffte Kluftinger wissen.

»Mit Intuition.«

»Wie jetzt?«

»Wenn man sich die Zeitungsartikel dort drüben ansieht, ist eine Headline ganz dick rot unterstrichen. Und das ist ...?«

Kluftinger blickte zur Pinnwand. »Der große Brunner?«

»Bingo! Das Ganze klein und mit Hashtag.«

»Mit was?«

»Raute.«

»Aha. Und woher hast du jetzt gewusst, dass das das Passwort ist?«

»Sagen wir's mal so: Mit eitlen Männern kenn ich mich ganz gut aus.«

Kluftinger wusste nicht, was sein Kollege damit meinte und auf wen er anspielte. Doch der Inhalt von Brunners Computer interessierte ihn jetzt deutlich mehr.

»Interessant: Sein Desktop ist genauso aufgeräumt wie seine Wohnung«, konstatierte Maier. »Es befinden sich nur ganz wenige Ordner drauf. So gehört sich das für jemanden, der sein Leben im Griff hat.«

Kluftinger dachte stirnrunzelnd an das Chaos auf dem Desktop seines Bürorechners, der voll mit Dateileichen war, die garantiert niemand mehr brauchte. »Und was sind das für Ordner?«

»Na ja, er hat hier einen, der heißt *zukünftige Projekte*, dann gibt's *Korrespondenz*, *Udo* und *Chicks*. Das war's. Stopp, hier hab ich einen übersehen. Könnte ziemlich interessant sein für uns.« Maier machte eine dramaturgische Pause.

»Und wie heißt der?«, bohrte Kluftinger nach.

»Er trägt als Namen das Datum des Festakts.«

»Und damit das Datum der Nacht, in der er starb. Los, mach mal auf.«

Kluftinger beugte sich über Maiers Schulter, um ebenfalls auf das Display schauen zu können. Zunächst sahen sie sich einige Fotos an, deren Inhalt wenig überraschend war: Es handelte sich durchweg um Abbildungen einer Versteinerung – ein ziemlich langer und für Kluftingers Dafürhalten recht gut erhaltener Knochen, mal horizontal, mal hochkant abgelichtet, mal mit einem Meterstab daneben, mal stark, mal schwächer belichtet. Dann stieß Maier im selben Ordner auf ein Textdokument, das den Dateinamen *Bombe* trug.

»Klingt vielversprechend«, versetzte der Kommissar und überflog den Inhalt. Doch auf das, was Brunner sich hier stichwortartig notiert hatte, konnten sie sich beide keinen Reim machen: Anscheinend wollte Brunner beim Besuch des Ministerpräsidenten eine *Bombe platzen lassen*, indem er ein neues Fundstück präsentierte, das *den Sack zumachen* würde. Dahinter hatte der Professor in Klammern *J das Maul stopfen* notiert.

»Ziemlich kryptisch, das alles«, konstatierte Maier.

»Vielleicht kann uns Frau Lanz da weiterhelfen.«

»Könnte sein.«

»Und was bedeutet das da?« Kluftinger deutete auf den Ordner mit der Bezeichnung *Chicks*.

»Ich könnt's mir denken, aber wart mal.« Maier tippte auf dem Laptop herum, schüttelte dann aber den Kopf. »Tut mir leid, da müssen jetzt wohl wirklich die Kollegen ran. Der Ordner ist extra passwortgeschützt mit einem achtstelligen numerischen Code. Dazu fällt selbst mir nix ein.«

»Hm. Kommst du an seine Mails ran?«

»Klar, Chef. Für dich immer.«

Zehn Minuten später hatten sie sich einen ersten Überblick über Professor Brunners elektronisches Postfach verschafft und dabei besonderes Augenmerk auf seine Frauenbekanntschaften gelegt. Schließlich waren Eifersucht, enttäuschte Liebe oder Seitensprünge nicht die seltensten Motive für Gewaltverbrechen. Doch in dieser Hinsicht drängte sich nichts auf. Brunner hatte offenbar eine hohe Frequenz beim Wechsel seiner Sexualpartnerinnen, achtete allerdings stets darauf, dass das Ganze von Anfang an unverbindlich war und die Frauen das auch wussten. Nie versprach er echte Liebe in den Mails, nie deutete er die Absicht an, eine feste Beziehung führen zu wollen, nie gab er den Frauen das Gefühl, die Einzige in seinem Leben zu sein. Hatte sich trotzdem eine von ihnen mehr versprochen? Oder war der Professor von irgendeinem gehörnten Ehemann oder Freund zur Rede gestellt worden, und die Situation war eskaliert? Auch wenn sich im Moment nichts dergleichen aus den Mails herauslesen ließ: Es war im Bereich des Möglichen und durfte nicht außer Acht gelassen werden.

Der zweite wichtige Punkt in Brunners Korrespondenz war aus Kluftingers Sicht jedoch vielversprechender: seine Auseinandersetzung mit einem Professor Jenkins aus den USA. Der Name war dem Kommissar gleich bekannt vorgekommen, als er ihn in der Betreffzeile gelesen hatte. »Das ist doch der ...«, begann er, und Maier führte seinen Satz zu Ende: »... der in der Natural die Ergebnisse von Brunner in Zweifel gezogen hat, genau.«

Der Kommissar pfiff durch die Zähne. »Und was schreibt er so?«

Sein Kollege überflog die Nachrichten. »Nichts Nettes jedenfalls. Ein regelrechter Schlagabtausch zwischen den beiden. Freunde werden die keine. Also jetzt sowieso nicht mehr.«

»Worum geht's denn genau?«

»Na ja, der Ami zweifelt Brunners These an, dass Udo der weltweit erste aufrecht gehende Menschenaffe gewesen ist. Und schau mal: Mit der Zeit werden die beiden immer persönlicher.

Hier zum Beispiel schreibt der Jenkins, er würde nicht von einem deutschen *upstart*, also Emporkömmling, seine wissenschaftlichen Thesen über den Haufen werfen lassen, nur weil der ein paar Knochen aus dem Matsch gegraben hat, die für ihn überhaupt nichts beweisen. Hier schreibt er sogar: *Giving up Lucy for a bunch of bone fragments from Germany? Over my dead body.* Krass, oder?«

Kluftinger sah ihn fragend an. »Krass?«

»Na, was er schreibt: Nur über meine Leiche«, gab Maier zurück.

»Nur über ... genau. Was noch mal genau?«

»Er wird Lucy nur über seine Leiche für ein paar deutsche Knochenfragmente aufgeben. Und Jenkins fährt fort, dass Brunner aufpassen soll, was er sagt.«

»Ja, das ist wirklich ... krass. Und was schreibt der Brunner drauf?«

»Warte mal«, sagte Maier und scrollte nach unten. »Dass es in der Wissenschaft eben nicht nur Gewinner geben kann. Und Jenkins gehöre mit seiner Lucy-Theorie auf den *junkyard* der Menschheitsgeschichte.«

»Den was?«

»Junkyard.«

»Friedhof?«, tippte Kluftinger.

Maier holte tief Luft: »So ähnlich. *Junkyard* heißt Schrottplatz. Könntest du eigentlich kennen aus dem Lied *Bad, bad Leroy Brown* von Jim Croce. Da gibt es nämlich die Zeile, in der der Titelheld des Songs, also besagter Leroy Brown, als *meaner than a junkyard dog* bezeichnet wird, also gemeiner als ein Schrottplatzhund.«

Kluftinger seufzte. »Was du nicht alles weißt, Richie.«

»Weißt du übrigens, wie er gestorben ist?«

»Wer, der Jenkins? Ist der am End auch schon tot?«

»Unsinn. Leroy Brown.«

»Ich kenn den doch nicht mal!«

»Er ist von einem eifersüchtigen Ehemann getötet worden. Und danach sah er aus wie ein *puzzle with a couple of pieces gone.* Also ein Puzzlespiel, bei dem ein paar Teile ...«

»Richie, Kreuzhimmel, wen interessiert denn jetzt dieses saudumme Lied! Das kannst du sicher brauchen, wenn du mal die große Enzyklopädie des unnützen Wissens schreibst. Wir sollten uns stattdessen mit dem Jenkins unterhalten.«

»Nicht gleich wieder so ruppig, Chef. Jetzt, wo wir uns gerade privat näherkommen. Hast du denn die Nummer von Jenkins?«

»Ich? Woher denn? Aber vielleicht hat sie der Brunner ja irgendwo aufgeschrieben oder im Computer gespeichert.«

»Ich geb's mal ins Suchfeld ein«, erklärte Maier, tippte ein wenig herum und schüttelte schließlich den Kopf. »Fehlanzeige. Höchstens in seinem Handy. Wo ist das überhaupt?«

»Beim Willi, nehm ich an«, antwortete Kluftinger und griff sich sein eigenes Mobiltelefon. Er wählte die Büronummer und bat Lucy Beer, sich die Kontaktdaten von Professor Jenkins in den USA zu besorgen und einen Telefontermin mit ihm auszumachen. Irgendwie würde er es schon so hindrehen, dass nicht er das Telefonat auf Englisch führen musste.

»Weißt du, was wir hier Interessantes haben?«, meldete sich Maier wieder, nachdem der Kommissar aufgelegt hatte.

»Was denn?«

»Eine kurze Bio von Professor Jenkins. Hat sich Brunner auf den Desktop gezogen. Wahrscheinlich aus irgendeinem Wiki.«

»Ein Lebenslauf quasi?«

»Quasi, Chef. Willst du's hören?«

»Schieß los.«

»Also, Professor Jerome Jenkins ist Leiter des Instituts für Paläontologie an der Columbia University in New York. Oh, lustig, er ist zeitgleich Abteilungsleiter für die Menschheitsgeschichte

Afrikas am *American Museum of Natural History* in New York.« Maier machte eine Pause und strahlte seinen Chef an.

»Wieso ist das lustig?«

»Jetzt sag bloß, du kennst das Museum nicht!«

»War ich schon mal in Amerika?«

»Nein, aber jedes Kind kennt doch den Film *Nachts im Museum*, wo alle Figuren zum Leben erwachen, die sich dann gegenseitig ...«

»Richie!«

»Jaja, schon gut. Geboren wurde Jenkins 1967. Verheiratet, drei Kinder, wohnt in Brooklyn, New York.«

Kluftingers Handy klingelte. Er nahm den Anruf an.

»Das ging aber schnell, Lucy. Respekt.«

Er hörte die Kollegin lachen. »Warten Sie mal ab, was ich noch rausgefunden hab. Hab nämlich sofort in New York angerufen. Im *Museum of Natural History*.«

»Ganz toll. Und?«

»Den Film kennen Sie wahrscheinlich eh nicht.«

»Doch. Klar. Die Nacht vom Museum.«

»Fast. Aber egal. Haben Sie ne Ahnung, wie spät es da gerade ist?«

Kluftinger sah auf die Uhr. Er überlegte. Waren das nicht um die sechs Stunden Zeitverschiebung? Das würde heißen, dass in New York wahrscheinlich noch nicht einmal die Sonne aufgegangen war. »Zefix, da müssen wir uns noch gedulden ...«

»Eben nicht, Chef. Das isses ja: Ich ruf da so an und denk mir nix. Aber dann fällt es mir auf einmal ein. Ich will schon auflegen, da nimmt jemand das Telefon ab. Und ich denk so: Hab ich jetzt den originalen Nachtwächter in der Leitung? Oder den Pharao Ahkmenrah?«

Kluftinger verstand nur Bahnhof. »Wieso denn jetzt einen Pharao?«

»Das ist aus dem Film ... ach, egal. Jedenfalls war tatsächlich eine Mitarbeiterin von dem Jenkins da. Quasi mitten in der Nacht. Im Museum. Sie verstehen.«

Kluftinger seufzte. »Gut, Lucy. Und wann ist der Jenkins wieder in seinem Büro?«

»Erst mal gar nicht, Chef. Er ist nämlich gerade auf einer Forschungsreise.«

»Verstehe. Aber da wird man ihn ja vielleicht auch erreichen können, oder?«

»Nicht nur vielleicht, sondern ganz sicher. Raten Sie mal, wo der Professor gerade forscht.«

»In Afrika?«

»Falsch. In *Foursänn*.«

»In was?«

»Pforzen. Oder eben *Foursänn, Bavaria, Germany*, wie die Dame gemeint hat. Ich hab bloß keine genaue Anschrift von ihm, aber die werden Sie ja bestimmt rausfinden, denk ich. *Foursänn* ist ja bekanntlich nicht ganz so groß wie New York City.«

11

Das Rathaus der Gemeinde Pforzen sah aus wie ein großes ehemaliges Wohnhaus mit einem Parkplatz davor. Das einzig Bemerkenswerte daran waren die blauen Läden an den zahlreichen Fenstern, die dem ansonsten schmucklosen Bau etwas Freundliches und Einladendes verliehen. Kluftinger und Maier fragten sich zum Hauptamt durch und betraten eine Amtsstube mit Tresen und alten Schreibtischen auf einem ausgetretenen Linoleumboden. Eine Frau mit üppigen grauen Locken blickte sie über den Rand ihrer Brille an, die an einer Kette um ihren Hals befestigt war. »Bitte?«, fragte sie ohne sonderliches Interesse.

»Grüß Gott, wir wollten fragen, ob …«

»Haben Sie einen Termin?«, unterbrach die Frau den Kommissar.

»Nein, wir sind nur …«

Wieder ließ sie ihn nicht ausreden. Mechanisch erklärte sie: »Terminvereinbarungen telefonisch oder seit Neuestem auch online. Die Sprechzeiten des Bürgermeisters sind Dienstag und Donnerstag, zehn bis zwölf Uhr.«

Kluftinger seufzte und zog seinen Ausweis: »Kripo Kempten. Wir brauchen keinen Termin.«

Mit einem Mal hatte er die volle Aufmerksamkeit der Frau. »Oh, es tut mir leid, der Herr Bürgermeister ist nicht da.«

»Macht nix, wir brauchen nur eine Auskunft.«

Sie erhob sich, strich ihren Rock glatt und ging zum Tresen. »Und welche?«, fragte sie vorsichtig. »Ich weiß nicht, ob ich befugt bin …«

»Wir suchen nach einem Wissenschaftler aus Amerika, der bei Ihnen wohnt.«

»Bei mir?«, fragte die Frau erschrocken.

»Nein, ich mein, hier in Ihrem Ort.«

»Wissenschaftler? Sie meinen die aus Tübingen? Die machen so Ausgrabungen in ...«

»Wissen wir«, unterbrach nun Maier die Frau. »Aber um die geht es nicht. Sondern um einen gewissen Herrn Jenkins. *Mister* Jenkins.«

Kluftinger blickte den Kollegen fragend an, weil er nicht verstand, wie es helfen sollte, die englische Form der Anrede zu verwenden. Doch Maier nickte nur.

»Also, das tut mir leid, der Name sagt mir nichts.«

Plötzlich ertönte aus einem angrenzenden Raum eine Stimme. »Das ist bestimmt der Dings. Also, der ... weißt schon.« Sie hörten, wie ein Stuhl gerückt wurde, dann erschien ein kleines Männlein im offenen Türrahmen. »Wir haben nämlich seit Kurzem einen ... wie will ich sagen, halt einen Schwarzen. Das darf man doch sagen, oder?«

»Was?«, fragte Kluftinger.

»Schwarz. Weil, das ist er nämlich.«

Der Kommissar zuckte mit den Achseln. »Ich glaub schon. Und das ist der Jenkins?«

Jetzt hellte sich auch die Miene der Frau auf. »Ah, freilich, Schorsch. Der ... Schwarze. Stimmt, der muss das sein. Wir haben ja im Moment sonst keine ... Schwarzen.« Bei dem Wort »schwarz« senkte sie jedes Mal ihre Stimme.

Seufzend antwortete Kluftinger: »Also, wo ist denn der *Schwarze*, den Sie jetzt *haben*, wie Sie das nennen?«

Die Frau wurde rot. »Ich mein ja nur, dass der halt da ist. Zu Besuch. Wir haben eben lange keinen ... gehabt. Das wollt ich damit sagen. Zwei Flüchtlinge, also, Geflohene, waren mal da, aber die sind dann weggezogen. Und der jetzige Schwarze kam dann erst wegen der Geschichte mit dem Affen.«

»Person of Color«, mischte sich nun Maier ein.

»Hm?«

»Person of Color wäre korrekter.«

Verständnislos blickte Kluftinger ihn an. »Statt was?«

»Statt Schwarzer.«

Die Frau schaute unsicher zu ihrem Kollegen, der abwehrend die Hände hob.

Maier wollte schon weiterreden, da winkte Kluftinger ab und sagte: »Wir würden gern wissen, wo der Herr Jenkins denn wohnt.«

»Hat den nicht der Xare genommen?«

»Genommen?«, hakte Maier nach.

»Ja, der hat eine Wirtschaft mit Pension.«

»Aha, und da hat er ihn *genommen*. Sehr rücksichtsvoll von diesem Xare«, ätzte Maier, während Kluftinger lediglich fragte: »Adresse?«

»Die Hautfarbe von Jenkins scheint in Pforzen eine noch größere Attraktion zu sein als die Knochenfunde«, sagte Maier grinsend, als sie wieder im Auto saßen.

»Ja, der arme Mann weiß vielleicht gar nicht, wie berühmt er hier ist«, stimmte Kluftinger zu. Schon wenige Minuten später stellte er den Passat vor dem *Gasthaus zum weißen Hirsch* ab.

Die Beamten öffneten die Tür zur Wirtsstube, wo ein Mann mit Schürze über dem Tresen lehnte und Zeitung las. »Mir machen erst abends auf«, brummte er, ohne aufzublicken.

Da Kluftinger sich eine weitere Diskussion wie die im Rathaus ersparen wollte, zückte er sofort seinen Ausweis. »Kripo Kempten, wir möchten zum Herrn Jenkins. Der wohnt doch bei Ihnen.«

Jetzt sah der Mann auf. »Aha, also doch. Hab ich mir ja gleich gedacht. Obwohl er auf den ersten Blick ganz nett gewirkt hat.«

Der Kommissar überhörte die Bemerkung. »Wo ist denn sein Zimmer?«

»Erster Stock, Zimmer fünf. Da rechts entlang geht's zum Treppenhaus.«

Als sich die Polizisten schon in Bewegung gesetzt hatten, fügte der Mann noch an: »Passen halt doch nicht so hierher.«

Maier drehte sich um. »Wer?«

»Die Afrikaner.«

»Sie meinen Amerikaner?«

»Wegen dem hätt's neulich beinahe eine Schlägerei gegeben, da herin.«

Nun wandte sich auch der Kommissar um.

»Wieso das denn?«, fragte Maier.

»Keine Ahnung. Das war mit dem Professor aus Württemberg. Die passen noch weniger hierher.«

Kluftinger sah, wie sein Kollege rot anlief, und übernahm schnell das Wort: »Worum ging es denn in der Auseinandersetzung?«

»Woher soll denn ich das wissen?«, gab der Wirt zurück.

»Waren Sie nicht dabei?«

»Doch.«

»Also?«

»Das war auf Englisch.«

Verständnisvoll nickte Kluftinger und ging weiter. Oben klopften sie an die Tür, an der ein mit Blümchen verziertes Holzschild mit einer Fünf hing. Sofort hörten sie Schritte, die Tür wurde geöffnet, und ein sehr großer, dunkelhäutiger Mann mit grauen Haaren und einem Schnurrbart stand vor ihnen. Er verzog die Lippen zu einem gequälten Lächeln. »*It's very nice of you, but I really don't need any clothes.*«

Ratlos blickten sich die Kommissare an. »Er meint, dass er keine Kleidung braucht«, übersetzte Maier ungefragt.

Kluftinger verstand trotzdem nicht. »We are police.« Er hielt dem Mann seinen Ausweis hin, auch wenn er bezweifelte, dass der damit etwas anfangen konnte.

Doch der studierte das Dokument und sagte dann: »Oh, I am so sorry.«

»Er meint, es tut ihm sehr leid«, übersetzte Maier wieder.

Kluftinger schnaufte. »Ja, mir auch, also, for ... also ... disturbating you.«

»My boss is very sorry, too, that we have to disturb ...«, begann Maier an Jenkins gewandt, doch der Kommissar unterbrach ihn unwirsch: »Herrgott, Richie, jetzt hör doch mal mit deiner Gscheitmaierei auf.«

»Sie können gerne deutsch reden«, erklärte da der Mann vor ihnen, und sie verstummten. »Ich hatte meine ganze Kindheit eine ... wie sagt man, Kinderfrau aus Deutschland«, fuhr er fort. »Aus Stuttgart. Ihr Deutsch ist mir geblieben. Aber es fehlt mir bisschen an der Übung, you know?«

Kluftinger war erstaunt. Zwar sprach Jenkins mit amerikanischem Akzent, dennoch meinte der Kommissar, auch eine schwäbische Färbung aus seinem Deutsch herauszuhören. Umso besser, dachte er.

»Oh, very good«, antwortete Maier dennoch auf Englisch. »What a small world we live in.«

Jenkins bat sie herein. Das Zimmer war einfach, aber groß, und sie nahmen an einem Tisch Platz, während Jenkins sich auf das Bett setzte. »Was kann ich für Sie tun?«, fragte er.

»We need some information«, preschte Maier vor.

Es ärgerte den Kommissar, dass er nach wie vor englisch redete. Sicher nur, um vor Jenkins mit seinen Kenntnissen anzugeben.

»Verstehe«, antwortete der. Es war absurd, dass der Amerikaner deutsch und der Deutsche englisch redete.

»Wie lange sind Sie denn schon hier, Herr Jenkins?«, fragte Kluftinger.

»Oh, ich bin angekommen vor drei Tagen.«

Der Kommissar nickte. »Und was ist der Grund Ihrer Reise?«

»Reden. Mit Professor Brunner. Ein Kollege. Deswegen sind Sie hier, *right?*«

»*Yes, that's right*«, antwortete Maier. Kluftinger schnaufte hörbar, aber Maier bezog das ganz offensichtlich nicht auf sich, denn er redete unbeirrt weiter: »*You know that he's dead?*«

Der Mann nickte. »Es war in den News. *Tragic.*«

»*Did you have a fight with Professor Brunner?*«

»Mein Kollege wüsste gern, ob Sie eine Auseinandersetzung mit dem Professor hatten«, übersetzte der Kommissar, der nun endgültig genug von dem Theater hatte.

»Wie meinen Sie das?«, wollte der Wissenschaftler wissen.

Kluftinger wollte dem Mann von Anfang an verdeutlichen, dass er es mit informierten Gesprächspartnern zu tun hatte, und erwiderte: »In der Zeitung *Natural* haben Sie ziemlich deutlich gegen ihn Stellung bezogen.«

»Das ist ganz normal in unserem Fach. Man kann nur zu Erkenntnissen kommen, wenn wir uns ... wie sagt man ... infrage stellen. *We have to challenge each other, you know?* Herausfordern ist das Wort, glaube ich.«

»Aber das war schon eine sehr hart geführte Auseinandersetzung«, warf Maier ein, nun endlich auch auf Deutsch, wie Kluftinger erleichtert feststellte.

Jenkins schien abzuwägen, wie viel er ihnen sagen sollte. »Darf ich Ihnen kurz meine Standpunkt erklären?«

Maier nickte, fügte aber an: »Meinen Standpunkt. Das ist Akkusativ.«

Jenkins ignorierte die Bemerkung ebenso wie Kluftinger und fuhr fort: »In unserem Spezialgebiet geht es auch darum, der menschlichen Evolution auf die Schliche zu kommen.«

Kluftinger war beeindruckt, wie gewählt sich der Wissenschaftler in der fremden Sprache ausdrücken konnte. Inzwischen schien auch Maier das registriert zu haben.

»Die ältesten Nachweise für *bipedalism*, also Zweibeinigkeit, haben wir aus Afrika. Die sind aber nicht so alt wie diese Knochen hier aus der Tongrube.«

Mit einem Nicken signalisierte der Kommissar, dass er verstand, worauf Jenkins hinauswollte. Ihn faszinierte dieses Abtauchen in die Geschichte der menschlichen Urahnen immer mehr.

»Deswegen bis jetzt herrschte die Meinung, dass sich der Mensch in Afrika entwickelt hat. Auch wenn in Europa Teile von älteren Skeletten gefunden wurden: Sie waren nur *fragments*.«

Kluftinger begann zu erahnen, welche Tragweite diese Entdeckung in der Tongrube für die Fachwelt haben musste. Bisher war ihm dieser Blick verstellt gewesen, weil es vor allem darum gegangen war, was der Fund für die Region bedeuten, also, wie man ihn touristisch und wirtschaftlich ausschlachten könnte. Doch eigentlich ging es um etwas anderes, etwas viel Wichtigeres, was ihm erst jetzt so richtig klar wurde.

»Wenn Brunner recht hätte, würde das einer weiteren bisherigen Theorie der Evolution widersprechen. Dann hätte sich nämlich der aufrechte Gang in die Bäume entwickelt und nicht beim Leben in der Savanne. So, *you see*, der Fund hat so große Konsequenzen, dass man das sehr genau untersuchen muss. Nicht einfach glauben, aber forschen. *We're scientists*.«

»Und ist es in Ihrem Beruf üblich, dass man so einen weiten Weg macht, von New York hierher, damit man persönlich diskutieren kann?«

»Wir Wissenschaftler müssen dorthin, wo die Funde sind«, erklärte Jenkins. »Außerdem habe ich eine Einladung gekriegt.«

»Für die Feierstunde mit dem Ministerpräsidenten?«

Jenkins sah sie verständnislos an. Es war offensichtlich, dass er davon nichts wusste.

»Also nicht, wie's aussieht«, resümierte Kluftinger. »Von wem sind Sie denn eingeladen worden?«

»Universität Tübingen. Ich habe gedacht, von Kollege Brunner, aber er sagte, er war es nicht.«

»Also haben Sie ihn getroffen?«, fragte Maier, obwohl sie das längst wussten.

»Ja, *of course*, ich habe ihn gesehen.«

Sie warteten, was er über ihre Begegnung erzählen würde, doch er schwieg.

»Und, wie ... verlief Ihr Treffen?«, hakte der Kommissar nach.

Jenkins zögerte. »Wir haben uns ... unterhalten.«

»Was uns der Wirt unten gerade erzählt hat, hat anders geklungen.«

Der Wissenschaftler tat, als verstehe er nicht, worauf sie hinauswollten.

»Es gab doch Streit zwischen Ihnen«, präzisierte Kluftinger.

Jenkins zuckte mit den Achseln. »Streit ... was heißt Streit.«

»Streit *means fight*«, erklärte Maier sofort.

»Das weiß ich«, fuhr Jenkins ihn an. Zum ersten Mal erlebten sie ihn ungehalten. Sie schienen also allmählich die richtigen Fragen zu stellen. Doch schnell hatte sich der Mann wieder im Griff. »I mean, es war nicht schlimm.«

»Auch das klingt anders, als es der Wirt uns erzählt hat«, insistierte Maier.

Wieder zuckte Jenkins mit den Schultern.

»Waren Sie bei ihm in der Tongrube?«

»Nein.«

Maier ließ nicht locker: »Warum sind Sie dann immer noch hier?«

»Ich will die Funde sehen. *That's why I'm here.* Darum bin ich gekommen. Das ist das Einzige, was zählt.« Er schien ihren Mienen anzumerken, dass er das so nicht stehen lassen konnte, und ergänzte: »Also, abgesehen von dem Tod von Professor Brunner, natürlich.«

»Natürlich«, wiederholte Kluftinger und erhob sich. »Es wäre gut, wenn Sie uns eine Nummer geben könnten, unter der wir Sie erreichen.«

Jenkins nickte, zog eine Visitenkarte aus seinem Portemonnaie und hielt sie ihnen hin.

»Natürlich können Sie uns auch gern anrufen, wenn Ihnen noch was einfällt«, sagte Maier und gab ihm eine von seinen.

Sie verabschiedeten sich und gingen hinaus. Als sie am Auto standen, sagte Kluftinger halblaut: »Jetzt stellt sich nur eine Frage.«

Maier nickte heftig. »Genau. Ob er wirklich eine schwäbische Kinderfrau hatte, gell? Da bin ich mir nämlich gar nicht so ...«

»Schmarrn.« Kluftinger schnaufte hörbar aus. »Die Frage ist: Wer hat den Jenkins hierher eingeladen?«

12

»Richie, bevor wir in die Tongrube fahren, gibt's jetzt aber erst mal was Gscheit's.«

»Was Gescheites?«

»Ja, zum Essen. Zwischen die Kiemen. Happa-happa.« Nach diesem langen Vormittag hatte Kluftinger mächtig Hunger bekommen.

»Okay, da bin ich dabei. Wollen wir gleich hier in Pforzen was holen? In der Metzgerei?«

»Ach komm, wer weiß, ob es da was Vernünftiges gibt. Lass uns lieber nach Kaufbeuren fahren.«

»Find ich ja an sich lobenswert, dass du auf deine Ernährung achtest. Aber wir müssen deswegen auch nicht ewig in der Gegend rumgondeln. Noch dazu bei der Hitze in einem nicht klimatisierten Wagen.«

Kluftinger wollte sein Auto schon verteidigen, verkniff es sich aber. Schließlich hatte er eine geheime Agenda: Er wollte die Gelegenheit nutzen, um bei Yumiko vorbeizuschauen und vielleicht kurz unter vier Augen über die leidige Sache mit der unmöglichen Tagesmutter zu sprechen. »Wie du schon sagst, Richie, es geht nicht bloß drum, dass man irgendwas im Bauch hat, sondern dass es einerseits gut schmeckt und andererseits gesund ist. Ich weiß, dass du da auch Wert drauf legst, und darin will ich dich einfach unterstützen. Damit du gesund und fit bleibst.«

Maier sah ihn skeptisch an. Kluftinger begriff, dass er ein wenig nachlegen musste. »Man muss seinem Körper nämlich Gutes tun, damit die Seele Lust hat, darin zu wohnen, Richie.

Und das machen wir jetzt. Auf nach Kaufbeuren.« Er hatte diesen Spruch auf einer der Tassen gelesen, die Erika für den Flohmarkt aussortiert hatte. Wenn er sich recht erinnerte, hatten sie die mal vom Ehepaar Langhammer bekommen und nie verwendet. Nun hatte sie immerhin einen kleinen Nutzen gehabt.

Maier sog nämlich tief die Luft in seine Lungen und sagte feierlich: »Das ist wahre Freundschaft. Ich hätte ja nicht zu träumen gewagt, dass sich unser Verhältnis so schnell so gut entwickelt. Also komm, mein Freund, zeig mir, wo wir etwas Gutes für unseren Körper finden.«

Priml. Da hatte der Kommissar wohl ein bisschen zu dick aufgetragen. Sein eigentlicher Plan war es gewesen, Maier einfach bei irgendeinem Imbiss zu parken und sich selbst einen schnellen Snack auf die Hand zu holen, um ihn bei Yumiko zu essen. Das könnte schwierig werden. Aber irgendwas würde ihm schon einfallen.

Doch nachdem er zehn Minuten später nur zwei klassische Currywurstbuden, einen Metzgerimbiss und einen Dönerladen passiert hatte, schwand seine Hoffnung. Ein heruntergekommener Wohnwagen verhieß zwar etwas Abwechslung vom tristen deutschen Snackalltag: Asia-Wok blinkte die an dem Anhänger angebrachte Leuchtschrift. Aber schlotzige Bratnudeln mit Sojasoße aus der Pappschachtel waren nun wirklich das Letzte, nach dem ihm der Sinn stand. Also weitersuchen. Immerhin war Maier noch nicht ungeduldig geworden, sondern sah fröhlich lächelnd aus dem Fenster und pfiff den Schlager aus Kluftingers Autoradio mit.

Dann erblickte der Kommissar zu seiner Freude den Imbisswagen einer ihm bekannten regionalen Burgerbraterei, die in Kempten vor einigen Monaten ein kleines Restaurant eröffnet hatte und obendrein mit einem Stand auf der Allgäuer Festwoche vertreten war. Auch wenn er wirklich kein Burgerfan war, das Konzept hatte ihm sofort gefallen. Nicht nur wegen der Zutaten, sondern auch angesichts der allgäutypischen Kreationen mit heimischen Käsesorten, Laugensemmeln statt des labbrigen Burgerbrötchens und wegen der lustigen Namen. Sogar Kässpatzen in kleinen Weckgläsern gab es anstelle der sonst unvermeidlichen Pommes als Beilage. Kluftinger wollte Maier eben vorschlagen, hier haltzumachen, da fiel ihm vor dem Imbiss eine Frau auf, die ihm bekannt vorkam. Sie stand neben jenem Buggy, in dem seine über alles geliebte Maxima saß. Er stoppte den Wagen abrupt am Straßenrand und kniff die Augen zusammen. War das nicht ein Bier, das Frau Wohlrat da vor sich am Tresen stehen hatte? Und lag da etwa ein Päckchen Zigaretten daneben? Trank diese Person also tatsächlich Alkohol und rauchte, während sie die Aufgabe hatte, auf sein einziges Enkelkind aufzupassen? Nicht auszudenken, was passieren konnte, wenn sie durch abusiven Drogenkonsum vielleicht nicht mehr Herrin ihrer Sinne war und das Kind möglicherweise irgendwo vergaß.

»Oh ja, auf so nen schönen Allgäuburger hab ich richtig Lust«, jubilierte Maier, der nun auch den Imbisswagen entdeckt hatte. »Die haben total leckere Haferbuns und einen hammermäßigen Wildkräutersalat. Also, auf geht's.«

»Wir bleiben schön sitzen«, brummte Kluftinger barsch.

Der Kollege sah ihn stirnrunzelnd an. »Was ist denn jetzt los? Willst du noch ein Tischgebet sprechen? Da kenn ich übrigens ein lustiges: Lieber Gott, segne flott.«

»Schmarrn, Tischgebet. Ich ... will erst überlegen, ob das wirklich das Richtige für uns ist«, fabulierte Kluftinger und ließ dabei die Babysitterin samt Kinderwagen keinen Moment aus den Augen.

»Wieso zweifelst du daran denn auf einmal?«

Der Kommissar kniff die Augen zusammen. Frau Wohlrat

nahm eben den letzten Schluck, packte das Schächtelchen auf ihrem Tisch ein und wandte sich zum Gehen. Weder ihr Geschirr noch die Flasche hatte sie abgegeben, sondern alles einfach achtlos stehen lassen. Tolles Vorbild für Maxima, mit der sie obendrein noch kein einziges Wort gesprochen hatte. Als sei die Kleine gar nicht da ...

»Klufti, was ist denn jetzt?«

Er würde ihr noch ein wenig Vorsprung lassen und sie dann vom Auto aus beschatten. Sicher würde sie auf dem Weg gleich ihre Zigaretten auspacken. Oder gar einen Flachmann mit hochprozentigem Verdauungsschnaps. Absinth, womöglich. Nein, er würde seine kleine Enkelin nicht leichtfertig dieser Alkoholikerin überlassen.

»Also, mir egal, was du machst, ich geh mir was holen«, tönte es vom Beifahrersitz.

»Nix da, wir fahren weiter«, erklärte Kluftinger bestimmt und fuhr im Schritttempo los. Mittlerweile hatte sich die Frau schon etwa hundert Meter entfernt.

»Dürfte ich endlich erfahren, warum?« Maiers gute Laune hatte einen kleinen Dämpfer bekommen.

»Weil ... ich eben doch nicht finde, dass diese Burger heute das Richtige für uns sind. Nicht bei den Temperaturen. Ist doch alles aus Hackfleisch. Wenn es da Probleme mit der Kühlkette gab, dann gut Nacht um sechse! Ich hab da was anderes im Auge, was ... ganz Spezielles, kulinarisch gesehen.«

»Aber ich hab mich doch jetzt schon so auf das Haferbun gefreut.«

»Zefix, so ein Mist.« Frau Wohlrat war eben um eine Ecke gebogen und damit außer Sichtweite geraten.

»Das ist kein Mist, sondern gesund. Hafer ist das Superfood schlechthin. Eine Portion am Tag ...«

Kluftinger schüttelte den Kopf. »Das mein ich nicht.« Dazu,

dass Maier sich gerade anhörte wie der nervige Württemberger aus der Müsliwerbung, sagte er nichts. Stattdessen drückte er, um wieder aufzuholen, das Gaspedal derart abrupt durch, dass Maiers Kopf gegen die Kopfstütze knallte. »Geht's noch? Hast du was getrunken?«

»Nein, ich hab Hunger und will deshalb schnell dahin.«

»Wohin?«

»Zum ... anderen Essens...dings.« Kluftinger bog mit quietschenden Reifen um die Ecke, um einen Atemzug später eine Vollbremsung hinzulegen: Direkt hinter der Abzweigung stand die Wohlrat und telefonierte.

»Hey, hast du Spasmen im Fuß?«

»Bitte was?«

»Zuckungen. Soll vielleicht lieber ich fahren?« Maier klang besorgt. »Du musst dich da auf jeden Fall durchchecken lassen. So was kann der Anfang von ziemlich blöden Krankheiten sein.«

»Soso. Bist du jetzt auch noch Arzt, Richie?«

»Ich bin durch Selbststudium auf dem Gebiet durchaus nicht ganz unbeleckt.«

»Nur weil man regelmäßig den *Bergdoktor* anschaut, ist man noch lang kein Mediziner. Außerdem geht's mir blendend. Bin lediglich am Überlegen, wo das genau war.«

»Was?«

»Die ... gute Essenssache halt.« Im Augenwinkel sah Kluftinger, dass die Kinderfrau ihr Handy wegsteckte und weiterging. Er machte sich bereit.

»Wie heißt sie denn?«, fragte Maier.

»Grete Wohlrat«, entfuhr es dem Kommissar.

Maier runzelte die Stirn. »Ist das die Wirtin?«

»Die ist doch keine Wirtin, was faselst du denn?« Das Objekt der Observation war mittlerweile wieder weit genug entfernt, um im Kriechgang zu folgen.

»Ich wollte wissen, wie die Imbissbude heißt. *Grete* wird's wohl kaum sein, oder? Eher vielleicht *Gretes scharfes Eck* oder so, vermute ich.«

»Ja, vielleicht. Oder so ähnlich.«

Maier holte sein Smartphone heraus und tippte darauf herum.

»So ist gut, nur schön geradeaus, Grete«, murmelte Kluftinger halblaut.

»Hm?«

»Ach, nix.«

»Ich find nix unter dem Namen Grete Wohlrat. Nur eine Kindersitterin und Pädagogin. Zu der wollen wir ja sicher nicht«, konstatierte Maier schließlich.

»Nein, Himmelkruzifix noch mal, nicht schon wieder.«

Erneut war die Frau abgebogen und nun nicht mehr zu sehen. Wieder beschleunigte der Kommissar.

»Ich versteh nicht, was hier vor sich geht. Und wenn du so weitermachst, brauch ich gar nix mehr zu essen, mir dreht sich nämlich jetzt schon der Magen um, bei deinem Fahrstil.«

Kluftinger hielt an der Stelle, wo er die beiden aus den Augen verloren hatte. »Kruzinesn!« Ein Fußweg, der mit zwei Metallpfosten abgesperrt war. Er musste den Wagen stehen lassen und zu Fuß weiter.

»Vielleicht sollte ich besser aussteigen, das zerrt doch sehr an meinen Nerven«, protestierte Maier.

»Kein Problem, Richie. Ich ... erinnere mich jetzt nämlich wieder. Von hier aus müssen wir laufen.«

»Ist es denn noch weit?«

Kluftinger parkte und stieg hektisch aus dem Auto. »Weit, nah ... je nachdem ...«

»Hört sich ja sehr präzise an.«

Nun galt es, das Tempo genau zu dosieren, um die Frau einerseits nicht zu verlieren, ihr aber gleichzeitig auch nicht zu nahe zu kommen, schließlich war die Tarnung durch das Auto weggefallen. Maier jedoch ging es viel zu schnell an. »Richie, tu doch bitte ein bissle langsamer«, bat der Kommissar.

Der blieb stehen und drehte sich um. »Noch langsamer? Hast du doch was am Bein?«

»Ich will nur nicht so rennen. Nicht dass ich doch noch so ... Prismen krieg. Kommen ja oft von der Wärme.«

»Prismen?«

»Ja, diese Zuckungen.«

»Spasmen.«

»Was weiß denn ich ...«

»Die kriegst du aber nicht vom schnellen Laufen und schon gar nicht von hohen Außentemperaturen.«

Kluftinger blieb stehen. »Trotzdem. Lass uns nicht hetzen, sondern sie genießen.«

»Wen?«

»Unsere ... Zeit zu zweit. Unseren ... Jahrhundertsommer.« Es kostete Kluftinger seine ganze Selbstbeherrschung, bei dieser Aussage ernst zu bleiben. Doch besondere Situationen erforderten nun einmal besondere Mittel. Und es wirkte: Einträchtig schlenderten sie nun nebeneinander durch einen Park und die angrenzende Fußgängerzone, bis Frau Wohlrat auf einmal vor einem Geschäftshaus anhielt. Der Kommissar blieb so ruckartig stehen, dass Maier gegen ihn stieß.

»Herrgott, pass doch auf!«, entfuhr es Kluftinger. Prompt drehte sich die Babysitterin um und sah in seine Richtung. Geistesgegenwärtig vollführte er eine Drehung, sodass er von der Kinderfrau aus hinter dem Kollegen stand. Dabei machte er sich möglichst klein und versuchte, gänzlich hinter Maier zu verschwinden, was physikalisch eigentlich unmöglich war, schließlich wog der Mann gerade mal die Hälfte. Als der Kollege sich mit einem fragenden Blick umdrehte, umarmte ihn der Kommissar mit den Worten: »Ich wollt sagen: Ich bin froh, einen Freund wie dich zu haben.« Dabei lugte er über die Schulter seines Gegenübers: Frau Wohlrat hatte sich wieder umgedreht.

Sofort schob er den verdutzten Maier von sich weg. Fassungslos sah er dann, dass die Frau mit ihrem Handy hantierte, während der Buggy so stand, dass die Sonne seiner Enkelin direkt ins Gesicht schien. Ohne Sonnenbrille, ohne Mütze und sicher auch ohne Sonnencreme! Das reinste Gift für so einen kleinen Menschen. Doch die Tagesmutter hatte augenscheinlich nur Interesse an ihrem saudummen Telefon. Nun zückte der Kommissar sein eigenes Handy, um Fotos zu machen.

Maier bekam davon in seinem Gefühlstaumel überhaupt nichts mit. »Klufti – und ich glaube, dass ich dich nun auch so nennen darf –, dass du dich heute schon so öffnest, hätte ich mir am Morgen noch nicht träumen lassen.« Mit Blick auf das Handy seines Vorgesetzten schob er nach: »Willst du den Moment festhalten?«

»Ich ... ja, genau. Ist doch irgendwie so eine besondere Atmosphäre grad.«

Maier zog die Stirn in Falten. Kluftinger musste aufpassen, dass er den Bogen nicht überspannte, nicht dass sein Kollege den Braten roch oder – noch schlimmer – sich in eine Busenfreundschaft hineinsteigerte, die es gar nicht gab. Aber er hatte keine Zeit, weiter darüber nachzudenken, denn Frau Wohlrat schob den Kinderwagen durch die Tür jenes Hauses, vor dem sie eben gestanden hatte.

Der Kommissar lief ohne weiteren Kommentar auf den Eingang zu, an dem zahlreiche Firmenschilder angebracht waren. Wohin mochte die fremde Frau mit seinem Engelchen bloß gegangen sein? Er las sich die Aufschriften durch: *Unternehmensberatung Anschober*? Das schied schon mal aus. *Margarethe Weiß*,

Kieferorthopädie? Zu früh für die Kleine. *Hebammenpraxis Sonnen-schein?* Dafür war es wiederum bereits zu spät. *Leif Ribatzke, Gesprächstherapie und angewandte Psychotherapie, geprüfter Fachtherapeut für Suchtkrankheiten.* Treffer! Hatte die Wohlrat also wirklich ein Drogenproblem. Er musste eingreifen, und zwar bald, bevor Schlimmeres geschah. Für heute jedoch würde er die Segel streichen müssen.

»Sag mal, sind wir jetzt eigentlich bald da?«

Kluftinger fuhr herum. Maier stand direkt hinter ihm.

»Sind wir bald wo?«

»Bei deinem Brotzeitjuwel, deiner ganz besonderen kulinarischen Offenbarung, dieser einmaligen Mischung aus gesund und lecker. Bin echt gespannt.«

Kluftinger begann zu schwitzen. Er sah sich um. Gegenüber war ein Schlüsseldienst, daneben eine Änderungsschneiderei und dann ... kam tatsächlich ein Imbiss. »Klar, da drüben, guck.«

Maier seufzte zufrieden, dann überquerten sie die Straße.

Als sie *Sergej's Dönerparadies* zwanzig Minuten später wieder verließen, verfluchte sich der Kommissar dafür, dass er Maier nicht einfach reinen Wein eingeschenkt hatte. Denn nun hatte er einen Klumpen aus Fleisch und anderem undefinierbaren Zeug im Magen, das er unter normalen Umständen nicht einmal für viel Geld gegessen hätte. Schlimmer noch, er befürchtete sogar, sich irgendeinen Erreger eingefangen zu haben, für den es wahrscheinlich noch nicht einmal einen Namen gab. Und den gutgläubigen Maier hatte er mit ins Verderben gerissen.

Der hatte sich trotz der ranzigen Anmutung der Bude noch überschwänglich beim Kommissar bedankt, dass er sich extra solche Mühe gemacht habe wegen ihrer Brotzeitauswahl. Der russische Inhaber der Dönerbude hatte rauchend und verschwitzt hinter dem Tresen gestanden und sie mit einer gelben, lückigen Zahnreihe begrüßt. Immer wieder war er sich mit dem Geschirrtuch, das ihm über der Schulter hing, über den Kopf gefahren, um sich den Schweiß abzutrocknen. Kluftinger hatte wie Maier einen *Dönerteller spezial* bestellt. Daraufhin hatte Sergej aus einer Schublade unter der Bar eine Tupperbox mit bereits abgeschnittenem Fleisch gezogen, den Inhalt auf zwei Teller verteilt und in die Mikrowelle geschoben.

»Gestern Mittag ganz frische gemacht«, hatte der Mann im fleckigen Kittel erklärt und den halb angetauten Inhalt einer Pommestüte in eine Fritteuse gekippt, bevor er die Teller aus der Mikrowelle mit Tütensalat, eingetrockneter Mayonnaise und dem unvermeidlichen Curry-Gewürz-Ketchup ausgarnierte. Auf die Frage, was es denn zu trinken gebe, hatte Sergej geantwortet, er habe »Fanta, Cola, Bier und Wasser – aber alles warm, Scheißkühlschrank geht seit über eine Woche nix mehr.«

Nun waren sie auf dem Weg zurück zum Auto. Kluftinger überlegte ernsthaft, sich zu übergeben, um die halb verdorbenen Lebensmittel wieder loszuwerden, bevor sie größeren Schaden anrichten konnten. Er fühlte, wie sich schreckliches Sodbrennen ankündigte. Beim Blick auf Maier meldete sich erneut sein schlechtes Gewissen. Der Kollege hatte, sicher aus Höflichkeit, alles bis zum letzten Salatfetzen aufgegessen. »War gut, Richie, oder?«, fragte er vorsichtig.

»Hm, wie will ich sagen, Klufti: Nimm's mir bitte nicht übel, aber vielleicht kann ich in unserer Freundschaft in Zukunft der sein, der die Lokale aussucht?«

Kluftinger nickte, schenkte seinem Gegenüber ein müdes Lächeln und sagte: »Weiß auch nicht: Letztes Mal kam's mir irgendwie ... noch ein kleines bissle besonderer vor, beim Sergej.«

Als Kluftinger nach einer kurzen Fahrt am Parkplatz der Grube aus dem Auto stieg, räumte er erst einmal mithilfe eines vernehmlichen Rülpsens in seinem Magen auf. Danach ging es ihm zumindest ein wenig besser. Das nächste Mal, wenn er einen seiner Kollegen in eine Privatermittlung einbeziehen würde, müsste das auf jeden Fall magenschonender passieren.

Es bereitete ihm einige Schwierigkeiten, seine Gummistiefel anzuziehen, weil seine Oberschenkel beim Bücken gegen seinen prall gefüllten Bauch drückten. Doch irgendwann war auch das geschafft, und sie waren wieder unterwegs in die Grube, deren Untergrund, trotz der andauernden Hitze, noch immer so aufgeweicht war, dass man aufpassen musste, nicht im Matsch stecken zu bleiben. In den Stiefeln formierten sich schon jetzt erste Schweißtropfen zu einem kleinen Rinnsal, das jedoch zum Glück von Kluftingers Wollsocken aufgesogen wurde.

Der Kommissar kam sich vor wie ein kleiner Forscher, so selbstverständlich ging er hier inzwischen ein und aus. Auch wenn er nicht nach vergrabenen Knochen suchte, sondern nach Mordmotiven. Dennoch konnte er sich eines Anflugs von Zweifeln nicht erwehren, als er den beschwerlichen Aufstieg zum Zelt der Wissenschaftler nahm: War das, was sie hier taten, im großen Zusammenhang der Dinge betrachtet, nicht völlig unerheblich? Sie stiefelten hier auf Überresten menschlicher Vorfahren herum, die unvorstellbare elf Millionen Jahre alt waren. Vielleicht war Udo, der Menschenaffe, auch eines unnatürlichen Todes gestorben. Aber selbst wenn: Was spielte das für eine Rolle? Jetzt, nach dieser unendlich scheinenden Zeit. Und was würde das, was er und die Kollegen hier machten, in zehn, hundert, tausend Jahren noch für eine Rolle spielen? Er seufzte. Das war ein Gedankenspiel, das ihm nur schlechte Laune bereitete. Deswegen versuchte er, sich auf seine eigentliche Aufgabe zu konzentrieren.

Oben angekommen, wartete schon eine rauchende Theresa Lanz auf sie. Sie hatte einen Strohhut zum Schutz vor der Sonne auf. »Ah, die Herren Kommissare. Wenn ich mal personelle Engpässe haben sollte, können Sie mein Forscherteam verstärken, so oft, wie Sie inzwischen hier sind.«

Der Kommissar war sich nicht sicher, ob sie das bedauernd, genervt oder freudig sagte. Es war ihm auch egal, schließlich war er nicht da, um sich beliebt zu machen. »Frau Lanz, wir haben heute Morgen mit Herrn Jenkins gesprochen.« Er ließ die Worte so stehen und wartete ab. Die Miene der Wissenschaftlerin versteinerte, aber sie sagte nichts. »Sie wissen, wer das ist?«

»Natürlich. Jeder Paläontologe kennt Professor Jenkins. Außerdem hatte ich Ihnen doch seinen Artikel in der *Natural* mitgegeben, falls Sie sich erinnern.«

Kluftinger nickte.

»Also, was soll denn dann diese Frage?«

Der Kommissar ging nicht weiter darauf ein. »Sie haben sich sicher gefreut, dass dieser bedeutende Wissenschaftler Ihrer Einladung gefolgt ist.« Kluftinger versuchte, das so beiläufig wie möglich zu formulieren.

»Einladung? Welche Einladung? Ich habe niemanden eingeladen«, antwortete Theresa Lanz prompt.

Der Kommissar blickte zu Maier, der mit den Schultern zuckte und übernahm: »Der Jenkins hat aber gemeint, dass er von Ihrem Institut eingeladen wurde und nur deswegen hier ist.«

»Dann wird ihn Professor Brunner eingeladen haben«, mutmaßte die Forscherin.

Maier schüttelte den Kopf. »Nein, der war es wohl nicht. Die hatten ja ziemlichen Streit. Wie es scheint, wusste Brunner gar nicht, dass Jenkins ihn hier besuchen wollte.«

»Seltsam«, sagte Theresa Lanz und widmete sich dann einem kleinen Gegenstand in ihrer Handfläche, den sie mit einem Pinselchen abbürstete.

»Ja, finden wir auch.« Sie warteten ab, doch die Wissenschaftlerin hatte offenbar nicht vor, das Thema zu vertiefen.

»Wissen Sie, was noch seltsam ist?«, wollte Kluftinger dann wissen.

»Nein, was denn?«

»Das, was wir auf Professor Brunners Rechner gefunden haben.«

»Aha.«

»Über den neuen Fund.« Der Kommissar hatte keine Lust mehr, die Frau immer mit den Fakten zu konfrontieren, um dann ein »Davon weiß ich nichts« zu ernten. Er wollte ihr lieber ein paar Bruchstücke hinwerfen und sehen, was sie daraus machte. Allerdings hatte er damit keinen großen Erfolg, denn sie blieb ungerührt.

»Welchen neuen Fund denn?«

»Das wüsst ich gern von Ihnen.«

Theresa Lanz zuckte mit den Achseln. »Ich verstehe kein Wort, tut mir leid.«

Sie mussten wohl doch etwas konkreter werden. Mit einem Kopfnicken gab er Maier zu verstehen, dass er das übernehmen solle. »Genaues wissen wir auch nicht, aber er hatte wohl irgendetwas Spektakuläres in der Hinterhand. Etwas, das er beim Festakt am Sonntag präsentieren wollte.«

Doktor Lanz blickte ihn verständnislos an. »Am Sonntag war nichts geplant. Jedenfalls nichts Derartiges. Davon hätte ich gewusst«, erklärte sie bestimmt, fügte dann aber etwas leiser an: »Glaube ich jedenfalls.«

»Sie glauben?«

»Ja, eigentlich war mit Udo alles besprochen für Sonntag. Also mit Professor Brunner. Sollte er darüber hinaus irgendwas Eigenes geplant haben, hat er mich nicht eingeweiht.«

Maier blickte seinen Vorgesetzten fragend an. Der übernahm

wieder. »Könnten Sie denn rausfinden, ob irgendein Fundstück, keine Ahnung, abgezweigt worden ist? Etwas, das er zurückgehalten hat?«

»Also ehrlich gesagt weiß ich nicht, wie das gehen sollte. Aber jetzt haben Sie mich neugierig gemacht. Ich kümmere mich darum.«

»Danke. Nur eine Sache noch. Was könnte man denn hier noch Besonderes finden? Ich mein, der Affe ist doch schon eine Sensation, oder? Was könnte da denn noch ähnlich spektakulär sein?«

Sie musterte die Polizisten und spielte an der Lesebrille, die um ihren Hals hing. »Na gut, vielleicht ist es an der Zeit, Ihnen mal meine Sicht auf die Dinge darzulegen«, begann sie. Die Beamten nickten. »Also, ich bin ja Teil dieses Teams, und ich zweifle auch den Fund von Doktor Brunner nicht an.«

Kluftinger wartete, bis das »Aber« kommen würde. Vor allem, dass sie nicht von *unserem Fund*, sondern *Brunners Fund* gesprochen hatte, ließ auf eine tiefgreifende Verstimmung zwischen den beiden schließen.

»Aber ich war und bin der Meinung, dass mein Kollege zu früh an die Öffentlichkeit gegangen ist. Natürlich hilft uns etwas mediale Aufmerksamkeit bei unserer finanziell nicht gerade üppig ausgestatteten Unternehmung hier. Dennoch hätte ich es für wissenschaftlich angezeigt gehalten, alles erst einmal wasserdicht zu untersuchen, damit wir uns nicht angreifbar machen. Udo hat das anders gesehen, wie Sie ja bereits wissen.«

»Mit der Entdeckung stand er natürlich im Rampenlicht«, resümierte Kluftinger.

»Das habe ich ihm gegönnt. Ganz ehrlich, irgendeiner muss diesen Part übernehmen, mein Fall wäre das ohnehin nicht. Udo hatte dafür ein Faible.«

»Sie meinen, er war öffentlichkeitsgeil?«, hakte Maier nach.

»So würde ich mich niemals ausdrücken«, empörte sich die Wissenschaftlerin. »Heutzutage ist es leider so, dass man auch für unsere Profession werben muss. Klappern gehört zum Handwerk, Sie verstehen.«

Kluftinger nickte und ließ seinen Blick schweifen. Feuchtheiße Luft lag flirrend über der Grube. Er hätte gerne wieder etwas über ihre Forschungen gehört und überlegte, wie er danach fragen konnte, ohne seinen Auftrag zu vernachlässigen. »Sie meinen«, begann er schließlich, »dass das, was Ihren Fund auszeichnet, der Öffentlichkeit verkauft werden muss?«

Theresa Lanz nickte. »Ja, genau so ist es. Dass wir das alles ausgerechnet hier gefunden haben, fasziniert die Menschen. Sie wissen schon, in der ... Provinz, gewissermaßen.« Sie drückte sich vorsichtig aus, offenbar um die Beamten nicht zu beleidigen, aber Kluftinger hatte damit kein Problem. Er wusste, dass das Allgäu nicht der Nabel der Welt war. Es war letztlich das, was er daran so liebte. Doch genau deswegen war die Aufmerksamkeit auch besonders hoch, wenn hier etwas Außergewöhnliches passierte. So wie seine Fälle. Oder jetzt der Fund. »Aber das reicht natürlich nicht«, fuhr Doktor Lanz fort, »für den Rest der Welt ist das schließlich auch von Bedeutung.«

»Inwiefern?« Endlich hatte der Kommissar den Anlass, wieder nach den Forschungsergebnissen zu fragen.

»Wenn Udos Artgenossen vorzugsweise zweibeinig in den Bäumen unterwegs waren, dann heißt das, dass sich der aufrechte Gang nicht am Boden entwickelt hat. Es bedeutet aber auch, dass sich diese Art nicht lange aufrecht am Boden fortbewegen konnte.«

Kluftinger erschien das plausibel: Auch er kam ganz gut in den Bäumen zurecht, etwa, wenn der Obstschnitt anstand. Lange Strecken zu Fuß dagegen lagen ihm gar nicht.

»Wie gesagt, ich zweifle das nicht an. Vieles spricht dafür. Die

X-Beine von *Danuvius* beispielsweise. Die finden wir sonst nur bei aufrecht gehenden Menschen. Die Knie sind mittig unter dem Körper platziert, nicht seitlich des Körperschwerpunktes wie bei vierfüßigen Menschenaffen.«

Kluftingers Blick glitt an seinem Kollegen hinab. So wie er dastand, die Beine leicht nach innen geneigt, schien er ein lebendiges Beispiel für eine direkte Abstammung.

»Werden Sie denn den Rest von dem ... Udo auch noch finden?«

»Das hoffen wir.«

»Eins wollt ich Sie immer schon mal fragen: Woher wissen Sie eigentlich, wie alt diese Knochen sind?«

Maier meldete sich: »Durch Radiokarbondatierung, oder?«

Doktor Lanz lächelte. »Nein, da liegen Sie falsch. Die Datierung wird anhand des Sediments gemacht, das könnte man an den Knochen selbst nicht feststellen.« Sie zeigte auf die Erdschichten um sie herum: »Die magnetischen Partikel richten sich am Erdmagnetfeld aus. Sie bleiben so, auch wenn sich das Magnetfeld im Laufe der Jahrmillionen immer mal wieder umpolt. Da man weiß, wann welche Polung stattgefunden hat, kann das Alter der Funde in diesem Sediment ziemlich genau bestimmt werden.«

Kluftinger hatte das nicht genau verstanden und wollte gerade nachfragen, als ihn ein Surren ablenkte. Er hatte es vorher schon wahrgenommen, dachte aber, es sei ein Ohrgeräusch – eine der hin und wieder auftretenden Alterserscheinungen, mit denen er fertigwerden musste. Doch an Maier, der seinen Blick nun gen Himmel richtete, konnte er erkennen, dass auch er es hörte. Er hob ebenfalls den Kopf. Zuerst sah er nichts, doch dann, als er die Augen zusammenkniff, konnte er einen winzigen Punkt am Himmel ausmachen, der dort nahezu bewegungslos schwebte. Für ein Insekt war es definitiv zu groß. »Ist das so eine ... na, Flugdings halt ...«

»Drohne!«, präzisierte Maier.

»Ja, genau.«

»Die fliegen hier öfters rum«, sagte Frau Lanz ruhig. »Nicht weiter ungewöhnlich. Sind ja auch ganz tolle Bilder von da oben, wir haben selbst schon welche gemacht.«

»Bilder?«, fragte der Kommissar.

»Ja. Fotos oder Videos eben.«

»Sie meinen, die filmt uns?«

»Davon gehe ich aus.«

»Wem gehört die denn?«

Die Wissenschaftlerin zuckte mit den Achseln. »Vielleicht Herrn Swoboda, würde mich zumindest nicht wundern. Aber ehrlich gesagt: Mir ist es egal.«

»Es macht Ihnen nix aus, wenn man Sie hier heimlich filmt?«

»Heimlich kann man das ja wohl kaum nennen. Und wer spannend findet, wie wir hier in mühevoller Kleinarbeit Relikte aus dem Boden buddeln – bitte schön.«

»Hmm ...« Kluftinger blickte wieder nach oben. Ihn interessierte es im Gegensatz zu der Frau sehr, wer sie hier ausforschte. »Aus welcher Richtung kommen die denn immer?«

Doktor Lanz hob die Hand und wies zum Waldrand. »Jetzt, wo Sie mich fragen: meistens von da drüben.«

Der Kommissar schaute seinen Kollegen an.

Maier nickte. »Ich fahr schon mal vor.«

»Gut, ich geh durch den Wald. Mal sehen, was wir rausfinden.« Damit stapfte er los.

»Bis zum nächsten Mal, Herr Kommissar«, rief ihm Theresa Lanz noch hinterher. »Und bleiben Sie neugierig!«

Kluftinger hatte den Waldrand erreicht, bevor die Drohne sich weiterbewegte. Erst als er stehen blieb und sich nach ihr umsah, setzte sie ihren Flug fort, beschrieb einen kleinen Kreis über der Grube und flog dann langsam wieder in die Richtung, aus der sie laut der Wissenschaftlerin immer auftauchte. Als sie ebenfalls am Waldrand ankam, hielt sie an. Es war seltsam, aber Kluftinger hatte das Gefühl, dass sie ihn ansah. Er wusste, dass es sich nicht um ein lebendiges Wesen handelte, aber das Gefühl, dass sie ihre »Augen« auf ihn ausrichtete, war dennoch da. Er starrte zurück, wartete ab. Ein paar Sekunden verharrten sie so, dann, ohne Vorwarnung, neigte sich die Maschine zur Seite und flog in den Wald.

Sofort sprintete Kluftinger los. Die Drohne war schnell, aber da sie so tief flog, wurde sie immer wieder von Bäumen ausgebremst, auch wenn sie ihnen erstaunlich wendig auswich. Der Kommissar dagegen holte auf. Er folgte einem Trampelpfad, der eine Schneise durch den Wald schlug, über ihm das Fluggerät. Nur sein Schnaufen und das Surren der Drohne waren zu hören. Schon nach wenigen Minuten klebte sein Hemd am Körper. Kluftinger hatte ein paar Meter gutgemacht, doch nun verkürzte sich die Entfernung nicht mehr. Schneller konnte er aber nicht laufen, der Boden war rutschig und seine Kondition nicht die beste, noch dazu bei diesen Temperaturen. Er versuchte gerade abzuschätzen, wie weit es noch bis zum anderen Ende des Waldes war, da gab sein rechtes Bein nach, und er kam mit einem Ruck zum Stehen. Erst wusste er nicht, was passiert war, dann sah er, dass er bis zum Knöchel im Matsch steckte. »Kreizkruzifix«, schimpfte er, versuchte mit aller Gewalt, sein Bein herauszuziehen, doch der Boden hielt es mit feuchtem Griff umklammert. Nur langsam konnte er seinen Fuß heben, Zentimeter für Zentimeter. Schweiß lief dem Kommissar übers Gesicht. Er blickte auf, suchte die Drohne – und erschrak. Sie war stehen geblieben. Mehr noch, sie hatte sich herumgedreht. Gerade so, als warte sie auf ihn, als wolle sie den Abstand zwischen ihnen nicht zu groß werden lassen.

»Was willst du von mir, du Scheißviech?«, brüllte er der Maschine entgegen, die ihn aus ihrem metallischen Schädel anglotzte.

Als würde sie antworten, neigte sie sich für einen Moment zur Seite, dann ging sie wieder in die Horizontale.

»Ja, schau du nur blöd«, rief er, dann riss er seinen Fuß mit einem Schmatzen aus dem Schlamm und rannte wieder los.

Sofort flog auch die Drohne weiter, wobei sie nur mit einem waghalsigen Manöver einen Zusammenstoß mit der nächsten Fichte verhindern konnte, was sie ins Schlingern brachte. Kluftinger holte wieder auf. Einem spontanen Impuls folgend, griff er sich einen Stein, der auf dem Weg lag, und schleuderte ihn nach dem Fluggerät. Er verfehlte es nur knapp – und war froh darüber, wie hätte er sonst erfahren sollen, wer sie steuerte? Die Drohne jedoch schien ihm den Wurf übel zu nehmen, denn sie machte kehrt und hielt nun genau auf ihn zu.

Geschockt blieb der Kommissar stehen und blickte sich um. Außer ihm und dem Fluggerät war niemand zu sehen. Jetzt hieß es: Mann gegen Maschine. Er stellte sich breitbeinig hin und ging leicht in die Hocke. Die Drohne beschleunigte, und mit jedem Meter, den sie näher kam, sank sie tiefer. Er hatte sie angegriffen, und nun ging sie zum Angriff über. Doch er würde ihr einen Strich durch die Rechnung machen. Nur noch wenige Meter, bis sie ihn erreichte. Also zog er sich hektisch seine Weste aus und hielt sie wie ein Torero vor sich, in der Absicht, das Kleidungsstück über die Maschine zu werfen und sie damit zu fangen. Doch das Teufelsding schien das zu ahnen und stieg unmittelbar ein paar Meter höher. Kluftinger warf dennoch seine Weste, verlor dabei das Gleichgewicht und klatschte der Länge nach auf den feuchten Untergrund. Sofort rollte er sich herum und sah, wie die Drohne über ihm ein paar Kapriolen flog, wie um ihn damit zu verhöhnen. Als er sich aufrappelte, beschleunigte sie ansatzlos und raste davon.

Keuchend richtete sich der Kommissar auf und stolperte hinterher, doch er wusste, dass er das Ding nicht mehr einholen konnte. Er gab auf, warf sich die Weste über die Schulter und trottete die letzten Meter durch den Wald.

Als er auf die Wiese trat, blendeten ihn die unbarmherzigen Sonnenstrahlen. Die Luft flirrte, kein Lüftchen ging. Er hielt sich die Hand über die Stirn, blinzelte Richtung Straße und sah Maier. Sein Kollege stand nur ein paar Meter entfernt. Er sprach mit einem vielleicht dreizehnjährigen Jungen, der etwas in der Hand hielt. Als Kluftinger realisierte, worum es sich dabei handelte, war er wie vom Donner gerührt: Es war die Drohne.

Kluftinger beschleunigte seinen Schritt, während Maier gestikulierend auf den Buben einredete. Nicht, dass er am Ende zu hart mit ihm ins Gericht ging – obwohl er es durchaus verdient hätte, so wie er mit ihm umgesprungen war. Respektive seine Drohne. Doch als er die beiden fast erreicht hatte, hörte er, dass sein Kollege nicht etwa schimpfte oder wütend war, sondern interessiert fragte: »Hat die 4k? Ich hab noch so ne alte, aber inzwischen gibt es ja ganz neue Standards, wenn's um Flugfähigkeit und Aufnahmequalität geht.«

Der Junge nickte nur und sagte: »Ja, die nimmt UHD auf.«

Auch wenn Kluftinger nicht verstand, was das bedeutete, konnte er kaum glauben, dass sein Kollege in aller Ruhe mit dem kleinen Kamikazepiloten fachsimpelte, während er beinahe Opfer von dessen Flugangriffen geworden war. Gut, das war jetzt vielleicht etwas überdramatisiert. Aber im Kern stimmte es.

Maier beugte sich gerade über das Fluggerät und fragte: »Funktioniert der Gimbal eigentlich zuverlässig? Also, man hört da ja so …«

»Richie!«, brüllte da sein Vorgesetzter, worauf Maier zusammenfuhr und ihn überrascht anstarrte. »Chef! Wie siehst du denn aus?«

Kluftinger blickte an sich herab: Seine Klamotten hatten unter dem unfreiwilligen Waldlauf ziemlich gelitten. Am Blick des Jungen, dessen Augen sich bei seinem Anblick weiteten, konnte Kluftinger erkennen, dass der genau wusste, weswegen seine

Kleidung so dreckig war. »Frag doch mal deinen kleinen Freund hier«, brummte der Kommissar.

Der Junge zappelte unruhig herum. Er sah aus, als hätte er gerne sofort das Weite gesucht, aber Maier hielt die Fernbedienung in der Hand, was den Buben offenbar davon abhielt zu fliehen.

»Jetzt schaust du, hm? Jetzt bist du nicht mehr so stark, ohne dein ... Dingsda.«

»Was ist denn los?«, wollte Maier wissen.

»Der Saubub hat mich ... gejagt.«

»Gejagt? Aber er war doch die ganze Zeit hier, auf der Wiese.«

»Schon. Aber sein ...«

»Seine Drohne?«

»Genau.«

»Du hast dich von einer Spielzeugdrohne jagen lassen? Wolltest du es nicht eigentlich umgekehrt machen?«

Kluftinger warf seinem Kollegen einen vernichtenden Blick zu.

»Ich mein ja bloß, also, was ist denn passiert?«, lenkte der sofort ein.

»Darum geht's jetzt gar nicht. Wem gehörst denn du eigentlich?«, fragte der Kommissar den Jungen.

Der schien nicht zu verstehen.

»Wer sind deine Eltern? Und wo sind sie? Wissen sie überhaupt, dass du mit diesem Ding die Leute verrückt machst?«

Der Junge senkte schuldbewusst seinen Blick. Kluftinger seufzte, da stieß ihn Maier an. »Schau mal.« Er zeigte auf eine Einfahrt, die Kluftinger erst gar nicht gesehen hatte, weil sie rechts und links von einer wild wuchernden Hecke gesäumt war. »Und?«

»Das Schild.«

Kluftinger musste die Augen zusammenkneifen, dann sah er, worauf Maier hinauswollte. Halb überwuchert hing ein Schild an einem rostigen Maschendrahtzaun. *Gemeinschaft der Söhne und Töchter unserer lieben Frau* stand darauf. Sie mussten auf einen Nebeneingang des Geländes der Sekte gestoßen sein. »Scheint ja wirklich ganz schön groß zu sein, dieses Anwesen«, bemerkte Kluftinger.

»Kann ich jetzt gehen?«, fragte da der Junge.

»Wohin denn?«, wollte Maier wissen.

Wortlos hob der Junge den Arm und zeigte in Richtung des Weges, den sie gerade entdeckt hatten.

»Da wohnst du?«, fragte der Polizeibeamte überrascht. Der Junge nickte.

»Und du kommst öfter hierher, um …«, Kluftinger überlegte, wie er die Frage formulieren sollte, »die Drohne ausfliegen zu lassen und zu filmen?«

Wieder ein Nicken.

Der Kommissar spürte, wie sich die Aufregung in ihm ausbreitete. Er blickte zu Maier, der dasselbe zu denken schien: Wenn es wirklich Aufnahmen gab, so illegal sie auch sein mochten, konnten sie ihnen von enormem Nutzen sein.

»Weißt du was, junger Mann?«, sagte er deshalb. »Du führst uns jetzt mal schön zu deinen Eltern. Abmarsch.«

Je länger Kluftinger und Maier dem Buben folgten, desto klarer wurde ihnen, dass er sie nicht zu seinen Eltern bringen würde. Stattdessen steuerten sie wieder auf den großen, saalartigen Bau zu, in dem der Kommissar bereits eine Unterredung mit der Frau gehabt hatte, die er für sich die Chefin der *Söhne und Töchter der lieben Frau* nannte. Darauf angesprochen, versicherte der Junge, dass sie und niemand anders für seine Erziehung verantwortlich sei, nicht seine Eltern. Den Rest des Weges schwieg er.

Als sie schließlich die bekannten Räumlichkeiten betraten, konnte Frau Ruth die Überraschung und Verärgerung darüber, dass der Bub unangemeldet bei ihr hereinplatzte, noch dazu mit zwei Polizisten im Schlepptau, nur schwer verbergen und fuhr ihn an: »Bist du von allen guten Geistern verlassen, mich hier zu stören? Das wird Folgen haben, Isaak.«

»Grüß Gott, Frau … Dings, also … Ruth«, mischte sich Kluftinger ein und ging auf die Frau zu, die wie beim letzten Mal vor der mächtigen Fensterfront stand. Diesmal aber waren die Türen geschlossen, und im Raum herrschte eine dumpfe, brütende Hitze. Der Frau schien das jedoch nicht das Geringste auszumachen, sie stand im prallen Schein der Sonne, sodass der Kommissar die Augen zusammenkneifen musste, um wenigstens ihre Umrisse zu erkennen. »Da kann der Kleine nix dafür. Wir haben gesagt, dass wir mit seinen Erziehungsberechtigten sprechen wollen – und da hat er uns zu Ihnen gebracht.«

Der Junge sah schuldbewusst zu Boden.

»Ich dachte, wir hätten vereinbart, dass Sie sich einen Termin geben lassen für weitere Besprechungen?«, sagte die Frau in scharfem Ton. Sie war es ganz offensichtlich nicht gewohnt, dass etwas anders lief, als sie es angeordnet hatte.

»Ja, das schon. Ich hätte das natürlich auch gemacht, aber …«, gab Kluftinger zurück, brach jedoch ab, als er merkte, dass er verlegen, ja fast kleinlaut klang.

»Aber?«, insistierte Frau Ruth.

Der Kommissar räusperte sich und fuhr in bestimmterem Ton fort: »Aber dann haben wir eben den Isaak getroffen, wie er mit seiner Drohne Aufnahmen von der Tongrube gemacht hat. Und er hat mich auch gejagt, mit dem Ding. Was uns, wie gesagt, zu Ihnen geführt hat. So, und nun zu *unseren* Fragen.«

»Verstehe. Aufnahmen. Ich werde ihn dafür bestrafen, wenn es das ist, was Sie möchten. Dass er Sie gejagt hat, tut mir leid.«

Kluftinger schüttelte den Kopf. »Mir geht es nicht um eine Bestrafung für den Buben oder …«

»Es handelt sich um eine Ermittlung in einem Mordfall, da ist es nicht üblich, dass sich die Kriminalbeamten wochenlang vorher anmelden«, mischte sich Maier ein.

»Da hat mein Kollege Maier völlig recht.«

Sie nickte.

Kluftinger öffnete einen Knopf seines Hemdes. Es war furchtbar stickig, er hatte Mühe, sich zu konzentrieren. »Wir wollten mit seinen Eltern reden, ob er das schon öfter getan hat, weil wir ...«

Sie ließ den Kommissar seinen Satz nicht vollenden. »Wir leben in einer Gemeinschaft, die die allgemein üblichen Familienstrukturen überwunden hat. Wir fühlen uns alle für unsere Kinder verantwortlich«, sprudelte es förmlich aus der sonst so wortkargen Frau heraus. Offenbar hatten die Polizisten da einen Nerv getroffen. Etwas beherrschter fuhr sie fort: »Sie können ruhig mir die Fragen stellen – oder Isaaks Nächsten.«

»Seinem Nächsten? Dem Bruder, oder wie?«

»Nein, seinem Tutor. Wer ist das im Moment, Junge?«

»Der Jakob«, antwortete der Bub kaum hörbar.

»Gut, ich werde ihn kommen lassen.« Sie nahm ihr Handy, tippte eine Nachricht ein und wandte sich wieder den Beamten zu. »Sonst noch was?«

»Ja, zum Beispiel würden wir gern wissen, ob er schon öfter mit dem Ding geflogen ist, da drüben. Vor allem in den letzten Tagen.«

»Dann fragen Sie ihn das doch.«

»Er will uns das selber aber nicht sagen«, erklärte Maier. »Stimmt's, Isaak?«

Der Junge zuckte mit den Schultern. Nun wandte sich Frau Ruth an ihn.

»Hast du das in den letzten Tagen auch schon getan?«

»Nein«, murmelte Isaak.

»Sehen Sie? Geh zu den anderen, Isaak, wir brauchen dich hier nicht mehr.«

Der Bub machte auf dem Absatz kehrt und lief mit gesenktem Kopf aus dem Raum. Kluftinger ließ ihn gewähren. Sie hatten ihm schon genug Ärger für die nächsten Tage eingebrockt. Wobei er sich ein wenig Strafe für seine hinterlistigen Angriffe im Wald durchaus verdient hatte. Doch deshalb waren sie nicht hier.

Frau Ruth wartete, bis der Junge die Tür hinter sich geschlossen hatte. »Technisch ist Isaak sehr interessiert. Diese Drohne haben ihm irgendwelche Verwandte von außen geschenkt.« Sie sprach das Wort *Verwandte* aus, als handle es sich dabei um Mitglieder einer kriminellen Vereinigung.

»Von *außen*?«, hakte Kluftinger ein.

»Außerhalb unserer Gemeinschaft. Wir vermeiden solche Kontakte weitgehend. Ganz lassen sie sich aber nicht eliminieren.«

»Eliminieren?«, wiederholte Maier, und Kluftinger bemerkte die Kampfeslust in seiner Stimme.

»Genau. Wir möchten unsere Kinder schützen. Vor den Perversionen da draußen.«

Kluftinger musste tief Luft holen, und auch in seinem Kollegen arbeitete es sichtlich. Die Frau schwieg wieder.

Maier übernahm: »Der Bub macht aber Filme. Er hat mir den heutigen ja gezeigt.«

»Und das ist verboten?«

Kluftinger erklärte: »Nein. Also, ja, schon. Woher hat er denn das Handy, auf das die Drohne die Filme ... quasi runterlädt?«

»Wieso sollte er keines haben?«, fragte Frau Ruth spitz.

»Na ja, wegen der ... Gesellschaft und der ... Perversion da draußen.« Er machte eine vage Handbewegung zum Fenster. Dabei wehte etwas Luft auf sein schweißnasses Gesicht. Dem

Drang, sich mit der Hand weiter Luft zuzuwedeln, widerstand er dennoch. Er wollte vor der Frau nicht schwach wirken.

Sie lächelte gequält. »Wir haben ein paar für die ganze Gemeinschaft, auch wenn es hier nur rudimentären Empfang gibt. Aber das kommt uns entgegen. Das Internet könnte die kleinen, reinen Seelen beschmutzen.«

Maier kochte, das sah Kluftinger. Doch in diesem Augenblick kam Jakob herein, der hagere junge Mann, der Kluftinger und Hefele bei ihrem letzten Besuch zur Sektenchefin geführt hatte.

Frau Ruth winkte ihn zu sich. »Jakob, die Herren von der Polizei haben Isaak im Wald aufgegriffen.«

Er wirkte noch nervöser als bei Kluftingers erstem Besuch. Immer wieder leckte er sich hektisch über die Lippen. »Aufgegriffen? Wobei denn?«

Kluftinger stellte zunächst eine andere Frage. »Was genau sind denn Ihre Aufgaben als Tutor?«

Jakob sah nervös zu Frau Ruth. »Also, ich … wir Tutoren sollen den Kindern Stütze sein, auf ihrem Weg … zum Erwachsenwerden und bei ihrem Hineinwachsen in unsere Gemeinschaft. Wir leben nicht in strengen Familienstrukturen, die Kinder haben andere Bezugspersonen. Das ist besser für ihre Entwicklung.«

»Ja, das hab ich schon gehört«, brummte Kluftinger, auch wenn er das für kompletten Unsinn hielt.

Frau Ruth sagte leise: »Hast du Isaak denn nicht mehr im Griff? Dann müssen wir einen anderen Tutor für ihn finden. Wir müssen uns unterhalten, Jakob.«

»Natürlich, Älteste«, gab der junge Mann kleinlaut zurück. »Aber was Isaak angeht, in der letzten Zeit ist kaum etwas vorgefallen.«

Ruth hob den Kopf. Sie klang überrascht. »Die Herren von der Polizei sagen, Isaak hätte mit der Drohne den Kommissar gejagt und gefilmt, drüben in der Grube.«

»Gejagt? Gefilmt?«

Kluftinger nahm Jakob die zur Schau gestellte Überraschung nicht ab. Der junge Mann schwitzte stark, die Leinenklamotten klebten ihm am Körper.

Nun schaltete sich Maier wieder ein. »Das mit dem Jagen würde ich nicht überbewerten. Ich habe ja die Filme von heute Nachmittag gesehen und ...«

Jakob schüttelte den Kopf. »Ich kann doch nicht alles überwachen, was der Junge macht. Auch wenn ich sein Nächster bin, laufe ich doch nicht ständig hinter ihm her.«

Frau Ruth nickte. »Wir müssen diese Diskussion nicht vor den beiden Herren führen.«

»Eigentlich wollten wir Sie bloß fragen, ob Sie öfters Filmaufnahmen von der Tongrube und den Leuten dort drüben machen«, sagte Kluftinger seufzend. »Wenn ja, würden wir die nämlich gern mal sehen. Sie könnten uns helfen, verstehen Sie?«

Die Frau blickte zu Jakob, der sie unschlüssig ansah.

»Also, gibt es jetzt weitere Filme?«, wollte Maier von der Ältesten wissen.

»Sie scheinen zu glauben, ich sei allwissend.«

Die Beamten entgegneten nichts.

»Ich kann mich nicht um alles kümmern. Öffnen Sie denn selbst Ihre Post, holen Brotzeit, führen Ihren Kalender, meine Herren?«

»Also, ehrlich gesagt, schon«, entfuhr es dem Kommissar, den genau dieses Problem in den letzten Tagen beschäftigt hatte.

Sie sah ihn mit echtem Interesse an. »Ach, und das wird Ihnen nicht zu viel?« Ihre Stimme klang nun weich und einfühlsam, was Kluftinger ermunterte weiterzureden.

»Eigentlich schon. Wissen Sie, ich weiß manchmal gar nicht, wo mir der Kopf steht. Ich muss nämlich gerade interimsmäßig das ganze Präsidium führen, und ich kann ...«

»Interessant«, fand Frau Ruth. »Falls Sie Bedarf haben, wir machen demnächst ein Seminar zum Thema Führungsorganisation in der Gruppe. Jakob, wie lautet der genaue Titel?«

»*Verantwortung übertragen – Selbstschutz und Chance*«, antwortete der wie aus der Pistole geschossen.

Kluftinger zog eine Braue nach oben und wischte sich ein paar Schweißperlen von der Stirn.

»Haben Sie denn noch Filme oder Bilder, die uns nutzen könnten?«, drängte Maier.

Frau Ruth schüttelte den Kopf. »Nicht, dass ich wüsste.«

Kluftinger atmete tief ein. Allmählich wurde ihm dieses ständige Lavieren zu dumm. Er hatte das Gefühl, nie zum Punkt zu kommen. Maier ging es offenbar genauso. Irgendetwas an Frau Ruth schien dem Kollegen obendrein gewaltig gegen den Strich zu gehen. Er machte einen Schritt auf die Frau zu und zischte: »Wie lautet überhaupt Ihr Familienname?«

Kluftinger beschloss, ihn gewähren zu lassen.

»Sie dürfen mich Frau Ruth nennen.«

Maier schnaubte. »Will ich aber nicht. Können Sie sich denn ausweisen?«

Die Frau lächelte. »Ich dachte, wir sollen Ihnen helfen.«

»Ja, das sollen Sie. Aber wir können auch anders. Es gibt Maßnahmen, die ... wir anwenden können. Also, wie lautet nun Ihr bürgerlicher Name?«

»Früher führte ich den Namen Beate Jerofke«, murmelte sie kaum verständlich.

Jakob blickte sie fassungslos an.

Maier nickte zufrieden. »Also, geht doch. So, Frau Jerofke, wenn Sie nicht kooperieren, können wir hier jederzeit alles auseinandernehmen, den Inhalt Ihrer Handys und Computer überprüfen, eine Hausdurchsuchung machen ...«

Kluftinger biss sich auf die Lippen. Das konnten sie natürlich nicht, schon gar nicht ohne richterliche Anordnung. Und die würden sie im Leben nicht bekommen nur wegen ein paar Luftaufnahmen eines kleinen Jungen. Maier bewegte sich auf dünnem Eis – aber vielleicht würden sie so ja endlich ans Ziel kommen.

»Das dürfen Sie überhaupt nicht«, protestierte Jakob und stellte sich zwischen die Frau und Maier. »Die Polizei kann das nämlich gar nicht allein entscheiden. Nur bei dringendem Verdacht auf eine schwerwiegende Straftat. Wir werden uns über Sie beschweren! Älteste?«

Die winkte ab. »Lass gut sein, Jakob. Der Herr … wie war doch gleich der Name?«

»Maier. Kriminalhauptkommissar Richard Maier, Frau … Jerofke.«

Kluftinger sah, dass sie bei der Nennung ihres richtigen Namens ein bisschen ihrer Selbstsicherheit verlor. Auch Maier schien das bemerkt zu haben. Warum sein Kollege aber so in Rage war, konnte er nicht sagen.

Beate Jerofke hingegen hatte sich schnell wieder gefangen. Zu Jakob gewandt sagte sie: »Die Herren erfüllen nur ihre Aufgabe. Wir haben nichts zu verbergen.« Dann sah sie Maier eindringlich an und sagte schließlich: »Im Gegensatz zu manch anderem, nicht wahr?«

Kluftinger hatte keine Ahnung, was sie damit sagen wollte, aber er rechnete fest damit, dass seinem Kollegen nun endgültig die Hutschnur hochgehen würde. Doch er hatte sich getäuscht. Maier schien auf einmal irritiert, als wisse er nicht, was er darauf erwidern solle. Die Frau fuhr mit kaltem Lächeln fort: »Ich lüge nicht. Wir alle nicht. Es ist gegen unsere Natur. Nicht wahr, Herr … Maier?«

Der presste die Lippen zusammen.

»Wie meinen Sie das?«, fragte der Kommissar.

»Wir haben die Grube im Auge, aber nur zu unserem Schutz. Möglicherweise wurde dabei das eine oder andere Foto geschossen.«

Na also, endlich kamen sie weiter. »Zu Ihrem Schutz? Was meinen Sie damit genau?«

Die Miene der Frau verdüsterte sich. »Die Leute von der Universität respektieren unsere Grenzen nicht. Immer wieder betreten sie illegal unseren Grund. Aber das ist nicht alles: Sie urinieren in unseren gesegneten Wald, wo wir Feste und Andachten abhalten, wo wir versuchen, Kontakt mit der Erde aufzunehmen. Widerlich ist das.«

»Verstehe. Und das ist alles?«

»Die Grabungszeiten werden nicht eingehalten. Wir haben darüber auch die Firma Swoboda informiert.«

Kluftinger blickte seinen Kollegen an. Das war ja eine interessante Verbindung.

»Haben Sie die Aufnahmen gespeichert?«, fragte Maier.

»Von den urinierenden Männern? Nein, tut mir leid«, sagte sie mit einem süffisanten Lächeln, das der Kommissar nicht einordnen konnte.

»Schmarrn, von der Grube, Himmel, Sie wissen doch, was wir meinen.«

»Ich denke nicht, dass da etwas gespeichert ist«, tönte Jakob nun wieder. »Das wäre ja gar nicht erlaubt.« Dabei sah er die Frau eindringlich an.

Die nickte: »Richtig. Das wäre dann ... ein Problem. Bestimmt wurde alles gleich wieder gelöscht, oder, Jakob?«

»Bestimmt«, erklärte der eifrig.

Kluftinger musste jetzt einfach Klartext reden. »Also, Frau ... jetzt mal zum Mitschreiben: Niemand will Ihnen hier am Kittel flicken wegen der Videos.«

»Bitte was?«

Offenbar war ihr der Ausdruck nicht geläufig. »Niemand will Ihnen Ärger machen wegen ein paar Luftaufnahmen, verstehen Sie? Uns ist es gleichgültig, ob Sie das speichern, Ihre Nachbarn ausspionieren oder irgendwelche Männer beim Bieseln filmen. Aber es würde uns helfen, wenn Sie Bildmaterial vom Tattag haben. Sie würden uns einen Gefallen tun, hab ich mich da jetzt deutlich genug ausgedrückt?«

Beate Jerofke lächelte ihn süßlich an. »Ja, das haben Sie. Laut und deutlich sogar.« Dann schien sie zu überlegen. »Nun ja, wenn es Ihnen hilft ... Es könnte natürlich sein, dass durch irgendeinen Fehler etwas aus Versehen einmal nicht gelöscht wurde. Was meinst du, Jakob?«

»Glaub ich nicht«, sagte er schnell.

Während Maier entnervt den Kopf schüttelte, hatte Kluftinger nicht vor, die Brücke, die er der Frau gebaut hatte, gleich wieder einzureißen. »Mei, Fehler können ja immer mal passieren, gell?«, erklärte er daher jovial.

»Ich werde mal kurz in mich gehen: Wo könnte so etwas sein, so ein aus Versehen nicht gelöschter Film ...« Sie drehte sich um, hielt beide Hände gegen die Schläfen und sog zischend die Luft durch den Mund ein. Diese bizarre Prozedur wiederholte sie zweimal, dann drehte sie sich um und sagte bestimmt: »Ich habe da eine Idee. Jakob, hol die externe Festplatte, die auf meinem Schreibtisch oben im Hauptbüro liegt. Die kleine, graue. Und bring den Laptop mit.«

Anscheinend war die Gemeinschaft medial doch nicht ganz so schlecht ausgestattet, wie die Chefin eben angedeutet hatte. Der junge Mann verschwand im Laufschritt und war keine zwei Minuten darauf wieder zurück. Auf einem antiken Tischchen vor dem Fenster stellte er den Computer auf.

Bevor Frau Ruth ihn anschaltete, legte sie die Hände ineinander, schloss die Augen und rührte sich nicht mehr. Die Be-

213

amten schauten sich fragend an, dann sahen sie zu Jakob. »Sie hält Zwiesprache«, flüsterte der nur.

Etwa zwei Minuten standen sie so da, wussten nicht, was sie tun sollten, spürten, wie ihnen Schweißtropfen den Rücken hinunterrannen, dann, urplötzlich, bewegte sich Beate Jerofke wieder. »Die liebe Frau wird uns helfen«, presste sie mit belegter Stimme hervor, als habe sie gerade etwas sehr Anstrengendes unternommen.

»Hoi, gibt es noch eine liebe Frau?«

Sie blickte Kluftinger verständnislos an, fuhr dann den Computer hoch und klickte sich durch die Verzeichnisse. In den nächsten Minuten sahen sie in kurzer Folge Filmschnipsel und Fotos, die allesamt die Tongrube zeigten. Kluftinger hatte jedoch Mühe, auf dem kleinen Bildschirm Details zu erkennen, noch dazu, weil sie zu viert um den Tisch standen und die Sonne ihn blendete. »Meinen Sie, wir könnten die Festplatte mitnehmen?«, fragte er. »Die Kollegen würden sich die Sachen in Ruhe anschauen, danach bekommen Sie natürlich alles zurück.«

Frau Ruth zuckte mit den Achseln. »Wenn es der Polizeiarbeit dient. Dann müsste allerdings Jakob noch kontrollieren, dass außer den Filmen nichts Persönliches drauf ist.«

Der hagere Mann nickte und begann, auf dem kleinen Bedienfeld des Computers herumzuklicken.

»Und Sie, Herr Kommissar: Überlegen Sie sich das mit dem Seminar«, sagte Frau Ruth unvermittelt und sah Kluftinger in die Augen.

»Ich ... also ... wir haben natürlich auch Fortbildungen zu so was. Aber es klingt interessant. Muss ich mir mal überlegen«, hörte er sich sagen. Er wusste nicht, warum, aber irgendwie fühlte er sich dem durchdringenden Blick der Frau schutzlos ausgeliefert.

»Und für Sie finden wir vielleicht auch noch etwas«, sagte sie daraufhin in Maiers Richtung. »Damit Sie ein wenig ... offener werden.«

Maier tat, als habe er gar nicht zugehört.

Schließlich bekamen sie die Festplatte und verabschiedeten sich. Auf dem Weg nach draußen hörten sie, wie Jakob sagte: »Bitte, Älteste, wir müssen uns dringend unterhalten. Ich habe dir etwas zu sagen.«

»Wär interessant zu wissen, was der Jakob jetzt mit ihr besprechen muss«, raunte Kluftinger seinem Kollegen zu, als sie nach draußen traten. Obwohl es auch hier drückend heiß war, fühlte er sich erleichtert, es wehte ein warmer Wind, der ihnen immerhin ein bisschen Kühlung verschaffte.

»Weißt du, was ich auch noch interessant fände?«

Kluftinger schüttelte den Kopf.

»Warum die sich alle irgendwelche biblischen Namen geben, wo sie doch gar keine christliche Gemeinschaft sind.«

»Stimmt eigentlich«, musste der Kommissar zugeben.

»Noch dazu so seltene. Der Junge zum Beispiel. Isaak! Ich zumindest kenne niemanden, der so heißt.«

»Ich schon.«

»Echt?«

»Ja, der Würzner, der Inhaber vom Schuhgeschäft bei uns im Ort.«

»Isaak Würzner, das ist wirklich ungewöhnlich, für unsere Gegend zumindest.«

»Na ja, streng genommen, also praktisch im Ausweis, da heißt er Heinz. Aber jeder nennt ihn halt Isaak, weil er immer so Lebensweisheiten wiederholt wie I sag immer, einen Lederschuh, da hat man was fürs Leben oder I sag, eine Fellsohle, die hält so warm wie sonst gar nix.«

Maier sah ihn stirnrunzelnd an. »Ihr Oberallgäuer seid auch

manchmal eine Art Sekte.« Dann wechselte er unvermittelt das Thema: »Überlegst du wirklich, ob du so ein Seminar bei denen mitmachst?«

»Ich ... Schmarrn«, stellte Kluftinger klar. »Hab bloß nicht gewusst, was ich drauf sagen soll. Die schaut einen so ... durchdringend an, irgendwie. Und sie scheint Geheimnisse in den Gesichtern von Menschen lesen zu können. Oder, Richie?«

Maier blieb stehen und sah den Kommissar fragend an. »Wie meinst du denn das jetzt?«

Kluftinger grinste. »Na ja, was hat sie denn gemeint damit, dass du auch nicht immer die Wahrheit sagst und so? Irgendwas sieht sie dir anscheinend an der Nasenspitze an.«

»So ein Unsinn. Der hat nur nicht gefallen, dass ich sie so hart angefasst habe, das war alles. Drum hat sie das auf einmal erfunden.«

»Ja? Vielleicht hat sie wirklich so eine ... Gabe. Weiß man's?«

Maier wirkte regelrecht alarmiert. »Du wirst doch nicht dieser Sektenführerin verfallen! Bitte, wenn du jemanden zum Reden brauchst, gib mir einfach ein Zeichen, schließlich wirst du mich von nun an für immer als engen Freund an deiner Seite wissen.«

Kluftinger fand, dass das eher wie eine Drohung als wie ein Versprechen klang.

14

»Nein, noch nicht gucken, warte, jetzt noch einen Schritt ...« Kluftinger hatte seiner Frau die Hände auf die Augen gelegt und sie nach draußen zur Garage geführt.

»Was ist denn los? Heut ist doch nicht unser Hochzeitstag«, sagte Erika, die sich ein bisschen geziert hatte, diese Überraschungsprozedur vor ihrem Haus mitzumachen, schließlich könnten die Nachbarn sie ja sehen.

»So, jetzt stehen bleiben – und Augen auf.« Der Kommissar zog seine Hände weg und machte einen Schritt zur Seite.

Erika blinzelte etwas, schaute erst ihren Mann an und dann wieder in die Garage. Darin stand der Passat mit geöffneter Heckklappe. »Ich ... glaub, ich versteh nicht ganz, Butzele«, sagte seine Frau unsicher.

»Schau doch mal, was da drin ist ...« Er zeigte auf die Räder, die auf einer Decke im Kofferraum lagen.

»Musst du zum Reifenwechseln?«

»Schmarrn, das hab ich doch schon Ende Februar erledigt, die Winterreifen sind ja viel teurer und fahren sich so schnell ab ...«

»Butzele, bitte!«

»Ach so, freilich. Die Felgen.«

»Ja, ich seh sie.«

»Die sind für dich.«

Ungläubig schaute sie ihren Mann an. Dann flötete sie: »Mei, das ist das schönste Geschenk seit dem Heizlüfter fürs Bad und dem Schnellkochtopf. Danke, danke, danke.«

Er winkte ab. »Hör auf. Ich mein ja nicht für dich direkt. Ich mein für den Flohmarkt.« Nachdem sie immer noch nicht reagierte, fügte er hinzu: »Zum Verkaufen. Das sind tipptopp erhaltene Felgen, die bringen locker ... also, einiges. Sogar die Bereifung ist noch gut.«

»Meinst du wirklich?« Sie blickte skeptisch auf die betagt aussehenden Teile im Wagen.

»Ja, sicher. Damit kenn ich mich aus, kannst mir schon glauben.«

Jetzt endlich entspannte sich ihre Miene. »Das weiß ich doch. Lieb von dir, dass du dich für unsere Aktion so engagierst. Vielen Dank.« Sie gab ihm einen Kuss auf die Wange.

»Ach, nicht der Rede wert. Mach ich doch gern.« Er musterte sie von der Seite, überlegte, ob der Zeitpunkt richtig war, und fügte dann möglichst beiläufig an: »Wir könnten dafür ja ein paar Sachen von uns wieder einsortieren. Nicht dass es zu viel wird ...«

»Oder wir verkaufen einfach beides, bleibt unterm Strich auf jeden Fall mehr.«

Zefix! So hatte er sich das nicht gedacht. »Aber, Schätzle, man darf auch nicht ... also, ein Überangebot ist schlecht, das verdirbt die Preise.«

»Davon sind wir noch weit entfernt. Noch mal danke«, sagte sie und ging wieder ins Haus.

Mit hängenden Schultern blieb der Kommissar zurück. Er betrachtete die Räder im Kofferraum. Die ganze Arbeit umsonst. Was sollte er jetzt tun? Er war nicht bereit, seine Sachen kampflos aufzugeben. *Davon sind wir noch weit entfernt*, hatte seine Frau gesagt. Vielleicht müsste er einfach noch mehr sammeln, irgendwann hätten sie dann so viel, dass sie ihre eigenen Sachen gar nicht mehr mitnehmen könnten, selbst wenn sie wollten. Das war die Lösung! Quantität ging in diesem Fall eindeutig vor Qualität. Beschwingt wuchtete er die Räder aus dem Auto und stapelte sie am Rand der Garage auf. Dann ging er ins Haus, schnappte sich das Telefon, setzte sich an den Küchentisch und wählte die Nummer seiner Eltern.

»Ja?«, meldete sich nach einer gefühlten Ewigkeit sein Vater.

»Ich bin's, Vatter, ich wollt …«

»Ich geb dir die Mutter«, unterbrach der ihn.

»Nein, lass, ich kann auch mit dir … hallo? Hallo?« Keine Antwort. Sein Vater war offenbar nicht mehr am Apparat. Der Kommissar wusste, dass er nicht gern telefonierte, eine Eigenschaft, bei der sie ihre Verwandtschaft nicht verleugnen konnten.

»Was isch passiert, Bub?«, hörte er da die besorgte Stimme seiner Mutter.

»Nix, was soll denn passiert sein?«

»Weil du anrufst.«

»Ich werd doch einfach so bei euch anrufen dürfen.«

»Darfst du ja, Bub, aber machst du halt nie. Außer, es ist was …«

»Es ist aber nix.«

»Brauchst du was?«

»Nein, ich brauch auch nix. Wollt bloß … fragen, wie's euch geht.« Kluftinger würde nun mindestens fünf Minuten Konversation machen müssen, um seine Mutter Lügen zu strafen. Also redete er erst einmal über das ungewöhnlich heiße Wetter und seine Art, damit klarzukommen, über seinen Gesundheitszustand, darüber, was er heute noch essen und im Fernsehen anschauen würde, um schließlich erneut beim Wetter zu landen. Als ihm nichts mehr einfiel, sagte er: »Ach, übrigens, die Erika lässt fragen, ob ihr irgendwelche alten Sachen hättet, die ihr nicht mehr braucht. Sie macht doch einen Flohmarkt mit dem Unterstützerkreis, und da …«

»Aha.«

»Was, aha?«

»Brauchst also doch was.«

Zefix, da hatte er wohl zu früh mit dem Small Talk aufgehört. »Nein, das ist mir nur grad eingefallen, weil du vom … Wetter geredet hast.«

»Was hat denn das Wetter mit dem Flohmarkt zu tun, Bub?«

»Na, der ist doch am Wochenende. Und da soll's ja auch ein Wetter haben. Also, ein gutes, mein ich.«

»Ach so. Hoffentlich ist es nicht zu heiß.«

»Jaja.«

»Aber ich glaub nicht, Bub.«

»Dass es heiß wird?«

»Dass wir was haben, was diese Leute gern kaufen wollen.«

»Welche Leute, Mutter?«

»Die von weiter herkommen.«

»Die Kemptener und die Memminger?«

»Nein, Bub. Die anderen.«

»Die Württemberger? Aus Leutkirch?«

»Die … für die man das macht.«

»Was?«

»Den Markt!«

»Die Flücht… also, die Geflüchteten?«

»Genau, Bub. Die wollen so was vielleicht gar nicht, was wir haben.«

»Aber die kriegen doch bloß den Erlös. Kaufen sollen das alte Glump schon die Einheimischen.«

»Ach so, dann. Haben wir.«

»Was?«

»Altes Glump. Der Vatter wollt das eigentlich wegschmeißen, aber das kannst auch du haben. Holst es halt irgendwann mal ab, gell?«

Sein Vater wollte Sachen wegschmeißen? In mancherlei Hinsicht waren sie wohl doch sehr verschieden. »Ja, mach ich.«

»Sagst halt, wann du kommst, dann mach ich dir was Richtiges zum Essen.«

»Wie meinst du das denn, was Richtiges?«

»Weißt schon: was Warmes halt. Immer nur Brotzeit am Abend macht krank.«

Er kommentierte das nicht, denn wenn sie nach all dieser Zeit immer noch nicht glaubte, dass seine Frau ausreichend für ihn sorgte, würde sie heute nicht damit anfangen. »Pfiat di«, sagte er deswegen und legte auf.

»Meinst du, wir brauchen die Sachen von deinen Eltern noch?«, fragte Erika. Sie musste während des Telefonats unbemerkt hereingekommen sein.

»Mei, man kann nie genug haben, oder?«

Sie zuckte mit den Achseln und setzte sich zu ihm. »Ist das so?«

Fragend blickte er sie an.

»Vorher hast du noch gesagt, Überangebot ist schlecht. Vielleicht hast du recht. Ich mein, ganz allgemein.«

»Stimmt schon. Ich war heut im Ostallgäu bei so einer … Sekte oder Kommune oder was die sind.«

»Ehrlich?« Interessiert beugte sie sich vor.

»Ja, die *Kinder von der lieben Frau*. Kennst du die?«

Sie schüttelte den Kopf.

»Die haben fast gar nix, außer dem bissle, was sie selber anbauen. Aber das scheint denen nix auszumachen.«

»Siehst du.«

»Aber du müsstest die mal sehen. Hungerhaken mit eingefallenen Gesichtern. Also, glücklich schauen die nicht aus. Wahrscheinlich, weil sie den ganzen Tag bloß auf irgendwelchen Löwenzahnstängeln rumkauen.« Er grinste, doch Erika blieb ernst.

»Sie haben sich eben für ein anderes Leben entschieden. Ohne diesen ständigen Konsum. Wer sagt denn, dass unsere Lebensart die allein selig Machende ist?«

221

»Sagt doch keiner, aber ...« Prüfend musterte er sie. Er wollte keinen Streit provozieren, verstand allerdings auch nicht ganz, woher die Toleranz für solche Spinner kam. Sie kannte sie ja nicht mal. »... die reine Freude ist das bei denen jedenfalls nicht. Die Chefin von denen, das ist so eine ganz Verhärmte.«

»Neuerdings scheinst du dir ja gern eine Meinung über die Menschen nach ihrem Aussehen zu bilden.«

»So hab ich das doch nicht gemeint, Erika. Aber wie eine *liebe Frau* wirkt die jedenfalls nicht.«

»Vielleicht ist das manchmal gar nicht schlecht.«

»Was denn? Wenn man nicht lieb ist?«

»Unsinn. Ich mein Konsumverzicht. Sich ein bisschen einschränken.«

»Noch mehr?«, entfuhr es ihm.

»Was soll das denn jetzt heißen?«

»Nix, ich mein bloß: Für was geh ich denn jeden Tag zum Schaffen, wenn ich es mir daheim dann nicht nett machen darf?«

»Das hab ich nicht gemeint. Man soll nur nicht alles für selbstverständlich nehmen. Und sich auch mal selbst hinterfragen. Die von der Sekte haben vielleicht andere Überzeugungen, aber sie haben wenigstens welche. Das ist doch schon was wert.«

»Hm«, brummte er. Er hatte keine Lust auf diese Diskussion. »Ich muss mal schnell zu den Eltern«, sagte er und stand auf.

»Aber du hast doch grad mit ihnen telefoniert.«

»Ja, und da hab ich gesagt, dass ich komm. Meine Mutter hat was zum ... also, jedenfalls hol ich da jetzt die Sachen.«

»Hoi, Bub, ich hab gedacht, du kommst morgen oder übermorgen mal vorbei.« Seine Mutter blickte ihn überrascht an.

»Es hat mir grad gut reingepasst, drum bin ich gleich gekommen.«

»Hast Hunger?«

Er hatte sogar einen ausgewachsenen Kohldampf. »Hunger direkt nicht, aber ein bissle was würd ich mitessen, wenn ihr eh grad dabei seid.«

»Komm halt rein.«

Er ging hinein und schloss die Tür hinter sich. Als er im Hausgang stand, hob er den Kopf und schnupperte: »Mmh, riecht ...« Er wollte schon sagen *gut*, doch dann realisierte er erst den Geruch, der durch das Haus seiner Eltern waberte. »... nach Kraut«, vollendete er seinen Satz. »Gibt's Krautwickel?«, fragte er erwartungsvoll.

»Nein, keine Wickel. Bloß Kohlsuppe. Ohne Fleisch.«

»Ohne ...« Er konnte kaum glauben, was er da hörte. Bei seinen Eltern gab es immer Fleisch, außer, sie ersetzten es ausnahmsweise durch fettigen Käse oder Wurst. Beinahe hätte *er* gefragt, ob etwas passiert sei.

»Wir machen Basenfasten«, rief sein Vater aus dem Wohnzimmer herüber.

»Eigentlich bin ich schon ziemlich satt«, log Kluftinger, als er sich mit seinen Eltern an den Tisch setzte und das undefinierbare Grünzeug in den Tellern sah. Die Vorstellung, bei diesen Temperaturen heiße Kohlsuppe in sich hineinzulöffeln, bereitete ihm zusätzliche Schweißausbrüche. Dazu trug sein Vater eine dicke Stoffhose, seine Mutter hatte eine grobe Strickjacke an. Offenbar sank die gefühlte Temperatur im Alter deutlich ab. Er beobachtete sie eine Weile, wie sie freudlos den Kohl mümmelten, dann fragte er: »Warum macht ihr das denn? Ich mein, das rentiert sich doch in eurem Alter gar nicht mehr ...«

»Weil wir eh bald sterben, oder was?«, fragte sein Vater, dem eines der Kohlblätter im Mundwinkel hing.

»Nein, Schmarrn, so hab ich das nicht gemeint.« Wenn der Kommissar es recht bedachte, hatte er genau das gemeint, allerdings nicht so, wie sein Vater es formuliert hatte. Er verstand einfach nicht, warum man sich im hohen Alter noch so einschränkte, da hatte man doch wirklich genug geleistet im Leben und konnte genießen, statt irgendwelche Diätkost zu kauen.

»Wär auch was für dich«, unterbrach der Vater Kluftingers Gedankengang.

Bevor er etwas erwidern konnte, wandte seine Mutter ein: »Um Gottes willen, der Bub ist doch eh so schmal.«

Sein Vater verschluckte sich heftig. »Schmal? Schau dir mal den Ranzen an.«

»Also, Vatter, jetzt reicht's auch wieder. Esst ihr euer Grünzeug, aber mich lasst da raus, ja?« Um die Situation nicht weiter eskalieren zu lassen, wechselte er das Thema. »Die Mutter hat gemeint, ihr hättet vielleicht ein paar Sachen für den Markt.«

»Ah, ja, freilich. Die stehen in der Rumpelkammer. Willst sie gleich mitnehmen?«

»Könnt ich sie mir vorher mal anschauen?«

»Wenn du meinst, Adi.« Sein Vater erhob sich und ging voraus zu dem Raum, der einmal Kluftingers Kinderzimmer gewesen war. Es schmerzte ihn jedes Mal, dass seine Eltern es zur Abstellkammer degradiert hatten. Wenigstens ein Hobbyzimmer oder einen Bügelraum hätten sie darin doch einrichten können, irgendetwas von Relevanz, stattdessen stapelte sich darin lediglich Zeug, das niemand mehr brauchte. Und zwar so viel, dass sie den Raum kaum betreten konnten. Er war vollgestellt mit Regalen, Kisten und allem möglichen Gerümpel. Interessant, immerhin war in seiner Kindheit und Jugend kaum ein Tag vergangen, an dem sich sein Vater nicht über seinen »Verhau« aufgeregt hatte. Sein Lieblingssatz war gewesen: »Da schaut's ja aus, als hätt eine Bombe eingeschlagen.« Der Anblick, der sich ihm heute bot, ließ dagegen gleich auf mehrere Handgranaten und heftigen Flakbeschuss schließen, aber dieses Bonmot behielt der Kommissar lieber für sich. »Was ist denn jetzt zum Wegtun?«, fragte er stattdessen seinen Vater.

»Alles, was in den Kartons ist.«

Kluftinger beugte sich hinunter und öffnete den ersten. Darin lagen einige seiner alten Stofftiere, seine Schlagzeugstöcke, seine alte Jeansweste, die Kinderlederhose, die er als Bub immer hatte tragen müssen, eine selbst getöpferte Vase, die er einmal zum Muttertag verschenkt hatte, ein paar Vinylplatten, unter anderem von seiner damaligen Lieblingsband, den Les Humphries Singers. Irritiert blickte er sich um.

»Stimmt was nicht?«, fragte sein Vater.

»Bist du sicher, dass das die Sachen sind, die wegsollen?«

»Ja, klar. Das ganze alte Glump.«

»Glump?« Der Kommissar war entsetzt über die Wortwahl seines Vaters. »Das sind doch alles Erinnerungsstücke.«

»An was?«

»An mich, zefix!« Er konnte nicht fassen, dass sich seine Eltern kaltherzig davon trennen wollten.

»Ich brauch doch nicht an dich erinnert werden«, rechtfertigte sich Kluftinger senior. »Du bist ja da.«

»Aber doch nicht immer.«

»Glaubst du, wir vergessen dich, wenn wir dich mal einen Tag nicht sehen?«

»Nein, das nicht. Aber, wenn ich mal länger ...«

»Kommst doch eh so oft vorbei.«

»Ach, bin ich euch lästig?«

»Schmarrn. Na ja, manchmal passt's vielleicht nicht ganz so gut, aber das ist doch jetzt wurscht. Willst die Sachen oder nicht?«

»Wollt ihr die denn nicht lieber selber behalten?«

»Ich kann doch nicht fünfundsechzig Jahre Erinnerungen an dich sammeln.«

»Er ist doch noch keine fünfundsechzig.« Die Männer fuhren

herum und starrten Hedwig Maria an, die plötzlich im Türrahmen stand.

»Er schaut aber so aus«, brummte sein Vater, der heute offenbar auf Krawall gebürstet war.

Kluftinger schob das auf die Unterversorgung mit wichtigen Nährstoffen, verursacht von ihrer sonderbaren neuen Diät. »Also, die Sachen will ich nicht«, schloss er die Sache ab.

»Siehst du, wir nämlich auch nicht«, erklärte sein Vater.

»Ich will's euch nicht wegnehmen«, präzisierte der Kommissar. Seufzend erhob er sich und ging wieder ins Wohnzimmer. Eigentlich wollte er gehen, aber ein schwelender Streit mit seinen Eltern würde ihm nur wieder schlaflose Nächte bereiten, also blieb er.

»Hast ein Bier für mich, Vatter?«, versuchte er sich an einem Friedensangebot.

»Wir haben keins mehr im Haus«, erklärte Kluftinger senior. »Aber der Brennnesseltee müsst bald fertig sein, oder, Hedwig?«

»Ja, ich hab ihn grad aufgebrüht. Willst eine Tasse, Bub? Der entwässert.«

»Brennnesseltee? Es hat vierzig Grad!« Fassungslos schüttelte er den Kopf. »Na ja, müsst ihr ja selber wissen.«

Da fiel ihm etwas ein, was sie bestimmt interessieren und die Differenzen gleich wieder vergessen lassen würde: »Die Yumiko und der Markus haben jetzt eine Tagesmutter fürs Kind.«

Es folgte eine lange Stille. Die entsetzten Gesichter seiner Eltern verrieten ihm, dass er genau das richtige Thema gewählt hatte.

»Sie gibt ihr Kind weg?«, hauchte seine Mutter.

»Was das kostet!«, fügte ihr Mann hinzu.

»Wir haben uns immer selber um dich gekümmert.« Die Stimme von Hedwig Kluftinger klang nun brüchig, als wäre sie den Tränen nah.

226

Der Kommissar wollte sie schon tröstend in den Arm nehmen, da schob sie noch nach: »Warst ja auch ein schwieriges Kind.«

Sein Vater nickte. »Dich hätt man niemand zumuten können.«

Empört blies Kluftinger die Backen auf. »Moment mal ...«

»Ich glaub, ich ruf die Yumiko mal an, so von Mutter zu Mutter.«

»Warte, ich würd gern noch wissen, wieso ich damals ...«

»Ja, mach das mal, Hedwig«, stimmte ihr Mann zu. »Du kannst ihr ja sagen, dass irgendwann das Schlimmste vorbeigeht. Da muss man halt durch.«

»Das ... Schlimmste?« Kluftinger traute seinen Ohren kaum, das wurde ja immer besser.

»Freilich geht das rum«, sagte Hedwig Maria. »Da muss man nicht gleich eine Fremde holen, wer weiß, vielleicht klaut die ...«

»Das glaub ich nicht, so hat sie nicht gewirkt.«

»Ach, du kennst diese Person?«

»Das ist ja keine ganz so schlimme ... Person.« Kluftinger fühlte sich genötigt, die Frau vor seinen Eltern zu verteidigen.

»Du musst da unbedingt mal nach dem Rechten schauen.«

»Also ich weiß nicht, ob es das unbedingt braucht ...«

»Doch, Bub, versprich's mir. Bitte.«

Seufzend leistete er das Versprechen und verabschiedete sich.

»Und zieh dir ein Jäckle an, abends ist es schon noch kühl«, rief ihm seine Mutter in die drückende Hitze hinterher.

Er fuhr ein paar Umwege, ehe er sein Haus ansteuerte. Irgendwie benahmen sich die Leute in seinem Umfeld in letzter Zeit seltsam. Lag das am Wetter? Den hohen Temperaturen? In Gedanken ging er sie durch: Erika, die auf einmal für alles und jeden Verständnis hatte, auch wenn die Ansichten noch so abstrus waren. Seine Eltern, denen die alten Werte und Erinnerungen genauso wenig zu bedeuten schienen wie Erika. Die Kinder, die es mit der Erziehung so ganz anders hielten als er und seine Eltern. Yumiko und ihre Doktorarbeit, die ihr so wichtig war, dass sie ihr Kind fremdbetreuen ließ. Sein fastender Vater. Hefele, sein fastender Kollege.

Alle waren mit sich selbst beschäftigt, hatten ihre eigenen Projekte, etwas, wofür sie lebten, wofür sie Leidenschaft und Zeit aufbrachten. Und darüber das vergaßen, was sie verband, zusammenschweißte, aus dieser Gruppe um ihn herum mehr machte als Menschen, deren Lebenswege sich zufällig kreuzten. Wie es dem Urzeitaffen Udo wohl gegangen sein mochte, damals? Ob er Freunde gehabt hatte? Familie? Gab es das damals schon? Oder machte da auch einfach jeder, was er wollte? Mit dieser unbeantworteten Frage stellte der Kommissar sein Auto in der Einfahrt ab.

15

»Morgen, Klufti! Na, hab ich dich beim Fremdgehen erwischt?«

Kluftinger zuckte zusammen. Als er sich umdrehte, blickte er in das breit grinsende Gesicht von Jürgen Ebler, Filialleiter der Altusrieder Sparkasse. Ebler spielte seit Jahren mit ihm in der Musikkapelle *Harmonie* und war sein Ansprechpartner in Geldfragen, auch wenn er zugegebenermaßen nur selten welche hatte. Er verstand nicht gleich, was Ebler mit seiner Anspielung gemeint hatte. Der deutete mit dem Finger auf das Gebäude, vor dem sie standen, das nicht nur die Altusrieder Gemeindebücherei, sondern auch die örtliche Raiffeisenbank beherbergte.

»Servus, Jürgen. Ach, jetzt komm ich mit«, gab Kluftinger ein wenig erleichtert zurück. »Keine Angst, ich geh bloß in die Bücherei.«

»Du und lesen? Jetzt mach ich mir wirklich Sorgen. Eine glaubwürdigere Ausrede ist dir auf die Schnelle nicht eingefallen, oder wie? Na gut, habe die Ehre, ein schönes Leben noch und viel Glück bei der Konkurrenz«, sagte Ebler und stieg in seinen Wagen.

»Vielleicht sollt ich's wirklich mal bei der Raiba probieren, die haben bestimmt netteres Personal«, maulte Kluftinger dem Auto hinterher und schritt auf den Eingang der Bibliothek zu.

Schon die kurze Fahrt von seinem Haus hierher ins Ortszentrum hatte ihn ins Schwitzen gebracht, denn inzwischen kühlte es auch über Nacht kaum mehr ab. Wahrscheinlich musste er nach seinem Büchereibesuch noch einmal zu Hause vorbeifahren, um das Hemd zu wechseln.

Mit gemischten Gefühlen betrat er die Bibliothek. Er war schon lange nicht mehr hier gewesen. Er hatte in den letzten Jahren so viel um die Ohren gehabt, dass er kaum noch zum Lesen gekommen war. Dabei hatte er gehört, dass besonders Krimis sehr gefragt waren, doch davon hatte er ja genug in seinem Alltag. Ständig musste er neue spektakuläre Fälle bearbeiten, fast als wäre er selbst die Figur eines Romans, dessen Handlung ihn kaum noch zum Durchschnaufen kommen ließ.

Doch heute war er beruflich hier: Er würde sich Fachliteratur zum Thema Paläontologie besorgen. Vor allem, weil er es für den Fall brauchte. Und ein bisschen, weil es ihn wirklich zu interessieren begann.

Die Glastür zum Bibliotheksraum stand offen, vermutlich, um für etwas Luftzug zu sorgen. Durch die zahlreichen, ebenfalls geöffneten Fenster fiel schräg die Morgensonne in den leeren Lesesaal, wobei es sich angesichts der Größe eher um ein Lesezimmerchen handelte. Der Kommissar beschloss, sich wegen seiner Suche gleich an Marianne Mangold zu wenden, seit jeher die Leiterin dieser Einrichtung. Schon früher hatte er den Eindruck gehabt, dass sie jedes Buch im Bestand nicht nur gekannt, sondern auch selbst gelesen, eingebunden, regelmäßig abgestaubt und danach selbst wieder ins Regal gestellt hatte. Auch wenn sie mit ihrem Dutt und der schmalen Lesebrille, die stets an einer Goldkette um den Hals hing, wie eine strenge Lehrerin aussah, mochte Kluftinger sie. Sie war für ihn eine Bibliothekarin wie aus dem Bilderbuch. *Was für ein Wortspiel ...* Er lächelte in sich hinein, als er vor den Tresen trat. »Ich hoff, ich bin nicht zu früh dran. Morgen, Frau Mangold«, grüßte er freundlich in den Rücken der Bibliothekarin, die sich gebückt hatte und etwas unter ihrem Schreibtisch zu suchen schien.

»Guten Morgen«, tönte es dumpf unter dem Tisch hervor, dann richtete sich die Frau auf und lächelte den Kommissar an.

Der traute seinen Augen nicht: Statt der strengen Frau Mangold stand ihm unerwartet eine dunkelhaarige, vielleicht fünfundzwanzigjährige Schönheit gegenüber. Zwar hatte auch sie die Haare zu einem Dutt gebunden, doch das unterstrich ihre Attraktivität nur noch. Die Bluse unter ihrem Kostüm hatte sie derart weit aufgeknöpft, dass sich zu den Schweißtröpfchen auf Kluftingers Stirn noch ein paar weitere gesellten.

»Unglaublich heiß, oder?«, hörte er die junge Frau sagen. »Stört es Sie, wenn ich sie offen lasse?«

»Nein, ich ... wirklich heiß. Ich mach meine auch ein bissle weiter auf«, sagte er wie in Trance und öffnete seinen obersten Hemdknopf.

Irritiert runzelte die Frau die Stirn. »Ich kann die Fenster auch zumachen.«

»Die ... klar.«

»Soll ich sie jetzt schließen oder offen lassen?«

»Nein, offen, lieber alles ganz offen.« Kluftingers Gesicht glühte. »Ist die Frau Mangold verreist?«

»Die Frau Mangold? Das weiß ich nicht. Sie arbeitet schon einige Jahre nicht mehr hier. Kann ich Ihnen denn helfen?«

»Freilich. Ich würd mir gern ein Buch ausleihen.«

Sie lächelte. »Ja, das wollen viele hier.«

Er grinste zurück.

Nach einer etwas zu langen Pause fragte sie: »Soll ich Ihnen was empfehlen? Eher Krimi oder Romanze?«

Kluftinger schüttelte den Kopf. »Ich bräucht ein Sachbuch. Über den Udo.«

»Walz oder Jürgens?«

Er verstand nicht.

»Über welchen Udo wollen Sie eine Biografie?«

»Den Affen.«

»Lindenberg?«

»Nein, Guggenmosi.«

Jetzt war es die Frau, die verständnislos dreinblickte.

»Ich bräucht ein Buch über Paläo…dings.«

»Paläontologie? Versteinerungen und so?«, versicherte sich die junge Frau geduldig.

»Genau.«

»Moment, da sehe ich gleich mal im System nach.« Sie gab etwas in ihren Computer ein, kurz darauf hob sie jedoch den Kopf und erklärte: »Das Einzige, was ich hätte, wäre ein *Was-ist-was*-Band zum Thema. Vielleicht versuchen Sie es mal bei den Kollegen in Kempten. Ansonsten hilft wohl nur der Gang in den örtlichen Buchhandel.«

Kluftinger überlegte. Ob er sich ein Buch kaufen sollte? Solche Schinken gab es sicher nicht zum Taschenbuchpreis. Letztlich war das der Grund, warum er hier war. Außerdem hatten sie ja eins. Der Kommissar kannte die *Was-ist-was*-Reihe noch aus Markus' Kindheit. Darin wurden komplizierte Themen so einfach aufbereitet, dass sie für jedermann verständlich waren. Und nirgends stand geschrieben, dass man sie als Erwachsener nicht mehr lesen durfte. »Ich würd das Buch nehmen.«

»Welches?«

»Das *Was-ist-was*.«

»Kein Problem. Ich wusste ja nicht, dass es für Ihr Kind ist.«

»Hm?«

»Was haben Sie denn, Sohn oder Tochter?« Kluftinger holte tief Luft. Die Frau hielt ihn offenbar für jung genug, noch Kinder im Vorlesealter zu haben.

Stolz erwiderte er: »Einen Sohn hab ich.«

»Süß. Wie heißt denn der Kleine?«

Kluftinger räusperte sich und sagte: »Der … kleine Markus.«

»Wenn Sie noch den Nachnamen für mich hätten? Vielleicht hat Ihr Markus ja selbst ein Konto bei uns?«

»Nein, das hat er nicht mehr, glaub ich. Also ... noch nicht. Ist ja noch so ... klein. Ich leih das auf meinen Namen aus. Für ihn.«

Die Frau nickte. »Toll, wenn sich der Papa so kümmert. Dürfte ich denn Ihre Nummer bekommen?«

Der Kommissar riss die Augen auf. Hut ab, die Frau ging ja ganz schön ran. Dabei kannte sie ihn überhaupt nicht. Ob sie ein Faible für ältere Männer hatte? Es gab junge Frauen mit solchen Vorlieben. Seine Schweißproduktion steigerte sich noch einmal merklich. Er dachte nach: Was war schon dabei? Wenn sie ihn tatsächlich anrufen würde, könnte man ja nett plaudern. Und wenn sie doch ... also, dann könnte er notfalls immer noch erklären, dass mehr als eine platonische Freundschaft nicht drin war. »Moment, die hab ich im Handy. Man braucht sie ja nicht so oft. Also das wär die null, eins, sieben, sieben, vier, acht, neun, acht, sieben, drei und wieder null.« In konspirativem Ton fügte er hinzu: »Damit kriegen Sie mich direkt dran. Am Festnetz weiß man ja nie, wer abhebt ...«

Die junge Bibliothekarin räusperte sich. »Ich meinte eigentlich die Nummer Ihres Leseausweises.«

Kluftinger schluckte. Dann stimmte er ein übertrieben lautes Lachen an. »Ha, ha, ha! Weiß ich doch.« Er grinste sie schwitzend an. »Jedenfalls, meinen Leseausweis, den ... find ich nicht mehr. War nämlich schon eine Weile nicht mehr da.«

»Kein Problem, ich sehe einfach im Computer unter Ihrem Namen nach.« Sie blickte ihn erwartungsvoll an.

Er nickte unsicher.

»Ihr Name?«

»Ach so, ja, klar, Dings ... Kluftinger.«

Sie gab ihn ein, schüttelte dann aber den Kopf. »Ich habe hier eine Kluftinger Erika, dann einen Markus ... lustig, der heißt wie Ihr kleiner Sohn, ist aber schon fast dreißig.«

»Ha, Zufälle gibt's!«

»Wie ist denn Ihr Vorname?«

»Adalbert wär das.«

»Adalbert«, wiederholte die junge Frau und klang ziemlich angetan. »Leider kann ich Sie nicht im Computer finden. Und Sie waren bestimmt schon mal hier?«

»Ja, sicher, sonst würd ich doch die alte Mangold nicht kennen. Also, die ... Frau Mangold, mein ich ...«

»Wann war denn Ihr letztes Mal?«

Der Kommissar schluckte. »Wie jetzt?«

»Dass Sie hier waren?«

»Ach so, das ... mei, vielleicht vor ein paar ... Monaten. Vielleicht auch ... Jahren.«

»Dann seh ich mal in unserem analogen Archiv nach.« Sie rollte mit ihrem Bürostuhl zurück und entnahm einer Schublade einen altertümlich aussehenden Zettelkasten. »Treffer!«, tönte sie kurz darauf. »Ich hab Sie. Ihr letzter Besuch war vor, lassen Sie mich schauen ... knapp sechzehn Jahren.« Dann zog sie die Brauen zusammen, ihr Blick wurde ernst. »Oh, oh!«, raunte sie.

Kluftinger konnte nicht einordnen, was diesen plötzlichen Stimmungswechsel bei der Frau bewirkt hatte. »Gibt's ein Problem?«

»Sieht ganz danach aus«, sagte sie knapp und holte vom hintersten Winkel ihres Schreibtisches eine alte Rechenmaschine, die die Zahlen auf einer Papierrolle ausdruckte. Sie runzelte die Stirn, sah noch mal auf die Karteikarte und begann schließlich, wie wild auf den Zahlenblock des Gerätes einzuhämmern, das sofort zu rattern begann wie eine kaputte Nähmaschine. Irgendwann riss sie den Papierstreifen ab und schaute wieder zum Kommissar. »Wir haben bei Ihnen leider noch ein Buch offen.«

»Offen?«

»Eines, das nicht zurückgegeben wurde.«

»Auweh, dann muss ich das wohl verschwitzt haben. Ich

schau gleich heut Abend daheim und bring's«, sagte Kluftinger entschuldigend. »Wie heißt es denn?«

»Wer?«

»Das Buch.«

»Es handelt sich um *Benimmregeln für den beruflichen Aufstieg* von einem gewissen Thorsten Sievert.«

Er erinnerte sich an das Buch, obwohl er es nie gelesen hatte. Erika hatte damals versucht, seine Karriere zu forcieren, aber es hatte ja letztlich auch so alles ganz gut geklappt. »Alles klar, ich guck daheim, versprochen. Dann würd ich heute nur das *Was-ist-was* mitnehmen.«

Sie sah ihn prüfend an. »Es ist so, dass sich da ein paar Mahngebühren für das säumige Buch angesammelt haben.«

Ärgerlich schnaubte der Kommissar und zückte seinen Geldbeutel. »Wie viel macht's denn?«

»Die Summe beläuft sich mittlerweile auf etwas über vierhundert Euro.«

Er wurde mit einem Schlag kreidebleich, spürte statt Hitze nur noch lähmende Kälte. »Auf ... was?«

»Auf vierhundertzweiundsechzig Euro und achtundsiebzig Cent, um genau zu sein. Leider kann ich nichts rausgeben, bis die Mahngebühren beglichen sind. Zahlen Sie bar oder mit Karte?«

»Ich ... also ... das muss ein Irrtum sein.«

»Nein, ausgeschlossen. Sie haben ja damals für das Buch unterschrieben, sehen Sie?« Sie hielt ihm eine Quittung hin, die an seiner Karteikarte befestigt war.

»Aber ich hab ja nie eine Mahnung gekriegt. Sie müssen mir das doch schreiben ...«

»Im Prinzip ja. Aber Sie haben damals nicht eingewilligt, dass wir Sie postalisch kontaktieren dürfen. Hier ...«

Dem Kommissar wurde ganz flau im Magen. »Soso, ja dann ... kann man das Buch vielleicht noch verlängern?«

»Nach sechzehn Jahren?«

»Bitt' schön, Fräulein … Frau … Dings. Dann könnt ich daheim in Ruhe nachschauen, ob ich's noch finden täte.«

Die Bibliothekarin seufzte und erklärte ernst: »Eigentlich geht das nicht, aber … gut, vierzehn Tage. Aber danach ist Schluss!«

»Auf jeden Fall. Sehr nett von Ihnen, Frau …«

»Levoni. Chiara Levoni.«

»*Chiara, die Leuchtende, Strahlende!* Wie Ihr schöner Name doch zu dem wundervollen Morgen passt, nicht wahr? Guten Morgen, bella Signorina Levoni!«

Der Kommissar fuhr herum und sah direkt in das errötete Gesicht von Doktor Langhammer.

»Guten Morgen, mein lieber Kluftinger. Sie hier zu treffen, hätte ich ja im Traum nicht vermutet«, sagte der Arzt, nun deutlich weniger charmant und mit einem despektierlichen Seitenblick. Er wuchtete einen Bücherstapel auf den Tresen und wischte sich den Schweiß von der Stirn. »Hochverehrte Chiara, ich habe Ihnen hier wieder etwas mitgebracht aus meinem Fundus. Wie immer obenauf meine spezielle Empfehlung für Sie ganz privat«, flötete er weiter.

Die würde ihm gleich wegen dieser Übergriffigkeit ordentlich auf die Füße treten, dachte Kluftinger voller Vorfreude, doch zu seinem Erstaunen reagierte die Bibliothekarin ganz anders: Sie lächelte den Arzt verlegen an, leckte sich über die Lippen und winkte spielerisch ab: »Ach, Sie Charmeur.«

»Morgen, Langhammer!«, brummte der Kommissar. »Wenn Sie grad warten täten, ich war nämlich vor Ihnen da.«

»Sicher, ich will mich nicht vordrängeln. Aber was führt Sie her, außer dem makellosen Antlitz unserer wunderbaren Bibliothekarin?«, schmachtete der Arzt weiter.

»Ach Herr Doktor, ich bitte Sie …«, gab die junge Frau lächelnd zurück.

»Nicht alles, was wahr ist, müssen wir sagen, aber was wir sagen, muss wahr sein.«

»Rosegger. Sie sind so gebildet.« Jetzt wandte sich die Frau an den Kommissar: »Wir waren ja eigentlich fertig, Herr Kluftinger. Sie sehen noch einmal nach dem Buch, ansonsten gehen wir direkt ins offizielle Mahnverfahren.«

Langhammer horchte interessiert auf. »Oh, Sie sind in Rückgabeschwierigkeiten, Sie Ärmster?«

Der Kommissar zuckte mit den Schultern.

»Kann mir nicht passieren. Ich bringe nämlich regelmäßig Spenden aus meinem persönlichen Fundus. Weshalb sollen die Bücher bei mir verstauben, wenn sie dazu dienen können, Bildung und Kultur in die Stuben der Altusrieder Bürger zu bringen?«

»Ach, das ist so großzügig von Ihnen! Sie sind ein richtiger Mäzen«, trällerte Chiara. »Wir überlegen ja, ein eigenes Regal nur mit Büchern anzulegen, die von Ihnen gestiftet wurden.«

Langhammer grinste breit. »Danke für die Blumen, aber das ist doch nicht der Rede wert, meine Liebe. Und nun zu meinem Buch für Sie: *Never too late*, von Morgane Moncomble. Bin gespannt, was Sie darüber sagen.« Damit nahm er den ersten Band vom Stapel und reichte ihn über den Tresen.

»Oh, der Nachfolger von *Never too close*?«

»Exakt«, trällerte Langhammer.

»Wunderbar ausgewählt!«

»Ich kann es kaum erwarten zu hören, was Sie nach der Lektüre dazu sagen werden.«

Kluftinger räusperte sich vernehmlich. Er war fassungslos, dass dieses unwürdige Balzverhalten des alten Gockels von Frau Levoni nicht endlich empört zurückgewiesen wurde. Doch die beiden ignorierten ihn, und die Bibliothekarin fuhr fort: »Ich hab auch wieder eine Empfehlung für Sie, Herr Doktor.« Sie langte in das Regal hinter sich, nahm ein Buch zur Hand und reichte es Langhammer.

»Ah, *Jane Eyre*, von Charlotte Brontë. Herrlich. Diese literarischen Schwestern stehen schon lange auf meiner Leseliste.«

»Sie kennen es tatsächlich noch nicht?«

Bald würde die junge Frau anfangen zu gurren und der alternde Pfau ein Rad schlagen.

»Nein, aber das wird sich mit diesem Buch noch heute ändern«, schleimte der Doktor weiter.

»Weil Sie doch sagten, Sie würden auch Jane Austen so lieben. Es geht hier um eine Art Aschenputtelgeschichte. Eine junge, mittellose Gouvernante verliebt sich unsterblich in ihren reichen und bedeutend älteren Arbeitgeber ...«

Jetzt war es endgültig genug. Kluftinger war nicht gewillt, diesem geschmacklosen Treiben weiter zuzusehen, auch wenn sich Annegret Langhammer sicher für schmutzige Details dieser Angelegenheit interessiert hätte. Er würde diesem Pilcher-Dialog nun ein Ende machen. »Wenn ich Ihnen auch ein paar von meinen alten Schinken bringen würde, könnten wir dann das mit dem vergessenen Buch quasi ... ausgleichen?«, fragte er.

»Alte Schinken, ich muss doch sehr bitten«, erwiderte Langhammer und strich geradezu zärtlich über den Bücherstapel vor sich. »Das sind handverlesene Bände, von denen ich denke, sie könnten auf Interesse bei der Bevölkerung stoßen.«

»Ach ja? Oder hat Ihre Frau vielleicht gemeint, Sie müssten allmählich Platz in den Regalen schaffen, weil bald so viele Bücher dazukommen, wenn Sie Ihre Praxis aufgeben und in Ruhestand gehen?«

Langhammer hüstelte gekünstelt. »Ruhestand? Ich bitte Sie, da müssen Sie etwas völlig falsch verstanden haben.«

Kluftinger wandte sich wieder an die Bibliothekarin. »Wär das denn möglich, so eine Art Tausch?«

Sie schüttelte den Kopf. »Leider, da lässt sich nichts machen. Ist ja kein Basar hier.«

»Dann kauf ich es halt neu, wenn ich's nicht mehr find.«

»Hab schon geschaut: Ist leider vergriffen.«

Kluftinger seufzte. Er würde sich etwas einfallen lassen müssen. Dann wechselte er das Thema. »Sagen Sie, Langhammer, ich weiß nicht, ob Sie schon vom Flohmarkt der Flüchtlingshilfe gehört haben?«

Langhammer machte ein ernstes Gesicht. »Natürlich. Ich werde mich sogar daran beteiligen. Man hilft, wo man kann, gerade als Mediziner. Hippokrates, Sie verstehen.« Beifall heischend sah er zu Chiara Levoni.

Auch das noch, dachte der Kommissar, sagte aber: »Toll, so kennt man Sie. Ein echter Wohltäter. Wissen Sie was: Dann schenken wir Ihre Bücher diesmal einfach nicht der Gemeinde, sondern lassen sie den armen Leuten zugutekommen, oder?«

Langhammer dachte kurz nach, dann warf er der Frau hinter dem Tresen einen fragenden Blick zu. Als die nur lächelnd die Schultern hob, sagte er: »Schön, dann soll es heute so sein. Ich werde die Bände an meinem Stand verkaufen.«

So hatte sich der Kommissar das nicht vorgestellt, er benötigte Verhandlungsmasse, um seine eigenen Sachen vor dem Markt zu retten. »Ach was, Sie müssen für Ihre Spende doch nicht auch noch arbeiten. Ich nehm's mit und geb's direkt ab.« Er griff sich seine potenzielle Beute. Zuoberst lag ein Buch über Yoga, darunter ein veganes Kochbuch und zwei englischsprachige Romane. Viel Erlös würde das zwar nicht bringen, aber darauf kam es letztlich nicht an, wenn er dadurch etwa den wunderbaren Skirolli mit dem nur minimal hakenden Reißverschluss behalten konnte. »*Wunsch und Wirklichkeit – Partnertraining Sexualität*«, las der Kommissar halblaut von einem Buchcover ab. »Für so was brauchen Sie also ein Buch, Herr Langhammer? Interessant.«

Der Doktor winkte ab. »Das habe ich natürlich aus rein beruflichen Gründen erworben.«

»Natürlich.«

»Hier ist übrigens meine Dissertation«, sagte Langhammer stolz und wies auf das nächste Büchlein.

»*Die Menopause der Frau*, ich bin im Bilde, Doktor«, brummte Kluftinger zurück. Seufzend besah er sich die nächsten drei Bände. Es handelte sich um die Allgäu-Krimis eines ortsansässigen Autorenduos, zu allem Überfluss auch noch signiert. Der Kommissar schüttelte den Kopf und schob sie der Bibliothekarin hin. »Die dürften Sie grad für die Bibliothek behalten. Die kauft mir niemand ab, auf dem Flohmarkt.«

»Tatsächlich ein wenig überschätzt. Da muss ich Ihnen beipflichten«, stimmte Langhammer ein.

Was nun folgte, waren esoterische Titel, die er im Haushalt des Doktors als Letztes vermutet hätte. *Erdschwingungen verstehen und nutzbar machen* hieß eines, ein anderes beschäftigte sich mit der Heilkraft von Bachblüten, ein weiteres mit Magnetfeldern und deren spiritueller Deutung, das nächste mit Osteopathie. Dabei betonte der Arzt doch immer, wie wichtig ihm Schulmedizin, Forschung und wissenschaftliche Beweise waren. »Oh, wie hat sich das denn in Ihr Regal verirrt?«, fragte Kluftinger deshalb. »Wollen Sie Ihre Feinde besser kennenlernen?«

»Mitnichten«, erklärte der Doktor. »Es gibt mehr Dinge zwischen Himmel und Erde, als unsere Schulweisheit sich träumen lässt!«

»Oh, Shakespeare!«, raunte Chiara Levoni, die den Dialog der beiden Männer still verfolgt hatte.

»Wer sonst«, grummelte der Kommissar, der nun beim letzten Exemplar der unverhofften Bücherspende angekommen war. *Drohnenfliegen für Dummies*, das passte ja wie die Faust aufs Auge. Da kam ihm ein Gedanke. »Interessieren Sie sich dafür, Doktor?«

»Wofür, bitte?«

»Diese Drohnen.«

»Selbstredend. Ich besitze sogar ein ziemlich aktuelles Modell und muss sagen, ich habe es in der Bedienung dieser Höllenmaschine zu einiger Expertise gebracht. Aber für Einsteiger ist dieses Buch ganz ordentlich. Auch wenn es einem wie mir irgendwann nicht mehr weiterhilft, versteht sich.«

»Versteht sich. Meinen Sie, ich könnt mir das Ding mal ausleihen?«

»Das Buch?«

»Schmarrn, die Drohne.«

»Etwa für die Polizeiarbeit?«, wollte der Arzt aufgeregt wissen.

»Sozusagen, ja.« Das stimmte zwar nicht, aber die Bereitschaft des Mediziners, ihm das Fluggerät zu borgen, wäre bestimmt weniger groß, wenn er wüsste, dass der Kommissar mit der Drohne die Tagesmutter seiner Enkelin auf einem ihrer nächsten Spaziergänge überwachen wollte.

»Wissen Sie, mein Lieber, Leihen ist schlecht. Als Anfänger könnten Sie damit unter Umständen großen Schaden anrichten. Aber wie wäre es, wenn ich mich als Pilot für Ihren polizeilichen Einsatz zur Verfügung stelle?«

Kluftinger seufzte, winkte den Arzt zu sich her und flüsterte: »Schwierig. Ist eine heikle Sache. Geheim. Also ... streng geheim sogar. Da dürft ich noch nicht mal Sie einweihen.«

»Nicht einmal mich? Verstehe«, gab der ebenso konspirativ zurück. »Dann machen wir es so: Wir treffen uns zum gemeinsamen Fliegen, und ich versuche, Sie ganz behutsam an die Geheimnisse des Quadrokopters heranzuführen.«

»Und was ist mit der Drohne?«

»Die meinte ich. Vielleicht sollten wir vorher auch noch ein bisschen Theorie büffeln?«

»Ach was, ich hab ja jetzt Ihr tolles Buch.«

»Stimmt auch wieder.«

»Morgen Abend?«, schlug Kluftinger vor.

»Passt vorzüglich. Ich komme nach der Sprechstunde bei Ihnen vorbei.«

»Wie machen wir denn jetzt weiter, meine Herren?«, mischte sich auf einmal die Bibliothekarin wieder ein. Kluftinger hatte sie ganz vergessen.

»Ich bring die Tage das fehlende Buch«, antwortete Kluftinger.

»Soll ich Ihnen das *Was-ist-was* inzwischen reservieren?«

Langhammer horchte auf. »Oh, Sie leihen sich etwas für Ihr Enkelkind aus? Ist das nicht noch ein wenig früh für die Kleine?«

Kluftinger sah zu Frau Levoni, die irritiert zurückblickte.

»Also, das ist … für meinen Bub. Den … Kleinen quasi. Ich nehm's ein andermal mit. Mit Leseausweis. Habe die Ehre und viel Spaß noch Ihnen beiden, gell?«

»Ach was.« Langhammer hielt ihn am Arm fest. »Ich leih das für Sie aus. Unter Freunden hilft man sich. Und Sie retournieren es, wenn Sie es nicht mehr brauchen. Machen Sie das möglich, Chiara?«

»Klar, für Sie immer.« Sie scannte das Buch und reichte es dem Kommissar. Als er draußen war, hörte er durch die offene Tür, wie die Bibliothekarin dem Doktor zuraunte: »Aber passen Sie auf, lieber Herr Langhammer, sonst sehen Sie das nie wieder. Manche nehmen es mit der Rückgabe nicht so genau.«

16

»Entschuldigung, dürft ich vielleicht erfahren, was Sie da machen?« Kluftinger war direkt in die Kaffeeküche seiner Abteilung gegangen, um sich nach der Aufregung in der Bibliothek einen kleinen Muntermacher zu holen, da stand ein fremder junger Mann an der Maschine. Der Kommissar hatte ihn noch nie gesehen, weder hier bei der Kripo noch im restlichen Präsidium. Und sein Personengedächtnis war legendär.

»Ich ... äh, Kaffee.« Der Mann hatte sich zu ihm umgedreht. Er wirkte unsicher, sein Gesicht zeigte hektische rote Flecken.

Kluftinger schätzte ihn auf Ende zwanzig. Seine Frage war damit jedoch immer noch nicht beantwortet. »Das seh ich«, brummte er.

»Für Kriminalhauptkommissar Maier, weil der gerade sehr viel Arbeit hat, da hat er mich gebeten ...«

»So, hat er das?« Der Kommissar entspannte sich etwas. Nicht, dass er befürchtet hatte, von dem Mann würde eine Bedrohung ausgehen. Immerhin musste jeder erst einmal die strenge Personenkontrolle am Eingang passieren. Dennoch hatte er kein gutes Gefühl dabei, wenn hier Fremde herumliefen, schließlich hatten sie es mit hochsensiblen Daten zu tun. Und überhaupt sollte in seiner Abteilung ohne sein Wissen gar nichts geschehen.

»Ja, es ist nämlich so, dass Herr Maier, also als leitender Beamter nach ...«

»Mir.«

»Wie bitte?«

»Er ist leitender Beamter nach mir.«

»Ach, dann sind Sie Polizeipräsident Kluftinger?«

»Interims... aber, ja, das bin ich. Und dürft ich nun endlich erfahren, wer Sie sind?«

»Oh, mein Gott, wie peinlich! Mein Fehler. Hermann Elias.« Der Mann streckte seine Hand aus, und Kluftinger ergriff sie mechanisch. Er hatte Mühe, dabei nicht das Gesicht zu verziehen, denn sie war kalt und schwitzig.

»Aha«, erwiderte der Kommissar, der nun zwar den Namen des Mannes kannte, ansonsten jedoch keine Ahnung hatte, was der hier wollte. »Gut, Herr Elias.«

»Hermann«, stellte der andere richtig.

»Also, nix für ungut, aber bevor wir uns duzen, sollte ich doch ...«

»Hermann ist mein Nachname. Ich heiße Elias. Also, mit Vornamen.« Sein Gesicht hatte sich jetzt dunkelrot verfärbt.

»Verstehe, Herr ... Dings, vielleicht kommen Sie mal mit in mein Büro, dann können Sie mir erklären, was Sie hier machen.«

»Natürlich, sehr, sehr gern.«

Kluftinger schenkte sich eine Tasse Kaffee ein, dann wies er mit der Hand auf den Gang, und der junge Mann ging zögernd voraus. Er drehte sich mehrmals um und versicherte sich, ob er weitergehen solle. Auf dem kurzen Weg zu seinem Büro musterte der Kommissar ihn noch einmal genau. Er blieb dabei: Elias Hermann war höchstens Ende zwanzig, aber seine Kleidung war die eines alten Mannes. Er hatte einen braun gemusterten Wollpullunder an, darunter ein beiges Hemd und eine schlampig gebundene Krawatte. Bei der Hitze! *Viel zu warm, wie bei meinem Vater*, schoss es Kluftinger durch den Kopf.

»Hier?«, riss Elias ihn aus seinen Gedanken. Sie standen inzwischen vor der Bürotür.

»Ja, genau.«

244

Nachdem sie sich gesetzt hatten, sprudelte der Mann los: »Also, Ministerialrat Lodenbacher hat sich für meine sofortige ... wie soll ich sagen ... Ausleihe hier ins Polizeipräsidium Schwaben Süd/West eingesetzt. Er sagte, Sie bedürften bei Ihrer Doppelbelastung dringend einer ... Entlastung eben. Und deswegen bin ich hier. Um Sie zu erleichtern. Ich meine: entlasten.«

Jetzt hellte sich die Miene des Kommissars auf. Das war es also. Er schnalzte mit der Zunge. Niemals hätte er gedacht, dass Lodenbacher so schnell seinem Ansinnen entsprechen würde. Eigentlich hatte er überhaupt nicht damit gerechnet. Und nun saß tatsächlich dieser junge Mann vor ihm. Dieser junge ... Assistent. In Gedanken hörte Kluftinger dem Klang dieses Wortes nach: *Assistent.* Er hatte jetzt tatsächlich einen Assistenten. Wie der Ministerpräsident. Wie der Bundeskanzler. Wie der Papst. Nein, der hatte ja gar keinen, er war ja selber der Assistent, also Stellvertreter Gottes auf ...

»Herr Polizeipräsident?«

»Hm?«

»Ich wollte nur wissen, wo ich mich hinsetzen darf.«

»Wie? Sie sitzen doch schon.«

Unsicher blickte der junge Mann ihn an. »Ich meine: welchen Platz Sie für mich vorgesehen haben. In der Abteilung.«

»Vorgesehen?« Der Kommissar hatte gar nichts vorgesehen, schließlich hatte er keine Ahnung gehabt, dass jemand wie Elias Hermann heute hier auftauchen würde. »Ja, das müssen wir erst mal sehen, was da ... vorgesehen ist, gell?«

»Verstehe, natürlich.«

»Wo waren Sie denn bisher ... eingesetzt?«

»Ich habe gerade mein zweites juristisches Examen hinter mir und die Staatsnote bekommen. Ich würde gern im administrativ-ministerialen Bereich Fuß fassen, aber mangels echter

Stellen bin ich momentan eine Art mobile Reserve für den Freistaat Bayern.«

»Ah, gratuliere.« Obwohl Hermann auf den ersten Blick nicht unbedingt so wirkte: Lodenbacher schien ihm einen regelrechten Hochkaräter geschickt zu haben.

»Danke, Herr Präsident. Sicher wäre es am sinnvollsten, wenn Sie mich schnell in meinen Aufgabenbereich einweisen würden, damit ich Ihnen baldmöglichst unter die Arme greifen kann.«

Das Engagement des Mannes war wirklich bemerkenswert. Kluftinger wollte seinen Eifer nicht ausbremsen, deswegen antwortete er: »Jaja, natürlich, der Aufgabenbereich ist ... einer der wichtigsten Punkte Ihres ... Einsatzgebietes, sozusagen. Und das ist ja ... vielfältig. Da gibt es einerseits die präsidialen Dinge, die zu regeln sind, also ... vor allem vorzubereiten, damit ich sie nicht mehr ... ich mein, im Detail vorbereiten muss, sondern sofort die Umsetzung von den Dingen angehen kann, nicht wahr?« Er stellte peinlich berührt fest, dass er sich schon ein bisschen wie sein Vorgänger Dietmar Lodenbacher anhörte, in den er sich nun viel besser hineinversetzen konnte als früher, als er noch nicht den ganzen Präsidiumsschmarrn am Hacken hatte.

»Aha, sehr interessant«, sagte Elias Hermann heftig nickend.

Der Mann schien ein intuitives Verständnis für seine Nöte zu haben, dachte Kluftinger. Eine rosige Zukunft zeichnete sich ab.

»Und andererseits?«

»Andererseits?« Der Kommissar verstand nicht.

»Sie sagten: Einerseits seien da ... also die ganzen Sachen, die Sie eben gerade erwähnt haben. Und nach dem Einerseits kommt ja zwingend ein Andererseits.«

Hatte er tatsächlich einerseits gesagt? Er konnte sich nicht daran erinnern. »Ja, freilich, da sind andererseits auch noch die ... also die ... Kollegen! Genau. Wissen Sie was? Ich stell Ihnen jetzt gleich mal die Kollegen vor.« Schnell nahm er den Telefonhörer ab und drückte die Kurzwahltaste seiner Sekretärin. Hoffentlich war sie inzwischen da, denn er hatte keine Ahnung, was er sonst so lange mit …

»Morgen, Chef, was gibt's?«, meldete sich da Sandy Henske.

»Mei, schön, dass Sie wieder da sind.«

»Du.«

»Ja?«

»Dass du wieder da bist.«

»Aber ich war doch gar nicht weg.«

»Nein, aber wir sind per Du.«

»Ach so, stimmt ja, zefix. 'tschuldigung. Kannst du mal alle zusammentrommeln und mit ihnen zu mir ins Büro kommen? Danke.«

Er legte auf und blickte den jungen Mann an. Beide schwiegen. Nachdem die Stille für Kluftingers Geschmack etwas lange dauerte, sagte er: »Kommen gleich.«

Elias Hermann nickte.

Wieder zogen sich die Sekunden zäh wie Kaugummi. »Sind alle sehr nett.«

Nicken.

Endlich ging die Tür auf, und die Kollegen kamen herein. Sofort begann der Kommissar: »Guten Morgen zusammen. Ich darf euch den Herrn Hermann vorstellen. Elias Hermann. Ein … sehr guter Mann. Er wurde vom Lodenbacher persönlich hierherbeordert, um die Arbeit des Präsidenten, also meine, und damit natürlich auch unsere, zu unterstützen. Das erste Mal, dass der Lodenbacher für was gut ist, gell?«

Alle lachten, nur Elias stimmte nicht mit ein.

»Gut, wir müssen noch einen festen Platz für ihn suchen, so lang kann er ja mit bei dir sitzen, oder, Sandy?«

»Bei mir? Also ich weiß nicht …«

»Schön, das wär also geklärt. Dann machen wir uns mal an die Arbeit.« Mit diesen Worten erhob sich der Kommissar. Hermann tat es ihm gleich, worauf die Kollegen den Raum schon wieder verlassen wollten, da ergriff der junge Mann das Wort: »Sehr geehrte Damen und Herren, ich freue mich sehr, dass ich vom Innenministerium mit so einer verantwortungsvollen Aufgabe betraut wurde. Ich werde sie nach besten Kräften ausführen, hoffentlich zum Wohle aller und zu Ihrer vollen Zufriedenheit.«

Kluftingers Mitarbeiter schauten sich ein wenig irritiert an, bis Lucy plötzlich begann zu applaudieren. Dann führte sie eine Hand zum Mund und stieß derart laute Pfiffe aus, dass dem Kommissar die Ohren klingelten. Die anderen stimmten zögernd in den Applaus mit ein, als Lucy auf Elias zuging, ihm die Hand hinstreckte und sagte: »Luzia Beer. Aber kannst Lucy sagen, machen hier alle.«

Sofort lief der junge Mann wieder rot an, schüttelte ihr die Hand und stammelte etwas Unverständliches. Gleiches wiederholte sich bei Sandy, nur bei Hefele war Hermann etwas souveräner. Mit Maier hatte er sich offenbar schon vorher bekannt gemacht. Ihm winkte er nur zu.

»Gut, dann hammer's jetzt ja«, sagte Kluftinger, der endlich mit der eigentlichen Arbeit des Tages beginnen wollte. »Elias, gehen Sie mal mit der Sandy und lassen sich ... in alles einweisen, gell?« Dann nahm er sich Maier beiseite und zischte ihm zu: »Und zwar nicht ins Kaffeemachen, klar?«

Maier flüsterte zurück: »Aber er hat mir heut schon einen Cappuccino gemacht, so was hast du noch nicht gesehen. Im Schaum war so eine Zeichnung drin. Eine Palme. Weißt schon, von der Milch. Wahnsinn.«

»Ja, echt?« Kluftinger versuchte sich gerade vorzustellen, wie es wäre, wenn sie von nun an mit richtig gutem Kaffee versorgt werden würden. Dann schüttelte er den Kopf: »Trotzdem, das ist doch kein Praktikant. Der hat Jura studiert. Also, vernünftige Aufgaben, klar?«

»Klar«, sagte Maier mit hängenden Schultern.

Als der Kommissar wenige Minuten später im kleinen Besprechungszimmer die Morgenlage eröffnete, fehlten Sandy und Elias, worüber Kluftinger nicht undankbar war, schließlich war er sich noch nicht sicher, ob und in welchem Ausmaß sein neuer Assistent überhaupt in die Details laufender Ermittlungen eingeweiht werden durfte.

»Ich würd gern mal mit der Lanz und ihren Mitarbeitern sprechen, jetzt, wo wir wissen, dass die Liebfrauenleute sie fotografiert haben«, sagte der Kommissar.

»Das geht leider nicht, Frau Doktor Lanz hat heute und morgen Vorlesungen in Tübingen, und die Studenten kommen erst am Freitag wieder«, erklärte Maier. »Aber sie hat um zehn einen Videocall, da werden wir uns zuschalten, hab ich schon geregelt. Sie schickt uns eine Einladung.«

»Brauchen wir jetzt schon eine Einladung, wenn wir mit jemandem in einer Mordsache sprechen wollen?«

»Ehrlich gesagt: ja«, antwortete Maier.

Am Grinsen der Kollegen konnte Kluftinger ablesen, dass er unfreiwillig wieder zu deren Erheiterung beigetragen hatte, weswegen er nicht nachfragte.

Zurück in seinem Büro ließ er sich ächzend in seinen Stuhl fallen. Der Vormittag war irgendwie zerfasert, kleinteilig. Er hasste das, weil er dann das Gefühl hatte, viel zu tun zu haben, aber nichts wirklich fertigzubringen. »Kreuzkruzifixnomal«, brummte er, schaltete den Computer an und wollte gerade sein Passwort eingeben, als ein Geräusch hinter ihm ihn zusammenschrecken ließ. Er fuhr herum: Auf einem Stuhl in der Ecke seines Büros saß der Neue. Der Kommissar hatte überhaupt nicht gemerkt, dass er sich im Raum befand. »Jesses, Herr ... also, da kriegt man ja einen Herzinfarkt.«

»Tut mir leid, ich wollte nicht ... die Frau Henske war so nett, mir die präsidiale Korrespondenz auszuhändigen, die ich für Sie schon einmal vorsortieren wollte.«

Präsidiale Korrespondenz – wie das klang, dachte Kluftinger. Fast wie bei Hofe oder im Kanzleramt oder so. Er konnte nicht leugnen, dass ihm das gefiel. »Ja, gute Idee, machen Sie ruhig mal. Und vielleicht nehmen Sie die noch dazu.« Er öffnete eine Schublade und zog all die Schreiben hervor, die er die letzten Tage – Wochen, wenn er ehrlich war – gesammelt hatte, um sie zu gegebener Zeit und mit der erforderlichen Konzentration zu bearbeiten. Nun würde eben der Neue damit betraut, so war der fürs Erste auch beschäftigt.

Mit großen Augen schaute der ihn an. »Ist das alles von heute?«

»Nicht alles ganz von heute. Aber Sie kriegen das ...« Kluftingers Telefon klingelte. Er war schon versucht, seinem Assistenten zu sagen, er möge den Anruf doch entgegennehmen, rang sich dann aber doch zu einem persönlichen Abnehmen durch. »Ja, Kluftinger?«

»Kommst du?« Richard Maier war am anderen Ende der Leitung.

»Kommen? Wohin denn?«

»Na, zum Videocall mit Frau Doktor Lanz. Die Einladung hat sie inzwischen geschickt. Ich bin schon im Konferenzraum und warte auf dich.«

»So? Ja, dann ... komm ich am besten mal.«

Als er den Raum betrat, hatte sein Mitarbeiter schon alles vorbereitet: Ein Computerbildschirm samt Kamera und Mikrofon stand in der Mitte des Tischs.

»Hallo, Chef, nimm doch bitte hier Platz«, sagte Richard Maier und wies auf einen Stuhl am Kopfende des Tisches. »Ich hab meinen Rechner schon angeschlossen. Aber mittelfristig brauchen wir da einen zusätzlichen. Wir werden ja zukünftig öfter so verfahren.«

»So, werden wir?« Kluftinger wusste gar nichts davon. Ein Piepsen ertönte. »Was ist das denn?«

»Meine Uhr«, erklärte Maier und hielt sein Handgelenk hoch, an dem ein schwarzes Viereck prangte.

»Die zeigt ja nicht mal, wie spät es ist.«

»Doch, aber nur, wenn ich draufgucke.«

Der Kommissar musterte seinen Mitarbeiter.

»Sie erinnert mich, dass ich was trinken soll.«

»Die Uhr erinnert dich ... woran?«

»Dass ich was trinke. Man trinkt viel zu wenig, das haben viele Studien nachgewiesen. Bei diesen Temperaturen ist es doppelt wichtig. Meine Smartwatch hat diesbezüglich eine Erinnerungsfunktion.«

»Ja? So was hab ich auch.«

»Im Ernst?« Maier wirkte überrascht.

»Ja, heißt Durst.«

»Ich mein das schon ernst.«

»Ich auch. Oder erstellst du dir jetzt dann auch noch eine Erinnerung fürs Atmen?«

»Natürlich.«

»Wie bitte?«

»Ein Mal pro Stunde, sagt die Health-App, ist es wichtig, tief und bewusst durchzuatmen. Das erhöht die Sauerstoffversorgung des Gehirns. Und damit das Denkvermögen.«

Mit diesen Worten verschwand er. Als er nach zwei Minuten zurückkehrte, fragte der Kommissar: »Hat jetzt gleich noch der Biesel-Alarm geläutet, oder wie?«

Maier ignorierte die Bemerkung und stellte die kleine Kamera ein, wobei er immer wieder prüfend auf den Kommissar und dann auf den Bildschirm des Laptops neben sich blickte. Als er dann wegen des störenden Seitenlichts auch noch eine der Glühbirnen der Deckenbeleuchtung herausschrauben wollte, pfiff ihn Kluftinger zurück: »Wir sind doch nicht im Fernsehstudio!«

Widerwillig fügte sich Maier. Gerade in technischen Dingen wurde er von einem Perfektionsstreben getrieben, das bisweilen an Pedanterie grenzte. »So, gleich geht's los«, sagte er aufgekratzt und zog sich mit seinem Laptop an die Seite des Tisches zurück, womit er nicht mehr im Sichtfeld der Kamera war. »Und fünf, vier ...« Die letzten Zahlen deutete er nur noch pantomimisch an, bei null zeigte er mit dem Finger auf den Kommissar, worauf der das Gesicht verzog, aber sofort ein Lächeln aufsetzte, als auf dem Monitor Frau Doktor Lanz und ihre Studenten in kleinen Bildchen erschienen. An deren Namen erinnerte er sich zwar nicht mehr, doch die standen dankenswerterweise direkt unter den Bildchen: Laurenz, Steffi und Pit. Zu Kluftingers Bedauern fehlte die gesprächige Annika, von der er beim letzten Mal die meisten Informationen erhalten hatte. Er winkte und grüßte freundlich, doch sein Gruß blieb unerwidert. Unhöfliches Medium, dieses Internet, dachte er sich und sah seine Abneigung gegen derartige Treffen bestätigt. Als nach einer halben Minute immer noch niemand etwas sagte, zischte er Maier zu: »Soll ich anfangen, oder wie?«

»Es ist doch schon losgegangen.«

Jetzt erst erkannte Kluftinger, dass sich der Mund von Frau Lanz bewegte. »Da fehlt aber der Ton.«

Maier beugte den Kopf zum Bildschirm, stieß einen erschreckten Laut aus und holte zwei dieser neumodischen Kopfhörer ohne Kabel aus seinen Ohren. »'tschuldigung, hatte die EarPods drin. Magst du sie nehmen?«

Die Vorstellung, was sich da im Laufe eines Kopfhörerlebens so an körpereigenen Rückständen ansammelte, jagte ihm kalte Schauer über den Rücken, und er lehnte dankend ab. Maier drückte einen Knopf, und endlich hörte der Kommissar die anderen sprechen.

»Hallo Herr Kluftinger, jetzt scheint's ja zu funktionieren«, sagte Theresa Lanz. »Schön, da sparen wir uns eine Menge Zeit, und Sie brauchen nicht immer zu uns in die Grube zu fahren.«

Der Kommissar meinte, die Hoffnung herauszuhören, dass das in Zukunft öfter so laufen würde, doch die würde er enttäuschen müssen. »Ich hab gedacht, Sie sind in Tübingen«, erwiderte er, worauf die Wissenschaftlerin überrascht die Brauen hob.

»Bin ich doch.«

»Haben Sie da jetzt neuerdings einen Hafen?«, sagte der Kommissar lachend, der sah, wie hinter der Frau ein Containerschiff vorbeifuhr. Er vermutete, dass sie sich in Hamburg aufhielt.

»Ach so, das. Na ja, immer noch besser als so, dachte ich.« Sie bewegte ihre Maus, und das Bild mit dem Hafen hinter ihr verschwand. Stattdessen waren nun unaufgeräumte Bücherregale zu sehen.

»Oh« war alles, was dem Kommissar dazu einfiel. Offenbar hatte er über diese Art der Kommunikation noch einiges zu lernen. »Und Sie wohnen dann auch nicht in einer alten Burg, Herr Laurenz, oder?«, spielte er scherzhaft auf den Hintergrund eines der Studenten an, der dieselbe Baseballkappe trug wie bei ihrem ersten Zusammentreffen.

»Versteh ich jetzt nicht«, erwiderte der, »ich hab keinen virtuellen Hintergrund eingeschaltet. Ich bin bei meinen Eltern zu Hause.«

Kluftinger lief rot an. Er nahm sich vor, keinerlei Witze mehr zu machen, die technisches Vorwissen seinerseits erforderten.

Nun erschien ein Fenster mit einer weiteren Studentin, die Kluftinger noch nicht kannte. Er blickte auf den Namen: Peter. Für ihn zeigte das Bild zwar eindeutig eine Frau, aber heutzutage hieß das ja nichts mehr. Um nicht in weitere Fettnäpfchen zu treten, würde er einfach eine möglichst neutrale Ansprache wählen.

»Was können wir denn für Sie tun, Herr Kommissar?«, wollte Theresa Lanz wissen. Sie wirkte, als wolle sie das Ganze möglichst schnell hinter sich bringen.

»Es geht um die Leute von der Kommune. Oder Sekte. Wussten Sie, dass die Sie beobachtet haben?«

»Ja, das haben wir Ihnen doch schon gesagt«, erwiderte die Wissenschaftlerin ein wenig ungeduldig.

»Aber wir haben rausgefunden, dass auch Fotos gemacht worden sind. Haben Sie das auch bemerkt?«

Die Studentin, die Peter hieß, sagte etwas, doch man konnte sie nicht hören.

»Auweh, Frau ... also Peter, Sie müssen Ihre Kopfhörer rausnehmen, sonst können Sie nix sagen«, versuchte Kluftinger zu helfen.

»Ich entmute Sie mal«, sprang Doktor Lanz ein.

»Oder so«, stimmte der Kommissar zu.

»Geht's jetzt?«, fragte die ausnehmend hübsche ... Person.

»Ja, ich hör Sie. Können Sie denn sagen, ob Sie ... ich mein, man beobachtet ja manchmal was, also ... jemand, halt ...«

»Ich hab schon mal gesehen, dass die uns fotografiert haben. Das hab ich auch Frau Doktor Lanz gesagt. Wir werden da oben ja öfters mal abgelichtet, aber meistens fragen die Leute vorher.«

»Verstehe, vielen Dank ... Peter ... Frau ...«

»Nennen Sie mich Janine. Peter ist der Name meines Freundes, das ist sein Account.«

»Klar.« Wieder röteten sich die Wangen des Kommissars.

»Die Spinner haben sich auch Notizen gemacht, hab ich gesehen«, meldete sich nun Pit zu Wort. »Ich glaub, die haben unsere Arbeit mindestens so akribisch dokumentiert wie wir selbst.«

»Hat Sie das nicht gestört?«

»Ach, wir haben diese Leute nicht ernst genommen«, warf Theresa Lanz ein. »Querulanten gibt es immer, mal sind es Naturschützer, die nicht wollen, dass der Boden aufgebaggert wird, mal sind es irgendwelche Fanatiker ...« Sie sprach nicht weiter.

Kluftinger wartete ab, als aber nichts mehr kam, wollte er eine weitere Frage stellen. Doch gleichzeitig begann auch Theresa Lanz wieder zu sprechen. »Bitte, reden Sie«, sagten sie gleichzeitig, worauf wieder eine Pause entstand, die erst dann beendet war, als erneut beide zu sprechen begannen. Der Kommissar kannte das von den Skypegesprächen mit seinem japanischen Schwiegerfreund Yoshifumi Sazuka. Er hatte sich angewöhnt, dann einfach hartnäckig zu schweigen, bis der andere wieder anfing. Und so machte er es nun auch, was eine ziemlich lange Pause zur Folge hatte, denn offenbar hatte seine Gesprächspartnerin dieselbe Technik. Er blieb aber standhaft, und irgendwann fuhr Theresa Lanz fort: »Auch aus religiösen oder, sagen wir, weltanschaulichen Gründen waren wir schon des Öfteren Anfeindungen ausgesetzt. Das scheint ja hier auch der Grund zu sein.«

»Stimmt«, bestätigte Steffi nickend. »Wisst ihr noch, in Griechenland? Da waren doch so Orthodoxe, die immer versucht haben, unsere Werkzeuge zu stehlen.«

Janine nickte. »Ja, und einmal haben sie sogar an unserem Jeep rumgefummelt.«

»Ist so was in Pforzen auch schon passiert?«, wollte Kluftinger wissen.

»Nein, bisher nicht, Herr Kluftinger«, erklärte die Lanz. »Wobei: Einmal war die *Rosie* kaputt, da hatten wir uns schon gewundert. Sah aus, als hätte sich jemand dran zu schaffen gemacht. Aber der Schaden war nicht allzu groß, so haben wir das wieder aus den Augen verloren. Mist ... Moment bitte, ich hab hier grad ne Bildstörung, irgendwas stimmt mit der Grafikkarte von meinem Rechner nicht, glaube ich. Pit, kannst du mir mal helfen?«

Kluftinger sah, wie der junge Mann nickte, sich erhob, aus dem Bild verschwand und zehn Sekunden später bei Theresa Lanz wieder auftauchte. Er hantierte an ihrem Monitor herum, dann ging er und war kurze Zeit später in seinem Bild wieder zu sehen. Kluftinger fragte gar nicht mehr nach.

»Manche finden auch, dass das Geld, das wir in die Erforschung der Vergangenheit stecken, besser in die Gegenwart investiert wäre«, fuhr die Wissenschaftlerin seufzend fort.

»Aber einer von den Sektenleuten war doch ganz nett«, meldete sich jetzt wieder Steffi zu Wort. »Der hat öfter vorbeigeschaut und schien recht interessiert.«

»Stimmt«, sagte Janine nickend, »den hat das, glaub ich, fasziniert. Aber irgendwann ist er nicht mehr gekommen.«

»Wissen Sie seinen Namen?«, fragte der Kommissar.

»Hm. Elias oder so«, sagte die Studentin, und die anderen nickten.

»Angst, dass einer von denen mal handgreiflich werden könnte, haben Sie aber nie gehabt?«

»Nö. Gegen die hätten wir uns schon wehren können«, sagte Laurenz und schob sich die Baseballkappe zurecht. »Die meisten von denen sehen ja eher ausgezehrt aus.«

Denselben Eindruck hatte auch Kluftinger bei seinen Besuchen gehabt.

»Aber wenn ich einen von denen erwischt hätte, die auf Telegram immer gegen uns gestänkert haben, hätten *die* Angst bekommen«, fügte Laurenz an.

»Klar, du bist wirklich ein Furcht einflößender Typ«, ätzte Steffi.

Doch Kluftinger war hellhörig geworden. »Was haben Sie denn für ein Telegramm bekommen? Hat die Post das nicht schon lang abgeschafft?«

»Wie? Nein, ich mein auf Telegram. Social Media.«

»Ah, freilich.« Diese sozialen Medien schienen ein grenzenloses böhmisches Dorf zu sein, dachte der Kommissar. Immerhin waren sie an dem Thema schon dran. Er blickte zu Maier, der ihm mit einem nach oben gereckten Daumen wohl genau das vermitteln wollte. Dann piepste wieder seine Armbanduhr, und er bedeutete dem Kommissar, dass er kurz nach draußen müsse. Kluftinger rollte die Augen, nickte aber.

»Also, vielen Dank, da werden wir auch nachforschen. Fällt Ihnen sonst noch was ein?«

Da alle verneinten, verabschiedeten sie sich. Nur das Bild von Doktor Lanz und Pit blieb noch stehen.

»Ist noch was?«, fragte Kluftinger.

»Nein, von uns aus nicht«, erklärte Theresa Lanz. »Dann machen Sie es gut, und bleiben Sie neugierig!«

»Ja, das bin ich sowieso. Quasi berufsmäßig.«

»Ich auch, als Forscherin ist das nicht zu unterschätzen.«

»Ja dann ...«

Das Bild verschwand noch immer nicht.

»Ich habe gleich noch eine weitere Zoom-Konferenz«, sagte die Wissenschaftlerin.

»Lassen Sie sich durch mich nicht aufhalten«, gab Kluftinger zurück.

»Das ist ja nett, aber da wir uns in meinem Zoom-Account befinden, müssten Sie sich verabschieden.«

»Au, ach so, tut mir leid. Moment.« Der Kommissar zog sich Maiers Laptop heran und wischte hektisch auf dem Touchfeld mit dem Finger herum, bis das Bild verschwunden war. Stattdessen erschien nun eine Textdatei. Als Überschrift stand darauf: *poetische Versuche*. Darunter:

Mein ICH, ein du
Mein DU, ein er
Mein LEBEN, ein es
Mein SIE, ein ich

Maier hatte sich hier offensichtlich als Dichter versucht. Und Kluftinger war klar, dass ihn das nichts anging. Dennoch las er weiter – auch wenn oder vielleicht gerade weil er die Zeilen für ziemlich verschwurbelt hielt. Und sie sich nicht einmal reimten.

Mein Herz in Flammen
Wir gehören zusammen.

Immerhin ein Reim. Ein bisschen übertrieben pathetisch vielleicht, aber ...

»Herr Kluftinger?«

Das war die Stimme von Theresa Lanz. Aber wo kam die her? Er sah sie nicht.

»Wollen Sie mir damit etwas Bestimmtes sagen?«

»Womit?«

»Mit diesen ... Gedichten?«

»Sie können die sehen?«

»Ja, Sie haben eben Ihren Bildschirm geteilt. Aber ich verstehe nicht ganz ...«

Jetzt schoss ihm das Blut so richtig in die Wangen. »Au, mei, Frau Lanz, ich ... muss weg. Danke für Ihre Hilfe, gell?« Mit diesen Worten klappte er den Laptop einfach zu und verließ fluchtartig den Konferenzraum.

»Richie, du schaust dich bitte auch noch mal bezüglich der Sekte um, auf den Sozialmedien«, bat Kluftinger seinen Kollegen. Er verwendete ganz bewusst diesen von ihm höchstpersönlich eingedeutschten Begriff.

»Das mach ich gern, wenn du Social Media meinst. Ich würde mir dann auch mal die vornehmen, die nicht nur den ewig gleichgebürsteten Mainstream abbilden. Telegram zum Beispiel.«

Davon hatten eben auch schon die Studenten gesprochen. »Bei den etablierten wird zu sehr zensiert für meine Begriffe. Ich sag nur: *cancel culture*.«

»Wer zensiert?«

»Na, die Plattformen selbst. Weil sie unter großem gesellschaftlichen Druck des Mainstreams stehen. Da soll schön die unhinterfragte Mehrheitsmeinung propagiert werden. Gegenstimmen werden einfach mundtot gemacht.«

Kluftinger seufzte. Er hatte diese Debatte am Rande verfolgt, und so wusste er natürlich, dass es Plattformen gab, auf denen sich politisch fragwürdige Leute tummelten, die hinter allem und jedem eine große Verschwörung sahen. Anscheinend war dieses Telegramm genau so etwas. »Du kannst dich umschauen, wo du magst. Hauptsache, wir kriegen was raus über die Sekte. Sachen, die vielleicht nicht in der Zeitung stehen.«

»Ah, hör ich da raus, dass auch du den gleichgeschalteten Staatsmedien nicht mehr uneingeschränkt vertraust?«, fragte Maier in konspirativem Ton.

Kluftinger schüttelte den Kopf. Sein Vertrauen in die Allgäuer Zeitung, den Bayerischen Rundfunk und auch das ZDF war ungebrochen, auch wenn er manchmal mit dem Wetterbericht haderte. »Pass bloß auf, du klingst grad wie einer von denen, die meinen, dass Außerirdische bei uns eine Gehirnwäsche vornehmen, um uns als Sklaven auf ihren Planeten zu entführen.«

»Dafür gibt es bislang keine stichhaltigen Beweise. Oder weißt du etwa mehr?«

»Richie, zefix!«

»Ehrlich: Hast du schon mal drüber nachgedacht, warum einer der reichsten Männer der Welt riesige Impfkampagnen unterstützt?«

»Wer denn? Der Trump?«

»Quatsch. Der ist doch pleite. Nein, der Gates.«

»Der vom ... Computer?«

»Genau. Bill Gates.«

»Und der impft?«

»Nicht er selbst, aber ... egal. Also, warum könnte er das machen?«

»Wahrscheinlich ... damit die Leute nicht krank werden?«

»Kann sein. Oder auch nicht. Ich sag nur: Nanochips.«

Kluftinger wollte gar nicht wissen, was diese mexikanischen Knabbereien, die ohnehin schmeckten wie Pappe, mit den Impfungen zu tun haben sollten. »Also, ich müsst dann wieder ...«

»Oder Nine-eleven, die Anschläge aufs World Trade Center: Was, wenn alles gar nicht war, wie man uns glauben machen will? Was, wenn vielleicht alles ...«, Maier machte eine dramaturgische Pause, um schließlich geheimnisvoll zu raunen, »... inszeniert war? Um einen Krieg zu legitimieren?«

Der Kommissar konnte nicht fassen, was er da von Maier zu hören bekam. Vielleicht musste er sich selbst mal auf diesen dubiosen Kanälen umsehen, um den Kollegen wieder auf den rechten Weg zu führen. Aber nicht jetzt. »Lieber Richie, du hast hiermit einen klaren Arbeitsauftrag: Ich will wissen, wie die von der Sekte in Pforzen so ticken, wie sie auftreten, klar? Und was das andere betrifft ...«

Es klopfte an Kluftingers Bürotür, doch sie öffnete sich nicht gleich, wie sonst üblich. Erst nach einem vernehmlichen »Herein« kam mit beflissenem Gesichtsausdruck sein frischgebackener Assistent in den Raum.

»Störe ich, Herr Polizeipräsident?«

»Nein, Elias, Sie stören überhaupt nicht. Der Herr Maier hier wollte nämlich grad gehen. Er hat zu tun, stimmt's?« Damit schob er den Kollegen aus der Tür und wandte sich seinem Besucher zu. »Und, haben Sie sich schon ein bissle eingelebt bei uns?« Auch wenn er wusste, wie unwahrscheinlich das nach ungefähr einer Stunde war, wollte er ihm einfach das Gefühl geben, willkommen zu sein.

»Eingelebt vielleicht noch nicht, aber ich habe mich bereits mit einigen Regularien und Arbeitsabläufen vertraut gemacht, Herr Polizeipräsident.«

»Ich hab gar nicht gewusst, dass wir da welche haben«, antwortete er grinsend. »Und den Präsidenten sparen wir uns ab sofort. Kluftinger reicht völlig.«

»Gut, Herr Präsi... ich meine, Kluftinger. Also: Herr Kluftinger. Danke. Ich hätte hier die Post.« Er legte eine Fächermappe auf Kluftingers Schreibtisch.

»Alles klar.«

Der junge Mann sah ihn abwartend an.

»Ich schau sie dann durch und ... bearbeite sie weiter.«

Hermann lächelte schüchtern. »Ich dachte mir nur: Vielleicht würde es die Sache für Sie erleichtern, wenn sie bereits geordnet wäre, wenn sie zu Ihnen kommt.«

»Wer?«

»Die Post.«

»Ach die, ja, klar.«

»Ich habe mir erlaubt, ein Kategorisierungssystem zu entwickeln, welches es wiederum Ihnen erlaubt, die Korrespondenz nach Dringlichkeit und Relevanz sortiert abzuarbeiten. Wenn Sie nur begrenzte Zeit haben, was ja sicher der Fall ist, bei Ihrem Pensum, kommen so immer die prioritären Dinge dran, während allenfalls solche, die nicht so wichtig sind, liegen bleiben.«

Kluftinger brauchte eine Weile, bis er den Sinn des Satzes ganz entschlüsselt hatte. Dann aber fand er es eine gute Idee. »Schön, da haben Sie gute Arbeit geleistet.«

Zögernd blickte Hermann ihn an. Erwartete er etwa noch mehr Lob für seinen Verbesserungsvorschlag? Übertreiben musste man es damit auch nicht gleich am ersten Tag, fand Kluftinger.

»Was kann ich als Nächstes für Sie tun?«

Die Frage überraschte den Kommissar. Im Grunde wusste er das im Moment nicht so genau. Er selbst musste auch ein wenig recherchieren, bevor er sich den ungeliebten präsidialen Aufgaben zuwenden würde, bei denen der junge Mann ihm dann sicher helfen konnte. Andererseits wollte er ihm keinesfalls das Gefühl geben, sie hätten nicht genügend zu tun. Und er hatte gerade nachgeschaut: Rechtlich sprach nichts dagegen, wenn der Neue Einblick in seine eigentliche Tätigkeit als Ermittler bekam. Er unterlag den gleichen Verschwiegenheitspflichten wie sie alle. »Mei, Sie können mir bei meiner Recherchearbeit ein bissle ... assistieren, quasi«, sagte Kluftinger also und winkte ihn zu sich. »Nehmen Sie sich einen Stuhl und setzen Sie sich, damit Sie auch auf den Bildschirm schauen können.«

Hermann nahm Platz und sah den Kommissar gespannt an. »Worum geht es denn?«

»Wir müssen in den Sozialmedien was nachschauen.«

Der Mann schien keine Ahnung zu haben, wovon er sprach. Dabei hatte Kluftinger gedacht, gerade die jungen Leute hätten ein Faible für diese Plattformen. Musste er eben ein wenig Nachhilfe geben. »Also, Elias, jetzt passen Sie mal auf: Die Sozialmedien, das sind Sachen wie Facebook, Twitter und dieses Telegramm. Soll jetzt ganz in Mode sein, obwohl es so altmodisch klingt.« Es freute ihn, sein frisch gelerntes Wissen an die nächste Generation weitergeben zu können. »Auf solchen Plattformen kann man Fotos von sich zeigen, was schreiben und neue Freunde finden.«

»Ach so, das wusste … ich mein, wegen der Bezeichnung *Sozialmedien* musste ich ein wenig überlegen.«

»Kein Problem«, erwiderte der Kommissar verständnisvoll, »Sie müssen ja auch erst mal bei uns ankommen und sich in die Fachbegriffe einarbeiten.«

Hermann lächelte unsicher. Kluftinger schob ihm Maus und Tastatur hin. »Also, wir recherchieren jetzt zu den *Söhnen und Töchtern der lieben Frau*. Das ist eine Art Sekte, die im Ostallgäu operiert, genauer gesagt in Pforzen.«

»Verstehe. Dann suchen wir vielleicht erst mal bei Facebook, ob wir was über die finden?«

Kluftinger nickte.

»Oh, ich sehe, da sind Sie noch mit Ihrem privaten Account eingeloggt. Soll ich mal rausgehen?«

»Nein, bleiben Sie ruhig hier, wir haben ja noch nicht mal angefangen.«

»Ich meinte, ob ich mich ausloggen soll. Aus Ihrem Konto.«

»Ach das, nein, lassen Sie ruhig.« Kluftinger war sich nicht sicher, ob er das mit dem Anmelden danach alles wieder hinbekommen würde. Er widerstand auch der Versuchung, die zahlreichen Nachrichten, die inzwischen für ihn eingegangen waren, sofort zu lesen.

Dann gelangten sie zur Facebook-Seite der Sekte. Die meisten Bilder zeigten die Teilnehmer irgendwelcher Seminare im Wald oder in dem großen Raum, in dem sie Frau Ruth bereits zweimal angetroffen hatten. Die Leute standen oder saßen im Kreis und blickten lächelnd in die Kamera. Dazu Landschaftsaufnahmen, meist mit erbaulichen Sprüchen, die die Kraft der Natur und der Pflanzenwelt priesen. Darunter waren einige Fotos, deren Zauber sich auch Kluftinger nicht entziehen konnte: Morgenstimmungen mit Nebelschwaden in den sanften Hügeln des Ostallgäus, die eindrucksvolle Kulisse der Hochalpen dahinter, Detailaufnahmen, bei denen sich der Tau auf Blättern oder Gräsern gesammelt hatte, Sonnenauf- oder -untergänge.

Eine dritte Kategorie stellten jene Bilder dar, die die Arbeit in der Gärtnerei und auf dem Anwesen dokumentierten und die Mitglieder der Gemeinschaft in ihren Leinengewändern auf den Feldern zeigten.

»Ich würde jetzt zu den genuinen Beiträgen der Gemeinschaft wechseln, wenn es Ihnen recht ist«, sagte Hermann, wobei es mehr wie eine Frage klang. Kluftinger nickte, auch wenn er nicht hundertprozentig sicher war, was damit gemeint war.

Bei den Posts der Sekte handelte es sich vor allem um Ankündigungen von Veranstaltungen, Öffnungszeiten des Hofladens und der Marktstände. Doch dazwischen fanden sich auch Kommentare zu verschiedenen politischen oder gesellschaftlichen Themen. Immer wieder bat der Kommissar seinen neuen Assistenten zu stoppen, damit er sich alles in Ruhe durchlesen konnte. Die Mitglieder der Sekte schienen so ziemlich gegen alles zu sein, was von der Wissenschaft nach herrschender Meinung als Fortschritt propagiert wurde: Bei Impfungen befürchteten sie Nebenwirkungen oder Todesfälle, der Ausbau des Mobilfunknetzes wurde mit Verweis auf die daraus resultierenden Strahlen und deren angeblich krank machende Wirkung abgelehnt, was Kluftinger wunderte, wusste er doch, dass einige der Sektenleute, Frau Ruth und Jakob etwa, über ein Handy verfügten. Flächenversiegelung wurde von ihnen wegen der *negativen Erdschwingungen* verteufelt. Selbst gegen Windräder zog die Sekte ins Feld, da der Schattenwurf und die Mikroerschütterungen angeblich für seelisches Ungleichgewicht bei den Anwohnern und der Tierwelt sorgten. Erschreckend fand Kluftinger, dass sie die Existenz diverser Krankheiten, darunter Krebs, leugneten und als Erfindung einer nach Macht strebenden, die Politik korrumpierenden Pharmaindustrie abtaten.

Vereinzelt fand sich etwas zum Tonabbau in der Pforzener Grube und zu den Funden der Paläontologen: Aus Sicht der Gemeinschaft wurde heilige Erde ausgebeutet, der Friede der Kreaturen zerstört und die Landschaft in Disharmonie gebracht. Ein Zitat fiel Kluftinger besonders auf: *Es gibt mehr Dinge zwischen Himmel und Erde, als unsere Schulweisheit sich träumen lässt* stand unter einem Beitrag, in dem es um die Wirksamkeit von Hornissengift zur Heilung diverser Erkrankungen ging. Den Satz hatte er heute Morgen schon einmal gehört, wenn auch aus dem Mund eines Mannes, den er stets für einen eisernen Verfechter der Schulmedizin und Wissenschaft gehalten hatte: Doktor Martin Langhammer.

»Ein ganz schöner Haufen von Verschwörungstheorien und Panikmache«, brummte Kluftinger schließlich. »Vielleicht bräuchten diese Leute selber mal eines von den Psycho-Seminaren, die sie da anbieten ...«

»Möchten Sie, dass ich anzeigen lasse, wessen Beiträge von der Gruppierung öfter geteilt werden und wem sie so folgt?«

»Unbedingt«, gab Kluftinger zurück. »Das Geteilte ... interessiert mich ganz besonders.«

Das Ergebnis passte zu dem, was sie eben gelesen hatten: Immer wieder hatte man Posts von anderen Vereinigungen veröffentlicht, die einem ähnlichen Naturglauben anhingen, unter anderem die Anastasia-Bewegung, von der Kluftinger jedoch noch nie gehört hatte.

»Ich seh gerade, die Leute haben einen eigenen Kanal.«

Kluftinger war baff. »Echt? Im Fernsehen?«

Der Assistent zögerte eine Weile, dann erklärte er: »Nein, also, im ... Internet. Auf Youtube. Ich geh mal auf den Channel.«

»Ja, genau. Auf den ... Dings.«

Statt des Facebook-Hintergrunds baute sich nun eine Seite voller kleiner, bunter Bildchen auf, die sofort Kluftingers Aufmerksamkeit erregten. Vor allem, weil sie fast ausschließlich mit Dingen zu tun hatten, mit denen er sich gern beschäftigte: Gleich auf mehreren waren Passatmodelle ähnlicher Baujahre wie sein eigener zu sehen, Hinweise für den sparsamen Umgang mit Geld, die besten Tipps, um seine Frau von Urlaubsreisen abzubringen, und Rezepte für den Thermomix, den er nun schon seit einigen Monaten sein Eigen nannte, auch wenn er ihn nach der anfänglichen Euphorie selbst kaum noch benutzte. »Da sind ja wirklich interessante Sachen drauf.«

»Das ist Ihre Youtube-Startseite. Lauter Videos. Ich such mal den Sektenkanal.«

»Nein, warten Sie doch grad noch kurz ... kann ich das da mal genauer anschauen?« Er deutete auf ein Bildchen, das zwei Traktoren zeigte, die bis zur Oberkante im Morast steckten. *Spektakuläre Bulldog-Befreiungsaktion im Allgäu, nicht verpassen* stand darunter.

»Das? Wirklich?«

»Klar.«

Die nächsten vier Minuten sah der Kommissar fasziniert zu, wie zwei Traktorfahrer ihre Zugmaschinen mittels Seilwinden aus dem Schlamm befreiten und danach mit Hochdruckreinigern wieder sauber machten.

»Sind denn diese Leute auch bei der Sekte?«, fragte Hermann.

Kluftinger runzelte die Stirn. »Nein, wie kommen Sie darauf?«

»Na, weil wir uns den Film jetzt ansehen mussten?«

»Ja, also ... nein. Das war jetzt mehr ... für einen anderen

Fall ...« Und auch wenn er noch liebend gern mehr gesehen hätte, etwa die Reinigung eines völlig verklebten Jauchefasses, die ihm mit dem Slogan *very satisfying* als nächstes Video angeboten wurde, sagte er schweren Herzens: »Wenn Sie jetzt mal auf den Sektenkanal gehen täten.« Er würde die Tage selbst mal bei Youtube vorbeischauen, beschloss Kluftinger.

Die ersten Videos handelten von Gartenbau, Fruchtfolge, Permakultur und Selbstversorgung. Und von der *Mittagsfrau*, einem weiblichen Naturgeist aus der slawischen Sagenwelt. Eine dunkle Stimme raunte geheimnisvoll, dass diese Frauengestalt viele Menschen getötet habe, weil diese sich gegen die Natur und die guten Sitten gewendet hätten. Stets sei dies an besonders heißen Tagen geschehen, oft zur Erntezeit auf dem Feld oder in der Natur. »*Die Mittagsfrau hat noch eine Eigenschaft, die sie furchterregend und mystisch zugleich macht*«, tönte es weiter, während man Bilder von im Wind wiegenden Kornfeldern sah, über denen sich ein Gewitter zusammenbraute. »*Sie kann Menschen zu Tode fragen.*«

Kluftinger überlegte einen Moment, ob er richtig gehört hatte: zu Tode fragen? War das nicht eigentlich eine Spezialität seines Kollegen Maier?

»*Erzählt man ihr jedoch von der Arbeit auf den Feldern, so wird man von ihrer Sichel verschont, mit der sie mühelos jenen die Köpfe abschneidet, die sich gegen die Mutter Erde wenden, nicht rechtschaffen sind oder sich wider die Natur verhalten. Und bedenkt: Die Mittagsfrau will nur die Wahrheit hören, denn alle Lügner trifft ihr unbarmherziger Bannstrahl.*« Nun setzte bedrohliche Musik ein, die dem Kommissar Schauer über den Rücken jagte.

»Unglaublich, an was für einen Schmarrn die Leute glauben«, resümierte er kopfschüttelnd, um die unheimlichen Bilder zu vertreiben. »Sind das eigentlich alles Filme, die die selber herstellen?«

»Die meisten haben dieselbe Signatur wie der Channel«, sagte

Elias und starrte weiter auf den Bildschirm. »Aber unter manchen stehen auch Klarnamen. Hier ist zum Beispiel der eines gewissen Adam Holetschek. Hat ganz schöne Klickzahlen.«

»Dann starten Sie mal«, forderte der Kommissar Elias Hermann auf. *Ganz schön praktisch, so ein Assistent*, dachte er sich. *Wie eine ferngesteuerte Computermaus.*

Kurz darauf lief ein Video, das bei einer Bürgerversammlung in Pforzen aufgenommen worden war. Thema: die Ausgrabungen von Professor Brunner in der Tongrube.

»Lauter Bekannte«, murmelte Kluftinger und starrte gebannt auf seinen Monitor. Auf dem Podium in einem Wirtshaussaal saßen der Bürgermeister, Martin Swoboda, Professor Brunner und Theresa Lanz. Dann kam jemand ins Bild, den Kluftinger ebenfalls kannte: Frau Ruth respektive Beate Jerofke. Ein halbes Dutzend Sektenmitglieder, unschwer an den Leinenoutfits zu erkennen, stürmte zusammen mit der Sektenführerin in den Saal und sorgte umgehend für Unruhe unter den Anwesenden. Die Störer hatten Transparente und Pappschilder dabei, auf die sie ihre Forderungen gemalt hatten: keine Forschungstätigkeit und kein Tonabbau in der Grube, um die *Harmonie des heiligen Bodens* nicht zu gefährden, keine Baggerarbeiten, um die umliegenden Felder und Grundstücke nicht durch Mikroschwingungen zu beschädigen.

Brunner und den anderen Wissenschaftlern warfen sie lautstark vor, »Raubbau an der Mutter Erde und ihren Schätzen« zu betreiben. An den Reaktionen der Pforzener Bürger, von denen die meisten den Kopf schüttelten oder den Neuankömmlingen den Vogel zeigten, konnte man ablesen, dass dies sicher nicht der erste derartige Auftritt der Gruppierung war. Die auf dem Podium Anwesenden hingegen gingen mit ihren Kritikern weit weniger gelassen um, schnell wurde der Ton rau.

»Herr Bürgermeister, wenn Sie diese Spinner entfernen könnten, wären wir Ihnen sehr dankbar«, rief Brunner in sein Mikrofon, woraufhin die Sektenführerin Richtung Podium lief und mit eisiger Stimme erklärte: »Der Bannstrahl der Mittagsfrau wird euch treffen und euer schändliches Treiben ahnden!«

Kluftinger wartete gespannt auf Brunners Antwort und war überrascht, als der einfach loslachte, was die Eindringlinge nur noch wütender machte. Schließlich wurden sie von ein paar Feuerwehrlern unsanft aus dem Raum befördert, während Brunner ihnen hinterherrief: »Du bist immer noch ganz die Alte!« Der Kommissar verstand nicht, was er damit meinte. Das Video endete abrupt.

Hörbar stieß Kluftinger die Luft aus, stand auf und ging zum Fenster. Was er eben gesehen hatte, belegte einen heftigen Konflikt zwischen Frau Ruth und dem Mordopfer – und mindestens ein Mal war dieser auch eskaliert. Ob es mehr solcher Konfrontationen gegeben hatte, auch ohne Kamera? Der Film war laut Signatur vor mehreren Monaten entstanden. Frau Ruth hatte ihnen also nicht alles erzählt. Wie eigentlich fast alle Beteiligten, mit denen sie es in diesem Fall zu tun hatten, resümierte der Kommissar bitter. »Hat jetzt dieser Horowitz noch mehr Filme da ... drinstehen?«, fragte er Elias Hermann und ging zurück zu seinem Schreibtisch.

»Holetschek. Ja, er hat ebenfalls einen Channel. Aber von der Sekte findet sich nichts mehr.«

»Nicht? Komisch, oder?«

»Warten Sie mal ...« Hermann tippte auf der Tastatur, öffnete und schloss Fenster auf dem Bildschirm, dass Kluftinger ganz schwindlig wurde, bis er aufhörte und den Kommissar erwartungsvoll anschaute.

»Ja?«

»Dieser Adam Holetschek ist kein aktives Mitglied der Gemeinschaft in Pforzen mehr. Er hat sich in der Presse sogar kritisch über seine ehemalige Gruppierung und deren Führung geäußert. Scheint, als handle es sich um einen Aussteiger.«

Lächelnd klopfte der Kommissar seinem Assistenten auf die Schulter. »Der wird uns bestimmt liebend gern ein bisschen was über seine alten Kameraden erzählen. Elias, das haben Sie ganz hervorragend gemacht. Wenn Sie nicht schon eine andere Karriere eingeschlagen hätten: Ich könnt Sie glatt als Ermittler brauchen.«

Tatsächlich hielt er diesen Holetschek für eine sehr aussichtsreiche Quelle und nahm sich vor, baldmöglichst einen Termin mit ihm zu vereinbaren. Nun aber musste er sich dringend den Nachrichten widmen, die er vorher auf seinem Facebook-Konto entdeckt hatte. Er platzte fast vor Neugier. »Wenn Sie für mich als Nächstes eine ... quasi verwaltungstechnische Aufgabe übernehmen könnten, wär ich Ihnen sehr dankbar.«

Mit strahlendem Lächeln sah ihn Elias Hermann an. »Sehr gern. Verwaltung ist seit frühester Kindheit meine Leidenschaft!«

Seltsam, welche Hobbys manche Menschen hatten. »Umso besser. Also: Bei Frau Henske steht ein Umzugskarton mit alten Ausgaben unserer Hauszeitschrift *Streiflicht Iller*. Die müsste man nach Datum sortieren und archivieren. Der Lodenbacher, also unser Ex-Chef, der hat das wahnsinnig ernst genommen. Wie sich selber auch. Drum grinst er einem von jedem Heft entgegen. Na ja, egal, Sie werden ihn eh nicht kennen.«

Hermann wollte etwas erwidern, doch Kluftinger kam ihm zuvor: »Also, dann mal an die Arbeit.«

Sein neuer Mitarbeiter nickte und verließ den Raum.

Endlich war der Kommissar wieder für sich. Zurück auf seiner Facebook-Seite fiel ihm ein kleiner Werbekasten ins Auge: *Jetzt die App auf dein Handy laden: damit Privates auch privat bleibt.* Das war wie für ihn gemacht. Tatsächlich war es ihm ein Dorn im Auge, dass hier auf dem Dienstrechner persönliches Zeug von ihm herumschwirrte. Ein paar Minuten später hatte er das Programm auf seinem Smartphone geöffnet und loggte sich ein, selbst ein wenig überrascht davon, wie problemlos ihm das mittlerweile gelang. Bei den Nachrichten handelte es sich fast ausschließlich um Freundschaftsanfragen von Altusriedern. Die Neuigkeit, dass er nun Mitglied bei Facebook war, musste sich wie ein Lauffeuer verbreitet haben.

Eine Mitteilung nach der anderen ging er durch. Während er bei einigen Leuten schlicht nicht anders konnte, als die Anfragen anzunehmen, etwa bei Kollegen aus der Musikkapelle, die ihm beim Zuspätkommen bei den Proben mit ausgedachten Entschuldigungen halfen, tat er sich bei manch anderen da schon schwerer. Was war zum Beispiel mit Jürgen Ebler von der Sparkasse? Annehmen oder ablehnen? Einerseits war es nicht schlecht, einen guten Draht zur Bank zu haben, andererseits könnte sich das vielleicht negativ auf seine Kreditwürdigkeit auswirken, falls wider Erwarten einmal eine größere Reparatur am Haus anstehen würde. Doch auch Ebler war Mitglied bei der Harmoniemusik und gehörte somit gleich in mehrere Kategorien.

Kluftinger vertagte die Entscheidung und wandte sich einer weiteren heiklen Sache zu: Kathrin Bilgram, die Physiotherapeutin, bei der er hin und wieder eine Massage gegen seine Kreuzschmerzen in Anspruch nahm, vorausgesetzt, er bekam von Langhammer ein Rezept. Wäre das nicht eine seltsame Verschiebung, von der Therapeutin zur Freundin? Wie sich das anhörte: *Freundin* ...

Von Anfang an hatte er Zweifel gehabt, ob er zum Massieren zu einer Frau gehen sollte. Nicht, dass er mit ihr nicht zufrieden gewesen wäre, ganz im Gegenteil. Andererseits ging es bei so etwas naturgemäß recht intim zu, schließlich war Nacktheit elementarer Bestandteil dieser Behandlung. Bis auf die Unterhose natürlich. Wobei Kathrin die immer extra weit nach unten zog, obwohl sie ihn meist nur an der Schulter behandelte. Eigentlich gab es keinen Grund dafür, aber nun, wo sie auch noch seine Freundin werden wollte, sah er das in einem anderen Licht. Lag da nicht jedes Mal eine besondere Hingebung in ihren Bewegungen, wenn sie seine Haut einölte? Kluftinger schluckte. Er konnte der Frau beim nächsten Termin nicht mehr unvoreingenommen begegnen. Es gab nur einen Ausweg aus dem Dilemma: Schnell drückte er auf *Ablehnen* und beschloss, in Zukunft zu einem männlichen Masseur in Kempten zu gehen. Er seufzte und verschob die Prüfung seiner weiteren Anfragen auf später, als er die Zeile oben in dem kleinen Bildschirm sah: *Was machst du gerade, Klufti?* Empört über die Frage drückte er den großen roten Ausschaltknopf auf dem Display, doch es tat sich nichts.

»Ja kreuzkruzifix, gehst du jetzt endlich aus, du Sauglump!«, schimpfte er. »Das geht dich einen Scheißdreck an, was ich grad mach, du elendiger Blechdepp, himmelarschkreuzkruzifixnochamal, du saublödes Malefizdreckshandy!«

Es klopfte. Mit rotem Kopf ließ er das Telefon in eine Schublade gleiten. Manchmal taten ihm solche Schimpftiraden wirklich gut, sie lösten fast so viele Blockaden wie eine Massage bei Kathrin Bilgram.

»Ja, herein!«, rief er, worauf Maier erschien. »Was gibt's, Richie?«

»Ich wollt eigentlich nur … sag mal, wieso hast du denn so einen roten Kopf?«

»Ich? Keine Ahnung.«

»Magst meinen Ventilator? Nicht, dass du einen Hirnschlag kriegst, bei der Hitze. Kommt oft völlig unerwartet.«

»Du kannst gleich einen Schlag aufs Hirn haben! Also, was willst du?«

»Dir von meinen Rechercheergebnissen berichten.«

»Aha.«

»Und fragen, ob du auch weitergekommen bist, auf den *Sozial-medien* ...« Maier grinste ihn überlegen an.

»Freilich. Soll ich anfangen?«

»Du?«

»Ja, pass mal gut auf ...«, begann Kluftinger mit großer Geste, wurde aber von einem erneuten Klopfen unterbrochen. »Zefix, wer stört denn jetzt?«

Die Tür ging auf, und Elias Hermann verkündete etwas verunsichert, dass alle *Streiflichter* bereits sortiert und archiviert seien.

»So schnell?« Reflexartig sah Kluftinger auf die Uhr. »Auweh!«, entfuhr es ihm. Er musste bei seinem privaten Facebook-Ausflug samt Kathrin-Bilgram-Problem die Zeit vergessen haben.

»Was ist meine nächste Aufgabe?«, wollte der Assistent wissen.

»Ihre ... nächste, also ...« Auf die Schnelle fiel ihm nichts Vernünftiges ein.

»Ich hätte schon was«, meldete sich Maier.

»Gern, Herr Hauptkommissar«, sagte Hermann dienstbeflissen.

»Na ja, nachdem Sie schon gezeigt haben, was Sie kaffeemäßig draufhaben, könnten Sie uns vernünftige Bohnen besorgen, außerdem Baristamilch, Mascobadozucker und Cantuccini zum Dazulegen. Ginge das?«

Der junge Mann blickte unsicher zu Kluftinger, doch der ließ den Kollegen gewähren. Etwas Besseres hatte er im Moment nicht für ihn. Als Hermann jedoch den Raum verlassen hatte, brummte er: »Willst ein Café aufmachen, Richie? Ich sag dir: Das ist eine absolute Ausnahme. Wenn der Lodenbacher das spitzkriegt, ist hier der Teufel los. Kapiert?«

»Sicher, du bist der Chef.«

Dann erzählte Kluftinger von seinen Erkenntnissen, den Posts der Sekte und vom Video, das während der Bürgerversammlung aufgenommen worden war. »Und es gibt einen verrückten Film von denen über die Mittagsfrau. Das ist eine …«

»Eine slawische Sagengestalt, vor allem im sorbischen Kulturkreis zu Hause.«

»Ah, bist du auch auf die gestoßen? So ein Schmarrn, oder?«

»Findest du? Mich hat die Figur fasziniert.«

Kluftinger sah seinen Kollegen prüfend an.

»Diese Mittagshexe ist hochinteressant. Allein die Gestalten, in denen sie sich manifestiert: entweder als Schwarzhaarige mit Pferdefüßen – also mit Anklängen an den Teufel – oder als Wirbelwind in ein weißes Gewand gehüllt. Erinnert an die weiße Frau, die in der Allgäuer Sagenwelt eine Rolle spielt. Zudem taucht sie oft auf Flachsfeldern auf. Die gab es vor Jahrhunderten auch hier bei uns. Interessant, wie das zusammenhängt.«

Kluftinger sog die Luft ein. Wie konnte sich Maier diesen ganzen Mist nur merken?

»Übrigens wird ihr auch nachgesagt, sie stehle Kinder und vertausche sie, weshalb es nicht gut ist, wenn Mütter mit Neugeborenen um die Mittagszeit das Haus verlassen. Sie wird meist totenbleich, mit eingefallenen Gesichtszügen und hohlwangig dargestellt.«

Sofort erstand vor Kluftingers geistigem Auge das Bild von Grete Wohlrat. Die ging ja ständig mittags mit seiner Enkelin raus, schoss es ihm durch den Kopf.

»Die Prezpolnica verliert übrigens eine Stunde nach Mittag ihre Macht.«

»Wer?«

»Die Prezpolnica. Sorbischer Name für die Mittagsfrau.«

»Aha. Hast du sonst noch was in Erfahrung gebracht oder nur den Wikipedia-Artikel auswendig gelernt?«

»Allerdings. Etwa, dass die Gemeinschaft auf Telegram, wo sie deutlicher artikuliert, wo sie weltanschaulich steht, immer wieder hart angefeindet wird für ihre Haltungen, etwa zu medizinischen Fragen.«

»Was für Fragen denn?«

»Hast du dich je mit Impfungen auseinandergesetzt?«

Auf eine erneute Diskussion darüber hatte der Kommissar nun wirklich gar keine Lust. »Logisch. Hab mir erst den Zeckenschutz auffrischen lassen.«

»Oh, oh!«, raunte Maier.

»Was soll das heißen?«

»Ich sag mal so: Impfen kann auch ganz schön ins Auge gehen.«

»Ja, und ich sag: Nicht impfen geht manchmal aufs Hirn, gell, Richie.«

17

»Wo sollen die hin, Erika?« Ächzend stellte Kluftinger seinen Bücherstapel auf den Wohnzimmertisch und wischte sich den Schweiß von der Stirn.

»Was ist denn das?«

»Für dich. Wart mal, ich hol mir noch was zum Trinken«, sagte er dann und ließ seine Frau mit den Titeln allein, die er am Vormittag bei Langhammer abgestaubt hatte. Als er wieder ins Wohnzimmer kam, blickte Erika ihn zweifelnd an. »Gefällt's dir nicht?«, fragte er enttäuscht.

»Also, ich weiß nicht.«

»Wollt ja bloß helfen.«

Die Stirn seiner Frau zog sich noch krauser, als sie eines der Bücher hochhielt. *Ende oder Neuanfang – die Menopause. Innenansichten einer Frau in den Wechseljahren* stand darauf, und jetzt verstand der Kommissar.

»Ach so, nein, so hab ich das nicht gemeint. Schau doch mal, wer das geschrieben hat.«

Sie blickte noch einmal auf den Titel. »Der Martin?«, entfuhr es ihr überrascht.

»Ja, der hat mir das für dich mitgegeben.«

»Ihr redet miteinander über meine ...« Sie brach ab.

»Ja, freilich. Also, nicht, wie du jetzt denkst. Wegen dem Flohmarkt. Ich hab gedacht, dass ich dir dabei helf, so wie mit den Reifen. Bücher bringen sicher was ein.«

Jetzt entspannte sich die Miene seiner Frau. »Ach, ich hab gedacht ... egal, das ist wirklich lieb von dir, dass du dich da so engagierst.« Sie gab ihm einen Kuss auf die Wange. Dann nahm sie sich die Bücher wieder vor und las halblaut die Titel. »Komische Mischung, oder? Schau mal, das: *Vierzehn Tage Selbstheilungskur*. Oder das da: *Erdschwingungen verstehen und nutzbar machen*. Wer liest denn so einen Schmarrn?«

Genüsslich verschränkte Kluftinger die Arme vor der Brust. »Auch der Doktor.«

»Welcher Doktor?«

Er grinste.

»Der Martin?«

»Genau der.«

»Die sind alle von ihm?«

»Alle.«

»Ach so ... der ... ist ja vielseitig interessiert. Als studierter Arzt muss er natürlich viel lesen.«

»Soso, muss er das? Auch *Wunsch und Wirklichkeit – Partnertraining Sexualität*?«

»Vielleicht hat's ihm jemand geschenkt.«

Sie nahm den Titel zur Hand, den Kluftinger selbst ausgeliehen hatte, und las laut: »*Was ist was – Paläontologie: Dem Leben auf der Spur*. Hat der Martin Kinder in der Verwandtschaft?«

»Wieso das denn? Der ist doch selber so ein Hobbyforscher. Gräbt auch in Pforzen in der Grube.«

»Ja, eben. Da wird er ja kaum ein Kinderbuch darüber lesen.«

»Also ich weiß nicht, ob das nur für Kinder ist«, gab der Kommissar ein wenig beleidigt zurück und nahm seiner Frau das Buch aus der Hand. »Das können wir eh nicht verkaufen.«

»Der Markus hat doch auch welche aus der Reihe gehabt. Erinnerst du dich nicht?«

Er erinnerte sich sogar sehr gut. Sein gesamtes Wissen über Ritter, Dinosaurier und Ägyptologie stammte von Vorlesestunden aus diesen Büchern. »Nein, weiß ich gar nicht mehr.«

277

»Doch. Hast oft vorgelesen daraus.«

»Manchmal steht da mehr Wissenswertes drin, als man denkt. Apropos: Hast du dieses Buch von mir weg? Weißt schon, mit den Benimmregeln im Beruf.«

Sie schaute ihn entgeistert an. »Was soll denn das für eins sein?«

»Hab ich mir mal ausgeliehen.«

»Von wem denn?«

»Von ... ist doch wurscht. Jetzt brauch ich's halt wieder. Weißt du, wo es ist?«

Sie schüttelte den Kopf. »Nein, nie gesehen.«

Er ließ die Schultern hängen. Wenn seine Frau es nicht wusste, wurde es kompliziert.

»Wann und wo hast du es denn zum letzten Mal gehabt?«

»Wenn ich das wüsst, müsst ich es ja nicht suchen.«

»Ungefähr.«

Kluftinger dachte angestrengt nach. »Mei, im Wohnzimmer vielleicht.«

»Und dann?«

»Hab ich's ... wahrscheinlich weggelegt.«

»Wann war denn das?«

»Mei, wann? Am Wochenende vermutlich.«

»Also ich hab nix gesehen.«

»Nicht dieses Wochenende, eher so ... 2005.«

Sie kniff die Augen zusammen. »Willst du mich veräppeln?«

»Kann auch 2006 gewesen sein. Aber so um den Dreh rum ...«

Plötzlich hellte sich ihre Miene auf. »Jetzt erinner ich mich wieder.«

Erleichtert blies ihr Mann die Luft aus. Auf Erika war einfach Verlass. »Gott sei Dank, das ist nämlich eine saublöde Sache.«

»Ja, du hast das damals mit ins Büro genommen, weil du es zurückgeben wolltest. Hast du das denn nicht gemacht?«

278

Mit großen Augen starrte Kluftinger seine Frau an. Er war sich nicht sicher, ob sie es ernst meinte oder ihn nur auf den Arm nehmen wollte. Vielleicht fragte er besser nicht nach.

»Weißt du es denn nicht mehr?«, hakte seine Frau nach.

»Erika, das ist über fünfzehn Jahre her, woher soll ich denn das bitte noch wissen?«

»Eben«, sagte sie augenzwinkernd, griff sich sein Glas und prostete ihm zu.

Mit einem Brummen stand er auf, packte die Bücher wieder zu einem Stapel zusammen und trug sie hinaus.

»Was machst du denn jetzt mit denen?«, fragte seine Frau.

»Ich bring sie ins Flohmarkt... also, ins Bügelzimmer.«

Dort angekommen, sagte er so laut, dass Erika es hören würde: »Au, da is ja gar kein Platz mehr für die tollen Bücher, ich räum mal ein bisschen von den anderen Sachen weg. Ist ja nur altes Zeug von mir, bringt eh nicht viel.«

Eine halbe Stunde später saß Kluftinger zufrieden auf der Couch. Ein paar der Dinge, die seine Frau hatte weggeben wollen, hatte er mit seiner Taktik schon retten können, darunter einen Kassettenrekorder, zu dem zwar keine Kassetten mehr auffindbar waren, aber man wusste ja nie, sowie die Fernbedienung für ihren alten Schwarz-Weißen, ein klobiges Ding mit dicken Knöpfen darauf. Das würde sicher mal ein Sammlerstück werden und horrende Summen bei einer dieser Internetversteigerungen erzielen.

Im Fernsehen lief die Wettervorhersage, doch Kluftinger war in sein Handy vertieft, ebenso wie seine Frau, und so nahm er nur im Unterbewusstsein die Prognose für die kommenden Tage wahr. *»Hoch Lucy lässt mit Tropenhitze weiter die Muskeln spielen, uns erwarten für den Rest der Woche Temperaturen über dreißig Grad, was für die Jahreszeit deutlich zu heiß ist.«* Immerhin reagierte sein

Körper auf diese Nachricht mit ein paar zusätzlichen Schweißtropfen. Sein Verstand hingegen war mit den vielen Kommentaren beschäftigt, die er auf einen Beitrag seines Facebook-Profils bekommen hatte. Er verstand nicht ganz, warum die Leute ihn bejubelten, noch weniger, auf was sie sich dabei eigentlich bezogen, aber irgendwie gefiel es ihm. Anerkennung war nicht gerade das, was er allzu häufig von seiner Umwelt erfuhr, meist mäkelte jemand an ihm herum, sei es seine Frau, weil er sich zu wenig Gedanken um seine Außenwirkung mache, sein Sohn, weil er zu rückständig sei, seine Mutter, weil er sich zu schnell Moden unterwerfe und außerdem zu wenig esse, sein Vater, weil er zu viel esse. Da tat so ein warmer Regen, wie er jetzt mittels dieses neuen Mediums auf ihn niederprasselte, zur Abwechslung ganz gut.

»Gibt's eigentlich was Neues von der Tagesmutter?«, unterbrach Erika sein gedankliches Bad in der Lob-Welle.

»Von der? Nein, da weiß ich eigentlich …« Er sprach nicht weiter und schüttelte über sich selbst den Kopf. Er war wie vernagelt gewesen! Das Mittel, mit dem er mehr über die ungeliebte Frau Wohlrat erfahren konnte, hielt er schließlich in seinen Händen. Wenn das sogar von den Kollegen bei den Ermittlungen benutzt wurde, müsste es ihm in dieser Frage erst recht gute Dienste tun.

»Was wolltest du sagen, Butzele?«

»Nein, ich … es gibt nix«, erwiderte er kurz angebunden, dann senkte er den Kopf und gab den Namen der Tagesmutter in das Suchfeld ein. Sofort spuckte das Gerät mehrere Bilder aus, darunter eines mit den unverkennbar herben Zügen der Gesuchten.

»Hab ich dich«, murmelte der Kommissar.

»Hm?«

»Ach, nix …« Gespannt sah er, wie die Seite erschien, mit der sich Grete Wohlrat der Welt präsentierte. Erst war es nur das Übliche – ein Porträtfoto mit dem Banner *Impfen statt Schimpfen*, ein Hintergrundbild mit einer italienisch anmutenden Landschaft. Dann scrollte er zu ihren Beiträgen, häufig geteilte Nachrichten von Erziehungsratgebern, Betreuungseinrichtungen und Kinderärzten, was bei ihrer Profession nicht weiter verwunderlich war. Stutzig wurde Kluftinger jedoch, als sie eine Buchempfehlung veröffentlichte. Das empfohlene Werk war von einem gewissen Doktor Winterhoff, seines Zeichens Kinderpsychologe. Der Titel des Buches lautete *Warum unsere Kinder Tyrannen werden*. »Aha!«, entfuhr es ihm.

»Was meinst du?«, fragte seine Frau, worauf er ein beschwichtigendes »Passt scho« zurückgab. Er wollte sie nicht beunruhigen. Nicht so sehr, wie er jetzt beunruhigt war, jedenfalls. Diese Person hielt Kinder also für Tyrannen. Und was machte man mit Tyrannen? Man bekämpfte sie, sperrte sie ein – oder entledigte sich ihrer sogar. Ihm wurde ganz schwummrig, als er diese Gedanken durchspielte.

War das alles nur ein Missverständnis? Wohl kaum. Aber um sicherzugehen, musste er tiefer graben und nahm sich als Nächstes ihre Freundesliste vor. Vielleicht würde die das Bild vervollständigen, das sich langsam vor Kluftingers geistigem Auge formte. Zunächst stellte er fest, dass diese Auflistung überraschend umfangreich war. Möglicherweise ein Punkt, der sie ein bisschen entlastete, aber wirklich nur ein bisschen, denn in dieser seltsamen digitalen Welt war es ja wirklich nicht schwer, Anhänger zu generieren, wenn man bedachte, dass er dort sogar mit Richard Maier befreundet war. Dennoch grub er weiter, hangelte sich von einer Person zur nächsten, durchforstete die Freundeslisten von Grete Wohlrats Freunden, erschrak einmal, als er meinte, das Feld *Als Freund hinzufügen* auf ihrem Profil gedrückt zu haben, war sich aber gar nicht mehr sicher, ob er es überhaupt gesehen hatte, so verschwammen die einzelnen Bilder, Grafiken und Texte vor seinen Augen ...

Irgendwann, er hatte längst jegliches Zeitgefühl verloren, war er mit einigen für ihn nicht mehr nachvollziehbaren Zwischenschritten auf dem Profil eines russisch-orthodoxen Priesters gelandet, der eine radikale Abkehr vom Autoverkehr forderte. Seine Augen tränten, sein Nacken tat ihm weh.

»... gehen?«, drang wie aus einem Nebel die Stimme seiner Frau an sein Ohr.

»Was?«, fragte er, als wäre er gerade aus einem unruhigen Traum erwacht.

»Wollen wir nicht lieber ins Bett gehen, hab ich gefragt.«

»Lieber?«

»Ja, lieber, als hier unsere Zeit auf den Dingern zu verdaddeln.« Sie hielt ihr Handy hoch.

»Wie spät ist es denn?«, fragte er mit belegter Stimme.

Erika blickte auf die Uhr und bekam große Augen. »Jesses, schon halb zwölfe.«

»So spät?« Das hätte er wirklich nicht gedacht. Mit einem Fluchen schaltete er den Bildschirm seines Mobiltelefons aus. Das war wirklich eine Teufelsmaschine. Man musste höllisch aufpassen, dass man sich nicht in ihren digitalen Welten verlor. Auch wenn sie noch so spannend sein mochten.

Als sie im Bett lagen und Kluftinger schon dabei war, in den unwirklichen Bereich zwischen Wachen und Träumen hinüberzugleiten, holte ihn Erikas Stimme wieder zurück ins Hier und Jetzt. »Ist dir aufgefallen, dass wir heut gar nicht geredet haben?«

»Hm?«, brummte er. Folgte nun ein Streit? Hatte er sich in irgendeiner Weise danebenbenommen? Er versuchte, im Geiste die infrage kommenden Situationen durchzugehen, doch es fiel ihm nichts ein.

»Ich mein, dass wir uns doch abends immer unterhalten. Aber heut sind wir nur vor diesen blöden Dingern gehockt.«

Kluftinger seufzte. Sie hatte recht. Auch wenn er jetzt eigentlich lieber geschlafen hätte – diese vermaledeiten Handys hatten ihre gesamte Aufmerksamkeit auf sich gezogen. Irgendwie fühlte er sich schuldig. »Ja, wirklich schad um den Abend, Schätzle. Über was sollen wir reden?«

»Über deinen Fall zum Beispiel. Kommst du voran?«

Er setzte sich ein wenig auf. »Ja, geht schon. Wobei wir's da mit komischen Menschen zu tun haben, das kann ich dir sagen.«

»Das ist doch für dich nix Neues.«

»So mein ich das nicht. Ich war da gestern wieder bei der Frau ...«

Erikas rechte Augenbraue hob sich einen Zentimeter, was immer dann passierte, wenn sie misstrauisch oder eifersüchtig wurde.

»Die Führerin, oder wie man das sagen will. Von der Sekte.« Er erzählte von seinen neuerlichen Eindrücken, von der Lebensweise der Mitglieder, von ihrem Umgang miteinander und ihrer Haltung Fremden gegenüber. »Schon seltsam, oder?«, schloss er in der Hoffnung, diesmal mehr Bestätigung von seiner Frau zu bekommen.

Doch die zuckte mit den Achseln. »Wieso? Ich komm ja jetzt mit vielen Weltanschauungen in Berührung. Das macht einen schon nachdenklich. Wir müssen da alle ein bisschen offener sein, glaub ich.«

»Das mag schon sein. Allgemein gesehen. Mit deinen Moslems zum Beispiel ist das aber trotzdem was anderes. Die glauben an was ... irgendwie ... Anerkanntes. Aber die von der Sekte in Pforzen schustern sich einfach selber alles Mögliche zusammen.«

»Die Christen sind auch verfolgt worden, am Anfang.«

»Himmelherrgott, ich verfolg doch niemand. Ich sag nur ...«

Er fühlte sich plötzlich in eine Rechtfertigungsposition gedrängt, dabei war er doch der Normale, und diese Kommunenbewohner die Spinner.

Doch Erika ließ nicht locker: »Ich will ja auch nur sagen, dass so was oft der Anfang ist. Und irgendwann werden diese Menschen dann verfolgt, bloß weil sie an etwas anderes glauben als wir.«

Kluftinger holte Luft, um etwas zu erwidern, doch sein Blick fiel auf die Zeitanzeige seines Weckers. 0:04 stand in leuchtend roten Ziffern darauf. Also verzichtete er auf eine weitere Diskussion, zumal sie ihm fruchtlos erschien. »Du hast ja recht«, brummte er, rollte sich auf seine Seite des Bettes und schloss die Augen.

Das Einschlafen wollte ihm im Gegensatz zu seiner Frau aber nicht gelingen. Er war einfach zu aufgewühlt, woran sicher auch dieses saublöde Handy seinen Anteil hatte. Also stand er auf, holte sich das *Was-ist-was*-Buch und setzte sich in seinen Fernsehsessel. Das Buch war zwar tatsächlich in einer kindlichen Sprache abgefasst, aber das störte ihn nicht. Die wahre Kunst bestand schließlich darin, komplizierte Dinge einfach zu erklären. Er las also über fossile Funde und über die Bedingungen, unter denen besonders viele Versteinerungen die Jahrmillionen überdauerten. Das war vor allem bei Flusssedimenten der Fall, genau wie in Pforzen. Darüber hinaus wurden Fundstellen in Deutschland vorgestellt. Es gab nicht sehr viele, eine davon in Cottbus.

»Hoi, ist das nicht die Gegend, wo auch der Brunner herkommt?«, sagte der Kommissar halblaut. Vielleicht war der ja als Kind schon mal bei so einer Grabung gewesen, das könnte seine Faszination für dieses Gebiet der Wissenschaft erklären. Immerhin war Kluftinger auch von diesem Virus infiziert, seit er sich beruflich damit beschäftigen musste. Sonst würde er nicht nachts hier sitzen und nachlesen, was es mit den ersten Menschen auf sich hatte.

Als er das nächste Mal auf die Uhr blickte, war es halb zwei. Müde, aber zufrieden, seinen Wissensdurst fürs Erste gestillt zu haben, ging er ins Bett, wo er diesmal sofort einschlief.

18

»Gefällt's Ihnen eigentlich bei uns?«

Vom Beifahrersitz aus sah Lucy Beer den Kommissar überrascht an. Er war zugegebenermaßen ziemlich mit der Tür ins Haus gefallen mit seiner Frage. Die hatte ihm schon lange auf den Nägeln gebrannt, doch in der letzten Zeit hatte sich einfach keine Möglichkeit geboten, sie zu stellen. Jetzt aber fuhren sie zu zweit nach Neugablonz, einen Ortsteil von Kaufbeuren, um den Sektenaussteiger Adam Holetschek zu besuchen. Und diese Fahrt würde er nutzen, um zu erfahren, wie sich die junge Kollegin, die seit einem guten halben Jahr in seiner Abteilung arbeitete, eigentlich eingelebt hatte.

»Wie jetzt: allgemein hier im Allgäu?«, erwiderte die Beamtin.

»Nein, ich mein bei uns im Kommissariat.«

»Geht schon klar. Auch wenn mich die Fahrerei von Augsburg her allmählich nervt.«

»Na ja, vielleicht ziehen Sie ja doch eines Tages noch her.«

»Hm, mal sehen. Mein Freund will nicht in die Provinz, ist 'n Städter.«

»Aber er wohnt doch in Augsburg«, versuchte sich der Kommissar an einem Witz, den sie anscheinend nicht verstand.

»Eben. Und ich kümmer mich ja auch um meinen Vater ... erst mal wird wohl alles beim Alten bleiben.«

»Aber die Arbeit taugt Ihnen, oder?« Kluftinger hatte zwar das Gefühl, dass dem so war, wollte es aber trotzdem von ihr selbst hören.

»Ja, passt echt. Interessantere und spektakulärere Fälle, als ich gedacht hätte, hier auf dem Land.« Sie sah ihn verschmitzt grinsend an und kaute auf ihrem Nikotinkaugummi.

Am Anfang hatte er das noch ziemlich unpassend gefunden, inzwischen hatte er sich jedoch daran gewöhnt. Sie scherte sich nicht darum, wie sie auf andere wirkte, das war erfrischend. »Und die Kollegen sind auch ... nett?«

»Wenn man sie mal kennt und weiß, wie man sie nehmen muss, sind das alles regelrechte Schnuckelhasen.«

Verwundert blickte Kluftinger zu seiner Beifahrerin.

»Nee, ehrlich. Ich mag die. Allein der Richie. Mann, was für ein krasser Typ! Ein Streber, wie er im Buch steht. Aber halt nur auf den ersten Blick. Auf den zweiten dann ein verlässlicher Kollege, der dir nie hintenrum kommt und voll in seinem Beruf aufgeht. Und der uns alle, glaub ich, als so eine Art Ersatzfamilie sieht.«

»Hm, könnt sein, ja«, stimmte Kluftinger nachdenklich zu. So hatte er das noch gar nicht betrachtet.

»Und er hat ja ziemliche Probleme, privat und so.«

»Hat er?« Der Kommissar war überrascht. Und ein bisschen besorgt. Bei Strobl hatte er dessen Schwierigkeiten auch erst bemerkt, als es zu spät war. Er schluckte. Für einen Moment drohte ihn die Trauer über den Verlust von Eugen Strobl zu übermannen, ein kurzer, aber heftiger Stich ins Herz. Damals hatte er sich geschworen, besser auf seine Leute zu achten, sensibler dafür zu sein, wie es ihnen ging.

»Ja, ich glaub, seitdem er sich von seiner Frau getrennt hat, hat er seinen Weg noch nicht ganz gefunden. Aber irgendwann kriegt er das auch wieder in die Spur, denk ich. Hat er's wirklich immer so schwer gehabt, in der Abteilung?«

»Warum, hat er was gesagt?«

Sie grinste wieder und kaute demonstrativ. Kluftinger zuckte mit den Achseln. Sicher, manchmal hatten ihn die Kollegen vielleicht zu sehr durch den Kakao gezogen. Aber Maier forderte es ja geradezu heraus. »Und die anderen?«, hakte er nach, als er auf die Bundesstraße fuhr.

»Der Role Hefele ist schon auch ein Netter. Aber mit ihm hab ich irgendwie nicht so richtig viele Anknüpfungspunkte. Ich mein, der ist freundlich und so, also meistens … na ja …«

»Ja?« Kluftinger war gespannt, was nun kommen würde.

»Wie ein netter älterer Onkel, der sich aber jetzt nicht wahnsinnig für einen interessiert. Für mehr als Small Talk hat's bisher nicht gereicht. Meistens reden wir nur über Sachen, die die Fälle betreffen. Aber für mich passt das voll. Zu viel Privates ist auch nicht immer gut.«

Kluftinger nickte. »Bloß, dass er in letzter Zeit ziemlich grantig ist, weil er auf Teufel komm raus abnehmen will. Das nervt mich ein bissle.«

»Stimmt, da lässt er manchmal die Diva raushängen. Wird schon wieder vergehen. Spätestens, wenn er merkt, dass er bei der Sandy trotzdem nicht zum Schuss kommt.«

»Ach, rechnet er sich da immer noch was aus? Hat er Ihnen was gesagt?«

»Sieht doch ein Blinder.«

Der Kommissar reagierte nicht, schließlich hatte er nichts dergleichen bemerkt.

»Was die will, is so 'n Märchenprinz mit Bodybuilder-Figur, Millionen aufm Konto und eigener Finca auf Malle, der sie vom Fleck weg heiratet.«

Kluftinger musste lachen. »Hofft das nicht jede Frau, irgendwie?«

Lucy sah ihn entsetzt an. »Sie sind ja 'n echter Frauenversteher. Also, ich wart sicher nicht auf so was. Das reinste Barbie-Klischee! Ist dann doch eher die Haltung von vorvorgestern.«

»Aber Sie sagen doch selber, dass die Sandy …«

»Kann ja jede machen, wie sie will.«

»Sind Sie nicht froh, dass auch eine Frau bei uns ist? Außer Ihnen?«

»Ist mir eigentlich egal. Und die Sandy und ich sind doch eher ... verschieden. Das große Geld hat mich noch nie gelockt. Sonst wär mein Freund nicht der Richtige für mich.«

»Nicht?«

»Nee, der verdient deutlich weniger als ich, hat kein Auto, keine schicke Wohnung, noch nicht mal nen aufregenden Job. Er ist keiner, nach dem sich alle umdrehen, verstehen Sie?«

»Ich glaub schon.«

»Er ist halt, wie er ist, ruht in sich, weiß, was er will.«

Kluftinger nickte. Mehr als die Wahl ihres Lebensgefährten beschäftigte ihn aber die Tatsache, wie gut Lucy das soziale Gefüge in seiner Abteilung nach der kurzen Zeit schon einschätzen konnte – samt Psychogramm seiner Mitarbeiter. Umso neugieriger war er nun, wie sie ihn selbst sah. Er bemühte sich, seine Frage danach möglichst beiläufig klingen zu lassen. »Und ... der Rest der Truppe?«

»Den Willi Renn meinen Sie?«

»Den ... ja, also ... den auch.«

»Ist ne coole Socke, der Willi. Der macht sein Ding, lässt sich nicht verbiegen. Vor dem hab ich echt Respekt. Ich mein, was der alles schon gesehen hat!«

Sie kamen in die richtige Richtung mit ihrem Gespräch. »Stimmt, so ist er, der Willi. Und ... sonst so?«

»Sonst? Na ja, was soll ich sagen ...«, begann sie. Der Kommissar war gespannt, was nun kommen würde. »Die Parkplatzsituation ist beschissen«, erklärte Lucy. »Aber daran wird sich ja so schnell nix ändern. Dafür sind wir mitten in der Stadt, auch was wert. Unsere Räume mag ich. Alles schön hell.«

Kluftinger seufzte. »Genau. Aber es gibt da ja noch einen. Hand aufs Herz, Lucy: Wie finden Sie den?«

»Den Elias? Ich kenn den doch auch erst seit einem Tag. Da kann ich noch nix sagen.«

»Vielleicht auch besser so«, sagte der Kommissar und gab auf.

Eine Viertelstunde später erreichten sie Neugablonz. Kluftinger spielte den Fremdenführer und erklärte Luzia Beer, dass dieser Kaufbeurer Stadtteil nach dem Zweiten Weltkrieg entstanden war, als sich dort fast zwanzigtausend Vertriebene aus dem heutigen Tschechien ansiedelten. Viele von ihnen waren hier wie schon in ihrer früheren Heimat als Glas- und Schmuckproduzenten tätig, was Neugablonz zu einem wichtigen Zentrum für Modeschmuck machte. Noch immer versprühte es den etwas spröden Charme früher Fünfzigerjahresiedlungen.

Adam Holetschek wohnte in einem typischen Siedlerhäuschen dieser Zeit: klein, gedrungen, mit Eternitverkleidung, einem schmalen Vorgarten und zwei Teppichstangen hinter dem Haus. Vervollständigt wurde das Bild von ein paar heruntergekommenen Bienenstöcken und einer winzigen Garage, in die nicht einmal Kluftingers zierlicher alter Passat gepasst hätte. Vor dem Jägerzaun parkte ein bulliger Pick-up, der so gar nicht in die kleinbürgerliche Umgebung passen wollte, obwohl auch er eindeutig schon bessere Zeiten gesehen hatte. Über Holetscheks Adresse auf der Fahrertür prangte der Schriftzug *Adam macht das schon – mobiler Hausmeister- und Reparaturservice.*

Kluftinger nickte Lucy zu, die auf die Klingel neben dem Gartentor drückte. Sie wussten, dass Adam Holetschek erst zweiunddreißig Jahre alt war, womit er so gar nicht in dieses Häuschen passen wollte. Der gesamte Vorgarten war vollgestapelt mit alten Fahrrädern, Öfen und allerlei Wannen und Eimern aus Metall. Vielleicht handelte der Mann auch mit Schrott. Der Kommissar war gespannt, welcher Typ Mensch ihnen da gleich begegnen würde. Doch darauf mussten er und seine Kollegin noch ein wenig warten, denn zunächst öffnete sich nur ein winziges Fenster neben der Haustür.

»Sie sind die Leute von der Polizei, oder?«, ertönte eine Männerstimme. Die Beamten warfen sich einen Blick zu, und Kluftinger rief: »Genau. Beer und Kluftinger von der Kripo Kempten. Wär nett, wenn Sie uns reinlassen würden, Herr Holetschek.«

»Erst die Ausweise aufs Fensterbrett, bitte.«

Sie legten die Dokumente an die gewünschte Stelle, worauf eine Hand erschien und sie sich griff. »Dauert ein wenig. Bin gleich zurück. Wenn alles okay ist, lass ich Sie rein.« Damit schloss sich das Fensterchen wieder.

Während Lucy Beer sich in einen der weißen Monoblockstühle setzte, die zwischen dem Schrott standen, sah sich Kluftinger ein wenig in dem Chaos um. Einige der Zinkwannen und Wascheimer würden sich als Pflanztröge wunderbar auf dem Flohmarkt verkaufen lassen. Ob er den Mann danach fragen konnte?

»Alles klar, Sie können rein«, hörte er erneut die Stimme vom Eingang, dann ertönte das Geräusch zahlreicher Schlösser, die betätigt wurden, schließlich öffnete sich die Tür. Adam Holetschek sah älter aus, als er war. Seine braunen Haare hatte er zu einem Pferdeschwanz zusammengebunden, über einem ausgeleierten olivfarbenen T-Shirt trug er eine Latzhose. Er rang sich ein schüchternes Lächeln ab und reichte ihnen zur Begrüßung die Hand. »Bin bisher immer gut damit gefahren, nachzuprüfen, wer bei mir ins Haus will«, sagte er entschuldigend und gab den Weg in einen Hausgang frei, der ebenso vollgestellt war wie der Garten. Hier erschwerten jedoch vor allem Kartons den Durchgang.

»Kein Problem«, sagte Kluftinger mit ruhiger Stimme. »Lieber einmal zu viel kontrolliert als zu wenig. Wenn Sie bloß noch unsere Ausweise hätten?«

»Natürlich«, murmelte der Mann, suchte seine zahlreichen

Hosentaschen ab und hielt ihnen schließlich die Dokumente hin. »Einfach durchgehen, am Ende links ist das Wohnzimmer.«

Sie durchmaßen den engen Korridor im Gänsemarsch. »Leben Sie allein hier?«, wollte Lucy wissen. Holetschek bejahte und schob nach: »Sieht man, oder?«

Und wie, lag Kluftinger auf der Zunge, doch er zuckte nur dezent mit den Achseln. Noch bedrückender als die räumliche Enge empfand Kluftinger die abgestandene Luft im Haus. Es roch so, wie er es von außen vermutet hatte: nach einer Mischung aus Staub, abgestandenem Essen, kaltem Rauch und Kaffee. Alles in allem nicht das, was er gut vertrug, noch dazu bei Temperaturen über dreißig Grad. Am liebsten hätte er die Fenster aufgerissen.

Im ebenso muffigen Wohnzimmer, das dominiert wurde von einer wuchtigen Schrankwand, die man eher in einem Seniorenhaushalt vermutet hätte, nahmen sie auf einer abgewetzten Couch Platz. Holetschek zog sich einen hölzernen Schülerstuhl heran. Der Couchtisch stand voller Tassen und Teller, dazu zwei aufgeklappte Laptops und mehrere überquellende Aschenbecher. Bevor er sich setzte, holte ihr Gastgeber eine Packung Tabak und Zigarettenpapier aus der Brusttasche seiner Latzhose. »Stört es Sie, wenn ich eine rauche?«

»Nicht, wenn ich mitmachen kann«, erklärte Lucy und holte ihre Schachtel heraus.

»Kein Thema«, murmelte der Mann und begann, sich eine Zigarette zu drehen. Kluftinger sah, dass seine Finger und Nägel ganz gelb vom Tabak waren. Besonders gesund wirkte er mit seinem Dreitagebart und seinem fahlen Gesicht auch sonst nicht.

»Ob ich vielleicht ein Fenster aufmachen dürfte?«, bat der Kommissar, der sich fragte, wie er es in diesem Raum aushalten sollte – jetzt, wo ihn auch noch zwei Leute vollqualmten.

»Klar. Lüften ist nicht so meine Stärke«, antwortete Holetschek, stand auf und kippte einen Flügel des Doppelfensters.

Das wird viel bringen, dachte Kluftinger, der am liebsten alle Fenster sperrangelweit aufgerissen hätte.

»Okay, Sie sind also wegen der Gemeinschaft da?«, fragte der junge Mann.

»Ganz genau.« Der Kommissar erzählte, dass sie ihn über seine Filme ausfindig gemacht hatten.

Adam Holetschek seufzte tief, bevor er sagte: »Dieses Kapitel in meinem Leben werd ich wohl nie hinter mir lassen.«

»Sind Sie eigentlich aus der Gegend? Ich mein, gebürtig?«, wollte Lucy Beer wissen.

Der Mann nickte. »Ja. Ich bin in Kaufbeuren geboren. Auch wenn man's nicht hört. Mein Vater hat einen Maler- und Stuckateurbetrieb gehabt, hier in Neugablonz. Opa hat den nach dem Krieg aufgebaut. Mama hat die Buchhaltung gemacht. Die hatten sechs oder sieben Angestellte. Lief gut.«

»Und dann?«

»Dann standen irgendwann diese Leute vor unserer Tür und haben meine Eltern vollgelabert. Am nächsten Wochenende haben sie einen von den Kursen besucht. Das war die reinste Gehirnwäsche, verstehen Sie?«

Lucy schüttelte ungläubig den Kopf. »Wie? Ihre Eltern sind nach einem einzigen Treffen dort eingetreten?«

»Nee«, erwiderte Adam Holetschek und machte einen tiefen Zug an seiner Selbstgedrehten. »So schnell auch wieder nicht. Aber die haben bei meinen Eltern sofort den Schalter umgelegt. Wissen Sie: Wir waren eine ganz normale Kleinfamilie. Ich hab Fußball gespielt, war in der Jugendfeuerwehr und bin auf die Realschule gegangen.«

»Waren Sie denn vorher irgendwie religiös, Sie und Ihre Eltern?«, hakte der Kommissar ein.

Sein Gegenüber lachte bitter auf. »Nicht mal annähernd. Meine Eltern waren beide längst raus aus der Kirche. Ich weiß noch, als ich mich mal für die Pfadfinder interessiert hab – mein Vater hat mir das verboten. *Wir halten nichts von dem Schrott, den die verzapfen*, hat er gesagt. Und dann ...« Er hielt inne.

»Ja?«

»... war das mit Mama. Die Diagnose.« Holetschek drückte seinen Zigarettenstummel im Aschenbecher aus und murmelte: »Wahrscheinlich sollt ich nicht unbedingt rauchen, bei der Vorbelastung.«

»Lungenkrebs?«, fragte Lucy vorsichtig.

Der Mann presste die Lippen aufeinander. »Ja, die Lunge dann irgendwann auch. Losgegangen ist es aber mit nem Knoten in der Brust. Das kam raus, kurz bevor die von der Gemeinschaft hier auf Seelenfang gegangen sind. Meine Mutter hat immer gesagt, das käme von dem ganzen Lackzeug, den Farbdämpfen. Ihr Vater hat ja auch schon das Malergeschäft gehabt, da ist sie aufgewachsen. Dann kamen sie und mein Papa auf den Trip, dass wir alle gesünder leben müssten. Und genau in die Kerbe hat dann auch die Ruth reingehaut.«

Der Kommissar runzelte die Stirn. »Inwiefern?«

Holetschek drehte sich eine neue Zigarette. »Das war so: Die Ruth, also die Älteste, die war ja nicht schon immer in Pforzen. Sie hat sich das Anwesen gekauft und ist mit ihren Leuten hergezogen. Am Anfang waren das noch viel weniger. Dann haben sie angefangen, aktiv nach Mitgliedern zu suchen.«

»Die Gemeinschaft existierte also vorher schon woanders ...«

»Nicht in der Form. Die Ruth kommt eigentlich aus dem Osten. Irgendein Kaff da drüben, in der Lausitz, sie hat jedenfalls sorbische Wurzeln. Daher auch die slawischen Sagen. Sie wissen doch ein bisschen was über den Verein, oder?«

Die Beamten nickten. »Und was hat die Leute dann hierher ins Allgäu verschlagen?«, fragte der Kommissar.

»Zufall, wenn Sie so wollen. Angeblich hat das Anwesen,

also die alte Staudengärtnerei, genau zu dem gepasst, was die Ruth vorhatte. Sie erzählt jedem stolz, dass sie das Gelände angeschaut hat und noch am gleichen Tag bar bezahlt hat.«

Kluftinger wurde hellhörig. »Und woher hatte die das Geld?«

»Das kann ich Ihnen sagen: von ihren Jüngern. Die ganzen Ersparnisse von meinen Eltern sind auch in die Gemeinschaft geflossen. Wenn man eintritt, überschreibt man denen sein ganzes Hab und Gut. Man verkauft Häuser, Autos, Grundstücke, Wohnungseinrichtung und geht dann bettelarm zu ihnen.«

»Und was gibt es im Gegenzug?«

»Harte Arbeit auf Lebenszeit. Und man kriegt nix zurück, wenn man geht. Sieht man ja an mir. Wobei ich sagen muss: Sie lassen einen nicht einfach so ziehen. War ein ziemlicher Kampf.«

»Okay, am besten, wir gehen das mal der Reihe nach durch«, schlug Lucy Beer vor. »Als Ihre Eltern in die Gemeinschaft eingetreten sind, wie alt waren Sie da?«

»Dreizehn. Sie haben mich aus der Schule genommen, und ich wurde von denen unterrichtet, die hatten ihr bescheuertes System ja tatsächlich als Privatschule genehmigt gekriegt.«

»Ihre Eltern haben alles verkauft und in der Gärtnerei gearbeitet?«, hakte Kluftinger ein.

»Vater hat den Betrieb an einen seiner Angestellten verscherbelt, das Haus versilbert und alles, was wir sonst noch hatten. Er hat dann in der Gärtnerei angefangen, weil Ruth die Leute bewusst entgegen ihren Fähigkeiten eingesetzt hat. Damit sie ihr bisheriges Leben hinter sich lassen, hieß es. Um sie klein zu halten, sag ich. Meine Mama war aber schnell zu krank für irgendwelche Arbeiten.«

Kluftinger nickte. »Das heißt, sie hat den Kampf gegen die Krankheit verloren?«

Holetschek seufzte. »Sie hat nie wirklich gekämpft, hat jegliche Therapie abgelehnt. Und wissen Sie, warum? Wegen

Ruth! Sie hat angeblich auch mal einen Tumor gehabt, den sie durch irgendwelche Kräutertees, Räucherwaren und ihre Rituale besiegt haben will. Den Scheiß hat sie dann meiner Mama verzapft, und die hat ihr geglaubt. *Die Pharmaindustrie will uns nur kontrollieren mit dem, was sie uns verabreichen*, hat sie gemeint. Mit solchen Verschwörungstheorien hat sie bei ihr die Angst vor der Welt draußen geschürt. Dabei haben alle aus der Familie auf Mama eingeredet, sie angefleht, dass sie den Ärzten vertrauen soll.«

»Alle?«

»Ihre Schwester, ihre Tante, nur eben mein Vater nicht. Der hat sie bestärkt in ihrem Glauben an diese Frau. Irgendwann war sie völlig zerfressen von dem Scheißkrebs, ist elendig dran zugrunde gegangen. Nicht einmal Morphium hat sie angenommen. Niemand kann sich die Schmerzen vorstellen, die sie gehabt haben muss. Und ihr Mann und die Ruth haben dabei zugeschaut.«

»Lehnen die Mitglieder denn medizinische Hilfe allgemein ab?«, fragte Lucy. Sie schien sehr interessiert an dem Thema, vielleicht wegen ihres pflegebedürftigen Vaters, dachte Kluftinger.

»Zumindest alle größeren Eingriffe in den Körper«, erklärte Holetschek. »Ruth sagt, es wär gegen die natürliche Ordnung. Es gebe schließlich genügend Heilkraft, die Mutter Natur den Leuten zur Verfügung stellt. Oder die Mittagsfrau oder was weiß ich wer.«

»Und Sie haben das alles mitbekommen? Ich mein ... als Kind? Das Sterben Ihrer Mutter?« Lucy zündete sich eine weitere Zigarette an.

»Natürlich nicht so direkt. In der Gemeinschaft hat man ja keinen richtigen Kontakt mehr zu den Eltern. Alle sollen sich um die Kinder kümmern. Was heißt, dass sich keiner wirklich um einen scheißt.«

»Und Ihr Vater?«

»Hat mich noch nicht mal getröstet, als Mama tot war. Er hat nur gesagt, dass ihr noch mehr Leid erspart worden ist. Dass sie eins mit der Natur geworden ist. Das war's. Krass, oder?«

»Allerdings«, fand auch der Kommissar. »Lebt Ihr Vater denn noch in der Gemeinschaft?«

»Ja. Zumindest geh ich davon aus. Er hat nie auf Briefe von mir geantwortet und lehnt jeden Kontakt ab. Wer weiß, ob ich von seinem Tod überhaupt erfahren würde. Sie haben ja nicht mal Gräber.«

Kluftinger runzelte die Stirn. Ob er Holetscheks Vater bei einem seiner Besuche in der Sekte vielleicht begegnet war? »Wo ist Ihre Mutter denn beigesetzt worden?«

»Eben gar nicht. Es gibt keinen Ort, an dem ich sie besuchen kann. Ruth lässt sich aus der Asche der gestorbenen Mitglieder immer einen Diamanten pressen, irgendwo im Ausland. Ist bei uns ja gar nicht erlaubt. Hängen an einem Collier, das sie zu Feiern und so trägt. Völlig abgedreht.«

Diesen Eindruck bekam auch der Kommissar immer mehr. Er sah, wie Holetscheks Hände zitterten, wenn er sprach. Man merkte deutlich, wie sehr ihm das alles an die Nieren ging. »Was sind denn das für Feiern?«, fragte Kluftinger. Noch immer verstand er nicht richtig, welche Ideologie, welcher Glaube hinter dieser Gemeinschaft steckte.

»Rituale zu Ehren von Liuba, Morena-Feiern im Hochsommer und immer wieder Beschwörungen der Mittagsfrau im Wald und so.«

»Ist eine von denen eigentlich die liebe Frau?«

»Ja, das ist Liuba.«

Kluftinger sah ihn ein wenig hilflos an.

»Das sind alles slawische Gottheiten. Liuba zum Beispiel ist in der slawischen Mythologie die Herrin der Morgenröte, der Liebe und des Mondes. Man kennt sie auch als Freya. Die Anhänger verehren sie als Gebieterin über Wachstum, Fruchtbarkeit und Liebe. Daher die Bezeichnung *liebe Frau*.«

»Lauter weibliche Gottheiten, die verehrt werden, oder?«, bemerkte Luzia Beer.

»Das stimmt. Letztlich hat Ruth sich aus der slawischen Götterwelt einen eigenen Kult zusammengezimmert. Ziemlich willkürlich, fand ich. Und die Feste und Feiern haben für Zusammenhalt in der Gemeinschaft gesorgt. Ich hab mich immer drauf gefreut, auch wenn die ziemlich bizarr waren. Einmal im Jahr wurde zum Beispiel eine Strohpuppe im Wald vergraben. Aber das waren so ziemlich die einzigen Gelegenheiten, wo ich meine Eltern gesehen und auch mal mit ihnen geredet hab.«

Für Kluftinger war es unvorstellbar, sein eigenes Kind auf diese Weise im Stich zu lassen.

»Zu dieser Liuba hat Frau Ruth einen besonderen Draht?«, wollte seine Kollegin wissen.

»Behauptet sie, ja. Sie redet angeblich mit ihr und empfängt ihre Weissagungen. So kann sie jede Entscheidung rechtfertigen vor ihren ... Schafen.«

»Eine perfekte Maschine.«

Der Mann überlegte. »Ja, genau. Das Schlimmste war für mich aber die völlige Auflösung unserer Familie. Sogar direkt nach Mamas Tod hab ich zu meinem Vater nicht mehr Kontakt gehabt als zu jedem anderen Mitglied der Gemeinschaft. Ist einfach nicht vorgesehen. Hab total darunter gelitten, die ganzen zehn Jahre, die ich dabei war. Und dann auch die Sache mit der Schule. Ich mein, ich war normalen Unterricht gewohnt. Manches hat mich auch echt interessiert, zum Beispiel Werken. Und dann gab es nur noch das Geschwafel von denen, ohne wirklichen Plan. Also, die hatten schon einen, die *Schetinin-Schule*, haben sie gesagt. Aber wissen Sie, wie die funktioniert?«

Die Beamten schüttelten die Köpfe.

»Alle Kinder werden zusammengepfercht und sollen sich selber helfen und unterrichten. Können Sie sich ja vorstellen, was dabei rausgekommen ist. Und wer nicht mitgemacht hat ... na ja, es gab nicht direkt Prügel, aber bestraft wurde man schon.«

»Verstehe«, sagte Kluftinger. »Und die Frau Ruth, unterrichtet die auch?«

»Manchmal. Sie gibt ja bei allem den Ton an, aber in den Schulstunden, da hat man gemerkt, dass es echt nicht weit her ist mit dem, was sie weiß. Auf Nachfragen konnte sie nie richtig antworten. Sie hat dann immer gesagt, wir müssten das selber erforschen. Dachte wohl, dann fällt es nicht so auf, dass sie's nicht weiß. Ich mein, ich hab rausgekriegt, dass sie Metzgereiverkäuferin gelernt hat, damals im Osten. Ehrenwerter Beruf, nicht falsch verstehen, aber sie hat sich ja zur Weisen hochstilisiert. Da hab ich nicht mehr mitgekonnt. Auch, weil das alles so streng war, mit einer so krassen Hierarchie. Die Frau ist echt ne Alleinherrscherin. Und ganz schlimm fand ich, dass sie sich schon ganz schön was an Luxus genehmigt, aber von den Leuten verlangt, ihr ihr ganzes Vermögen zu schenken. Mich hat das alles nur noch angekotzt. Mehr und mehr, jeden Tag. Bis das Fass dann halt übergelaufen ist.«

»Wann war das?«

»Nach zehn Jahren. Ich war dreiundzwanzig, als ich letztlich die Gemeinschaft verlassen hab. Mit dem Gedanken gespielt hab ich natürlich viel länger.«

»Aber man hat Sie nicht einfach so gehen lassen, oder?«, fragte Lucy Beer. Sie schien von den Erzählungen ebenso gebannt wie der Kommissar.

»Im Gegenteil. Die haben mir alle Steine in den Weg gelegt, die man sich vorstellen kann. Und noch einen Sack voll Drohungen mit auf den Weg gegeben.«

»Hatten Sie denn überhaupt jemanden, einen Platz, wo Sie hinkonnten?«

»Zum Glück. Meine Tante. Sie hat hier vorher gewohnt. Vor einem knappen Jahr ist sie gestorben und hat mir das alles hinterlassen. Ihr hab ich mein neues Leben zu verdanken. Nachdem meine Eltern alles verschenkt haben, hab ich jetzt wenigstens dieses Häuschen, in dem ich leben kann. Und weil die mich keinen richtigen Beruf haben lernen lassen, schlag ich mich halt als Hilfshausmeister durch. Ich hab in alle Handwerksberufe mal reingeschnuppert, und mein Lehrmeister in der Schlosserei war ganz in Ordnung. Von ihm hab ich viel gelernt, was ich jetzt brauchen kann.«

»Können Sie uns von den Drohungen der Gemeinschaft erzählen? Wie sahen die denn aus?«

»Sahen? Sehen. Die stellen mir immer noch nach.« Die Augen des Mannes begannen zu flackern. »Haben mich ständig angerufen, Tag und Nacht. Bis ich mir eine andere Nummer besorgt hab. Aber auch die hatten sie schnell raus. Dann haben sie mir so Zettel in den Briefkasten gesteckt, dass eines Tages die große Rache kommen würde, sich niemand dauerhaft von ihnen abwenden könnte und so.« Er sah nervös aus dem Fenster, als müsse er sich versichern, dass die Leute, die ihm nachstellten, ihn nicht gerade belauschten.

»Haben Sie diese Zettel denn aufgehoben?«

Holetschek schüttelte energisch den Kopf. »Nein, ich wollt das nicht im Haus haben. Hab sie immer verbrannt, draußen in ner Feuerschale.«

Stirnrunzelnd blickte der Kommissar zu seiner Kollegin. In ihren Augen sah er, dass dies auch für sie seltsam klang. »Sind Sie denn auch direkt bedroht worden? Ich meine, kam jemand zu Ihnen und wollte Ihnen körperlich was?«

Der Atem des Mannes ging merklich schneller. Er stand auf

und schaute unruhig aus dem Fenster, wobei er den vergilbten Vorhang zur Seite schob. Ohne sich umzudrehen, antwortete er: »Bis jetzt halten sie sich versteckt. Scheuen die offene Konfrontation. Aber sie planen was.« Er deutete aus dem Fenster. »Sehen Sie? Jetzt kommt bei den Nachbarn wieder der Installateur. Komischerweise habe ich noch nie von dieser Firma gehört. Zufall? Glaub ich nicht.«

»Sie meinen also, Sie werden beschattet?«

»Nicht immer, nicht rund um die Uhr. Aber sie machen ihre Kontrollfahrten. Jeden Werktag um kurz nach halb drei hält der Kurierdienst vor meinem Haus. Obwohl ich nie Post bekomme von dem. Er tut so, als würde er seine Päckchen sortieren. Dabei machen sie aus ihrem Auto heraus Fotos. Alles inszeniert. Oder der Bauer, der immer wieder am Ende der Straße anhält und telefoniert. Drei Mal hat er das schon getan, in den letzten zwei Monaten. Hab mir alles notiert, in einer Excel-Tabelle.« Seine Lider zuckten, als er sich umwandte, Schweiß stand ihm auf der Stirn.

Kluftinger wusste nicht, ob die Angst des Mannes begründet war oder ob er schlicht unter Verfolgungswahn litt.

»Wovor haben Sie denn Angst? Dass die Leute Sie angreifen, entführen oder umbringen wollen?« Lucy Beer stellte die Frage in sachlichem Ton.

»Nein«, sagte er bestimmt – und ging ein paar Schritte auf sie zu. Er wirkte, als wäre er froh, mit seinen Bedenken ernst genommen zu werden. Mit gesenkter Stimme fuhr er fort: »Es geht um etwas anderes. Ich glaube, sie wollen mir was anhängen. Irgendeine Straftat. Oder haben eine Schmutzkampagne oder so mit mir vor, um mich zu vernichten. Das würde zu ihnen passen.«

»Verstehe«, sagte Lucy Beer. »Möchten Sie polizeiliche Hilfe? Anzeige erstatten?«

»Nein. Noch nicht. Ich werde erst noch mehr Informationen sammeln. Dann könnte ich ja den Behörden mal meine Datei zur Verfügung stellen. Aber momentan komm ich klar, danke.«

Kluftinger hatte das Gefühl, dass es am besten wäre, das Gespräch damit zu beenden. Sie hatten genug neue Einblicke in die Struktur dieser dubiosen Gemeinschaft erhalten – egal, ob die Vorwürfe des Mannes nun alle der Wahrheit entsprachen oder nicht. »Gut, Herr Holetschek, dann danken wir für Ihre Zeit. Sie haben uns wirklich geholfen. Wenn wir uns revanchieren können, melden Sie sich jederzeit. Wir haben zum Beispiel Kollegen, die können vorbeikommen und Sie beraten, wie Sie das Haus einbruchsicher machen.« Der Kommissar sah sich um und ergänzte dann: »Also, noch sicherer, mein ich.«

Der Mann wirkte nun wieder bedeutend ruhiger, rang sich sogar ein Lächeln ab. »Danke fürs Angebot. Aber bei mir ist alles bombensicher. Ich will es denen nicht leichter machen als nötig.«

Als sie an der Haustür standen, blickte Kluftinger über den Vorgarten und sagte: »Tolle Sachen haben Sie da gesammelt!«

Holetschek schien sich mit einem prüfenden Blick zu versichern, ob der Kommentar ernst gemeint war. Schließlich lächelte er. »Die einen sagen so, die anderen so. Meine Nachbarn wollen bei der Stadt erwirken, dass alles wegkommt, weil es die Gegend verschandelt. Ich weiß es ja selber, aber ich komm einfach nicht zum Wertstoffhof. Immer ist was anderes. Außerdem, na ja ...« Er stockte. »Direkt beim Schrottcontainer haben sie eine Kamera«, ergänzte er flüsternd.

»Schrott? Sie werfen das doch nicht etwa weg?«, fragte Kluftinger mit ehrlichem Interesse.

Eine Viertelstunde später drückte der Kommissar die Heckklappe seines Wagens mit einigem Kraftaufwand zu. Er hatte die

Sitze umgeklappt und so viel von Holetscheks Sammlung eingeladen, wie in seinen Passat passte.

Luzia Beer sah ihn zwar skeptisch an, als er den Motor startete, sagte aber nichts.

Nachdem das kleine Häuschen im Rückspiegel verschwunden war, fragte der Kommissar: »Was meinen Sie, Lucy? Bildet er sich die Sache mit der Beschattung und der Bedrohung bloß ein?«

Sie seufzte. »Bin mir nicht sicher, aber wirkt fast so, oder?«

»Könnt schon sein.«

»Wenn er sich das einbildet, frag ich mich halt, ob es ne Folge seiner verkorksten Kindheit ist. Gibt einem schon zu denken. Hab das Gefühl, die ganze Gesellschaft bricht immer mehr auseinander.«

»Ja, das geht mir in letzter Zeit genauso«, entfuhr es Kluftinger. »Mit wem ich auch rede, jeder macht sein eigenes Ding und findet es dann auch noch gut, dass die anderen das auch machen. Da frag ich mich, ob das Gemeinsame nicht auf der Strecke bleibt.«

Sie hingen ein paar Minuten diesem Gedanken nach, dann sagte der Kommissar, dem das Thema unbehaglich war: »Aber immerhin haben wir Neues über die Sekte erfahren.«

Lucy nickte. »Und ich über Sie«, erklärte sie in einem Tonfall, den der Kommissar nicht einordnen konnte.

»Über mich?«

»Na ja, wegen dem ganzen Zeug da hinten im Auto, also wir hatten das bei meinem Vater auch mal eine Zeit lang.«

Er warf ihr einen verständnislosen Blick zu.

»Papa konnte ne Weile nichts weggeben und hat obendrein alles zusammengesammelt, was er irgendwo gefunden hat. Bei ihm war es allerdings kein Metallschrott, sondern Geschirr, Gläser und Flaschen. Kennen Sie die Sendung *Mein Leben ohne Messie-Chaos?*«

»Nein, ich … in welchem Programm kommt denn das?«

»Ist auch nicht so wichtig. Auf der Homepage von denen gibt's gute Adressen, wohin man sich wenden kann, wenn die Unordnung zu groß wird. Und die Zwänge. Bei Papa hat's geholfen.«

Darauf wollte sie also hinaus. Kluftinger lachte. »Nein, bei mir ist das ganz anders. Kein Zwang oder so, ich bin auch sicher kein Messie. Eher vielleicht manchmal ein bissle zu ordentlich.«

Luzia Beer erwiderte nichts.

»Die Sachen sind nämlich für meine Frau, wissen Sie?«

»Na, die wird ne Freude haben!«

»Genauer gesagt für unsere Flüchtlinge. Die haben ja nix und freuen sich total über Hilfe.«

»Ob die das Zeug brauchen können?«

»Ich mein ja nicht für die Asylanten direkt. Für die Käufer.«

»Frau, Asylanten, Käufer, verstehe.« Erneut traf ihn ein skeptischer Blick vom Beifahrersitz. Schließlich seufzte seine Kollegin: »Geht mich ja auch nix an.«

»Aha, dreiunddreißig Komma drei fünf. Viel zu viel, laut Arbeitsschutzverordnung für den öffentlichen Dienst. Klufti, gut, dass du da bist. Wir haben ein Problem«, erklärte Maier, stieg von einer zweistufigen Klappleiter herab und wedelte dem Kommissar mit einem elektronischen Messgerät vor dem Gesicht herum. Sandy hatte ihn bereits vorgewarnt, dass der Kollege überall in der Abteilung die aktuellen Temperaturen dokumentierte. Schließlich fand der Kommissar ihn in der hintersten Ecke des kleinen Besprechungsraums. »Servus, Richie. Dass du ein Problem hast, ist mir schon länger klar.«

Maier winkte ab. »Jaja, sehr lustig, aber das ist leider ernst: Es ist eindeutig zu heiß hier drin. Wir sollten früher Schluss machen oder eine Siesta halten, ähnlich wie in Spanien. Die kommen dort nach dem Mittag oft erst um vier, fünf Uhr wieder ins Büro und arbeiten dafür in den kühleren Abendstunden.«

»Soso. Ich hab aber neulich gelesen, dass es das dort fast nicht mehr gibt«, erklärte Kluftinger. »Und überhaupt: Das mit dem Hitzefrei kannst du dir abschminken. Wir sind nicht in der Schule. Sei doch froh, dass es mal warm ist, sonst schimpfen alle immer über den endlosen Winter.«

Maier blickte Kluftinger prüfend an. »Wenn man nach deiner Schweißproduktion geht, kämpfst du auch ganz schön. Ich hab mir heute Morgen von Herrn Hermann dieses Infrarot-Raumthermometer hier besorgen lassen und außerdem auch ein Gerät zur Messung der Körpertemperatur. Soll ich's mal holen?«

»Klar, so weit käm's noch, dass wir alle die Hosen runterlassen, damit du uns Fieber misst! Hat's dir völlig die Hirnwindungen verschmurgelt?«

»Ist doch ein Stirnthermometer, Chef. Nimm dir wenigstens aus dem Kühlschrank ein paar von den nassen Handtüchern und leg sie dir in den Nacken. Elias hat schon neue bereitgelegt.«

»Wer?«

»Na, unser Assistent.«

»*Mein* Assistent, Richie! Das ist ein Unterschied, gell? Hättet ihr dem nicht vernünftige Arbeit geben können? Das bringt uns noch Riesenärger, am End! Apropos: Wo ist der überhaupt?«

»Hm, also, kann sein, dass ich ihn zufällig bei der Kaffeemaschine gesehen hab, vorher«, sagte Maier bemüht beiläufig.

»Aha, macht der Pause oder was?«, fragte Kluftinger, doch sein Kollege hatte den Raum schon verlassen.

Tatsächlich fand er seinen persönlichen Referenten in der kleinen Abteilungsküche, wo er gerade an einem der Schränke mit Klebeband hantierte. Der gesamte Inhalt stand auf dem Resopaltischchchen gegenüber der Küchenzeile.

»Ah, guten Tag, Herr Präsident.«

»Grüß Gott. Was haben wir ausgemacht: Der Kluftinger reicht …«

»Richtig. Ich hoffe, ich führe die Arbeiten zu Ihrer Zufriedenheit aus.«

Der Kommissar besah sich das Chaos in dem kleinen Raum. »Hm, wenn Sie mir erklären täten, was Sie da machen, wär ich fürs Erste schon mal ganz zufrieden.«

»Ich reorganisiere den Sozialraum.«

»Aha. Und wie kommen Sie da drauf? War's Ihnen zu schmutzig hier?«

»Nein, das nicht«, winkte Hermann aufgeregt ab, ergänzte aber: »Obwohl sich durchaus Verkrustungen gebildet hatten. Aber eigentlich hat Herr Hauptkommissar Maier mich darum gebeten. Und mich auf die Idee gebracht, mittels Tape in den Schränken Segmente abzutrennen, die jeder Einzelne dann für sich strukturieren und in Ordnung halten kann.«

»Verstehe. Das hat Ihnen der Herr Maier angeschafft?«

»Er hat mich darum gebeten, ja. Die Maschine ist zudem bereits entkalkt, ebenso der Wasserkocher, die Fugen der Fliesen habe ich mit Scheuervlies geschrubbt. Später werde ich dann noch die Kaffeetassen mit Namen beschriften. Auf meinem Dienstgang in den Baumarkt, wo ich für den Hauptkommissar Thermometer besorgt habe, habe ich spülmaschinenfesten Marker erworben.«

»Soso. Der Hauptkommissar …«

In dem Moment kam Lucy Beer hinzu und sah sich um. »Na, das nenn ich mal fleißig.«

»Hallo, Lucy. Ja, ich freu mich echt über die Aufgabe, vor allem, weil mir Hauptkommissar Maier erklärt hat, wie wichtig dieser Sozialraum für Sie alle ist. Weil er den ruhenden Pol in Ihrer nervlich oft sehr anspruchsvollen und herausfordernden Arbeit darstellt.«

Lucy grinste. »Der Richie, unser Westentaschenpsychologe.«

»Er hat mir auch verraten, wie wichtig Ihnen Ordnung und Sauberkeit sind, Herr Kluftinger«, berichtete Hermann, während er die Klebebänder mit den Namen der Mitarbeiter beschriftete.

Lucy zog die Brauen hoch und murmelte: »Hm, muss Ihnen vorher entfallen sein, als Sie den Passat vollgeladen haben.«

Der Kommissar ging nicht auf die kleine Spitze ein. Stattdessen überlegte er, ob er es verantworten konnte, seinen Assistenten weiterhin als Putzfrau arbeiten zu lassen, statt ihn gemäß seiner Aufgabe und Qualifikation einzusetzen. Aber irgendjemand musste ja das ganze Geschirr wieder einräumen, das er im Raum verteilt hatte. Und eine Grundreinigung hatte die Küche sowieso längst nötig gehabt.

»Na dann, angenehmes ... Umstrukturieren weiterhin«, murmelte er daher und trat hinter Lucy hinaus auf den Korridor.

»Ist das nicht eigentlich Sandys Aufgabe?«, sagte die flüsternd und zeigte mit dem Finger auf die Küche.

»Na ja, streng genommen ist auch die Sandy nicht dafür zuständig, obwohl sie von sich aus immer mal für Ordnung sorgt, da drinnen.«

»Na ja, mich geht's ja nix an«, sagte Lucy schulterzuckend und machte sich auf den Weg zu ihrem Schreibtisch.

Eine halbe Stunde später saß das Ermittlungsteam im kleinen Besprechungsraum, wo zwei von Maiers mitgebrachten Ventilatoren liefen. Angesichts der weiter steigenden Temperatur hatte auch Hefele inzwischen keine Probleme mehr mit dem Luftzug.

Lucy und Kluftinger hatten von ihrem Gespräch mit Adam Holetschek berichtet und warteten nun auf die Ergebnisse von Maiers und Hefeles Arbeit an diesem Vormittag.

»Ich würde darum bitten, als Nächstes das Thema Temperatur

in unseren Räumen und geeignete Maßnahmen dagegen zu besprechen«, erklärte Maier.

Der Kommissar schnaubte. »Schluss jetzt mit dem Gejammer, ich will wissen, ob und wie ihr im Fall weitergekommen seid. Oder hast du heut die ganze Zeit bloß Fieber gemessen?«

»Zum Glück hab ich was Vernünftiges gemacht«, meldete sich Roland Hefele zu Wort. »Wir haben ja mittlerweile von Professor Jenkins die Mail weitergeleitet bekommen. Die Uni hat tatsächlich eine förmliche Einladung ausgesprochen, er hat also die Wahrheit gesagt.«

»Gut«, sagte Kluftinger nickend. »Geht daraus auch hervor, wer sie geschickt hat? Von welcher Adresse ist denn diese Mail gekommen?«

»Der Absender ist der offizielle Mailaccount des Paläontologischen Instituts der Eberhard Karls Universität Tübingen«, mischte Maier sich ein.

»Und wer hat unterschrieben?«

»Niemand, ist ja eine Mail, kein handschriftlicher Brief«, dozierte der Kollege.

»Schon klar, Richie, aber wem sein Name steht denn drunter?«

»Wessen Name, meinst du? Keiner, das ist es ja. Es findet sich nur die Signatur des Instituts. Die Nachricht ist vom Info-Postfach geschickt worden.«

»Kann man das nachverfolgen?«

»Wie gesagt, wir wissen, von welchem Account ...«

»Ich mein, von welchem Rechner es kommt.«

»Hm, glaube nicht, dass das möglich ist. Und wenn: Die meisten da sind allen Uni-Mitarbeitern zugänglich.«

»Kreuzhimmel!«, schimpfte der Kommissar. »Kann ich die Mail mal sehen?«

Hefele reichte ihm wortlos zwei ausgedruckte Seiten. »Das ist ja auf Englisch, zefix«, murmelte Kluftinger zu sich selbst und verließ ohne weitere Worte an die Kollegen den Raum in Richtung seines Büros. Im Gehen überflog er die Zeilen. Er verstand zwar nicht alles, kam aber besser klar als erwartet. Am letzten Satz jedoch blieb er hängen: *Stay curious* stand da, ohne Namen, ohne Gruß. Was sollte das bedeuten? Bleiben Sie kurios? Im Sinne von … seltsam? Das ergab keinen Sinn. Irgendwie aber hatte er das Gefühl, dass ihm das Ganze etwas sagte. »*Stay curious, stay curious*, was heißt das bloß?«

»Das sagt mein Onkel auch immer!«, hörte er eine Stimme aus der Küche rufen.

»Was?«

Elias Hermann erschien im Türrahmen und präzisierte: »*Stay curious*. Bleiben Sie neugierig. Eines der wichtigsten Motti unseres Berufsstandes, sagt er immer.«

»Bleiben Sie neugierig … zefix, das ist es!«

Hermann blickte erstaunt drein.

»Richten Sie Ihrem Onkel aus, dass er ein sehr weiser Mann ist, ja?«, erklärte der Kommissar. »Und ich glaub, es heißt Mottos, ist aber eigentlich auch wurscht.«

Der Assistent wollte eben etwas erwidern, doch der Kommissar war bereits verschwunden. Er bat Sandy Henske, sofort Theresa Lanz anzurufen.

Eine Minute später klingelte bereits sein Telefon. »Hast du sie erreicht?«, fragte Kluftinger seine Sekretärin sofort.

»Leider nein. Sie hält gerade einen Vortrag auf einem Symposium in Österreich. Ist wohl erst morgen wieder erreichbar.«

»Als hätt sie's geahnt«, zischte er verärgert.

»Wie bitte?«

»Ach, nix. Dann mach doch gleich morgen einen Termin mit ihr.« Er wollte schon auflegen, da schob er noch grinsend hinterher: »Und immer neugierig bleiben, gell?«

19

»Nicht schon wieder, ich will doch nicht mit einem Müllwagen beim Flohmarkt vorfahren!« Erika blickte mit schmerzerfülltem Gesicht in die Garage, wo Kluftinger gerade die Mitbringsel von seinem Besuch bei Adam Holetschek verstaute.

»Von wegen Müll, schau doch mal, das sind richtige Schätze. Die würd ich am liebsten selber behalten.« Mit diesen Worten zeigte er auf die Metallgegenstände, die sich in seiner Garage stapelten.

Doch seine Frau ließ sich nicht überzeugen. »Manche unserer Mitglieder kaufen sogar extra was, damit sie am Flohmarkt was Gescheites anbieten können, und du ...«

»Was soll denn das für einen Sinn machen? Dann können sie ja einfach was spenden.« Der Kommissar schüttelte den Kopf und türmte mehrere alte Zinkwannen aufeinander. Dann holte er aus, um seiner Frau das Wesen eines Flohmarktes zu erklären: »Es geht doch gerade darum, dass alte, scheinbar unbrauchbare Sachen ein neues Zuhause kriegen, oder? Dass nicht so viel Müll produziert wird in dieser Welt. Dass das Zeug, das man eigentlich wegschmeißen wollte, jetzt sogar Menschen helfen kann.«

»Du brauchst mir nicht die Idee des Spendenflohmarkts erklären, ich organisier ihn ja mit. Aber ich find nicht, dass du ...« Sie verstummte und runzelte die Stirn. »Hörst du das?«

Kluftinger spitzte die Ohren. Ja, da war etwas. Es klang wie das Summen eines riesigen Insekts. Er kannte dieses Geräusch, es war ...

»Zefix, Erika, in Deckung!«, rief er noch, da flog die Drohne schon durch das offen stehende Tor in ihre Garage. »Du schon wieder«, zischte er das Ding an, das nun lauernd vor ihm in der Luft schwebte. Hatten sie ihn tatsächlich bis hierher verfolgt? Langsam wich er einen Schritt zurück und packte den Griff der Schneeschaufel, die an der Garagenwand lehnte. Vor seinem geistigen Auge sah er sich selbst, wie er sie in einer geschmeidigen Bewegung hinter seinem Rücken hervorziehen würde, um damit das lästige Flugobjekt ein für alle Mal in seine Einzelteile zu zerlegen, als sein Telefon in der Hosentasche vibrierte. Irritiert zog er es heraus und nahm ab.

»Mein Lieber, ich bin gleich bei Ihnen«, tönte der Doktor am anderen Ende der Leitung.

Der hatte ihm gerade noch gefehlt. »Au, Herr Langhammer, das ist jetzt blöd, ich bin noch im Büro und weiß nicht, wann ich ...«

»Sie Scherzkeks.«

»Hm?«

»Ich kann Sie doch sehen.«

Kluftinger schaute sich um, doch er konnte den Arzt nirgends entdecken. »Schmarrn.«

»Doch, durch mein fliegendes Auge.«

»Durch Ihr ...« Jetzt verstand der Kommissar. Er fixierte die Drohne und erkannte nun, dass sie ganz anders aussah als die, die ihn vor zwei Tagen verfolgt hatte. Nun fiel ihm auch wieder ein, dass er bei seiner gestrigen Begegnung mit dem Doktor in der Bücherei einen Termin für einen gemeinsamen Drohnenflug vereinbart hatte. Peinlich berührt stellte er die Schneeschaufel zurück.

»Dolles Ding, was?« Schon stand der Doktor in Fleisch und Blut vor der Garage, vor den Bauch eine Fernbedienung geschnallt, mit der er offenbar das Teufelsding steuerte. »Ich denke, wir können unser Telefonat jetzt beenden.«

»Ja, freilich.« Kluftinger steckte sein Handy weg.

»Grüß dich, meine Liebe«, flötete Langhammer in Erikas Richtung und deutete zwei Küsschen in der Luft an. »Dein Göttergatte und ich haben für heute Flugstunden vereinbart.«

»Ja? Das wusst ich ja gar nicht.«

»Ich hab's auch verdrängt … ich mein, vergessen, in dem ganzen Stress«, erwiderte der Kommissar. Eigentlich wollte er den Umgang mit diesen Fluggeräten unbedingt lernen, immerhin stand die Gesundheit seines Enkelkinds auf dem Spiel. Andererseits … nicht heute. Irgendwann.

»Bereit, Herr Flugkapitän?«, fragte Langhammer strahlend.

Kluftinger rang mit sich, dann brummte er: »Ach, was soll's, bringen wir's halt hinter uns.«

»Jesses, bin ich jetzt erschrocken.« Nachdem Kluftinger auf dem Beifahrersitz von Langhammers Mercedes Platz genommen hatte, hatte ihn plötzlich etwas Feuchtkaltes im Nacken berührt. Als er sich umdrehte, blickte er in das Gesicht eines Hundes. Ein Gesicht mit einem trüben und einem klaren Auge. »Hindemith! Gibt's dich auch noch …«

Sofort begann das Tier zu knurren.

»Ich mein, Mao«, fiel dem Kommissar ein. Hindemith war nur der Name gewesen, den er dem Tier gegeben hatte, nachdem er ihn aus dem Tierheim geholt und dem Doktor geschenkt hatte. Der Pfleger hatte ihn vorher noch gewarnt, dass der Vierbeiner auf helle Vokale besonders aggressiv reagiere.

»Also ich muss schon sagen …« Kluftinger erkannte das Tier kaum wieder: Das struppige Äußere war einem seidig glänzenden Fell gewichen, der Blick nur wegen der einen trüben Linse noch immer etwas gewöhnungsbedürftig, aber ohne das diabolische Flackern in den Augen. Der Hund schien sich wohlzufühlen in seinem neuen Zuhause.

»Ja, hat sich prächtig entwickelt, der kleine Racker. Ein richtiger Gefährte ist er geworden, stimmt's, Mao?« Der Arzt streichelte dem Tier über den Kopf, was der sich nur zu gern gefallen ließ.

Kluftinger lächelte. Eigentlich hatte er den Vierbeiner ja geholt, um Unruhe im Hause Langhammer zu stiften, die Aktion dann aber bereut, als sie in ein regelrechtes Chaos ausgeartet war. Dass die beiden jetzt Freunde geworden waren, beruhigte ihn. Sein Blick fiel auf die roten Plastiktütchen, die stapelweise auf der Rückbank lagen.

»Sind das die Tüten, mit denen Sie seine ... Haufen wegmachen?«

»Exakt.«

Kluftinger weidete sich in Gedanken an dem Bild. »Schauen aus wie die aus den Boxen, die die Gemeinde aufgestellt hat.«

»Das sind die besten.«

»Kann man die auch kaufen?«

»Nein, ich nehme mir aber immer einen Packen als Vorrat mit.«

»Aha.«

»Gar nicht *aha*. Ich zahle Hundesteuer, da steht mir das zu. Außerdem: Sie sind ja genau zu dem Zweck da. Oder dachten Sie, ich verwende sie als Gefrierbeutel?«

Das kommentierte Kluftinger nicht mehr. Im Gegenteil, er war froh, wieder ein klein wenig belastendes Material über den Mediziner gesammelt zu haben, das er bei passender Gelegenheit gegen ihn verwenden würde.

»So, wollen wir zum Sportplatz? Da können wir nicht viel kaputt machen. Ausgezeichnetes Trainingsgelände für Bruchpiloten wie Sie«, feixte der Doktor und fuhr los.

Als sie auf dem Rasen des Platzes standen, den der Kommissar schon viele Jahre nicht mehr betreten hatte, weil er sich nicht für

Fußball interessierte und auch selbst keinen Sport trieb, stellte er überrascht fest, dass sich am Kopfende der Sportstätte mittlerweile ein riesiger Abenteuerspielplatz befand. Vielleicht würde er in Zukunft wieder öfter vorbeischauen, denn für Maxima musste das ein Paradies sein. *Maxima* – er erinnerte sich wieder, weswegen er das alles auf sich nahm. »Fangen wir an?«

»Aye, aye, Käpt'n«, sagte Langhammer, deutete einen militärischen Gruß an und band den Hund mit der Leine an eines der Fußballtore. »Schön, dass Sie so voller Tatendrang sind. Ich zeige Ihnen erst einmal, was man mit so einem Gerät alles anstellen kann.«

Kluftinger befürchtete, nun eine mehrstündige Flugshow präsentiert zu bekommen, doch Langhammer holte lediglich sein Smartphone aus der Tasche.

»Müssen Sie noch jemanden anrufen, der die Drohne steuert?«

»Nein, gar nicht, ich will Ihnen nur ein paar Aufnahmen von Testflügen meinerseits zeigen.«

»Ach, Herr Doktor, das ist jetzt wirklich nicht ...«

»Hier, das war einer meiner ersten Erkundungsflüge, kurz nachdem ich die Drohne gekauft hatte.«

Seufzend blickte Kluftinger auf den Bildschirm. Was er sah, kam ihm bekannt vor, es war ein Haus mit einem kleinen Garten, davor ein Auto – sein Auto. Sein Haus. Und jetzt kam er selbst aus der Tür. »Haben Sie mich ausspioniert?«, fragte er empört.

»Papperlapapp, spioniert, da hätte ich mir schon ein interessanteres Objekt ausgesucht.«

Kluftinger sah sich selbst dabei zu, wie er vor seiner Garage stand, sich am Kopf kratzte, umschaute und dann ins Haus zurückging.

»Da haben Sie offenbar die Schlüssel vergessen, gleich kommen Sie wieder raus.«

»Haben Sie alles mitprotokolliert, oder was?« Er war sauer

und musste gleichzeitig zugeben, dass die Drohne offenbar hervorragend für den Zweck geeignet war, zu dem auch er sie einsetzen wollte: unbemerkt die Gewohnheiten anderer Menschen auszukundschaften. Und wenn er *andere Menschen* dachte, meinte er Grete Wohlrat.

»Haben Sie das gesehen?«, rief Langhammer begeistert aus.

»Ja, allerdings, und ich muss sagen …«

»Diese Kreisfahrt, das macht sie automatisch. Man muss nur einen Radius um ein bestimmtes Zielobjekt definieren, dann vollführt sie eine tolle Dreihundertsechzig-Grad-Drehung. Aber auch automatisches Tracking ist möglich.«

»Was heißt das?«

»Sie markieren ein Zielobjekt, und die Drohne folgt ihm. Moment, ich müsste da noch was von Ihnen haben, wie Sie an einem Montagabend mehrmals bei sich zu Hause um den Block laufen. Sagen Sie, haben Sie montags nicht Musikprobe?«

»Herrschaftszeiten, Doktor Watson, können Sie mir jetzt endlich mal zeigen, wie man das Ding fliegt? Und das Beweismaterial … also ich mein, die Aufnahmen von mir, die löschen Sie schleunigst wieder, klar?«

»Jetzt nur nicht so ruppig, Sie profitieren schließlich von meinen Kenntnissen.«

Missfällig brummend nahm der Kommissar die Fernsteuerung entgegen, die aus einem grauen Kästchen und einem daran angestöpselten Handy bestand.

»Ich lasse Sie jetzt erst mal mit der Gyroskop-Steuerung starten«, dozierte der Doktor.

Natürlich musste er wissen, dass der Kommissar keine Ahnung hatte, was damit gemeint war, doch der tat dem Arzt nicht den Gefallen, nachzufragen. Die Sorge um das teure Gerät würde schon dafür sorgen, dass er die nötigen Erklärungen lieferte. Tatsächlich schob Langhammer nach einer Pause nach: »Nur der Vollständigkeit halber: Gyroskop bedeutet, dass die Drohne genau die Bewegungen nachvollzieht, die sie mit der Steuerung machen. Sie müssen keinen Hebel oder Knopf bedienen.«

»So einfach ist das?«

»Eigentlich schon, das Problem ist nur: Wenn die Drohne auf Sie zufliegt, müssen Sie sozusagen spiegelverkehrt denken ...«

Weiter kam der Arzt nicht, denn Kluftinger hatte das Fluggerät bereits starten lassen. Tatsächlich war es intuitiv zu steuern, und schnell hatte er den Dreh raus, neigte es immer schnittiger in den Kurven, gab ordentlich Gas, bis es nur noch ein winziger Punkt am Himmel war.

»Jetzt drehen wir vielleicht lieber um.« Der Doktor klang etwas besorgt. »Und wie gesagt, nun müssen Sie spiegelverkehrt ...«

»Zefix, was macht die denn jetzt?«, entfuhr es Kluftinger, der nun, da die Drohne auf sie zuflog, das Gefühl hatte, die Kontrolle zu verlieren, die er vorher so souverän ausgeübt hatte.

»Spiegelverkehrt, spiegelverkehrt!«, rief der Doktor immer wieder, der die herumwirbelnde Drohne nicht mehr aus den Augen ließ.

»Was soll denn das heißen, spiegel...«

»In Deckung!«, schrie Langhammer auf einmal, als die Maschine mit derartiger Geschwindigkeit auf sie zuraste, dass sogar der Hund ängstlich bellte.

Nur mit einem Sprung zur Seite konnten sie eine Kollision vermeiden.

»Geben Sie mal her«, keuchte der Arzt, entriss Kluftinger grob die Fernbedienung und landete schließlich das Fluggerät. »Ich stelle die Lenkung wieder um, vielleicht war das Ganze zu intuitiv für Sie.«

Nach ein paar Minuten, zahllosen Ermahnungen und mindestens einem Dutzend geometrischer Figuren, die Kluftinger dem Arzt vorfliegen musste, unter anderem ein gleichschenkliges Dreieck, unternahmen sie den nächsten richtigen Testflug. Nun ließ Langhammer den Kommissar jedoch nicht mehr aus den Augen, griff sofort ein, wenn er in seinen Augen ein falsches Manöver begann, was aber immer weniger nötig wurde, denn Kluftinger hatte, auch für ihn überraschend, den Bogen schnell heraus. Nur als er einmal etwas zu niedrig über eine grasende Kuhherde flog, was die Tiere derart aufschreckte, dass sie in alle Richtungen auseinanderstoben, den Weidezaun niedertrampelten und orientierungslos auf die Straße liefen, wurde ihm etwas mulmig. Er reichte die Fernsteuerung an den Doktor weiter, rief den Bauern an, dem die Herde gehörte – gleichzeitig der Dirigent der Musikkapelle, den er sowieso nicht mochte –, und blaffte ins Telefon: »Franz, deine Viecher rennen hier überall rum, fang die mal wieder ein, sonst gibt's ein Unglück!«

Dann riss er dem Doktor die Steuerung wieder aus der Hand, stieg mit der Drohne auf satte einhundert Meter und beobachtete, wie der Landwirt umgehend angerast kam und hektisch versuchte, seine Tiere wieder einzufangen.

»Schon lustig, dass wir ihn jetzt sehen können, er aber überhaupt keine Ahnung davon hat«, sagte Kluftinger, dem das Fliegen immer mehr Spaß bereitete. Danach ließ er das Gerät zurückkommen und landete es sicher auf dem Elfmeterpunkt des Fußballfeldes. »Und jetzt?«, fragte er voller Tatendrang.

»Ich denke, das war fürs Erste genug«, erklärte der Doktor verschnupft.

»Nein, jetzt macht's doch grad erst richtig Spaß. Nur noch eine kleine Runde über den Ort.«

»Das ist nicht erlaubt.«

»Was denn?«

»Über bewohntes Gebiet zu fliegen. Man bräuchte die Einwilligung aller Anwohner.«

»Die haben Sie bei mir doch auch nicht gehabt.«

»Bei Ihnen habe ich sie stillschweigend vorausgesetzt.«

»Ach was ...«

»Ja, und wenn man die nicht hat ... kommt im schlimmsten Fall die Polizei und ...« Der Doktor vollendete seinen Satz nicht, als er sah, wie der Kommissar ihn angrinste.

»Ich bin die Polizei. Der Präsident sogar.«

»Interims... Sie wissen genau, wie ich das meine.«

»Ja, schon. Aber uns passiert nix, weil ich es erlaube. Aus ... ermittlungstaktischen Gründen.«

Zweifelnd musterte ihn der Arzt. »Das geht?«

»Ja, wenn ... aus Ermittlungsgründen eine Verordnungs... überbrückung vollzogen werden muss.«

Langhammer runzelte die Stirn. »Na, dann will ich dem Lauf der Gerechtigkeit natürlich nicht im Weg stehen.«

»Also, dann geben Sie mal wieder her.«

Einige Minuten später hatte die Drohne wieder luftige Höhen erklommen, und Kluftinger starrte fasziniert auf das Handydisplay, auf dem sich sein Heimatort erneut aus ungewohnter Perspektive präsentierte. Er fühlte sich selbst ein bisschen schwerelos, als er die Siedlungen sah, die von grauen Straßen wie Adern durchzogen wurden, den Ortskern mit dem Friedhof, die Kirche, das Pfarrhaus, sogar den Pfarrer konnte er erkennen, wie dieser mit einem Kübel zum Gartenzaun ging und ... »Können Sie schnell ein Foto machen?«, keuchte er, denn er wollte unbedingt ein Beweisbild vom Geistlichen, der da offenbar gerade Kirschen aus dem Nachbargarten klaute. Das würde sich womöglich noch als hilfreich erweisen.

Der Doktor nickte, drückte einen Knopf, wobei ein digital erzeugtes Auslösegeräusch ertönte. Zufrieden flog der Kommissar weiter, wich geschickt einem Taubenangriff aus, wobei er kurzzeitig, aufgrund der vielen um die Kamera herumfliegenden Federn, die Orientierung verlor, die er aber schnell wiedergewann, als er unter sich das Haus seiner Eltern erblickte und erkannte, dass sie beide im Garten lagen. Er ging ein wenig tiefer, um einen guten Ausschnitt für das Luftbild zu bekommen, als er realisierte, dass sich die beiden splitterfasernackt sonnten. Gerade beugte sich sein Vater von seiner Liege zu seiner Mutter und ... »Abdrehen!«, schrie Kluftinger panisch und ging in einen unkontrollierten Sinkflug über, den Langhammer nur durch beherztes Eingreifen stoppen konnte.

»Vielleicht sollten wir es nun doch besser beenden«, begann der Doktor, entdeckte dann aber seinerseits etwas auf dem Display, was sein Interesse weckte, und übernahm kurzzeitig die Steuerung. »Komisch«, brummte er.

Neugierig versuchte Kluftinger zu erkennen, was den Arzt so in den Bann zog, sah aber nur ein Haus mit einem Mercedes-Cabrio davor, aus dem eben eine Frau ausstieg, die ihm bekannt vorkam: Annegret Langhammer. »Ah, Besuch beim Hausfreund, oder wie?«, sagte der Kommissar scherzhaft, doch die zusammengepressten Lippen des Doktors verrieten ihm, dass der wohl gerade etwas Ähnliches dachte. »Vielleicht geben Sie's mir zurück, ich soll ja schließlich was lernen heut«, versuchte er, die Situation zu retten und musste einige Kraft aufwenden, um seinem Nebenmann die Fernsteuerung und das Handy wieder zu entreißen.

Die nächste Runde über den Ort nutzte Kluftinger dazu, sich im Geiste zu notieren, wer bei dieser Hitze alles in einem eigenen Pool entspannen durfte, darunter Leute, von denen er das nicht gedacht hätte und die dadurch in seiner Wertschätzung gleich ein wenig sanken. Auch wenn er selbst kein großer Badefreund war und daher keinen Neid verspürte – einen Pool zu besitzen fand er irgendwie albern.

»Oho, unsere Nachbarin, die Carina, die ... wie soll ich sagen, ist ja mal wieder recht freizügig unterwegs«, sagte der Doktor und deutete auf das Display.

Kluftinger tat so, als hätte er die nur mit einem knappen Bikini bekleidete Frau auf der Dachterrasse, über der das Fluggerät nun schon seit geraumer Zeit schwebte, noch gar nicht entdeckt. »Das ist eine Frau? Erkennt man kaum auf dem kleinen Bildschirm«, log er und kniff gleichzeitig die Augen zusammen, um besser sehen zu können. Doch offenbar hatten nicht nur die beiden Herren einen scharfen Blick: Die Frau hielt eine Hand über die Augen und schaute genau in Richtung der Drohnenkamera. Dann erhob sie drohend einen Arm und zeigte mit dem Finger auf das Fluggerät. Schnell drehte der Kommissar ab, ging auf Sinkflug, passierte dabei das Rathaus, wo sie durch ein offenes Fenster den Bürgermeister erblickten, der schlafend in seiner Sitzgruppe lag, und flog aus dem Ort heraus. Er freute sich schon auf die Observation der Tagesmutter, denn das Fliegen machte ihm unerwartet viel Spaß. Vielleicht würde ihm Langhammer nach seiner heutigen Leistung die Drohne sogar leihen.

»So, jetzt kehren wir dann besser mal zurück, der Akku macht langsam schlapp«, erklärte der. »Moment, sehen Sie das?«

In Erwartung einer weiteren leicht bekleideten jungen Frau blickte der Kommissar aufs Display, doch er sah nur Wald. »Nein, was denn?«

»Da! Der Jäger. Auf dem Hochstand.«

Jetzt sah er ihn auch. Mehr noch: Er kannte ihn sogar. Es handelte sich um Joseph Hörmann, einen unangenehmen Zeitgenossen, der gern mit seinen Abschüssen prahlte.

»Also, ich bin gegen die Jagd, ein barbarisches Relikt vergangener Zeiten, vielleicht können wir die Missetat vereiteln, indem wir ein bisschen Lärm machen.«

Gegen die Jagd an sich hatte der Kommissar zwar nichts einzuwenden, er verstand durchaus ihren Sinn und genoss auch gern hin und wieder einen zarten Rehrücken, doch wusste er andererseits auch, wie gern Hörmann seine Trophäen an seinen Wänden zur Schau stellte. Er nutzte also die einmalige Gelegenheit, ein Tier vor einem Platz über dessen rustikaler Sitzgruppe zu bewahren, verringerte die Flughöhe, sah erfreut, wie ein paar Rehe über eine Lichtung in den Wald rannten, wandte die Kamera noch einmal zu Hörmann um – und erstarrte. Der Jäger hatte auf sie angelegt.

»Weg!«, brüllte Langhammer, doch Kluftinger hatte den Steuerungshebel sowieso schon hochgerissen. War er zu schnell gewesen? Die Drohne geriet gefährlich ins Schlingern. Ob das vom Wind kam? Aber an den Bäumen erkannte er, dass sich kein Lüftchen regte. Schlagartig wurde ihm klar, dass der Jäger tatsächlich auf sie geschossen hatte. Dennoch hatte er sie offenbar nur gestreift, denn der Kommissar konnte mit etwas Schlagseite weiterfliegen, allerdings reagierte das Fluggerät nun deutlich schwerfälliger. Je weiter er flog, desto mehr verlor er an Höhe. Wieder tauchte das Haus von Langhammers Nachbarin auf, die Frau jedoch war nicht mehr zu sehen. Erst als er über den Rand der Dachterrasse flog, sah er den Polizeiwagen vor dem Haus. Der uniformierte Beamte blickte genauso wie die Frau, die neben ihm stand, gen Himmel. Erneut sackte die Drohne dramatisch ab und befand sich nur noch gut zwei Meter über dem Boden.

»Wir verlieren an Höhe, Langhammer«, presste Kluftinger hervor und drückte das kleine Hebelchen mit voller Kraft nach oben – vergebens. Verzweifelt versuchte er, das Fluggerät zurückzuholen – begleitet von spitzen Schreien seines Nebenmannes, der wahlweise »Vorsicht!«, »Links!« oder »Rechts!« brüllte. Schweiß floss in Strömen über Kluftingers Gesicht, in letzter Sekunde wich er einem Radfahrer aus, der verbotenerweise auf dem Gehweg fuhr, was nur mit einer scharfen Linkskurve gelang – die abrupt an einer Mauer endete. Er versuchte alles, drückte jeden Knopf, bewegte jeden Hebel, doch es nützte nichts. Das Letzte, was sie sahen, waren das Gesicht des Polizisten, das im Sichtfeld der Kamera auftauchte, und seine Hand, die er nach der Drohne ausstreckte, dann wurde das Bild schwarz.

Geschockt blickte Kluftinger zu Langhammer, der kreidebleich neben ihm stand. »Captain Kirk, ich glaube, wir haben unser Schiff verloren«, versuchte sich der Kommissar an einem Scherz, doch der Doktor lachte nicht.

»Schalten wir das Ding aus und verschwinden«, schlug er stattdessen vor. »Nur gut, dass ich die Plakette mit der Identifikationsnummer noch nicht angebracht habe«, seufzte er. »Meinen Sie, dass Ihre Kollegen diesbezüglich etwas unternehmen?«

Kluftinger zuckte mit den Achseln. »Damit kenn ich mich nicht aus. Aber den Polizisten hab ich erkannt. Das ist der Andi. Wir nennen ihn *Terrier*, weil er sich immer so in die Sachen verbeißt.« Als er den besorgten Blick des Arztes registrierte, schob er nach: »Keine Sorge, bei so was ist der bestimmt nicht so genau.«

»Die schöne Drohne! Das war ein echtes Liebhaberstück«, jammerte der Doktor.

Mit zusammengebissenen Zähnen langte der Kommissar in die Tasche, holte seinen Geldbeutel heraus, nahm einen Zwanzigeuroschein und hielt ihn dem Arzt hin. »Ich hab ja auch eine Teilschuld, irgendwie«, erklärte er schulterzuckend.

»Teilschuld?«, wiederholte der Arzt mit sich überschlagender Stimme. »Teil-Schuld?«

»Jaja, schon gut. Ich kümmer mich um den Andi, wenn ich wieder im Präsidium bin, gell?« Dann winkte er dem Arzt zu, sagte: »Das müssen wir unbedingt mal wieder machen. Schon lange nicht mehr so viel Spaß gehabt!«, drehte sich um und trat zu Fuß den Heimweg an.

»Leute! Hallo, Leute! Mensch, ich red mit euch! Die Frau Doktor Lanz ist so nett, dass sie uns heute alles zeigt hier, dann erwarte ich von euch auch ein wenig Interesse, klar? Und Amelie, du lässt sofort den Moritz los, sonst scheppert's!«

Kluftinger und Maier schauten sich an und mussten beide grinsen. Schon von hier unten war nicht zu überhören, dass heute eine Schulklasse in der Tongrube zu Gast war. Oben angekommen, sahen sie dann auch, zu wem die Stimme von eben gehörte: Eine Lehrerin, Mitte dreißig, mit quietschgelbem Shirt stand inmitten einer lebhaft wirkenden Schar Heranwachsender. Die Jungen und Mädchen mussten ungefähr in der fünften oder sechsten Klasse sein, auch wenn sich Kluftinger schwertat, das Alter von Kindern verlässlich einzuschätzen.

Am Gesichtsausdruck von Theresa Lanz konnte der Kommissar ablesen, dass sie ihre Zeit lieber anders verbracht hätte. Sie schien regelrecht erleichtert, als sie die Polizisten sah. »Ich bin gleich bei Ihnen, dürfte nicht lange dauern«, rief sie den Beamten zu.

Während Maier so viel Abstand wie möglich zwischen sich und die Kinder bringen wollte und allein auf dem Gelände herumspazierte, schloss sich Kluftinger einer der Gruppen an, die von den Studentinnen herumgeführt wurden. Steffi, wenn er sich recht erinnerte. Sie erläuterte den Buben und Mädchen erst die Grabungstechnik und ließ sie dann selbst mit kleinen Messerchen ein wenig im Ton buddeln.

Schon nach kurzer Zeit lief ein Mädchen mit einer silbern

blitzenden Zahnspange aufgeregt zu Steffi und hielt ihr eine Versteinerung hin. »Das haben die Annalena und ich grad gefunden. Könnte das was von Udo, dem Affen, sein?« Die Studentin nahm das Fundstück und nickte anerkennend. »Also vom Udo wahrscheinlich nicht, aber ich glaub, das könnte von einer Säbelzahnkatze sein. Vielleicht ein Wirbelkörper.«

»Saucool!«, rief das Mädchen strahlend.

»Geh doch mal rüber zu Frau Doktor Lanz, die kann es dir sicher noch genauer sagen.«

Die Miene der Schülerin trübte sich ein. »Muss ich?«, fragte sie zögerlich.

»Ja, bitte. Sie kennt sich besser aus, und dann kriegst du von ihr auch ne Nummer, die steckst du dann dort in die Erde, wo ihr das Teil gefunden habt. Dann wird dein Name auch ins Buch mit unseren größeren Funden eingetragen.«

Das Mädchen seufzte, fügte sich aber schulterzuckend und trottete mit ihrer Freundin zur Grabungsleiterin.

»Egal, wie alt die Leute sind, wenn sie was Cooles finden, packt alle das Jagdfieber.«

»Wissenschaft zum Anfassen, gefällt mir«, erwiderte Kluftinger nickend.

»Ich hab auch schon als Kind Feuer gefangen. Daran waren meine Eltern nicht ganz unschuldig, die waren auch vom Fach. Bei Professor Brunner war's ja auch so.«

»Ach ja?«

»Schon. Hat er mal erzählt. Seine Eltern waren damals im Osten in der Forschung ziemlich weit vorn. Ich glaube, ein Fundgebiet in der Lausitz, ihrer Heimatregion, ist zu DDR-Zeiten nach seiner Mutter oder seinem Vater benannt gewesen. Vielleicht auch immer noch …«

»Interessant.«

Die Studentin nickte so heftig, dass ihre rote Lockenmähne

wippte. »Und das ist nicht nur in Deutschland so. Sondern zum Beispiel auch bei Professor Jenkins.«

»Ach, kennen Sie den?«

»Jeder in unserem Fachgebiet kennt ihn.«

»Und der kommt auch aus einer Forscherdynastie?«

»Ja, könnte man sagen. Sein Vater ist sehr berühmt. Ich weiß nicht, ob unser Fachgebiet da speziell ist, aber Söhne und Töchter von Paläontologen werden auch gern mal Forscher.«

Kluftinger hörte dem letzten Satz nach und runzelte die Stirn. *Söhne und Töchter? Brunner in der Lausitz?* War nicht auch Frau Ruth aus der Lausitz? Konnte es sein, dass sich die beiden kannten? Eine Ahnung beschlich ihn. Und eine Szene aus Holetscheks Video von der Podiumsdiskussion drängte sich in sein Bewusstsein: Brunner hatte Frau Ruth bei ihrem Abgang etwas hinterhergerufen. Was war das noch gewesen? Sie mussten dem auf jeden Fall nachgehen ...

Nun jedoch kamen die beiden Mädchen von eben zurück – ohne ihren Fund, ohne Nummer, dafür mit hängenden Köpfen.

»War wohl doch nix. Gibt's wie Sand am Meer die Dinger, hat die Frau gesagt und es in eine Tüte gesteckt. Und wir haben gedacht, das wär was Tolles und wir werden berühmt. Ich wollt's schon auf TikTok posten.« Enttäuscht gesellten sie sich wieder zu den anderen.

»Nicht jeder versteht es, das Feuer zu entfachen, gell?«, sagte Kluftinger leise.

»Frau Lanz kann das schon auch. Aber eher bei Erwachsenen«, erklärte Steffi schulterzuckend. »Ich muss dann mal weitermachen.«

Der Kommissar nickte und suchte nach seinem Kollegen. Er entdeckte ihn etwas weiter unten, umringt von drei Jungen und einem Mädchen, die lautstark auf ihn einredeten. Ein Bub rief nach einem der Studenten – so laut, dass die Worte bis zu ihm heraufdrangen: »Hey, Pit, der Typ hier hat gerade was in seine Tasche gesteckt!«

»Welcher Typ denn?«, wollte Pit wissen.

»Der ältere hier, bei uns. Der mit seinem Vater da ist.« Dabei zeigte er auf Kluftinger. Er hörte, wie Maier auf Nachfrage des Studenten erklärte, es handle sich bei den »Anwürfen« um »völlig haltlose Beschuldigungen, die jeder Grundlage entbehrten«. Er sei Kriminalbeamter und in dienstlicher Funktion hier. Kopfschüttelnd drehte sich der Kommissar um und ging auf Theresa Lanz und ihre Gruppe zu.

Die beendete gerade ihre Schülerführung und schickte die Kinder mit den Worten »Bleibt neugierig!« zu ihrer Lehrerin – fast, als wolle sie dem Kommissar das Stichwort liefern für seinen heutigen Besuch in der Grube.

»So, Herr Kommissar, Entschuldigung, dass Sie warten mussten, aber auch das gehört leider zu unserem Beruf.«

Sie sah den Kindern hinterher, die sich johlend mit ihrer Lehrerin abklatschten, und schüttelte den Kopf. »Wenn sich heute schon die Lehrerinnen derartig benehmen – was will man denn dann von den Kindern erwarten? Liegt ja auch daran, dass sie nur noch fremdbetreut werden, vom Kleinkindalter an. Keiner bringt denen Disziplin bei. Wenn das Schulkind nicht zuhören will, muss es nicht. Wenn das Kleinkind keine Mütze aufsetzen will, muss es nicht. Das macht Kinder zu Leistungsverweigerern.«

Kluftinger wurde blass. Hatte er das mit der Mütze vor ein paar Tagen nicht selbst erlebt? Was, wenn Theresa Lanz recht hatte mit ihrer pessimistischen Prognose? Seine düsteren Gedanken wurden unterbrochen von Maier, der sich zu ihnen gesellte. Er wirkte nach seiner Konfrontation mit den Kindern derangiert und fahrig.

»So, alles geklärt, Richie?«

»Ich … ja. Ganz schön unverschämt, diese Kinder von heute.«
Die Wissenschaftlerin nickte bestätigend. Kluftinger hatte
aber keine Lust, weiter auf den Kleinen herumzuhacken, und
kam direkt zum Punkt: »Frau Lanz, wir wollten wissen, wer
genau es war, der Professor Jenkins eingeladen hat. Sie haben
gesagt, Sie wüssten es nicht, und dass es vielleicht Professor
Brunner selbst war. Inzwischen haben wir allerdings die Mail
von Herrn Jenkins zugeschickt bekommen. Richie, gibst du Frau
Lanz mal den Ausdruck?«

Maier zog aus seiner Umhängetasche ein Blatt Papier, wobei
er darauf achtete, dass niemand in die Tasche hineinschauen
konnte. Er reichte es Frau Lanz.

Die überflog es hektisch und gab ihm schließlich mit einem
erleichterten Lächeln die Mail zurück. »Dachte ich es mir doch:
Diese Mail wurde vom allgemeinen Instituts-Account gesendet.
Darauf haben alle Mitarbeiterinnen und Mitarbeiter Zugriff,
sogar unsere studentischen Hilfskräfte. Wie Sie dabei auf mich
kommen, ist mir schleierhaft.«

Nun war es Kluftinger, der überlegen lächelte. »Ach so?
Möchten Sie vielleicht einen Blick auf die Verabschiedungsfor-
mel werfen?«

Die Paläontologin riss Maier energisch die Seite aus der Hand.
Nach ein paar Sekunden atmete sie tief ein und seufzte schwer.
»Diese gottverdammten Marotten«, zischte sie.

21

Kurz darauf saßen sie alle auf Klappstühlen im Zelt, das zwar Schatten spendete, in dem sich die Hitze aber unangenehm staute.

Frau Lanz hatte ein Whiskeyglas in der einen und eine Zigarette in der anderen Hand. »Also gut, bringt wohl nichts, wenn ich bei meiner ersten Version bleibe, wie?«

Der Kommissar schüttelte den Kopf.

»Also: Ja, ich hab Professor Jenkins im Namen des Instituts eingeladen.« Sie nahm einen ordentlichen Schluck.

»Dürften wir erfahren, was Ihre Gründe waren?«, fragte Maier kühl und setzte sich kerzengerade hin.

»Ja, dürfen Sie. Ich wollte einfach, dass noch jemand meine Position vertritt. Also, die wissenschaftliche Sichtweise, verstehen Sie? Da kam mir eine Koryphäe wie Jenkins natürlich ziemlich zupass. Seine Stimme hat Gewicht in unserer Zunft. Und wie ich, ist auch er nicht überzeugt von Brunners Thesen. Daher wollte ich, dass er kommt und seine Position festigt. Und dadurch meine.«

»Diese Aktion war aber ein massiver Vertrauensbruch Brunner gegenüber, das war Ihnen bewusst, nehme ich an?«, merkte Maier an.

»Ja, natürlich. Auf der persönlichen Ebene war das selbstredend nicht die feine Art, ich hatte deswegen auch ein paar schlaflose Nächte. Ich wusste, dass Udo den Jenkins auf keinen Fall hier haben wollte, deswegen hab ich ihn ja auch nicht unter meinem Namen kontaktiert.« Sie blickte sie an, versuchte, in ihren Gesichtern zu lesen. »Aber mir ging es nicht um Privates oder so. Ich bin nicht neidisch auf Brunner gewesen. Mir war nur am fachlichen Diskurs gelegen, verstehen Sie?«

Kluftinger war nicht überzeugt. »Und Professor Brunner wusste bis zu seinem Tod nichts davon, sagen Sie?«

»Nein, wo denken Sie hin? Da hätt ich ordentlich Ärger gekriegt. Aber den hab ich in Kauf genommen, für ...«

»... die Wissenschaft, wir wissen es«, seufzte Maier.

Kluftinger beschloss, einen kleinen Versuchsballon steigen zu lassen. Vielleicht hatte er ja Erfolg und traf mit seiner Mutmaßung direkt ins Schwarze. In ruhigem Ton fragte er: »Frau Lanz, Hand aufs Herz: Hat Brunner nicht doch am Tag der Tat herausgefunden, dass Sie versucht haben, ihm in den Rücken zu fallen? Ist es dann vielleicht zur Auseinandersetzung gekommen, die letztlich für Brunner tödlich geendet hat?«

Theresa Lanz sah ihn mit großen Augen an. Sie leerte ihr Glas in einem Zug, bevor sie mit ungläubigem Unterton sagte: »Sie wollen mir doch jetzt nicht allen Ernstes den Mord an Udo unterstellen, oder?«

Kluftinger zog die Schultern hoch. »Plausibel wär die Geschichte zumindest.«

»Was sie nicht wahrer macht«, beharrte Theresa Lanz kopfschüttelnd. »Unsere Auseinandersetzungen waren stets fachlicher Natur, privat gab es nie Konfliktpunkte, weil es so gut wie keine Gemeinsamkeiten gab. Und diese Konflikte liefen stets zivilisiert ab, da können Sie jeden fragen.«

Kluftinger musterte sie skeptisch, wobei er eine Augenbraue hob. »Warum haben Sie uns denn dann belogen, was die Reise von Professor Jenkins angeht?«

Die Paläontologin machte einen tiefen Atemzug, schien eine Weile nach den richtigen Worten zu suchen. »Belogen? Ich habe es Ihnen nicht proaktiv gesagt, schon klar, aber ...«

»Nein. Sie haben uns schlicht belogen, als wir Sie dezidiert danach befragt haben, Frau Doktor Lanz«, unterbrach Maier.

»Ja, gut, ich … wollte einfach nicht in einem völlig falschen Licht dastehen, wissen Sie? Ich kann ja Ihre momentane Argumentation durchaus nachvollziehen. Aber ich versichere Ihnen: Ich war das nicht. Wird auch nicht das erste Mal sein, dass Leute nicht ganz bei der Wahrheit bleiben, um nicht unter falschen Verdacht zu geraten, nehme ich an.«

Das stimmte natürlich, musste Kluftinger ihr zugestehen. In beinahe jedem Fall kam das vor – und in diesem aktuellen sogar gehäuft. Doch er gab sich damit nicht zufrieden. Was, wenn die Version, die er Theresa Lanz eben präsentiert hatte, zwar, wie sie angab, falsch war – dafür aber eine ganz andere, viel perfidere, weitaus kaltblütiger geplante Aktion von ihr dahintersteckte? Wenn die Wissenschaftlerin von langer Hand geplant hatte, ihren Chef aus dem Weg zu räumen, und Jenkins deshalb nach Deutschland eingeladen hatte, damit der, Brunners stärkster Rivale, auf einmal der Hauptverdächtige war? Um den Verdacht von sich selbst abzulenken? Ein komplizierter Gedankengang, sicher, aber war es nicht genau das, was am besten zu Frau Lanz passte? Sie war Wissenschaftlerin, komplexe Szenarien gehörten zu ihrem täglichen Geschäft. Er brauchte ein wenig mehr Zeit, um über diese Idee nachzudenken.

»Vielleicht kann ich Ihnen dabei helfen, den Verdacht gegen mich auszuräumen«, sagte Theresa Lanz plötzlich und goss sich noch ein bisschen Whiskey nach.

»Ach ja? Da sind wir aber gespannt«, sagte Maier.

Sie sah ihnen nacheinander in die Augen, dann begann sie: »Ich habe natürlich auch eingehend über die Sache nachgedacht und mir Hypothesen gebildet. Und wissen Sie, was ich mittlerweile für die plausibelste halte?« Sie machte eine Pause, doch die beiden Polizisten dachten nicht daran nachzuhaken. Also fuhr sie von sich aus fort: »Schön, ich werde es Ihnen sagen: Es gibt da in der ganzen Konstellation eine Figur, die eine ziemlich lange Rechnung mit dem Professor offen hat. Zu Recht oder zu Unrecht, darüber möchte ich mir kein Urteil erlauben. Denn da ist jemand, dessen Lebenswerk, dessen Vermächtnis durch Brunner in Gefahr gebracht, ja vielleicht zerstört wurde.«

»Und der wäre?« Kluftinger war gespannt zu hören, wen sie ihnen nun wieder als Hauptverdächtigen unterschieben wollte – möglicherweise, um erneut von sich selbst abzulenken.

»Werner Wegner.«

Der Kommissar runzelte die Stirn. Den Namen hörte er zum ersten Mal.

»Er ist der Hobbypaläontologe, der als einer der Ersten hier in der Grube Funde gemacht und das Potenzial dieser Sedimentschichten entdeckt hat. Vielleicht auch nur durch Zufall. Er ist pensionierter Erdkundelehrer, glaube ich, seine Passion sind die Ausgrabungen hier. Man muss schon zugeben: Ohne ihn wären wir möglicherweise heute gar nicht da.«

»Ach ja? Und wieso war dann dieser Wegner nicht einmal bei der Feierstunde, wenn er so wichtig ist für das Projekt? Ist er krank?«

Sie nahm einen Schluck und schüttelte den Kopf. »Er hat Hausverbot. Brunner hat es ihm gegenüber ausgesprochen. Der Mann war zu Beginn unserer Grabungen immer wieder vor Ort und hat sich eingemischt. Hatte gedacht, er kann dem Professor sagen, wo's langgeht. Brunner hat das wahnsinnig gemacht. Für so was war er nicht der Typ. Am Anfang war Wegner noch Vorsitzender des Fördervereins und einer der größten Unterstützer der Bürgergrabungen. Aber irgendwann haben die Mitglieder ihn dann abgesägt, weil sie durch die Fehde zwischen Brunner und ihm immer mehr an den Rand gedrängt worden sind. Am meisten hat dem Wegner wohl gestunken, dass sich Brunner so in den Vordergrund gespielt hat. Udo hat keine weiteren Alphatiere neben sich geduldet.«

Auch wenn Kluftinger durchschaute, dass statt ihr selbst auf einmal ein anderer, neuer Verdächtiger in den Fokus der Ermittlungen geraten sollte: Die Sache begann ihn zu interessieren. »Und dieser Wegner, hat der sich an das Verbot gehalten, hier aufzutauchen?«

»Offiziell ja, was hätte er auch machen sollen? Ich hab ihn aber schon manchmal hereingelassen. Natürlich nur, wenn Udo nicht da war. Aber darüber hinaus war er sicher ab und zu hier, wenn wir es nicht mitbekommen haben. Nachts, am Wochenende oder so. Kann ich mir gar nicht anders vorstellen. Der Mann ist besessen von diesem Thema, der lässt sich nicht einfach abschieben, nur weil man ihn zur Persona non grata macht. Pensionierte Lehrer sind hartnäckig, glauben Sie mir. Verstehen Sie mich nicht falsch: Der Mann ist vielleicht ein Wichtigtuer – aber er hat wirklich gute Funde gemacht, unserer Forschung hier drin den Boden bereitet. Im wahrsten Sinne des Wortes. Sagen Sie, darf ich fragen, wie es sein kann, dass Sie bei Ihren Ermittlungen offenbar noch gar nicht auf Herrn Wegner gestoßen sind?«

Kluftinger presste die Lippen zusammen. Genau das fragte auch er sich seit einigen Minuten selbst.

»Ich … wir … wissen durchaus von ihm, so ist es nicht«, sagte Maier, wirkte allerdings wenig überzeugend.

»Genau«, bestätigte der Kommissar. »Haben wir nicht nachher noch einen Termin mit dem?«

»Nachher, ja.«

»Ruf doch zur Sicherheit noch mal bei ihm an«, bat Kluftinger eindringlich. »Ich will den Herrn Wegner so bald wie möglich sprechen.«

Maier nickte wortlos, zog sein Handy heraus und verließ das Zelt.

Kluftinger wandte sich wieder an die Wissenschaftlerin, die einen zufriedenen Eindruck machte. »Frau Lanz, wir werden uns sicher noch öfter unterhalten. Für heute hätt ich aber nur noch eine Frage: Ist Ihnen was eingefallen, was Brunner beim Festakt als großes Ereignis aus dem Hut zaubern wollte?«

»Tut mir leid, beim besten Willen nicht. Aber so viel kann ich sagen: Uns fehlt eine Nummer.«

»Eine Nummer?«

»Ja, eine Archivierungschiffre. Sie ist einfach nicht mehr da, und es ist darunter auch nichts im Buch eingetragen. Ist sonst immer alles fortlaufend, und wir tragen immer alles umgehend mit Datum und Uhrzeit in unser Fundbuch ein.« Sie zeigte auf das Buch mit den Funden, das Kluftinger schon kannte.

»Können Sie mir denn sagen, an welchem Tag das war?«

Frau Lanz ging zu ihrem Tisch und sah nach. »Warten Sie, das müsste ... genau, am vergangenen Freitag war das.«

»Also zwei Tage vor dem Mord an Brunner?«

Sie nickte.

»Interessant«, murmelte der er und verabschiedete sich.

Draußen beendete Maier eben sein Telefonat. Von der Schulklasse hingegen war nichts mehr zu sehen.

»Chef, ich hatte gerade die Frau Wegner am Apparat.«

»Und? Können wir mit ihrem Mann reden, ist er daheim?«

»Ja und nein.«

»Was heißt das?«

»Ja, wir können mit ihm reden. Nein, er ist nicht daheim, sondern bei der Gymnastik, in Kaufbeuren in einem ambulanten Rehazentrum. Da ist er anscheinend jeden Tag für ein, zwei Stunden, wegen seines Rückens. Die Frau hat mir die Adresse gegeben, wir sollen da einfach vorbeischauen.«

»Also gut, dann nix wie hin«, sagte Kluftinger und ging schweigend zum Auto.

Als sie eingestiegen waren und das Tor der Tongrube passiert hatten, brummte der Kommissar, ohne seinen Kollegen anzublicken: »Richie?«

»Klufti?«

»Gib's mir.«

»Wie darf ich das verstehen?«

Kluftinger streckte ihm die offene Hand hin. »Du weißt genau, wie du das verstehen darfst! Also gib's mir, und zwar flott, sonst mach ich dir die Hölle heiß.«

Sein Kollege zog eine beleidigte Schnute, langte in seine Tasche, zog ein faustgroßes versteinertes Fundstück hervor und ließ es kommentarlos in Kluftingers Hand gleiten.

»Wahrscheinlich hat er das mit dem Rücken vom vielen Graben«, sagte Kluftinger, als er das Auto, von seinem Kollegen dirigiert, in Richtung Therapiezentrum lenkte.

»Gesund wird's nicht sein, aber dafür sind die Leute an der frischen Luft, während wir die ganze Zeit im Büro schwitzen müssen«, gab Maier zurück.

Da Kluftinger nicht sicher war, ob darin der Vorwurf lag, sich nicht genügend um wohltemperierte Arbeitsräume für seine Mitarbeiter zu kümmern, ging er nicht darauf ein. Schweigend fuhren sie zu dem Ärztehaus, einem modernen Glasbau, in dem auch eine Apotheke und eine Bäckerei untergebracht waren. Als sie die physiotherapeutische Praxis im dritten Stock betraten, wurden sie erst einmal darauf hingewiesen, doch bitte die Schuhe auszuziehen. Kluftinger fand das albern – nicht mal in Langhammers Praxis hatte er das bisher gemusst, jedenfalls nicht vor der eigentlichen Untersuchung, und da ging es doch hygienisch anspruchsvoller zu als hier in diesem Turnverein mit Medizinanstrich. Doch er hatte keine Lust auf eine Auseinandersetzung und leistete der von der jungen Frau in blauem Shirt und weißer Jeans recht forsch vorgebrachten Anordnung Folge. Dann stellte er sich an den Empfangstresen, der mit bunten LEDs beleuchtet war und aussah wie eine Bar in einer Science-Fiction-Serie.

Sein Kollege übernahm die Vorstellung. »Guten Tag, Richard Maier, wir möchten zu ...«

»Moment, nix sagen«, unterbrach ihn die Frau, und der Beamte hielt verdutzt inne. »Sie sind neu, gell?«

»Was heißt neu, wir wollen zu ...«

»Moment, ich komm schon drauf ... ist so eine Gabe von mir.« Sie blickte auf einen Bildschirm. »Ah, ich hab's«, rief die Frau plötzlich triumphierend. Sie streckte die Hand aus und zeigte mit dem Finger auf Maier. »Elf Uhr fünfzehn, progressive Muskelentspannung bei hypernervösen Zuständen.«

Maier verstand nicht, doch Kluftinger wusste genau, was sie meinte. »Das ist dein Termin, Richie. Passt doch wie die Faust aufs ...«

»Und Sie!«, kam es da von der jungen Frau, deren ausgestreckter Zeigefinger nun auf den Kommissar deutete. »Elf fünfzig, Adipositasgruppe mit Mike.« Mit breitem Lächeln sah sie die Beamten an. »Stimmt's?«

Maier holte bereits Luft, um zu protestieren, doch der Kommissar kam ihm zuvor und erklärte: »Genau! Wie haben Sie denn das gemacht, Frau ...«, er las den Namen von dem kleinen Schildchen an ihrer Brust, »... Angela.«

»Wie gesagt, ist so eine Art Gabe. Ich versuche bei neuen Patienten immer, meine Wahrnehmung zu trainieren.«

»Sie sollten zur Polizei gehen«, erwiderte Kluftinger betont freundlich, »da könnte man Ihre Fähigkeiten bestimmt gut gebrauchen.«

»Ja, meinen Sie?« Sie errötete.

»Auf jeden Fall. Ich bin nämlich bei dem Verein.« Er holte seinen Ausweis hervor, worauf die Frau große Augen bekam. »Und vor unseren ... Anwendungen würden wir gern den Herrn Wegner sprechen.«

»Der ist ... hinten, in unserer Fitnesslounge«, stotterte Angela und wies ihnen den Weg.

»Danke. Wir melden uns, wenn wieder eine offene Stelle zu besetzen ist, gell?«

Hinter einer Glastür befand sich der helle und geräumige Sportraum. Auf dem Boden lagen verschiedenfarbige Matten und Bälle herum, an den Wänden waren Sprossenleitern und Seile angebracht. Ein Mann mit grauem Haarkranz und grauem Vollbart, den Kluftinger auf Mitte sechzig schätzte, lag rücklings auf einem riesigen Ball und streckte die Arme nach hinten aus. Irgendwie kam er ihm bekannt vor. »Herr Wegner?«

»Wer will das wissen?«, fragte der Mann zurück.

Die Beamten stellten sich vor, was ihn jedoch nicht weiter zu beeindrucken schien. »Hier können Sie Platz nehmen«, erklärte er, rollte ihnen zwei der gigantischen Bälle zu und setzte seine Übungen fort.

»Ich muss weitermachen, die viele Graberei hat meinem Kreuz nicht gutgetan«, sagte er ächzend und beugte sich wieder nach hinten.

Maier blickte den Kommissar an, als wolle er sagen: *»Siehst du?«*

Kluftinger nickte. »Jaja, machen Sie ruhig weiter. Sie klingen, als hätten Sie uns erwartet.«

»Allerdings. Ich rechne schon länger mit Ihnen.«

»Ach so, ja, dann passt's ja. Sagen Sie, kenn ich Sie von irgendwoher?«

»Könnt schon sein. Im Zusammenhang mit den Ausgrabungen in der Pforzener Grube hab ich eine gewisse Bekanntheit erlangt. Also, lokal, natürlich. Na, regional vielleicht. Und in bestimmten Fachkreisen bestimmt auch national. Darauf darf ein Fünfundsiebzigjähriger doch ein bissle stolz sein.«

Fünfundsiebzig? Da hatte Kluftinger ja ziemlich danebengelegen. »Nein, daher kenn ich Sie eher nicht. Ich hab mich früher nicht so für das alte Zeug interessiert.«

»Das alte Zeug?« Wegner setzte sich auf und blickte ihn aus seinem schweißüberströmten Gesicht an. »Das alte Zeug, wie Sie es nennen, ist unsere Vergangenheit. Und damit der Schlüssel zu unserer Gegenwart. Das definiert uns noch heute. Mal *Der nackte Affe* gelesen? Das sind wir nämlich. Nackte Affen.«

Kluftinger hob die Brauen. Die sanfte Art, mit der Frau Doktor Lanz ihre wissenschaftlichen Erkenntnisse vortrug, war ihm deutlich sympathischer.

»Also, nicht, dass Sie mich jetzt wegen Beamtenbeleidigung einsperren, weil es heißt, ich hätt Sie als Affen bezeichnet. Ich mein uns alle. Unsere Jahrmillionen alte Geschichte steckt noch in jedem von uns drin. Wussten Sie zum Beispiel, dass das Tragen von langen Mähnen, Bärten und auch von Pelzmänteln sich entwickelt hat, weil sich bereits bei unseren frühen Vorfahren die Haare gesträubt haben, wenn sie aggressiv wurden? Das wirkt unterbewusst respekteinflößend. So etwas ist so tief in uns verwurzelt, das kriegt man nicht mit ein paar Jahrtausenden Zivilisation weg. Aber das wissen Sie ja am besten.«

Die Beamten blickten sich irritiert an. Wie war das nun wieder gemeint?

»Der Drang zum Töten darf ja als wenig zivilisiert betrachtet werden, oder?«, erklärte sich Wegner. »Ist schon eher ein Überbleibsel aus der Urzeit.«

»Ach so, ja, das stimmt vielleicht.« Kluftinger nutzte die Gelegenheit, um zum eigentlichen Thema überzuleiten. »Wo wir schon dabei sind: Wir wollten wissen, ob Sie den Professor Brunner gekannt haben.«

Mit einem quietschenden Geräusch glitt der Mann von seinem Gymnastikball. »Die Hitze«, sagte er entschuldigend und wischte den Schweiß von dem schwarz glänzenden Gummi. »Folgen Sie mir doch bitte.« Er ging zu einer der Sprossenwände. »Sie können gerne mitmachen, wenn Sie wollen. Das hier zum Beispiel ist sehr gut fürs Kreuz, gerade wenn man viel sitzen muss.« Dabei deutete er auf ein Gerät, das aussah wie eine Mischung aus Streckbank und Kinderschaukel.

Kluftinger winkte ab, Maier jedoch schien interessiert. »Was muss man denn da machen?«, fragte er.

»Sie müssen sich hier reinstellen, die Füße fixieren, dann wird die Maschine gekippt, bis Sie kopfüber hängen. Kann nix passieren. Dehnt Ihre Wirbel.«

Begeistert ließ sich Maier einspannen und stand ein paar Sekunden später schon auf dem Kopf.

»Tut gut, oder?«, fragte Wegner.

»Ja, ich spür schon was«, antwortete der Beamte gepresst.

»Will Ihr Kollege vielleicht auch ...«

»Nein, der will lieber nicht«, gab Kluftinger zurück. »Dem wär es lieber, wenn wir beim Thema bleiben könnten.«

»Sicher. Was wollten Sie wissen? Ach, Brunner, genau. Freilich haben wir uns gekannt. Aber darüber sind Sie sicher schon im Bilde.«

»Wie standen Sie denn zueinander?«, meldete sich Maier aus seiner ungewöhnlichen Lage.

»Um diese Frage zu beantworten, muss ich etwas weiter ausholen, meine Herren.«

Das hatte der Kommissar befürchtet, ließ den Mann aber dennoch reden.

»Ohne mich gäbe es die Grube gar nicht.« Diesen Satz ließ Wegner ein paar Sekunden stehen, dann erst fuhr er fort: »Ich habe sie entdeckt. Als Ausgrabungsort.«

»Ich hab gedacht, der Guggenmos wär das gewesen.«

»Sigulf. Natürlich.« Wegner räusperte sich verlegen. »Der war auch dabei. Wir haben sie zusammen ... entdeckt. Der Sigulf zuerst und dann ich.«

»Deswegen heißt der Affe auch Guggenmosi, oder?«, fragte Kluftinger und warf einen Blick auf seinen Kollegen, dessen Kopf inzwischen knallrot angelaufen war.

»Ja, ja, natürlich. Das ist schon richtig. Sigulf ist ja leider verstorben, da wird einem eher eine solche Ehre zuteil. Möglicherweise heißt die Grube nach meinem Ableben ja wenigstens *Tongrube Wegner.* Jedenfalls kümmere ich mich um sein ... um unser Erbe. Was ich aber sagen wollte, bevor Sie mich unterbrochen haben: Wir haben einen wichtigen Beitrag geleistet zu den Forschungen, und um den hat uns Professor Brunner betrogen. So sehe ich das. Ganz im Gegensatz zu Frau Doktor Lanz übrigens, die ich für eine großartige Forscherin halte. Sie weiß nämlich auch, wem sie das alles zu verdanken hat.«

»Ihnen«, vermutete der Kommissar und fügte in Gedanken hinzu: *Scheint eher eine einseitige Liebe zu sein, so, wie die Lanz dich ans Messer geliefert hat.*

»Nun, ich glaube, das darf ich behaupten. In den Medien wurde anfangs noch über uns berichtet, aber das hat stark nachgelassen, als Brunner sich ins Rampenlicht gedrängt hat. Daher werde ich Ihnen wohl bekannt vorkommen.«

»Nein, von woanders.«

»Vielleicht das Porträt auf TV Allgäu anno 2017?«

»Sicher nicht.«

»Oder haben Sie eine meiner Publikationen gelesen? Ich arbeite auch für diverse Heimatvereine.«

Noch unwahrscheinlicher, dachte der Kommissar, sagte aber nur: »Glaub ich nicht. Wird mir schon wieder einfallen.«

»Ich hätt jetzt auch genug«, meldete sich Maier, worauf der

Mann ihn wieder richtig herum drehte und aus dem Gerät befreite.

»Und?«, fragte er den Beamten.

Der dehnte und reckte sich, dann antwortete er: »Viel besser. Musst du auch mal probieren, Chef.«

»Danke, kein Bedarf.«

»Was hätten Sie denn noch so im Angebot?«, wollte Maier wissen, worauf Wegner ihm eine schwarze Rolle aus Kunststoff reichte.

»Für die Faszien. Einfach drauf rumrollen, ein wahrer Jungbrunnen.«

Begeistert machte sich Maier ans Werk, während Kluftinger versuchte, sich auf die Befragung zu konzentrieren. »Waren Sie noch ab und zu in der Grube?«

»Nur, wenn der Brunner nicht da war. Könnten Sie das mal halten?« Er gab dem Kommissar eine Art Gummischlinge, stellte sich am anderen Ende hinein und drückte seine Schultern gegen den Widerstand nach hinten. Kluftinger beschloss, Vernehmungen in Zukunft wieder an weniger ablenkungsreichen Orten durchzuführen.

»Nur, wenn der Brunner nicht da war? Also von jetzt an immer, oder wie?«, fragte Kluftinger.

Wegner bekam große Augen. »Ich bin auch vorher immer mal hin. Zu Frau Lanz. Aber schon länger nicht mehr. Seit der Brunner den großen Fund gemacht hat, war er ja kaum mehr wegzubekommen. Leider hat mich das sogar meinen Vorsitz gekostet.«

Kluftinger gab sich ahnungslos. »Wie das jetzt?«

»Es gibt den Verein der Freunde der Tongrube. Ich war Vorsitzender. Aber da mir Brunner praktisch Hausverbot erteilt hat, war ich für die Mitglieder unhaltbar, und sie sind eingeknickt. Das werfe ich ihnen nicht vor, also nur ein wenig. Die Hauptschuld trägt Brunner.«

»Den müssen Sie ganz schön gefressen haben, oder?«

Wegner stockte. Es war offensichtlich, dass er bereute, so viel geredet zu haben. Er schälte sich aus dem Gummiband und ließ es los, worauf es zurückschnellte und Kluftinger im Gesicht traf.

»Aua, zefix«, schimpfte der.

»Entschuldigen Sie, Herr Kommissar. Ich weiß, wie die Sache für Sie aussehen muss, aber die Tatsache, dass ich Ihnen so offen von meinem Verhältnis zu Brunner erzähle, sollte mich eigentlich entlasten, oder?«

»Wir müssen in alle Richtungen ermitteln«, kam es ächzend von Maier auf seiner Rolle.

»Herrgott, Richie, jetzt stell dich mal gescheit hin, so kann man doch niemand befragen!«

»Lassen Sie doch Ihren Kollegen, wenn's ihm hilft. Sie könnten auch mal was gegen Ihre Verspannungen tun.«

»Ich hab keine Verspannungen, zefix.« Kluftinger spürte die Blicke der beiden Männer, die offenbar genau das Gegenteil dachten. »Jedenfalls nicht immer.«

Wegner legte ihm seinen verschwitzten Oberarm auf die Schulter. »Kommen Sie, da hab ich genau das Richtige. Den Schakti-Aktivator. Hat mir auch schon oft geholfen.« Er zeigte auf eine blaue Matte mit kreisrunden, gezackten Plastikteilchen darauf.

»Was soll das denn sein?«, fragte der Kommissar skeptisch.

»Etwas, das Ihnen Erleichterung verschaffen wird, glauben Sie mir.«

»Ich weiß nicht ...«

»Doch wirklich, wenn Sie ein Mal drauf waren, machen Sie das immer wieder.«

»Also gut, was muss ich machen?«

»Einfach drauflegen, ganz locker.«

Der Kommissar ging in die Hocke.

»Moment, die Weste sollten Sie schon ausziehen, sonst wirkt es nicht.«

Widerwillig legte der Kommissar sie ab, er entblößte sich nur ungern vor anderen, aber immerhin behielt er ja sein Hemd an. Er setzte sich vor die Matte, ließ sich langsam zurücksinken und legte sich schließlich darauf. Sofort sprang er wieder auf. »Jesses, was ist das denn? Ist die kaputt? Das sticht ja!«

Wegner lächelte väterlich. »Das muss so sein. Stimuliert Ihre Chakren-Punkte.«

»So was hab ich nicht.«

»Oh, ich bin mir ziemlich sicher, dass sogar Sie die haben.«

Seufzend setzte sich Kluftinger wieder. »Jedenfalls bin ich kein Fakir.«

»Verstehe. So, jetzt noch mal hinlegen, aber Obacht, es piekst ein bisschen.«

»Ach, was Sie nicht sagen.« Wieder legte sich der Kommissar auf die Matte, doch diesmal war er auf die Stiche im Rücken gefasst. Es dauerte ein paar Sekunden, dann hatte er sich an die Schmerzen gewöhnt, und er spürte, wie sich eine angenehme Wärme in seinem Körper ausbreitete. Nicht die Hitze, die ihm zurzeit den Schweiß auf die Stirn trieb, sobald er einen Schritt vor die Tür machte. Nein, eine angenehme, lockernde Wärme, die von innen kam.

»Na, jetzt tut's Ihnen doch gut, oder?«

»Ja, ist ganz … nett.«

»Stimuliert auch das Gedächtnis und die Kreativität.«

»Darf ich mich noch mal aufhängen?«, hörte Kluftinger da seinen Kollegen fragen. Er wusste nicht, ob die Frage ihm gegolten hatte, da er selbst aber gern noch eine Weile so liegen bleiben wollte, antwortete er: »Klar, Richie. Wenn's dir hilft …«

Etwa zehn Minuten später, nachdem er sogar noch sein Hemd

ausgezogen hatte, reichte es dem Kommissar, und er stand auf. »Wirklich gut.«

»Ich mag's auch«, pflichtete ihm der Mann bei. »Wobei es bei Ihnen natürlich noch mehr Wirkung hat, weil es Sie ja viel mehr ... reindrückt, quasi.«

Kluftinger überhörte diese Anspielung auf sein Gewicht und ging mit Wegner nach draußen. »Ich hab wirklich das Gefühl, dass jetzt alles lockerer ist«, seufzte er, als er sich seine Schuhe wieder anzog.

»Kenn ich, kenn ich«, erwiderte der Mann nickend.

»Sogar das Hirn ist irgendwie ...« Er hielt inne. Auf einmal wusste er wieder, wo er den Hobbypaläontologen schon einmal gesehen hatte: auf einem der Fotos von der Drohne, die die Sektenleute gemacht hatten. Schweiß trat ihm auf die Stirn. Das bedeutete ...

»Was ist mit Ihrem Hirn?«, wollte sein Gegenüber wissen.

»Ach, nix, ich ...« Schlagartig wurde Kluftinger auch die Tragweite seiner Erkenntnis klar. Wegner war auf den Fotos vom Tattag zu sehen. Und er hatte ein Motiv, das hatte er ihnen gerade selbst in schillernden Farben ausgemalt. Dazu gab es nun auch noch ein konkretes Verdachtsmoment gegen ihn. Denn was seine Anwesenheit in der Grube betraf, hatte er gelogen, schließlich hatte er beteuert, nie da gewesen zu sein, wenn Brunner anwesend war. Ob er ihn sofort damit konfrontieren sollte? Nein, er würde sich erst die Fotos noch einmal genau ansehen und Wegner dann mit den Beweisstücken einen weiteren Besuch abstatten.

»Chef!«, tönte da plötzlich ein durchdringender Schrei durch die Praxis.

Maier, dachte Kluftinger erschrocken. »Zefix.«

Wegner zuckte mit den Achseln und sagte: »Ich glaube, Sie haben Ihren Kollegen hängen lassen ...«

22

Draußen zog Kluftinger sofort sein Handy aus der Tasche und wählte die Büronummer. Er blieb noch im schattigen Eingang stehen und beauftragte Maier damit, gleich einmal alle Scheiben des Autos zu öffnen, das mitten in der prallen Sonne stand. Im Inneren des Wagens herrschten bestimmt weit über fünfzig Grad.

Da Luzia Beer sich nicht meldete – wahrscheinlich stand sie im Hof und genehmigte sich eine Zigarette –, rief er Hefele an und bat ihn, ihm möglichst bald all jene Drohnenaufnahmen von der Sekte zu mailen, auf denen ein älterer Herr zu erkennen sei.

»Geht klar, aber soll ich das nicht lieber dem Richie schicken?«, fragte Hefele.

»Warum?«

»Na ja, also …«, erwiderte Hefele zögerlich, »der Richie hat ja ein viel neueres Smartphone und ist technisch …«

»… auf demselben Stand wie ich, Roland. Sonst noch was?«

»Nein, passt. Ah, doch! Beinah hätt ich's vergessen. Brauchst du noch was vom Baumarkt in Immenstadt? Weißt schon, der beim Kreisverkehr, wo's nach Blaichach rausgeht?«

»Wie kommst du denn darauf? Ich war da mein Lebtag noch nicht.«

»Weil die doch heut in der Zeitung dieses Angebot hatten, mit Sonnenschirmen und elektrischen Kühltaschen. Saugünstig, sag ich dir!«

»Und deswegen fährst du in der Mittagspause hin, oder was?«

»Ich? Mittagspause? Nein. Wär ja viel zu weit.«

»Sondern?«

»Hm, also ... streng genommen ist der Elias schon auf dem Weg. Der Richie hat seine Bestellung gemailt. Mal wieder typisch, dass er dir gar nix davon gesagt hat.«

Kluftinger seufzte. »Roland, hör mal, das ist doch nicht die Aufgabe von dem Herrn Elias ... Herrn Hermann, mein ich. Wenn das rauskommt, dass der während der Dienstzeit mit seinem Privatauto ...«

»Stopp, Klufti!«, unterbrach ihn der Kollege. »Nicht mit dem Privatauto. Er ist hochoffiziell mit dem Dienst-Golf unterwegs.«

Der Kommissar meinte, sich verhört zu haben. »Moment, ihr habt ihn mit unserem Abteilungsauto zu Privateinkäufen geschickt? Auf eine Privatfahrt? Ihr spinnt doch allmählich!«

»Ihr, ihr, ihr! Erstens war das Richies Idee, der hat das nämlich alles per Whatsapp angeleiert, während er mit dir höchstpersönlich unterwegs war. Und wenn man's mal anders sieht: Der Golf hat eh immer nur Kurzstreckenfahrten, weil immer alle mit dem Audi fahren. Insofern handelt es sich hier um eine dienstlich notwendige Mittelstreckenfahrt, um die Batterie vom Golf mal wieder aufzuladen und somit die Einsatzfähigkeit des Fuhrparks langfristig zu erhalten.«

»Wenn ihr euch bloß rausreden könnt!«, schimpfte der Kommissar.

»Also, brauchst du jetzt was oder nicht?«

Kluftinger dachte nach. Wenn er am kommenden Sonntag tatsächlich am Flohmarkt verkaufen würde, wäre etwas zur Kühlung vielleicht gar nicht so verkehrt. Er orderte also die Box und einen Schirm und nahm Hefele nicht nur die Zusage ab, ihm die Fotos zu mailen, sondern auch, den Assistenten nach dessen Rückkehr mit vernünftiger Arbeit zu betrauen. Kopfschüttelnd legte der Kommissar auf und ging zu seinem Auto. Maier hatte die Fenster heruntergekurbelt, den Passat in den Schatten eines Baumes gestellt und wartete lächelnd auf ihn. Kluftinger hatte keine Lust auf eine Moralpredigt, daher sagte er nur kurz: »Richie, ein für alle Mal: Der Elias ist *mein* Assistent, nicht eurer, und er ist auch weder der Brotzeitholdienst noch Kurierfahrer, klar?«

Maier wollte sich verteidigen, doch der Kommissar hob die Hand. »Schluss damit, nichts, was du jetzt sagen könntest, würde es irgendwie besser machen.« Dass auch er etwas aus dem Sonderangebot geordert hatte, verschwieg er dem Kollegen und fügte in sachlichem Ton an: »Der Roland schickt mir die Drohnenbilder. Ich will mir noch mal ganz genau anschauen, bei was der Wegner da zu sehen ist. Sollen wir inzwischen Mittag machen?« Er nahm ohne weiteren Kommentar auf dem Fahrersitz Platz. Maier hingegen blieb neben dem Auto stehen. »Komm, jetzt sei nicht eingeschnappt, Richie. War ja nicht persönlich gemeint.«

»Bin nicht beleidigt. Seitdem ich weiß, wie tief unsere Freundschaft geht, kann mich so etwas nicht erschüttern. Freunde dürfen sich auch mal kritisieren. Müssen sie sogar.«

»Gut zu wissen«, murmelte Kluftinger und winkte Maier, nun endlich einzusteigen. Doch der schüttelte den Kopf und verkündete: »Wir laufen. Ist zwar noch ein bisschen früh für Mittagessen, aber ich hab mir schon gestern Abend was rausgesucht und auf Tripadvisor markiert. Ist zufälligerweise nur dreihundertachtzig Meter von hier. Glück muss man haben.«

Kluftinger seufzte und begann ohne weitere Nachfrage, die Autoscheiben wieder hochzudrehen.

»Wo genau gehen wir denn hin?«, wollte er unterwegs wissen.

»Ins *Green Tree*«, sagte Maier strahlend.

»Passt. War eh schon lang nicht mehr beim Chinesen.«

Der Kollege sah ihn stirnrunzelnd an. »Es handelt sich dabei nicht um einen Asiaten, die Spezialität von denen sind Bowls.«

»Was?«

»Bowls«, wiederholte Maier.

Kluftinger blieb stehen. »Nein, Richie, vergiss es. Wenn ich mir bei der Hitze eine Bowle hinter die Binde kipp, dann kannst du gleich den Rettungswagen rufen. Noch dazu auf nüchternen Magen. Und danach können wir nicht mal ein Mittagsschläfle machen.«

Maier lachte laut auf.

»Was denn? Ist das Zeug alkoholfrei, oder was?«

»Eine Bowl ist einfach eine Schüssel voller leckerer Sachen. Aber zum Essen. Im Wesentlichen geht es um pflanzliche Nahrung, auch wenn traditionell mitunter roher Fisch verarbeitet wird, wie etwa im Vorbild heutiger Bowls, dem traditionellen Poké, einer Schüssel mit kaltem Fischsalat, der in Hawaii ein Nationalgericht darstellt und ...«

»Richie, zefix!«

»Sorry, ich merke selbst, ich schweife ab. Basis einer Food-Bowl ist jedenfalls meistens irgendein Superfood, also Quinoa, Avocado oder auch was Heimisches wie ne schöne Haferzubereitung. Und alles ist im Baukastensystem angeordnet, du kannst also zum Beispiel erst mal den Salat oben wegsnacken, um danach die Hirsebratlinge zu essen. Fazit: ziemlich angesagter Foodtrend momentan.«

Kluftinger sog die Luft tief in seine Lungen. Er hatte nicht die geringste Lust auf diesen Gesundheitsschmarrn, den Maier da gerade wie ein durchgeknallter Werbetexter anpries. Und er brauchte auch keine weiteren Belehrungen, daher sagte er: »Ach so, die Art von Bowls meinst du! Sag's halt gleich, das ist was anderes. Ja, können wir schon machen.« Besonderen Hunger verspürte er eh noch nicht, und irgendetwas würde er auf der Speisekarte von diesem Salatschuppen schon finden.

Kurz darauf wurde Kluftinger sogar positiv überrascht: Sie standen nicht wie befürchtet vor einem Miniladen mit unbequemen, viel zu kleinen Bistrostühlen in der prallen Sonne. Im Gegenteil, das *Green Tree* war eine nette, gelb gestrichene Gastwirtschaft mit gekiestem Biergarten, der von riesigen Kastanien beschattet wurde. Über dem Eingang prangte noch in goldenen, altertümlichen Lettern der frühere Name *Zum grünen Baum*.

»Oh, schaut vielversprechend aus, Richie.«

»Auf die Rankings bei Tripadvisor ist einfach Verlass.«

»Eben«, murmelte Kluftinger, steuerte einen freien Tisch im Schatten der Bäume an und setzte sich. Kaum hatte auch Maier Platz genommen, kam bereits eine Bedienung auf sie zu.

»Hallo, ihr beiden, schön, dass ihr hier seid! Hier wär schon mal die Speisekarte. Kann ich euch gleich was zu trinken bringen?«, fragte die junge Frau, die in ihrem weißen Sommerkleid und den nackten Füßen in Flip-Flops nicht so recht in diesen altehrwürdigen Biergarten passte.

»Einen Matcha-Passionfruit Ice-Tea ohne Zucker, bitte«, tönte Maier, ohne zu zögern.

»Oh, da kennt sich aber jemand aus in unserem Getränkeangebot. Nen Extrashot Matcha?«, fragte die Kellnerin und tippte etwas in ihr Smartphone ein.

»Ich hab mich vorher schon im Netz schlaugemacht. Singleshot Matcha reicht mir, danke«, erwiderte Maier lächelnd. »Und zum Essen bitte eine Bavarian-Saiblings-Poké-Bowl mit gequollener Hirse und diesem Lemon-Curd-Dip.«

Die Bedienung lächelte. »Alles klar, gute Wahl. Topping?«

»Ein paar Energy-Nuts.«

»Die sind leider aus, momentan.«

»Dann einfach die gerösteten Soybeans mit Teriyaki-Lack.«

»Passt«, sagte die Kellnerin und sah Kluftinger erwartungsvoll an.

»Für mich ein großes Spezi, bitte«, bat er.

»Wir haben nur Bio-Softdrinks«, sagte die junge Frau.

»Ja, das ist nicht so schlimm. Dann halt ein Bio-Spezi.«

Sie lächelte unsicher.

»Und zum Essen würd ich einen großen Schweizer Wurstsalat nehmen«, entschied Kluftinger. Angesichts der Hitze wäre das eine leichte Alternative zu Braten oder Schnitzel.

»Einen ... was bitte?«

»Wurst gibt's hier nicht«, zischte Maier.

»Verstehe. Dann so einen Maisdings, so einen Farmersalat, auch groß, bitte. Und viel Weißbrot dazu, danke.«

»Tut mir echt voll leid, aber so was haben wir nicht.« Die Kellnerin schien ehrlich betrübt, dass sie den Wunsch ihres Gastes nicht erfüllen konnte.

»Was jetzt, den Salat oder das Brot?«

»Beides«, sagte sie mit einem entschuldigenden Schulterzucken. »Aber wir haben voll gutes Multigrain-Ciabatta.«

Kluftinger seufzte und warf einen Blick in die Karte, doch die Gerichte darauf, die allesamt mit dem Zusatz »Bowl« endeten, waren für ihn böhmische Dörfer. Er kannte bei den meisten nicht einmal die einzelnen Zutaten. Da entdeckte er den Hinweis *Sonderwünsche auf Anfrage*. Er sah auf und erklärte lächelnd: »Fräulein, wie wär denn das, wenn ich Ihnen erklären täte, woraus so ein Farmersalat besteht, und Sie stellen mir das dann einfach zusammen? Als ... Sonderwunsch quasi?«

Die Frau zuckte mit den Achseln und erklärte: »Klar, können wir probieren.«

»Also, hätten Sie grünen Salat?«

Sie nickte.

»Gut, nehm ich. Tomaten?«

»Wir haben Pomodori Datterini aus dem Friaul.«

»Macht ja nix.«

»Also auch?«

»Ja. Gebratener Mais?«

»Wir hätten Alabama Sweet Corn.«

Kluftinger überlegte. »Hm, was wär das genau?«

»Das ist eine besonders süße Sorte, mit Hickorysalz abgeschmeckt und leicht angesmoked.«

»Gebraten?«

Sie nickte.

»Also. Geht doch. Und dann noch ein paar Zwiebeln, Gurken, ein bissle Kraut und so eine weiße Joghurtsoße drüber.«

Die Kellnerin runzelte die Stirn und nahm sich eine Karte vom Tisch. »Das ist ja witzig«, sagte sie dann, »das sind ziemlich genau die Zutaten unserer Ranchhouse-Power-Bowl. Nur dass da noch ein paar von den roten Bell-Pepper-Streifen drin sind.«

»Was?«

»Paprikaschote.«

»Also, dann einmal dieses Power-Dings«, erklärte Kluftinger erleichtert.

»Okay. Topping?«, kam es da von der jungen Frau. »Crunchy-Pecan, Superfood-Sprossenmix oder einfach ein paar Erbsen?«

Der Kommissar holte tief Luft. »Vorschlag meinerseits, Fräulein: Wie wär's, wenn Sie das einfach selber entscheiden täten?«

»Okay. Bis gleich, Jungs.« Lächelnd entfernte sie sich.

Kluftinger sah ihr kopfschüttelnd nach. *Jungs!* Das letzte Mal, als ihn jemand so genannt hatte, war noch auf der Polizeischule gewesen. Er hing seinen Gedanken nach, als er bemerkte, dass Maier ihn erwartungsvoll angrinste. Wollte er wieder eines seiner tiefgreifenden Gespräche über ihre neue Freundschaft führen? Dabei stand Kluftinger der Sinn viel mehr nach ein wenig Ruhe. Also tat er etwas, wofür er die jüngere Generation eigentlich stets verurteilte, weil es die Kommunikation so schwer machte und obendrein unhöflich war: Er holte sein Handy aus der Tasche. Als Erstes öffnete er die Wetter-App. Maier verstand offenbar und nahm ebenfalls sein Smartphone zur Hand, wie der Kommissar im Augenwinkel erkannte.

»Ich find das echt super, wie schnell du dich in die Welt von Facebook und Co. eingearbeitet hast«, sagte der Kollege. »Du machst das total professionell. Wenn ich da deinen letzten Post anschaue – also so viele Likes hab ich noch nie gekriegt. Regelrecht viral gegangen. Und so positive Vibes durch die vielen netten Comments! Kein Wunder, dass deine Followerzahlen stündlich steigen. Hast du da nen Berater konsultiert oder nur irgendein gutes Tutorial?«

Kluftinger verstand mal wieder nur die Hälfte von dem, was Maier da absonderte, und vor allem wusste er nicht, worauf er überhaupt anspielte. Welchen Post meinte er bloß? Er verließ die Wettervorhersage, die ohnehin auch für die nächsten Tage kein Ende der Gluthitze prognostizierte, und drückte auf das blaue Kästchen mit dem kleinen weißen *f*, tippte auf sein eigenes kleines Foto, wischte ein wenig nach unten, woraufhin auf einmal ein Film begann. Er erschrak, denn auf dem Bildschirm erschien in Nahaufnahme sein knallrotes Gesicht. Auf einmal hörte er auch seine eigene Stimme aus dem Gerät scheppern. Er bekam Schweißausbrüche, als er sich selbst dabei zusah, wie er eine gefühlte Ewigkeit die schlimmsten Schimpftiraden in die Kamera brüllte. Das musste in dem Moment passiert sein, als er das Ding hatte abstellen wollen. *Priml.* Offensichtlich hatte sich das Filmchen irgendwie selbst veröffentlicht und war nun für Gott und die Welt sichtbar.

Und die Menschen schienen es zu mögen, denn er hatte über vierhundert »Gefällt mir«-Angaben bekommen, und gleich ein paar Dutzend Leute hatten etwas dazugeschrieben. *Na toll!* Im ersten Moment hatte er noch gehofft, dass wenigstens nur seine neuen »Facebook-Freunde« Zugang zu dem missratenen Filmchen hatten, doch anscheinend konnte sich das auch jeder Wildfremde ansehen. Kaum einen der Kommentatoren kannte er. Peinlich berührt las er jetzt die Mitteilungen, doch schon bald verlangsamte sich sein Puls wieder. Fast alle hatten Dinge wie »saulustig«, »vogelwilder Hund«, lachende Smileys oder einfach einen nach oben gereckten Daumen gepostet. Nur zweimal las er Dinge wie »peinlich« oder »abartig«. Offensichtlich hatte er sich gar nicht blamiert mit seinem kleinen Fauxpas, sondern die Leute unterhalten und zum Lachen gebracht.

Seine Freude wurde nur hin und wieder getrübt, etwa von einer Frau, die sich bizarrerweise *Querdenken4711* nannte und fand, da sage »endlich mal jemand den Regierenden die Wahrheit« und mache »sein Maul auf gegen die Mehrheitsdiktatur«. Ein Mann, dem langen Bart und der Lederhose nach zu schließen jemand aus der Gegend, der sich *Maschtr_of_Disaschtr* nannte, hatte wiederum kleine Passagen aus seinem Originalvideo zu Schnipseln geschnitten, die sich ohne Unterlass wiederholten und in denen er ständig »Kreuzkruzifix«, »Priml« oder »Blechdepp« vor sich hin sagte.

Schließlich fand sich noch eine seltsame Nachricht einer Firma namens *Konzertbüro Augsburg*, die er nicht in allen Details verstand und von der er vor allem auch nicht wusste, ob sie ernst gemeint war: »Sensationelles Meme. Lange nicht mehr so gelacht. Nach unserer Meinung gehörst du auf die Bühne. Wir suchen laufend lokale Comedians mit authentischem Content und kreativem Potenzial. Bei Interesse melde dich einfach per PN.«

Kluftinger seufzte. So nett die meisten Kommentare auch waren: Die Unberechenbarkeit der Meinungen, die die Menschen da so zum Besten gaben, machte ihm Angst. Daher tippte er nun selbst einen Kommentar zum Film: »Liebe Leute! Danke, dass Sie alle geschrieben haben, alles sehr nett, aber jetzt ist Schluss damit. Bitte keine weiteren Meinungsäußerungen, wer soll das denn alles lesen? Mit freundlichen Grüßen, der Eigentümer.«

Kaum hatte er die Zeilen hochgeladen, folgten bereits erste Reaktionen darauf. Während Moni_73 fand, es sei ein »smarter Move, die Kommentarfunktion vorgeblich zu schließen, sie aber dennoch offen zu lassen«, äußerte sich Chickenrun-Tübingen mit der griffigen Formel »Klufti for Bundeskanzler!«.

Er wollte die App bereits entnervt schließen, da erschien auf einmal am oberen Bildschirmrand ein Foto, das ein Gesicht zeigte. Ein Gesicht, das er kannte. Es gehörte Grete Wohlrat, der Tagesmutter seiner Enkelin. Ihr Name hatte für ihn inzwischen einen genauso frostigen Klang wie der von Frau Ruth, der Sektenchefin. Dennoch siegte seine Neugier, und er klickte auf das Bild. Sofort war das Display ausgefüllt von ihrem Konterfei, und der Kommissar zuckte unwillkürlich zurück. Sie musste es selbst aufgenommen haben, man sah den ausgestreckten Arm, mit dem sie das Handy für die Aufnahme in die Höhe hielt. Im Hintergrund erkannte er allerdings etwas, das ihn viel mehr interessierte: den Kinderwagen mit seiner Enkelin. Vermutete er jedenfalls, denn die kleine Maxima war unscharf, was er durchaus begrüßte. Andererseits hätte er Frau Wohlrat mit einer kleinen Amtshilfe der Kollegen vom Cybercrime wohl einen wirkungsvollen Strick daraus drehen können, wenn sie ihren Schützling ohne Erlaubnis ins Internet gestellt hätte.

Plötzlich war das Foto nicht mehr zu sehen. Als Kluftinger erneut auf die Miniatur klickte, bemerkte er einen Balken am oberen Rand des Displays, der sich schnell nach rechts bewegte. Als er dort angekommen war, verschwand das Bild. »So ein Schmarrn«, brummte er. Ein Foto, das man nur zehn Sekunden angucken durfte? Was sollte das? Für Langhammers endlose Diaabende wäre das zwar sicher die Rettung, aber hier hätte er gern selbst entschieden, wie lange er brauchte, um etwa zu erkennen, ob sein Enkelkind ein Mützchen gegen die Sonne aufhatte. Er klickte erneut und bemerkte nun die Beschriftung auf dem Foto: *Vor einer Minute*. Und darunter: *Spaziergehzeit :-)))*

Kluftinger war wie elektrisiert. Das hieß, dass die Frau genau jetzt unterwegs sein musste. Und sie waren nur ein paar Straßen von Markus' Wohnung entfernt. »Ich muss mal aufs Klo«, raunte er Maier zu, sprang auf und eilte zum Ausgang des Biergartens. Das letzte Mal, als er der Tagesmutter und seiner Enkelin gefolgt war, waren sie auch hier vorbeigekommen, wenn er sich recht erinnerte. Da Frau Wohlrat ja feste Rituale schätzte, rechnete er sich gute Chancen aus, dass das auch diesmal so sein würde. Und tatsächlich: Gerade als er auf den Gehweg trat, sah er sie etwa fünfzig Meter weiter mit dem Kinderwagen um eine Hausecke verschwinden. Ohne nachzudenken, rannte der Kommissar los. An der Ecke angelangt, stellte er sich mit dem Rücken zur Wand, spähte einmal blitzschnell in die Straße dahinter und zog seinen Kopf wieder zurück. Das war eine Technik, die er vom Schießstand kannte: Auf eine solch schnelle Bewegung konnte der Gegner nicht reagieren, man selbst verschaffte sich dadurch aber einen Eindruck von der Lage hinter dem Hindernis. Und die sah in diesem Fall wie folgt aus: Frau Wohlrat bugsierte den Wagen gerade in den Eingang eines Geschäftes. Kluftinger wartete noch ein paar Sekunden, dann wagte er sich aus seiner Deckung.

Er hatte das Gefühl, unsichtbar zu sein, als er sich geschmeidig durch die Nebenstraße bewegte, stets bemüht, nicht aufzufallen, aber ebenso darauf bedacht, nicht auszusehen, als wolle er nicht auffallen. Seine jahrelange Berufserfahrung kam ihm da natürlich zugute. Dann konnte er das Schild des Ladens lesen, in dem die Tagesmutter verschwunden war: *Schmids Spirituosen*. Er schluckte. Es war also wirklich so schlimm, wie er befürchtet hatte.

Er rannte über die Straße, ohne auf den Verkehr zu achten, weswegen ein Auto mit quietschenden Reifen nur wenige Zentimeter vor ihm zum Stehen kam. Der Fahrer drehte das Fenster herunter und schimpfte: »Hat dir die Hitze dein Gehirn gegrillt, du alter Depp?« Kluftinger verzichtete darauf, ihm seine Dienstmarke vor die Nase zu halten. *Unauffällig bleiben* lautete die Devise. Dann stand er vor dem Schaufenster des Geschäfts, allerdings in einem derart spitzen Winkel, dass ihn Frau Wohlrat unmöglich sehen konnte. Gerade legte sie etwas auf den Tresen und holte ihren Geldbeutel heraus. Dabei blickte sie sich um, als wolle sie sichergehen, dass niemand sie dabei beobachtete. Das tat nur jemand, der etwas zu verbergen hatte, mutmaßte Kluftinger, und es bestätigte ihn in seinem Tun. Dass die Frau kurzzeitig auch in seine Richtung blickte, war reiner Zufall, da war er sich sicher.

Er wartete, bis Grete Wohlrat aus dem Laden kam, wobei sie wieder kurz zu ihm blickte, doch er hatte sich in einen Hauseingang gedrückt, war geradezu mit ihm verschmolzen, sodass er auch diesmal unentdeckt blieb. Dann betrat er das Geschäft und ging schnurstracks auf den Verkäufer zu. »Ich will genau das, was die Frau hatte.«

Er erntete einen verständnislosen Blick.

»Die Frau. Die grad hier war.«

»Die Grete?«

»Ach, Sie kennen sie?«

»Ja, seit vielen Jahren.«

Das wurde ja immer besser. »Genau. Ich will dasselbe kaufen, was sie gekauft hat.«

»Geht nicht«, erwiderte der Mann, ein älterer Herr mit riesigen Tränensäcken.

»Warum nicht?«, fragte Kluftinger, der bereits fürchtete, sie habe die ganzen Vorräte einer bestimmten Spirituose aufgekauft, um sie gleich neben seinem Enkelkind in sich hinein-zukippen.

»Weil ich nicht sag, was die Grete gekauft hat«, gab der Mann zurück.

»Nicht sagen, verkaufen. Sie können mir vertrauen«, antwortete Kluftinger sanft. Sollte er sich als Polizeibeamter offenbaren? Nein, lieber nicht, wahrscheinlich würde sie dann doch früher oder später erfahren, dass er ihr hinterherspioniert hatte.

»So, warum denn?« Der Verkäufer blieb misstrauisch.

»Weil ich … ein alter Freund bin. Und grad in der Stadt. Ich will ihr ein Geschenk mitbringen.« Er war sich ziemlich sicher, dass der Mann ihm das nicht abkaufen würde, und arbeitete schon am Ausschmücken seiner Geschichte, da rieb sich sein Gegenüber die Tränensäcke und antwortete: »Ach so, ja dann, Moment.« Er drehte sich um, griff ins Regal und stellte eine kleine Flasche auf den Tresen. Es zeigte drei stilisierte Nonnen in einem blauen Rahmen. Kluftinger brauchte die Aufschrift gar nicht zu lesen, er wusste, worum es sich handelte: *Klosterfrau Melissengeist*. Ein als Arzneimittel getarnter, hochprozentiger Schnaps für alte Leute, das wusste jeder. Er hatte ja nichts anderes erwartet, aber nun, da er Gewissheit hatte, war er doch ein bisschen schockiert. Mit hängenden Schultern ging er auf den Ausgang zu.

»He, Ihr Geschenk!«, rief ihm der Verkäufer hinterher.

»Hm? Ach so, nein, ich … such was Gesünderes.«

»Wollen Sie lieber den Eierlikör, den die Grete manchmal kauft?«

Ohne weitere Reaktion verließ Kluftinger den Laden und hielt Ausschau nach seinem Zielobjekt, das er schnell wiederfand, da die Frau samt Enkelkind noch nicht weit gekommen war. Sie lief nun bedeutend langsamer als vorher. Ob sie schon ein paar Schlucke intus hatte? Tatsächlich verhielt sie sich seltsam. Nicht nur, dass sie sich im Schneckentempo fortbewegte, sie bückte sich auch ständig, als suche sie irgendetwas, reckte und streckte sich, als sei sie gerade aufgewacht. Ein bizarres Bild. Schlimm, was Alkohol aus Menschen macht, schoss es dem Kommissar durch den Kopf.

Auch wenn er für seinen Teil schon genug gesehen hatte, war ihm klar, dass er noch Beweise für seine Anschuldigungen sammeln musste, wenn er die bei Markus und Yumiko gegen die Wohlrat ins Feld führen wollte. Darin unterschied sich dieses Vorhaben nicht von seinen sonstigen beruflichen Verpflichtungen. Also folgte er den beiden bis in den Park, wo sich Frau Wohlrat langsam und in seinen Augen reichlich ungelenk ihr Jäckchen auszog, worunter sie nur ein Shirt mit Spaghettiträgern anhatte. Immer wieder sah sie sich seltsam grinsend in der Gegend um. An einem Eiswagen kaufte sie sich eine Waffel mit zwei Kugeln – Rum-Rosinen und Malaga, wie Kluftinger mit einer Mischung aus Empörung und Bestätigung feststellte – und setzte sich auf eine Bank, wo sie die kalte Süßigkeit gierig aufschleckte. Kluftinger konnte kaum hinsehen, er fand es abstoßend, wie weit die Frau ihre Zunge herausstreckte und an der Waffel entlang nach oben leckte.

Als sie endlich fertig war, schob sie den Kinderwagen bis zu einem flachen Teich, an dem eine Gruppe junger Mütter mit ihren Kindern planschten. Der Kommissar war aufs Höchste alarmiert, wenn ihn auch die Gegenwart der übrigen Frauen ein bisschen beruhigte. Die würden ja sicher merken, wenn hier eine Volltrunkene ein Kleinkind badete.

Er bezog Stellung in einem Gebüsch gegenüber und zückte sein Handy. Hier würde er gleich das entscheidende Foto schießen, das eine Weiterbeschäftigung von Frau Wohlrat unmöglich machen würde. Und damit seine Enkeltochter aus den Fängen dieser kaltherzigen, trunksüchtigen und überhaupt ganz schrecklichen Frau befreien. Vielleicht würden ihm Markus und Yumiko sogar dankbar sein. Eines Tages.

Gebannt beobachtete er, wie sich Grete Wohlrat ihre klobigen Sandalen auszog, ihre Dreiviertelhose noch ein bisschen weiter nach oben rollte – wobei sie ihm den Rücken zudrehte und sich tief bückte –, wie sie dann Maxima hochhob und mit ihr auf den Rand des Wassers zuschritt. Jetzt war es gleich so weit. Er würde alles fotografieren und dann aus dem Gebüsch stürmen und ihr die Kleine entreißen, er würde ...

»Zehn nackte Frisösen ...« Kluftinger fuhr erschrocken zusammen, so laut dröhnte die Schlagermusik, die aus dem Nichts zu kommen schien. Er brauchte ein paar Sekunden, bis er sein eigenes Handy als Quelle des Lärms ausgemacht hatte. »Zefix!«, schimpfte er, drückte in der aufkommenden Panik, entdeckt zu werden, irgendwelche Knöpfe, hoffend, das Lied würde schnell wieder aufhören, erkannte auf dem Display, dass der Anruf von seinem Kollegen Richard Maier kam, fragte sich, wann ihm Markus mal wieder heimlich diesen Klingelton installiert hatte, hörte die Liedzeile »Es gibt fünfzigtausend Weiber, die haben einwandfreie Leiber« und schaffte es endlich, das Gerät zum Schweigen zu bringen.

»Himmelarsch«, schimpfte er, wischte sich über das schweißnasse Gesicht, hob den Kopf – und erstarrte. Alle Frauen in dem kleinen Gewässer schauten in seine Richtung, manche erschrocken, andere feindselig. Die meisten hatten ihre Kinder schützend auf den Arm genommen. Ein paar Sekunden war es still, dann hob eine den Arm und rief mit schriller Stimme: »Da sitzt 'n Spanner mit nem Handy im Gebüsch. Den schnappen wir uns!«

Der Kommissar war von dieser Fehleinschätzung der Lage völlig überrumpelt, musste aber nach kurzem Nachdenken zugeben, dass man als Außenstehender unter Umständen zu diesem Schluss kommen konnte. Was sollte er tun? Aus seinem Versteck heraustreten, seine Dienstmarke ziehen und versuchen, die Situation zu erklären? Aber was sollte er sagen? Dass er genau das vorhatte, was die Frauen dachten, nämlich eine von ihnen – samt Kleinkind – beim Baden zu fotografieren? Was für eine Schlagzeile: *Polizeipräsident beim …* Die Gedanken in seinem Kopf überschlugen sich: Sollte er die Tagesmutter vor den anderen offen des Alkoholmissbrauchs bezichtigen? Oder besser Maxima packen und flüchten? All das schoss in Sekundenbruchteilen durch seinen Kopf, bevor er das Einzige tat, was ihn aus dieser Situation retten würde: Er rannte, als wäre der Teufel hinter ihm her, stolperte durch ein kleines Wäldchen, durchbrach das Gebüsch, bemerkte kaum die Äste, die ihm dabei ins Gesicht peitschten, schlug ein paar Haken, prallte gegen einen Mann mit Rollator, als er aus dem Park heraustaumelte, keuchte mechanisch eine Entschuldigung und duckte sich schnell, als die Frau des Mannes ihm mit dem Spazierstock drohte. Ohne sich auch nur einmal umzusehen oder anzuhalten, rannte er weiter durch die Straßen der Stadt, bis er irgendwann, er wusste selbst nicht, wie, vor dem Eingang zum Biergarten stand, an dem diese ganz und gar verunglückte Beschattung begonnen hatte. Erst jetzt erlaubte er sich durchzuatmen. Er musste sich nach vorn beugen, weil er kaum Luft bekam, jeder Atemzug brannte, sein Hemd klebte ihm schweißnass am Körper. Erst nach ein paar Minuten hatte er sich wieder so weit im Griff, dass er sich aufrichten und umblicken konnte. Keine der Frauen war zu sehen. Gott sei Dank! Wenn sie ihn tatsächlich verfolgt hatten, hatte er sie abgehängt. Immerhin. Zitternd wischte er sich mit dem Ärmel seines Hemdes über die Stirn und betrat den Biergarten.

Maier saß bereits vor einer Schüssel Salat, auch an Kluftingers Platz stand eine riesige Portion. Da erblickte ihn der Kollege. »Wo warst du denn so lang, hast du Verstopfung oder …« Er verstummte, als er den Zustand des Kommissars erkannte. »Bist du krank, soll ich einen Arzt rufen? Himmel, jetzt erklär dich doch!«

Kluftinger blickte seinen Kollegen schwer atmend an, setzte sich, ergriff die Gabel, sagte »An Guat'n!« und begann zu essen.

Eine Viertelstunde später legte Kluftinger die Gabel neben seine Salatschüssel und lehnte sich zufrieden seufzend zurück. Er hatte den kompletten Inhalt in sich hineingeschaufelt, nach der Anstrengung lechzte sein Körper nach jeder einzelnen Kalorie. Er trank den Rest seines Bio-Spezis, das leider mittlerweile die Umgebungstemperatur angenommen hatte, und stand auf. Maiers fragenden Blick beantwortete er mit einem schlichten »Klo«.

»Schon wieder?«, wollte der mit einer Mischung aus Besorgnis und Verwunderung wissen.

»Muss ich mir das jetzt bei dir genehmigen lassen, oder darf ich selber entscheiden?«, brummte der Kommissar.

Der Kollege zuckte sorgenvoll mit der Schulter, doch als Kluftinger nach wenigen Minuten zurückkehrte, schien er erleichtert. »Magst mal schauen, ob dir der Roland schon die Fotos gemailt hat?«, fragte er.

»Gute Idee.« Kluftinger griff zu seinem Smartphone. Tatsächlich war Hefeles Mail mittlerweile angekommen, und dem Kommissar gelang es problemlos, sie zu öffnen. An der Aufgabe, die Fotos auf eine vernünftige Größe zu ziehen, scheiterte er jedoch. »Malefizglump, verreckt's!«, schimpfte er und knallte sein Handy auf den Tisch.

Maier grinste. »Bereitest du einen neuen Video-Post vor, oder geht was nicht?«

»Depp!«, murmelte der Kommissar. »Das ist so eine Fummelei, unmenschlich.«

»Droppst du es mir? Ich hab doch jetzt das neue faltbare Display! Ist doppelt so groß wie normal«, verkündete Maier stolz.

Kluftinger funkelte ihn böse an. »Faltbarer Bildschirm, klar! Ich hab dazugelernt, mich kannst du nicht mehr so leicht verarschen mit dem technischen Zeugs.«

Dann sah er staunend zu, wie Maier sein Handydisplay aufklappte. Er war baff. Immer, wenn er sich auf der Höhe der Zeit wähnte, machte irgendjemand eine noch verrücktere Erfindung. Und Maier kaufte sie sich sofort. »Okay. Was soll ich machen?«, fragte er beeindruckt.

»Mir das Ding rüberschieben. Ich bin empfängnisbereit!«

»Du meinst wohl *empfangsbereit*.«

»Egal. Also, rüber damit!« Maier hielt sein Handy ganz nah an Kluftingers Telefon. Der wusste nicht, was er tun sollte, erinnerte sich aber, dass er irgendwo gelesen hatte, man könne Daten austauschen, indem man die Geräte aneinanderschlug, also klopfte er mit seinem Telefon gegen Maiers Bildschirm. Sofort zog der sein Handy zurück.

»Geht's noch? Hast du eine Vorstellung, was das Ding gekostet hat?«

»Aber du wolltest doch, dass ich ...«

»Doch nicht mit roher Gewalt.«

Brummig reichte der Kommissar nun sein Handy mit den Worten »Flop's dir grad selber« an den Kollegen weiter. Der inspizierte erst einmal angestrengt den Bildschirm.

»Mensch, du hast ja gar keine Widgets«, tönte er.

Kluftinger hatte nicht den blassesten Schimmer, was das nun wieder bedeuten sollte. »Brauch ich nicht. Hast du's bald?«

»Gleich. Welche von den hundertdreiundsiebzig ungeöffneten Mails ist es denn?«

»Die neueste.«

»Die hier? *Zufriedenere Gesichter im Schlafzimmer dank ...*«

Kluftinger riss Maier das Handy weg und öffnete selbst Hefeles Mail. »Die da, Depp!«

»Heute bist du ja wieder ganz besonders reizend, Chef!«

»Ruhe!« Der Kommissar konzentrierte sich auf die Bilder, betrachtete sie genau, auch wenn das eigentlich gar nicht nötig war. Dann sprang er auf und lief in Richtung Ausgang.

Auf dem Weg zurück zum Passat sah sich der Kommissar immer wieder verstohlen um – nicht, dass durch einen dummen Zufall doch noch eine von den wild gewordenen Bademüttern seinen Weg kreuzte. Sie mussten schleunigst weg hier. Daher verzichteten Maier und Kluftinger diesmal auf die Lüftungszeremonie, stiegen in den brütend heißen Wagen ein und starteten den Motor. Sie würden Werner Wegner, dem Hobbypaläontologen, einen weiteren Besuch abstatten, denn Hefeles Mail hatte ihnen zwei Dinge klargemacht: Erstens war gleich auf mehreren Bildern zu erkennen, wie er im Gebüsch auf der Lauer lag – was Kluftinger sofort unangenehm an seine missratene Beschattung von eben erinnert hatte. Offensichtlich hatte Wegner die Leute in der Grube bei der Arbeit beobachtet, auch das spätere Mordopfer. Die zweite Erkenntnis war, dass ihnen der pensionierte Lehrer bei der ersten Befragung am Vormittag eiskalt ins Gesicht gelogen hatte. Kluftinger konnte es kaum erwarten, ihn nach dem Grund dafür zu fragen.

Er steuerte eine ruhige Wohnsiedlung am Stadtrand an und stellte den Wagen vor einem Einfamilienhaus aus den Siebzigerjahren ab. Bereits im Vorgarten sahen sie Werner Wegner, der in der prallen Mittagssonne Brennholz hackte.

»Meine Herren! So eine Überraschung, dass wir uns schon wieder treffen«, sagte der Mann, nahm kurz seine Schildmütze ab, um sich über den Kopf zu wischen, griff sich ein neues Scheit und hackte weiter. »Wenn es Sie nicht stört, würd ich das fertig machen, ich krieg morgen frisches Holz, da brauch ich Platz.

Muss heut alles noch an die Wand«, erklärte er und wies auf eine angefangene Beige zwischen zwei Fenstern.

»Lassen Sie sich nicht aufhalten.« Kluftinger blickte auf den riesigen Berg, den Wegner noch vor sich hatte.

»Macht dreimal warm«, ächzte der und hieb mit seiner Axt auf das Scheit. »Einmal im Garten, einmal im Keller, wenn man's holt, und einmal im Ofen.«

»Und das alles am heißesten Tag im Jahr?«

»Auch an dem darf man nicht vergessen, dass es irgendwann mal wieder kalt wird. Im Allgäu schneller als woanders. Aber wegen dem Wetter sind Sie bestimmt nicht hier, oder?«

»Nein, eher, weil Sie uns vorhin eiskalt ins Gesicht gelogen haben«, gab Maier scharf zurück.

Wegner sah ihn erstaunt an.

»Sie haben vorhin angegeben, Sie wären nie in der Nähe der Grube gewesen, wenn Brunner vor Ort war, und hätten sich dem Professor seit dem Hausverbot nicht mehr genähert. Uns liegen allerdings Fotos vor, die beweisen, dass Sie dort gleich mehrmals auf der Lauer lagen.«

»Fotos?«

»Luftaufnahmen, um genau zu sein.«

»Ich weiß nicht, wovon Sie reden«, murmelte Wegner, stellte erneut ein Holzscheit auf seinen Hackstock und ließ die Axt darauf niedersausen. Eines der beiden Teile, die krachend wegsprangen, landete direkt vor Kluftingers Füßen. Reflexartig hob der es auf und legte es zu den bereits aufgeschichteten Stücken an die Wand. Dann bückte er sich erneut und stapelte weiter, ganz in Gedanken. Er versuchte zu erahnen, wie der Mann auf diese Konfrontation reagieren würde.

»Könnten Sie sich bitte zu unseren Vorwürfen äußern?«, drängte Maier.

Kluftinger bückte sich und hob ein weiteres Stück Holz auf.

»Das ist doch ewig her. Hab ich halt nicht gleich dran gedacht«, murmelte Wegner.

»Ewig?« Maiers Stimme war kurz davor, sich zu überschlagen. »Es dreht sich um den Tag vor der Ermordung Brunners. Das nennen Sie *ewig*?« Er machte einen tiefen Atemzug. »Gut, immerhin, Sie geben es zu. Sagen Sie uns jetzt auch noch, was Sie dort wollten?«

Kluftinger beobachtete Wegner aus dem Augenwinkel. Noch immer hörte er nicht auf, ein Holzscheit nach dem anderen zu hacken. »Ich wollt halt schauen, was die so machen, wie sie vorgehen. Haben komische neue Methoden, mit ihrer selbst gebauten Siebmaschine und so weiter. Gefällt mir alles nicht besonders.«

»Ich denke, es ist nicht an Ihnen, darüber zu entscheiden, welche Methode die Wissenschaftler anwenden«, erklärte Maier forsch und fügte an Kluftinger gewandt die leise Frage an: »Dürft ich bitte erfahren, warum du während meiner Befragung sein Holz aufstapelst?«

Ein Ruck durchfuhr den Kommissar, so sehr hatte er sich in dieser monotonen Tätigkeit verloren. Früher hatte er oft dem Vater oder dem Großvater geholfen, Holz zu stapeln, und dabei auch immer die Zeit vergessen ...

»Macht er doch gut«, lobte ihn Wegner.

Da rief von der nahe gelegenen Terrasse eine ältere Frau: »Werner, mach Pause, ich hab Kaffee für dich und deine Bekannten. Und Zopfbrot!«

Wegner winkte ab. »Ich komm nachher, Mausi. Dauert nimmer lang.«

»Nix da. Der Kaffee wird doch kalt. Hab ihn extra handgebrüht, wegen dem Besuch.«

»Aber der Besuch geht gleich wieder.«

Wegner wollte sie so schnell wie möglich wieder loswerden,

das war offensichtlich. »Nein, wir haben Zeit«, rief der Kommissar deshalb. »Und nehmen gern einen Kaffee.«

Der Mann sah die Beamten mit einem Schulterzucken an. »Wenn Sie meinen. Wir können ihn ja hier im Stehen trinken.«

»Oder drinnen«, erwiderte Kluftinger und ging los.

»Könnten wir nicht auf der Terrasse bleiben?«, schlug Wegner vor. »Ist ja schön, heut.«

Kluftinger beschloss, einfach immer genau das Gegenteil von dem zu tun, was der Mann vorschlug. »Irgendwie zieht's hier draußen, gehen wir lieber rein.«

Wegner war die ganze Zeit, während sie Kaffee tranken und den saftigen Rosinenzopf aßen, bei seiner Version geblieben, er habe bei seinen heimlichen Besuchen einfach nur sehen wollen, wie die Grabungen vorangingen. Einen tiefergehenden Konflikt mit Brunner leugnete er weiter vehement.

Schließlich erhoben sie sich vom Tisch im erstaunlich kühlen Esszimmer. Der Raum war zurückhaltend, ein wenig altmodisch, aber nicht kitschig eingerichtet und blitzsauber. Das Einzige, was nicht ins aufgeräumte Bild passte, waren die ausgestopften Vögel, die mit gläsernen Augen von den Wänden herab auf die Besucher starrten und bereits reichlich angestaubt und verblichen wirkten, genau wie der präparierte Fuchs auf dem Wohnzimmerschrank.

»Jagen Sie?«, wollte Kluftinger mit Blick auf die toten Tiere wissen.

»Nein, die sind aus der Schule«, erklärte Wegner. »Hätten die einfach so weggegeben, da hab ich sie mir gesichert. So, wir hätten's ja dann ...«

»Die gehören schon längst auf den Wertstoffhof«, mischte sich seine Frau ein. Kluftinger widerstand der Versuchung, zu fragen, ob er sie für den Flohmarkt haben könne.

»Ich hätt bei Ihnen eher Versteinerungen erwartet.«

»Davon haben wir einen ganzen Keller voll«, sagte die Frau und begann, den Tisch abzuräumen.

»Das interessiert die Herren sicher nicht.«

»Im Gegenteil«, erklärte Kluftinger sofort.

»Siehst du? Zeigt Werner Ihnen sicher gern. Lass sie doch mal dein Labor anschauen«, sagte die Frau bestimmt.

Ihr Mann aber wehrte ab: »Nein, da unten ist ... überhaupt nicht aufgeräumt.«

»Macht doch nix«, erklärte Kluftinger. »In meinem Keller auch nicht. Kein Problem.«

Seufzend zuckte der Mann mit den Achseln, nachdem er seiner Frau noch einen tadelnden Blick zugeworfen hatte. »Wenn Sie's interessiert, können wir ja kurz reinschauen. Sind aber natürlich alles nur kleine Sachen, nix Spektakuläres, wenn Sie das meinen.«

Der riesige Kellerraum machte dem Namen *Labor* alle Ehre. Schon als sich die Tür öffnete, fiel Kluftinger der durchdringende chemische Geruch auf. Eine Neonröhre nahm zuckend ihre Arbeit auf, Wegner ging zu einem Kleiderständer, an dem ein zerschlissener weißer Kittel hing. Er zog ihn sich über und tauschte seine schweren Arbeitsschuhe gegen weiße Gummiclogs. An den Wänden standen Regale und Vitrinen mit allen möglichen Werkzeugen, Fundstücken und dicken Büchern. Die Stirnseite des langen Zimmers nahm ein großer Arbeitstisch mit mehreren Lampen ein. Kluftinger fühlte sich an Willi Renns Arbeitsbereich erinnert, auch wenn die Fundstücke, die der analysierte, meist jüngeren Datums waren.

Wegner kam schlurfend auf die Beamten zu. »Alle Stücke, die Sie hier sehen, stammen aus der Tongrube Pforzen. Bevor Sie fragen: Es handelt sich sämtlich um Funde, die vor der offiziellen Ausrufung als wissenschaftliche Grabungsstätte gemacht wurden. Also legal, wie gesagt.«

Maier und Kluftinger sahen sich kurz an und nickten. Der Kommissar warf einen Blick in die hölzernen Vitrinen mit den penibel geputzten Glasscheiben. Jede noch so kleine Versteinerung war mit Anhängern beschriftet, die Nummern und Buchstaben enthielten. Anscheinend hatte auch Wegner eine Liste, in die er die Funde eintrug, genau wie die Wissenschaftler um Frau Doktor Lanz.

Der Hobbyforscher stand an seinen Tisch gelehnt, auf dem neben einem Bunsenbrenner allerhand Tiegel und Flaschen standen, daneben Blechdosen mit Pinseln, Pinzetten, Spateln und Messerchen. »Mein Reich, da sitz ich manchmal halbe Tage lang. Aber mehr im Winter als jetzt.«

»Wenn Sie jetzt nicht mehr in die Grube dürfen, was machen Sie denn dann hier unten?«, wollte der Kommissar wissen.

»Sie sind gut! Ich muss noch säckeweise Material aufarbeiten, säubern, archivieren und bestimmen. Wenn etwas Interessantes dabei rauskommt, lasse ich das Frau Doktor Lanz zukommen. Sie versteht ihr Fach. Ich nehme aber vorher stets Abgüsse aus Gips oder aus Kunstharz, bevor ich was weggebe. Daher meine kleine Giftküche hier.« Er zeigte auf die Behältnisse mit den Flüssigkeiten und Pulvern. Wegner schob vorsichtig eine längliche Form beiseite, aus der oben etwas Braunes herausragte.

»Ist das so ein Abguss?«, wollte Maier wissen.

Wegner schüttelte den Kopf. »Nein, das ist bloß das Modell eines Modells. Wäre ja viel zu groß, als dass ich es behalten könnte. Ist aber noch nicht ganz trocken. Darf ich Ihnen sonst etwas zeigen? Etwa den Zahn einer Säbelkatze? Beeindruckend, kann ich Ihnen sagen.« Der Mann stellte sich direkt vor die Form, als wolle er sie vor allzu neugierigen Blicken schützen, was Kluftingers Interesse erst recht befeuerte.

»Wie haben Sie denn die Kopien gemacht?«, fragte er.

»Ach, ich fertige mir Gips- oder Silikonabdrücke. Danach werden die Replika handkoloriert.«

Kluftinger beugte sich vor, um einen weiteren Blick auf die Form zu erhaschen. Sofort beschleunigte sich sein Puls: Der Knochenabdruck sah genauso aus wie das Teil auf Brunners Fotos, das der Professor beim Besuch des Ministerpräsidenten als *Bombe* hatte präsentieren wollen. Ob Wegner ihm dieses Teil gestohlen hatte und nun fröhlich Abdrücke davon machte? Er schluckte. »Wo ist denn das Original, Herr Wegner? Ich würd gern mal vergleichen, wie nah es hinkommt.«

Der Mann im weißen Kittel wurde sichtlich nervös. »Wie gesagt, ich … habe da nur etwas versucht, den Abdruck des Abdrucks. Ich wollte nur üben und …« Er lächelte fahrig, sein Blick wurde unstet. Worauf hatte er seine Augen gerichtet? Kluftinger sah in dieselbe Richtung – und erkannte am Rand des Tisches einen kleinen papiernen Anhänger mit einer Ziffernkombination. Eine Kombination, die ihm bekannt vorkam. Theresa Lanz hatte sie ihm genannt – die Archivierungsnummer, die ihr seit einigen Tagen fehlte. Nun war sie wieder aufgetaucht – und zwar an einem Ort, den sie noch vor ein paar Stunden überhaupt nicht auf dem Schirm gehabt hatten. Wenn der Hobbypaläontologe tatsächlich Brunner das Fundstück gestohlen hatte, sprach viel dafür, dass darin der Schlüssel zur Ermordung des Professors lag.

Kluftinger fasste im gleichen Moment nach dem Etikett wie Wegner, doch der Kommissar war schneller. Er hielt es zwischen zwei Fingern und ließ es vor dem Gesicht des Mannes baumeln. »Damit eines klar ist: Wir wissen so gut wie Sie, worum es sich bei dieser Nummer handelt. Und ich hab auch den Knochen schon gesehen. In Brunners Computer. Seit seinem Tod ist die Versteinerung verschwunden. Sie müssen uns einiges erklären, Herr Wegner.«

Der Mann war kreidebleich, Schweißtröpfchen standen auf seiner Stirn, die Lippen bebten.

»Ich ... es ist nicht so, wie ...«, stammelte er.

Kluftinger sah ihn lange an, bevor er mit ruhiger Stimme fragte: »Sollen wir Ihrer Erinnerung ein bisschen auf die Sprünge helfen?«

Wegner wirkte um Jahre gealtert. Mit hängenden Schultern stand er da, schüttelte kaum merklich den Kopf.

»Okay, das nehmen wir mal als ein Ja«, tönte Maier forsch, doch der Kommissar machte eine beschwichtigende Geste. Es nutzte ihnen nicht, wenn sie Wegner einschüchterten. Letztlich galt es, ihn zum Reden zu bringen. »Also, wir präsentieren Ihnen jetzt einfach mal eine Version, die uns plausibel scheint, ja?«, schlug Kluftinger vor. »Sie können mich aber immer korrigieren, wenn ich irgendwie danebenliege.«

Sein Gegenüber stützte sich auf der Tischplatte ab und sah weiterhin schweigend zu Boden.

»Gut. Für mich stellt es sich so dar: Als Sie im Gebüsch oberhalb der Tongrube mal wieder spioniert haben, wollte es der Zufall, dass Sie Zeuge eines besonderen Fundes wurden, den Brunner gemacht hat. Des Funds jenes Knochens, der Vorlage für diesen Abguss war. Irgendetwas hat es damit auf sich. Gehört er zum Menschenaffen? Beweist er was, Herr Wegner?«

Der Mann seufzte nur.

»Egal, das werden wir herausfinden. Es handelt sich auf jeden Fall um einen besonderen Fund, davon können wir ausgehen. Dem Professor war bestimmt sofort klar, was für einen Treffer er da gelandet hat. Doch er war nicht der Einzige, dem dieses Potenzial auffiel. Nein, auch Sie wussten, was Brunner da in Händen hielt, schließlich kennen Sie sich aus, haben alles gelesen, was je zu dieser Frage geschrieben worden ist.« Er sah zu den vollgestopften Bücherregalen. »So weit richtig?«

Wegner hob kraftlos die Schultern. Er wirkte abwesend.

»Auf einmal wurde Ihnen bewusst, dass Sie diesen Knochen brauchen: Brunner würde alles tun, um ihn wiederzubekommen, würde Ihnen mehr Beachtung schenken und endlich das Hausverbot aufheben, unter dem Sie so leiden. Also haben Sie ihm das Ding gestohlen. Das, was hier liegt, ist gar keine Kopie, stimmt's? Hat er Sie dabei erwischt? Kam es dabei zum tödlichen Streit?«

Wegners Unterkiefer klappte nach unten. »Wollen Sie damit sagen, dass ich ...« Wieder stockte er.

Kluftinger musterte ihn. Vor ihm stand ein resignierter alter Mann, der nichts mehr mit dem vitalen Hobbyforscher gemein hatte, den sie im Therapiezentrum und beim Holzhacken in der Bullenhitze gesehen hatten. Fast tat er ihm leid.

Maier allem Anschein nach nicht. »Um es abzukürzen: Sie sind des Mordes an Professor Udo Brunner verdächtig«, sagte er sachlich.

In diesem Moment verdrehte Wegner die Augen und sank in sich zusammen. Maier und Kluftinger stürzten gleichzeitig auf ihn zu, packten ihn an den Schultern und verhinderten so, dass er mit dem Hinterkopf gegen die Tischplatte knallte. »Himmelarschkreizkruzifix, was ist denn los mit dem?«, entfuhr es dem Kommissar, dann lag der Mann bereits als schlaffes Bündel in ihren Armen.

»Vernehmungsfähig? Sie sind lustig! Wir haben es gerade mal geschafft, seinen Kreislauf einigermaßen stabil zu kriegen, und Sie kommen mir mit so was?«

Die Notärztin, die eben die Seitentür des Rettungswagens schloss, funkelte Maier böse an. Eine Regung, die Kluftinger im Moment ganz gut nachvollziehen konnte. Von ihrer Warte aus ging es um nichts anderes als die Gesundheit von Werner Weg-

ner, der eben einen schweren Nerven- und Kreislaufzusammenbruch erlitten hatte.

»Richie, lass mal gut sein. Ich fahr die Frau Wegner und dich
jetzt ins Krankenhaus, und du wartest, bis sich sein Zustand so
weit stabilisiert hat, dass man zu ihm kann.«

Damit wandte er sich an die Frau, die völlig aufgelöst dastand
und dem Geschehen ungläubig zusah.

»Frau Wegner, der Kollege kommt mit Ihnen mit und kümmert sich ein bissle, gell?«

»Wie jetzt, kümmern?«, zischte Maier entgeistert, doch Kluftinger schüttelte nur den Kopf.

Frau Wegner nickte schluchzend und trocknete sich mit
einem Taschentuch die Tränen. »Meinen Sie, das kommt vom
Holzhacken in der Sonne? Weil er auch immer so wenig trinkt.«

Kluftinger wusste nicht, wie er ihr erklären sollte, was zum
Zusammenbruch ihres Mannes geführt hatte. Da ging das Blaulicht an, und der Rettungswagen fuhr unter dem ohrenbetäu-
benden Lärm des Martinshorns vom Hof.

Kluftinger hing seinen Gedanken nach, als er auf der Bundesstraße, die flirrend in der Nachmittagssonne lag, zurück nach
Kempten fuhr. Sein Seitenfenster war geöffnet, der Fahrtwind
kühlte sein erhitztes Gesicht. Nicht einmal das Radio hatte er
eingeschaltet. War Wegners Zusammenbruch eine Art still-
schweigendes Schuldeingeständnis gewesen? Hatte der Mann
Brunner mit dem Bagger getötet und ihn dann in der Tongrube
verscharrt? Zumindest vorstellbar, immerhin musste die jahrelange Kränkung schwer an ihm genagt haben.

In der Direktion angekommen, ging Kluftinger als Erstes zum
Erkennungsdienst.

»Wer stört?«, hörte er Renns Stimme, als er die Tür aufstieß.

»Ich bin's bloß!«

»Ach, mein Lieblingskollege!« Renn erschien grinsend in der Tür zu seinem Arbeitsraum. Auch Kluftinger konnte sich ein Lächeln nicht verkneifen, weil der Kollege in seinen karierten Hosen und seinem hautengen Poloshirt aussah wie das Klischee eines Hobbygolfers.

»Du noch hier, Willi? Was ist denn aus deinem Motto geworden?«

»Du meinst: *Freitag um eins macht jeder seins?* Das hat schon noch Gültigkeit. Ich bin auch gar nimmer im Dienst, eigentlich. Hab bloß mein Handy liegen lassen und bin auf dem Weg zum abendlichen Sundown-Golfturnier noch mal vorbeigekommen.« Willi Renn kratzte sich am Kopf. »Was bringst du da Schönes?« Er zeigte auf das Stoffbündel in Kluftingers Händen. »Einen Baseballschläger, weil du mir für meine blöden Sprüche endlich einen überbraten willst?«

Kluftinger lachte. »Keine schlechte Idee. Aber eigentlich ist es ein Knochen aus der Tongrube, mit dem es irgendeine besondere Bewandtnis hat.«

»Hat das Zeit?«, wollte Renn wissen.

Kluftinger überlegte. Was für Spuren konnten auf dem Teil sein? Fingerabdrücke von Brunner und Wegner, aber es handelte sich schließlich nicht um die Mordwaffe. Eigentlich war die Tatsache, dass sie den Knochen bei dem Hobbyforscher gefunden hatten, bereits die wichtigste Spur.

»Bist du eingefroren? Trotz der Hitze?«

Renns Nachfrage riss den Kommissar aus seinen Gedanken. »Hm? Nein, also das pressiert nicht wahnsinnig.«

»Okay, dann leg mir das Ding auf den Tisch, ich mach's dann morgen, hab Wochenenddienst.«

»Alles klar, danke«, sagte Kluftinger. »Und gut Holz oder Waidmanns Heil, oder wie das heißt.«

Als der Kommissar wenig später seine Abteilung betrat, herrschte dort weitaus mehr Betriebsamkeit, als er um diese Zeit erwartet hatte. Hefele, Lucy Beer und Sandy standen inmitten eines Berges aus Verpackungsmaterial – offenbar die Baumarkteinkäufe, wie dem Kommissar nun wieder einfiel. Während er und Maier möglicherweise den Fall entscheidend vorangebracht hatten, widmete man sich hier privaten Nebensächlichkeiten. Er fühlte Wut in sich aufsteigen. »Servus zusammen«, brummte er und fragte: »Wo ist der Herr Hermann?«

»Der tankt grad noch den Golf voll. Die Sachen, die du bestellt hast, stehen im Büro, ich hab's ausgelegt für dich«, sagte Hefele.

»Danke. Ich geb's dir dann … bei Gelegenheit.«

»Er isst ja eh grad nix, also braucht er auch keine Kohle«, kommentierte Lucy Beer grinsend.

Kluftinger schluckte seinen Ärger hinunter und sagte: »Dann passt mal auf, ihr Sammelbesteller«, begann er und erzählte den Kollegen von der überraschenden Wendung in ihrem Fall.

»Wenn's mir auch komisch vorkommt, dass die Lanz den Wegner exakt in dem Moment aus dem Hut zaubert, in dem wir ihr das mit der Einladung an Jenkins vorhalten: Im Moment ist der Wegner unsere heißeste Spur. Er ist aber noch nicht ansprechbar. Richie wartet mit der Frau im Krankenhaus.«

Die Kollegen nickten. Sie schienen beeindruckt angesichts dieser Entwicklungen. Ein Vibrieren in seiner Hosentasche kündigte einen Anruf an. »Wenn man den Esel nennt«, flüsterte er, dann nahm er das Gespräch an. Maier teilte ihm mit, dass Wegner nach Ansicht der Ärzte erst am Morgen stabil genug für eine Vernehmung sei.

»Dann war's das für heut, Richie. Kannst Feierabend machen. Danke dir.«

»Dafür nicht. Ich wart vor dem Krankenhaus.«

Kluftinger verstand nicht. »Worauf denn?«

»Worauf *was*?«

»Worauf wartest du?«

»Na, dass du mich abholst!«

»Ich? Dich abholen?«

»Genau.«

»In Kaufbeuren?«

»Schon. Oder hast du eine bessere Idee, wie ich wieder heimkommen soll?«

»Ich, also ... ich mein ...«

Die Tür ging auf.

»Herr Hermann! Sehr vorausschauend, dass Sie gerade noch das Auto vollgetankt haben«, grüßte Kluftinger strahlend und hielt die Hand vor das Mikrofon seines Handys. »Ich hätt da nämlich noch eine ganz wunderbare Aufgabe für Sie: wichtig, interessant und ungeheuer ... verantwortungsvoll.«

»Himmelkreizkruzifix, du deppertes Ding!« Kluftinger rüttelte wütend am Griff des Garagentors, das sich nicht öffnen ließ. »Immer geht was kaputt, Herrschaft, wer hat denn da wieder ...« Er verstummte, als das Tor mit einem donnernden Geräusch nach oben fuhr. Es hatte sich nichts verklemmt, das Tor war in einwandfreiem Zustand. Allerdings hatte er die Garage in den letzten Tagen derart zugestellt, dass es nicht mehr aufgegangen war. Nun stand es zwar offen, aber ans Hineinfahren war nicht zu denken. Lediglich ein Bobbycar hätte noch Platz gefunden. Kleinlaut schloss er die Fahrertür seines Passats ab und ging ins Haus.

Dort machte er sich schnurstracks auf den Weg ins Bügelzimmer. Er öffnete die Tür in der Erwartung, dass die Kisten mit seinen alten Sachen nun verschwunden wären, doch sie standen noch genauso da wie in den Tagen davor. Erika wollte sie also noch immer verscherbeln. Was tun? Hatte er immer noch nicht genug gesammelt, um die Dinge zu retten, die ihm so am Herzen lagen? Obwohl er jetzt schon nicht mehr wusste, wie er das Zeug übermorgen überhaupt auf den Markt schaffen sollte?

Und wie sollte er an weitere Ware kommen? Alles, was er bisher gesammelt hatte, waren Zufallsfunde gewesen, doch er konnte ja nicht davon ausgehen, dass jeden Tag irgendwelche Räder am Straßenrand auf ihn warteten oder er einem Arzt über den Weg lief, der seine Bibliothek ausmisten wollte. Ob er eine Anzeige im *Blättle*, dem Altusrieder Bekanntmachungsblatt, schalten sollte, dass er Flohmarktware für den guten Zweck suchte? Nein, dafür war es längst zu spät.

Das Piepsen seines Handys riss ihn aus seinen Gedanken. Er fischte es aus der Hosentasche und blickte aufs Display: *Du hast 42 neue Freundschaftsanfragen* stand darauf. »Zweiundvierzig!«, las er halblaut und pfiff durch die Zähne. Er würde noch zum neuen Stern am Sozialmedien-Himmel werden, wenn sich das weiter so entwickelte. Offenbar sprach er eine Sprache, die bei den Nutzern ankam. Was er mit diesen Beziehungen alles würde anstellen können: verbilligte Eintritte, Vorab-Sonderangebote, vielleicht hier und da ein Freundschaftsdienst ... *natürlich, das war die Lösung!* Er stürmte aus dem Zimmer und setzte sich voller Tatendrang an den Küchentisch.

»Herrschaftszeitenzefixnochmal«, schimpfte Kluftinger, nahm einen Schluck eiskaltes Bier aus der Flasche, setzte es mit einem »Ahhhh!« ab und fuhr fort: »Ja, wenn ihr und Sie euch das schon manchmal gedacht habt ... und haben, also Sie haben und ihr habt, weil ihr so viele Sachen daheim herumstehen haben ... habt ... zefix!« Er drückte auf den roten Knopf auf dem Display und beendete die Aufnahme. Die vierzehnte, wenn er richtig mitgezählt hatte. Es war gar nicht so einfach, in diesem Facebook eine vernünftige Botschaft abzusetzen. Immerhin hatte er sich einen gewissen Ruf erarbeitet und bei seinem Publikum Erwartungen aufgebaut. Deswegen der Fluch. Doch auch inhaltlich musste rüberkommen, was er sagen wollte: dass die Leute ihm Sachen bringen sollten, die er auf dem Flohmarkt verkaufen könnte. So würde er nicht nur seine Arbeitskraft, sondern auch seine neu erlangte Popularität in den Dienst der guten Sache stellen. Erika wäre begeistert.

Doch vorher musste er noch dieses vermaledeite Video produzieren und ins Internet hochladen, was einfach nicht gelingen wollte. Vielleicht lag es ja auch an dieser unerträglichen Hitze. Ob Erika vergessen hatte, tagsüber die Rollläden herunterzulassen? Nicht einmal sein kaltes Getränk verschaffte ihm Abkühlung.

Womöglich war es ja gar nicht entscheidend, wie er seine Botschaft genau formulierte, Hauptsache, er war zu sehen und ein Fluch war dabei. Erneut drückte er auf *Aufnahme*: »Kreizkruzitürken!«, begann er, stoppte aber sofort wieder, weil er fürchtete, ein solches Schimpfwort könnte ihm, gerade im Zusammenhang mit einer Aktion zugunsten von Migranten, negativ ausgelegt werden. Also Aufnahme Nummer sechzehn. »Kruzinesn!« Erneuter Stopp, denn wenn die Türken nicht gingen, wäre eine Anspielung an Chinesen sicher ebenfalls nicht statthaft. Nummer siebzehn: »Himmel...zefix...dreck!« Ja, das war es, da konnten sich nicht mal die gottesfürchtigen Christen beschweren. »Meine lieben Zuhörer ... und -seher. Und die dazugehörigen -innen. Wer von euch Zeug daheim hat, das er nicht mehr braucht, der kann das alles am Samstag um ... viere bei mir vorbeibringen. Dann müsst ihr schon nicht auf den Wertstoffhof, und ihr habt euren Schrott los. Allerdings nur Edelschrott, der noch was bringen könnt. Ihr wisst ja, wo ich wohn, und wenn nicht, müsst ihr euch halt durchfragen. Ich verkauf die Sachen dann. Nicht für mich. Für meine Frau. Also, für die Flüchtlinge von meiner

Frau ... Herrgottzefix, bringts euer Glump vorbei, es ist für einen guten Zweck, nicht für mich. Ende.«

Er drückte auf Stopp. Sein Kopf fühlte sich ein bisschen wattig an, ob von der Hitze oder vom Bier, konnte er nicht sagen. Trotzdem war er zufrieden. Kurzerhand drückte er auf *Posten* und nahm einen großen Schluck aus der Bierflasche.

Da er schon dabei war, ging er noch die zahlreichen Freundschaftsanfragen durch. Die meisten beschied er mit *Annehmen*, nur bei einer wurde er stutzig. *Julia König möchte mit dir befreundet sein.* Konnte das sein? War das *die* Julia König? Von damals? War sie schon wieder aus dem Gefängnis entlassen? Es schien ihm noch gar nicht so lange her zu sein, dass das alles passiert war. Schon seltsam: Die Zeit schien, gemessen an seinen Erlebnissen, zu schnell zu vergehen. Vielleicht war das eine Alterserscheinung. Er hatte schon länger das Gefühl, nicht wirklich älter zu werden, obwohl sich um ihn herum so viel veränderte: Sie hatten ein Enkelkind, Markus war mit dem Studium fertig und berufstätig, er selbst war Polizeipräsident geworden.

»Besser als andersrum«, schloss er das Thema für sich ab und nahm einen weiteren Schluck. Die Temperaturen, die zurzeit herrschten, produzierten seltsame Gedanken.

Dann widmete er sich wieder der Freundschaftsanfrage: Konnte er sie annehmen? Als Kommissar? Warum eigentlich nicht? Man musste ja auch vergeben können. Den Menschen, die auf den falschen Weg geraten waren, zurück in ein normales Leben verhelfen. Und diese Julia König war wirklich sehr schön ... also, schön einsichtig gewesen, rechtfertigte er sich vor sich selbst und drückte auf *Annehmen*. Da ihr Profil nun für ihn zugänglich war, checkte er, aus professionellem Interesse, schnell noch ihren Beziehungsstatus. »Single«, flüsterte er ehrfürchtig. Er wünschte der Frau von Herzen, dass sie bald einen neuen ...

»Bist du schon wieder am Handy?« Erika war unbemerkt hereingekommen.

»Jesses, hast du mich erschreckt.«

»Was machst du denn da?«

»Ach, nur was ... für den Flohmarkt.« Schnell drückte er das Profil von Julia König weg.

»Auf dem Handy?«

»Ja, ich ... lass dich überraschen.«

»Versteh ich nicht.«

»Weißt du, ich hab beruflich grad ziemlich viel mit den sozialen Medien zu tun, deswegen hab ich mir gedacht, dass ich das ja auch für einen guten Zweck privat nutzen kann.«

»Soso.« Sie blickte ihn prüfend an. »Trink lieber nicht so viel Bier, bei der Hitze.«

»Ich hab gar nicht ... wurscht. Wenn du magst, kann ich dir ein paar Tipps geben, wie man Freunde findet.«

»Spinnst du? Ich hab doch genügend Freunde.«

»Ich mein beim Facebook.«

»Du?«, fragte sie belustigt.

»Ja, da gibt's nix zu lachen. Sprich mir nach: Himmelkreizkruzifixihrhuramentverrecktesaubande.«

»Bitte?«

»Himmel...«

»Was soll denn das?«

»...kreizkruzi...«

»Also, das wird mir jetzt zu blöd, Butzele. Schlaf du besser mal deinen Rausch aus.« Mit diesen Worten verließ sie die Küche wieder.

»Dann kann ich dir leider nicht helfen, Erika. So kriegst du keine ... Likers, das versprech ich dir.«

Tatsächlich war Kluftinger sehr früh am Abend müde geworden, doch nach etwa zwei Stunden unruhigen Schlafs wachte er mit einem Brummschädel auf, den er auf die unerträgliche Hitze schob, die bei ihnen im Schlafzimmer herrschte. Er blickte auf die Uhr: Die roten Ziffern ihres Radioweckers zeigten 22:37. Priml, jetzt wieder einzuschlafen würde schwierig werden. Er blickte zu seiner Frau, die leise schnarchend neben ihm lag. Für ihren tiefen Schlaf hatte er sie schon immer bewundert. Ihm war klar, dass für ihn erst einmal nicht mehr an Nachtruhe zu denken war. Also stand er auf, holte sich das *Was-ist-was*-Buch aus dem Wohnzimmer, machte einen Abstecher zum Kühlschrank, fand jedoch nichts, worauf er bei dieser Hitze Appetit hatte. Er wollte schon wieder zurück ins Bett, da öffnete er, einer Eingebung folgend, das Gefrierfach. Es war leer bis auf zwei Packungen gefrorene Erbsen und eine Schachtel Spinat. Er überlegte kurz und nahm sie heraus.

»Ahh«, seufzte er zufrieden, als er wieder im Bett lag und das Buch aufschlug. Ein letzter Kontrollblick unter die Decke versicherte ihm, dass die Gemüsepackungen sicher an seinem Körper angebracht waren: Er hatte sie in ein feuchtes Geschirrtuch gewickelt und mittels einer Mullbinde um seine Füße gebunden. Nun waren sie angenehm kühl, was sich positiv auf seinen ganzen Körper auswirkte. Vielleicht würde er diese Spezialmethode einmal in einem Video posten, was sicher wieder für eine Menge zusätzlicher Freundschaftsanfragen sorgen würde.

Jetzt nahm er das Buch zur Hand und las dort weiter, wo er das letzte Mal aufgehört hatte. Das Kapitel informierte über die spektakulärsten Knochenfunde menschlicher Vorfahren. Griechenland und vor allem Afrika waren darin vertreten. Wenn das Buch neu aufgelegt werden würde, müsste auch das Allgäu mit aufgenommen werden, dachte Kluftinger nicht ohne Stolz.

Auch wenn das Skelett von dieser Lucy, das auf einem Foto zu sehen war, noch etwas beeindruckender schien als das von Udo. Das lag vor allem daran, dass es aus deutlich mehr Knochen bestand, doch das würde sich im Lauf der Zeit noch ändern, hatten ihm die Wissenschaftler versichert, die sich große Hoffnungen auf weitere Funde von Udos Knochen machten.

Er betrachtete das Bild mit Lucy etwas genauer. Es war wohl kurz nach dem Fund Mitte der Siebzigerjahre gemacht worden und zeigte die Knochen – anatomisch korrekt angeordnet in einer Glasvitrine –, umringt von ein paar Männern, und im Hintergrund die Grabungsstätte. *Das Grabungsteam in Äthiopien mit seinem Sensationsfund* stand unter der Fotografie, dann die Namen der Wissenschaftler, darunter ein Forscher mit Namen Colin Jenkins. Schien bei Amerikanern ein ähnlich verbreiteter Name zu sein wie in Deutschland Müller oder Maier, dachte er. Kluftinger spürte, wie seine Lider langsam schwer wurden, und legte das Buch weg. Sosehr es ihn auch interessierte, er würde ein andermal ... Mitten in der Bewegung hielt er inne. Wie hatte er nur so vernagelt sein können! Er schlug das Buch noch einmal auf, starrte auf das Foto – dann war ihm klar: Die Namensgleichheit war kein Zufall. Der Mann auf dem Foto war Jerome Jenkins' Vater.

24

»Wo hast du das gehabt?« Erika blickte entsetzt auf die gestern noch tiefgefrorenen Packungen mit Erbsen und Spinat, die nun aufgetaut auf dem Küchentisch standen. »An den Füßen?«

»Ja, mir war so heiß, und … ich hab nicht schlafen können, da hab ich, weil ich dich auch nicht wecken wollt …«

»Und was hast du gedacht, was passiert, während du das nachts dranhast?«

»Ich hab gar nicht …«

»Eben, gar nix hast du gedacht. Wie immer. Jetzt müsst ich die eigentlich sofort machen, aber ehrlich gesagt: Nachdem du die an deine Füße gebunden hast, schmeiß ich sie lieber weg.«

»Ist ja nicht so, dass ich dringestanden wär«, antwortete Kluftinger beleidigt.

»Aha. Wünscht der Herr heute Abend also einen leckeren Erbsen-Spinat-Salat aus eigener Auftauung?«

Seufzend packte Kluftinger die Schachteln und warf sie in den Abfalleimer. »Wär alles nicht passiert, wenn wir so Kühlkissen hätten«, brummte er dabei, allerdings so leise, dass seine Frau es nicht hören konnte. »Können wir jetzt in Ruhe frühstücken?«, fragte er dann. Es war Samstag, und er wollte den Tag genießen, zumal den Morgen, wenn die Hitze noch nicht alles in ihrem lähmenden Griff hatte.

»Freilich. Kaffee?«

Er dachte daran, wie das Getränk seine Kerntemperatur gleich wieder in die Höhe schießen lassen würde. »Nein, lieber bloß Milch.«

»Bitt' schön.« Sie stellte ihm ein Glas kalte Milch hin. »Einmal Milch fürs Butzele.«

Grinsend nahm er die Zeitung zur Hand. Samstags ließ er sich immer ausgiebig Zeit für die Lektüre, während er unter der Woche oft das unangenehme Gefühl hatte, nicht alles lesen zu können, wofür er mit seinem Abo bezahlte. Er wusste, dass auch seine Frau das stille Ritual des gemeinsamen Lesens genoss, das nur ab und zu unterbrochen wurde, etwa wenn einer von ihnen lachte und der andere fragte »Was gibt's denn?«. Dann wurden stets die betreffenden Artikel zitiert oder kurze Stellen vorgelesen, die man dem anderen nicht bis zur eigenen Lektüre vorenthalten wollte. Im Allgäu-Teil stieß Erika auf einen solchen Bericht. »Ui, da steht was über Kaufbeuren drin«, begann sie.

»Ist ja jetzt nicht so ungewöhnlich«, kommentierte ihr Mann.

»Das aber schon. Na ja, wahrscheinlich hast du das eh schon mitgekriegt.«

»Mitgekriegt? Wieso denn?«

»Ist eine Polizeimeldung.«

»Aha.« Er wusste nichts von irgendwelchen Vorfällen im Ostallgäu – abgesehen von denen, in denen er gerade selbst ermittelte.

»Spanner im Jordanpark«, zitierte Erika.

»Jordanpark, Jordanpark«, überlegte Kluftinger. »Ist das nicht beim Markus in der Nähe? Jesses, da geht bestimmt die Yumiko ab und zu mit der Kleinen hin, oder? Die sollen bloß aufpassen. Haben sie ihn denn erwischt?«

Seine Frau vertiefte sich in den Artikel, dann schüttelte sie den Kopf. »Nein, noch nicht. Sie bitten um Hinweise. Du bist doch jetzt ab und zu in Kaufbeuren, kannst du da nicht ein Auge drauf haben?«

»Schon, auch wenn ich nicht glaub, dass ich da zufällig an

dem vorbeilauf. Bin wahrscheinlich nicht grad seine Zielgruppe. Was ist denn genau passiert?«

»Da gibt es wohl so eine kleine Badestelle im Park, wo die Mütter mit ihren Kindern planschen.«

»Kenn ich«, gab er nickend zurück. »Und da ist was vorgefallen? Hätt ich vielleicht was mitkriegen können, ich war doch ...« Er hielt mitten im Satz inne. »Steht da noch mehr?«, fragte er heiser.

»Da war wohl so ein ekelhafter alter Kerl im Gebüsch und hat die Frauen mit dem Handy gefilmt ... hoffentlich erwischen sie das Schwein bald. Stell dir mal vor, die Yumiko wär da gewesen ...«

»Dann wär da sicher nix passiert«, gab er kleinlaut zurück.

»Das kannst du doch nicht wissen.«

»Das hab ich im Gefühl. Ich kenn den.«

Erika sah ihn mit weit aufgerissenen Augen an. »Wen? Den Spanner?«

Kluftinger schüttelte vehement den Kopf. »Schmarrn, nicht den speziell. Aber ich weiß ... wie die so ticken. Aus ... Erfahrung. Bin mir ziemlich sicher, dass da erst mal Ruhe ist.«

»Na, dein Gottvertrauen möcht ich haben! Aber halt bitte trotzdem die Augen offen, wenn du dort bist, ja?«

»Sowieso. Bin quasi ... an der Sache dran.«

Nach dem Frühstück und dem gemeinsamen Abräumen, wobei Kluftinger etwas länger beschäftigt war, weil er das Geschirr, das seine Frau in die Spülmaschine einsortiert hatte, noch einmal umschichtete, wodurch er zwei weitere Tassen und den Käseteller zusätzlich unterbrachte, schlug sie vor, die Sachen für den Flohmarkt herzurichten.

»Find ich gut«, sagte Kluftinger begeistert, »dann können wir noch mal durchschauen, ob wir wirklich alles verkaufen wollen und so.« Als er ins Bügelzimmer ging, klingelte sein Handy. Mit einem gebrummten »Ja, Kluftinger?« nahm er den Anruf an.

»Maier hier, Morgen, Chef.«

»Richie, Morgen.« Er hielt das Telefon von sich weg, zeigte mit der anderen Hand darauf und sagte leise zu seiner Frau: »Der Richie.«

»Also, ich sollte doch Bescheid sagen, wenn der Wegner vernehmungsfähig ist. Das wär jetzt der Fall. Du kannst nach Kaufbeuren fahren.«

Der Kommissar blickte auf all die Dinge vor ihm auf dem Boden. »Du, Richie, das passt mir jetzt nicht so gut. Mach du das doch bitte.«

»Ich kann nicht.«

»Bitte?«

»Ich hab heut frei. Die Lucy hat Dienst. Und ich hab … einen Übernachtungsgast.«

Kluftinger war baff. Das kannte er von seinem Kollegen nicht, normalerweise war er übereifrig, was seinen Dienst anging. »Ja, dann … ruf doch bitte die Lucy an, die soll das machen. Wird sie schon hinkriegen. Ich kann heut wirklich schlecht.«

»Alles klar, mach ich, Chef.«

Da fiel dem Kommissar ein, was er gestern bei seiner nächtlichen Lektüre herausgefunden hatte. »Du, Richie, stell dir vor, der Jenkins …«

»Das kannst du mir ja dann alles bei der Morgenlage am Montag erzählen. Schönen Tag noch.«

»Ja, dir auch … und deinem Übernachtungsgast.« Konsterniert legte Kluftinger auf.

»Musst du noch mal weg?«, fragte seine Frau, und der Kommissar hatte das Gefühl, dass sie sich im Gegensatz zu sonst, wenn er am Wochenende einen dienstlichen Einsatz hatte, diesmal darüber zu freuen schien.

»Nein, ich muss auch nicht immer alles selber machen. Heut helf ich dir.«

»Ach, das ist ja … nett«, seufzte Erika.

Da klingelte das Telefon erneut. »Herrschaftszeiten, geht denn ohne mich gar nix mehr in dem Betrieb?«, schimpfte er. »Ja, was ist denn noch?«

»Herr Kluftinger?«

Die Stimme kam ihm zwar bekannt vor, im ersten Moment wusste er dennoch nicht, wer dran war, und blieb eine Antwort schuldig.

»Wegner hier. Sie waren doch gestern bei uns. Mein Mann ist …«

»Ah, ja, jetzt, Frau Wegner. Guten Morgen.«

»Ich bin ganz aufgeregt … ich weiß gar nicht …«

»Frau Wegner, jetzt beruhigen Sie sich ein bissle, setzen Sie sich, atmen Sie tief durch … Ich hab von meinem Kollegen gehört, Ihrem Mann geht's besser.«

»Ja, ja, das ist es nicht. Er war heut hier, und deswegen …«

»Ihr Mann?« Kluftinger konnte sich kaum vorstellen, dass dessen Genesung so rapide vonstattengegangen war.

»Nein, der … Schwarze.«

»Jemand von der CSU?«

»Nein, einer mit … schwarzer Haut. Verstehen Sie? Ein …«

»Ach so, ein … Schwarzer.«

»Genau.«

Erika blickte erstaunt auf, und ihr Mann versuchte ihr pantomimisch zu erklären, dass eine etwas verwirrte ältere Frau am anderen Ende der Leitung war, wofür er aber nur entgeisterte Blicke erntete. »Und das hat Sie so aufgeregt?«, fragte er in den Hörer.

»Nein, also, ja, weil ich natürlich sofort gedacht hab …«

»Frau Wegner, das ist heutzutage ganz normal. Unsere Gesellschaft hat sich da verändert. Es ist nicht mehr so wie früher ...«

»Wollen Sie mich veräppeln?«, kam es plötzlich sehr klar und bestimmt aus dem Hörer. »Das weiß ich schon, bin ja nicht von gestern. Der Mann war schon mal bei uns, also bei meinem Mann. Ein gewisser ... Jack oder ...«

»Jenkins?«

»Genau, Jenkins.« Jetzt war der Kommissar baff. Er hatte keine Ahnung gehabt, dass Jenkins und Wegner in Kontakt standen. »Was wollte er denn?«

»Jetzt interessiert Sie's also doch?«

»Freilich interessiert mich das.«

»Also, ich hab ihm gesagt, dass die Polizei da war, dass Sie gleich mit meinem Mann reden wollen, wenn er wieder ... Jedenfalls ist er dann Hals über Kopf weg. Er hat nur noch gerufen, dass ich dem Werner sagen soll, er müsst sich nicht mehr melden, weil er wieder zurückgeht nach Amerika, und dass er keinen Kontakt mehr haben will.«

Kluftinger spürte, wie sich sein Puls beschleunigte. »Sie hatten also das Gefühl, Jenkins wurde nervös, als Sie von uns erzählt haben?«

»Ja, ganz fahrig war der auf einmal, der ist regelrecht geflüchtet. Ich hab gedacht, das ist vielleicht wichtig, deswegen hab ich angerufen.«

»Vielen Dank, Frau Wegner, das ist sogar sehr wichtig. Ich meld mich.« Der Kommissar beendete den Anruf. »Kruzifix«, schimpfte er, holte sich seinen Notizblock aus der Aktentasche, suchte ein wenig darin herum und wählte schließlich eine Nummer auf dem Handy.

»Was ist denn los?«, fragte seine Frau besorgt. »Du bist auf einmal so aufgeregt.«

»Ja, weil doch der Jenkins der Sohn vom alten Jenkins ist, also von seinem Vater, dem von der Lucy. Jetzt nicht unserer Lucy, sondern der toten Lucy, aus Afrika. Und damit hätt der Jenkins ja ein blitzsauberes Motiv, der Sohn, mein ich, und jetzt will der anscheinend zurück nach Amerika ... ja, hallo, hier ist Kluftinger.« Seine Frau blickte ihn verständnislos an, doch er winkte nur ab. »Ist da der *Weiße Hirsch?* Ich müsst bitte mit dem Herrn Jenkins reden, es wär dringend.«

»Der Herr Jenkins ist grad nicht da, ist recht überstürzt weg heute Morgen«, sagte die rauchige Stimme am anderen Ende, die der Kommissar als die des Wirtes wiedererkannte.

»Verstehe. Wenn er kommt, dann halten Sie ihn bitte fest.«

»Festhalten?«

»Ich mein, aufhalten. Dass er halt nicht weggeht.«

»Wie soll ich das denn machen? Bin doch nicht die Polizei.«

Der Mann hatte leider völlig recht. »Also, dann ... zögern Sie es halt hinaus, falls er abreisen will oder so. Halten Sie ihn hin.«

»Also doch.«

»Also doch was?«

»Hab mir ja gleich gedacht, dass ... Ich tu mein Bestes.«

»Vielen Dank.« Kluftinger beendete das Gespräch und drückte eine Kurzwahltaste. Luzia Beer meldete sich sofort. »Lucy, hat der Richie Sie schon angerufen?«

»Ja, ich fahr jetzt zum Herrn Wegner und ...«

»Nein, der Wegner muss noch warten, bitte fahren Sie gleich nach Pforzen, Gasthaus *Weißer Hirsch.* Da wohnt der Jenkins, der will sich vielleicht aus dem Staub machen. Also, wir treffen uns da. Bis gleich.« Kluftinger steckte sein Handy weg und atmete erst einmal durch. »Du, Erika, ich muss leider doch noch mal weg.«

»Was ist denn? Was Schlimmes?«

»Nix Schlimmes, aber was Dringendes. Ich bin bald wieder da. Also, so bald wie möglich halt«, sagte er und stürmte hinaus. Aus dem Windfang rief er seiner Frau noch zu: »Könnt sein, dass heut um vier noch ein paar Leute kommen und was für den Flohmarkt bringen. Aber wahrscheinlich bin ich da eh wieder zurück.«

»Leute? Wer denn?«, rief ihm seine Frau nach.

»Ach nur ein paar … Freunde.« Dann knallte er die Tür zu und rannte zum Auto.

Kluftinger lenkte den Passat auf den kleinen Parkplatz des Gasthofs und wollte gerade den Motor abstellen, da tauchte neben ihm der schwarze Dienst-Audi auf, mit dem Lucy Beer unterwegs war. Sie hatte so scharf abgebremst, dass ihr Wagen auf dem gekiesten Untergrund ein Stück weiterrutschte und dabei eine riesige Staubwolke aufwirbelte. Kluftinger kurbelte die Scheibe herunter, da tauchte hinter dem Haus eine dunkelgraue Limousine auf, bog mit quietschenden Reifen auf die Straße ein und beschleunigte. Der Kommissar erkannte den Mann am Steuer sofort: Es handelte sich zweifellos um Professor Jenkins.

»Lucy, los, springen Sie ins Auto, der Jenkins haut uns ab!«, brüllte er seiner Kollegin durch die Seitenscheibe zu.

Doch die schüttelte vehement den Kopf. »Die Einzige, die hier ein richtiges Auto fährt, bin ich, also, einsteigen!«

Sicher hatte sie recht, der Dienstwagen war für eine Verfolgung weitaus besser motorisiert. Dennoch kränkte ihn ihre Formulierung ein bisschen. Er ließ sich aber nichts anmerken, stellte den Passat mitten in der Einfahrt ab, sperrte ihn vorsichtshalber noch hektisch zu und lief, so schnell er konnte, auf die Beifahrerseite des Audis, wo ihm Lucy bereits die Tür geöffnet hatte. Noch bevor sie wieder geschlossen war, gab sie Vollgas, sodass Kluftinger in den Sitz gepresst wurde. Mit zitternder Hand zog er die Tür zu. Als er wieder auf die Straße blickte, war von der Limousine nichts mehr zu sehen.

»Ich schätze, er fährt zur B12, oder?«

Kluftinger nickte nur. Er war noch damit beschäftigt, sich anzuschnallen, seine Lungen brannten, die Augen tränten. Allerdings nicht wegen seines kurzen Sprints, sondern wegen der dichten Rauchschwaden, die sich durch den Kombi zogen. Dass es sich hier um einen Dienstwagen handelte, bei dem am Armaturenbrett gleich drei Aufkleber angebracht waren, die auf striktes Rauchverbot hinwiesen, schien die junge Kollegin wenig zu stören. Er ließ seine Seitenscheibe herunter, auch wenn der Fahrtwind in seinen Ohren dröhnte.

»Könnten Sie Ihr Fenster auch noch ein bissle aufmachen, Lucy? Ziemlich dicke Luft hier drin.«

Sie zuckte mit den Achseln, entsprach seiner Bitte, langte in ihre Türablage, um ein Fläschchen herauszuholen, und sprühte damit im Auto herum – bei gut und gern Tempo hundert in der geschlossenen Ortschaft. Sofort musste Kluftinger husten, er hatte das Gefühl, seine Kehle schnüre sich zu. Er rang den aufkeimenden Brechreiz, so gut es ging, nieder, den die Mischung aus halsbrecherischer Fahrweise, Hitze, Rauch, Aufregung und Lavendel-Raumdeo in ihm auslöste. Immerhin hatte er nun das mit dem Gurt geschafft und kramte im Fußraum nach dem Magnetblaulicht, bekam es zu fassen, befestigte es auf dem Dach und schaltete an dem kleinen Knopf auf dem Armaturenbrett das Martinshorn ein. Als er sich, zum ersten Mal, seit sie losgefahren waren, im Sitz zurücklehnte und nach draußen sah, zitterte er am ganzen Körper und hatte kalten Schweiß auf der Stirn.

»Anti-Smoke-Deo, Typ Provence«, verkündete Lucy und lächelte ihn gelassen an. »Funktioniert gut, stimmt's?« Damit räumte sie es wieder weg, wobei sie sich ziemlich weit nach links unten beugte.

Kluftinger wollte eben widersprechen, da sah er, wie knapp

vor ihnen ein Traktor aus einer Seitenstraße bog. Das Ding musste älter sein als er selbst, schoss es dem Kommissar durch den Kopf. »Lucy, Obacht!«, brüllte er, und erst jetzt richtete die Kollegin ihren Blick wieder auf die Straße. Mit voller Kraft stieg sie in die Bremsen und stemmte sich gegen das Lenkrad, während Kluftinger den Anhänger mit dem rostigen 6-km/h-Schild unaufhaltsam näher kommen sah. Reflexartig schloss er die Augen, stützte sich am Armaturenbrett ab und erwartete zitternd den dumpfen Aufprall.

»So sollten Sie besser nicht dasitzen. Wenn's knallt, bricht Ihnen der Airbag erst mal die Arme, bevor er Ihnen gegen den Kopf donnert«, sagte Lucy ruhig, als das Auto zum Stehen gekommen war.

Vorsichtig öffnete er die Augen und seufzte erleichtert. Gerade noch mal gut gegangen. Der Traktorfahrer zuckelte derweil seelenruhig weiter. Anscheinend hatte er von dem halsbrecherischen Manöver nichts mitbekommen. Auch Lucy beschleunigte nun wieder und wechselte auf die Gegenfahrbahn. Als sie den alten Mann auf dem Schlepper passierten, winkte der ihnen fröhlich zu. Erst jetzt fiel Kluftinger auf, dass mit ihrem Bremsen auch die Sirene ausgesetzt hatte. Doch sooft er den Knopf auch betätigte: Das Martinshorn ließ sich nicht mehr aktivieren. »Sauglump, neumodisches!«, schimpfte er. »Wenn jetzt auch noch das Blaulicht ausfällt, sind wir ganz verratzt!«

Mit gut hundertzwanzig Sachen preschten sie auf den Ortsausgang zu. Kluftinger hielt nach Jenkins' Wagen Ausschau. Als sie eine kleine Anhöhe erreichten, glaubte er, am Horizont eine in rasendem Tempo dahinpreschende graue Limousine auszumachen. Jenkins war nun auf dem direkten Zubringer zur Bundesstraße, die entweder in Richtung Kempten oder nach München führte. »Da, Lucy, links vor uns, das muss er sein!«

»Alles klar!«, sagte sie, stieg unvermittelt auf die Bremse und riss gleichzeitig das Lenkrad nach links. Der Audi schlitterte mit quietschenden Reifen auf einen winzigen Feldweg zu, dann gab Luzia Beer wieder Vollgas. Im Rückspiegel sah Kluftinger, dass sie eine gewaltige Staubwolke hinter sich herzogen, die mit Sicherheit im Umkreis von ein paar Kilometern sichtbar war. Die Räder drehten auf dem losen Untergrund immer wieder durch, was das Auto ins Schlingern brachte.

»Nicht übertreiben, Lucy! Wenn wir uns überschlagen, ist auch keinem geholfen«, schrie er gegen die Fahrgeräusche an, doch die Beamtin grinste nur, langte in ihre Tasche und holte einen Kaugummi heraus, den sie sich in den Mund schob.

»Keine Sorge, Chef, ich hab das schon im Griff«, erklärte sie, was Kluftinger wenig beruhigte. Die Knöchel seiner Hand, die sich an den Griff am Fenster klammerte, traten weiß hervor. »Ehrlich jetzt«, schob sie nach, als sie seine verkrampfte Haltung bemerkte. »Ich hab ein paar Fahrsicherheitstrainings hinter mir. Wenn wir bis zur B12 ein bisschen aufholen, kriegen wir ihn. Die Strecke kenn ich wie meine Westentasche!«

»Das mag schon sein, aber ...«, setzte der Kommissar an, wurde jedoch von einem heftigen Schlag unterbrochen. Sie waren über eine Bodenwelle gebrettert, die mit ein bisschen Pech auch für einen Achsbruch hätte sorgen können. Unsanft schlug der Kombi dahinter auf dem Boden auf, und Kluftinger befürchtete, der Auspuff würde dabei abfallen. Aber immerhin: Der Plan der jungen Beamtin schien aufzugehen: Sie hatten den Abstand zu Jenkins' Wagen deutlich verkürzt.

»Wieso haut der eigentlich ab?«, wollte Lucy Beer wissen.

»Der hat ... wurscht. Das sag ich Ihnen, wenn wir ihn haben, ich will mich jetzt auf die Straße konzentrieren«, presste der Kommissar hervor. *Und auf meine Atmung, sonst spei ich noch den ganzen Karren voll*, fügte er in Gedanken hinzu. Eine Weile gelang ihm das mit der Atmung leidlich, bis er bemerkte, dass der

Feldweg bereits ein paar Hundert Meter vor der Bundesstraße endete, auf der Jenkins eben von rechts nach links vor ihnen vorbeipreschte und aus ihrem Blickfeld verschwand. »Bremseeeeeeeeeeen!«, schrie er panisch.

»Ganz ruhig, ich hab das ESP abgeschaltet. Die Kiste wird ja wohl grad noch ne strohtrockene Wiese packen!«, erwiderte seine Kollegin am Steuer. Noch immer wirkte sie beherrscht und cool. Kluftinger glaubte gar, ein Lächeln auf ihren Lippen zu erkennen. Ihr schien diese halsbrecherische Jagd Spaß zu bereiten. Mit Vollgas rasten sie mitten über die Wiese auf die Böschung der Straße zu, die ein wenig oberhalb lag.

»Jetzt könnt's tatsächlich ein bisschen ungemütlich werden«, warnte sie. Kluftinger starrte gebannt auf die steile Grasrampe, der sie sich ungebremst näherten. Wenn sie weiter in der Geschwindigkeit darauf zuhielten, würde sich entweder die Motorhaube des Kombis in die Böschung bohren, oder sich der Wagen am Hang überschlagen. Es sei denn ...

»Der Winkel!«, brüllte er. »Wir müssen im flachen Winkel da rauf!«

»Ja, ja«, beschwichtigte seine Kollegin und riss erneut das Steuer herum, sodass sie fast quer zu der kleinen Anhöhe drifteten. »Das hatte ich sowieso vor. Rechts frei?«

In bedenklicher Schräglage näherten sie sich der Straße. Luzia Beer wollte sich anscheinend durch den Gegenverkehr schlängeln und sich dann einreihen – von einer Wiese aus, ohne Vorwarnung für die anderen und mit gut und gern Tempo achtzig. »Das geht nicht, Lucy! Wir werden elendig sterben, und andere mit uns! Wahrscheinlich sogar verbrennen. Halten Sie an. Sofort anhalteeeeeeeeen!«, flehte der Kommissar.

»Chef, vertrauen Sie mir, ich weiß, was ich tu. Also, rechts frei?«

»Nein, nicht frei, da kommt ein großer ...«, kreischte er, da hörte er bereits Bremsen quietschen, die Kakofonie mehrerer Hupen und dazu das tiefe Grummeln einer Lkw-Fanfare. Sie wurden von einem heftigen Rumpeln geschüttelt, als die Reifen auf dem Asphalt aufkamen. Dann jedoch glitt der Audi völlig ruhig dahin. Irgendwie hatte dieses Teufelsweib es tatsächlich geschafft, ohne Kollision auf die Fahrbahn zu gelangen. Er sah in den Rückspiegel: Die anderen Verkehrsteilnehmer standen zwar noch, aber auch ihnen schien nichts passiert zu sein. Er kam sich vor wie in dieser deutschen Autobahn-Actionserie, die er immer als völlig unrealistisch abgetan hatte.

»Sehen Sie, Chef? Geht doch. Wollen Sie eigentlich nicht mal Verstärkung rufen? Jetzt sollte die Fahrt ja ein wenig ruhiger werden.« Kluftinger nickte. Daran hatte er in all der Eile und der Todesangst noch gar nicht gedacht. Er griff sich also das Sprechteil des Funkgeräts, als Lucy nachschob: »Bloß langsamer dürfen wir nicht werden. Sonst geht uns der Jenkins noch durch die Lappen.« Damit trat sie das Gaspedal bis zum Anschlag durch und zog das Auto auf die Überholspur.

»Lucy, nein, da kommt doch was!«

Ein silberner Kombi fuhr auf der gegenüberliegenden Spur. Der Fahrer schien von der drohenden Gefahr noch nichts bemerkt zu haben. Luzia Beer blendete auf und begann zu hupen.

»Mann, wach auf, Schnarchnase! Zieh nach rechts!«, rief sie.

Kluftinger merkte, dass nun zum ersten Mal auch sie nervös wurde, was wiederum seine Panik befeuerte. Die junge Frau lenkte das Auto, so eng es ging, gegen den Lkw mit Anhänger, neben dem sie sich befanden. Weder durch Bremsen noch durch weitere Beschleunigung würden sie sich schnell genug nach rechts einordnen können, so viel stand fest. Der Silberne kam ihnen in der Mitte seiner Fahrspur entgegen. Kluftinger wollte schreien, doch aus seinem Mund drang kein Laut.

»Oh, oh!«, tönte Lucy Beer.

Dann hörte der Kommissar bereits den Knall und sah im selben Moment Splitter durch die Luft wirbeln. In Erwartung des finalen Aufpralls, dessen Wucht ihn hoffentlich sofort in ein gnädiges Dunkel befördern würde, zählte er bis drei, dann bis fünf, bis zehn ... um schließlich zu realisieren, dass sich die beiden Autos nur an den Spiegeln berührt hatten.

Lucy hatte sich jetzt wieder rechts eingereiht. »Haarscharf, was, Chef?«

»Lucy, es reicht jetzt! Sie halten sofort an. Ich hab keine Lust, heut meinen letzten Schnaufer zu machen.«

»Aber dann ist der Jenkins über alle Berge!«

»Das ist ein Befehl, Himmelkreuzkruzifix!«, brüllte Kluftinger aus voller Kehle.

Luzia Beer machte Anstalten, sich zu erheben.

»Was soll das denn jetzt wieder?«, kiekste der Kommissar ungläubig.

»Na, ich denke, wir sollen wechseln?«

»Aber doch nicht während der Fahrt!«

»Ach so, ja, dann ...«, erwiderte die Kollegin und bremste den Audi ab.

»Ehrlich, Chef: Sie müssen schon überholen, so erwischen wir den Jenkins nie.«

»Ach was, wir sind eh gleich auf der Autobahn«, brummte der Kommissar. Seit ihrem Platzwechsel fuhren sie in etwas langsamerem Tempo, ohne halsbrecherische und potenziell todbringende Aktionen. Lucy Beer saß mit beleidigter Miene auf dem Beifahrersitz und hatte mittlerweile Verstärkung durch lokale Streifenbeamte in Buchloe und auch per Helikopter aus Augsburg angefordert. Jenkins' Wagen jedoch hatten sie aus den Augen verloren.

»Ich glaub, den können wir abschreiben. Na ja, vielleicht geht er ja den Kollegen irgendwo ins Netz. Wenn wir wenigstens sicher sein könnten, dass er in Richtung München auf die A96 ist ...«

»Da bin ich mir sogar ganz sicher, Lucy«, erklärte der Kommissar bestimmt und lenkte den Audi auf die Autobahnauffahrt. »Der wollt schon vorher nicht ins Allgäu, sondern nach München, wieso sollt er jetzt auf einmal nach Memmingen oder weiter nach Lindau?«

Lucy Beer nickte zwar, schien aber alles andere als überzeugt. Kluftinger hingegen vertraute seiner Intuition. Jetzt gab auch er zum ersten Mal richtig Gas. »Läuft sogar noch ein bissle besser als der Passat«, konstatierte er. Im Nu zeigte die Tachonadel über zweihundert Sachen an – Kluftinger war schon seit Ewigkeiten nicht mehr so schnell gefahren. Doch auch der Bleifuß auf der Überholspur der Autobahn brachte Jenkins nicht wieder in Sichtweite. Mittlerweile waren sie schon hinter Buchloe. Gleich, kurz vor Landsberg, würde die Schnellstraße nach Augsburg abgehen, und sie mussten sich entscheiden, ob sie auf der Autobahn bleiben sollten.

Je länger sie fuhren, desto sinnloser kam Kluftinger sein Unterfangen vor. Sie hatten zu viel Zeit verloren, wahrscheinlich auch mit dem – aus Kluftingers Sicht dennoch unumgänglichen – Fahrerwechsel.

»Vielleicht drehen wir in Landsberg besser um, an dem großen Kreisverkehr, meinen Sie nicht, Chef?« Resigniert blickte Luzia Beer ihn an. Kluftinger überlegte. Eigentlich hatte er eben dasselbe gedacht, doch noch bevor er auf ihren Einwand reagieren konnte, rief sie auf einmal: »Fuck, ich glaub, ich spinn: Da vorn isser!«

Der Kommissar kniff die Augen zusammen. Tatsächlich: Ein paar Hundert Meter vor ihnen machte er auf dem Standstreifen ein großes, graues Auto aus. Kluftinger zog nach rechts – und erkannte Jenkins, der eben aus dem Wagen stieg.

»Sehen Sie, Lucy? So geht das, mit dem Verfolgen. Eile mit Weile, aber das lernen Sie bestimmt auch noch«, jubilierte er. »Anscheinend hat der eine Panne.«

»Ne, Chef, keine Panne – der hat keinen Saft mehr. Elektroauto, made in USA.« Luzia Beer zog grinsend ihre Waffe aus dem Holster und sprang aus dem Wagen, bevor Kluftinger ihn ganz gestoppt hatte. Jenkins hatte sich mittlerweile über die Leitplanke geschwungen, war aber wegen des Zauns, der links und rechts der Autobahn montiert war, nicht weit gekommen. Als er die Polizistin sah, haute er mit dem rechten Fuß wütend ins Gras, hob dann aber sofort die Hände und kam langsam auf die Beamten zu.

»*These electric cars are the worst!* Sogar die aus Amerika«, sagte er bitter, als er sie erreicht hatte.

»Ja, mit einem Diesel wär das nicht passiert, gell?«, gab Kluftinger mit Blick auf das Elektrofahrzeug zurück.

Jenkins nickte resigniert. Ganz offensichtlich fügte er sich jetzt in sein Schicksal. Nun hörte man von hinten mehrere Polizeisirenen, und Kluftinger glaubte, obendrein das näher kommende Dröhnen eines Hubschraubers zu vernehmen. »Ich bestell die mal wieder ab«, sagte er.

»Was sollte das denn, Herr Jenkins?«, fragte Kluftinger. Er kämpfte gegen seine Wut auf den Mann an, der ihm nicht nur seinen freien Samstag versaut hatte, sondern dem er obendrein die halsbrecherische Fahrt mit seiner Kollegin verdankte. »Wenn die Polizei kommt, dann bleibt man da und fragt, was los ist, und haut nicht ab. Jedenfalls bei uns in Deutschland.«

»Ich bin nicht abgehauen«, brummte der Mann auf der Rückbank.

»Das sah für uns aber anders aus, stimmt's, Lucy?«

Als Kluftinger den Namen seiner Kollegin nannte, sah er im Rückspiegel, wie der Wissenschaftler zusammenzuckte und sie ungläubig anstarrte. Doch er hatte sich schnell wieder im Griff. »Ich habe Sie nicht gesehen. Also konnte ich nicht fliehen vor Ihnen, weil ich gar nicht wusste, dass Sie sind das.« Jetzt, wo er aufgebracht war, litt auch das ansonsten fast makellose Deutsch des Amerikaners.

Der Kommissar deutete das als Zeichen, dass er es mit der Wahrheit nicht ganz so genau nahm.

»Aha, Sie wollen uns also sagen, Sie fahren immer in diesem Tempo?«

Jenkins zuckte mit den Achseln. »In Germany es gibt kein Limit für die Geschwindigkeit, sagt man.«

»Und das Blaulicht haben Sie auch nicht bemerkt?«

»Doch, aber ich habe nicht gedacht, dass es ist für mich.«

Kluftinger seufzte. So würden sie nicht weiterkommen.

»Woher kennen Sie Herrn Wegner?«, fragte nun Luzia Beer.

Jenkins warf ihnen einen prüfenden Blick zu, vielleicht um herauszufinden, ob sie wirklich von seinem Kontakt zu dem Hobbypaläontologen wussten oder ihn nur aus der Reserve locken wollten. Nach einer Weile antwortete er: »Er hat mich kontaktiert, als er erfahren hat, dass ich hier bin.«

»Was wollte er denn von Ihnen?«

»Sich mit mir unterhalten. Er war kritisch zu Brunner. Wollte wissen, wie ich über den Fund denke.«

»Aber mal ehrlich, Mister«, sagte die Beamtin und drehte sich zu dem Mann auf der Rückbank um, »Sie sind so ein hohes Tier aus Amerika, ein Superexperte, und treffen sich mit nem Hobbybuddler aus der Provinz? Den haben Sie doch nie und nimmer ernst genommen.«

»Doch. Warum auch nicht? In Amerika, wir halten nichts von

solchen Vorurteilen. Es geht nicht immer nur nach dem ... akademischen Karriere. Wegner ist ein guter Mann. Er weiß viel. Über die Grube und alles.«

Sie hatten inzwischen wieder ihren Ausgangspunkt, den Gasthof *Weißer Hirsch*, erreicht. Kluftinger stieg aus, und seine Kollegin machte ihrem Mitfahrer die Tür auf, die von innen nicht zu öffnen war. Jenkins strich sich sein Jackett glatt, dann streckte er ihnen die Hand entgegen. »Danke, dass Sie mich haben zurückgefahren. Toller Service von der Polizei. Auf Wiedersehen.«

»Moment, so war das nicht gedacht«, erwiderte Kluftinger. »Wir begleiten Sie schon noch auf Ihr Zimmer.«

»Oh, das ist sehr freundlich, aber wirklich nicht nötig. Ich packe nur noch meine Sachen. Für mich ist die Zeit hier zu Ende, ich fliege zurück in meine Heimat.«

Kluftinger klopfte dem Mann auf die Schulter: »Wissen Sie was? Wir helfen Ihnen beim Packen ...«

Als sie das Zimmer des Wissenschaftlers betraten, begann der Kommissar sofort damit, es mit den Augen regelrecht zu scannen. Es dauerte nicht lange, da fiel ihm etwas auf, was bei ihrem letzten Besuch noch nicht da gewesen war. »Was ist das denn?« Er zeigte auf einen länglichen, grauen Gegenstand, der genau wie das Knochenfragment aussah, das sie zunächst auf Brunners Laptop entdeckt und dann bei Wegner gefunden hatten. Nun lag eine weitere Kopie vor ihnen, vermutlich auch von dem Hobbypaläontologen gegossen. »Scheinen ja in großer Stückzahl produziert worden zu sein, die Dinger.« Kluftinger nahm es in die Hand, worauf sich Jenkins' Augen erschrocken weiteten.

»Nicht berühren!«, rief er.

»Ach, und warum nicht?«, fragte der Kommissar und fuchtelte mit dem Ding vor den Augen des Wissenschaftlers herum. »Haben Sie Angst, dass wir rausfinden, von wem Sie es haben? Das wissen wir schon.«

Jenkins schaute den Kommissar nicht an, er folgte jeder Bewegung des Knochens, als handle es sich dabei um einen Zauberstab, der ihn unter seiner Gewalt hatte. Jedes Mal, wenn Kluftinger ihn zu schnell sinken ließ, ging der Wissenschaftler in die Knie, als wolle er ihn auffangen. *War das etwa ... natürlich!* Langsam sickerte im Kommissar die Erkenntnis durch, dass es sich bei dem Teil mitnichten um eine Kopie handelte. Erschrocken darüber, was für eine Kostbarkeit er da in Händen hielt, legte er sie wieder auf den Tisch.

»Wegner hat ihn mir gegeben«, erklärte Jenkins nun erleichtert. Und auf die fragenden Blicke der Beamten schob er nach: »Als Objekt für die Forschung. Er hatte Zweifel an dem Fund von Brunner. Wie ich auch, das ist ja allgemein bekannt. Und er tat das einzig Richtige: Er gab ihn mir für eine unabhängige Untersuchung. Ein Beinknochen. An ihm wir werden sehen, ob Brunners Theorie richtig ist oder falsch.«

Kluftinger blickte ihn skeptisch an. »Wollten Sie ihn nicht eher verschwinden lassen? Damit es nicht noch einen weiteren Beweis für Brunners Sichtweise gibt?«

»Erstens: Warum sollte ich? Wenn es wissenschaftlich evident ist, werde ich mich fügen. Ich werde es nicht vorenthalten allen anderen. Zweitens: Meinen Sie wirklich, wenn ich hätte es verschwinden lassen wollen, es wäre dann noch hier? Ich hätte es vergraben, im Wald, in den Müll, was weiß ich.«

Kluftinger blickte zu seiner Kollegin, die mit den Achseln zuckte. Er wusste, was sie damit meinte: Sie mussten Jenkins das erst einmal glauben. Zumindest klang es plausibel. Einen letzten Versuch wollte der Kommissar aber noch unternehmen. »Wie geht es eigentlich Ihrem Vater?«

Jenkins kniff die Augen zusammen. »Er ist lange tot, warum diese Frage?«

»Oh, das ... tut mir leid. Aber er gilt doch als Vater von Lucy.« So hatte es im Was-ist-was-Buch gestanden, und Kluftinger fand das Bild irgendwie treffend. Der Wissenschaftler jedoch blickte verständnislos zu Luzia Beer.

»Nein, nicht die Lucy. Sie wissen schon, wen ich meine. Er hat doch das Skelett gefunden, damals in Afrika.«

Kluftingers Kollegin bekam große Augen. Er hatte noch gar keine Gelegenheit gehabt, ihr seine Entdeckung mitzuteilen, und hoffte, dass sie nicht nachfragen würde. »Der früheste Nachweis eines aufrecht gehenden Vorfahren von uns, wenn ich das richtig verstanden habe, oder?«

Jenkins nickte.

»Bis jetzt«, schränkte der Kommissar ein.

»Es wird erst noch zu prüfen sein, ob Brunners Funde tatsächlich das Vermächtnis meines Vaters gefährden können, und bis dahin glaube ich ...« Er verstummte mitten im Satz. Kluftinger war klar, warum: Er hatte ihnen gerade selbst ein Mordmotiv geliefert. »Ich habe Sie über alles informiert und möchte nun nichts mehr sagen«, schloss der Mann.

»Das kann ich verstehen, und das ist Ihr gutes Recht«, erwiderte Kluftinger. »Vielleicht sollten wir mal Ihre weiteren Pläne besprechen, denn ich befürchte, Sie müssen Ihre Abreise verschieben.«

»Macht's jemand was aus, wenn ich so lang eine rauche?«, fragte Lucy dazwischen.

Die Männer schüttelten die Köpfe.

Lucy nickte ihnen zu und verschwand auf den Balkon, während Kluftinger sich mit Jenkins an das kleine Tischchen setzte. Er überlegte, was er dem Mann sagen sollte: Es gab zwar Verdachtsmomente, aber bisher keinerlei Spuren, die ein Festhalten rechtfertigen würden. Er wollte gerade beginnen, da öffnete sich die Balkontür, und Luzia Beer kam wieder herein.

»Hoi, das war aber eine schnelle Zigarette«, sagte der Kommissar überrascht. Seine Kollegin hielt ein Paar Schuhe in den Händen. Es dauerte einige Sekunden, dann realisierte er, dass es Jenkins gehören musste. Wahrscheinlich hatten die Schuhe zum Trocknen auf dem Balkon gestanden, weil sie über und über mit Matsch bedeckt waren. Doch es handelte sich nicht um irgendeinen beliebigen Schlamm. Kluftinger hatte diese spezielle Farbe, ein bläuliches Grau, das erst beim Brennen seine charakteristische Rotfärbung bekommen würde, in letzter Zeit immer wieder gesehen. Zum Beispiel an seinen Gummistiefeln, wenn er damit bei den Grabungen in der Tongrube gewesen war. Sein ganzer Kofferraum war mittlerweile damit besudelt.

Jenkins verstand sofort, dass sich die Lage mit Lucys Entdeckung geändert hatte, stand auf und begann von sich aus zu sprechen. »Oh, ich ... war spazieren, im Wald, gleich hier. Es war sehr ... schmutzig da.«

»Herr Jenkins, glauben Sie bitte nicht, dass wir Polizisten in Deutschland alle dumm sind«, presste Kluftinger hervor, den nun wieder die Wut zu packen drohte. »Den Schlamm hier kenn ich unter Tausenden raus, der kommt aus der Grube in Pforzen. Ich bin sicher, dass genau das rauskommt, wenn wir ihn im Labor untersuchen lassen. Was bedeutet, dass Sie gelogen haben. Wieder mal. Sie waren in der Grube, vor dem Mord. Wenn es danach gewesen wäre, hätten uns die Wissenschaftler das erzählt.«

Jenkins atmete schwer, sein Blick flog zwischen den Beamten hin und her. Dann ließ er sich auf seinen Stuhl zurückfallen. »Also gut. Ich war da.«

»Am Tag, an dem Brunner ermordet wurde?«, wollte Luzia Beer wissen.

»Ja. Und natürlich ich habe gelogen. Wer hätte das nicht getan? Ich wollte nicht, dass Sie falsche Schlüsse ziehen.«

Kluftinger lächelte. »Ich glaub, wir ziehen genau die richtigen. Was wollten Sie vom Brunner?«

Der Wissenschaftler setzte sich auf. »Sehen Sie: falsche Schlüsse. Ich war nicht bei Brunner. Er war doch hier, wie Sie wissen.«

Wieder tauschten die Beamten einen Blick.

»Nicht?«

»Nein. Ich war bei Wegner. Gleich in der Nähe der Grube. Er hat mir gegeben den Knochen.«

Kluftinger atmete schwer ein und blies die Luft aus. »Das müssen wir überprüfen, Herr Jenkins. Sie kommen uns alle paar Minuten mit einer anderen Geschichte. Was Sie nicht gerade glaubwürdiger macht.«

Der Amerikaner senkte den Kopf. »*I understand.*«

»Dann verstehen Sie sicher auch, dass ich jetzt Ihren Ausweis an mich nehmen muss.«

»Meinen Ausweis?«

»Ja. Den Pass halt.«

»Aber ohne den Pass ...«

»... können Sie nicht ausreisen, genau. Und das dürfen Sie auch nicht, solange das hier nicht geklärt ist. Haben Sie verstanden? Sie halten sich bitte zu unserer Verfügung.«

»Wollen Sie nicht heimfahren?«, fragte Luzia Beer, als sie bei den Autos vor der Gaststätte standen.

»Mei, wir müssten halt noch zum Wegner ...«, gab Kluftinger zu bedenken.

»Das schaff ich schon allein, ich bin ja ein großes Mädchen.«

»Ja, dann ...«

»Ehrlich. Hab ja schließlich Dienst.«

Kluftinger gab sich einen Ruck. »Gut. Dann hab ich doch noch was von meinem Wochenende.«

»Eben, sehen Sie? Also, bis Montag.«

»Und fahren Sie vorsichtig, gell?«

Sie stieg ins Auto und brauste mit quietschenden Reifen davon. Kluftinger sah ihr hinterher und schüttelte den Kopf. Im Passat fiel sein Blick auf den Beifahrersitz, wo Jenkins' Pass lag. Neben dem Knochen, den er sich hatte aushändigen lassen. »Zefix!«, fluchte er. Was sollte er jetzt damit anfangen? Er hatte Willi ja versehentlich den falschen, also die Kopie gegeben, während er hier nun das Original liegen hatte. Seufzend drehte er den Schlüssel und ließ den Motor an. »Hilft ja nix«, sagte er halblaut und fuhr los.

»In einer halben Stunde ist es achtzehn Uhr, und das heißt für viele, die heute am Samstag für uns in den Läden gestanden haben oder sonst arbeiten mussten: Endspurt! Wir bedanken uns bei euch, ihr seid spitze. Einen ganz tollen Feierabend euch allen!«

Kluftinger hörte den launigen Worten der Moderatorin nach und brummte: »Zeit wird's!« Dann drehte er das Autoradio ab. So sehr hatte er sich auf den gemütlichen Tag gefreut, und nun kam er wieder erst abends nach Hause.

Schließlich hatte er auf dem Rückweg auch noch den Umweg über Kempten machen müssen, um in Willi Renns Labor die Kopie des Knochens, den er bei Werner Wegner mitgenommen hatte, gegen das Original auszutauschen. Zum Glück hatte der noch unberührt an derselben Stelle gelegen. Die Geschichte, dass der Interims-Polizeipräsident einen Gipsabdruck nicht von einem echten Knochen unterscheiden konnte, hätte man sich sicher noch Jahre bei der Kemptener Polizei hinter vorgehaltener Hand erzählt. Mit zufriedenem Blick auf die Kopie, die nun sicher auf dem Beifahrersitz lag, bog der Kommissar in seine Straße ein. Er wunderte sich über die vielen Autos, die dort am Straßenrand, auf dem Gehsteig und, wie er schon aus der Entfernung erkannte, sogar direkt vor seiner Einfahrt parkten.

»Priml«, maulte er und stellte seinen Wagen in einer gerade frei werdenden Lücke ab. Musste er ihn eben nachher holen – in die Garage konnte er wegen seiner Warensammlung für den morgigen Markt momentan sowieso nicht fahren. Wahrscheinlich feierte man in der Nachbarschaft irgendwo eine Party, einen Polterabend oder ein Grillfest. Eigentlich nachvollziehbar, fand er, schließlich gab es im Allgäu nur wenige »Tropennächte« mit über zwanzig Grad, die sie im Wetterbericht für ganz Bayern prophezeit hatten. Dennoch könnte man sich ja als Gast an die herrschenden Parkregeln halten, dachte er genervt und stieg aus. Er selbst freilich war heilfroh, heute Abend niemanden mehr zu Gesicht zu bekommen – außer Erika, auf die er sich freute und der gegenüber er ein schlechtes Gewissen verspürte, schließlich hatte er sie mit der ganzen Arbeit allein gelassen. Bestimmt hatte sie längst alles für den Markt hergerichtet. Kluftinger würde die Sachen nachher einladen und dabei die Gelegenheit nutzen, noch einmal ganz in Ruhe zu selektieren, was er behalten wollte.

»Servus!«, grüßten ihn freundlich zwei Spaziergänger vom gegenüberliegenden Gehsteig. Kluftinger sah gedankenverloren auf. Er kannte das Paar nur vom Sehen. »Und danke, coole Aktion!«, schob der Mann noch nach. Der Kommissar runzelte die Stirn. Wahrscheinlich meinten sie Erikas Engagement im Helferkreis. Dass nun er dafür die Meriten einstrich …

Verwundert registrierte er, dass die Stimmen ausgerechnet vor seiner Garageneinfahrt lauter zu werden schienen. Dann bog er um einen Kleintransporter – und blieb vor Schreck so abrupt stehen, als wäre er gegen eine unsichtbare Wand gelaufen. Seine Einfahrt sah aus wie eine Mischung aus Wertstoffhof und

Gebrauchtwarenhandel. In kleinen Häufchen lagen gebrauchte Gartenmöbel, Bobbycars, Fahrräder, Regentonnen, Fernseher, Videorekorder und anderer undefinierbarer Schrott herum. Eine rostige Schubkarre war mit vier leeren Milchkannen beladen, in der Mitte standen eine lindgrüne Badewanne nebst Plastikduschkabine sowie zwei passende Waschbecken.

Bestimmt zwei Dutzend Leute liefen herum, einige luden fröhlich weiteren Krempel aus ihren Autos aus und suchten sich einen geeigneten Platz zum Abstellen. Drei Mitglieder der Altusrieder Harmoniemusik hatten es sich an einem windschiefen Stehtisch gemütlich gemacht und prosteten dem Kommissar mit ihren Bierflaschen zu. Die anderen Leute hingegen schienen gar nicht groß von ihm Notiz zu nehmen. Erst jetzt erkannte er, dass Erika etwas abseits auf einem zerschlissenen Klappstuhl unter einem Sonnenschirm mit Chappi-Werbung saß und sich mit einer Kehrschaufel Luft zufächelte. Sie starrte ins Leere. Ob sie einen Hitzschlag erlitten hatte?

»Was ist denn hier los, bitte?«, fragte der Kommissar in die Runde.

Niemand antwortete ihm.

»Komm, Klufti, sauf eins mit uns! Sonst ist der Kasten leer«, rief sein Musikkollege Paul vom Stehtisch herüber. Kluftinger winkte hektisch ab und hastete mit blassem Gesicht zu seiner Frau. Die blickte schließlich ganz langsam auf, als er vor ihr stand, und sagte in seltsam abwesendem Ton: »Hallo, Butzele, da bist du ja endlich.«

»Sag mal, Erika, findest du das nicht ein bissle übertrieben?«, sagte er mit Blick auf den Tand, der überall herumstand.

»Ich? Das sind doch deine Freunde.«

»Freunde? Ich kenn ja kaum einen von denen.«

»Das kann nicht sein, sie sagen alle, sie wären befreundet mit dir und du hättest sie eingeladen.«

Jetzt erst begriff er, dass es sich hierbei um das Ergebnis seines Posts vom Vortag handelte. »Zefix«, entfuhr es ihm.

Erika schien seltsam belustigt. Neben ihrem Stuhl entdeckte er auch den Grund für ihre Stimmung: Zwei leere Piccoloflaschen standen dort, seine Frau griff sich gerade eine weitere und schraubte sie auf.

»Seit wann trinkst du denn so viel Alkohol?«, fragte er erschrocken.

»Die Herren von der Kapelle haben mir den gebracht. Sehr nett.« Damit nahm sie einen tiefen Schluck aus der kleinen Flasche und winkte vage den Zechern am Stehtisch.

»Aber die haben uns ja alle ihren Müll gebracht! Wie sollen wir denn das wieder wegkriegen?«, fragte er panisch, ohne von seiner Frau wirklich eine Lösung für dieses Problem zu erwarten.

Die zuckte nur mit den Achseln.

»Aber hättest du denn nicht irgendwie verhindern können, dass das alles so aus dem Ruder läuft? Ich hab doch nur … um die eine oder andere Spende für den Markt gebeten.«

Mit langsamem Kopfschütteln sagte sie: »Nein. Die wollen alle bloß helfen. Haben sie jedenfalls gesagt.«

Kluftinger sah im Augenwinkel, dass weitere Autos angefahren kamen, vollgestopft mit altem Gerümpel, eines sogar mit Anhänger. Er musste reagieren, bevor es zu spät war. Während er auf die Mitte seiner Garageneinfahrt zuschritt, legte er sich die Worte zurecht, die er gleich an die Menge richten würde, drehte die Badewanne um, kletterte hinauf, schlug mit dem verkalkten Brausekopf dreimal gegen das Plastik der Duschkabine und setzte an: »So, alle mal herhören!«

Keiner ließ sich davon beirren, niemand sah in seine Richtung. »Hallo, Leute, hört mir mal zu!«, probierte er es ein wenig lauter, doch wieder blieb die gewünschte Reaktion aus.

»Himmelkreuzkruzifix, Ruhe! Jetzt sperrt endlich eure Ohrwascheln auf, oder seid ihr schwerhörig, malefiznomal?«, brüllte er daher aus voller Kehle. Auf einmal verstummte das Gemurmel, die Leute blieben stehen, ihre Gebrauchtwaren in den Händen, und wandten sich ihm zu. Einige zogen bereits ihre Handys heraus und richteten die Kameras auf ihn, was er etwas befremdlich fand.

»Schön, dass ihr alle meinem Aufruf gefolgt seid. Es sind ja wirklich nette Sachen dabei. Denen, die so was gebracht haben: Danke, ihr habt uns geholfen. Aber jetzt ist auch wirklich wieder gut. Schauts, dass ihr heimkommts, grillts ein bissle oder ...«, er überlegte kurz, dann erinnerte er sich an seinen gemeinsamen Drohnenausflug mit Langhammer und fuhr fort, »... badets in euren Pools. Aber diejenigen, die mir dieses Sauglump hingestellt haben, das keiner kauft: Ihr spinnts wohl, nehmts das gefälligst wieder mit, wir sind ja nicht am Wertstoffhof! Haben wir uns verstanden?«

Niemand reagierte.

»Himmelzefixkruzinesn, habt ihr das kapiert, oder muss ich noch deutlicher werden?«

Niemand sagte etwas, Kluftinger sah aber, dass die Leute schmunzelnd an seinen Lippen hingen.

»Ja, deutlicher, Klufti!«, rief einer der Musikkollegen. »Zugabe!«, stimmte Paul grölend ein.

Der Kommissar spürte grenzenlose Wut in sich aufsteigen. Was bildeten sich diese Leute eigentlich ein? Er war doch keine Zirkusattraktion. »Schleichts euch jetzt, hab ich gesagt, und ihr drei Saufschädel nehmts euren alten Stehtisch und euer Bier mit, sonst verpfeif ich euch beim Dirigenten, dass ihr ständig bloß falsches Zeug spielt! So, Veranstaltung beendet, kreuzhimmelnochmalhuramentzefix.«

Da fing eine Frau an zu klatschen. Erst zaghaft, dann beherzter, schließlich stimmten immer mehr der Versammelten in den

Applaus ein, was den Kommissar etwas besänftigte. »Danke, und jetzt heim mit euch«, sagte er und deutete eine Verbeugung an.

Je weniger Menschen da waren, desto offensichtlicher wurde aber das Chaos, das sie hinterlassen hatten. Da kam Kluftinger eine Idee. »Matthias, Berndl, kommts ihr mal schnell?«

Die beiden Brüder und ihre Werkstatt, in der sie Oldtimer flott machten, waren im ganzen Dorf bekannt. Außerdem gab es Gerüchte über sie, die ihm nun möglicherweise zupasskamen. »Buben, ihr habt doch den alten Hanomag, oder?«, fragte er in konspirativem Ton und erntete ein Nicken.

»Gut. Dann kommts bitte in ungefähr zwei Stunden damit vorbei und ladet alles, was ich nicht brauch, auf, um es am Montag auf dem Wertstoffhof abzugeben.«

Die beiden wollten eben protestieren, da schob er nach: »Oder wir müssten uns mal im Präsidium drüber unterhalten, wer jedes Wochenende abends im Freibad einsteigt und pudelnackert in Damenbegleitung badet ...«

»Ja, klar«, lenkte Matthias ein und stieß seinen Bruder in die Seite, »wir wollten eh den alten Laster mal wieder bewegen.«

Kurz vor Mitternacht schloss Kluftinger todmüde die Garage ab und schlurfte ins Haus. Er hatte von einem der Spender noch einen riesigen Anhänger ausgeliehen, den der im Austausch gegen ein gemeinsames Selfie bereitwillig hergegeben hatte.

Das Gefährt stand randvoll beladen vor der Garage, der Passat, in den nicht mal mehr ein Briefkuvert passte, parkte darin. Schon ohne Anhänger ging er hinten derart in die Federn, dass die Karosserie leicht an den Rädern streifte. Den ganzen Abend hatte der Kommissar Ware sortiert, umgeschichtet, seine eigenen Habseligkeiten, die Erika hergerichtet hatte, noch einmal kontrolliert und die Stücke, die er um keinen Preis weggeben würde, ganz hinten im Regal verstaut. Seine Frau hatte sich schon früh ins Bett verabschiedet und schlief ihren ersten Schwips seit Jahrzehnten aus. Jetzt stellte er sich seinen Wecker auf fünf Uhr am nächsten Morgen und fiel erschöpft ins Bett. Es würde eine kurze Nacht werden.

25

Der Wecker hatte noch nicht geklingelt, als Kluftinger wach wurde. Wider Erwarten hatte er gut geschlafen. Kurz, aber erholsam. Eigentlich hätte er jetzt noch eine halbe Stunde liegen bleiben können, doch dazu fehlte ihm die Ruhe. Heute war ein besonderer Tag für Erika – und für ihn, schließlich hatte er das Projekt »Flohmarkt« mittlerweile auch zu seiner eigenen Sache gemacht. Wenn auch aus anderen Gründen als seine Frau.

Er huschte geräuschlos ins Bad, schlüpfte in seine Lederhose, die er wegen ihrer Atmungsaktivität als beste Lösung für einen heißen Tag erachtete, zog sich Strümpfe und Trachtenhemd an, machte sich eine schnelle Tasse Kaffee sowie drei weitere für die Thermoskanne und trat durch die Haustür ins Zwielicht des anbrechenden Tages. In Erwartung morgendlicher Kühle hatte er den Janker angezogen, doch selbst zu dieser frühen Stunde lief er wie gegen eine warme Wand. Also Jacke wieder aus, Anhänger an die Kupplung, und los ging es Richtung Marktplatz. Der schleifende Auspuff verursachte während der Fahrt besorgniserregende Kratzgeräusche, der Motor röhrte kläglich im zweiten Gang und stieß beachtliche Rußwolken aus.

Auf dem Platz war schon weit mehr Betrieb als vermutet: Stände wurden aufgebaut, Mitarbeiter der Brauerei brachten den Pilswagen in Position, der bei keinem Fest im Dorf fehlen durfte, eine Kehrmaschine mit gelbem Blinklicht fegte alles besenrein.

Als Kluftinger von der Straße abbog, schloss er entnervt die Augen: Ein silberner Mercedes stand mit offener Heckklappe vor ihm, die LED-Scheinwerfer auf ein lächerlich kleines Tischchen unter einem riesigen Ampelschirm gerichtet, auf das eben Figuren, Edelsteine und anderer Mini-Krimskrams gelegt wurden. Als der Kommissar mit seinem Gespann daran vorbeifuhr, drehte sich der Standinhaber aufgeregt nach ihm um und fuchtelte wild mit den Händen.

»Langhammer am Morgen bringt Kummer und Sorgen«, brummte Kluftinger und trat aufs Gas. Mit einem dumpfen Schlag starb der Motor ab. Hektisch drehte er den Schlüssel im Zündschloss, doch als der Diesel sich vernehmlich zurückmeldete, war der Doktor bereits am Auto angekommen.

»Guten Morgen, mein Lieber!«, jubilierte er. »Wird Zeit, dass Sie kommen, ich bin mit meinen Vorbereitungen schon fast durch. Muss nur noch meine Akkuventilatoren befestigen, dann kann das merkantile Treiben beginnen. Möchten Sie gleich mal mein Angebot sichten, bevor die besten Stücke weg sind?«

Kluftinger öffnete die Scheibe nur einen winzigen Spalt. »Morgen. Ich muss leider weiter.«

»Verstehe, Sie müssen noch auf den Wertstoffhof, bevor Sie aufbauen, wie?«

»Spotten Sie nur. Abgerechnet wird heut Abend.«

»Ach ja? Na, dann lassen Sie uns doch die Spannung ein wenig erhöhen: Wer weniger einnimmt, legt die Differenz aus seinem Privatvermögen drauf. Na, klingt das nach einer Challenge?«

Kluftinger reckte trotzig sein Kinn nach vorn. »Abgemacht.« Noch im selben Moment bereute er es, sich auf das alberne Spiel eingelassen zu haben. Was, wenn der unwahrscheinliche Fall eintrat und der Doktor gewann? Egal, damit würde er sich auseinandersetzen, wenn es so weit war. »Habe die Ehre«, sagte er und fuhr an, diesmal allerdings etwas vorsichtiger, was die Kupplung mit heftigem Rauchen quittierte, worauf der Arzt demonstrativ hüstelnd einen Schritt zur Seite machte.

Kluftinger kramte die Unterlagen heraus: Man hatte ihm

Platz 17 zugeteilt, Standlänge sechs Meter. Das würde sportlich werden, bei seinem Angebot. Er hatte gesehen, dass auf dem Boden farbige Markierungen angebracht waren, und suchte nach seiner Nummer, als sein Handy vibrierte. *Quacksalber ruft an* verriet das Display. Kluftinger seufzte ein resigniertes »Ja?« ins Mikrofon.

»Was machen Sie denn dort drüben, mein Guter?«, tönte es in penetranter Fröhlichkeit aus dem Telefon. »Ich hab mich gestern extra beim Bauhof dafür eingesetzt, dass unsere Stände direkt nebeneinanderliegen. Wir wollen doch bei aller Benefizarbeit den Spaßfaktor nicht aus den Augen verlieren.«

Eine Viertelstunde später hatte Kluftinger seine zwei Tapeziertische und den Anhänger so geschickt aufgestellt, dass alles wie eine einzige riesige Standfläche wirkte. Der Passat parkte im Neunziggradwinkel dazu, den Kofferraum nutzte er als zusätzlichen Verkaufsraum. Noch dazu diente das Gefährt als eine Art Bollwerk zu Langhammers Tisch. Zum Glück war der noch immer mit dem Arrangement seines Liliputstands beschäftigt und ließ ihn in Frieden. Nun musste der Kommissar nur noch den Sonnenschirm platzieren, die Ware ausladen und ansprechend drapieren, seinen Liegestuhl und die Kühlbox in Position bringen, dann konnte es losgehen. Doch schon jetzt umspielte ein zufriedenes Lächeln seine Lippen: Langhammers Tisch wirkte neben seiner Trutzburg noch mickriger. Niemand würde mehr vom Stand des Doktors Notiz nehmen.

Kurz nach sieben war Kluftinger endlich fertig. Begeistert blickte er auf sein Werk. Es war der mit Abstand größte Stand am Platz: Bücher, Kleinkram und Klamotten standen und lagen auf den beiden Tischen, auf dem Anhänger türmten sich Werkzeuge, Gartengeräte und Kleinmöbel, und davor hatte er Metallwaren, die Wannen vom Sektenaussteiger sowie als besonderes Highlight die Reifen aufgebaut.

Zufrieden entnahm er seiner neuen Kühltasche aus dem Immenstädter Baumarkt eines der vier belegten Brote, die er – Erika sei Dank – heute Morgen im Kühlschrank gefunden hatte. Genüsslich mampfend schlenderte er zu Langhammers Auslage hinüber. Der war kurz heimgefahren, um sich etwas Luftigeres anzuziehen, wobei der Kommissar sich nicht vorstellen wollte, was das sein mochte, trug der Arzt doch sowieso nur ein T-Shirt mit viel zu weit ausgeschnittenem V-Kragen und karierte Bermudas.

Der überwiegende Teil seines Angebots bestand aus kleinen Ton- oder Porzellanfigürchen, die anscheinend Tiere darstellen sollten, auch wenn nicht immer ersichtlich war, welche. Daneben stand ein Schild: *Von Arzthänden modelliert.* Kluftinger schüttelte ungläubig den Kopf. Neben einigen kleinen Vasen, bunten Steinen und einem guten Dutzend tandiger Porzellantässchen entdeckte der Kommissar noch geflochtene Armbänder aus Leder.

»Das Glump kauft dem im Leben keiner ab«, murmelte er und sah den Doktor bereits einen dicken Scheck an den Helferkreis ausstellen. Er biss beherzt in sein Salamibrot, als sich eine Hand auf seine Schulter legte. Er fuhr herum und sah ins Gesicht des Arztes, nun in einem weißen Leinenanzug, das Hemd fast bis zum Nabel aufgeknöpft, die Füße in lindgrünen Espadrilles. Auf dem Kopf trug er einen Strohhut. Er wirkte wie der Darsteller des verhassten reichen Onkels aus den Pilcher-Filmen, die er mit Erika sonntags immer anschauen musste.

»Na, sind Sie schon fündig geworden, mein Lieber? Für Sie gelten natürlich Sonderpreise, so unter Standnachbarn. Auch wenn es den Wettbewerb für mich ein wenig erschwert.«

Kluftinger stieß die Luft aus. »Sehr großzügig, aber leider haben wir keinen Platz mehr im Schrank. Da stehen nämlich noch die ganzen Sachen, die der Markus im Kindergarten getöpfert hat. Aber schön, dass Sie die Basteleien der Kleinen aus der Krippe an den Mann bringen.«

Langhammer schien sich nicht sicher, ob er einen Witz gemacht hatte, doch bevor er antworten konnte, gesellte sich Paul zu ihnen, der gestern noch Bier trinkend vor Kluftingers Garage gestanden hatte. »Morgen, Klufti, und herzlichen Glückwunsch zum Geburtstag!«, sagte er mit breitem Lächeln.

Der Kommissar blickte verständnislos zurück.

»Ja, da schaust du, dass ich an so was denk, gell?«

»Du, Paul, ich ...«, setzte er an, doch Langhammer grätschte gleich dazwischen: »Da muss ich Sie leider korrigieren, Herr Kluftinger hatte dieses Jahr bereits seinen Ehrentag. Wir sind gut befreundet, daher weiß ich das natürlich.«

»Kann nicht sein, weil ich nämlich auch mit ihm befreundet bin. Richtig sogar. Stimmt doch, oder?«

»Guten Morgen, Adi, und alles erdenklich Gute zum Wiegenfest, gell?«, rief da der alte Mesner über den Platz, der gerade mit einem schwarzen Pudel Gassi ging. Von Facebook wusste er, dass der Pfarrer den Hund vor Kurzem aus dem Tierheim geholt hatte und nun gern mal von seinen Bediensteten fremdbetreuen ließ. *Facebook, natürlich!* Jetzt dämmerte dem Kommissar, warum ihm heute alle gratulierten. Er hatte dort irgendein Datum eingestellt, um sein wahres Geburtsdatum nicht preisgeben zu müssen. Noch immer starrte ihn der Doktor wie ein rechthaberisches Kind an und verlangte nach Klärung. »Manchmal muss man sich einfach der Mehrheit beugen, Herr Langhammer.«

Paul gab sich damit zufrieden und verabschiedete sich.

Der Doktor hingegen insistierte: »Mein Lieber, Sie sind doch ein Fisch!«

»Jetzt mal nicht gleich persönlich werden. Ich hab halt ein bissle geschwitzt, mein Gott ...«

»Guten Morgen, Herr Kluftinger. So früh schon auf, an Ihrem Geburtstag? Ich war heute die Erste, die in Ihre Glückwunschchronik geschrieben hat«, tönte da seine Physiotherapeutin, deren Freundschaftsanfrage er nach anfänglichem Zögern doch noch angenommen hatte, und joggte weiter. Bedröppelt trottete Langhammer hinter sein Tischchen und vertiefte sich in sein Smartphone. Schon wenige Sekunden später meldete er sich wieder. »Mein Lieber, ich wusste natürlich, dass heute ein ganz besonderer Tag ist!«

»Soso, wussten Sie?«

»Selbstredend. Dafür brauche ich ja kein Facebook. Die Ehrentage meiner Freunde habe ich im Kopf.«

Ein weiterer Beweis, dass wir keine sind, dachte der Kommissar, nickte aber nur.

»Ich wollte es nicht an die große Glocke hängen, weil ich ja ebenso weiß, wie ungern Sie im Mittelpunkt stehen. Wie dem auch sei: Ich habe Ihnen extra etwas angefertigt, das Ihnen Freude bereiten soll.« Damit zog er hinter dem Rücken eine seiner Skulpturen hervor. Mit viel Fantasie konnte man einen Kopf und Gliedmaßen erkennen – und an der Körpermitte ablesen, dass es sich um ein männliches Exemplar handelte.

»Oh, mei, das ist ein nettes … Dings«, rang sich Kluftinger ab und nahm sein Geschenk entgegen.

»Na«, bohrte Langhammer, »erkennen Sie, um wen es sich handelt?«

»Da ich nicht annehme, dass Sie mir ein Selbstporträt von sich schenken – soll das etwa ich sein?«

»Sie? Wo denken Sie hin. Das ist Udo!«

»Der Aff'?«

»Natürlich, der gekrümmte Rücken, die unproportionierten Gliedmaßen, die plumpen Füße …«

»Ah, jetzt seh ich's auch«, log der Kommissar.

»Wobei, wenn man es sich genau betrachtet ... Eine gewisse anatomische Ähnlichkeit ist durchaus festzustellen.«

Bevor Kluftinger parieren konnte, kamen Erika und Annegret Langhammer auf sie zu. »Mensch, ihr habt's aber nett hier«, rief die Frau des Doktors fröhlich, während Erika mit offenem Mund vor dem monströsen Angebot ihres Mannes stand. »Butzele!«, sagte sie strahlend. »Das hast du alles allein gemacht?«

Er winkte mit gespielter Bescheidenheit ab, worauf sie ihn drückte und ihm einen Kuss gab. »Oh, du schwitzt aber ganz schön.«

Tatsächlich: Kluftinger rann der Schweiß von der Stirn, seine Füße in den Wollsocken kochten, das Trachtenhemd klebte am Körper, und das Klima in seiner Lederhose war tropisch. »Kein Wunder, bei der Bullenhitze. Und ich hab ja auch schon ein bissle was g'schafft heut.«

»Der kluge Mann baut vor«, meldete sich Langhammer und deutete auf die Ventilatoren, die an den Streben seines Sonnenschirms angebracht waren. Tatsächlich war kein Schweißtröpfchen an seinem drahtigen Körper zu erkennen.

Erika lächelte ihn süßlich an. »Ach Martin, du bist immer so toll ausgerüstet. Mein Mann schwitzt so schnell. Dafür schaut er fesch aus, gell, Butzele?« Damit strich sie ihm über den Rücken und wischte sich danach die Hand an ihrer Jeans ab.

»Ja, möglicherweise Disposition, mit dem starken Transpirieren. Kann aber auch adipös bedingt sein. Wenn Sie mögen, können wir unter den Achseln mal ein paar Schweißdrüsen veröden.«

»Was?«

»Toll, Erika, dass dein Mann seinen Ehrentag voll in den Dienst der guten Sache stellt. Holt ihr denn die Feier irgendwann nach?«

»Feier, Ehrentag, wie meinst du ...?«

Kluftinger zog sie an sich, küsste sie und flüsterte ihr ins Ohr: »Ich hab gesagt, dass es mir eine Ehre ist, dir beim Projekt helfen zu können, und dass wir den Erfolg dann auch irgendwann feiern müssen. Und jetzt aufpassen, wir kriegen Kundschaft.«

Ein junges Paar mit Kinderwagen hielt zielstrebig auf sie zu. »Schau mal, Sandra, das sind genau meine Felgen!«, rief der junge Mann aufgeregt. »Ich hab mir den alten Scirocco von meinem Vater hergerichtet und ewig die originalen VW-Alus gesucht.«

Der Kommissar rüstete sich im Geiste für die bevorstehende Verhandlung.

»Sie sind der Herr Kluftinger, gell?«

»Ja, kennen wir uns?«

»Also, ich kenn Sie schon. Mein Papa, das ist der Eder Max.«

»Ah, der Max vom Klärwerk!«, sagte Kluftinger und schob in Gedanken nach: *der alte Geizhals*. »Dann bist du der ...«

»Der Sebastian, genau. Stellen Sie sich vor, der Vatter hat kürzlich genau solche Felgen bei eBay gefunden und für mich gekauft. Bin nicht gleich zum Wegräumen gekommen – und dann hat sie uns so ein Sauhund einfach vom Hof geklaut! Am helllichten Tag, in der Früh. Ich hab gedacht, ich werd nicht mehr.«

Kluftinger schluckte. »Echt jetzt? Sachen gibt's!«, krächzte er.

»Haben Sie denn auch mal einen Scirocco gehabt?«

»Ich? Nein, ich ... hab ja den Passat ...«

»Die Räder waren auf nem Passat? Dachte immer, die haben ne andere Einpresstiefe.«

Kluftinger sah zu Erika. Sie würde seine nun folgende Notlüge sofort entlarven. »Ui, schau mal, Schätzle, der Doktor Sabia verkauft Getränke. Könntest du mir vielleicht was holen?« Er deutete auf den syrischen Arzt, den er vor ein paar Wochen in der Altusrieder Flüchtlingsunterkunft kennengelernt hatte. Er bot aus einem großen gläsernen Behälter Tee an.

»Magst nicht selber nachher ...«

»Heut ist doch mein Ehrentag.«

»Klar«, erwiderte Erika verwirrt und ging los.

»Wo waren wir stehen geblieben, Sebastian?«, fragte Kluftinger mit Unschuldsblick.

»Die Räder. Sie sind doch bei der Polizei, gell? Was meinen Sie, soll ich den Diebstahl anzeigen?«

Kluftinger schüttelte so vehement den Kopf, dass kleine Schweißtröpfchen durch die Luft flogen.

»Auf keinen Fall. Macht nur Scherereien. Die hat der sicher schon verkauft. Bei ... Ebi oder so.«

»Meinen Sie?«

»Auf jeden Fall. Falls du dich aber für meine interessierst, mach ich dir einen Sonderpreis. Weil du's bist.«

Nur fünf Minuten später hatte der Kommissar eine ansehnliche Summe für alle vier Räder erzielt. Sein schlechtes Gewissen beruhigte er damit, dass Max Eder und seine Familie zu den geizigsten Menschen zählten, die er kannte. Niemals hätte einer von ihnen freiwillig etwas für einen guten Zweck lockergemacht. Da er somit auch einen geldgierigen Zöllner zum barmherzigen Samariter gemacht hatte, befand er sein Karma für ausgeglichen und freute sich, dass Erika eben mit vier kleinen Gläschen zurückkam, von denen sie zwei den Langhammers gab. Die Erfrischung würde ihm guttun, dachte Kluftinger und griff nach einem Glas. »Zefix, das kocht ja!«, stieß er überrascht hervor. »Ich wollt doch Eistee.«

Nachdem Langhammer ihm einen Vortrag über heißen Tee und dessen kühlende Wirkung in der Tradition der Beduinen gehalten hatte, schüttete er das Getränk in sich hinein. Während der Arzt und die Frauen den Abkühlungseffekt angeblich sofort merkten, hatte er das Gefühl, innerlich zu verbrennen.

»Ganz hervorragendes Schlückchen«, befand der Doktor.

»Mei«, brummte der Kommissar und zeigte auf Doktor Sabia, »ist ja auch von Arzthand gebraut.«

Kurz darauf hatte der Kommissar seinen Stand in die Hände seiner Frau übergeben, um das Angebot der Konkurrenz zu sichten. Und gegebenenfalls zuzuschlagen. Auf einem Bollerwagen aus seiner Auslage zog er nun einen kleinen, uralten Dieselgenerator nebst zwei Lüftern aus einem aufgelösten Kuhstall hinter sich her. Da würde Langhammer mit seinen Kinderventilatoren ganz schön Augen machen! Er wollte eben zurück, da kreuzte sein Blick den von Paul aus der Musikkapelle. Auch er hatte ein Tischchen vor sich aufgebaut.

»Sag mal, Paul, du hast mir doch gestern Sachen vorbeigebracht zum Verkaufen, oder?«

»Schon. Wieso?«

»Na ja, weil du selber auch hier bist.«

»Ja, schon klar, aber ich verkauf ja bloß die … also die …«

»… guten Sachen?«

»Die … kleineren, hab ich gemeint.«

Der Kommissar wollte sich schon wieder abwenden, da erregte etwas seine Aufmerksamkeit. Er trat noch ein Stückchen näher und griff sich ein Buch. *Benimmregeln für den beruflichen Aufstieg*, las er vom Umschlag ab.

»Für einen Zwanz'ger gehört's dir!«, tönte Paul forsch. »Sonderpreis zum Wiegenfest.«

Der Kommissar fixierte sein Gegenüber mit zusammengekniffenen Augen. »Kann es sein, dass ich dir das Buch mal geliehen hab?«

»Ja, und dann hab ich es dir wieder zurückgegeben.«

»Wann denn genau?«, fragte Kluftinger in bester Verhörmanier. Man musste schon früher aufstehen, um den Polizeipräsidenten von Südschwaben zu täuschen.

»Das war … damals, bei der Einweihung vom Kindergarten-Erweiterungsbau. Wo wir erst *Der Mai ist gekommen* gespielt haben und danach noch *Aus Böhmen kommt die Musik*. Weißt das gar nimmer?«

Kluftinger war überrumpelt. »Ich … also …«

»Ich hab's mir dann gleich drauf besorgt. Weil ich's so interessant gefunden hab. Also?« Paul hielt ihm die offene Hand hin. Kluftinger schlug das Buch auf. Der Bibliotheksstempel war stümperhaft übermalt. Er fand es dreist, dass sein Musikkollege mit Dingen handelte, die ihm gar nicht gehörten. Diebesgut, wenn man es genau nahm.

»Hallo, Klufti! Servus, Paul«, grüßte in dem Moment Max Eder im Vorbeigehen. Da fielen Kluftinger die Scirocco-Räder wieder ein.

»Fünfzehn Euro«, sagte er knapp.

»Zwanzig. Ist doch für einen guten Zweck!«

Kluftinger zog einen blauen Schein aus der Tasche und gab ihn seinem Musikkollegen. *Immer noch billiger als die Mahngebühren,* dachte er.

»Machen Sie das Ding aus, oder ich hol die Polizei! Ich hab starkes Asthma.«

Die Frau hustete noch immer. Sie war in die Rußwolke gelaufen, die sich hinter dem eben gekauften Generator gebildet hatte. Dabei hatte Kluftinger die Stalllüfter noch gar nicht in Betrieb genommen. Er zuckte entschuldigend mit den Achseln und schaltete das rauchende Aggregat ab. Zusammen mit dem Buch hatte er bereits über zweihundert Euro ausgegeben und auf der Habenseite lediglich die Räder zu verbuchen. Nicht einmal einen winzigen Preisnachlass hatte er bei seinen Käufen herausschlagen können. Das würde sich ab jetzt ändern.

Er grämte sich, dass er so ein schlechter Verhandler war. Eigentlich sollte er das besser können, fand er, immerhin gehörte die Kenntnis der menschlichen Psyche zu den Schlüsselqualifikationen seines Berufs, er galt als gewieft bei Verhören – aber wenn es ums Geld ging, half ihm das alles nichts. Er erinnerte sich an einen Ledermarkt in Südtirol, auf dem er den Verkäufer damit hatte in Bedrängnis bringen wollen, dass er sagte, er habe die Weste bei einem anderen Stand billiger gesehen. Bis er am Ende des Marktes feststellte, dass alle Stände in Lastwagen derselben Firma verladen wurden.

Heute war eine gewinnbringende Verhandlungstaktik aber noch wichtiger als sonst. Es ging um den viel bemühten guten Zweck – und vor allem darum, besser abzuschneiden als Langhammer. Hilfesuchend schaute er sich um, dann blieb sein Blick am Stand von Doktor Sabia hängen. Flugs stellte er ein handgeschriebenes Schildchen mit der Aufschrift *Bin gleich wieder da, nicht woanders kaufen!* auf und ging zielstrebig auf den Syrer zu.

»Ah, Herr Kluftinger, Sie wollen noch mal Tee?«

Der Kommissar schüttelte den Kopf und sagte mit verschwörerischer Stimme. »Ich bräucht ein bissle Unterricht. Im Handeln.« Er sah dem Syrer an, dass der keine Ahnung hatte, wovon er sprach.

»Na ja, ich mein, ihr Araber, euch liegt das ja sozusagen ... also, nicht, dass ich da irgendwelche Klischees ...«

»Moment, ein Kunde«, unterbrach ihn Sabia und ging auf den Mann zu, der es auf eine der handgeschnitzten Tierfiguren abgesehen hatte, die er neben dem Tee feilbot und die mit weitaus mehr Talent gefertigt waren als Langhammers klägliche Versuche.

»Was willst du dafür?«, fragte der Kunde, und der Kommissar wunderte sich über das vertrauliche Du. Aber vielleicht war das im Flohmarkt-Geschäft so üblich.

»Zehn Euro das Stück«, erwiderte Sabia und schob mit stolzgeschwellter Brust nach: »Handarbeit von Frau und Kindern.«

Der Mann nahm zwei Teile in die Hand, begutachtete sie und sagte dann: »Ich geb dir vier für beide.«

Sabia nickte freundlich, sagte »Es nun gehört Ihnen« und nahm das Geld. Dann kam er wieder zum Kommissar. »Was Sie wollten mich fragen?«

»Ach, das ... hat sich erledigt, danke. Viel Glück noch.« Er ging weiter und blieb an einem Stand stehen, dessen Verkäufer er kannte. Er hieß Dietmar Wunder und war mit seinem Biogemüse auch auf dem Wochenmarkt in Kempten anzutreffen. Kluftinger wusste das, weil Erika dort gerne einkaufte und er immer fassungslos war, was das Zeug kostete. Kluftinger selbst hatte Wunder beim Freilichttheater kennengelernt. Heute bot er Seifen für acht Euro das Stück an. Hier war Kluftinger richtig.

»Grüß Gott, Herr Wunder, kennen Sie mich noch?«

»Aber klar, Herr Kommissar!« Er lachte laut über sein Bonmot. »Wo drückt der Schuh?«

Kluftinger überlegte, schließlich wollte er diplomatisch vorgehen. »Es ist so, Sie sind ja bekannt dafür, dass Sie auf dem Wochenmarkt sehr ... hochwertige Produkte anbieten.«

»Ach ja, das hat sich herumgesprochen? Schön.«

»Freilich. Und die haben halt auch ihren Preis.«

»Klar.«

»Wie die Seifen hier.«

»Genau.«

»Aber Sie machen auch Ihren Schnitt, oder? Ich mein: Da sind doch ganz schöne ... Margen drauf.«

Der Verkäufer blickte sich um. »Also, Ihnen kann ich's ja sagen: Ich schlag da so viel drauf, dass ich selber manchmal ein schlechtes Gewissen hab. Einfach, um genügend Verhandlungsspielraum zu haben. Aber die meisten verhandeln gar nicht. Umso besser. Man muss den Leuten das Gefühl geben, was Besonderes zu bekommen. Nicht nur Tomaten, sondern sardische Winter-Salztomaten von der Costa Smeralda. Keine Seife, sondern Schafsmilch-Verwöhnseife aus der Wohlfühlmanufaktur. Klar?«

Kluftinger nickte. Dann fragte er: »Wenn jetzt einer handeln wollen tät, was könnt der denn für Tricks auf Lager haben, die man als Verkäufer kennen muss?«

»Hm, was gibt's da? Als Erstes nie glauben, wenn's heißt, der Kunde hätte die Ware irgendwo anders billiger gesehen. Wobei das eh nur die Anfänger machen.«

»Ach was. Und sonst?«

»Da fällt mir einiges ein: Manche tun recht desinteressiert und machen die Sachen schlecht, aber dann denk ich mir immer, wenn sie kein Interesse haben, wären sie ja nicht da. Manche wollen Mengenrabatt, andere versuchen, Skonto bei Barzahlung rauszuverhandeln, wobei's bei mir eh nicht mit Karte geht. Dann die, die sagen, sie hätten nicht mehr Geld dabei. Selber schuld. Und die Typen mit ihrer *Dann-eben-nicht-Taktik*.« Wunder verdrehte die Augen. »Aber Sie als Kriminaler sind da ja sowieso im Vorteil, Ihnen kann keiner was vormachen, stimmt's?«

»Ja, freilich, mir nicht. Also dann: viel Glück!«

»Mit Glück hat das nichts zu tun. Alles Psychologie«, rief ihm der Mann nach.

Da drehte Kluftinger noch einmal um: »Übrigens: Meine Frau kauft immer bei Ihnen auf dem Wochenmarkt ein. Die zahlt in Zukunft nur noch das, was die Sachen wirklich wert sind, hammer uns da verstanden?«

Wunder nickte unsicher.

»Gut, dann pfiagott.«

Als Kluftinger wieder an seinem Stand angekommen war, nahm er sich fest vor, die Daumenschrauben beim Verhandeln anzuziehen. Er bekam auch sofort Gelegenheit dazu, als sich eine Frau just für jene Skulptur interessierte, die Langhammer ihm vorher geschenkt hatte. Eigentlich stand die ja gar nicht zum Verkauf, andererseits ...

»Was soll die denn kosten?«, fragte die Frau.

Selbst hätte er dafür keine fünf Euro gezahlt. »Fünfundzwanzig«, erklärte er.

»So viel?« Die Frau schien geschockt.

»Ja, ist reine Handarbeit.«

»Da drüben gibt's die viel billiger.«

Ein müdes Lächeln huschte über Kluftingers Gesicht. »Das sagen alle. Der einzige Stand, wo es so was Ähnliches gibt, ist der da.« Er zeigte auf Langhammers Platz. »Aber das ist alles Massenware aus China. Das hier ist von einem ... Sie wissen schon«, er wischte mit der flachen Hand vor seinem Gesicht, um das Wort *verrückt* oder *ballaballa* zu vermeiden, das ihm auf der Zunge lag. »Inklusion und so. Sehr wichtig, heutzutage. Kommt noch dazu aus Sardinien.«

»Ach so, ja dann ...« Die Frau öffnete ihren Geldbeutel.

Kluftinger kassierte ab und versicherte sich mit einem Blick zum Doktor, dass der nicht mitbekam, was da gerade den Besitzer wechselte. Doch der Arzt war abgelenkt. »Liebe Sabine!«, brüllte er einer seiner Sprechstundenhilfen zu, die ein paar Stände weiter einen Schal begutachtete. Offenbar hörte sie ihren Chef nicht, obwohl der nun schon das dritte Mal ihren Namen rief und die Menschen um sie herum die Köpfe wandten. Endlich machte sie jemand auf den Arzt aufmerksam.

»Ach Chef, ich hab Sie gar nicht gehört.«

»Nicht der Rede wert, Sabine, aber könnten Sie kurz meinen Stand übernehmen, ich müsste mal für kleine Promovierte.«

Die Frau lächelte gequält und nickte. Sie tat dem Kommissar leid – was sollte sie anderes machen als zustimmen ... Da fiel sein Blick auf den großen Ventilator auf dem Tisch des Doktors, das einzige Modell, bei dem die Batterien noch nicht schlappgemacht hatten. Er wartete, bis der Arzt außer Sichtweite war, dann fragte er: »Sagen Sie, Frau Sabine, es wäre doch toll, wenn Sie in der Zeit was verkaufen, in der Ihr Chef nicht da ist, oder?«

»Aber ich weiß ja gar nicht, was die Sachen kosten.«

»Die sind billig, ist ja für einen guten Zweck.« Kluftinger tat, als würde er Langhammers Angebot sondieren. »Nehmen wir doch zum Beispiel den ... Ventilator da drüben. Für das alte Ding geb ich Ihnen ze... fünf Euro. Abgemacht?«

»Also, ich weiß nicht ...«

»Sie sind aber eine harte Verhandlerin. Also gut, sechs. Der Doktor hätt ihn bestimmt für zwei verkauft.«

Schließlich gab sich die junge Frau einen Ruck, nahm das Geld und händigte dem Kommissar das Teil aus. Etwa fünf Minuten, nachdem der Arzt zurückgekommen war und seine Sprechstundenhilfe schnell das Weite gesucht hatte, sagte Langhammer plötzlich: »Sagen Sie mal, bilde ich mir das ein, oder ist es noch heißer geworden?«

Kluftinger, der sein erhitztes Gesicht gerade im Luftstrom des neu erstandenen Geräts kühlte, antwortete: »Finden Sie?«

»Ja, irgendwas ist auch ... Moment mal, wo ist denn eigentlich mein Ventilator?«

»Keinen blassen Schimmer«, gab der Kommissar unschuldig zurück.

»Der da, bei Ihnen, das ist doch meiner.«

»Nein, das ist meiner. Den hab ich mir gerade erst gekauft.«

»Ach, und wo?«

»Bei der Sabine.«

»Das ist doch ... der stand gar nicht zum Verkauf.«

»Nicht? Hm, das hat die Sabine nicht gesagt. Haben Sie sie vielleicht ein bissle ungenau eingewiesen. Jedenfalls hat sie ihn mir geradezu aufgedrängt.«

»Geben Sie ihn zurück.«

»Zurückgeben?«

»Ja. Weil er mir gehört hat.«

»Also, so wie ich das seh, ist zwischen mir und Ihrer Aushilfskraft ein gültiger Kaufvertrag zustande gekommen. Aber ich will mal nicht so sein. Für ... sagen wir ... dreißig Euro gehört er Ihnen.«

»Drei...? Das hat er ja nicht mal neu gekostet.«

»Muss ich Ihnen wirklich erklären, wie der freie Markt funktioniert? Leider ist Sonntag, und die Läden sind zu. Das Angebot ist knapp, die Nachfrage groß.«

»Für wie viel haben Sie ihn denn gekauft?«

»Geschäftsgeheimnis«, erklärte Kluftinger, der langsam Spaß am Feilschen bekam.

Nach einigem Hin und Her wechselte der Ventilator für fünfundzwanzig Euro wieder zurück zu seinem ursprünglichen Besitzer. Auch wenn Kluftinger das Gerät wegen der Hitze gern behalten hätte, konnte er eine derartige Vervielfachung seiner Investition schlecht ablehnen. Da schwitzte er lieber die zwanzig Euro mehr in der Kasse aus.

Im Folgenden entwickelte sich ein regelrechter Wettstreit zwischen dem Arzt und dem Kommissar, die nach jedem Geschäftsabschluss das Geld weithin hörbar in ihre Kasse zählten. Nur einmal wurde der Doktor etwas leiser, was Kluftinger sofort misstrauisch machte. Er schlich sich von hinten an, während Langhammer eine kleine Truhe öffnete, um den Inhalt einem interessierten älteren Mann zu zeigen. Darin befanden sich kleine Gegenstände, Steine oder ...

»Halt!«, entfuhr es Kluftinger. Langhammer und sein Kunde

fuhren erschrocken herum. »Das sind doch Knochenfunde aus der Tongrube. Die dürfen Sie gar nicht verkaufen!«

»Das? Niemals, das ist ... altes Zeug, aus ... meiner Jugend«, stammelte der Doktor.

»So alt sind Sie nun auch wieder nicht, dass die Sachen aus Ihrer Jugend stammen könnten.«

»Also, wenn Sie mich hier eines Vergehens beschuldigen wollen, dann tun Sie es, ansonsten schweigen Sie für immer, Herr Kommissar.« Damit klappte er seinen Koffer zu, und sein potenzieller Kunde trollte sich, nachdem er Kluftingers Dienstbezeichnung gehört hatte.

Der ging indes, ohne zu zögern, zu seinem Auto, holte aus dem Handschuhfach die Knochenkopie, die er gestern aus Willis Vitrine entnommen hatte, und legte sie prominent auf seinen Verkaufstresen. Immer, wenn Langhammer sein Knochen-Köfferchen hervorholte, lockte er die Menschen mit seinem Exponat von ihm weg, wobei er peinlich darauf achtete, nicht zu behaupten, dass es sich dabei um ein Original handle, aber auch nicht zu erwähnen, dass es eine Kopie sei.

Langhammers Konter, auch dem Kommissar sei es nicht erlaubt, fossile Funde aus Pforzen zu verhökern, parierte er mit dem geflüsterten Hinweis, dass es sich dabei selbstverständlich nur um einen Abguss handle.

Schließlich fand Kluftinger einen echten Versteinerungsfan, der für das Stück nicht nur hundertfünfzig Euro lockermachte, sondern dem Doktor auch noch erklärte, was er da verkaufe, sei im Vergleich nur wertloser Tand.

Das fachte den Zweikampf der beiden erst richtig an. Irgendwann musste sich selbst Kluftinger eingestehen, dass sie sich wie die Verkäufer auf dem Hamburger Fischmarkt gerierten – mit fast genauso vielen Zuschauern.

Immer mehr Scheine füllten seine Geldkassette, und immer

dünner wurde sein Angebot. Das sorgte dafür, dass er mittels Lockangeboten potenzielle Kunden des Doktors von dessen Stand abzuziehen versuchte. Als es ihm gelang, einer Frau einen verbeulten Schlauchwagen samt Gartendusche für fast fünfzig Euro anzudrehen, worauf die kurz darauf von ihrem Mann aufgeklärt wurde, dass es sich exakt um das »Sauglump« handle, das er am Vortag beim Kommissar abgegeben habe, fühlte sich Kluftinger endgültig unbesiegbar. »So, Langhammer! Wollen Sie mir vielleicht was von Ihren Ladenhütern auf den Tisch stellen? Ich verkauf Ihnen alles!«, sagte er in einem Anflug von Größenwahn.

Just in diesem Moment kamen Erika und Annegret zurück und beendeten den aufkeimenden Zwist.

Kluftinger war froh, dass danach alles wieder etwas ruhiger ablief, der Wettstreit in der Hitze hatte ihn ziemlich erschöpft. Entspannt beobachtete er weiter das bunte Markttreiben, wurde jedoch stutzig, als er immer wieder Leute mit Sachen herumlaufen sah, die ihn frappierend an seine alten Spielzeuge erinnerten. Sie sahen sogar aus wie die, die er neulich bei seinen Eltern im Karton gefunden hatte. Er hielt einen jungen Mann an, der eine Jeansweste mit einem *Les-Humphries-Singers*-Aufnäher trug. »Ja, cool, oder? Voll retro. Das Zeug gibt's dahinten spottbillig, an so nem Ramsch-Stand.«

Kluftinger folgte seiner Beschreibung – und glaubte, seinen Augen nicht zu trauen: Der Ramsch-Stand war ein wackeliger Biertisch, auf dem all die wertvollen Erinnerungsstücke seiner Kindheit lagen, die seine Eltern ihm neulich hatten mitgeben wollen. Dahinter standen sein Vater und seine Mutter.

»Was macht ihr da?«, fragte der Kommissar empört.

»Was meinst du denn, Bub?«, gab sich seine Mutter unwissend.

»Die Sachen.« Er zeigte auf ihre Auslage. »*Meine* Sachen.«

»Du wolltest sie ja nicht«, mischte sich sein Vater ein.

»Ja, damit ihr sie behalten könnt.«

»Aber was sollen wir denn ... grüß Gott, der Herr. Ja, die Schlagzeugstöcke kosten nur fünfzig Cent. Mehr sind die auch nicht wert. Soll ich sie Ihnen einpacken?«

Fassungslos musste Kluftinger mit ansehen, wie hier seine Kindheit verscherbelt wurde. Da er nicht länger Zeuge dieses traurigen Schauspiels sein wollte, schlurfte er mit hängenden Schultern davon. »Ist doch für den guten Zweck«, rief ihm seine Mutter hinterher. »Und du kannst nachher ein Eis haben, von dem Geld, das wir selber behalten!«

Zurück an seinem Stand waren Erika und Annegret gerade dabei, bei den Verkäufern das bisher erlöste Geld einzusammeln. »Ist was? Geht's dir nicht gut?«, fragte seine Frau, als sie sein langes Gesicht bemerkte.

»Doch, doch, ich war bloß grad ... egal. Hier ist mein Geld.« Er zog einen Packen Scheine aus der Tasche, dann noch mehr aus der Kasse.

Erika bekam große Augen. »So viel? Echt?«

»Ja, ich hab ganz gut gewirtschaftet.«

»Und du, Martin?«, fragte Annegret Langhammer ihren Mann, der erwartungsgemäß weitaus weniger vorzuweisen hatte. »Das stockst du sicher noch auf, oder?«

»Ja, auf meinen Betrag. Hat er versprochen«, stellte Kluftinger klar.

»Oh, wie großzügig von dir, Martin«, flötete Erika, was Kluftinger nun wieder ärgerte, immerhin hatte er sich hier als Verkaufsgenie bewährt. »Ich hab übrigens auch noch einiges auf Lager«, sagte er deshalb trotzig.

»So, was denn?«, wollte seine Frau wissen.

»Dings, also ... Sonderverkäufe.«

»Da bin ich ja mal gespannt.«

Kluftinger verstand nicht, warum er es war, der sich jetzt auf einmal rechtfertigen musste. Er hatte den Wettkampf doch haushoch gewonnen, während Langhammer lediglich sein privates Geld zugeschossen hatte. Das war wie Doping bei einem Wettkampf, es verzerrte die wahren Verhältnisse. Natürlich hätte er einfach auch noch etwas drauflegen können, aber wohin würde das führen? Und vor allem: Was würde es kosten? Er spürte, wie die Wut in ihm hochkochte. Da rief er, ohne groß darüber nachzudenken: »Sonderaktion: Wer am meisten bietet, bekommt ein exklusives Abendessen ...«

Erika, Annegret und der Doktor blickten ihn überrascht an. »... mit dem Altusrieder Gemeindearzt Doktor Langhammer.«

»Mit mir?« Langhammer schaute sich um. Als aber Applaus aufbrandete, verbeugte er sich und fügte hinzu: »Ich lege sogar noch eine private Yogastunde obendrauf.«

Dann begann das Wettbieten, das sich zu Kluftingers Erstaunen bis zu achtzig Euro hochschraubte. Er hatte den Wert des Arztes weit niedriger taxiert. Gerade wollte er der Meistbietenden, einer Bewohnerin des örtlichen Altenheims, den Zuschlag erteilen, weil er sah, wie angsterfüllt Langhammer in ihre Richtung schaute, da rief Erika mit schriller Stimme: »Hundert! Ich biete hundert Euro.«

»Bist du narrisch?«, zischte Kluftinger ihr zu. »Das macht mir ja den guten Schnitt von heut wieder kaputt.«

»Aber es ist doch für einen ...«

»... guten Zweck, ich weiß.« Er konnte es nicht mehr hören, auch wenn er das Argument heute selbst schon Dutzende Male gebraucht hatte. Resigniert sah er dabei zu, wie seine Frau das Geld aus ihrem Portemonnaie direkt in die Flohmarkt-Sammelkasse legte, und fiel schwitzend in seinen Stuhl. Sein Enthusiasmus war erloschen, zu verkaufen hatte er eh fast nichts mehr. Am Schluss machte er sogar noch seinen Tapeziertisch zu Geld, weil er ihn nicht nach Hause schleppen wollte.

Als er schließlich die allerletzten Reste zusammengesammelt hatte und erschöpft in den Passat einstieg, rief ihm jemand zu: »Was willst denn für die Karre?« Er brauchte eine Weile, bis er begriff, dass damit der Passat gemeint war. »Da drüben gibt's den viel billiger«, rief er zurück und brauste davon.

26

»Morgen, Sandy, wo ist denn der Herr Hermann?«, wollte Kluftinger wissen, als er gegen halb neun seine Abteilung betrat und den Schreibtisch seiner Sekretärin passierte. Er war spät dran – ein Luxus, den er sich nur selten gönnte, obwohl er seine Arbeitszeit eigentlich flexibel einteilen konnte. Noch dazu bei all den Überstunden, die er machte.

Dem Kommissar entging jedoch nicht, dass Sandy etwas irritiert auf die Uhr sah, bevor sie erklärte: »Der ist unterwegs, ein paar ... Besorgungen machen.«

Hatten ihn die Kollegen schon wieder zum Einkaufen geschickt? Kluftinger seufzte vernehmlich. Doch er wollte sich seine gute Laune nicht verhageln lassen und fragte nicht nach.

Als er das Büro von Hefele und Maier betrat, schmetterte ihm sein württembergischer Kollege ein fröhliches »Morgen, Chef!« entgegen.

»Ja, Mor...« Kluftinger stockte mitten im Wort. Ein seltsamer Geruch drang in seine Nase, den er nicht gleich zuordnen konnte. Er schnupperte in die Luft, da tauchte Sandy hinter ihm auf und erklärte, den Blick auf Maier gerichtet: »Puder!«

Der Kommissar sah die beiden fragend an.

»Der Richie hat sich eingepudert, gegen die Hitze. Drum riecht's hier wie auf der Entbindungsstation.«

»Magst du vielleicht auch von mir gepudert werden, Klufti?«

»Sag mal, geht's noch?«, blaffte der Kommissar zurück.

»Was habt ihr denn alle? Das ist der neueste Lifehack gegen diese drückende Hitze. Ich hab's ausprobiert, hilft wirklich su-

433

per.« Er zog eine hellblaue Dose hervor und hielt sie Kluftinger hin.

Der lehnte mit erhobenen Händen ab. »Geh mir weg mit dem Zeug, davon muss ich bloß furchtbar niesen.«

»Ihr seid neuen Erfahrungen gegenüber nicht offen genug«, murmelte Maier beleidigt und setzte sich wieder.

»Morgenlage um halb zehn, Richie«, sagte sein Chef und fuhr an Sandy gewandt fort: »Schick mir doch bitte gleich den Hermann rein, wenn er ... zurück ist.«

Damit betrat er sein Büro und ließ sich in den Schreibtischstuhl fallen. Auch wenn er sich zufrieden und leidlich ausgeschlafen fühlte: Der gestrige Tag steckte ihm noch ein wenig in den Knochen. Er zog sein Handy aus der Tasche, um es auf den Schreibtisch zu legen und sich dem Poststapel zu widmen, gab dann jedoch einem Impuls nach und öffnete die App mit dem weißen *f* im blauen Kästchen. Weder gestern noch vorgestern war er dazu gekommen, sich um sein Profil zu kümmern. Und solange Elias Hermann noch auf sich warten ließ, sprach nichts dagegen, sich schnell auf den neuesten Stand zu bringen. Er entdeckte nicht nur, dass die Zahl seiner Abonnenten mittlerweile auf über sechshundert angestiegen war, sondern auch, dass einige Videos von ihm ins Netz gestellt worden waren, die ihn am Samstagabend beim Schimpfen vor seiner Garage und bei seinem hitzigen Verkaufswettkampf mit Doktor Langhammer zeigten. Wieder waren die Reaktionen darauf überwiegend positiv. Er zuckte mit den Achseln und legte das Telefon weg.

Die Lippen aufeinandergepresst, zog er sich den Stapel Post heran, doch statt den ersten Brief zu öffnen, griff er noch einmal zum Handy. Schließlich war ihm explizit zu seiner Entlastung ein persönlicher Assistent zugeteilt worden. Dass der sein Talent mit Frühstückseinkäufen vergeudete, würde nun ein Ende finden. Er wählte Elias Hermanns Nummer.

»Herr Polizeipräsident, einen wunderschönen guten Morgen, was kann ich für Sie tun?«

»Jaja, Ihnen auch, Herr Hermann!« Ihm kam dieser doppelte »Herr« immer noch schwer über die Lippen, aber der junge Mann hieß nun mal so. »Die präsidiale Post würde auf Sie warten.«

»Ja, ich weiß«, räumte der Assistent ein und klang dabei ein wenig schuldbewusst, »aber heute früh hatten die Kollegen bereits so viele Aufträge für mich, dass ich zwangsläufig Prioritäten setzen musste.«

»Wann sind Sie denn voraussichtlich fertig mit Ihren ... Aufträgen?«

»Na ja, ich war zwar schon wie gewünscht bei zwei verschiedenen Bäckern, muss aber noch zur Kaffeerösterei, zum Metzger, zum Käseladen und natürlich ins Blumengeschäft.«

»Blumengeschäft, natürlich. Darf ich fragen, wozu?«

»Kriminalhauptkommissar Maier wünscht ein kleines Bukett für maximal fünfzehn Euro.«

»So, wünscht er das, der Herr Hauptkommissar«, wiederholte Kluftinger säuselnd. Dann schlug er einen deutlicheren Ton an. »Herr Hermann, Sie nehmen jetzt die Beine in die Hand und kommen ins Büro. Von mir aus gehen Sie noch zum Metzger, aber das war's dann.«

»Aber der Herr Maier ...«

»Muss sich seine Blümlein selber pflücken.« Damit beendete er das Telefonat. Das wurde ja immer bunter. Da er es als falsches Zeichen erachtete, jetzt einfach mit der unsortierten Post zu beginnen, beschloss er, noch kurz einen Blick in die Zeitung zu werfen. Dazu war er heute Morgen daheim nicht gekommen. Gleich auf Seite eins stieß er auf einen Artikel, der sein Interesse weckte: »*Strahlende Aussichten für Schwaben. Experten prüfen Tonvorkommen im Voralpenland als Atommüll-Endlager*«, lautete die

Überschrift. Tatsächlich war damit die Kernaussage des Artikels bereits zusammengefasst. Ob auch die Pforzener Grube ein Kandidat dafür war? Da mussten sie unbedingt einmal nachhaken.

Dann lehnte er sich zurück, schloss die Augen und ging in Gedanken den Stand ihrer Ermittlungen durch. Eine gute Woche war es nun her, dass sie Professor Brunner ermordet aufgefunden hatten. Oft hatte Kluftinger nach einer solchen Zeitspanne bereits den Täter dingfest gemacht, eine heiße Spur oder zumindest ein untrügliches Bauchgefühl, wohin ermittlungstechnisch die Reise gehen würde. Diesmal jedoch war das nicht der Fall. Beinahe an jeder Ecke, an der sie bislang gebohrt hatten, hatten sie etwas gefunden, die Verdachtsmomente häuften sich hier und da, aber konkret belegen konnten sie keinen davon. Jenkins etwa hatte sich durch seine Flucht extrem verdächtig gemacht. Ins Gespräch gebracht hatte ihn wiederum Frau Doktor Lanz – genauso wie Werner Wegner, der mittlerweile aus dem Krankenhaus entlassen war. Als Täter kam Wegner eigentlich kaum mehr infrage, er hatte Lucy ein lupenreines Alibi in Form einer Schafkopfrunde präsentiert, bestehend aus pensionierten Lehrkräften seiner ehemaligen Schule. Er hatte zwar Kontakt zu Brunner gehabt und den Knochen in seinen Besitz gebracht, konnte zur Tatzeit aber nicht in der Tongrube gewesen sein.

Kluftinger kam noch einmal zurück auf Theresa Lanz: War es nicht sonderbar, dass sie einen Verdächtigen nach dem anderen aus dem Hut zauberte, immer wenn sich neue Verdachtsmomente gegen sie selbst ergaben? Hatte sie nur von sich ablenken wollen, und er und sein Team waren ihr auf den Leim gegangen? Nach wie vor sprach ihre Rivalität mit ihrem getöteten Vorgesetzten nicht gerade für sie.

Mit Swoboda hatten sie noch zu sprechen, auch wegen der Atomsache. Und ob sich aus der Überprüfung von Brunners privatem Umfeld etwas ergeben hatte, würde er gleich von den Kollegen in der Morgenlage erfahren. Mit dem unguten Gefühl, etwas übersehen zu haben, stand er auf und verließ sein Büro in Richtung Besprechungsraum.

»Also, was Udo Brunners Privatleben angeht, haben sich eigentlich keine Anhaltspunkte ergeben. Seine Schwester wohnt im Osten, sie hatten sporadischen Kontakt, mehr war bei der räumlichen Trennung schwer möglich. Sie war von der Todesnachricht jedenfalls schwer getroffen«, führte Hefele einige Minuten später in der Konferenz aus.

»Was die Sekte angeht, also die *Gemeinschaft der Söhne und Töchter der lieben Frau*, kann ich vielleicht kurz was sagen«, ergriff nun Richard Maier das Wort. Kluftinger hatte das Gefühl, dass er irgendwie nuschelte. Bevor er weitersprach, machte er eine Pause, um etwas zu zerkauen, was ein seltsam knackendes Geräusch machte. Kluftinger sah ihn stirnrunzelnd an, da fuhr er fort: »Brunner und Frau Ruth, also Beate Jerofke, sind quasi als Nachbarn in der Tongrube immer mal wieder aneinandergeraten, aber eigentlich nie so, dass es richtig eskaliert wäre. Ich bleib aber dran.« Wieder das undefinierbare Knacksen.

»Was schnurpselt denn bei dir so, Richie? Hast du Probleme mit deinen dritten Zähnen?«, fragte Hefele.

»Mitnichten. Ich hab ja nur feste Implantate. Sonst könnt ich das hier auch gar nicht machen.« Er riss den Mund auf und streckte seine Zunge ein Stück heraus.

Kluftinger wandte den Blick ab. »Sonst könntest du *was* nicht?«

»Na, meine Eiswürfel kauen.«

»Du kaust ... *was*?«

»Eis-wür-fel! Gegen die Hitze«, wiederholte sein Kollege, offenbar voller Stolz auf seine Idee.

»Oh, cool. Kriegen wir auch welche?«, wollte Lucy Beer wissen.

Auch Hefele nickte, und sogar Kluftinger ließ sich zu einem »Dann gib mir halt auch einen« hinreißen. Einen Versuch war es schließlich wert, und nachdem der heiße Tee gestern so versagt hatte, half vielleicht die Kälte.

Maier blickte ihn entschuldigend an. »Leider hab ich gerade die letzten aufgebraucht. Aber wenn der Elias wieder da ist, soll er halt noch mal schnell los und einen Sack an der Tanke holen.«

Kluftinger stöhnte. Hier machte einfach jeder, was er wollte.

Das Telefon auf dem Konferenztisch klingelte. Der Kommissar beugte sich vor und hob ab. Sandy berichtete von einem Telefonat mit der ziemlich aufgeregten Theresa Lanz: Martin Swoboda sei in der Tongrube aufgekreuzt und sorge da im Moment für mächtig Ärger. Er habe einen weiteren Bagger gebracht und wolle an einer Stelle Ton abbauen, die unter Schutz stehe. Der Kommissar legte auf. »Swoboda macht Probleme«, sagte er. »Ich glaub, wir müssen hin.«

»Ich komm mit«, meldete sich Lucy Beer.

»Bestens, Abfahrt in einer Viertelstunde. Ach, und Richie: Kannst du mal schauen, ob es Pläne gibt, die Pforzener Grube für die Lagerung von Atommüll zu nutzen?«

»Atommüll? Echt jetzt?«

»Keine Ahnung. Aber vielleicht kannst du's rausfinden. Also, wenn du deine nächste Eiswürfellieferung erhalten hast.«

Als Kluftinger vor Luzia Beers Büro stand, um sie abzuholen, sprach die gerade in gedämpfter Lautstärke mit Sandy Henske. Es schien eine hitzige Unterhaltung zu sein, denn vom Kommissar hatte noch keine der beiden Notiz genommen.

»Ich sag doch nur, dass er mehr auf sich achten sollte. Er ist einfach immer so schluffig«, erklärte Sandy.

Der Kommissar schluckte. Er sah an sich herab und hob den

Arm, um an seiner Achselhöhle zu schnuppern. Alles in Ordnung, fand er.

»Ob wir ihn einfach mal drauf ansprechen und so eine Art Umstyling machen, so wie bei der Topmodel-Sendung?«, fuhr Sandy fort. »Neuer Style, neue Haare, neuer Look, neue Attitude ...«

»Das geht echt zu weit jetzt! Er ist doch nicht unser Modepüppchen«, zischte Lucy Beer sie an.

Nein, ein Modepüppchen war er wirklich nicht. Da hatte sie völlig recht, fand Kluftinger.

»Auf so was kommt es doch nicht an, das ist doch total oberflächlich.«

Er nickte. Genau so sah er das auch.

»Was hat man denn von einem Typen, der nur gut ausschaut und sonst ein Arschloch ist, hm?« Lucy wurde lauter, ihr Blick finsterer.

»Moment mal, bloß weil einer gut ausschaut und auf sich achtet, muss er für dich also ein Arschloch sein?«, gab ihr Sandy heraus.

Kluftinger konnte noch immer nicht fassen, dass sich die beiden über sein Auftreten so leidenschaftlich in die Haare gerieten. Das letzte Mal, dass sich zwei Frauen seinetwegen gestritten hatten, war zwar noch gar nicht so lange her – Erika und seine Mutter hatten mal wieder im Clinch gelegen, ob er zum Abendessen das Recht auf eine zweite warme Mahlzeit an einem Tag hatte –, aber das hier war etwas anderes.

»Das sag ich gar nicht. Aber mich muss man eben nicht blenden, mit Glitzer und Geld und Autos. Mein Freund ist auch kein geleckter Schönling. Zum Glück!«

»Er ist an sich schon ein Schnuckelchen, bloß macht er nix aus sich.«

Der Kommissar wurde rot. Meinte sie das ernst? Es hatte in

seinem Leben schon einige Frauen gegeben, die ihm eine gewisse Knuffigkeit attestiert hatten.

»Wer macht nix aus sich? Mein Freund?«, hakte Lucy kampfeslustig nach.

»Unsinn, über wen reden wir denn hier die ganze Zeit? Der Elias natürlich!«

Kluftinger schloss die Augen und sog die Luft tief in seine Lungen. Er war also gar nicht Gegenstand der hitzigen Diskussion gewesen. Allerdings wusste er nicht so recht, ob er darüber nun erfreut oder enttäuscht sein sollte.

»Ich will ja aus unserem Assistenten keinen Schönling machen. Aber um eine Frau wie mich zu begeistern, braucht es schon ein wenig Sex-Appeal und gutes Auftreten.«

»Aha, um dich rumzukriegen, muss man also nen Porsche und ne dicke Brieftasche haben?«

Sandy blieb der Mund offen. »Sag mal, jetzt geht's aber los! Hat vielleicht der Roland Hefele einen Porsche, hm? Oder der Eugen Strobl? Und der Willi Renn?«

Kluftinger riss die Augen auf. Von Hefele hatte er ja gewusst, aber wollte Sandy mit dieser Aufzählung etwa andeuten … »So, Lucy, bereit zur Abfahrt?«, fragte er unverwandt, weil er gar nicht hören wollte, welche Namen noch genannt werden würden.

»Ich … ja, klar, also … bereit«, stammelte sie, während Sandy in ein paar Blättern herumkramte.

Da kam Willi Renn den Gang entlang. »Hallo zusammen«, tönte der Spurensicherer, »ich will das kleine Stelldichein nicht stören, aber ich hätt da was, das könnt durchaus von Interesse sein für die Ermittlungen.«

Mit gerunzelter Stirn sah der Kommissar zwischen Sandy und Willi hin und her. Sollten die beiden wirklich … »Servus, Willi. Lass hören, die Lucy und ich sind nämlich auf dem Sprung nach Pforzen.«

Renn nickte. »Immer im Einsatz für die Gerechtigkeit, so lob ich's mir! Also: Es hat sich da bei der Routineuntersuchung der Fingerspuren aus dem Bagger etwas ergeben. Wir haben eine Übereinstimmung mit der LKA-Datenbank.«

Kluftinger riss die Augen auf. »Wer ist es? Kennen wir den?«

»Und ob!«

»Der Swoboda?«

»Von dem sind ja sowieso Spuren drin, Depp.«

»Stimmt. Von wem denn dann?«

»Vom MP!«

Kluftinger verstand nicht. »Vom ... Markus Peschel?«

»Krampf. Vom Ministerpräsidenten natürlich!«

»Himmelarschkreuzkruzinesn! Wie kommen denn dem seine Fingerabdrücke in den Bagger?«

»Könnt vom Fototermin sein. Könnt natürlich auch ...« Renn vollendete den Satz nicht. »Aber das müsst jetzt ihr rausfinden.«

»Aber wie kommen denn die Abdrücke von dem überhaupt in die LKA-Datenbank?«, fragte Lucy.

Renn grinste. »Gute Frage. Hab ich mir auch gedacht und einfach mal beim LKA nachgefragt. Stellt euch vor: Die zuständige Polizeidienststelle für die Wohnadresse vom MP hat wegen der ganzen Drohschreiben, die unser Oberindianer so kriegt, Vergleichsproben ins System eingestellt. Damit sie wissen, welche Abdrücke von ihm sind und welche von irgendeinem Absender. Allerdings gehören die eigentlich längst gelöscht. Bloß hat sich dafür niemand zuständig gefühlt. Und jetzt hat der Herr Ministerpräsident wegen so einem Lapsus den gefürchtetsten Kriminaler des Allgäus an den Hacken.«

Lucy grinste, auf Kluftingers Stirn bildeten sich Sorgenfalten. »Zefix, da müssen wir sensibel vorgehen, nicht dass es noch ... diplomatische Verwicklungen gibt. Ich mein, kann ja letztlich nix sein, aber nachfragen müssen wir trotzdem.«

»Ja, das ist vielleicht eine Aufgabe für den Herrn Präsidenten, oder?« Renn fand Kluftingers Misere offenbar sehr amüsant.

»Der Präsident kann sich auch nicht immer um alles selber kümmern.«

»Wenn es etwas gibt, was ich Ihnen noch abnehmen kann, immer gern«, tönte da Elias Hermann, der eben aus Kluftingers Büro trat. »Korrespondenz wäre so weit abgearbeitet.«

»Ah, gut, das ging ja schnell«, lobte der Kommissar. Dann hatte er eine Idee. »Herr … ach was, Elias, ich habe da eine sehr verantwortungsvolle Aufgabe für Sie.«

»Ach ja, bevor ihr geht«, schob Renn noch nach, »kommt doch noch schnell bei mir vorbei und holt euch den Originalknochen ab, den kann die Wissenschaft sich vorknöpfen. Der bringt uns nicht weiter. Bis gleich dann, habe die Ehre.«

Sie waren noch keine fünf Minuten unterwegs, da klingelte das Handy von Luzia Beer. Sie nahm den Anruf an, sagte aber nur immer wieder »Ja«, »Mhm« und »Verstehe«, bis Kluftinger, der wissen wollte, mit wem sie sprach, es kaum noch aushielt.

»Und?«, fragte er neugierig, als sie das Gespräch beendet hatte.

»Na ja, das war das Büro, genauer gesagt, der Richie …«

»Und was wollte er?«

»Mit mir reden.«

»Lucy!«

Sie grinste. »Jaja, schon gut. Treffer, würd ich sagen. Der Swoboda hat sich tatsächlich nach einer Nutzung als Endlager in Pforzen erkundigt.«

»Echt?«

»Ja.«

»Himmel …« Kluftinger stellte sich vor, wie aus der ganzen Republik radioaktiver Abfall ins Allgäu gekarrt wurde – noch dazu ganz in die Nähe des Ortes, an dem sein Enkelkind aufwuchs. Ein schrecklicher Gedanke. Natürlich war ihm klar, dass der Müll irgendwohin musste. Aber doch nicht in seine Heimat. Es gab doch wirklich Gegenden mit einer von Haus aus weit geringeren Lebensqualität, wo es nicht so drauf ankäme ...

»Schon eine beschissene Vorstellung, dass hier so ein Dreck lagern soll, oder?«, sprach seine Kollegin die Gedanken des Kommissars laut aus.

»Schon. Aber irgendwo muss das Glump ja hin.«

Sie schwiegen den Rest der Fahrt, die Information von eben hatte ihnen genug zum Nachdenken gegeben.

Als sie in der Grube angekommen waren, hörten sie schon von Weitem laute Stimmen, noch bevor sie jemanden sahen. »Klingt nicht grad freundschaftlich«, kommentierte Luzia Beer.

Schließlich sahen sie, wessen Stimmen da durch die Grube hallten: Vor einem großen Bagger standen der Bürgermeister der Gemeinde Pforzen, Theresa Lanz und Martin Swoboda, mit den Armen fuchtelnd und mit erhitzten Gesichtern, wobei der Kommissar sich ziemlich sicher war, dass das diesmal nicht an den hohen Temperaturen lag. Noch bevor sie den Bagger erreichten, kam ihnen Frau Lanz entgegen, die vor sich hin murmelte und die Neuankömmlinge gar nicht richtig wahrzunehmen schien.

»Frau Lanz, was ist denn los?«, rief der Kommissar ihr nach, als sie an ihnen vorbeirauschte.

Sie hielt einen Moment inne. »Was los ist? Dass die Wissenschaft in diesem Land immer an letzter Stelle kommt, das ist los«, schimpfte sie, drehte sich um und stapfte wütend weiter.

Kluftinger und seine Kollegin blickten sich an und zuckten mit den Achseln. Als sie die anderen zwei erreichten, hörten sie, wie Swoboda gerade sagte: »Das muss ich mir nicht bieten lassen von der. Ich bin der Hausherr.«

»Das weiß ich doch«, erwiderte der Bürgermeister und hob beschwichtigend die Hände. »Ich rede mit ihr.«

Doch Swoboda war nicht zu bremsen. »Ist Ihnen klar, wie viel Gewerbesteuer ich zahle?«

Der Bürgermeister nickte. »Auf jeden Fall, Herr …«

»Und trotzdem habe ich neulich dem Kindergarten eine neue Schaukel spendiert. Einfach so.«

»Was sehr großzügig von Ihnen war, Herr …«

»Dann kommt so eine und meint, sie hätte hier was zu melden, nur weil sie ein paar alte Knochen aus dem Dreck zieht.«

»Herr Swoboda?« Jetzt erst schien der Unternehmer von den Polizisten Notiz zu nehmen.

»Wieder eine Behörde, das fehlt mir gerade noch«, seufzte er.

»Um was geht's denn bei Ihrer Diskussion?«, wollte Lucy wissen.

»Wer sind Sie denn? Muss ich mich jetzt vor jedem dahergelaufenen Deppen rechtfertigen? Los jetzt!« Er gab dem Baggerfahrer ein Zeichen, worauf dieser sich mit seinem Gefährt in Bewegung setzte.

»Herr Swoboda, so einfach geht das nicht«, keuchte der Bürgermeister. »Wir müssen schon auch auf das Grabungsteam Rücksicht nehmen. Es gibt Vereinbarungen, Regelungen …«

»Nehmen die denn auf mich Rücksicht?«, bellte Swoboda zurück. »Die halten sich an gar nix.«

»Was ist denn los?«, fragte Kluftinger nun den Bürgermeister.

»Es kam heute Morgen zum Streit zwischen der Frau Doktor und Herrn Swoboda, weil er sich nicht mehr länger vorschreiben lassen will, wo er graben darf. Ich mein, ich versteh ihn ja ein bisschen. Er glaubt, jetzt wo der Brunner weg ist, gelten die alten Regeln nicht mehr und er kann …«

»Halt!« Ein durchdringender Schrei unterbrach den Redefluss des Gemeindeoberhaupts.

Suchend schaute Kluftinger sich um – und glaubte, seinen Augen nicht zu trauen. Luzia Beer hatte sich auf die Baggerschaufel geschwungen, wo sie nun wie eine Superheldin im Kampf gegen ein riesiges Ungeheuer stand, die Arme erhoben und damit die Maschine zum Stillstand bringend.

Mit offenen Mündern starrten die Männer sie an. Irgendwann kam vom Baggerfahrer ein unsicheres »Chef?«, was Swobodas Erstarrung löste. »Geht's eigentlich noch? Sollen wir hier noch ne Leiche aus dem Matsch ziehen, oder was? Runter von dem Bagger, aber dalli!«

»Herr Swoboda, lassen Sie das doch nicht so eskalieren«, bat Kluftinger.

»Ha, ich hab diesen Schmarrn lang genug zugelassen. Das alles ist wissenschaftlich sowieso nicht haltbar, ist ja allgemein bekannt.«

Dieses Argument hörte Kluftinger nicht zum ersten Mal. »Darüber haben nicht wir zu entscheiden, oder?«

»Jaja, was sollen Sie schon sagen. Werden ja selber von diesem Überwachungsstaat bezahlt«, brummte Swoboda. »Dann grabt eure Scheißknochen halt weiter aus! Wahrscheinlich ist das hier nur ein Deppenfriedhof von früher …« Er gab seinem Arbeiter ein Zeichen, der den Motor des Baggers abstellte.

Der Kommissar erinnerte sich an das Fundstück, das Willi ihm mitgegeben hatte. »Frau Lanz«, rief er der Wissenschaftlerin zu, die oben vor ihrem Zelt stand. Da er keine Lust hatte, in der Hitze dort hinaufzuklettern, winkte er sie herunter, während er den Knochen aus dem Wagen holte.

»Was gibt es, Herr Kommissar?«, fragte sie, als sie beide wieder beim Bagger standen.

»Ich hab hier was für Sie. Das fehlt in Ihrer Sammlung, glaub ich.« Feierlich übergab er ihr die verschollene Versteinerung in Erwartung einer tollen Geschichte, die sie ihm dazu erzählen würde. Doch die blieb zu seiner Enttäuschung aus. »Ah, da ist es also wieder«, kommentierte sie und nahm das Fundstück an sich. »Muss ich erst mal genau untersuchen lassen. Keine Ahnung, was Udo daran so begeistert hat.«

»Was war das denn grad, Frau Lanz?«, fragte Luzia Beer, die sich vom Bagger herabgeschwungen hatte.

»Könnt ich Sie auch fragen«, gab Kluftinger zurück, dem die halsbrecherische Aktion seiner Kollegin zwar Respekt abnötigte, die er als ihr Vorgesetzter allerdings nicht gutheißen konnte.

»Hab früher öfter aufm Bau gejobbt. Ich weiß schon, wie man die Typen nehmen muss.«

»Soso.«

»Wenn Sie unsere kleine Auseinandersetzung von eben meinen«, antwortete Theresa Lanz, »dieser Swoboda scheint der Meinung zu sein, dass mit dem Tod von Professor Brunner die Grube zur regelfreien Zone geworden ist. Er hat das schon mal getan, als Udo noch gelebt hat. Einfach schnell was weggegraben, bevor es als Schutzgebiet ausgewiesen wurde. Ich will gar nicht darüber nachdenken, was da vielleicht alles an paläontologischen Schätzen drin gewesen sein könnte.«

»Schwachsinn! Das war damals nur ein Missverständnis«, brüllte Swoboda zu ihnen herüber, der offenbar genau verfolgt hatte, was die Wissenschaftlerin den Beamten erzählte.

»Ein Missverständnis?«, fragte Kluftinger nach.

Der Unternehmer kam mit großen Schritten zu ihnen. »Ja, ein Missverständnis. Das wissen Sie ganz genau, Frau Lanz.«

»Komisch, dass Sie ausgerechnet das weggebaggert haben, was wir bereits als Schutzzone angefragt hatten«, ätzte sie zurück.

»Seltsamer Zufall, find ich auch«, erklärte der Kommissar. »Wir haben nämlich gehört, dass sie das alles gern einer ganz anderen Nutzung zuführen wollen.«

Die Augen von Martin Swoboda verengten sich. »So?«

»Ja. Oder ist Ihre Bewerbung um ein atomares Endlager auch ein Missverständnis?«

Kluftinger hatte den Satz beiläufig ausgesprochen, doch er verfehlte seine Wirkung nicht. Der Kiefer des Bürgermeisters klappte nach unten, Theresa Lanz blickte ungläubig zwischen ihnen hin und her. Das Gesicht von Martin Swoboda dagegen verlor jegliche Farbe. »Ich, das ist ja nur ... unverbindlich, weil ich ...«

»Herr Kommissar?« Auffordernd blickte die Wissenschaftlerin Kluftinger an.

»Ja?«

»Wollen Sie nicht endlich Ihres Amtes walten?«

»Und was müsst ich da tun, Ihrer Meinung nach?«

»Na, es ist doch ganz offensichtlich, was für Pläne Herr Swoboda mit der Grube hat. Und da war ihm Udo natürlich im Weg.«

»Der Aff'?«

»Und der Professor.«

Kluftinger sog die Luft ein. »Soso. Langsam können Sie bei mir als freie Mitarbeiterin anfangen, so viele Verdächtige wie Sie immer aus dem Hut zaubern.«

Sie hob abwehrend die Hände. »So war das nicht gemeint, aber ...«

Kluftingers Telefon begann, den Schlager über zehn nackte Frisösen anzustimmen, worauf er es schnellstmöglich aus der Tasche zog und den Anruf annahm. »Richie?«

»Das ging aber schnell. Woher wusstest du, dass ich es bin?«

»Hab ich am Klingelton erkannt.«

»Du hast einen eigenen Klingelton für mich? Wirklich?«

»Herrgott, Richie, jetzt flenn nicht gleich vor Rührung. Sag mir lieber, was du willst.«

»Ach so, ja, natürlich. Ihr müsst sofort kommen.«

»Wir haben aber grad alle Hände voll zu tun.« Er blickte die Umstehenden an.

»Mag sein. Aber wir haben was rausgefunden, das ist der absolute Hammer. Diese Neuigkeiten lassen alles, was wir in dem Fall bisher zu wissen glaubten, in einem neuen Licht erscheinen.«

27

Als Lucy und Kluftinger den Besprechungsraum betraten, hatten sie Mühe, Luft zu bekommen. Es war derart heiß und stickig, dass ihnen der Atem stockte. Die Fenster waren geschlossen, die Jalousien heruntergefahren, und der Ventilator des Beamers schaufelte ohne Unterlass warme Luft in den Raum. Anscheinend lief das Ding schon eine ganze Weile. Sicher, man hatte auf sie gewartet, aber dass ausgerechnet Abkühlungsapostel Richard Maier zusammen mit Hefele in diesem Brutschrank ausharrte, hatte der Kommissar nicht erwartet. »Servus, Männer«, grüßte Kluftinger sie. »Können wir kurz noch lüften und eine Runde Eiswürfel holen?«

»Hallo, ihr beiden. Mir wäre es lieb, wenn ich gleich mit meinem Pitch der neuen Erkenntnisse beginnen könnte. Es duldet keinen Aufschub. Eiswürfel haben wir bereits.« Er zeigte auf eine gläserne Schale, in der sich jedoch nichts als Wasser befand.

»Hatten wir, Richie«, schränkte Hefele ein.

»Kann ich die Präsentation also abfahren?«

»Fenster auf, zefix, sonst brech ich auf der Stelle zusammen«, beharrte der Kommissar. »Solange die Lucy noch ihr Unwesen treibt, muss hier regelmäßig Luft rein! Die ist doch schuld an der ganzen Misere.«

Luzia Beer sah ihn erschrocken an. »Was hab ich ...«

»Ich mein doch bloß das Hoch.« Damit ging er zum Fenster und zog es auf. Die anderen grinsten.

»Apropos: Ich hab am Wochenende auch ein Wetterphänomen geschenkt bekommen«, verkündete Maier stolz.

»Echt, Richie? Hast eine neue Verehrerin?«, wollte Hefele wissen. »Erzähl mal!«

»Das tut jetzt gar nichts zur Sache«, stellte er mit ernster Miene klar, dann lächelte er wieder und sagte: »Vielleicht spricht man dann im Radio davon! Wenn ihr demnächst in der Wettervorhersage den Namen Richie hört, denkt an mich.«

Die Tür ging auf, und Elias Hermann brachte eine weitere Schüssel Eiswürfel. Kluftinger holte sich mit spitzen Fingern einen heraus und steckte ihn in den Mund, die anderen taten es ihm gleich, während Maier in die Hände klatschte und seine Präsentation startete. »Also, Chef, um es auf den Punkt zu bringen: Du hattest tatsächlich recht!«, sagte er und deutete auf die Wand, auf die vom Projektor ein riesiger grüner Haken in einem Kreis geworfen wurde.

Da Maier nicht weitersprach, sagte Kluftinger: »Das überrascht mich wenig, Richie. Ist ja meistens so. Aber womit jetzt genau?«

»Es gab bereits in der Vergangenheit, deutlich vor dem Projekt in Pforzen, eine Verbindung zwischen unserem Mordopfer Udo Brunner und Beate Jerofke alias Frau Ruth.« Damit ließ er Fotos der beiden auf der Wand erscheinen.

»Im Ernst?« Kluftinger setzte sich auf. Das war wirklich ein Hammer, da hatte sein Kollege nicht zu viel versprochen.

Die fragenden Blicke seines Vorgesetzten beantwortete der mit einem eifrigen Nicken. »Ich stieß bei meinen Recherchen auf folgenden Zeitungsartikel aus der *Lausitzer Rundschau* aus dem Jahr 1992.« Kluftinger las von der Wand halbblaut die Schlagzeile ab: *Skandal in der freien Jugendgruppe: Gewalt an Kindern weiterhin nicht belegt – Eltern und Erzieher schweigen.* Kluftinger zerkaute seinen Eiswürfel und fragte: »Was genau heißt das, Richie?«

»Also, passt auf: Diese Jugendgruppe gibt es immer noch, und ich hab sie kontaktiert. Die waren zum Glück recht auskunftsfreudig. Sie sagen von sich selbst, sie wären nicht ideologisch und für alle Weltanschauungen und Religionen offen. Ob dem so ist, kann ich nicht nachprüfen. Auf ihrer Homepage stehen auch Thesen, die ein wenig an die slawisch-kultische Ausrichtung unserer Sekte erinnern. Schulkinder kommen da jedenfalls nachmittags hin und werden betreut. Recht autoritär das Ganze, scheint mir. Aber darum geht's ja jetzt nicht.«

»Ein Kinderhort?«, hakte Lucy Beer nach.

»Mehr«, sagte Maier. »Sie haben einen riesigen Garten, den sie bewirtschaften, sind viel draußen und bieten auch am Wochenende Freizeitaktivitäten an. Haben ein paar reiche Sponsoren, und die Eltern müssen auch ordentlich bezahlen, damit die sich um die Kinder kümmern, Hausaufgaben erledigen, mit ihnen werken.«

»Und was hat das alles mit unserem Fall zu tun?«, wollte Kluftinger wissen.

»Ziemlich viel. Die Jerofke war damals als Betreuerin dort tätig.«

»Hör auf!«, entfuhr es dem Kommissar. Dann erst dämmerte es ihm: »Und der Artikel handelt von ihr?«

»Genau, Chef.« Maier zeigte ein Bild von Frau Ruth in Großaufnahme. Sie war darauf einige Jahre jünger, aber trotzdem eindeutig zu erkennen. »Die jetzige Leitung hat sich ganz klar positioniert: Sie haben eingeräumt, dass es bei der Jerofke auch zu Gewalt gegen ihre Schützlinge kam. So Sachen wie an den Haaren ziehen, Schläge. Oder die Kinder mussten auf irgendwelchen scharfkantigen Sachen knien. Sie hat das wohl als normal empfunden, sei ihre Art der Erziehung und Züchtigung gewesen. Davon haben sich die von der Leitung natürlich distanziert, das sei alles nicht das, wofür sie stehen. Jedenfalls blieb das erst eine ganze Weile unerkannt, weil die Kinder aus Angst nichts gesagt haben. Außerdem gab es auch Eltern, die das gebilligt haben. Ja, manche haben sich deshalb extra die Jerofke als Betreuerin gewünscht.«

Kluftinger schüttelte den Kopf. »Leut gibt's!«, brummte er. »Und wo kommt unser Brunner ins Spiel?«

Maier hob die Hand und erklärte: »Etwas Geduld noch, Chef. Eines Tages kam es zu einem Vorfall, bei dem ein Kind so stark verletzt wurde, dass es im Krankenhaus behandelt werden musste. Es sei gestürzt, hieß es erst, dann kam aber der Verdacht auf, Beate Jerofke hätte es so heftig geschlagen, dass es sich an einer Tischkante üble Kopfverletzungen zuzog. Das Kind war nur ausnahmsweise in Jerofkes Gruppe. Die Presse bekam Wind davon, die Eltern gingen mithilfe von Polizei und Jugendamt gegen die gewalttätige Erzieherin vor, doch niemand sagte gegen sie aus. Die anderen Familien erklärten geschlossen, es habe nie solche Vorfälle gegeben, und auch die Kinder schwiegen weiter. Die Frau Ruth selbst stellte alles bloß als Unfall hin.«

»Und dann?«, fragte Kluftinger gespannt.

»Die Eltern des betroffenen Kindes, anscheinend ziemlich einflussreiche Leute in der Gegend, zogen sang- und klanglos ihre Anzeige zurück. Jerofke aber wurde entlassen. Daraufhin verließ sie die Gegend und ging nach Pforzen, aber nicht allein. Einige Familien der betreuten Kinder sind offenbar mitgekommen. Die, die dichtgehalten haben. Versteht ihr?«

Die Kollegen schüttelten die Köpfe.

»Na, das liegt doch auf der Hand: Die Eltern des Kindes haben ihren Einfluss geltend gemacht und dafür gesorgt, dass sie aus der Region verschwunden ist und sich nie wieder da blicken ließ. Dafür haben sie die Strafanzeige fallen lassen. Weil sie sich eh nix davon erhofften«, erläuterte Maier. »Die Frau Ruth, also die Jerofke, ist deswegen auch nie verurteilt worden.«

»Und das Kind?«, drängte der Kommissar.

»Das war der Udo Brunner«, vermutete Lucy.

»Nicht so voreilig!« Maier genoss seine Position des allwissenden Erzählers. »Es war nicht Udo Brunner. Nein. Das Kind war ein Mädchen namens Corinna.«

»Wenigstens nicht Corona«, sagte Kluftinger leise, woraufhin die anderen ihn stirnrunzelnd ansahen.

»Wegen der Biersorte, meinst du?«, fragte Hefele verwundert.

»Nein, ich mein wegen ... ach wurscht, vergesst es.«

»Richie, wer ist denn jetzt das Kind, verdammt?«, hakte Lucy nach.

»Corinna Brunner, die Schwester von Udo«, verkündete Maier.

»Okay, jetzt noch mal zum Mitschreiben«, sagte Kluftinger, stand auf und ging zum Fenster. »Unsere Frau Ruth hat die Schwester von Udo Brunner misshandelt, als die noch ein Kind war, und ist nie dafür zur Rechenschaft gezogen worden?«

»Ganz genau. Und anscheinend hat die Schwester lang darunter gelitten. Die Frau von der Betreuungseinrichtung wusste es aber nicht so ganz genau. Irgendwas von nem Suizidversuch glaubt sie, mal gehört zu haben.«

»Respekt, Richie!« Kluftinger lehnte sich ans Fensterbrett und sah in den Raum. »Super ermittelt, Hut ab.«

Maier strahlte übers ganze Gesicht. »Danke, Chef. Wenn ich dann gleich noch kurz meine These zum Tatverlauf skizzieren dürfte?«

Der Kommissar nickte, auch wenn er nicht sicher war, ob Maier sich damit einen Gefallen tun würde.

»Also, ich gehe davon aus, dass Brunner sich nur deshalb das Forschungsprojekt in Pforzen gesichert hat, weil er wusste, dass die Peinigerin seiner Schwester daneben wohnt. Er wollte ganz in ihrer Nähe sein, um sie zu ärgern und sich dann zu rächen. Doch dabei hat er die Rechnung ohne die Frau Ruth gemacht.« Maier ließ seine letzten Worte wirkungsvoll verhallen.

Kluftinger legte den Zeigefinger an seine Nasenspitze und

führte aus: »Verstehe, Miss Marple. Würden Sie nicht noch weiter gehen? Hat Brunner vielleicht nur aus diesem Grund das Studium der Paläontologie auf sich genommen? Und einer seiner Vorfahren hat in weiser Voraussicht dem Affen Udo befohlen, sich an gerade jener Stelle zum Sterben niederzulegen, an der ihn sein Namensvetter Udo Brunner Jahrmillionen später finden sollte?«

Maier runzelte die Stirn. »Das Letzte«, sagte er nachdenklich, »geht mir zu weit, aber das mit dem Studium, also, jetzt, wo du es sagst ...«

»Richie«, zischte Lucy Beer, »du weißt einfach nicht, wann man aufhört.«

Kluftinger nickte lachend: »Lass gut sein, Richard. Deine Theorie ist Schmarrn, aber deine Ergebnisse könnten uns richtig weiterbringen im Fall. Denn in dem Moment, wo sich Brunner und Ruth in Pforzen zum ersten Mal begegnet sind, hat mindestens er sie erkannt. Ich hab ein Video gesehen, da ruft er ihr was nach, das ergibt für mich jetzt erst richtig Sinn. Wahrscheinlich hat sie ja auch gewusst, wen sie vor sich hat. Und irgendwann hat er die Sache mit der Schwester vielleicht aufs Tapet gebracht.«

»Du meinst, Brunner hat sie erpresst?«, hakte Hefele ein.

Der Kommissar nickte. »Möglich. Zumindest könnte er auf diese Art versucht haben, sie von ihren Protesten gegen die Grabungen abzubringen, um seine Ruhe vor der Sekte zu haben.« Er nahm wieder am Tisch Platz. »Damit haben wir definitiv die bisher stärkste Verbindung zwischen einem Verdächtigen und dem Opfer. Das heißt, wir werden diese Spur mit Priorität verfolgen. Am besten, wir fahren hin. Alle. Und befragen die Leute gezielt danach. Auf geht's, Kollegen, ins Auto mit euch!«

Sie erhoben sich, Maier klappte sein Laptop zusammen, da wurde die Tür aufgerissen. Elias Hermann stürmte aufgeregt herein. »Entschuldigen Sie, Herr Kluftinger, aber Ihr Termin! Man hat bereits nach Ihnen gefragt.«

Kluftinger sah ihn verwundert an. »Was für ein Termin? Ich muss jetzt raus zu einem Einsatz.«

»Heute ist aber die konstituierende Sitzung des neu zu gründenden südschwäbischen Ausschusses für Katastrophenschutz, Gefahrenabwehr und Pandemievorsorge. Mit allen wichtigen Entscheidungsträgern der Region. Sie werden bereits in Sonthofen erwartet, die Landrätin hat eben angerufen.«

»Meine Güte, sagen Sie ihr einfach, dass ich heut keine Zeit hab. Sie soll mir halt in den nächsten Tagen mal das Protokoll von der Sitzung schicken.«

»Das geht nicht. Ohne Sie kann sich der Ausschuss nicht konstituieren«, beharrte Hermann.

»Himmelzefix, dann fahren halt Sie hin, ich schreib Ihnen eine Vollmacht, und Sie konstitutionieren in meinem Namen.«

Elias Hermann schüttelte den Kopf. »So leid es mir tut, das überschreitet eindeutig meine Kompetenzen.«

Priml. Ausgerechnet jetzt, wo es im Fall so voranging! Schweren Herzens lenkte Kluftinger ein und ließ die Kollegen ziehen. »Dieses ganze Katastrophenschutz- und Pandemieglump!«, schimpfte er. »Da gibt es schon hundert Gremien, und noch nie hat man wirklich eins gebraucht. Im Notfall kommt die Feuerwehr, wenn's mal Hochwasser gibt, das THW, und bei Grippe geht man zum Doktor.«

Während Kluftinger zu Hause aufs Abendessen wartete, ging er, einer neuen Routine folgend, ins Wohnzimmer, ließ sich in seinen Sessel plumpsen und zog sein Handy heraus. Es gab eine Menge zu tun: Er musste sich noch für Dutzende Geburtstagsgrüße bedanken und gleichzeitig erklären, dass er ja gar nicht Geburtstag hatte, dass er das nur wegen des Datenschutzes falsch angegeben habe und dies seinen Followern auch empfehle, weil man sonst viel zu gläsern werde für diese Konzerne.

Nachdem er das zu seiner Zufriedenheit abgearbeitet hatte, entdeckte er eine Nachricht, die ihm Grete Wohlrat geschickt hatte. Sofort setzte er sich kerzengerade hin. Hatte sie neulich etwa doch bemerkt, dass er sie ausgespäht hatte? Andererseits war das fast unmöglich, so professionell, wie er vorgegangen war. Und wenn doch? Würde er sich aus der Nummer wieder rausreden können, oder musste er die ganze Sache gestehen? Es war ja alles im Interesse seiner Enkelin passiert, das würde die Frau, die von Berufs wegen eine gewisse Affinität zu Kindern besitzen sollte, vielleicht verstehen. Nervös rief er ihre Mitteilung auf – und entspannte sich im gleichen Moment. Seine Befürchtungen waren nicht wahr geworden, im Gegenteil, sie gratulierte ihm in netten Worten und fügte an, dass sie eine Überraschung für ihn habe und er sich bei ihr melden solle, was ihm allerdings auch seltsam vorkam. Vielleicht empfand sie Dankbarkeit dafür, dass er sie als Freundin hinzugefügt hatte? Immerhin war er mittlerweile eine feste Größe in diesem Milieu. Und den zahlreichen Anfragen nach zu schließen, verstanden die Leute es durchaus als Adelung, wenn er sich mit ihnen befreundete. Er schrieb also zurück, dass er sich melden werde, ohne das wirklich vorzuhaben. Man blieb in diesen Medien nämlich am besten nett, aber unverbindlich, wie er inzwischen wusste.

Anschließend rief er noch die eBay-Seite auf, weil er wissen wollte, was dort so alles verkauft wurde und zu welchen Preisen. Beim Flohmarkt war er auf den Geschmack gekommen, und vielleicht lohnte es sich ja, das auch einmal für sich selbst und nicht nur für den guten Zweck auszuprobieren. Schnell wurde ihm klar, dass das eine sehr lukrative Angelegenheit werden konnte. Man konnte im Internet offenbar wirklich alles zu Geld machen, selbst Socken und Unterwäsche wurden angeboten. Getragene Kuhfellclogs. Oder längst aus der Mode gekommene

Skiklamotten. Alte Gartengeräte. Einer verkaufte gar den ramponierten Öltank seiner Heizung.

Vor Kluftingers geistigem Auge tanzten die Scheine, die er mit all dem Gerümpel machen würde, das bei ihm im Keller und auf dem Dachboden im Dornröschenschlaf lag. Jetzt würde sich seine Strategie des Bloß-nichts-Wegschmeißens endlich auszahlen. Er versuchte, grob zu überschlagen, wie viel Geld er mit ein bisschen Aufwand allein in den nächsten Wochen machen konnte, und stellte atemlos fest, dass davon sogar eine luxuriöse Urlaubsreise drin sein würde – etwa mit dem örtlichen Busunternehmen nach Südtirol zum Törggelen. Den Aushang dafür hatte er erst gestern auf einem Plakat am Marktplatz gesehen.

Während er weiter das Angebot sondierte, fand er aber auch immer mehr Sachen, die ihn als Käufer interessierten. Und das zu absoluten Spottpreisen: ein Schlägel für die Großtrommel mit bayerischem Rautenmuster etwa, außerdem Haushaltsgegenstände aller Art, Töpfe, Gläser, Geschirr, sie würden nie mehr etwas neu kaufen müssen.

Er hätte noch Stunden so weitermachen können, doch ein hörbares Knurren seines Magens erinnerte ihn daran, dass er noch nichts gegessen hatte. Er schaute auf die Uhr – und erschrak. »Halb achte schon?«, entfuhr es ihm ungläubig. Er hatte weit über eine Stunde an dem Gerät verbracht, auch wenn er geschworen hätte, dass es nicht viel länger als zwanzig Minuten gewesen waren. Kopfschüttelnd erhob er sich und ging in die Küche. Doch die war leer, zum Essen stand auch nichts bereit. Ob Erika sich bereits hingelegt hatte? Hatte sie wieder Migräne? Kluftinger schaute ins Schlafzimmer, doch auch das war leer. Dann kontrollierte er das Bügelzimmer, wo bis gestern noch die Kartons für den Flohmarkt gestanden hatten. Und tatsächlich, inmitten zahlreicher Kisten saß seine Frau auf dem Boden – in ihr Handy vertieft.

»Erika?«, sagte der Kommissar sanft, weil er sie nicht erschrecken wollte.

Verwundert hob sie den Kopf. »Ah, Butzele, ich wollt nur noch ein paar Sachen wegräumen, bevor ich das Essen mach.«

»Von wegen wegräumen«, kommentierte er mit Blick auf das Telefon in ihren Händen.

»Ach, das. Ich wollt bloß schnell eine Mail schreiben.«

»Ich hab aber Hunger.«

»Du, nimm dir doch einfach was aus dem Kühlschrank, ich will das kurz fertig machen.«

So haben wir das bei der Hochzeit aber nicht ausgemacht, dachte der Kommissar, sagte allerdings: »Du musst doch auch was essen.«

»Ja, schon, aber ist ja noch so früh.«

»So früh? Hast du mal auf die Uhr geschaut?«

»Nein, warum?« Sie hob ihren Arm und warf einen Blick auf die Uhr. »Jesses, so spät schon?«

»Ja, so spät. Ich ... wart schon die ganze Zeit.«

Schuldbewusst schaute sie ihn an. »Mit diesen Dingern verdaddelt man so viel Zeit, das merkt man gar nicht.«

»Allerdings«, stimmte er ihr zu. »Da musst du aufpassen.«

Sie legte das Mobiltelefon weg, blickte ihn lange an und sagte: »Wir sollten ab heut abspecken.«

»Warum, haben wir keine Wurst mehr? Ich hol was. Wenn ich mich beeil, schaff ich's noch zum ...«

»Nein, Butzele, bei den Handys. Wir müssen digital detoxen.«

»Wie viel?«

»Merkst du nicht, wie das blöde Handy unsere Zeit auffrisst? Vor allem die gemeinsame?«

Kluftinger seufzte. Seine Frau hatte völlig recht. »Doch, stimmt schon. Lass uns die Dinger ausmachen.« Er dachte kurz nach, dann grinste er. »Und weißt du, was? Zur Belohnung schauen wir uns zusammen einen schönen Film im Fernsehen an.«

28

»Morgen, Chef!«, rief Sandy Henske von ihrem Platz aus und zupfte verstohlen am Hemd von Elias Hermann, der sich peinlich berührt zu Kluftinger umdrehte. »Guten Tag, Herr Präsident«, grüßte er förmlich.

»So kommt das gleich viel flotter rüber«, erklärte die Sekretärin dem Assistenten.

»Machst du jetzt doch eine Stilberatung?«, fragte sie der Kommissar. Er erinnerte sich an den Streit zwischen ihr und Lucy, in dem es genau darum gegangen war.

»Ist eben meine Leidenschaft. Wenn du auch mal Hilfe brauchst ...«

»Im Moment geht's noch so.«

Sandy blickte an Kluftingers Beinen herab. »Ja, scheint so, immerhin bist du nicht auch noch unter die Storchenfraktion gegangen!«

Der Kommissar verstand nicht.

»Wirst gleich sehen«, murmelte sie vielsagend.

Kluftinger wollte in sein Büro gehen, bemerkte dann aber den unschlüssigen Blick seines Assistenten. »Herr ... Elias, was liegt an?«

»Das wollte eigentlich ich Sie fragen.«

»Was jetzt genau?«

»Na, was anliegt. Was ich tun kann ...«

»Ach so, hm ... Post?«

»Schon erledigt.«

»Mails?«

»Ebenfalls«, vermeldete Hermann zackig.

Kluftinger überlegte. »Vielleicht ... könnten Sie sich mal die fertigen Akten auf meinem Schränkchen vornehmen und ins Archiv ...«

»Das habe ich gestern gemacht. Hat mich die Sandy drum gebeten.«

»Die Sandy. Genau. Die fragen wir jetzt einfach mal, was bei ihr noch so anliegt.«

Seine Sekretärin winkte ab. »Nix im Moment.«

»Ich habe ihr heute Morgen bereits ein Zeitungsabo gekündigt und ein Schreiben zum Austritt aus dem Fitnessstudio verfasst.«

»Die laufenden Kosten gering halten, sagt mein Bankberater immer«, erklärte sie schulterzuckend.

Kluftinger erwog, die Kollegen zu fragen, ob sie eine Aufgabe für seinen persönlichen Referenten hätten, verwarf den Gedanken aber wieder. Sie würden ihn nur wieder auf unnötige Kurierfahrten schicken. »Elias«, sagte er deshalb feierlich, »ich habe eine Tätigkeit für Sie, die Ihren Fähigkeiten entspricht und die Sie interessieren wird.« Er bat ihn ins Büro und schloss die Tür. Hermann setzte sich ihm gegenüber an den Schreibtisch und sah ihn neugierig an.

»Sie müssen mir eine Rede schreiben.«

»Mache ich sehr gern. Zu welchem Anlass?«

»Es geht um ein Jubiläum. Also, streng genommen ein Geburtsjubiläum, das sich zum siebzigsten Mal jährt.«

»Sie meinen einen Geburtstag?«

»Genau. Der Jubilar ist der Herr Hartmut Engels, von seinen Freunden liebevoll Fässle-Hartl genannt, weil die Form seines Bauchs ein bisschen an ein Bierfass erinnert. Wurscht. Jedenfalls ein sehr honoriger Mann und seit Jahrzehnten Vorsitzender des Musikvereins Harmonie in Altusried, Klarinettist und Träger der bronzenen Bürgermedaille. Eine Ehre, die nicht vielen zuteilwird.«

Elias nickte. »Verstehe. Und Sie müssen auf seinem Jubiläum eine Rede als Polizeipräsident halten?«

»So ungefähr. Letztlich legt man das Präsidententum selbst im privaten Bereich ja nie ganz ab. Und Sie dürfen sie ausformulieren. Ist das was?« Kluftinger kam heuer turnusmäßig die zweifelhafte Ehre zu, bei den runden Geburtstagen der Kapelle kurze Ansprachen zu halten. Hartmuts Feier samt Weißwurstessen und kleinem Standkonzert vor seinem Haus war bereits bedrohlich nahe gerückt.

»Gibt es denn ein Dossier über Herrn Engels? Er arbeitet hier im Haus, nehme ich an.«

»Ach so, weil ich ... ja, nicht direkt im Haus, aber die Musikkapelle ist der Kriminalpolizei ... sehr verbunden.«

»Inwiefern?«

»Oh, das ist ... zum Teil geheim, zum Teil auch egal.«

Elias Hermann wirkte irritiert, sagte dann aber: »Soll ich im Vorfeld etwas anfertigen?«

»Anfertigen, bitte. Vorfeld, unbedingt«, erklärte Kluftinger nickend und legte ihm die Festschriften der Musikkapelle der letzten fünf Jahre auf den Schreibtisch, die er bereits vor Wochen in einer Schublade deponiert hatte.

Als er den Besprechungsraum für die tägliche Morgenlage betrat, war ihm mit einem Schlag klar, was Sandy mit ihrer Anspielung auf die Storchenbeine gemeint hatte: Hefele und Maier hatten sich heute beide für Shorts entschieden – entgegen der nie ausgesprochenen, deshalb aber aus Kluftingers Sicht nicht weniger gültigen Kleiderordnung der Kriminalpolizei Kempten. Sein Blick blieb zuerst an Hefeles Hose haften – respektive dem, was er dafür zu halten schien: eine knallenge, beige Altmänner-

Hotpant, die stark an die von Willi Renn erinnerte und aus der seine bleichen, stark behaarten Beine ragten. Dazu trug er Sandalen.

Lucy schien seine Irritation zu bemerken und sagte grinsend: »Heißes Höschen, was der Roland da anhat, oder, Chef? Das fänd sicher sogar die Sandy übertrieben.«

»Was soll das denn heißen?«, reagierte die sofort gereizt.

»Ach, nur so 'n Spruch.«

»Nicht streiten, die Damen!«, bat Kluftinger, der noch immer nicht über Hefeles Aufzug hinweg war. Niemals würde er selbst in solcher Kleidung zum Arbeiten kommen, nicht einmal am Wochenende, wenn niemand außer ihm da war. Eigentlich würde er so etwas nicht mal daheim tragen. Sicher, er war schon einmal im Schlafanzug an einem Tatort aufgetaucht, aber das war ein Notfall gewesen. Er erinnerte sich stets an den Rat, den ihm einer seiner Dozenten auf der Polizeiakademie gegeben hatte: »Kleider machen nicht nur Leute, sondern sogar bayerische Polizeibeamte.«

Er seufzte und blickte zu Maier. Der hatte eine Hose an, die seine Oberschenkel wenigstens halb bedeckte. Seine Füße steckten in weißen Sneakers. Dazu trug er ein Sakko, was das Ganze nicht besser machte. Sie waren doch hier nicht in einem englischen Internat. Außerdem sah Kluftinger nicht ein, dass er der Einzige sein sollte, der bei diesen Temperaturen schwitzen musste. »Männer, ich weiß, es ist fast unerträglich heiß grad«, begann er deshalb. »Aber wir sind eine staatliche Behörde, da gibt es Grenzen bei der Kleidung. Also bitte: mehr Rücksicht beim Anziehen auf die, die das dann sehen müssen.«

»Das sagt der Richtige«, brummte Hefele.

Ehe der Kommissar etwas erwidern konnte, erklärte Maier selbstbewusst: »Diese Kriterien erfülle ich ja wohl.«

»Richie, das ist Freizeitg'wand. Das geht hier nicht!«

»Darüber lässt sich streiten. Aber zwischen mir und Roland diesbezüglich keinen Unterschied zu machen, kränkt mich.«

Hefele starrte ihn ungläubig an.

Maier deutete ungeniert auf dessen Beine und sagte: »Die Hose des Kollegen ist viel zu eng und fällt für sein Alter deutlich zu kurz aus. Obendrein hat er sich noch nicht einmal die Beine rasiert. Schaut ja aus wie ein Aff'!«

Alle Blicke wanderten wie aufs Stichwort zu Maiers sonnengebräunten Schenkeln. Jetzt erst sah Kluftinger, dass sie glatt waren wie ein Pfirsich. Kein Härchen war zu erkennen. Er konnte nicht fassen, dass es tatsächlich Männer gab, die ... so etwas taten. Körperhaare gehörten aus seiner Sicht bei einem Mann einfach zur Gesamterscheinung. Er selbst hatte mehr als genug davon, inzwischen sogar an Stellen, an denen früher nichts gewachsen war – etwa seinen Ohren oder ein paar Leberflecken, die wie Humus für lange, borstige Haare zu sein schienen.

Hefele schüttelte verächtlich den Kopf: »Lieber ein Aff' als so ein Nacktmull!«

»Aber echt sehr schön glatt, Richie«, sagte Sandy Henske und tätschelte den Schenkel des Kollegen. »Was machst du denn, Waxing oder Sugaring?«

»Also, ich geh immer erst mal mit Heißwachs an die groben Sachen. Hab mir jetzt auch so ein Lichtgerät zugelegt, damit die Stoppeln nicht so schnell nachwachsen. Sugaring ist nicht so mein Ding, und für gewisse Zonen eignet sich das eh nicht. Da hab ich mir jetzt so einen elektrischen Ballshaver ...«

»Richie, das sind echt mehr Details, als die meisten hier vertragen«, rief Lucy Beer und hielt sich scherzhaft die Ohren zu.

Kluftinger warf ihr einen dankbaren Blick zu. »So, wenn jetzt nicht noch irgendjemand eine Gesichtscreme empfehlen will, tät ich mal mit ein paar belanglosen Mordermittlungen anfangen. Und nachher alle umziehen, klar? Jetzt bringt mich bitte auf den aktuellen Stand, was gestern in der Sekte los war.«

»Also, ich glaub, ich sprech für uns alle, wenn ich sag, dass man bei denen einfach nicht weiterkommt«, seufzte Hefele. »Bei keinem.«

Die anderen nickten.

»Je mehr Druck man macht, desto mehr beißt man auf Granit«, ergänzte Maier. »Ich hab das Gefühl gehabt, dass sie lieber gar nix preisgeben, als was Falsches zu sagen, um keinen Ärger mit ihrer Ältesten zu kriegen.«

»Verstehe. Wär auch zu schön gewesen. Was sagt diese Frau Ruth dazu?«

»Die ist zurzeit nicht da. Ist bei irgendeinem Sektenguru-Treffen«, erklärte Lucy, um dann grinsend anzufügen: »Oder beim Waxing. Kommt jedenfalls erst in ein paar Tagen wieder.«

»Mist! In einer Sekte hält man, scheint's, auf Teufel komm raus zusammen.« Kluftinger ließ sein Bonmot kurz nachhallen, dann fuhr er fort: »Wir müssen da sensibler vorgehen, glaub ich.«

Sie hingen diesem Gedanken nach, als sich ohne vorheriges Klopfen die Tür öffnete.

»Bloß ned zu sensibel, gean S', Kluftinga! Schuster, bleib bei deine Leist'n, ned? Griaß Eahna Gott, zusammen. Schee, dass ich mal wieder da bin.«

Lodenbacher? Was um alles in der Welt wollte der hier?

»Guten Morgen, lieber Herr Ministerialrat Lodenbacher!«, sagte Maier, der sofort aufgesprungen war, als der Niederbayer den Raum betreten hatte.

»Herr Lodenbacher, was verschafft uns denn die … Ehre?«, fragte Kluftinger.

»Bin bloß auf'm Sprung, ich muss gleich noch tiefer in die Provinz, ned?«

»Ah, halb so wild, wir haben eh schlecht Zeit heut. Ziemlich brisante Entwicklungen im Tongruben-Fall. Aber nett, dass Sie kurz reingeschaut haben. Lassen Sie sich nicht aufhalten«, erklärte der Kommissar in der Hoffnung, seinen ehemaligen Vorgesetzten schnell wieder loszuwerden.

»Na ja, a bissl Zeit hab ich noch. Ziemlich hoaklige Sach, die ich heut vor mir hab. Geht um einen ehemals hochrangigen Politiker. Höchste Ebene. Sicherheitsfragen. Sehr brisant. Mehr kann ich ned sag'n, beim besten Willen.«

Die Anwesenden nickten desinteressiert.

»Na, wirklich, auch wenn S' mich bitteln und betteln, ich derf nix sog'n.«

»Ja, dann ...«, begann Kluftinger, ohne zu wissen, wie er fortfahren sollte.

Lodenbacher zog sich einen Stuhl heran und setzte sich. »Ich mein, es dreht sich um die höchste Sicherheitsstufe. Staatsschutz, möcht gar ned ins Detail gehen. Könnt ich gar ned, selbst wenn ich's wollen dad. Käm ich in Teufels Küche, ned? Wenn's rauskommt.«

»Völlig klar, Herr Ministerialrat«, schnarrte Maier.

»Also, was unsere Morgenlage angeht ...«, setzte Kluftinger erneut an.

»Ihnen tät ich's natürlich sagen. Wenn ich könnt. Kann aber ned.«

»Muss ja nich' sein«, versetzte Lucy Beer.

»Wenn S' mich so bedrängen, sag ich's Eahna halt: Es handelt sich um den im Allgäu lebenden ehemaligen Bundes...«

Wieder öffnete sich die Tür. »Herr Kluftinger, entschuldigen Sie die Störung, aber Ihre Rede ist ...« Auf der Schwelle stand Elias Hermann. Er brach ab, sah überrascht zu Lodenbacher, lächelte ihn freudig an und sagte: »Onkel Dietmar? Das ist ja eine schöne Überraschung. Geht's dir und der Tante gut?«

Kluftinger wurde kreidebleich und begann auf einmal zu frieren, trotz der tropischen Hitze, die im Zimmer herrschte. Hatte Elias eben tatsächlich *Onkel Dietmar* gesagt?

»Ja Eli, mein Lieblingsneffe! Schön, dich zu sehen, komm her und lass dich drücken.« Er stand auf und nahm Elias Hermann in den Arm.

Der Kommissar presste ein »Neffe?« hervor.

»Was heißt Neffe! Der Eli, der ist ja letztlich der Sohn, den wo ich nie gehabt hab, ned? Der Erstgeborene meiner Schwester. Fast bei uns aufgewachsen, der Bua. Haben doch selber keine Kinder. Ned zusammen, jedenfalls, aber des is a hoaklige G'schicht. Prima hat er sich rausg'macht, mein ich, unser Eli, gell?« Damit klopfte er dem jungen Mann väterlich auf die Schulter.

Kluftinger ließ die letzten Tage Revue passieren. Im Geiste zählte er die Spitzen gegen Lodenbacher, die er in Elias' Gegenwart hatte fallen lassen. Und welche Tätigkeiten sie ihm aufgetragen hatten! Deshalb hatte der Ministerialrat den neuen Assistenten so schnell aus dem Hut gezaubert. Nicht auszudenken, wenn der seinem Onkel das alles brühwarm erzählt hatte.

»Wie macht er sich denn so, mein Ziehsohn?«

Priml. Jetzt war es so weit. Sie mussten die Hosen runterlassen. Und wenn sie noch so kurz waren. Kluftinger holte tief Luft. »Der, also, macht sich ja ganz … unglaublich. Sehr gut und … fleißig. Gell, Herr Elias, ich mein, Herr Dings … quasi Herr … Mann.«

»Der Elias ist ungeheuer vielseitig einsetzbar, Herr Ministerialrat. Da sieht man einfach Ihr enges Verwandtschaftsverhältnis. Ganz der Onkel, wenn ich mir diese Bemerkung erlauben darf«, säuselte Maier.

»Danke für die Blumen, hört man gern. Entlastet er Sie auch, Kluftinga?«

»Mich?«

»Sie san ja der Einzige hier, der so heißt, ned?« Beifall heischend sah Lodenbacher in die Runde.

»Ja, also, mich auf jeden Fall«, wand sich der Kommissar. »Weil er ja … also, eben in allen Bereichen … so ganz flexibel, aber auch sehr juristisch …«

»Was is 'n des für a Rede, die was du da g'schrieb'n hast, Bub?«

Auweh!, seufzte der Kommissar innerlich.

»Der Herr Polizeipräsident wird sie anlässlich der Feier des …«

»Ach was, Bub«, fuhr Lodenbacher Elias in die Parade, »gib mal her und lass lesen, das Werk!« Er ließ sich den Ausdruck geben und verlas ihn laut. Kluftinger wurde ganz schwindlig. In launigen Worten hatte Elias eine Lobeshymne auf Hartmut Engels' jahrelange Verdienste um den Musikverein geschrieben und sogar geschickt ein paar Anekdoten über feuchtfröhliche Chorausflüge eingebaut. Wo auch immer er die nötigen Informationen herhatte – in kürzester Zeit hatte er ein wahres Meisterwerk angefertigt. Nur handelte es sich dabei eben dummerweise um eine reine Privatangelegenheit.

Lodenbacher jedoch urteilte nach dem Vortrag zufrieden: »Guat host des g'macht, Bub. Alles drin, was es braucht. Informationen und was fürs Herz, Humor obendrein, sauber!« Dann wandte er sich an den Kommissar. »Jetzt muaß i bled fragen: Wo liegt denn der polizeiliche Bezug, dass Sie in Ihrer Funktion als Interims-Präsident bei diesem Geburtstag sprechen müssen?«

Kluftinger lief knallrot an. »Ich bin … also, aufmerksam …«, begann er, hatte jedoch keine Ahnung, welche Geschichte er dem Ex-Präsidenten gleich auftischen würde. Er beschloss, einfach zu reden, und hoffte, dass etwas einigermaßen Sinnvolles dabei herauskäme. »… aufmerksam geworden. Auf den Hartmut. Also, den Engels. Weil er … immer mal wieder mit der Harmoniemusik gespielt hat.«

467

Gespannt sahen ihn die anderen an. »Genau. Gespielt haben die, bei ... polizeilichen Veranstaltungen. Hat immer wunderbar gepasst, weil sie den ... Gendarmenmarsch so toll spielen. Den aus den Filmen mit dem ... Louis de Funns.«

Lodenbachers Stirn lag in tiefen Falten. Er war gut gestartet, fand Kluftinger, wie er jetzt den Bogen aus Südfrankreich zurück nach Altusried bekommen sollte, war ihm jedoch schleierhaft. »Jetzt hab ich mir also gedacht ...« *Ja, was hatte er sich gedacht?* »... dass wir ein Polizeiorchester gründen könnten, unter Leitung, Führung und Organisation vom Fässle-Hartl. Also ... dem Herrn Engels.«

Erst jetzt sah er wieder zu Lodenbacher, der ein hocherfreutes Gesicht machte. »Bravo, Kluftinga! Tolle Idee. Hab ich in meiner Zeit natürlich auch schon gehabt.«

Kluftingers Sicherheit war mit einem Schlag zurück. »Ach, Sie kennen den Hartl auch?«

»Wie meinen S' des?«

»Na, weil Sie doch auch zusammen mit dem Hartl ein Orchester ...«

»Ned all's wörtlich nehmen, Kluftinga! Tun S' sich ned verzetteln. Sonst kippen S' vom Stangerl. Also, Elias, was sagst du so über meine Leut im Allgäu? G'fallt's dir?«

»Man hat ... ein vielfältiges Aufgabengebiet, aber das erzähl ich dir alles mal in Ruhe bei einem Kaffee, Onkel Dietmar.«

»Aber bloß, wenn du ihn machst!«, sagte der und schob an die Polizisten gewandt nach: »Werden Sie nicht wissen, weil's ja nicht seine Aufgabe ist, aber lassen S' sich von ihm mal an Kaffee machen. Der Eli wedelt eine Palme in den Milchschaum, dass Ihnen Hören und Sehen vergeht.«

Kluftinger wollte das Gespräch nun endlich beenden. »Können wir noch was für Sie tun, Herr ... Ministerialdings?«

»Gleich, Kluftinga, ich müsst Sie mal kurz unter vier Augen

sprechen. An alle anderen: Weiter so, g'fallt mir, Sie ham an Schlenz! Und Eli, mir zwei sprechmer uns noch, gell?«

Kluftinger nickte, erhob sich und ging mit seinem Besucher auf den Gang. Kam jetzt doch noch die Gardinenpredigt?

»Um's kurz zum mach'n: Ich muss Eahna den Elias wieder wegnehmen.«

Priml. Also doch. Jetzt half nur noch eins: in die Offensive gehen. »Also, Herr Lodenbacher, es tut mir wirklich sehr leid, dass wir ...«

»Ja, das glaub ich, dass Sie der Weggang vom Buben schmerzt, aber er hot sich ... wie soll ich's ausdrücken ... also, er hat sich ein bisserl weit ausm Fenster g'lehnt, bei der Staatskanzlei. Höchste Stelle, MP! Jetzt ist man pikiert. Einmischung und Anmaßung und was es nicht alles heißt. Da müssen sich erst die Wogen wieder glätten.«

Daher wehte also der Wind. Natürlich, Kluftinger hatte Elias mit der Klärung der Spuren am Bagger betraut, das aber aus den Augen verloren. Letztlich war er an diesem Fauxpas schuld, nicht Elias Hermann. Er seufzte. »Das ist meine Schuld. Ich hab ihm ja ...«

»Sie haben ihm Freiheiten gegeben, er hat Fehler g'macht. Basst scho.«

Nein, er wollte dem jungen Mann nicht durch ein Missverständnis die Karriere vermasseln. »Ehrlich, Herr Lodenbacher, das nehm ich auf meine Kappe. Wenn der Elias dadurch Schwierigkeiten kriegt, ist das ja ...«

»Kriegt er nicht, keine Sorge. Darum hab ich mich schon gekümmert, ned? Er werd demnächst am Salvatorplatz eingesetzt.« Kluftinger legte die Stirn in Falten. »Kultusministerium«, erklärte Lodenbacher. »Da nehmen s' eh alles, was nicht bei drei aufm Baum ist. Kann er sich die Hörner schön abstoßen, der Bua.«

Kluftinger war erleichtert. »Und wir bekommen dann … jemand anderes?«

Lodenbacher schüttelte den Kopf. »So schnell wird des ned gehen. Zumindest für Sie.«

Der Kommissar verstand nicht. Lodenbacher jedoch legte ihm eine Hand auf die Schulter und sagte: »Mir ham vielleicht jemand fürs Präsidium. Dann san S' wieder befreit von der Bürde des Amtes.«

»Aber doch nicht Sie?«, entfuhr es Kluftinger. Schnell schob er nach: »Ich mein, da haben Sie sich doch nicht selbst kümmern müssen, hoff ich.«

»Höchstselbst. Aber noch alles topsecret, klar? Meld mich, wann's Neuigkeiten gibt. Habe die Ehre, Kluftinga!«

Als Kluftinger um kurz nach zwölf vor dem Eingang der Dienststelle auf seine Kollegen stieß, fiel sein Blick unweigerlich wieder auf ihre nackten Beine. Bevor er etwas dazu sagen konnte, kommentierte Maier:

»Jetzt ist Mittagspause, rein dienstrechtlich sind wir also privat unterwegs.«

»Schöner wird's trotzdem nicht«, brummte der Kommissar. »Kommt die Sandy nicht mit?«

»Nein, die ist noch angefressen wegen meiner Bemerkung vorher. Aber das war doch total harmlos, oder?« Luzia Beer sah ihre Kollegen fragend an, doch die Männer schauten nur betreten zu Boden und sagten nichts. In der schwelenden Auseinandersetzung der beiden Frauen wollten sie keine Position beziehen – und vor allem nicht zwischen die Fronten geraten.

»Geh'n wir zum Forum, da können wir uns auf die Treppen setzen«, schlug die Kollegin vor. Kluftinger war einverstanden, man konnte dort angenehm im Schatten sitzen und war nicht gezwungen, irgendetwas zu konsumieren. Dank der Hitze ging sein Hungergefühl an diesem Mittag sowieso gegen null.

Als sie sich vor dem großen Einkaufszentrum am Ende der Fußgängerzone niedergelassen hatten, waren sie sich schnell einig, dass sie alle keinen Appetit hatten. Nur Hefele wollte sich damit nicht abfinden. »Holt euch doch was Leckeres. Ich mein, ich brauch ja nix, aber ihr könntet euch doch einen schönen Döner genehmigen. Oder was Kleines. Eine Leberkässemmel vielleicht. Und drin an dem Stand, da gibt's wahnsinnig knusprige Käsebrezen. Mit Belag. Salami zum Beispiel. Der Asiate ist auch ganz gut, vor allem die gebratenen Nudeln. Und wenn's unbedingt was Vegetarisches sein müsst, gäb's ja auch eine Fischsemmel bei der Nordsee.« Als er geendet hatte, blickte er auf und bemerkte jetzt erst die amüsierten Blicke der Kollegen. »Denk ja bloß an euch«, blaffte er sie an. »Mir egal, ich nehm lieber ein paar Pfund ab, ich brauch nix.«

»Merkt man«, gab Maier zurück.

Und Luzia Beer fügte an: »Das war jetzt ein ganz tiefer Blick in deine Abgründe, Role. Das zu verdauen reicht für die Mittagspause.«

Eine Weile saßen sie schweigend da und beobachteten das bunte Treiben auf dem Vorplatz: kleine Kinder, die in Unterwäsche durch die Wasserfontänen des Springbrunnens rannten, Männer – vermutlich Bankangestellte –, die in schlecht sitzenden Anzügen schwitzend Bratwurstsemmeln vertilgten, und Jugendliche, die lustlos ihre Schulrucksäcke auf einer Schulter durch die sengende Sonne schleppten. Ein ganz normales Bild, wenn auch etwas zu früh im Jahr, normalerweise waren solche Temperaturen dem Hochsommer vorbehalten. Vielleicht schon ein Ergebnis des Klimawandels, dachte Kluftinger.

»Sind das nicht diese Sektenheinis?« Hefeles Frage riss ihn aus seinen Gedanken.

Er kniff die Augen zusammen und blickte in die Richtung, in die sein Kollege deutete. Tatsächlich: In einer Ecke des Platzes standen, an einem selbst gezimmerten Infostand, ein paar langhaarige Männer in Leinenklamotten. »Meinst du wirklich, dass das die Pforzener sind?«

»Ja, klar, steht doch auf dem Schild.«

Der Kommissar konnte zwar das Schild, nicht jedoch die Aufschrift erkennen. Ob er langsam eine Brille brauchte? »Ah ja, jetzt seh ich's«, behauptete er dennoch. »Wollen die Mitglieder werben, oder was?«

»Scheint eher um die Seminare zu gehen, nach dem, was da steht«, vermutete Maier.

Offenbar war Kluftinger der Einzige, der Schwierigkeiten hatte, die Schrift aus dieser Entfernung zu entziffern.

»Eigentlich müsste man da mal mitmachen«, sagte Luzia Beer halblaut. Als sie merkte, wie entgeistert sie ihre Kollegen daraufhin anschauten, schob sie nach: »Ich mein, undercover. Bisschen ermitteln. Kriegt man bestimmt mehr raus, als wenn man immer schön brav seinen Ausweis zeigt und doofe Fragen stellt.«

Maier gab ihr recht. »Ja, da wäre sicher einiges an Erkenntnisgewinn drin. Aber leider kennen die uns ja.«

Die Beamten nickten. »Wobei du eigentlich immer nur bei der Ältesten warst, Klufti«, ergänzte Hefele.

»Und beim Jakob und dem Buben, dem Isaak oder wie er heißt. Außerdem bin ich ja durch das ganze Gelände gefahren. Da haben mich bestimmt auch andere gesehen. Schad.«

Maier schien plötzlich Feuer gefangen zu haben. »Schon, aber das waren ja nicht viele. Vielleicht haben sie dich im Auto gar nicht richtig wahrgenommen. Eigentlich wärst du genau der richtige Kandidat dafür.«

»Soll ich mir einen falschen Bart ankleben, oder wie stellst du dir das vor?«

»Nein, das mein ich nicht. Du müsstest ja nicht mal heimlich rein. Aber halt auch nicht mit Ankündigung. Eher ... privat eben. Wenn man's genau nimmt, hat dich die Älteste sogar zu so einem Kurs eingeladen, als wir da waren.«

»Schon, aber das war ja mehr so dahingesagt. Und was soll es denn bringen, wenn ich sie anrufe und die Einladung annehme? Dann wissen sie ja, dass ich da bin.«

»So hab ich das nicht gemeint. Aber du könntest, wenn du dort bist, zu Recht behaupten, also, wenn dich einer drauf anspricht, dass die Frau Ruth dich eingeladen hat. Dann würden sie dich bestimmt in Ruhe lassen.«

»Und wenn mich die Frau Ruth sieht?«

Jetzt mischte sich Luzia Beer ein: »Die ist ja gar nicht da, im Moment. Und sonst könnten Sie ja sagen: Ich fand das cool, was ich bei euch gesehen hab. Will ein besserer Mensch werden und so. Das nimmt die Ihnen doch sofort ab.«

»Was soll das denn jetzt wieder heißen?«

»Die Lucy hat schon recht«, stimmte Hefele ihr zu, und auch Maier nickte.

Der Kommissar seufzte. »Wie stellt ihr euch das vor? Soll ich nach Pforzen fahren und sagen: ›So, bin jetzt da!‹?«

»Lassen Sie sich doch einfach anwerben«, warf seine Kollegin ein.

»Das ist *die* Idee«, jubilierte Maier. »Dann fällt es am wenigsten auf. Dann kannst du immer sagen, du hättest es nicht aktiv betrieben. Super, Lucy!«

»Wo ist denn der Unterschied, ob ich zu den Hanseln da unten hingeh oder ob ich mich per Telefon anmelde?«

»Nein, nicht hingehen!« Maier war kaum mehr zu bremsen. »Du gehst nur vorbei und lässt dich von denen ansprechen. Der Impuls muss von ihnen kommen. Das ist genial!«

»Aha. Und wenn sie mich nicht anwerben wollen?«

»Warum sollten sie nicht? Musst halt ein bisschen willig aussehen.«

»Verstehe, Richie. Könntest du mir vielleicht mal vormachen, wie man willig ausschaut?«

»Das würd ja nix bringen, du sollst ja nicht aussehen, wie ich aussehe, wenn ich willig aussehe.«

»Gehen Sie doch einfach mal am Stand vorbei, Chef«, schlug Luzia Beer vor. »Ich denk, die werden von selber auf Sie zukommen.«

Sie redeten noch eine Weile auf Kluftinger ein, bis er widerwillig aufstand, die Treppe hinunterstieg, dann einen weiten Bogen machte, bis er am anderen Ende des Platzes stand. Wenn er wieder in Richtung Eingang laufen würde, müsste er an dem Infostand vorbei. Noch einmal blickte er zu seinen Kollegen, die ihm winkend zu verstehen gaben, dass er starten solle. Er ging also auf den Stand zu, innerlich darauf vorbereitet, möglichst überrascht zu reagieren, wenn die Männer ihn ansprachen. Doch das taten sie nicht. Unbehelligt erreichte er den Eingang des Einkaufszentrums. Dort bog er scharf rechts ab und kehrte zu den anderen Beamten zurück.

»Was war denn los?«, wollte Maier wissen.

»Nix war los. Sie haben mich halt nicht angesprochen.« Kluftinger wunderte das selbst. Normalerweise kam er an keinem Handzettelverteiler oder Unterschriftensammler in der Fußgängerzone vorbei, ohne in ein Gespräch verwickelt zu werden, auch wenn er noch so abweisend dreinschaute. Und nun, wo er zum ersten Mal angesprochen werden wollte, passierte nichts.

»Du bist ja auch viel zu schnell an denen vorbeigerannt«, gab Hefele seine Einschätzung ab. »Die mussten ja denken, dass du keine Zeit hast für ein Gespräch.«

»Ach, Schmarrn, gerannt. Ich bin ganz normal gelaufen.«

»Aber du musst langsamer tun«, beharrte Hefele. »Mehr so ...«

»Schlendern«, beendete Luzia Beer den Satz ihres Kollegen.
»Schlendern, genau.«

»Aha. Soll ich jetzt noch mal oder was?«

Maier nickte. »Aber ...«

»... schlendern, ich weiß«, seufzte Kluftinger und stieg erneut die Treppe hinab. Am Infostand zwang er sich, möglichst langsam zu gehen, doch auch diesmal würdigten ihn die Männer in den Leinenklamotten keines Blickes.

»Das war nicht schlecht, aber du musst vielleicht verzweifelter aussehen«, suchte Maier Gründe für den erneuten Misserfolg. »Sektenleute gehen immer auf die Verzweifelten, weiß man doch.«

»Langsam und verzweifelt also?«, vergewisserte sich der Kommissar mit ätzendem Unterton.

»Ja. Kriegst du schon hin. Bist doch ein alter Theaterspieler.«

Stimmt eigentlich, dachte Kluftinger. Vielleicht musste er es wie eine der zahlreichen Rollen angehen, die er im Freilichttheater seines Heimatortes schon gespielt hatte. Und tatsächlich – als er diesmal den Stand passierte, rief einer der Männer: »Du da, hättest du mal eine Minute Zeit?« Der Kommissar drehte sich um, zeigte mit überraschtem Gesichtsausdruck auf sich selbst, da tauchte neben ihm eine Passantin auf. »Ja, hab ich. Was gibt es denn bei Ihnen Interessantes?«, fragte sie, dann waren die beiden auch schon ins Gespräch vertieft.

»Priml«, brummte Kluftinger und kehrte mit hängenden Schultern zu seinen Kollegen zurück.

»Zu abweisend«, lautete nun Hefeles Kritik an seinem Versuch. »Du musst verzweifelt wirken, aber trotzdem nett und offen. So einen Stinkstiefel wollen die sicher nicht in ihren Seminaren sitzen haben.«

»Ich geb dir gleich Stinkstiefel, Roland. Nett und verzweifelt gleichzeitig, wie soll das denn gehen?«

»Das ist einfach: Stell dir vor, dass der Richie dir einen Vortrag über ... sagen wir ... korrekte Abrechnung von Überstunden hält. Das wär die Abteilung *verzweifelt*. Und dann sagt er, dass er bald in Urlaub geht. Kapiert?«

»Wieso muss ich jetzt wieder als Depp herhalten?«, beschwerte sich Maier. »Es geht doch im Moment um das Versagen vom Chef, dachte ich.«

»Versagen? Also, es ist doch kein Versagen, wenn die mich nicht ansprechen«, rechtfertigte sich der. Dann wurde er von seinen Mitarbeitern erneut nach unten geschickt.

Es folgten noch einige Versuche, einer mit der Regieanweisung »lächelnd, aber nicht grinsend, mit einer Spur Melancholie«, dann »erschöpft und doch lebenslustig«. Zum Schluss mahnte ihn Lucy, seinen natürlichen Charme einzusetzen, was ihn tatsächlich wieder ein wenig besänftigte, obwohl Maier noch nachschob »Und etwas lockerer in der Hüfte«. Als jedoch auch das nicht klappte, stieß Kluftinger wütend einen Fluch aus, als er am Stand der Sekte vorbeiging: »Kreizhimmelzefixnomal!«

»Brauchst du Hilfe?«, hörte er da von hinten eine Stimme.

»Nein, danke, alles gut, hab mich bloß ein bissle ...«, begann er, verstummte aber, als er sah, dass es tatsächlich einer der Langhaarigen war, der nach ihm gerufen hatte.

»Ich kenn dich«, sagte er, als der Kommissar vor ihm stand.

Priml, die ganze Mühe umsonst, dachte Kluftinger und wollte schon weitergehen, da schob der junge Mann nach: »Von Facebook. Da hattest du so ein Video drin, das hab ich schon mal in nem Seminar verwendet. So viel negative Energie ...«

Erleichtert antwortete Kluftinger: »Was sind denn das für Seminare?«

»Ganz verschieden. Aber wir hätten eins, das super zu dir passen würde. *Antistresstherapie und Anger-Management durch aktives Entspannen mithilfe von Erdströmen. Zweitägig.*«

»Aktives Entspannen, ist das nicht ein Widerspruch in sich?«, konnte sich der Kommissar eine Nachfrage nicht verkneifen.

»Lass dich überraschen.«

»Wann wär denn das?«

»Also, das nächste Seminar wär morgen, aber wenn dir das zu kurzfristig ist, haben wir auch ...«

»Nein, das passt. Wo muss ich unterschreiben, zefix?« Kluftinger hatte das Gefühl, nun völlig in seiner Rolle aufzugehen, und begann leichtfüßig zu improvisieren.

»Hier ist ein Anmeldeformular.«

»Ja, gib schon her, himmelnochmal.«

»Du scheinst den Kurs wirklich nötig zu haben.«

Er versuchte, ein möglichst böses Gesicht zu machen. »Ja, vielleicht, aber das geht dich ja nix an, oder? Also, bis morgen, sacklzement.«

Er ließ sich noch einen Prospekt mitgeben und zog dann fluchend und schimpfend von dannen. Seine Kollegen erwarteten ihn mit gespannten Blicken.

»Hat er dich erkannt?«, fragte Hefele.

»Wie kommst du darauf?«

»Weil du so schimpfst.«

»Nein, alles bestens«, erwiderte der Kommissar und wedelte mit dem Prospekt. »Morgen geht's los.«

»Na also«, erklärte Maier zufrieden. »Ich hab dir doch gesagt: verzweifelt, aber offen. Und locker in der Hüfte.«

»Richie, deine Eignung als Regisseur in allen Ehren, aber geklappt hat's erst, als ich ganz ich selbst war, kreuzkruzifix.«

29

Es war eine karge Unterkunft, in die man Kluftinger einquartiert hatte. Immerhin ein Einzelzimmer, das hatte er bei diversen Polizeifortbildungen auch schon anders erlebt. Er warf seinen kleinen kunstledernen Koffer auf das schmale Bett, das Bezüge aus dem gleichen gelblich weißen Leinenstoff zu haben schien, aus dem auch die Gewänder der meisten Sektenmitglieder gefertigt waren. Dann ließ er sich selbst auf die Matratze fallen. Auf seiner Stirn standen dicke Schweißtropfen, und sein Hemd war durchgeschwitzt, denn er hatte sein Gepäck über das gesamte Gelände schleppen müssen: Das Auto – Maier hatte ihn überzeugt, den Abteilungs-Golf zu nehmen, um nicht an seinem Passat erkannt zu werden – hatte er auf dem Gästeparkplatz vor dem Gelände abgestellt. Von dort war er zu Fuß mit zwei weiteren Seminarteilnehmern weitergegangen, deren auffallend schlechte Laune und Muffigkeit nichts Gutes für die bevorstehenden Stunden verhießen. Er würde sich noch umziehen müssen, bevor sie sich gleich im großen Saal trafen, jenem Raum, in dem er schon mehrere Unterredungen mit Frau Ruth gehabt hatte. Die hatte er bislang zum Glück noch nicht zu Gesicht bekommen. Und auch sonst war ihm noch niemand über den Weg gelaufen, der ihm bekannt vorkam.

Der Kommissar stand wieder auf und begann, seine Sachen auszupacken. Am liebsten hätte er einen Mittagsschlaf gemacht, aber dazu war keine Zeit. Er seufzte. Das Zimmer erinnerte ihn an jene Zelle des Klosters Ottobeuren, die er sich vor einiger Zeit wegen einer Verkettung unglücklicher Umstände ein paar Tage mit Doktor Langhammer hatte teilen müssen. Der zumindest fehlte heute – Gott sei Dank. Außerdem gab es im Raum einen eintürigen, schlichten Holzschrank, dazu einen hölzernen Stuhl sowie ein paar Kleiderhaken. Neben dem Bett stand ein antik wirkendes Nachtkästchen mit Marmorplatte.

Er betrachtete seine Sachen: die große Taschenlampe, die notfalls auch als Knüppel herhalten musste, sein Schweizer Taschenmesser, das Funkgerät, auf das seine Kollegen bestanden hatten, da Handys auf dem Gebiet der Sekte keinen stabilen Empfang hatten, und seine Waffe. Richard Maier hatte versprochen, irgendwo in der Nähe die Nacht im Campingbus eines Bekannten zu verbringen, damit er per Funk erreichbar war. Sie hatten vereinbart, dass Kluftinger sich in regelmäßigen Abständen melden würde. Seufzend sah er auf die Dienstpistole. Was sollte er damit anfangen? Er konnte sie sich schlecht beim Seminar in den Hosenbund stecken – genauso wenig aber konnte er sie hier offen im Raum liegen lassen. Er musste sie verstecken, wie auch das Funkgerät. Unter der Matratze? Nein, zu einfach. Er überlegte kurz, dann nickte er. Ja, besondere Situationen erforderten nun einmal besondere Maßnahmen. Also hob er die Matratze seitlich ein Stück an, zog das Laken hoch, klappte sein Messer auf und stach es beherzt in den Schaumstoff. Notfalls würde man der Sekte den Schaden erstatten, aber in Ermangelung eines Zimmersafes war das Matratzenversteck der beste Kompromiss.

Zu Kluftingers Verwunderung bot das Material der Klinge fast gar keinen Widerstand. Er zog sie heraus und untersuchte die Einstichstelle, um erstaunt festzustellen, dass bereits vor ihm jemand auf die Idee gekommen war. Vorsichtig schob er seine Hand in den Schlitz und stieß auf etwas Hartes, Eckiges – und auf Papier. Mit spitzen Fingern griff er danach und zog seinen Fund heraus: eine zusammengerollte Zeitschrift, aus der eine

blecherne Zigarillodose, ein Feuerzeug und ein winziges Fläschchen Parfüm zu Boden purzelten. Anscheinend von einem
heimlichen Raucher. Er wollte die Sachen schon wieder wegräumen, da fiel sein Blick auf das Titelblatt der Illustrierten.
Obwohl er ganz allein im Raum war, errötete Kluftinger sofort
beim Anblick der nackten Körperteile, die da in Großaufnahme
und eindeutiger Position abgebildet waren. Schnell schob er die
Dinge – jetzt mit noch deutlich spitzeren Fingern als zuvor –
zurück in ihr Versteck. Dann setzte er an einer anderen Stelle
einen weiteren Schnitt und verstaute darin seine eigenen Habseligkeiten.

Ein Blick auf seine Armbanduhr verriet ihm, dass es Zeit war,
sich für das Seminar im Saal einzufinden. Er schlüpfte flugs in
seinen mintgrünen Ballonseide-Trainingsanzug mit den flieder-
farbenen Streifen. Auf dem Merkblatt, das er bekommen hatte,
war ausdrücklich auf die Notwendigkeit von bequemer Kleidung
hingewiesen worden, da wollte er nicht aus der Reihe tanzen. Er
zog Tennissocken an, dazu Badeschlappen, kippte das Fenster
und verließ sein Zimmer.

Auf dem Weg zum Seminarraum beschlich ihn ein ungutes Gefühl. Was, wenn er auf einmal der Sektenchefin begegnen würde? Würde sie vielleicht sogar ihre Gäste begrüßen? Er zuckte
mit den Schultern. Letztlich war er nur ein zahlender Gast, der
in seiner Freizeit einen Kurs absolvierte. Der von ihr eingeladen und von ihren Leuten angeworben worden war. Und wenn
sie ihn trotzdem rauswerfen würde, sagte das ja auch schon
einiges.

Gespannt stand er vor der Tür, neben der ein Schildchen mit
der Aufschrift *Perun-Saal* angebracht war. Was – und vor allem
wer – würde ihn da drin erwarten? Und wie verhielt man sich bei
einer solchen Veranstaltung überhaupt? Wahrscheinlich ähnlich

wie bei einer polizeilichen Fortbildung. Auch da kamen Leute zusammen, die sich weder kannten noch sich besonders füreinander interessierten, aber aus einem gemeinsamen Grund teilnahmen.

Das war diesmal anders, zumindest bei ihm. Schließlich hatte er weder ein Aggressions- noch ein Stress- oder irgendein anderes psychisches Problem. Er war einzig und allein gekommen, um zu ermitteln. Doch das durfte niemand merken. Also nahm er sich vor, möglichst offen auf die anderen zuzugehen, die mit ihm im Kurs waren – auch wenn so ein Verhalten völlig gegen sein Naturell war.

Da fiel sein Blick auf die Treppe. Er hatte die Räumlichkeiten schon einigermaßen abgespeichert, den Gästetrakt, den Hof, den Saal – aber was sich dort oben befand, wusste er noch nicht. Ob er einmal nachsehen sollte? Noch während er überlegte, ertönte hinter ihm eine Stimme: »Da oben hat keiner von euch was zu suchen, ist das klar?«

Der Kommissar fuhr herum und blickte in die kalten Augen einer jungen Frau.

»Ich wollte ja nur ...«

»Hier geht's rein«, unterbrach sie ihn und hielt die Saaltür auf.

Kluftinger ging mit eingezogenen Schultern hindurch. Im Saal stand ein knappes Dutzend Teilnehmer. Er sah sich nach Frau Ruth oder anderen bekannten Gesichtern um, doch außer den beiden, mit denen er aufs Gelände gelaufen war, hatte er niemanden davon je gesehen. Kurzerhand ging er auf einen von ihnen zu, der ein wenig verloren dastand, streckte ihm die Hand entgegen und sagte lächelnd: »Hallo, wir haben uns ja vorhin schon mal gesehen, gell?«

Der Mann schaute ihn verwundert an, die ihm dargebotene Hand ignorierte er.

»Also, ich bin der ...«, begann der Kommissar, überlegte

dann, wie er am liebsten von den anderen hier im Raum genannt werden wollte, und entschied sich spontan für eine vertrauliche Art der Anrede. »... der Adalbert. Und Sie ... also, ich mein ... du so?«

Sein Gegenüber schloss die Augen und erklärte mit gepresster Stimme: »Ich heiße Herr Müller. So viel schon mal vorab: Ich bin keiner, der gleich zu allen Du sagen muss. Ich möchte auch nicht von Krethi und Plethi geduzt werden. Außerdem brauchen Sie nicht zu glauben, dass irgendeine Art der Beziehung zwischen uns entstanden ist, nur weil wir zufälligerweise nebeneinander geparkt haben. Fakt ist: Ich habe weder Interesse an Kontakt noch an neuen Freundschaften. Ich hatte die letzten Jahre genug Mühe damit, mich meiner ganzen Bekanntschaften zu entledigen, um endlich ein freies Leben zu führen. Wenn Sie nun also weitergehen würden, Sie finden hier unter dem geschwätzigen Pack sicher einige Gleichgesinnte. Ich gehöre nicht dazu, Herr ... Albert.«

»Adalbert«, korrigierte Kluftinger kleinlaut. Er hielt sich ja selbst manchmal für ein wenig stoffelig, eine derartige Abfuhr jedoch hatte er noch nie jemandem erteilt, geschweige denn je bekommen. Beschwichtigend hob er die Hände und machte kehrt, da betrat ein Mann mit Halbglatze und schulterlangem Resthaar den Raum, gefolgt von der hageren Frau, die ihn eben der Treppe verwiesen hatte. Beide in den typischen weißen Leinengewändern und Birkenstocksandalen. Sie durchmaßen den Saal bis zur Mitte, um dort abrupt stehen zu bleiben. Auf ein Kopfnicken des Mannes zog die Frau ein kleines Tamburin aus ihrem weiten Gewand und klopfte dreimal mit dem Handrücken darauf. »Pattapatta!«, stimmte sie in einem seltsamen Singsang an. Sofort legte sich das spärliche Gemurmel, und die Frauen und Männer wandten sich den Neuankömmlingen zu.

Der Mann stellte sich als Gabriel und seine Kollegin als Magdalena vor, hieß die Teilnehmer zum Seminar *Antistresstherapie und Anger-Management durch aktives Entspannen mithilfe von Erdströmen* willkommen und entschuldigte Frau Ruth, die Älteste, die es sich normalerweise nicht nehmen lasse, die Gäste selbst zu begrüßen. Leider aber sei sie momentan nicht vor Ort.

Glück muss der Mensch haben, dachte der Kommissar, der Gabriel recht sympathisch fand, was seine Skepsis dem Seminar gegenüber ein wenig schrumpfen ließ.

»Wir Söhne und Töchter sind eine Einheit, eine Gemeinschaft – und das gilt für die zwei Tage, in denen ihr bei uns seid, auch für euch«, erklärte Gabriel. »Deshalb erste Regel: Wir sind alle per Du.«

Kluftinger schaffte es nicht, seine Häme zu unterdrücken, und sah grinsend zu dem Mann, der ihm eben so eine rüde Abfuhr erteilt hatte. Der blickte mit finsterer Miene zurück.

»Und jetzt holen alle mal ein Snoozle-Kissen und verteilen sich im Raum in einem lockeren Kreis zum Aufwärmen«, tönte Magdalena mit gelangweilter Stimme und zeigte auf einen Stapel hellgrüner Riesenkissen am Rand des Raumes.

Kluftinger tat wie ihm geheißen und setzte sich ächzend darauf.

»Am besten, ihr legt euch richtig gemütlich hin. Macht es euch richtig bequem und lasst es euch richtig gut gehen«, rief Gabriel gut gelaunt. »Jede Position ist gut, in der ihr euch so richtig entspannt fühlt.«

»Drei *Richtig* waren zu viel, die müssen wir leider abziehen«, murmelte die Frau neben dem Kommissar, eine schlanke Mittvierzigerin in Yogaklamotten und einem seidenen Band in den angegrauten Haaren. Kluftinger hatte genau dasselbe gedacht. Er sah sie an und konnte ein Lächeln nicht unterdrücken, das sie augenzwinkernd erwiderte. »Ich bin die Marietta. Mal sehen, was uns hier erwartet«, flüsterte sie. »Ich hab bis jetzt nur

Schlechtes gehört über den Kurs, aber mein Arbeitgeber besteht drauf.« Dann legte sie sich bäuchlings auf ihr Kissen.

Kurz überlegte Kluftinger, ob er ebenfalls den Kopf auf sein Polster betten sollte, dann jedoch dachte er mit Schrecken daran, wie viele Leute das vor ihm wohl schon getan hatten, zog die Beine zu einer Art Schneidersitz heran und lauschte Gabriels Ausführungen.

»Wer den Ball hat, stellt sich einfach mal kurz vor und sagt, warum er oder sie da ist, okay?«, bat der.

Magdalena hockte sich neben ihren Kollegen und rollte einen Ball zum ersten Teilnehmer. *Gott sei Dank nicht ich*, schoss es Kluftinger durch den Kopf, und er verfolgte erst interessiert, dann zunehmend befremdet die Vorstellungsrunde. Ein älterer Mann erklärte, er sei da, weil er sich immer so über seine Nachbarin ärgere, die sich nicht nur weigere, einen riesigen Baum an der Grundstücksgrenze zu fällen, sondern zu laute Musik höre und sich ständig nackt im Garten sonne, was er zwar nur sehe, wenn er sich in einer Ecke seines Balkons auf einen Stuhl stelle, aber dennoch sittlich verwerflich finde. Den Kommissar erinnerte der Typ ein wenig an den griesgrämigen Alten in der Allianz-Reklame aus den Achtzigerjahren, der dem Nachbarssohn das Naschen der Kirschen von seinem Baum verbieten wollte. Da niemand nachhakte, warum er auf dem Balkon auf einem Stuhl herumturnte, verkniff sich auch Kluftinger diese Frage.

Dann kam Annika, eine Blondine, die nach der Nennung ihres Namens in Tränen ausbrach, weil sie panische Angst vor ihren Kindern und ihrem Hund habe. Herr Müller, der nicht geduzt werden wollte, verschwieg seinen Vornamen weiter und machte auch um die Gründe für seine Anwesenheit ein Geheimnis. »Tut nichts zur Sache«, brummte er. Ein etwas pummeliger Mann, den der Kommissar auf höchstens dreißig schätzte, stellte sich schließlich als »Luke aus Amsterdam« vor. Er sei da, weil er, seitdem er seinen Cannabiskonsum eingeschränkt habe, ständig unter dem Zwang leide, ältere Menschen aufs Übelste zu beleidigen und ihnen ins Gesicht zu pusten.

Marietta, die Frau mit dem trockenen Humor von eben, erklärte, sie sei nur wegen ihres Chefs da, der an so einen »Esoterik-Popanz« glaube und deshalb seine Mitarbeiter zu diversen Seminaren verpflichte. Damit rollte sie den kleinen Ball in Kluftingers Richtung. Einen Moment saß er wie versteinert da, noch immer versunken in die Geschichten dieser Leute, die ihm allesamt völlig durchgeknallt vorkamen. Das Gefühl, neben Marietta der einzig Normale in diesem Raum zu sein, hatte sich in den letzten Minuten verfestigt. Aber das dachten wahrscheinlich die meisten von sich, bevor sie in die Psychiatrie eingewiesen wurden.

»Hallo! Magst du uns auch kurz was von dir erzählen? Die Marietta hat dich ausgewählt.« Gabriel lächelte ihn mit unerschütterlicher Freundlichkeit an.

Mit gesenktem Kopf murmelte Kluftinger: »Ich bin der Adalbert, Beamter in Kempten und hab eine nette Familie.« Er machte eine Pause. Auch von ihm wurde natürlich erwartet, dass er ein Päckchen im Leben mit sich herumschleppte, etwas, das ihn unglücklich und böse werden ließ. »Mein Hausarzt gibt sich ständig als mein Freund aus«, schob er daher noch nach und hatte schließlich das Gefühl, ein Fluch runde seinen ersten Eindruck gebührend ab: »Himmelarschundzwirnkruzinesnmalefizdreck.« Er rollte den Gummiball weiter.

Nach der Vorstellungsrunde baten Gabriel und Magdalena die Anwesenden, kreuz und quer durch den Raum zu gehen und dabei laut zu schimpfen, das löse Blockaden. »Falls euch nichts Knackiges einfällt, meldet euch einfach.«

Niemand machte von diesem Angebot Gebrauch, denn das Schimpfen schien keinem von ihnen Probleme zu bereiten. Im

Gegenteil: Der Kommissar konnte von einigen noch etwas lernen, so deftig waren die Ausdrücke. »Pass doch auf, du hundsverreckte Arschkachel, wir sind hier nicht auf irgendeiner zugeschissenen Brunzwies'n«, blaffte ihn ein Mann an, der sich als Gerhard vorgestellt hatte. Kluftinger hatte ihn versehentlich leicht mit der Schulter berührt. Der Kommissar hob freundlich die Hand, brummte ein »Alles klar, Volldepp!« und ging weiter. Er lächelte in sich hinein und musste zugeben: Die Übung war toll. Alle im Raum fluchten wie die Bürstenbinder, und keiner nahm es dem anderen krumm. Denn das war Gabriels Prämisse gewesen: Niemand durfte die Tiraden auf sich beziehen.

Als Nächstes kündigten die Seminarleiter ein »Kennenlernspiel« an, bei dem es um »Fallenlassen« und »Urvertrauen« gehe. Kluftinger gemahnte das an die Besinnungstage, die er in der neunten Klasse in irgendeinem Schullandheim hatte zubringen müssen und bei denen gleich zwei seiner Mitschüler in der ersten Nacht mit Alkoholvergiftung ins Krankenhaus eingeliefert werden mussten, was der Veranstaltung den Beinamen *Besinnungslostage* eingebracht hatte. Er erinnerte sich an ein Spielchen, bei dem man sich mit geschlossenen Augen in die Arme des anderen fallen lassen musste. Maria Lederle, eine besonders zierliche Mitschülerin, hatte sich durch den ungebremsten Aufprall seines Hinterkopfes das Handgelenk gebrochen. Das Schicksal wollte es, dass er die Übung heute mit Annika, der Frau mit Angst vor der eigenen Familie, durchführen musste. Immerhin hatte er nicht *Herrn Müller* abbekommen.

»Okay, Partner eins schließt die Augen und dreht sich ein paarmal um die eigene Achse«, bat Gabriel. Annika begann sofort, wie ein Derwisch zu rotieren, wobei sie schon nach der zweiten Runde mächtig ins Straucheln geriet. Kluftinger streckte schützend seine Hände aus und stützte die Frau leicht an der Schulter ab, damit sie nicht hinfiel. »Ahhhhhhhhhhhhhhhhhhhh«, schrie sie gellend und erstarrte zur Salzsäule. Dann zeterte sie: »Er hat mich berührt, er hat mich berührt! Nicht berühren!« Wie elektrisiert zog der Kommissar seine Arme zurück, alle Augen auf sich gerichtet. »Ich wollt nur, dass Sie nicht fallen, also ... du«, stammelte er.

Annika stand keuchend da, die Hände auf die Knie gestemmt und presste hervor: »Ich bin allergisch gegen die Berührung von Fremden. Ich krieg da Pickel. Nicht mal meine Frisörin und mein Physiotherapeut dürfen mich anlangen. Mein Mann trägt immer Handschuhe.«

»Ah, verstehe, gar kein Problem, Annika«, griff Gabriel in ruhigem Ton ein. »Dann machst du die Übung jetzt einfach allein, und ich mach sie mit Adalbert, okay?«

Sie nickte.

Kluftinger war froh über diese Wendung. Er hatte weniger Skrupel, sich in Gabriels Arme fallen zu lassen, der ja ein professionelles Interesse haben musste, dass den Seminarteilnehmern nichts passierte. Doch die Übung war nur ein kurzes Intermezzo, dann händigte Magdalena ihnen Papier und Stifte aus.

Ihr Auftrag lautete, das zu malen, was im Moment am meisten Stress, Ärger und Angst bereite. Kluftinger setzte sich vor die große Schiebetür, atmete die noch immer drückend schwüle Luft ein und begann zu zeichnen. Nach ein paar Minuten hatte er die Welt um sich herum vergessen und war völlig in seiner Tätigkeit versunken. Er hatte als Kind aufgehört zu zeichnen, nachdem seine Mutter einmal zu weinen begonnen hatte, als er ihr ein selbst gemaltes Bild zum Geburtstag geschenkt hatte. Doch nun schien es ihm eine unglaublich erfüllende Tätigkeit zu sein.

»Ah, Selbstporträt?«, fragte auf einmal eine Frauenstimme.

Kluftinger schreckte hoch. Neben ihm standen Gabriel und

Magdalena und inspizierten sein Bild. Er hätte nicht sagen können, wie viel Zeit vergangen war. »Nein, das bin nicht ich, das ist ...«

»Das ist sicher der Hausarzt, von dem Sie gesprochen haben, Ihr Freund, dessen Liebe Sie nicht erwidern können, stimmt's?«, mutmaßte Gabriel.

Kluftinger zog die Stirn kraus. Tatsächlich, es bestand eine gewisse Ähnlichkeit zwischen dem Gemalten und Langhammer. Dennoch stellte er richtig: »Nein, das ist nicht der Doktor, das ist bloß der blöde Aff'.«

»Also doch ein Selbstporträt? Ja, stimmt: Das Gesicht, die Statur, der behaarte Rücken. Aber du darfst dich selbst nicht so negativ sehen. Du bist kein blöder Affe, auch wenn du meinst, du würdest so auf andere wirken. Du bist in Ordnung!«

»Schmarrn, zefix, das bin nicht ich. Das soll der Udo sein, der Affe aus der Tongrube drüben.« Kluftinger hatte sein Motiv mit Bedacht gewählt. Er hoffte, durch sein Bild mit den Sektenleuten über die Grube ins Gespräch zu kommen.

»Das soll ... ah, jetzt seh ich's auch«, erklärte Gabriel.

»Ist ja eigentlich euer Nachbar, so gesehen«, sagte Kluftinger lächelnd.

»Wer?«

»Der Udo, der Urzeitaffe. Wart ihr denn schon mal drüben, in der Grube?«

»Selber war ich nicht, aber ein paar von uns haben schon ...«, begann Gabriel, doch Magdalena fuhr ihm mit einem scharfen »Hier geht's nicht um uns!« in die Parade.

Es machte keinen Sinn, die beiden noch weiter anzubohren, dachte der Kommissar. Er würde stattdessen versuchen, den redseligen Gabriel einmal allein zu erwischen.

»So, legt jetzt eure Malsachen weg, wir besprechen die Bilder dann nach einer kleinen Pause. Vorher wollen wir aber zum ersten Mal die Erdströme spüren. Zieht alle eure Socken aus und kommt nach draußen.« Sie folgten Magdalena auf eine kleine Rasenfläche vor der Tür, wo sie sie anwies zu spüren, wie Energie aus dem Boden über ihre Füße bis in den Kopf aufstieg. Kluftinger tat sich schwer damit.

Dann bat Gabriel alle darum, sich einen Begriff zu suchen, der für sie Glück und Zufriedenheit signalisiere. »Sagt immer, wenn ihr gestresst seid oder wenn ihr spürt, dass Ärger in euch aufsteigt, euren Begriff, gefolgt vom Wort jetzt, vor euch hin. Ihr werdet merken, wie ihr euch an die Erdströme erinnert und ruhiger werdet. Probiert es gleich mal für fünf Minuten aus, um eure Energie darauf zu polen.«

Der Kommissar zuckte mit den Achseln und nahm das erste Wort, das ihm einfiel. »Kässpatzen jetzt«, murmelte er vor sich hin. Und immer wieder »Kässpatzen jetzt«.

Er fühlte, wie er einen Mordshunger entwickelte, als Magdalena endlich eine zwanzigminütige Pause ankündigte und darauf hinwies, dass es unter dem großen Kastanienbaum Kräutertee und kleine Energiehäppchen gebe. Kluftinger, der Lust auf etwas Deftiges verspürte, wurde enttäuscht: Es gab nur Dattel-Kokos-Bällchen, Grühnkohlchips und getrocknete Zwetschgen. Auch Kaffee suchte er vergebens und schenkte sich schließlich ein Glas Wasser ein.

»Alles gegrandert bei uns«, erklärte ein älterer, weißhaariger Mann hinter ihm, der zur Sekte gehörte, wie unschwer an der Leinenkluft zu erkennen war.

»Wie meinen Sie?«, fragte Kluftinger.

»Energetisch aufgeladen, vitalisiert, informiert und strukturiert.«

»Der Gabriel? Ja, der macht seine Sache gut.«

»Nee, ich meinte das Wasser. Granderwasser. In seiner Struktur verändert.«

»Ah, verstehe«, log der Kommissar. »Sie leben auch hier, auf dem ... Gelände?«

Der Mann nickte. »Allerdings. Ich bin von Anfang an Mitglied der Gemeinschaft.«

Jetzt registrierte der Kommissar auch den leichten ostdeutschen Dialekt bei seinem Gegenüber. »Ach, dann sind Sie mit hierhergezogen, mit Ihrer ... Ältesten?«

»Du sagst es.«

»War sicher nicht leicht für die Frau Ruth, hier ganz neu anzufangen, oder?«

»Nein. Und es ist auch heute noch nicht einfach. Viele Anfeindungen, Vorurteile, Ablehnung.«

Kluftinger nickte. Kam er jetzt endlich an Informationen? »Mit den Wissenschaftlern drüben in der Grube war's auch nicht leicht, gell?« Er gab sich Mühe, möglichst beiläufig zu klingen.

»Die sind das Allerletzte«, brach es aus dem alten Mann heraus.

»Ja?«

»Die missachten alle Naturregeln, treiben Schindluder mit Mutter Erde, bringen unser Gleichgewicht durcheinander, missachten unsere Riten. Ein ruchloses Pack. Allein, wie sie mit unserer Ältesten umgesprungen sind! Unmöglich.«

»Vor allem der Brunner, oder? Oder auch die Frau Doktor Lanz?«

»Brunner?«, wiederholte der Mann laut. »Ich sag dir jetzt mal was über den Brunner ...«

»Nein, das ist keine so gute Idee, Hans«, unterbrach ihn da die Stimme von Magdalena. Sofort hielt der Mann inne und wollte gehen. Magdalena jedoch fing ihn ab, nahm ihn beiseite und redete leise, aber ziemlich energisch auf ihn ein, wobei sie immer wieder in Richtung Kommissar blickte.

Da gesellte sich Gabriel mit einer Teetasse zu ihm. »Na, gefällt es dir bei uns? Kannst du was für dich mitnehmen?«, fragte er mit freundlicher Stimme und ergänzte: »Ich hab mir deine Videos angesehen, du hast echt krasses Aggressionspotenzial. Wenn es dir gelingt, das in positive Energie umzumünzen und an die Erdvibrationen anzudocken, kannst du über dich hinauswachsen.«

»Meinst du?«, fragte der Kommissar ehrlich erstaunt. »Das wär ja ... schon was. Auf jeden Fall.«

»Kriegen wir hin«, sagte der andere aufmunternd und wandte sich zum Gehen. Doch Kluftinger hatte noch eine Frage: »Sag mal, Gabriel, wir sind da ja vorher unterbrochen worden, wegen der Grube und so. Meinst du nicht, dass diese ... also ... Erdvibrierungen da drüben ganz besonders intensiv sein könnten? Wegen der Energie der ganzen Tiere, die da liegen – als Versteinerungen, mein ich?«

Gabriel schüttelte den Kopf und senkte merklich die Stimme. »Nein. Ruth, also unsere Älteste und Lehrmeisterin, ist überzeugt, dass dort sämtliche Energie zerstört wurde, wegen der Eingriffe in die natürliche Ordnung.«

»Wegen dem Tonabbau?«

»Auch, aber vor allem wegen der Forschungen. Sie hat immer wieder mit diesem Brunner diskutiert.«

»Der Brunner war öfter hier?«

Gabriel nickte. »Schon. Jedes Mal haben sie sich gefetzt. Weil der Professor so negative Schwingungen in sich hat, dass nicht mal die Ruth dagegen ankommt. Hatte, mein ich.«

»Worum ging es denn genau, bei den Auseinandersetzungen?«

»Hab ich doch gesagt. Raubbau an der Natur und ...«

»So, alle wieder reinkommen, Seminar geht weiter!«, rief Magdalena in diesem Moment. Gabriel machte auf dem Absatz kehrt und lief zurück zum Seminargebäude. Der Kommissar sah ihm kurz nach, dann folgte er ihm seufzend.

Erschöpft, aber dennoch auf seltsame Art beschwingt, ließ sich Kluftinger in seinem Zimmer aufs Bett fallen. Der Nachmittag war schnell vergangen, und die Gespräche über die selbst gemalten Bilder waren aufschlussreicher gewesen als gedacht. In der Teepause hatte er erste Informationen sammeln können und wider Erwarten im Seminar ein paar Impulse mitbekommen, die zu überdenken sich lohnen würde. Und das alles kostenlos, weil der Staat für die Kursgebühren aufkam.

Der Gedanke an seinen Arbeitgeber erinnerte ihn wieder an den eigentlichen Zweck seines Aufenthalts. Er holte das Funkgerät aus seinem Versteck und schaltete es an. Sofort erklang lautstarkes Knacken und Rauschen, worauf er erschrocken den Ausschaltknopf drückte.

Mit pochendem Herzen regelte er die Lautstärke herunter, um dann noch einmal den Knopf mit dem Kreis und dem Strich zu drücken, das internationale Zeichen für »Ein«, auch wenn er nie zweifelsfrei herausgefunden hatte, was es eigentlich darstellen sollte. Dann setzte er seinen ersten Funkspruch ab. »Hier ... Wutbürger, Drohnenfürst bitte kommen.« Es war ihm ein bisschen peinlich, diese Bezeichnungen zu verwenden, die Maier auf einem Zettelchen vermerkt und zum Funkgerät gepackt hatte. Er sah jedoch durchaus ein, dass es besser war, keine Klarnamen zu nennen.

Es knackste erneut, dann hörte er eine leise Stimme antworten. »Hier Drohnenfürst. Bist du mit dem Seminar fertig? Over.«

»Ja, fertig.«

»Nein. Over.«

»Doch. Fertig.«

»Over.«

»Kruzifix, over heißt doch fertig.«

»Eben. Und das musst du sagen.«

Kluftinger verstand nicht, warum, aber er hatte diese Unterhaltung bezüglich Funk-Kommunikation schon viel zu oft mit seinem Kollegen geführt und nicht den Nerv für ein weiteres Mal. »Von mir aus. Also, das Seminar ist over.«

»Nein, nicht das Seminar.«

»Doch. Ich bin sogar schon auf meinem Zimmer.«

»Du sollst *over* sagen, wenn *du* fertig bist.«

»Bin ich doch. Geht erst morgen weiter.«

»Fertig mit Reden.«

Kluftinger seufzte. »Hör zu, du Fürst der Finsternis, entweder, du lässt mich schwätzen, wie ich will, oder ich schmeiß dein blödes Gerät zum Fenster raus. Dann können wir uns mit Rauchzeichen verständigen, himmelarschkruzinesn.«

»Hat also nix gebracht.« Maier klang enttäuscht.

»Was?«

»Das Seminar.«

»Herrgott, Richie, ich bin doch wegen was ganz anderem hier.«

»Ja, aber es würde dir ganz offensichtlich nicht schaden, wenn du auch für die Bewältigung deines inneren Zorns was mitnehmen könntest.«

Kluftinger flüsterte mehrmals hintereinander »Kässpatzen jetzt«, was ihn tatsächlich etwas besänftigte. Dann fuhr er fort: »Also, ich hab mit ein paar von den Sektenleuten sprechen können. Bissle was hab ich schon erfahren. Dass sie den Wissenschaftlern recht feindselig gegenüberstehen, hat sich bestätigt, mehr als das sogar, wenn du mich fragst. Und der Brunner war definitiv hier, um sich mit der Chefin zu unterhalten. Mehrmals sogar. Außerdem hab ich einen gefunden, der anscheinend mit der Alten aus dem Osten hergekommen ist. Vielleicht krieg ich aus dem noch mehr raus. Ist aber eine harte Nuss. Lässt sich trotzdem insgesamt ganz gut an.«

»Klingt toll«, freute sich Maier. »Bleib am Ball, Chef.«

»Jaja, mach ich. Sag der Erika einen schönen Gruß.«

»Deiner Frau?«

»Ja, ich selber kann sie ja nicht anrufen.«

»Soll ich das für dich tun?«

»Ja, bitt' schön.«

»Aber ich darf ihr doch gar nichts erzählen.«

Kluftinger seufzte. Ging sein Kollege wirklich davon aus, dass er alles Berufliche für sich behielt? »Sollst du ja auch nicht. Bloß einen schönen Gruß ausrichten.« Warum mussten Gespräche mit Maier nur immer so mühsam sein?

»Irgendwas Bestimmtes, was ich andeuten könnte, ohne zu viel zu verraten?«

»Herrgottnochmal, Richie, einen schönen Gruß. *Over.*«

»Du solltest über eine Verlängerung deines Seminaraufenthaltes nachdenken. *Over and out.*«

Dann drang wieder Rauschen aus dem Gerät. Der Kommissar schaltete es aus und legte sich ächzend aufs Bett. Die Unterhaltung hatte ihn mindestens so angestrengt wie das ganze Seminar vorher. Er würde bis zum Abendessen noch etwas Schlaf brauchen.

Nach einem kurzen Nickerchen mit wirren Träumen von gemalten Affen, einem verliebt dreinblickenden Langhammer und riesigen Kässpatzen, die ihn böse anstarrten, erwachte er mit brummendem Schädel. Vermutlich der Hunger, dachte er und stellte beim Blick auf die Uhr erleichtert fest, dass inzwischen Essenszeit war. Seine Freude wurde noch größer, als er aus dem Fenster schaute und sah, dass das Essen draußen, im großen Innenhof der Gemeinschaft, stattfinden würde. Eine riesige Tafel war dort gedeckt, die Abendsonne tauchte die Szenerie in warmes Licht, und er fühlte sich ein bisschen wie im Urlaub. Er nahm einen Schluck Wasser aus der Karaffe mit den Edelsteinen, die auf seinem Nachttisch bereitstand. Schlagartig waren seine Kopfschmerzen verflogen, und er freute sich auf ein entspanntes Essen – soweit das unter den gegebenen Umständen eben möglich war.

Unten angekommen, hielt er mit knurrendem Magen Ausschau nach dem Büfett. Er erwartete qualmende Grills voller Haxen oder einen Spanferkel-Drehspieß über offenem Feuer, doch weder sah noch roch er etwas, das seiner Erwartung entsprach. Dann entdeckte er die Stationen, an denen man sich sein Essen holen konnte: Sie waren unter dem Vordach des lang gezogenen Schuppens aufgebaut, der die eine Seite des Hofs begrenzte. Schnell lief er darauf zu, um sich schon einmal etwas auszusuchen, bevor die anderen Teilnehmer das Büfett stürmen würden. Doch als er vor der Auslage stand, war seine Enttäuschung groß: Statt saftiger Steaks und knackiger Grillwürste, die perfekt zu diesem sommerlichen Ambiente gepasst hätten, blickte er auf gedünstetes Gemüse und eingesäuertes Grünzeug, deren slawische Namen auf kleinen Pappschildchen aufgedruckt waren, dazu grau-grünliche Säfte und basische Smoothies. Langhammer – und seit Neuestem Kluftingers Eltern – hätten hier ein wahres Festessen veranstalten können, für ihn war das Sträflingskost. Er ging zu einem der Leinengewandträger, die sich für ihn alle so ähnelten, als seien sie tatsächlich Brüder, und fragte: »Gibt's noch ... was anderes?«

»Klar«, antwortete der.

»Gott sei Dank«, entfuhr es dem Kommissar erleichtert. »Ich hab schon gedacht, es gäb nur ... so g'sundes Zeug.«

»Ich verstehe nicht.«

»Wurscht.« Kluftinger machte eine wegwerfende Handbewegung. »Womit wir schon beim Thema wären: Wo sind denn die guten ... also, die anderen Sachen?«

»Hier drüben haben wir noch gequollene Urkörner. Manche haben gern was Bissfestes dabei.«

»Was Biss... ja, mei, wer mag das nicht, gell?« Mittlerweile hatten sich auch die anderen Seminarteilnehmer im Hof eingefunden und begutachteten die Speisenauswahl. Resigniert stellte sich Kluftinger einen Teller zusammen, der eher wie eine Infografik für Pflanzenzucht wirkte als ein nahrhaftes Abendessen. »Kann ich ein bissle Salz haben?«, fragte er. Man sah den lasch auf dem Teller liegenden Gemüsen und Salaten eindeutig an, dass sie unterwürzt waren.

»Nein. Salz ist ein Blutdruck- und Aggressionstreiber, wir benutzen es hier so gut wie gar nicht.«

Priml, dachte der Kommissar und trug seinen Teller mit hängenden Schultern an einen freien Platz. Ohne weiter Notiz von seinen Tischgenossen zu nehmen, versuchte er, seinen inneren Widerwillen zu überwinden, und begann zu essen. Es schmeckte schlimmer, als es aussah, was selbst seine niedrigen Erwartungen noch unterbot. Geistig verabschiedete er sich also vom stimmungsvollen Sommer-Abendessen und schaltete wieder in den Ermittlungsmodus. »Entschuldigung«, hielt er einen der Männer auf, der gerade an der Tafel vorbeilief, »wissen Sie, wo der Elias ist?«

Die Frage war riskant, denn er musste so tun, als kenne er denjenigen, nach dem er fragte. Wenn es aber mehrere dieses Namens gab und er als Antwort *»Welcher?«* bekam, könnte er kaum sagen *»Der, der sich immer so für die Arbeit der Wissenschaftler interessiert hat, aber dann plötzlich nicht mehr gekommen ist«.* Er würde dann einfach improvisieren müssen.

Der hagere Mann, den er gefragt hatte, kniff die Augen zusammen und taxierte den Kommissar. Der legte sich schon ein paar Erklärungen zurecht, da erwiderte der Langhaarige: »Der steht da drüben, an der *Trunkstation*.«

Kluftinger blickte in die gewiesene Richtung und schlug sich gegen die Stirn. »Ach, freilich, ich brauch bald mal eine Brille, wie's scheint.«

Sein Gegenüber zuckte nur mit den Achseln und ging weiter. Der Kommissar entspannte sich etwas und erhob sich. Die *Trunkstation* war ein Tischchen, hinter dem ein ebenfalls in Leinen gekleideter junger Bursche, offenbar Elias, stand und aus mehreren kleinen Fässern trübe Flüssigkeit in Gläser zapfte.

Zielstrebig ging er darauf zu. »So, was gibt's denn bei Ihnen Gutes?«, fragte er.

»Oh, wir haben einen Brottrunk, Sauerkrautsaft, und hier was Erfrischendes aus fermentiertem Kürbis.«

Kluftinger musste ein Würgen unterdrücken. »Hm, das klingt ja ... interessant. Ach, geben Sie mir einfach irgendwas. Elias, gell?«

Überrascht blickte der junge Mann auf. »Kennen wir uns?«

»Nein, das nicht. Aber wir haben gemeinsame Freunde.«

»So?« Elias zapfte ein Glas und stellte es dem Kommissar hin.

Der griff danach und nahm einen kleinen Schluck. »Jesses, was ist das denn Grausliges?«, entfuhr es ihm, dann schüttelte ihn ein Hustenanfall durch. Als er sich beruhigt hatte, blickte er den jungen Mann mit feuchten Augen an.

»Das war Sauerkraut«, sagte der, griff sich ebenfalls ein Glas und probierte. »Schmeckt einwandfrei.«

»Ja, sicher, ich hab's nur, also, in den falschen Hals sozusagen ...«

»Wer sind denn nun unsere gemeinsamen Freunde?«, wollte Elias wissen.

»Die Wissenschaftler. Von der Grube drüben.«

Sofort wich jegliche Farbe aus dem Gesicht des ohnehin ziemlich blässlichen jungen Mannes. Er schaute sich hektisch um, dann widmete er sich wieder seinen sonderbaren Getränken.

»Sie wissen, wen ich meine?«

Elias sah ihn nicht an. »Ich darf ... ich will nicht darüber reden.«

»Warum denn?«

Wieder blickte sich der Mann nach allen Seiten um. »Weil das ... kein Thema ist. Hier bei uns.«

»Die sind nett, die Wissenschaftler, gell?« Um nicht aufzufallen, nippte Kluftinger immer wieder an seinem Glas, was ihn einige Überwindung kostete.

»Ja, das waren ... das sind sie.«

»Haben Sie denn ...« Kluftinger hielt inne, weil sich ein weiterer Mann zu ihnen gesellte, den er als »Peter aus Gütersloh« aus seinem Seminar kannte.

»Machen Sie mir doch einmal einen von denen dort«, sagte Peter und zeigte auf eine der Glaskannen, die eine tiefrote Flüssigkeit enthielt.

»Sofort«, erwiderte Elias.

»Verboten gut, das Zeug, was? Und so gesund. Da merkt man richtig, wie das die Giftstoffe und die negative Aura ausleitet«, erklärte der Mann, an den Kommissar gewandt. »Wird man richtig verwöhnt hier.«

»Jaja, man kriegt gar nicht genug davon.« Mit diesen Worten prostete Kluftinger Peter zu und kippte den Rest seines Saftes hinunter. Der dadurch entstandene Brechreiz drohte ihn in seiner Wucht beinahe zu übermannen.

»Den roten müssen Sie auch mal kosten«, sagte da sein Gegenüber und schob ihm ein weiteres Glas mit der blutfarbenen Brühe hin. »Nervennahrung für morgen, wenn wir mit den anderen Pissnelken wieder im Seminar hocken, was?«

»Ja, wollt ich eh grad«, seufzte der Kommissar und nahm einen kräftigen Schluck. Er hätte nicht gedacht, dass es noch schlimmer kommen könnte als beim Sauerkraut, aber das hier schmeckte wie die ausgewrungenen Socken eines Bergsteigers nach erfolgreicher Alpenüberquerung. »Hmmm ...«, machte er dennoch.

Dann verschwand Peter endlich wieder. Kluftinger nahm sich vor, die Sache abzukürzen, sonst würde sein Magen wegen dieser kleinen Befragung noch ernsthaft Schaden nehmen. »Ich hab gehört, Sie waren oft bei denen drüben in der Grube. Irgendwann dann aber plötzlich nicht mehr.«

Nervös blickte Elias ihn an. »Mich hat das alles sehr fasziniert«, gab er knapp zurück.

»Warum sind Sie dann nicht mehr hin? Die vermissen Sie alle.«

»Ist blöd gelaufen.«

»Inwiefern?«

Wieder dieses hektische Umschauen, dann erklärte der junge Mann: »Professor Brunner hat mich gebeten, einen Kontakt zur Ältesten herzustellen. Was ich auch gemacht habe. Aber das ging nach hinten los, sie haben sich heftig gestritten.«

»Worüber denn?«

»Das habe ich nicht ... ich weiß es nicht.«

»Gar keine Ahnung?«

Der Mann trat von einem Bein aufs andere. Ihm war die Unterhaltung sichtlich unangenehm. »Ich weiß es wirklich nicht. Wahrscheinlich über das, was der Professor ihr gegeben hat.«

»Er hat ihr etwas gegeben?« Nun spürte auch Kluftinger, wie sich die Aufregung in ihm ausbreitete.

»Ja.«

»Was denn?«

»Ich weiß es nicht. Sie hat es in ihren Schreibtisch gesperrt. Was da einmal landet, bekommt niemand mehr zu Gesicht.«

»Interessant. Aber war es ein ...«

»Was ist hier los?«

Kluftinger kannte die Stimme in seinem Rücken. Sie gehörte

Jakob, dem Assistenten der Ältesten. Der Kommissar atmete tief durch, dann drehte er sich mit einem Lächeln um. »Hoi, Herr Jakob. Grüß Gott. Der nette junge Mann hier, der Erwin ...«

»Elias«, korrigierte Jakob.

»Ach, stimmt, Entschuldigung. Also der Elias hat mir diese leckeren Säfte zum Probieren gegeben. Und ich krieg gar nicht genug davon.« Demonstrativ kippte Kluftinger das nächste Glas hinunter. Am liebsten hätte er Jakob alles wieder ins Gesicht gespien, bot jedoch all sein schauspielerisches Können auf und schwärmte: »Mei, einer besser als der andere. Da bin ich gleich an der Quelle geblieben, Sie verstehen.« Er zwinkerte ihm mit einem Auge zu.

»Das mag schon sein, aber was machen Sie hier bei uns?«

»Ich?«

»Ja, Sie, Herr Kommissar.«

Im Augenwinkel nahm er wahr, wie Elias bei der Erwähnung dieser Berufsbezeichnung zusammenzuckte. »Die liebe Frau ... also, die Älteste hat mich eingeladen. Zu einem Seminar. Da waren Sie doch dabei, oder?«

Misstrauisch musterte Jakob sein Gegenüber. Dann sagte er: »Elias, ab in die Küche. Du bist hier fertig. Und Sie? Haben Sie genug getrunken, oder wollen Sie noch einen für den Weg?«

»Um Gottes willen ... ich mein, vergelts Gott. Aber ich will den anderen ja nicht alles wegtrinken. Schönen Abend.« Damit trollte sich Kluftinger wieder an seinen Platz, wo er weiterhin lustlos in seinem Essen herumstocherte, bis Jakob noch einmal vorbeikam und erklärte, es sei Zeit, sich auf die Zimmer zu begeben. Kluftinger wusste nicht, ob der frühe Zapfenstreich hier üblich war oder eine spontane Vorsichtsmaßnahme wegen seiner Anwesenheit darstellte. Da er aber kein weiteres Aufsehen erregen wollte, erhob er sich und ging hinauf. Ein Blick auf die Uhr verriet ihm, dass er noch ein paar Stunden würde warten müssen, bis er sein Vorhaben für die Nacht in die Tat umsetzen konnte. Ohne Fernseher würde das lang werden. An ein Nickerchen war dennoch nicht zu denken, denn das, was er von Elias eben gehört hatte, hatte einen Plan im Kommissar reifen lassen. Und er brannte darauf, ihn in die Tat umzusetzen.

Um sich die Zeit zu vertreiben, würde Kluftinger einfach ein wenig lesen. Es dauerte ein, zwei Sekunden, bis er realisierte, dass er gar kein Buch eingepackt hatte. Eigentlich wie immer, wenn er verreiste, wobei ihn die aufkeimende Langeweile dann meist dazu zwang, eine von Erikas Schmonzetten oder, schlimmer noch, irgendeinen Schmunzelkrimi zur Hand zu nehmen und sich schrecklich über die immer gleiche Dramaturgie und die stets bestens gelaunten und gut aussehenden Menschen darin aufzuregen. Doch wie ein Fernseher fehlte in seiner kargen Kammer auch Erika – und damit jegliche Möglichkeit, sich irgendeine Lektüre zu besorgen.

In einem Reflex zog er die Nachttischschublade auf und fand dort tatsächlich ein Buch. Er nahm es zur Hand, um es gleich darauf wieder auf das Schränkchen zurückzulegen: Es war eine Abhandlung über Rüben- und Kohlanbau in Permakultur und die anschließende Haltbarmachung des Gemüses durch Einsäuern. Der Sauerkrautsaft beim Abendessen plagte ihn schon genug mit Magengrimmen und heftigem Sodbrennen, er wollte nicht auch noch etwas darüber lesen.

Kluftinger griff sich sein Handy, das ihm jedoch vermeldete, dass kein Netz verfügbar sei. *Priml*, nicht einmal an seinen neuesten Freundschaftsanfragen und Fanbriefen auf Facebook konnte er sich erfreuen.

Ob er Maier kurz anfunken sollte, um ihm Bescheid zu geben, dass alles in Ordnung war? Vielleicht war dem ja langweilig, und er konnte seinen Kollegen aufheitern – mit einem Spiel vielleicht. Schiffe versenken oder Galgenmännchen … Er erhob sich und zog das Funkgerät aus der Matratze, doch sooft er es auch versuchte, Maier meldete sich nicht. »Und wenn jetzt was wär, zefix?«, schimpfte er und schob das Gerät wieder in das Versteck im Bett. Würde er sich eben irgendwie anders beschäftigen. Nur einschlafen durfte er nicht. Sobald es draußen dämmerte, musste er los und in der Dunkelheit seine Mission erfüllen. Da kam ihm eine Idee, wie er sich die Zeit vertreiben konnte. Er würde sich alle Gedichte noch einmal im Geiste vorsagen, die er je in der Schule gelernt hatte. Als junger Polizist hatte er das oft während des Nachtdienstes gemacht, wenn ihm die Kreuzworträtsel ausgegangen waren. Diese Methode trainierte das Gedächtnis und würde ihn auf jeden Fall wach halten.

»*Die Mitternacht zog näher schon, in stummer Ruh lag Babylon*«, begann er also, eine Ballade zu flüstern, die er früher recht gern gemocht hatte – *Beelzebub* oder so ähnlich, jedenfalls von Heine. Er war gespannt, ob er das Gedicht noch ganz aufgesagt bekäme, und fuhr eifrig fort: »*Nur oben in des Königs Schloss …*« Ja, was war da gewesen? Was reimte sich auf Schloss? Boss? Wohl kaum. Ross! Das musste es sein. »*Da lärmte sehr des Königs Ross.*« Aber warum hatte das so einen Radau gemacht? War da nicht etwas mit einem Schwert? Oder war das beim Damokles gewesen? Der Kommissar rieb sich die schweren Lider. »Also«, sagte er dann laut, »dort oben in dem … verflixten Schloss, also genauer, in dem Saal, da hielt der … König Beelzebub … sein Mahl, und dann … hat er eine Menge Wein getrunken und Dings … mit dem Jehova …«

Als Kluftinger die Augen wieder aufschlug, lag sein Zimmer in völliger Dunkelheit. »Himmelkreuzkruzinesn!«, entfuhr es ihm. Er war doch eingenickt. Wie war das nur möglich gewesen? Und wie lange hatte er geschlafen? Offenbar nicht nur kurz, davon zeugte der mächtige Druck auf seiner Blase. Er ging auf die Toilette, doch in dem Moment, als er den Spülknopf betätigen wollte, erstarrte er. Für einen Moment geriet er ins Schwanken. Noch einmal sah er zur Kontrolle in die Schüssel. Kein Zweifel, knallrote Flüssigkeit stand darin. War es nun so weit? Auf einmal? Ganz ohne Vorwarnung? Er schüttelte den Kopf. Nie hatte er etwas in Nieren oder Blase gespürt, sich in den letzten Tagen trotz der fast unerträglichen Hitze sogar relativ fit gefühlt. Und nun hatte er auf einmal solche Mengen Blut im Urin? Er ging zurück ins Zimmer und ließ sich auf das Bett sacken.

Alles kam ihm schlagartig sinnlos vor, angesichts der Wucht, mit der ihn die schreckliche Erkenntnis getroffen hatte, dass es wohl mit ihm zu Ende ging. Sein Blick fiel auf das Buch mit dem Gemüse. Vielleicht könnte ihn eine radikale Ernährungsumstellung noch retten? Man musste sich in einer solchen Lage an jeden Strohhalm klammern. Er besah sich die Bilder von Kohlköpfen, von Rettichen und roten Rüben ... Moment. *Rote Rüben!* Natürlich, er hatte doch draußen diesen grässlichen Rote-Bete-Saft getrunken. Das war die Erklärung! »Herrgottzack«, entfuhr es ihm. Nicht zum ersten Mal hatte ihn der Genuss dieses Gemüses in Schockstarre versetzt. Erleichtert seufzte er auf und musste ein wenig über sich grinsen.

Auf einmal wieder voller Tatendrang warf er einen Blick auf die Uhr – und erschrak erneut: *Die Mitternacht zog näher schon*, zitierte er im Geiste noch einmal das Gedicht. Höchste Zeit, seinen Plan in die Tat umzusetzen. Er erhoffte sich davon nicht weniger als den Schlüssel zur Aufklärung dieses Falls. Mit der Taschenlampe in der Hand öffnete er die Tür und spähte auf den Korridor. Er lag in völligem Dunkel, nichts und niemand war zu sehen. Kurz lauschte er in die Nacht, doch außer einem vernehmlichen Schnarchen aus dem Nachbarzimmer war es ruhig. Vorsichtig tastete er sich an der Wand entlang. Er musste durch den ganzen Gang bis zur Treppe. Die hölzernen Dielen knarrten immer wieder unter seinen Schritten, weshalb er sich nicht traute, sich schneller als in Zeitlupe zu bewegen. Immer wieder hielt er inne, lauschte, doch es war ruhig, alles schien zu schlafen. Was sollte man hier auch sonst machen?

Draußen lehnte er sich gegen die Hauswand, kniff die Augen zusammen und spähte in die Dunkelheit. Er würde die Freifläche vom Gästetrakt aus überqueren müssen, um in den ersten Stock des Saalbaus zu gelangen. Dort vermutete er Ruths Büro, seit er so rüde von der Treppe vertrieben worden war.

Doch vor dem Eingang stand jemand und zündete sich gerade eine Zigarette an. Gab es unter den Sektenmitgliedern etwa Raucher? Egal, jedenfalls durfte der Typ ihn nicht bemerken, also schlich er sich zu den Büschen rechts des Gästehauses und drückte sich dicht an ihnen entlang. Als er das erste Gemüsefeld erreichte, konnte er seinen Schritt sogar ein wenig beschleunigen, wurde aber abrupt gebremst, weil er über etwas stolperte.

»Au! He, was soll denn das?«, fragte ihn eine Männerstimme. Kluftingers Herz setzte einen Schlag aus. Im fahlen Licht des Mondes sah er den weißhaarigen Mann von der Teepause, der hier auf dem Boden kniete und in der Erde vor sich herumscharrte. »Du bist mir auf die Hand getreten!«

»Ich ... tut mir leid, aber ich hab Sie gar nicht gesehen«, flüsterte der Kommissar entschuldigend, doch der Alte winkte ab.

»Nicht so wild. Hab gutes Heilfleisch. Aber den Wirsing, den musst du um Mitternacht harken. Wegen der Erdschwingungen.«

»Wegen ... freilich. Ja dann, frohes Schaffen weiterhin, gell?«

»Dann macht er einem auch weniger Blähungen«, erklärte der Mann noch, doch Kluftinger war bereits weitergegangen, bevor er Fragen stellen würde. Schnell hatte er den Saalbau erreicht. Er versteckte sich hinter dem Stamm einer großen Kastanie und spähte zum Eingang hinüber, der vielleicht noch zwanzig Meter entfernt war. Noch immer stand die Person davor. Der Kommissar versuchte vergeblich zu erkennen, ob es sich um einen Mann oder eine Frau handelte. Gab es hier etwa Wachen, die den Privatbereich der Sektenführerin schützten?

»Godverdomme!«, hörte er da einen Fluch, der sich holländisch anhörte – und erkannte im Schein des Feuerzeugs Luke, den Niederländer aus seinem Kurs. Anscheinend war ihm seine Zigarette ausgegangen, und nun versuchte er, sie wieder anzuzünden. Es war ein ganz besonderer Duft, der dem Kommissar in die Nase stieg. Bei dem, was Luke da rauchte, handelte es sich garantiert nicht nur um Tabak.

Damit jedoch war es ein Leichtes, ins Gebäude zu gelangen. Er ging forsch auf den Holländer zu, grüßte freundlich und lächelte in sich hinein, als der versuchte, seine Rauchwaren vor ihm zu verstecken.

Entgegen allen Befürchtungen des Kommissars war der Haupteingang zum Saalbau nicht abgeschlossen. Fast ein wenig fahrlässig, fand er, auch wenn er sich nicht über diese für ihn günstigen Umstände beklagen wollte. Er schlich sich durch den Gang bis zur Treppe. Bis hier war er bereits gekommen, oben jedoch erwartete ihn Neuland. Auf dem Treppenabsatz machte er halt und horchte in die Stille. Nicht das leiseste Geräusch. Also wagte er es, kurz die Taschenlampe anzuschalten und die Lage zu sondieren. Der fahle Lichtschein beleuchtete einen erstaunlich schmalen Gang, auf einer Seite mit Fenstern, die auf die Rückseite des Gebäudes hinausgingen. Gegenüber, in Richtung des Saals, ging nur eine einzige Tür ab, eine weitere an der Stirnseite des Korridors. Kluftinger knipste die Lampe aus und steckte sie weg. Aus keinem der beiden Türstöcke drang Licht. Vorsichtig drückte er die Klinke zum ersten Zimmer.

»Zefix!«, zischte er, verschlossen! Er merkte, wie seine Euphorie verflog. Bisher war alles wie am Schnürchen gelaufen, und jetzt das. Er war nicht besonders gut im Knacken von Schlössern, und vor allem – er wusste nicht, warum ihm das erst jetzt einfiel – war er überhaupt nicht darauf vorbereitet. Keinen Dietrich, keinen Draht, nicht einmal sein Schweizermesser hatte er mitgenommen. Priml. Wieso hatte er denn nicht mitgedacht, als er in seinem Zimmer aufgebrochen war? Er zuckte mit den Schultern und ging auf die andere Tür zu.

Als er davorstand, schaltete er kurz die Lampe an. Das Türblatt war mit etwas beklebt, das er im Dunkeln nicht erkennen konnte. Im Schein der Taschenlampe sah er, dass es sich um Fotos handelte, die Ruth mit ihren Anhängern zeigten, daneben hingen mehrere Zeichnungen von Kindern verschiedenen Alters. Auf einem standen in Krakelschrift Grüße an die »Älteste, unsere liebe und treue Beschützerin in allen Gefahren«. Wenn es sich bei diesem Raum nicht um den Zeichensaal der Gemeinschaft handelte, mussten es wohl die Büroräume von Frau Ruth sein, dachte Kluftinger und spürte, wie sich seine Nervosität steigerte. Er drückte die Klinke, die Tür schwang auf, er schlüpfte hinein und lehnte sich von innen dagegen. Das war einfach gewesen, dachte er. Aber manchmal brauchte man eben Glück.

Kluftinger wartete einen Moment, bis sich seine Augen an das Mondlicht gewöhnt hatten, das durch das kleine Fenster fiel. Er würde die Taschenlampe nur ab und zu brauchen, stellte er erleichtert fest. Das Zimmer, in dem er stand, war viel kleiner, als die architektonischen Gegebenheiten es vermuten ließen. Er betrachtete die spärliche Einrichtung: ein schlichter Schreibtisch mit einem weißen Holzstuhl davor, ein schmuckloser Aktenschrank, daneben ein schmales Regal mit einigen Ordnern und in Leder gebundenen Büchern. Ein weiteres stand rechts von der Tür, durch die er gekommen war. Alles war einfach, kahl, so wie er es erwartet hatte.

Er ging zum Schreibtisch und entdeckte die Schublade links unter der Platte. Das war es, wonach er suchte, vermutete der Kommissar. Die Lade war verschlossen, was seine Vermutung zur Gewissheit machte. Jetzt knipste er die Taschenlampe an und suchte die Tischplatte nach dem Schlüssel ab – vergebens. Nur ein kleiner Becher mit Büroklammern stand darauf. Er nahm sich eine heraus, bog sie so auseinander, wie er es aus alten Edgar-Wallace-Filmen kannte, und führte sie als Schlüsselersatz in das Schloss ein. Nach ein paar Millimetern verbog sich der weiche Draht jedoch bereits und war damit unbrauchbar. »Kreuzhimmel!«, verfluchte er sich erneut dafür, dass er sein Taschenmesser im Zimmer vergessen hatte. In den Filmen hatte das immer so einfach ausgesehen.

Einem Impuls folgend, wandte er sich dem Aktenschrank zu. Der besaß eine dieser altmodischen Rolltüren, und im Schloss steckte immerhin ein Schlüssel. Vorsichtig drehte ihn der Kommissar – und fuhr erschrocken zusammen, als das Holzrollo die komplette Front entlang nach unten rauschte. Regungslos lauschte er in die Nacht. Doch es blieb still, niemand schien ihn gehört zu haben. Gott sei Dank, dachte er und stöberte weiter. In den meisten Fächern fanden sich lediglich Kopiererpapier, Druckerpatronen, Umschläge und Karten. Das oberste Fach jedoch schien interessanter zu sein: Er entnahm ihm ein abgegriffenes Blechkästchen, in dem Ruth allerlei Krimskrams lagerte: Haarnadeln, Büroklammern, eine Nagelschere, ein paar kleine Schlüssel, Ladekabel, einen zerkratzten Datenstick und einige Magnete.

»Na also, da müsste doch was dabei sein«, murmelte Kluftinger und nahm die Dose mit zum Schreibtisch. Bereits der dritte Schlüssel glitt geschmeidig ins Schloss und ließ sich problemlos drehen. Gespannt zog er die Lade heraus. Sein erster Blick fiel auf eine Flasche, die quer darin lag. »*Eckes Edelkirsch*, na Mahlzeit«, brummte er. Daneben ein benutztes Likörglas. Und das, wo die Gemeinschaft Alkohol doch rundweg ablehnte, wie er heute beim Essen auf die Frage nach einem gekühlten Radler erfahren hatte. Eine Packung Säureblocker gegen Sodbrennen war das Nächste, was ihm in die Hände geriet. Ob selbst Frau Ruth Probleme mit dem Kohl hatte, der hier ständig serviert wurde? Auch er musste seit dem Abendessen immer wieder unangenehm sauer aufstoßen. Er drückte sich eine Tablette aus dem Blister und zerkaute sie langsam. Als Nächstes fand er eine Packung Paprikachips, eine Dose Erdnüsse und eine Tube Feuchtigkeitscreme. Alles nicht das, wonach er suchte, auch wenn er nicht genau wusste, was das überhaupt war. Immerhin: Am Boden der Schublade befanden sich einige Fotos. Als Kluftinger sie unter den Snacks herauszog und ins Licht hielt, erschrak er: Sie zeigten ihn. Aufgenommen aus der Vogelperspektive, als ihn die Drohne durch den Wald neben der Tongrube gejagt hatte. Er legte sie zurück, da fiel ihm ein handgeschriebener Brief auf. Mit zitternden Fingern nahm er ihn heraus und hielt ihn in den Schein seiner Taschenlampe. Er war jetzt ganz nah dran, das spürte er.

Es war kein Original, sondern eine Kopie. Beate Jerofke hatte ihn geschrieben, unter diesem Namen, also offenbar, bevor sie sich ihren »Künstlernamen« zugelegt hatte. Adressiert waren die Zeilen an Doktor Gerhard Brunner, Udo Brunners Vater. Jerofke drohte ihm darin ganz unverhohlen für den Fall, dass er mit seinen Beschuldigungen gegen sie an die Öffentlichkeit oder zu den Behörden gehen würde. Der *Bannstrahl* werde ihn treffen, die *Mittagsfrau* ihn holen, und er werde andere *schmerzliche Folgen* zu spüren bekommen, wenn er das, was zwischen ihr und seiner Tochter vorgefallen war, publik mache.

»Na also, Frau Jerofke, das ist doch mal was!«, flüsterte Kluftinger und ballte eine Hand zur Faust. Nicht nur, dass Jerofke darin dem Mann drohte, sie räumte auch mehr oder weniger deutlich ein, dass die Anschuldigungen gegen sie stimmten. Sie musste sich sehr sicher gewesen sein, dass sie Brunners Vater mit ihren Flüchen oder was immer das sein sollte, beeindrucken konnte, sonst hätte sie niemals so deutlich geschrieben. Offenbar war sie es gewohnt, dass ihre Drohungen Wirkung zeigten. Und diesen Brief hatte Udo Brunner ihr nun zurückgegeben, vermutlich als eine Art Druckmittel, mit dem er versucht hatte, die Sektenführerin mundtot zu machen, ihre Kritik an den Forschungsarbeiten in der Tongrube verstummen zu lassen.

Gebannt starrte Kluftinger auf das Papier, da hörte er auf dem Gang Geräusche. Eine Tür, die ins Schloss fiel, dann Schritte. Schritte, die sich näherten. »Zefix«, zischte er und blickte sich fieberhaft nach einer Möglichkeit um, sich zu verstecken, falls jemand hereinkommen würde. Aber um diese Zeit? Unwahrscheinlich. Außer natürlich, jemand hatte ihn beobachtet. Oder war Frau Ruth zurückgekehrt? Was, wenn irgendjemand sie womöglich über seinen Aufenthalt hier informiert hatte und sie deswegen ihre Reise abgebrochen hatte? Schlagartig spürte er die Schweißtröpfchen, die sich auf seiner Stirn sammelten. Wenn sie ihn hier anträfe, würde sie es dabei belassen, ihn hochkant hinauszuwerfen, oder drohte ihm Schlimmeres? Er wollte es nicht darauf ankommen lassen.

Seine Hand zitterte, als er den Brief zurück in die Schublade legte. Er schob sie so leise wie möglich zu, sprang auf, räumte das Kästchen in den Aktenschrank zurück und blickte sich um. »Zefix, zefix, zefix!«, zischte er. Es gab keine Möglichkeit, sich zu verstecken. Da war nur der Schrank, aber der war zu klein. Ob er es unter dem Schreibtisch versuchen sollte? Nein. Wer auch immer die Tür öffnen würde, würde ihn sofort entdecken. *Hinter der Tür*, schoss es ihm durch den Kopf. Das wäre die einzige Chance, wenn sie auch noch so gering war: Er würde warten, bis die

Tür sich geöffnet hatte, dann hoffen, dass sie nicht gleich wieder geschlossen wurde, würde den Moment, in dem die Person ins Zimmer ging, nutzen, um unbemerkt hinauszuschlüpfen und ... »Kreuzmalefiz!« Er knipste die Taschenlampe aus, steckte sie weg und schlich sich neben die Tür. Die Schritte waren jetzt ganz nah, und er sah, wie die Türklinke sich bewegte. Also doch! Seine Knie wurden weich, seine Chancen, unentdeckt hier herauszukommen, waren verschwindend gering. Dennoch presste er sich in der Ecke eng an das dort befindliche Bücherregal – und verlor fast das Gleichgewicht, als es geräuschlos nach hinten schwang. Beinahe hätte er aufgeschrien, so überrascht war er, dass die Wand plötzlich nachgab. Nach ein paar Sekunden der Schockstarre machte er einen Schritt in den Raum, der sich dahinter auftat, und schob das Regal wieder zurück in seine Ausgangsposition. Da wurde die Bürotür geöffnet, und das Licht ging an.

Schweiß tropfte ihm von der Stirn, sein Herz raste. Aber er war in Sicherheit. Jedenfalls fürs Erste. Nur: Wo war er überhaupt gelandet? Das Büro der Ältesten lag am Ende des Flurs, offensichtlich aber nicht am Ende des Gebäudes, sonst wäre kein Platz für diesen Raum, der sich hinter Frau Ruths offiziellem Arbeitszimmer verbarg. Das erklärte das seltsame Gefühl, das er gehabt hatte, als er eben in das kleine Arbeitszimmer gekommen war. Er schaute sich um. Das Mondlicht der sternklaren Sommernacht drang nur schwach durch die Fenster herein, doch es reichte, um zu erkennen, wo er gelandet war: in Beate Jerofkes Refugium. Ihr kleiner, nein, ihr gar nicht so kleiner, luxuriös ausgestatteter Privatbereich, der aussah wie die Lounge eines schicken und vor allem teuren Hotels: eine stylische Sitzecke samt Glaskamin, etwas moderne Kunst an der Wand, ein riesiger Fernseher, eine voll ausgestattete Bar inklusive gut gefülltem gläsernen Kühlschrank, dann eine weitere Tür, hinter der Marmorfliesen glänzten. Vermutlich ein Bad, wahrscheinlich sogar ein Wellnessbereich. Kluftinger hätte beinahe mit der Zunge geschnalzt. Die gerissene Frau Ruth hatte sich hier einen Rückzugsort geschaffen, von dem ihre Schäfchen nicht einmal träumen durften. Alles vom Feinsten, ausgestattet mit Dingen, die innerhalb der Gemeinschaftsgrenzen eigentlich verboten waren. Eine große Glasscheibe an der Stirnseite gab außerdem den Blick frei auf den Vortrags- und Seminarsaal. Er kannte die Scheibe, allerdings von der anderen Seite, wo sie als riesiger Spiegel fungierte. Wie oft sie ihn und andere von hier oben wohl beobachtet hatte? Mit einem überlegenen Lächeln auf den Lippen, hoch über den Köpfen der ahnungslosen Objekte ihres Kontrollwahns?

Du falsche Schlange, dachte er. Andererseits: Wenn das unter den Mitgliedern bekannt werden würde, könnte es das Ende dieser seltsamen Vereinigung bedeuten. Vielleicht könnte er mithelfen, dass das bald ans Licht ...

Ein Poltern unterbrach seine Gedanken, gefolgt von einem Fluchen. Er kannte die Stimme. Vorsichtig lugte er durch den Spalt zwischen Wand und Regal, den er offen gelassen hatte. Tatsächlich, es war Jakob, der hier im Zimmer seiner Chefin herumschnüffelte. Er schien irgendetwas zu suchen, denn er schaute sich genauso um wie Kluftinger noch vor ein paar Minuten. Plötzlich durchfuhr es den Kommissar: Was, wenn er nicht *etwas* suchte, sondern *jemanden*? Wenn die Wachen ihn gesehen hatten und Jakob nun auf der Jagd nach ihm war? Wenn sie sein Bett leer vorgefunden und eins und eins zusammengezählt hatten? Kannte Jakob den geheimen Raum, in dem er sich versteckte? Dann wäre es nur eine Frage der Zeit, bis der Mann hereinkommen und unweigerlich auf ihn stoßen würde. Automatisch langte der Kommissar zu der Stelle in seinem Hosenbund, an der eigentlich seine Waffe stecken sollte – wenn er sie mitgenommen hätte. Natürlich wusste er, dass er sie nicht dabeihatte, aber als er die leere Stelle fühlte, musste er schlucken. Warum war er, was das betraf, immer so nachlässig? Hätte er nicht einmal auf den Rat der Kollegen hören können?

Doch bevor er weiter darüber nachdenken konnte, öffnete sich die Tür des Büros erneut. Kluftinger hielt die Luft an, als Frau Ruth plötzlich im Zimmer stand. Hatte Jakob sie gerufen? Wollte er den Kommissar lieber in ihrem Beisein stellen?

»Was willst du hier?«, hörte er die schneidende Stimme der Frau, die noch kälter wirkte als sonst. Für Kluftinger war das dennoch ein kurzer Moment der Erleichterung, weil zumindest sie nichts von seiner Anwesenheit zu ahnen schien. »Du hast hier nichts verloren.«

»Ich wollte dich sprechen«, antwortete der Mann sichtlich eingeschüchtert.

»Es gibt andere Wege dafür. Keiner davon sieht vor, mitten in der Nacht hier aufzutauchen«, zischte sie. Dann ging sie ein paar Schritte auf Jakob zu, doch der wich zurück, was Kluftinger zwang, sich noch mehr zu verrenken, um die beiden im Blick zu behalten. Er atmete flach.

»Du wusstest doch, dass ich unterwegs bin, oder?«, hörte er Beate Jerofke jetzt sagen. Es war weniger eine Frage als eine Anklage.

»Ich ... ja, aber ich habe gehört, dass du wiederkommst.«

»Und was willst du?«

»Der Bulle ist da.«

Kluftingers Puls beschleunigte sich.

»Wer?«

»Der fette Typ.«

Das war das Merkmal, mit dem Jakob glaubte, ihn beschreiben zu können?

»Der Alte? Was soll das heißen, er ist da?«

»Er macht bei einem Seminar mit. Sagt, dass du ihn eingeladen hast.«

Die Frau atmete tief durch. Dann setzte sie sich an ihren Schreibtisch. Kluftinger konnte ihr Gesicht nun nicht mehr sehen. Er betete, dass sie die unverschlossene Schublade nicht bemerken würde.

»Das habt ihr zugelassen?« Sie klang nun nicht mehr so kalt, eher besorgt.

»Du hast zu ihm gesagt, er soll mal vorbeikommen. Und die anderen kennen ihn ja nicht.«

»Hat er sich telefonisch angemeldet?«

»Nein, sie haben ihn angeworben.«

Die Frau antwortete nichts, ließ nur ein nachdenkliches »Hm« vernehmen.

»Meinst du, er ist wirklich wegen dem Seminar hier?«, fragte Jakob unsicher.

»Bestimmt nicht. Hat er mit jemandem geredet?«

»Na klar, ich mein, man kann so ein Seminar ja nicht ...«

»Außerhalb des Seminars, du Idiot«, fuhr sie scharf dazwischen.

»Ich hab auf jeden Fall gesehen, wie er beim Essen mit Elias zusammengestanden hat.«

Sie erhob sich. »Mit Elias?« Ihre Stimme klang alarmiert. Kluftinger war klar, dass sie entsprechende Schlüsse ziehen würde. Eine Weile sagte keiner der beiden etwas, dann stieß sie ein verächtliches »Alles muss man selbst machen!« hervor.

»Meinst du, er ahnt etwas?«

Kluftinger hielt den Atem an. Jetzt wurde es interessant.

»Ahnen vielleicht. Aber mehr auch nicht, sonst wäre er nicht hier. Finde es heraus.«

»Was?«

»Was er weiß.«

»Ich?«

»Ja, du, Jakob. Das ist dein Problem.«

»Mein Problem?« Der junge Mann klang verzweifelt. »Du meinst: unser Problem.«

»Nein, deins.«

»Aber wenn ich was erzähle, Älteste, dann ist es auch deins.«

Sie stellte sich ganz nah vor ihn und sagte leise: »Droh mir nicht. Das haben schon ganz andere versucht. Und du hast gesehen, wie das endet.«

Der Kommissar schluckte. Redete sie von Brunner? Natürlich, es gab keinen Zweifel mehr: Der Professor hatte sie bedroht, und dafür hatte sie ihn umgebracht. Genau darum ging es in diesem Gespräch.

»Ich ...«

»Ja?«

»Nichts. Ich kümmere mich darum.« Mit diesen Worten stürmte Jakob aus dem Zimmer.

Frau Ruth schloss die Tür hinter ihm und drehte den Schlüssel im Schloss. Dann tigerte sie unruhig durch ihr Büro. Würde sie jetzt gleich hier zu ihm hereinkommen und sich einen Drink genehmigen? Kluftinger machte sich auf eine körperliche Auseinandersetzung gefasst. Immerhin war sie allein, mit ihr würde er fertigwerden. Sie setzte sich wieder an ihren Schreibtisch und verschwand damit aus seinem Blickwinkel. *Scheiße, die Schublade*, dachte er.

Einen Moment war es still, dann hörte er ein bedrohliches Knurren, das sich ihrer Kehle entrang und zwei Worte bildete: »Na warte!«

Nun würde er enttarnt werden, da war Kluftinger sich sicher. Er ballte seine Hände zu Fäusten, presste die Fingernägel so stark in die Handballen, dass es wehtat. Dann sah er, wie die Frau sich erhob und aus dem Raum stürmte wie kurz zuvor ihr Handlanger.

Eine Weile blieb er wie versteinert stehen. Wollte sie Verstärkung rufen? Augenblicklich öffnete er die Regaltür und rannte durch das Büro hinaus auf den Gang.

Keine fünf Minuten später war er wieder in seinem Zimmer. Atemlos, nass geschwitzt, zitternd. Seine Beine fühlten sich an wie aus Gummi, er hatte Angst, ohnmächtig zu werden. Was nun? Sollte er das Gelände fluchtartig verlassen? Er spielte ein paar Minuten mit diesem Gedanken, entschied sich dann aber dagegen. Wenn er einfach abhauen würde, jetzt, wo er so nah dran war, wäre alles umsonst gewesen. Und vielleicht hatte Frau Ruths plötzlicher Aufbruch ja gar nichts mit ihm zu tun.

Er stand auf und fummelte hektisch seine Waffe aus der Matratze. Als sich seine Finger um das kalte Metall schlossen, beruhigte er sich etwas. Sollten sie ruhig kommen. Er war vorbereitet.

⊁1

»Wutbürger für Drohnenfürst, bitte kommen!«

Kluftinger drehte sich noch einmal im Bett um, auch wenn er das vage Gefühl hatte, Stimmen zu hören. Bestimmt hatte er nur schlecht geträumt, kein Wunder angesichts dessen, was er in der vergangenen Nacht erlebt hatte.

»Wutbürger für Drohnenfürst, ich brauche jetzt ein Lebenszeichen von dir, ansonsten lassen wir die Aktion Kohl-Ernte umgehend beginnen.«

Jetzt fuhr der Kommissar hoch. Natürlich, es war Maiers Stimme, die da gedämpft aus seinem Bett tönte. Mit einem Schlag war er klar im Kopf. Er sprang auf, zog das Funkgerät heraus, das ihm beim Schlafen beständig in die Rippen gedrückt hatte, und keuchte mürrisch »Morgen, Richie« hinein. Als er spürte, dass ihm wegen des abrupten Aufstehens schwindlig wurde, setzte er sich wieder und streckte sich erst einmal ausgiebig.

»Hier Drohnenfürst, Wutbürger, bitte Codenamen verwenden«, schnarrte Maier und fügte tadelnd an: »Warum gibst du mir nicht regelmäßig Lebenszeichen? Ich war in Sorge.«

»Du warst doch gestern Abend ewig nicht erreichbar.«

»Ich? Kann nicht sein. Wir waren nur einmal kurz … also, ich war nur einmal kurz … *Over*.«

»Geschenkt, Richie. Also … Dings … Fürst. Himmel, hör lieber mal zu, was ich rausgefunden hab.«

Nachdem er Maier über seine nächtliche Mission aufgeklärt hatte, schloss der Kommissar: »Meine Meinung: Die Jerofke hat den Professor auf dem Gewissen.«

»Keine Klarnamen!«, schimpfte Maier schon wieder.

»Ja, zefix! Also, sie … hat den … du weißt schon, wen, um die Ecke gebracht, weil er sie irgendwie erpressen oder mundtot machen wollte. Wahrscheinlich kam es in der Tongru… im Sandkasten … also, du weißt schon, wo, zum entscheidenden Streit. Aber es sieht so aus, als befürchte einer ihrer Leute, dass sie es ihm anhängen will.«

»Bestens. Dann kommen wir jetzt.«

»Nein, nix. Auf keinen Fall. Wenn wir das jetzt abbrechen, haben wir nichts gegen sie in der Hand. Ich bleib da und versuch, Beweise zu kriegen und noch mehr aus den Typen rauszubringen, klar?«

»Auf deine Verantwortung, Wutbürger.«

»Auf wessen denn sonst … Drohnenheini, hm?«

»Hoffe, das Seminar zeigt noch bessere Wirkung als bislang. Viel Glück und pass auf dich auf, mein Freund. *Over and out.*«

Eigentlich hätte Kluftinger das mit dem Freund gern noch kommentiert, aber aus dem Funkgerät drang nur noch Rauschen.

Einem kärglichen Frühstück folgte ein zweistündiger erster Seminarblock, der Kluftinger keine wirklich neuen Impulse mehr bot. Immer wieder sah er zum ersten Stock hinauf, zur Spiegelfläche, bei der er mehr als einmal das Gefühl hatte, dass Frau Ruths kalte Augen ihn dahinter beobachteten. Es fiel ihm schwer, sich auf das Seminar zu konzentrieren, so kurz vor dem Ziel, für dessen Erreichen es aber noch einen Endspurt brauchte. Zwar hatte er nicht den Eindruck, dass seine nächtliche Aktion bemerkt worden war, dennoch hatte sich das Verhalten der Sektenmitglieder ihm gegenüber verändert: Beate Jerofke musste sie darüber unterrichtet haben, wer er war – und hatte offenbar angeordnet, sich nicht weiter mit ihm zu unterhalten. Selbst die

Kursleiter gaben sich zugeknöpft und wortkarg, auch während der vormittäglichen Teepause, die mit fünfundvierzig Minuten erfreulich großzügig bemessen war.

Da von Gabriel und Magdalena ohnehin keine weiteren Informationen zu erwarten waren, beschloss Kluftinger, die Zeit zu nutzen, stellte sich erst ein wenig abseits von den anderen, um sich schließlich gänzlich davonzustehlen. Sein Ziel war es, Jakob zu suchen und sich noch einmal mit ihm zu unterhalten. Angesichts des heftigen Streits gestern zwischen ihm und seiner Chefin sah er bessere Chancen, an Informationen zu kommen. Er müsste ihm nur das Gefühl geben, bei ihm könne er frei über sein Verhältnis zur Anführerin sprechen.

Schon beim Frühstück hatte er gesehen, wie Jakob mit einer ganzen Schubkarre voller Obst, Gemüse und einer großen Ladung Stroh im Stadel am Hof verschwunden war. Auch die restlichen Sektenmitglieder schienen sehr beschäftigt, was daran lag, dass sie ein rituelles Fest am Abend vorbereiteten. »Eine Opferzeremonie für die Fruchtbarkeit unserer Felder«, so viel immerhin hatte Gabriel sich entlocken lassen. Kluftinger wollte das nutzen, wollte darüber mit Jakob ins Gespräch kommen, um dann auf das überzuleiten, was ihn wirklich interessierte.

Als er schnellen Schrittes auf den Stadel zusteuerte, sah er tatsächlich, dass der junge Mann noch immer darin war. Was er allerdings genau tat, erkannte der Kommissar erst, als er an der Eingangstür stand: Er hatte aus Stroh eine riesige Puppe geformt, in die er nun das Gemüse und das Obst stopfte, das er mitgebracht hatte. Immer wieder legte er einen Kürbis oder einen Kohlkopf hinein.

»Morgen«, rief Kluftinger ihm freundlich zu, denn er wollte nicht den Eindruck erwecken herumzuschleichen. Dennoch ließ der junge Mann eine riesige Zucchini fallen und fuhr erschrocken herum.

»Entschuldigung, aber ich hab mitbekommen, dass Sie heut noch ein Fest haben«, sagte der Kommissar im Plauderton. »Worum geht's denn da genau?«

»Ich … Sie? Sollten Sie nicht eigentlich beim Seminar sein? Sie werden Wichtiges verpassen.«

»Wir haben grad Pause. Nicht, dass Sie denken, ich bin neugierig, aber …«

»Aber Sie sind es.«

Kluftinger zuckte mit den Achseln. »Ertappt. Was ist das denn für eine Puppe, die Sie da vorbereiten?«

Jakob seufzte und legte ein Werkzeug beiseite, das aussah wie eine überdimensionierte Häkelnadel. »Wir feiern die Vereinigung von Smiertka mit ihrem Bruder Jarilo. Die Strohfigur verkörpert diese Gottheit aus der slawischen Mythologie«, erklärte er und wies auf die Puppe. »Smiertka hat noch einige andere Namen, vielleicht haben Sie schon mal was von Morena gehört?«

Der Kommissar erinnerte sich an die Unterhaltung mit Frau Ruth und ihren Armreif. »Ja, die mit dem Kuckuck, oder?«

»Ihr Tiersymbol, ja. Und so heißt sie eben auch. Der Vogel findet sich auch in den Familienwappen einiger adeliger slawischer Geschlechter.« Kluftingers Taktik, ihn über das Fest zum Reden zu bringen, schien aufzugehen. Jetzt ging Jakob zur Puppe und hob deren obere Hälfte an, worauf sie wie ein Deckel aufklappte.

»Wir füllen sie mit Opfergaben, die auf unserem Grund und Boden gewachsen sind. Wir sind überzeugt, dass uns durch die Vereinigung von Smiertka und Jarilos Geist, der in der Erde wohnt, reiche Ernte beschert wird.«

Kluftinger nickte wissend, obwohl er keinen Schimmer hatte, wovon sein Gegenüber da sprach. Immerhin: Jakob redete mit ihm. Das war ein Anfang. »Und hat es einen besonderen Grund, dass das Fest heute gefeiert wird?«

»Der Termin richtet sich nach den Mondphasen, der Tagundnachtgleiche, der Witterung und wird jedes Jahr von der Ältesten neu errechnet.«

»Verstehe. Und Sie müssen immer diese Opferpuppe herrichten? Ganz schön viel Arbeit, oder?«

»Jeder hat hier die Aufgaben zu erledigen, die ihm aufgetragen sind«, sagte Jakob barsch.

Der Kommissar musste vorsichtig sein, um das zarte Band, das er da gerade geknüpft hatte, nicht gleich wieder zu zerreißen. Dennoch wollte er sich ein bisschen weiter vorwagen. »Und das stellt niemand infrage? Ich mein, es könnte ja mal sein, dass man unzufrieden ist mit einer Entscheidung oder sich ungerecht behandelt fühlt, weil man mehr tun soll, als man … müsste.«

»Wie meinen Sie das?«

Er fühlte das Misstrauen in der Stimme des Sektenanhängers. Hatte er den Braten gerochen? Der Kommissar versuchte, das Gespräch auf einen ganz bestimmten Punkt zu lenken: den uneingeschränkten Gehorsam. Die Frage, ob Solidarität auch dann weiter bestand, wenn man für etwas einstehen musste, was man gar nicht getan hatte. In diese Richtung hatte er den gestrigen Zwist zwischen ihm und Frau Ruth interpretiert.

»Eine Gemeinschaft wie die unsere kann nur überleben, wenn es bedingungslosen Zusammenhalt gibt«, sagte Jakob knapp und wandte sich wieder seiner Arbeit zu: Er nähte nun Fetzen aus Filz an die Unterkonstruktion aus Stroh, anscheinend stilisierte Kleidung für die Gottheit.

Der Kommissar ließ die Hoffnung fahren, dass der junge Mann angesichts von Ruths Drohung, sie schiebe ihm alles in die Schuhe, auspacken und sich ihm anvertrauen werde. Er seufzte, was Jakob nicht entging. Aber es war auch zum Verzweifeln: Jakob müsse allein dafür geradestehen, hatte Frau Ruth gesagt. Er solle herausfinden, was Kluftinger wusste, und wenn er auspacken würde, wisse er ja, was mit ihm passieren würde.

Das konnte nur eins bedeuten. Aber sie war viel zu unkonkret geblieben, um eine Festnahme zu rechtfertigen. »Unbedingter Gehorsam. Ziemlich selten geworden. Vielleicht gut so«, sagte er mehr zu sich selbst als zu Jakob, schüttelte den Kopf und fuhr dann lauter fort: »Was passiert denn bei Ihrem Fest heute Abend alles?«

»Die Puppe wird symbolisch der Erde übergeben. Ein paar Brüder und Schwestern schachten am Waldrand bereits eine Grube aus. Dann ziehen wir mit Musik aus Schalmeien und Guslen von hier zum Opferplatz.«

»Was sind denn bitte Guslen?«

»Einfache, einsaitige Lauten, mit Pergament bespannt. Selbst gemacht.«

»Verstehe. Kann man da zuschauen? Als Besucher, meine ich?«

»Das ist den Mitgliedern der Gemeinschaft vorbehalten. Das Seminar ist ja heute Mittag zu Ende. Sie sollten jetzt zurückgehen. Sonst wird man Sie vermissen – und beginnen, Sie zu suchen.« Damit wandte er sich ab.

Kluftinger hatte das Gefühl, als schwinge darin eine Drohung mit. Es war Zeit zu gehen. Doch dank des Gesprächs hatte er jetzt einen Plan.

Als das Seminar gegen vierzehn Uhr zu Ende war, war Kluftinger erleichtert. Noch mehr Psychospielchen, noch mehr Seelenbeschau hätte er nicht ertragen. In seinem Zimmer packte er seine Habseligkeiten in den Koffer, fischte seine Waffe aus der Matratze und machte sich auf den Weg zum Auto. Am Parkplatz standen Herr Müller und Luke. Er hoffte, sie hatten nicht vor, Adressen auszutauschen, oder etwas in der Richtung.

»Fahren Sie endlich Ihre versiffte Rostlaube zur Seite und lassen Sie mich ausparken, Sie windiger Haschbruder«, brüllte da aber Herr Müller und stieg in seinen schwarzen Edelkombi, was der andere mit seinem Mittelfinger und einer längeren holländischen Schimpftirade beantwortete, aus der Kluftinger die Worte »Schmierlappen« und »Suckel« herauszuhören glaubte. Auch wenn Lukes Sprache lustig klang: Wirklich viel schien diesen beiden Zwangsvulgariern das Seminar ja nicht gebracht zu haben. Der Kommissar winkte ihnen lächelnd zum Abschied, verstaute alle Sachen außer Taschenmesser, Waffe und Funkgerät im Kofferraum, fuhr los und lenkte den Dienstwagen auf eine kleine Forststraße. Dort hielt er an, parkte den Wagen im Gebüsch und schlich sich in großem Bogen durch den Wald zurück aufs Gelände der Gemeinschaft.

Kluftingers Herz pochte, als er den Stadel mit der Smiertka-Puppe fast wieder erreicht hatte. Er war in einer brenzligen Lage: Falls sie ihn fänden, war er in höchster Erklärungsnot. Das Seminar war aus, er war abgereist, und zu sagen, er hätte sich verlaufen, dürfte ihm kaum jemand glauben. Auf einmal knirschte der Kies unter schnellen Schritten. Schritte, die näher kamen. Er befand sich auf freiem Feld, nur ein Geräteschuppen stand auf der Wiese. Er rannte hin und presste seinen Körper gegen die Tür, die sogleich aufschwang. Ohne nachzudenken, schlüpfte er hinein und zog sie hinter sich zu – gerade noch rechtzeitig, bevor sich ein Mädchen und ein Junge, beide im Teenageralter, in Sektengewändern näherten. Er biss sich auf die Lippen und schaute sich um.

Neben Gartengeräten wie Sensen, Rechen und Schaufeln lagerten hier drin vor allem tönerne Pflanzgefäße. Immerhin: Er konnte durch mehrere Spalten zwischen den Holzlatten gut nach draußen sehen. Sogar den Eingang zu Jakobs Schuppen hatte er im Blick und würde also auf jeden Fall mitbekommen, wenn die Prozession losginge oder der junge Mann herauskäme. Im Moment hatte er ohnehin keine andere Wahl, als hierzubleiben, denn die beiden Jugendlichen setzten sich auf eine Bank direkt vor seinem Unterschlupf.

»Also, her mit den Kippen, bevor jemand kommt«, sagte das Mädchen, während der Junge sie bat, die »Beast«-Dosen herauszuholen. Kluftinger, der keine Ahnung hatte, worum es sich dabei handelte, lugte durch einen Spalt und erkannte zwei dieser quietschbunten Energydrinks. Ziemlich weit weg vom Sauerkrautsaft, dachte er und fühlte sich den beiden Heranwachsenden in diesem Moment eng verbunden. Ja, er freute sich geradezu über diese Missachtung des rigiden Reglements, dem die Kinder hier ansonsten ausgeliefert waren. Am liebsten wäre er zu ihnen gegangen und hätte mit ihnen angestoßen.

Leider zog sich das kleine Stelldichein der beiden dann aber deutlich länger hin als gedacht. Er wurde Zeuge, wie sie sich über ihre sehr spezielle Schule unterhielten und darüber, was sie machen würden, wenn sie alt genug wären, die Gemeinschaft endlich zu verlassen. Auch wenn ihn diese Gespräche im Fall nicht weiterbrachten: Es war beruhigend zu wissen, dass die Gehirnwäsche der Ältesten nicht bei allen verfing, dass sich diese zwei vor dem Schuppen anhörten wie ganz normale Jugendliche. Wie zwei Heranwachsende, die später vielleicht nicht mehr in einer strengen, rückwärtsgewandten Psychosekte leben würden, die von einer verbitterten Diktatorin regiert wurde. Das Dumme jedoch war, dass sein Versteck jetzt in der prallen Nachmittagssonne lag. Er merkte, wie sich die Temperatur minütlich erhöhte. Das Blechdach in der Knallsonne würde das Hüttchen bald in einen Glutofen verwandeln. Und er hatte nichts zu trinken dabei. Schon beim Gedanken daran fühlte sich seine Kehle ausgetrocknet an. Fürs Erste musste es aber zur Hitzeregulation genügen, wenn er sein Hemd und seine Weste auszog. Und auch aus den von Erika selbst gestrickten Wollsocken musste er schnellstens raus.

Himmel, dieses Päckchen Zigaretten der beiden Teenager musste doch endlich einmal leer sein, dachte er verzweifelt. Aber nein, immer wieder steckten sie sich eine Kippe an, eine Dose nach der anderen wurde geöffnet – und jedes Mal, wenn er das Zischen der Kohlensäure hörte, hatte er das Gefühl, dem Austrocknen ein Stückchen näher zu rücken.

Kluftinger spähte immer wieder aus einem seiner Gucklöcher in die flirrende Hitze hinaus, wobei die Szenerie vor seinen Augen mehr und mehr verschwamm und erste Anzeichen von Schwindel ihn buchstäblich in die Knie zwangen. Die Luft wurde schwer und dick. Lange würde das nicht mehr gut gehen, er musste endlich raus aus diesem Backofen.

Noch immer war Jakob mit seinen seltsamen Vorbereitungen an der Puppe beschäftigt, wie die Geräusche aus dem großen Stadel verrieten. Dann hörte er Schritte, mehrere Personen, die sich miteinander unterhielten, näherten sich. Eilig drückten die Jugendlichen auf der Bank ihre Zigaretten aus und standen hastig auf. Kluftinger schickte ein Stoßgebet zum Himmel, dass sie nicht auf die Idee kommen würden, sich ebenfalls im Gerätehäuschen zu verstecken. Erleichtert nahm er zur Kenntnis, dass sie sich in die Büsche schlugen.

Der Kommissar schöpfte neue Hoffnung: Die Teenager waren aus dem Weg, bald würde er sich also aus seinem selbst gewählten Gefängnis befreien können. Doch erst musste er herausfinden, wer die Kinder vertrieben hatte. Er spähte durch die löchrige Bretterwand und sah vier junge Männer und eine Frau. Sie hatten Hacken, Schaufeln und einen Pickel über der Schulter und trugen Strohhüte zu einfacher Arbeitskleidung. Sicherlich die Truppe, die die Grube im Wald ausgehoben hatte. Seufzend schloss er die Augen, als ihm klar wurde, wo sie ihre Arbeitsgeräte bestimmt gleich verstauen würden. Panik ergriff Besitz von ihm und schnürte ihm die Kehle ab. Jetzt standen die fünf direkt vor der Tür. Doch statt sie zu öffnen, lehnten sie lediglich die Gerätschaften dagegen und ließen sich auf der Bank nieder. Die Frau holte blecherne Flaschen aus ihrem Rucksack. Wieder musste der Kommissar dabei zusehen, wie andere ihren Durst direkt vor seinen Augen stillten, während er nach Flüssigkeit lechzte. Dennoch konnte er den Blick nicht davon abwenden. Sehnsuchtsvoll starrte er hinaus zur Bank, als ihm darunter eine Dose Energydrink auffiel. Die Kinder mussten sie stehen gelassen haben. Ob sich darin noch etwas von dem Getränk befand? Eines der Bretter, die die Schuppenwand bildeten, endete kurz über dem Boden. Durch den Spalt würde er die Dose erreichen können. Und wenn man ihn erwischte? Egal, das musste er riskieren. Ohnmächtig nutzte er schließlich auch niemandem.

Er bückte sich, wobei ihm kurz schwarz vor Augen wurde, streckte dann seine Hand durch das Loch in der Wand und griff nach der Dose. Tatsächlich, sie war noch gut halb voll. Vorsichtig zog er sie zu sich herein, setzte sie sofort gierig an und ließ das klebrig-süße, viel zu warme Getränk in seinen Mund laufen. Es schmeckte scheußlich, half gar nichts gegen seinen Durst – im Gegenteil, es klebte auf der Zunge. Kaum war das Getränk in seinem Magen angelangt, hatte er das Gefühl, sein Schwindel verstärke sich. Er lehnte sich gegen die Tür und ließ sich langsam nach unten gleiten, hatte Mühe, seine Augen offen zu halten. Als er sie das nächste Mal aufschlug, hörte er keine Stimmen mehr. Waren die fünf verschwunden? Er schaute nach. Tatsächlich, sie waren weg. Ob er es wagen könnte, den Schuppen zu verlassen?

Noch einmal spähte er nach draußen – und entdeckte Frau Ruth, die gerade die Freifläche überquerte und mit energischen Schritten in den Stadel ging. Erneut wollte er aufstehen, doch seine Beine versagten ihm den Dienst. Immer wieder hatte er das Gefühl, einen Moment wegzudämmern. *Hatte er Frau Ruth auch wieder herausgehen sehen?*, fragte er sich in einem wachen Moment. Er hätte es nicht sagen können. Wieder schlossen sich seine Augen. Sein Atem wurde schwer und langsam, während sein Herz wie verrückt pochte. Keine gute Kombination, schoss es ihm noch durch den Kopf, dann wurde es schwarz um ihn.

Auf einmal drang der Klang von Schalmeien an sein Ohr. War das sein Ende? Ein Hitzschlag, und jetzt hörte er die himmlischen Chöre ihr Halleluja anstimmen? »Herrgott, reiß dich zusammen, Depp«, zischte er sich selbst zu und gab sich eine Ohrfeige auf die schweißnasse, überhitzte Wange. Schlagartig war er wieder klarer im Kopf. Um ihn herum war es nun stockdunkel. Diese schreckliche Hitze hatte ihn ausgezehrt, dehydriert und seine Gedanken benebelt. Er musste dieses Saunahäuschen sofort verlassen, auch auf die Gefahr hin, dass jemand ihn entdecken würde. Wenn er hierbleiben und noch einmal ohnmächtig wegdämmern würde, könnte das tatsächlich sein Ende bedeuten.

Er schob die Tür des Schuppens einen Spaltbreit auf – und erschrak bis ins Mark, als die Schaufeln und Hacken, die dagegengelehnt waren, krachend umfielen. Sofort aber strömte kühlere Luft herein. Nachtluft. War er wirklich so lange weggetreten gewesen? Ein paar Sekunden hielt Kluftinger einfach sein Gesicht in diesen erfrischenden Luftzug, genoss die Verdunstungskälte auf seinem Gesicht. *Wie gut das tat.* Als trinke er ein frisch gezapftes Weizen.

Nachdem seine Kerntemperatur weit genug gefallen war, drückte er die Tür vollends auf. Gott sei Dank: Niemand war zu sehen. Auf allen vieren kroch er hinaus und atmete tief durch. Es war wie eine Wiedergeburt. Am liebsten hätte er sich einfach hingelegt, seinen Blick auf die unzähligen Sterne am Himmel gerichtet, doch er musste weiter. Also streifte er sein Unterhemd vom Körper, das so nass war, als hätte er damit unter der Dusche gestanden, und zog sich stattdessen sein Hemd wieder an. Dann richtete er sich auf, musste sich aber an der Wand des Schuppens abstützen, um nicht sofort wieder umzufallen. Mit geballter Willenskraft kämpfte er den Schwindel nieder und ging los. Zuerst noch schwankend, aber nach und nach gewann er die gewohnte Sicherheit zurück. Er hielt auf den Stadel zu, in dem Jakob gewerkelt hatte und in dem die Älteste vorher verschwunden war. Falls er sich das nicht nur eingebildet hatte.

Da er weit und breit niemanden sah, suchte er keine Deckung. Die Dunkelheit bot ihm ausreichend Schutz. Zwar schien auch in dieser Nacht der Mond hell und klar, aber aus der Ferne würde man ihn bestimmt nicht entdecken. Und sie waren ohnehin alle im Wald, dort, wo die seltsame Musik herkam.

Vorsichtig stieß Kluftinger die Tür auf, die nur aus zusammengenagelten Holzlatten bestand. Eine funzelige Öllampe tauchte den Raum in trübes Licht. Der Boden war übersät mit Obst und Gemüse, Kürbissen, Salatköpfen, Rüben, Äpfeln, Rettich ... Er vermutete, dass es sich dabei um Reste der Opfergaben handelte, die Jakob in die Puppe gestopft hatte. Auch Getreideähren und ein Brot lagen herum. Er schüttelte den Kopf. Das alles kam ihm vor wie aus einer längst vergangenen Zeit: Opfergaben zur Besänftigung einer Gottheit aus der slawischen Mythologie – er bekam eine Gänsehaut, so schauderhaft klang das.

Langsam ging er in den Stadel hinein, sah sich um, konnte aber nichts entdecken, was sein Interesse weckte. Als er schon wieder hinausgehen wollte, blieb er abrupt stehen. Auf dem Boden glitzerte etwas im Schein der flackernden Flamme. Er bückte sich und fand zwischen zwei Birnen und ein paar Hühnereiern einen Armreif. Nicht irgendeinen. Es war der Armreif, dessen Zentrum ein stilisierter Vogel bildete. Ein Kuckuck, wie

Kluftinger inzwischen wusste – die Tiergestalt der Göttin Morena. Es war der Armreif der Ältesten.

Er hatte sich also nicht getäuscht. War die Begegnung zwischen ihr und Jakob diesmal heftiger verlaufen als gestern in ihrem Büro? War es gar zu Handgreiflichkeiten gekommen? Der Sektenaussteiger hatte Lucy und ihm von Züchtigungen erzählt. War der Ältesten die Hand ausgerutscht? Falls ja: Vielleicht könnte Kluftinger davon profitieren. Wenn sie Jakob verletzt hatte, wäre er vielleicht bereit, endlich mehr preiszugeben als in den bisher recht einsilbigen Antworten auf seine Fragen.

Die Gedanken des Kommissars wurden unterbrochen von der Musik, die nun anschwoll. Kamen sie zurück aus dem Wald? Er hatte angenommen, dass das ganze Fest dort stattfinden würde. Vorsichtig trat er hinaus und entspannte sich wieder: Sie waren noch dort. Allerdings bewegten sie sich nun in einer Art Prozession an einen anderen Ort. Ihre weißen Gewänder leuchteten zwischen den Bäumen hervor. Kluftinger setzte sich langsam Richtung Waldrand in Bewegung.

Der Gesang hatte sich verändert. Jetzt, da sie an dem Loch angekommen waren, das sie den ganzen Tag gebuddelt hatten, klangen die Melodien nicht mehr fröhlich und leicht, sondern schwermütig, düster, bedrohlich. Kluftinger postierte sich ein paar Meter von der Gruppe entfernt hinter dem Stamm einer dicken Tanne. Von hier aus hatte er einen guten Blick auf alles, ohne Gefahr zu laufen, entdeckt zu werden.

Die Prozession machte auf der Lichtung halt, dann begannen alle zu tanzen. Manche schienen sich selbstvergessen den Melodien hinzugeben, warfen ihre Körper hin und her, schleuderten wie in Trance die Arme und Beine im Takt, andere bewegten sich nur leicht zur Musik, die Augen geschlossen. Die Szenerie war gespenstisch, aber sie übte auch eine unerklärliche Faszination auf den Kommissar aus. Mehr als einmal erwischte er sich selbst dabei, wie er mit dem Fuß wippte oder die Melodien im Kopf mitsummte. Eine fast hypnotische Wirkung ging von diesem Ritual aus. Mehr und mehr ließ er sich davon gefangen nehmen – bis es ganz plötzlich, ohne Vorwarnung, vorbei war. Die Musik hörte so schlagartig auf, dass Kluftinger das Gefühl hatte, sie halle noch nach.

Nun standen alle still um das Loch herum, die Köpfe gesenkt. Nur ein leises Rauschen der Wipfel im Wind war zu hören, ein Knacken hier, ein Knistern dort, das Zirpen von Grillen.

War es das nun?, fragte sich Kluftinger. Aber wozu dann das Loch? Da trat einer aus der Menge heraus. Erst als er zu sprechen begann, erkannte der Kommissar, dass es sich um Jakob handelte.

»Brüder, Schwestern, ich werde heute zum ersten Mal die Zeremonie leiten. Die Älteste will es so.«

Ein Raunen erhob sich, das jedoch schnell in ein zustimmendes Gemurmel überging. »Wurde auch Zeit«, hörte Kluftinger, »Respekt« und »Er ist so weit«. Offenbar war Jakob mehr als nur die rechte Hand von Frau Ruth. Sie schien ihn zu ihrem Statthalter, vielleicht sogar zu ihrem Nachfolger aufzubauen. Die Aufregung unter den Menschen stieg spürbar, und auch den Kommissar hielt es nicht länger auf seinem Platz, er pirschte sich noch ein bisschen näher heran. Nur wenige Meter von der letzten Reihe der Feiernden entfernt ging er hinter einem Busch in Deckung.

»Sie ist bestimmt hier, um zuzusehen«, flüsterte einer der Weißgewandeten seinem Nebenmann zu.

Kluftinger schaute sich erschrocken um. Daran hatte er gar nicht gedacht. Was, wenn Frau Ruth hier irgendwo stand und nicht nur ihre Schäfchen, sondern auch ihn beobachtete? Unwillkürlich duckte er sich noch ein wenig tiefer hinter den Strauch.

Jakob fuhr mit seiner Ansprache fort. Kluftinger verstand den

Sinn der Worte nicht, die er sprach. Es war eine Art Beschwörungsformel: »Jarilo, hiermit übergebe ich dir deine Schwester Smiertka, die Tochter des Perun und der Mokosch. Nimm, was dein ist, und spende unseren Feldern Fruchtbarkeit.«

Als er geendet hatte, teilte sich die Menschenmenge, und vier Männer mit einer Trage aus Weidengeflecht auf ihren Schultern traten hervor. Darauf lag die Strohpuppe, die Jakob den ganzen Tag über im Stadel gebastelt hatte. Fasziniert beobachtete Kluftinger, wie die Träger die Bahre absetzten und an ihren Enden jeweils ein Seil befestigten. Dann trugen sie alles zum Rand der Grube. Wie bei einer Beerdigung den Sarg, ließen sie die Bahre nun langsam an den Seilen nach unten gleiten.

Es war dem Kommissar ein bisschen unangenehm, Zeuge dieses Schauspiels zu sein. Er wusste, dass es nicht für die Augen Außenstehender bestimmt war, aber er konnte sich ihm nicht entziehen – und rechtfertigte sich damit, dass er schließlich aus einem triftigen Grund hier war. Die Träger hatten Mühe, die Bahre einigermaßen gleichmäßig in das Erdloch zu befördern, immer wieder geriet sie ins Stocken, schien sich irgendwie zu verhaken. Die Männer ächzten. »Das ist dieses Jahr viel schwerer als sonst«, presste einer hervor. »Adam, komm, hilf mir mal. Ich kann das nicht länger halten.«

Mit zusammengekniffenen Augen beobachtete Kluftinger, wie die Männer sich mit ihrer Aufgabe abmühten. Er fragte sich, was Jakob da alles in die Puppe gestopft hatte, dass sie so viel wog. Offenbar hatte er es besonders gut gemeint mit den Opfergaben, dabei lag das meiste doch noch in dem Stadel. Bestimmt waren es ein paar prächtige Kürbisse oder Krautköpfe, die da ins Grab hinabgelassen wurden. Der Kommissar hing diesem Gedanken weiter nach. Er hatte eine Saite in ihm angeschlagen, ein Ton, der sich ausbreitete, dumpf und noch unbestimmt. Aber er wusste, dass er etwas zu bedeuten hatte.

Die Männer zogen nun die Seile wieder ein, die Bahre war offenbar am Grund des Grabes angekommen. »Des Grabes«, hallte es in seinem Kopf wider. Schnaufend begannen die Männer, mit bloßen Händen die Grube zuzuschaufeln. *Das Grab.* Wie bei einer archaischen Beerdigung, dachte der Kommissar – und im selben Moment fiel bei ihm der Groschen. Aufgeregt zog er sein Funkgerät heraus, drückte mit zitternden Fingern den Sprechknopf, doch es tat sich nichts. Er hatte vorher vergessen, das Ding auszuschalten, nun waren die Batterien leer und das Gerät tot. *Tot.* Auch dieses Wort klang in Kluftingers Gedanken nach. Verzweifelt blickte er sich um. Er hatte keine Möglichkeit, Verstärkung zu holen. Er musste jetzt handeln. Allein. Also zog er seine Waffe und rannte los.

Die Sektenmitglieder wirkten wie versteinert, als Kluftinger aus seinem Versteck auftauchte, sie zur Seite stieß, um sich nach vorn, an den Rand des Grabes zu drängen. Denn genau das war es, da war er sich inzwischen sicher: ein Grab. Doch je näher er kam, desto dichter standen die Leute zusammen. Er wollte schreien, aber aus seiner Kehle kam nichts als ein Krächzen. Während er weiterlief, räusperte er sich, dann endlich hatte er seine Stimme wiedergefunden, die schrill klang, als er rief: »Lasst mich durch! *Die liebe Frau!*«

Die vom Mondlicht bleich beschienenen Gesichter starrten ihn an, erst erschrocken, dann wütend. Statt Platz zu machen, drängten sie sich dicht um ihn. Er hob die Waffe, doch irgendjemand schlug ihm mit einem Stock derart hart auf den Unterarm, dass er sie fallen ließ. Sofort kickten zahlreiche Beine sie außerhalb seiner Reichweite. Dann wurde er an den Schultern gepackt. Nun endlich teilte sich der Menschenknäuel vor ihm, allerdings nur, damit er an den Rand der Grube geschleift werden konnte.

»Nicht! Loslassen!«, schrie er, als er begriff, was sie vorhatten, doch dann beförderte ihn ein schmerzhafter Schlag in den Rücken nach vorn. Er ruderte mit den Armen, verlor das Gleichgewicht und stürzte in das Loch. Es war nicht so tief, dass er sich schlimme Verletzungen hätte zuziehen können, dennoch schlug er mit dem Kopf heftig auf einem Stein oder einer Wurzel auf, sodass bunte Kreise vor seinen Augen explodierten. Ein paar Sekunden war er benommen, da traf ihn die Erde von oben. Sofort wurden seine Gedanken wieder klar. Wollten sie ihn bei lebendigem Leib begraben? Blanke Panik machte sich in ihm breit. Doch auch wenn er um sein eigenes Leben besorgt war, nun galt es, ein anderes zu retten – wenn es dafür nicht schon zu spät war.

Er blickte nach oben, wo Jakobs Gesicht wie eine verzerrte Fratze am Rand der Grube auftauchte. Die nächste Ladung Dreck landete direkt in Kluftingers Gesicht. Er wandte sich ab und konzentrierte sich auf seine Aufgabe. Seinen Schmerz ignorierend, kniete er sich neben die Strohpuppe und begann mit zitternden Händen, sie auseinanderzureißen, was ein Aufheulen der Menschen oben zur Folge hatte. Doch der Kommissar ließ sich nicht beirren, er wusste, was er zu tun hatte, packte mit beiden Händen das Stroh, die darüber zusammengenähten Stofffetzen, zerrte und riss daran – bis er ihr Gesicht sah. Sie hatte die Augen geschlossen. Ob er zu spät kam? Rasch legte er den Kopf der Ältesten frei, fühlte ihren Puls – und spürte flache Schläge. Eine Welle der Euphorie beflügelte ihn. Wie besessen arbeitete er unten im Grab, während von oben die Erde auf ihn prasselte.

»Aufhören!«, vernahm er plötzlich eine sich überschlagende Stimme. »Aufhören, sag ich!«

Jetzt wagte er doch einen kurzen Blick, sah, wie jemand mit dem Rücken zum Grab stand und versuchte, die Meute abzuwehren. Es war Elias, der junge Bursche, mit dem er gestern beim Abendessen geredet hatte. Eine Woge der Erleichterung erfasste den Kommissar. Auch wenn er nicht wusste, ob der Junge gegen all die anderen überhaupt etwas ausrichten konnte: Nun war er wenigstens nicht mehr allein. Sofort widmete er sich wieder Frau Ruth, die noch immer nicht bei Bewusstsein war. Inzwischen hatte er ihren Oberkörper freigelegt: Er konnte kein Blut entdecken, was nichts heißen musste, denn sie konnte alles Mögliche haben – von inneren Verletzungen bis zu einer Vergiftung. Wie von fern vernahm er die verzweifelten Versuche von Elias, die Raserei seiner Brüder und Schwestern zu besänftigen. »Jakob hat unsere Älteste in der Smiertka-Puppe versteckt. Versteht ihr nicht? Er wollte sie töten!«

Unterbewusst nahm Kluftinger wahr, dass sich das Stimmengewirr etwas legte. Die Frau war nun fast vollständig freigelegt, nur ein Bein steckte noch in der grotesken Riesenpuppe fest. Er löste die Bänder, mit denen es dort angebunden war, und hob vorsichtig ihren Kopf etwas an – voller Angst, mehr Schaden anzurichten, als zu helfen. In diesem Moment schlug sie die Augen auf. »Jakob«, sagte sie mit erstaunlich lauter Stimme.

»Ich weiß«, flüsterte der Kommissar zurück und legte einen Finger an die Lippen. Dann blickte er wieder nach oben. Die Lage hatte sich geändert. Die Sektenmitglieder hatten ihr Oberhaupt mittlerweile in der Grube entdeckt, ihre Gesichter spiegelten Fassungslosigkeit und Unglauben über das wider, was sich vor ihren Augen abspielte. Dann nickten sie – und Kluftinger verstand, dass das *Jakob* der Frau nicht ihm, sondern ihnen gegolten hatte. Sie traten ein paar Schritte zurück, sodass Jakob aus der Menge isoliert wurde und nun allein vor ihnen stand. Entsetzt blickte er einen nach dem anderen an, als verstehe er nicht, weshalb sie vor ihm zurückwichen. »Was ist? Ich hab nur getan, was wir alle schon lange hätten tun sollen!« Keuchend stand er da, inmitten seiner schweigenden Brüder und Schwestern. »Sagt doch endlich was! Redet mit mir!«

Niemand regte sich.

»Sie hat mich losgeschickt. Wenn überhaupt, dann ist sie schuld.« Jakob spie ihnen die Worte entgegen und zeigte dabei in das Erdloch. Kluftinger konnte ihn sehen, wie er am Rand des Grabes stand und mit den Armen fuchtelte. »Erkennt ihr denn nicht, was sie macht? Mit uns allen? Wie sie uns manipuliert? So hat sie es mit mir gemacht, sie hat mir den Hass gegen diesen

Professor eingepflanzt, bis ich endlich zu ihm gegangen bin und ...« Er fiel auf die Knie. »Ich wollte es doch gar nicht. Aber dieser Brunner, der hat mich genauso behandelt wie sie. Als sei ich nur ein Werkzeug, ein Nichts. Ins Gesicht gelacht hat er mir. Da bin ich auf ihn los. Und wie er da so im Matsch steckte, hilflos, unfähig zu fliehen, da hatte ich auf einmal Ruths Worte im Ohr, dass er uns alle von hier vertreiben, mehr noch, vernichten will, dass wir aber nichts dagegen unternehmen können gegen seine Lügen. Dann war da der Bagger, der Schlüssel steckte, und ich ...«

Die Sektenmitglieder stöhnten erschrocken auf. Kluftinger hielt den Atem an. Wenn sie Jakob nur weiterreden lassen würden, würde sich alles aufklären.

»Schaut mich nicht so an. Hört ihr?« Er stand wieder auf, die Schultern hochgezogen, den Kopf nach vorn gereckt. »Ich wollte doch nur, dass sie zufrieden ist. Dass unsere Gemeinschaft weiter besteht. Sie hat mir die Hand geführt. So, wie sie es immer getan hat. Bei uns allen. Versteht ihr? Sie hat mich zum Mörder gemacht! Aber wir können uns von ihr befreien. Jetzt. Ich habe den Anfang gemacht, nun braucht ihr nur noch ...«

Kluftinger hörte einen dumpfen Schlag, sah, wie Jakob taumelte. Er machte sich darauf gefasst, dass der junge Mann gleich neben ihm am Boden des Erdlochs aufschlagen würde, doch stattdessen trafen ihn zahllose Schläge, die Menschen oben droschen blindlings auf ihn ein. Erst nur mit den nackten Fäusten, dann mit Ästen, Steinen, allem, was sie zu fassen bekamen.

Kluftinger, der eben ein Menschenleben gerettet hatte, fürchtete, dass sich der Tod dafür ein anderes holen würde. Da fiel ein Schuss. Erschrocken zog der Kommissar den Kopf ein, auch die anderen standen da wie vom Mondschein beschienene Skulpturen in irren Verrenkungen, fassungslos, wutverzerrt.

Hatten sie Ruths Peiniger erschossen? Die Leute oben taumelten zurück und gaben den Blick frei auf Jakob, der mit erhobener Waffe dastand, vor ihm stand einer der Weißgewandeten, auf dessen Leinenhemd sich rasend schnell ein roter Fleck ausbreitete. Dann fiel er um, und Jakob floh in die Schwärze des Waldes.

Als die Sektenmitglieder Kluftinger und die Älteste endlich aus der Grube befreit hatten, merkte der Kommissar erst, wie erschöpft er war. Seine Knie gaben nach, und er sank regelrecht zusammen, fürchtete, ohnmächtig zu werden. Da reichte ihm jemand einen Krug mit Wasser. Er blickte auf und sah in die Augen seines Kursleiters. »Danke, Gabriel«, krächzte der Kommissar und schüttete das Wasser in sich hinein. Er spürte förmlich, wie es sich in seinem Körper ausbreitete und die Lebensgeister weckte. Ein anderer streckte ihm kommentarlos seine Pistole hin, die er schnell ergriff und in seiner Hosentasche verstaute. Es war das zweite Mal innerhalb kurzer Zeit, dass ihm die Dienstwaffe bei einem Einsatz abhandengekommen war. Das würde nicht ohne Folgen bleiben, Polizeipräsident hin oder her.

Erst jetzt, nachdem er selbst wieder etwas zu Kräften gekommen war, drehte er sich zur Ältesten um. Sie saß, ebenfalls reichlich derangiert, neben ihm auf einem Baumstamm, wirkte aber bei Weitem nicht so erschöpft. Und das, obwohl sie dem Tod gerade noch einmal von der Schippe gesprungen war. Diese Frau schien wirklich unzerstörbar. Die Wunde mit dem verkrusteten Blut an ihrem Hinterkopf sah dennoch nicht gut aus. Kluftinger vermutete, dass sie von dem Kampf mit Jakob herrührte. Vielleicht hatte er gedacht, sie sei tot und er könne sich so der Leiche entledigen. Vielleicht aber ... dieser Gedanke war grausam, schrecklich, und er wischte ihn weg. Er würde später noch Zeit haben, darüber nachzugrübeln. »Wie geht es Ihnen?«, fragte er.

»Danke«, erwiderte sie kurz.

Dann versicherte sie sich mit einem Blick, dass ihnen niemand zuhörte, worauf sie mit gesenkter Stimme fortfuhr: »Es war Jakob.«

»Ja«, antwortete er.

»Ich wusste es. Aber auch wir haben einen Grundsatz, der mit dem christlichen Beichtgeheimnis vergleichbar ist. Mir waren die Hände gebunden.«

Kluftinger musterte die Frau. Unter all dem Schweiß und Dreck hatte sie den gleichen kontrollierten, kalten Gesichtsausdruck wie immer. Jedenfalls immer, wenn er sie gesehen hatte. Erst jetzt fiel ihm das Collier um ihren Hals auf. Das mussten die Steine sein, die sie aus den Überresten der toten Mitglieder pressen ließ. Wie sollte er hoffen, so einem Menschen die Wahrheit zu entlocken?

»Sie haben gehört, was er gerade gesagt hat?«, fragte er dennoch.

Sie nickte nur.

»Wollen Sie sich nicht dazu äußern?«

»Sie glauben das doch selbst nicht, was er da von sich gegeben hat, oder? Angestiftet ...« Sie atmete verächtlich aus.

Die Kälte der Frau verschlug Kluftinger den Atem. Sollte er sie damit konfrontieren, dass Brunners Auftauchen eine Bedrohung für sie bedeutet hatte, die sie ihre Position in der Sekte hätte kosten können? Nicht jetzt, nicht in seinem Zustand. Er konnte in ihren Augen lesen, dass er damit nichts erreichen würde. Dann dachte er an Jakob. Sie würden ihn finden, da war er sicher. Und dann? Wer würde seine Geschichte glauben? Solange Frau Ruth ihm keinen direkten Auftrag zum Mord gegeben hatte, würde ihr nichts passieren. Er war es, der Brunner umgebracht hatte, wenn auch im Affekt. Seine Behauptung, sie habe ihm dabei quasi die Hand geführt, war keine strafrechtliche Kategorie.

Frau Ruth schien seine Gedanken zu erraten. »Sind Sie nicht zufrieden? Sie haben den Fall doch jetzt gelöst.«

»Habe ich das?«, fragte Kluftinger. Er zweifelte daran. Jetzt wusste er noch mehr als vorher, wie diese Gemeinschaft funktionierte: nach dem Prinzip absoluten Gehorsams. Nichts passierte, was die Älteste nicht wollte. Dazu musste sie ihre Wünsche noch nicht einmal explizit aussprechen. Jakob hatte das bestätigt. Sie hatte nie den direkten Befehl gegeben, den Professor mit dem Bagger zu zerquetschen. Das war gar nicht nötig gewesen. Denn sie verfügte über ein Arsenal an manipulativen Fähigkeiten, das sie viel gefährlicher machte. Sie war in der Lage, andere für sich morden zu lassen, ohne sich selbst die Finger schmutzig zu machen. Vielleicht würde sie es wieder tun, würde neue Opfer fordern. Und Kluftinger konnte nichts dagegen unternehmen. War nicht sogar Jakob ein Opfer dieser Frau?

»Bereuen Sie, mich gerettet zu haben?«, fragte sie ihn ganz direkt. Im Gegensatz zu ihm konnte sie offenbar in ihm lesen wie in einem offenen Buch.

Er dachte über die Frage nach. Sie war unbequem, er hatte nicht gewagt, sie sich zu stellen. Lange schaute er der Frau in die Augen, wollte ihrem starren Blick so lange wie möglich standhalten. Dann erhob er sich wortlos und ging.

»Herrschaft, Mao, du Mistviech, lass das doch endlich!«, zischte Kluftinger und drückte den Kopf des Hundes beiseite, der ihm nun schon zum wiederholten Mal am Ohr herumgeschlabbert hatte. Der Kommissar saß neben Erika auf der Rückbank von Langhammers Mercedes-SUV – und damit direkt vor dem Kofferraum, den der Doktor und seine Frau mit einer Matratze und mehreren Plüschdecken zu einer regelrechten Lounge für ihren Vierbeiner umgestaltet hatten.

Nach dem Abschluss der anstrengenden Ermittlungen im Fall Brunner hatte sich Kluftinger erst einmal etwas Ruhe gegönnt, doch der heutige Ausflug, das erste Treffen seit dem Flohmarkt, hatte sich nicht vermeiden lassen. Zwei Wochen war es nun her, dass er auf dem Sektengelände in Pforzen um ein Haar den Hitzetod gestorben war und nebenbei die Sektenchefin aus ihrem Grab gezogen hatte. Der Mann, auf den Jakob geschossen hatte, war leider auf der Stelle tot gewesen. Noch in derselben Nacht hatten sie seinen Mörder im Wald aufgegriffen, ein Hubschrauber mit Wärmebildkamera hatte ihn ausfindig gemacht. Jakob hatte irgendwann auch den Mord an Professor Brunner gestanden und saß in Untersuchungshaft, während sich Beate Jerofke nach wie vor auf freiem Fuß befand und weiter unbehelligt das Regiment in ihrer Sekte führte.

Als das undefinierbare Jazzgedudel, das seit ihrer Abfahrt aus Langhammers Surroundanlage plätscherte, verstummt war, kehrten Kluftingers Gedanken zurück ins Hier und Jetzt.

»Sagen Sie, mein Lieber, wie war denn das Seminar zur Stressbewältigung in der Lebensgemeinschaft in Pforzen für Sie? Eine gewinnbringende Erfahrung?«

Der Kommissar zuckte mit den Achseln. »Ich kann bei einem schönen Weizen auf der Terrasse und einem Kreuzworträtsel meinen Stress deutlich besser bewältigen als bei diesem ganzen Weltanschauungsgeschwurbel von selbst ernannten Therapeuten.«

»Ach kommen Sie«, gab der Doktor grinsend zurück, »ich dachte, die Beschäftigung mit den verschiedenen Denkrichtungen hat Sie ein wenig offener gemacht. Halten wir es doch besser mit Friedrich dem Großen: Jeder soll nach seiner Fasson selig werden!«

»Ich kenn das bloß vom Meister Eder, der hat das immer zum Pumuckl gesagt«, antwortete der Kommissar, was ihm einen Rempler von Erika einbrachte. Dennoch lehnte er sich ein Stück nach vorn und fügte hinzu: »Wenn Sie mich fragen, ist das ein riesiger Schmarrn, dieser Spruch. Freilich, man darf nicht alles gleich von vornherein ablehnen, was man nicht kennt, aber man muss eben auch vorsichtig sein mit den Weltanschauungen mancher Leute. Wenn zum Beispiel jemand wie ein Diktator eine Sekte führt, seine Leute unterdrückt und sie zu allem Möglichen zwingt, dann muss man dafür erst mal kein Verständnis aufbringen, sondern es kritisch sehen, oder?«

Er hatte sich extra auch an die Frauen gewandt, doch sie lächelten nur unverbindlich. »Kommt eigentlich der Markus auch?«, lenkte Erika vom Thema ab.

Doch der Doktor hob bereits zur Gegenrede an: »Ich verstehe, was Sie meinen, Kluftinger. Aber man muss auch für derartige Führungsgestalten Verständnis aufbringen, ihre besondere Situation sehen. Auch ich erlebe das in meinem eigenen Umfeld: Wenn man spürt, man ist anderen haushoch an Fähigkeiten und Intellekt überlegen, ist man oft der Versuchung ausgesetzt, diese Leute zu dominieren. Da gilt es, Größe und Selbstdisziplin an den Tag zu legen, was manchen fernliegt.«

»Ja? Da sind wir aber mal froh, dass Sie Ihre Überlegenheit Ihrem Mann gegenüber nicht ausnutzen, Frau Langhammer«, sagte Kluftinger grinsend in Richtung Beifahrersitz.

Langhammer drehte das Autoradio wieder lauter.

»… bald hat das Schwitzen ein Ende, Sturmtief Richie wird in den heutigen Nachmittagsstunden wohl noch über dem gesamten südbayerischen Raum und Schwaben sein Unwesen treiben«, tönte es aus den Lautsprechern. »Starkregen und zweistelliger Temperatursturz inklusive. Bis dahin aber können wir alle noch mal Sonne und tropische Hitze genießen.«

Kluftinger runzelte die Stirn. Sturmtief Richie? Hatte er richtig gehört? Kurz dachte er an seinen Kollegen Maier, der neulich noch ein Wetterphänomen mit seinem Namen angekündigt hatte. Er selbst war nicht traurig, dass es bald kühler sein würde, noch immer litt das ganze Allgäu unter der Hitzewelle. Ob Unwetter mit Hagel und Sturm allerdings das war, was Maier sich von »seinem« Wetter erhoffte, wagte er zu bezweifeln.

Sie schwiegen, bis sie den Parkplatz der Tongrube erreicht hatten, wo Kluftinger, nachdem der Doktor den Hund ausgeladen und angeleint hatte, ächzend seine Gummistiefel anzog. Annegret Langhammer und Erika sahen ihn ebenso verwundert an wie der Doktor. »Sie sind wirklich eine Wucht, Kluftinger! Fünfunddreißig Grad, und Sie schlüpfen in die Gummibotten. Vielleicht noch eine Daunenjacke gefällig?«

»Sie werden schon sehen. Das Wetter ist tückisch heut, das seh ich an den Wolken. Und wenn wir erst mal unterwegs sind, kommen wir vielleicht nicht mehr rechtzeitig zum Auto, falls es umschlägt.« Außerdem war er bei einem Tief, das nach seinem Kollegen benannt war, lieber vorsichtig.

»Mein Lieber, wir sind bei der Bürgergrabung, nicht auf einer

Amazonasexpedition«, gluckste der Arzt und sah Beifall heischend zu den beiden Frauen.

»So schad, Herr Langhammer, dass wir nicht im selben Grabungsteam sind.« Kluftinger hatte extra seine Beziehungen bei Frau Lanz spielen lassen, um das sicherzustellen.

Der Arzt winkte ab. »Ach, papperlapapp, das krieg ich schon hin. Bin schließlich nicht irgendwer! Ich werf da einfach mal meinen Namen und meine Funktion in die Waagschale.« Er deutete zum Grabungszelt, bei dem sich schon einige Leute eingefunden hatten. »Wir zwei sind ein Team und gehören zusammen, basta!«

Der Kommissar seufzte.

Nachdem Langhammer noch stolz sein neues Köfferchen präsentiert hatte, das diverse medizinische Bestecke für die Grabung enthielt, die er über den Dentalfachhandel bezogen hatte, gingen sie endlich los – Langhammer und der Hund, der irgendeine Witterung aufgenommen hatte, voraus, Kluftinger, Erika und Annegret im Gänsemarsch hinterher.

Oben angekommen, wurden sie von Theresa Lanz freudig begrüßt, die einen aufgeräumten Eindruck machte. Neben ihr stand Werner Wegner, der seinen Zusammenbruch offenbar gut weggesteckt hatte. Er grüßte ebenso freundlich, und Frau Lanz sagte: »Herr Wegner ist übrigens wieder ehrenamtlich für uns tätig. Der Knochen, den er sich bei Brunner kurzzeitig ... ausgeliehen hat, scheint tatsächlich ganz vielversprechend – aber wir müssen erst noch unsere letzten Analysen abwarten. Schnellschüsse sind in unserer Zunft fehl am Platz, nicht wahr, Werner?« Damit klopfte sie dem Pensionär kollegial auf die Schulter, was der sichtlich genoss.

»Und Sie haben Ihre Frauen mitgebracht zur Bürgergrabung?«, wandte sie sich dann auch Annegret und Erika zu. »Hervorragend. Sie sind uns herzlich willkommen.«

»Wir wollen uns bloß ein bissle umsehen, eigentlich. Aber danke«, winkte Erika lächelnd ab, was der Kommissar bedauerte. Er hoffte, seine Frau würde bald dieselbe Faszination für diesen Ort und seine Funde verspüren wie er.

»Brauchen Sie noch Werkzeug, oder haben Sie selbst etwas dabei?«, riss die Paläontologin ihn aus seinen Gedanken. Während Langhammer schon wieder sein Köfferchen präsentierte, holte er nur sein altes Schweizermesser aus der Hosentasche. »Ja, das gute Offiziersmesser ist immer noch das Beste, Herr Kommissar. Sogar der Korkenzieher hat mir schon gute Dienste in der Grube geleistet. Man braucht viel weniger zum Graben, als man denkt.«

Kluftinger grinste den Doktor an. Dann nahm er die Wissenschaftlerin beiseite. »Meinen Sie, Sie könnten in meiner Frau auch so ein Feuer entfachen? Also, ich mein, für das ganze Thema hier. Dann hab ich jemanden, mit dem ich drüber reden kann, wenn Sie wieder weg sind.«

»Ich werde mein Bestes geben«, erklärte die Forscherin und ging zu Erika und Annegret. Der Kommissar sah ihr nach. Sie hatte schon bei ihm die Faszination für die Urzeit geweckt, vielleicht schaffte sie es auch bei seiner Frau. Dann nutzte er die Zeit, um endlich einmal ohne den Druck der Ermittlungen durch die Grube zu spazieren.

Abseits des ganzen Trubels drangen die Geräusche der Grabungsteilnehmer nur gedämpft zu ihm: das Klopfen, das die Hämmerchen auf dem Stein erzeugten, die enthusiastischen Ausrufe, wenn irgendjemand etwas gefunden hatte, was Doktor Lanz kurz darauf als Zahn, Schuppe oder Teil eines Schildkrötenpanzers klassifizieren würde. Und zum Glück auch Langhammers Monologe über seine Werkzeuge. Inzwischen fühlte sich Kluftinger eng mit diesem Ort verbunden. Fast hatte er etwas Magisches, denn hier trafen zwei weit auseinander liegende Zeiten zusammen, das Allgäu von heute, sein Allgäu, und das Urallgäu von Udo und seinen Artgenossen, die sich exakt hier, in seiner Heimat, aufgerichtet hatten, bereit, die Welt zu erobern, bereit ...

Er zuckte zusammen, als er ein Tippen auf seiner Schulter spürte. Für einen Moment erwartete er, einen der Affen hinter sich zu sehen, der ihn aus seinem behaarten Gesicht angrinsen würde, doch schnell wich dieser Gedanke der Überraschung, als er erkannte, wer da vor ihm stand.

»Frau Wohlfahrt?«

»Herr Kluftinger«, sagte sie mit tiefer Stimme.

»Was machen Sie denn hier? Ist die kleine Maxima auch da?« Er blickte sich um, ob er seine Enkeltochter irgendwo entdeckte.

»Nein, die kommt nicht. Markus und Yumiko sind doch nicht nach München gefahren, die Hochzeit fällt aus, die Braut hat sich bei der Anprobe des Kleides das Bein gebrochen.«

»Oh, schade«, sagte er, selbst nicht ganz sicher, was er damit meinte: die Hochzeit, die Braut oder das Nichterscheinen seiner Enkelin. Er dachte kurz nach. »Dann ist es ja ein lustiger Zufall, dass Sie heut da sind, gell, Frau Wohlfahrt.«

»Zufall? Das ist kein Zufall. Und ich heiße Wohlrat, das wissen Sie ganz genau.«

»Ja, schon klar. Ich mein, dass wir beide da sind, ist ein Zufall.«

»Nein, eben nicht. Ihre Schwiegertochter hat mir nämlich gesagt, dass Sie heute kommen würden.« Ihre Augen funkelten.

»Interessieren Sie sich auch für den Affen?«, fragte er irritiert.

»Für den nicht.«

»Mhm.« Der Kommissar wusste nicht, was er sagen sollte, die Frau benahm sich äußerst seltsam.

»Ich hab Sie gesehen, neulich.«

»Mich? Wo denn?« Er fühlte sich unbehaglich, überlegte, wie er das Gespräch schnellstmöglich beenden könnte.

»Im Park.«

Jetzt erstarrte er. Das war es also. Sie wollte ihm seine missglückte Beschattung vorwerfen, ihm die Meinung sagen, ihn zwingen, sich von ihr und dem Kind fernzuhalten, ihn wegen der Belästigung zur Rede stellen. »Das ... kann ich erklären«, stammelte er, auch wenn er keine Ahnung hatte, wie.

»Brauchst du nicht.«

Warum fing sie auf einmal an, ihn zu duzen? »Nicht?«

Sie kam immer näher, während er unwillkürlich zurückwich, bis er mit dem Rücken an den kleinen Bagger stieß, der inzwischen von der Spurensicherung wieder freigegeben worden war. Noch weiter nach hinten konnte er nicht, doch die Frau hielt nicht an, bis sie so nah vor ihm stand, dass sich fast ihre Nasenspitzen berührten. Wollte sie ihm eine Ohrfeige verpassen? Auch wenn ihr Gesichtsausdruck nicht danach aussah, machte er sich darauf gefasst. Ein bisschen hatte er es sogar verdient, dachte er. Sie hob die Hand, während er unwillkürlich die Augen zusammenkniff. Doch statt ihre Rechte auf seine Wange niedersausen zu lassen, griff sie damit in seinen Nacken, zog ihn vollends zu sich, drückte ihm einen ungestümen Kuss auf die Lippen und verwuschelte mit der anderen Hand seine Haare, wie es seine Mutter immer getan hatte, wenn sie ihn föhnte.

Kluftinger war völlig überrumpelt, nahm den scharfen Geschmack von Klosterfrau Melissengeist auf ihren Lippen wahr, spannte jeden Muskel, jede Sehne in seinem Körper an, als sie stürmisch begann, sich an ihm zu reiben. Nach einer gefühlten Ewigkeit ließ sie endlich von ihm ab und stand schwer atmend vor ihm. Der Kommissar wollte nicht wahrhaben, was gerade passiert war, starrte sie ungläubig an, mit zerzaustem Haar und geröteten Wangen.

»Ich hab es vom ersten Moment an gespürt«, hauchte sie heiser, dann drehte sie sich um und ging. Nach ein paar Schritten wandte sie sich ihm noch einmal zu und gurrte: »Das eben war nur ein Vorgeschmack. Schließlich steht auch noch deine Geburtstagsüberraschung aus. Ruf mich an, für dich kann ich mich immer freimachen.«

Geschockt blickte er ihr nach, bis sie verschwunden war. Erst dann löste sich seine Erstarrung, und er wischte sich hektisch den Mund ab. Er fühlte sich benutzt. Gedanken rasten durch seinen Kopf. Der Geruch von Melissengeist, den sie an ihm hinterlassen hatte, erinnerte ihn daran, dass er der Frage nach dem Alkoholproblem der Babysitterin gar nicht mehr auf den Grund gegangen war. Er musste sich unbedingt darum kümmern, was nun noch schwieriger war, denn sie würde jede Annäherung als Liebesbeweis missdeuten.

»Ach, hier sind Sie«, hörte er plötzlich die Stimme von Theresa Lanz.

Das vertrieb den Nebel in Kluftingers Kopf, und er sah wieder klar. »Ja, ich war ... beschäftigt«, antwortete er mit belegter Stimme.

»Hab Sie schon verzweifelt gesucht«, sagte die Paläontologin.

Nicht die auch noch, schrie Kluftingers innere Stimme panisch.

»Die Bürgergrabung wird jetzt gleich offiziell eröffnet, und ich dachte, das könnten vielleicht Sie übernehmen.«

»Gott sei Dank!«, entfuhr es ihm.

»Bitte?«

»Sehr gern, mein ich.«

Ein paar Minuten später stand er auf dem improvisierten Podium und blickte in die Gesichter, die ihm erwartungsvoll zugewandt waren. Nur seine Frau schien zu bemerken, dass ihm etwas Unangenehmes widerfahren war. Alle anderen schauten ihn lächelnd an, voller Vorfreude auf den bevorstehenden Tag in der Grube. »Grüß Gott zusammen«, begann er. »Als ich zum ersten Mal gehört hab, dass ein Aff' das Allgäu noch berühmter machen wird, als es eh schon ist, hab ich mir gedacht: welcher?« Dabei blickte er in Langhammers Richtung, der demonstrativ laut auflachte, worauf alle Umstehenden einstimmten. »Dann ist mir klar geworden, dass damit der Udo gemeint war, und das Thema hat mich schon nach kurzer Zeit nicht mehr losgelassen. Dass ausgerechnet bei uns der aufrechte Gang entstanden sein soll, hat vielleicht die Wissenschaftler in Amerika überrascht. Uns Allgäuer aber bestimmt nicht. Ich mein: Wenn Sie sich's hätten aussuchen können: Wo hätten Sie sich lieber niedergelassen? In irgendeiner Wüste in Afrika oder hier, im Allgäu?« Wieder brandete Applaus auf, diesmal jedoch rief Langhammer dazwischen: »Aber als die Menschen endlich laufen konnten, sind sie stante pede nach Afrika ausgereist.«

»Ja, da haben Sie recht, Herr Doktor, vielleicht war ihnen die ärztliche Versorgung hier nicht gut genug.« Langhammers Lachen verstummte. Kluftinger wollte mit seinem improvisierten Vortrag gerade fortfahren, da hörte er über sich ein bekanntes Surren. Er blickte zum Doktor, der lediglich mit den Achseln zuckte. Der Kommissar schaute nach oben, sah die Drohne und winkte grinsend hinauf. »Winken Sie doch auch mal, sonst sind die neugierigen Nachbarn enttäuscht«, forderte er das Publikum auf, worauf alle in den Himmel grüßten. Nachdem die Drohne zweimal in der Luft gewippt hatte, flog sie im Eiltempo zurück in die Richtung, aus der sie gekommen war.

»Manche Dinge bleiben halt, wie sie immer waren«, seufzte Kluftinger. »Andere verändern sich so radikal, dass sich alles mit ihnen ändert. Wir dürfen nie vergessen, dass hier unsere Geschichte ausgegraben wird, damit wir mehr über uns selber erfahren. Das müssen wir unterstützen und verteidigen gegen die, die verhindern wollen, dass wir mehr wissen. Wenn Udo das vor elf Millionen Jahren auch nicht gewollt hätte, wenn er nicht probiert hätte, etwas anders zu machen als seine Vorfahren, die nur auf allen vieren rumgekraxelt sind, säßen wir vielleicht heut noch auf den Bäumen.«

Kluftinger atmete tief ein, schaute in die Grube, ließ vor seinem geistigen Auge noch einmal die Landschaft erstehen, wie sie vor dieser unvorstellbar langen Zeit ausgesehen haben musste. Sah in der flirrend heißen Luft ein Bächlein, das sich langsam einen Weg durch die Ebene bahnte, sah, wie aus dem Rinnsal ein Fluss wurde, wie die Tiere kamen und tranken, erblickte in der Ferne Udo und seine Familie, die fröhlich in den Ästen herumtollten. Ein Tropfen, der ihn im Gesicht traf, durchbrach seine Gedanken. Er blickte zum Himmel. Dunkle Wolken hatten sich über ihnen zusammengezogen, gleich würde es einen heftigen Regenguss geben. Das Publikum vor ihm sah besorgt aus, er jedoch war erleichtert. Wie oft hatte er sich in der Hitze der letzten Wochen einen abkühlenden Schauer herbeigesehnt, nun war es endlich so weit. Bevor die Menschenmenge vor ihm jedoch auseinandersprang, um irgendwo Schutz zu suchen, musste er seine Rede beenden. »Hiermit eröffne ich die heutige Bürgergrabung«, sagte er feierlich und wollte schon vom Podium hinuntersteigen, da fiel ihm noch etwas ein. Er beugte sich zum Mikro und fügte hinzu: »Bleiben Sie neugierig.«

DANK

Zwar wussten wir Allgäuer es lange nicht, aber irgendwie, tief in uns drin, hatten wir schon immer so eine Ahnung, dass wir in der Menschheitsgeschichte eine besondere Rolle einnehmen. Nun haben wir es schwarz auf weiß: Wir haben den aufrechten Gang erfunden! Ohne uns würde die Menschheit auf allen vieren durchs Leben kriechen, was den Alltag doch erheblich erschweren würde. Bitte schön, gern geschehen!

Sicher, das ist etwas verkürzt dargestellt, aber ein bisschen unverdienter Stolz darf schon sein, wenn man als Allgäuer von den sensationellen Entdeckungen liest, die in der Pforzener Tongrube gemacht wurden. Und so sind wir dem wissenschaftlichen Team um Prof. Dr. Madelaine Böhme von der Universität Tübingen gleich zu doppeltem Dank verpflichtet. Einmal, dass die Wissenschaftler diese Entdeckungen überhaupt gemacht und uns gezeigt haben, welche Abzweigungen die Evolution vor elf Millionen Jahren genommen hat. Und wie unsere Welt damals ausgesehen hat, von welch faszinierenden Lebewesen sie bewohnt wurde.

Zum anderen, weil wir die Arbeit dort aus nächster Nähe beobachten durften, was uns nicht nur ganz persönlich faszinierende Einblicke beschert hat, sondern uns auch ermöglichte, das Buch mit vielen authentischen Details auszustatten. Hier gilt unser Dank vor allem dem Grabungsleiter Thomas Lechner, der sich viel Zeit genommen hat, um uns zu vermitteln, wie eine solche Grabung tatsächlich abläuft. So wurde die Ausgrabungsstätte für uns zu einer echten Fundgrube an literarisch verwertbaren Details – angefangen bei der Akribie, mit der die Fundstücke dem lehmigen Boden abgerungen werden, bis zur *Rosie*, der Maschine, die Lechner erfunden und selbst konstruiert hat und die sich auch in *Affenhitze* wiederfindet.

Auch wenn unser Buch beileibe keine Fachlektüre für Paläontologen darstellt, so sollen die Informationen, die dieses Fachgebiet betreffen, möglichst akkurat sein. Auch hier hat uns Thomas Lechner geholfen, hat sich neben seinen zahlreichen beruflichen Verpflichtungen die Zeit genommen, das Buch vor Veröffentlichung zu lesen, und uns sein professionelles Feedback gegeben. Das für uns sehr erfreulich ausgefallen ist, was sein Urteil über die Darstellung seiner Arbeit betrifft, und dank dem wir noch einige Unschärfen ausgemerzt haben, sodass auch seine Kollegen das Buch lesen können, ohne Bauchschmerzen wegen fachlicher Unsauberkeiten zu bekommen.

Wir freuen uns schon auf weitere spannende Entdeckungen aus dem Ostallgäu, denn – so hat man uns versichert – da wird noch einiges kommen. Wer selbst gern einmal in der Hammerschmiede vorbeischauen möchte, kann dies auch von zu Hause aus tun: Es gibt unter https://blickfang-360.de/udo-ausgrabung/ einen großartigen virtuellen Rundgang, mit dem man durch die Grube spazieren, sie aus der Vogelperspektive betrachten oder den Infos des Grabungsteams lauschen kann. Leider existierte die Seite noch nicht, als Klufti seine Ermittlungen aufgenommen hat, er hätte sicher große Freude daran gehabt, mit seinem Smartphone virtuell durch den Tatort zu wandern. Na ja, vielleicht wäre es doch eher was für Richie Maier und sein neumodisches Klapphandy gewesen.

Obwohl wir mit diesem Hintergrund auf Präzision bei den Fakten geachtet haben, so mussten wir doch auch dramaturgische Vereinfachungen, Anpassungen und manchmal auch Erfindungen einsetzen, um die Geschichte schlüssig zu machen.

So sind beispielsweise die Ausgrabungen in Cottbus erfunden. Zwar gibt es im Osten Deutschlands wichtige Ausgrabungsstätten, aber die haben nun mal nicht zur Biografie unserer Hauptfiguren gepasst. Ebenso sind die zitierten wissenschaftlichen Artikel so natürlich nie erschienen. Die echten sind nicht nur für Kluftinger, sondern auch für uns böhmische Dörfer.

Herzlichen Dank an die Gemeinde Pforzen, allen voran an Bürgermeister Herbert Hofer, der den Kontakt zu den Wissenschaftlern hergestellt hat und der unserem Plan, Pforzen nun auch noch zum Mordschauplatz zu machen, sehr positiv gegenüberstand.

Danke auch Albert Müller, dem wir regelmäßig seinen wohlverdienten Ruhestand versauen, indem wir den Ex-Kripoleiter und schwäbischen Oberkriminaler immer wieder mit Fragen zur Polizeiarbeit löchern.

Unser Dank gilt darüber hinaus dem gesamten Team der Ullstein Buchverlage Berlin. Indem ihr euch um alles »rund ums Buch« mit so viel Einsatz, Expertise und Herzblut kümmert, dürfen wir uns ganz aufs Schreiben konzentrieren – was anderes könnten wir eh nicht. Vielen Dank euch allen.

Vielen Dank auch an Christian Schumacher-Gebler, den Geschäftsführer von Bonnier Media Deutschland, für ein stets offenes Ohr, für anregende Gespräche, viele gute Ratschläge und immer wieder den richtigen Riecher für die Branche.

Besonders danken wollen wir dem besten literarischen Agenten Deutschlands, unserem langjährigen Freund und Vertrauten Marcel Hartges, ohne den wir uns unsere Tätigkeit gar nicht mehr vorstellen können und wollen und der dafür sorgt, dass aus dem Duo immer öfter ein unschlagbares Trio wird. Merci auch dem gesamten Agenturteam aus der Wilhelmstraße – ihr macht einen tollen Job.

Als Lektorin zweier sturer Allgäuer muss man einiges abkönnen – sie kann es: Zum Glück haben wir mit Nina Wegscheider eine der Besten ihres Fachs an unserer Seite, um in endlosen Skype-Sitzungen nach dem passenden Titel zu suchen, Grammatikfehler auszumerzen, Logiksprünge zu entlarven, den Tritt ins Fettnäpfchen zu vermeiden oder einfach immer wieder die passenden Ideen zu haben, unsere Geschichten noch ein bisschen besser zu machen. Danke für diese inspirierende Zusammenarbeit.

Kluftinger räumt auf

Kluftinger steht vor einem Rätsel: Wie um Himmels Willen funktioniert eine Waschmaschine? Und wie überlebt man eine Verkaufsparty für Küchenmaschinen bei Doktor Langhammer? Weil seine Frau Erika krank ist und zu Hause ausfällt, muss sich Kluftinger mit derartig ungewohnten Fragen herumschlagen. Die Aufgaben im Präsidium sind nicht weniger anspruchsvoll: Der Kommissar will nach über dreißig Jahren den grausamen Mord an einer Lehrerin aufklären. Die junge Frau wurde am Funkensonntag an einem Kreuz verbrannt. Doch das Team des Kommissars zeigt wenig Interesse am Fall »Funkenmord«. Nur die neue Kollegin Lucy Beer steht dem Kommissar mit ihren unkonventionellen Methoden zur Seite. Der letzte Brief des Mordopfers bringt die beiden auf eine heiße Spur …

Der Nummer-1-Bestseller von Deutschlands erfolgreichstem Autorenduo

Volker Klüpfel und Michael Kobr
Funkenmord
Kluftingers elfter Fall

Taschenbuch
Auch als E-Book erhältlich
www.ullstein.de

ullstein

Draußen kannst du dich verstecken.
Aber entkommen kannst du nicht.

Ein tödliches Geheimnis zwingt Cayenne und ihren Bruder Joshua zu einem Leben außerhalb der Gesellschaft. Zusammen mit dem mysteriösen Stephan verstecken sie sich im Wald. Er drillt die Teenager mit aller Härte, bereitet sie vor auf einen Kampf um Leben und Tod. Doch je mehr Zeit vergeht, desto weniger glaubt Cayenne, dass ihnen wirklich Gefahr droht. Bis er plötzlich vor ihr steht: der Mann, der sie töten will.

Hart. Spannend. Außergewöhnlich. Der erste Thriller des Bestsellerduos Klüpfel & Kobr.

Volker Klüpfel und Michael Kobr
Draussen
Thriller

Taschenbuch
Auch als E-Book erhältlich
www.ullstein.de

ullstein